Eric Giacometti, écrivain, a été journaliste d'investigation, puis chef de service à la rubrique économie au *Parisien / Aujourd'hui en France*. Il a enquêté à la fin des années 1990 sur la franc-maçonnerie, dans le volet des affaires sur la Côte d'Azur. En 2016, il est devenu le nouveau scénariste des aventures de Largo Winch en bande dessinée.

Jacques Ravenne, lui aussi écrivain, spécialiste de l'étude de manuscrits, est maître franc-maçon. Il intervient régulièrement dans des conférences et colloques sur la franc-maçonnerie. Conscient du fantasme suscité autour de sa fraternité, et de ses dérives, il reste attentif à une description rigoureuse de cet univers et de ses rituels.

Amis depuis l'adolescence, férus de symbolique et d'ésotérisme, ils ont inauguré leur collaboration littéraire en 2005 avec *Le Rituel de l'ombre*, premier opus de la série consacrée aux enquêtes du commissaire franc-maçon Antoine Marcas. Ce duo, unique, du profane et de l'initié, a vendu plus de 2 millions d'exemplaires en France. La série, traduite dans 17 langues, du Japon aux États-Unis, a été adaptée en bande dessinée par les Éditions Delcourt. *L'Empire du Graal* a paru en 2016 aux Éditions JC Lattès. Tous leurs titres sont repris chez Pocket.

Retrouvez Eric Giacometti et
Jacques Ravenne sur leur site :
www.giacometti-ravenne-polar.com

L'EMPIRE DU GRAAL

DES MÊMES AUTEURS
CHEZ POCKET

IN NOMINE

LE RITUEL DE L'OMBRE
CONJURATION CASANOVA
LE FRÈRE DE SANG
LA CROIX DES ASSASSINS
APOCALYPSE
LUX TENEBRAE
LE SEPTIÈME TEMPLIER
LE TEMPLE NOIR
LE RÈGNE DES ILLUMINATI
L'EMPIRE DU GRAAL

LE SYMBOLE RETROUVÉ

LE SEPTIÈME TEMPLIER suivi du TEMPLE NOIR

De Jacques Ravenne

LES SEPT VIES DU MARQUIS DE SADE
LES TRIBULATIONS DE JEAN ACACIO

ÉRIC GIACOMETTI
JACQUES RAVENNE

L'EMPIRE
DU GRAAL

ROMAN

JCLATTÈS

Pocket, une marque d'Univers Poche,
est un éditeur qui s'engage pour la préservation
de son environnement et qui utilise du papier fabriqué
à partir de bois provenant de forêts gérées
de manière responsable.

Le Code de la propriété intellectuelle n'autorisant, aux termes de l'article L. 122-5, 2° et 3° a, d'une part, que les « copies ou reproductions strictement réservées à l'usage privé du copiste et non destinées à une utilisation collective » et, d'autre part, que les analyses et les courtes citations dans un but d'exemple et d'illustration, « toute représentation ou reproduction intégrale ou partielle faite sans le consentement de l'auteur ou de ses ayants droit ou ayants cause est illicite » (art. L. 122-4).
Cette représentation ou reproduction, par quelque procédé que ce soit, constituerait donc une contrefaçon, sanctionnée par les articles L. 335-2 et suivants du Code de la propriété intellectuelle.

© 2016, éditions Jean-Claude Lattès.
ISBN : 978-2-266-27301-5

*À Virginie,
qui poursuit sa quête dans les étoiles*

« Un homme qui n'est plus capable de s'émerveiller a pratiquement cessé de vivre. »

Albert Einstein

Brocéliande
Château de Comper
De nos jours

Marcas ne savait pas depuis combien de temps il était dans cet état. Entre le rêve et la vie.
À la frontière.
Quand il ouvrait ses yeux qui brûlaient, il distinguait la silhouette de son compagnon recroquevillée contre le mur. Sans doute avait-il trouvé un appui. Il ressemblait à une araignée, à une grosse araignée qui n'allait pas tarder à tomber dans la bouche d'ombre prête à l'avaler. Sa vue se brouilla. Il haletait.
Marcas se les rappelait tous. Arthur, Gauvain, Lancelot... Tous ceux qui avaient échoué. Comme lui. Et pourtant il n'avait jamais été si près. Jamais.
Son cœur s'emballa.
Une lueur venait de tomber du ciel. *Comme une pierre de feu de la voûte étoilée*, pensa Antoine. La lumière devenait plus vive, presque éclatante. Une larme coula le long de sa joue sanglante. Il se rappelait

ce jour, sacré entre tous, où on lui avait arraché le bandeau de l'ignorance, où, devant ses frères, il avait reçu la véritable Lumière. Il crut entendre le son clair de sa larme qui heurtait le sol de pierre.

J'hallucine.

Cette fois, il étouffait. Dans un geste désespéré, il arracha sa main droite clouée au mur et la porta ensanglantée à son cou.

Le collier venait de se resserrer.

Sous ses doigts, il sentit des crans.

Un, deux...

Un ressort. Il y avait un ressort qui fermait le collier.

... Trois !

Antoine hurla dans la nuit. Il ne restait que trois crans. Brusquement un parfum de rose envahit la pièce. De nouveau, un déclic.

En un instant, la lumière et le parfum fusionnèrent. Et il *la* vit.

La relique suprême...

... que les hommes, l'espérance au cœur et la folie à l'âme, cherchaient depuis des siècles.

Le Graal.

Posée sur un autel de pierre blanche comme de l'albâtre, une coupe en or scintillait de mille feux.

À portée de main.

Un autre déclic retentit. Il ne pouvait plus hurler, sa gorge se racornissait dans un étau de fer. Le sang affluait dans ses yeux gonflés et un voile écarlate tomba sur son crâne.

Trop tard. Ce n'était pas le Graal qu'il avait trouvé.

C'était sa mort.

I.

QUAND LA MORT PARLE

1.

Castel Gandolfo
De nos jours
Une semaine plus tôt

La berline noire remontait en silence l'allée qui serpentait entre les pins sombres du parc de Castel Gandolfo. Le soleil déclinait sur ce bout de Vatican exilé *hors les murs*, à une vingtaine de kilomètres de Rome. Niché sur une colline qui dominait le lac Albano, vaste cratère d'un volcan englouti, le palais épiscopal était sans conteste l'annexe la plus agréable du Saint-Siège. La légende disait que Dieu lui-même avait soufflé au pape Pie XI d'en faire sa résidence d'été, son petit coin de paradis, pour le récompenser de la signature des accords de Latran avec ce diable de Mussolini. Un paradis plus grand que le Vatican, qui étirait ses cinquante-cinq hectares du haut de la colline jusqu'aux rives du lac.

Assis à l'arrière de la Mercedes, le cardinal Theobald contempla l'étui de sa tablette, frappé du blason du Saint-Siège, et effleura de son index le relief des armoiries. Les deux clés du royaume des cieux, croisées et surmontées de la tiare papale à trois couronnes. L'une en or pour le pouvoir spirituel, l'autre en argent pour le temporel. Theobald détailla avec ferveur la clé d'or, comme s'il s'agissait d'un talisman. C'était en elle que résidait le vrai pouvoir de l'Église, tout le reste n'était que construction intellectuelle et jeux de pouvoir. Les paroles du pape ne cessaient de le hanter.

Votre tâche est redoutable, Theobald. Perdre la clé d'or, c'est perdre le cœur des hommes et condamner l'Église à sa perte.

Le cardinal sentit l'angoisse qui s'immisçait dans son esprit et détourna le regard vers les toits familiers du palais. Les deux tours astronomiques surgirent tels des pouces dressés vers les étoiles.

Le palais des étoiles.

C'était ainsi qu'il avait baptisé le magnifique édifice du temps où il passait des centaines de nuits à scruter les constellations. Si le grand public connaissait Castel Gandolfo en tant que havre de paix des papes, peu savaient que le palais abritait la Specola Vaticana, l'observatoire officiel de la papauté. Le seul institut scientifique du Vatican, réputé dans le monde entier, et qui s'était même payé le luxe de se construire une annexe, encore plus puissante, en Arizona.

La berline rétrograda et ralentit, il allait arriver. Theobald laissa errer son regard sur la haie de cyprès qui défilait sous ses yeux fatigués. Il gardait toujours au plus profond de lui la nostalgie de cette époque bénie où, jeune jésuite astronome, il contemplait la voûte céleste, obsédé par l'idée de percer les mystères de l'univers. Pour la plus grande gloire de Dieu. Mais le temps des beautés de l'astrophysique était révolu depuis qu'il avait revêtu la pourpre cardinalice.

Un cardinal, ça ne rêve pas sous les étoiles.

Et particulièrement en ce moment crucial, qui requérait toute son intelligence pour affronter la catastrophe à venir.

Theobald rangea la tablette dans une sacoche de cuir orangée, ouvragée par son maroquinier attitré de Florence, et se prépara à descendre. Le temps lui était compté. Le temps ne cessait de lui être compté depuis qu'il avait accepté la lourde tâche de conseiller le pape pour la science et les nouvelles technologies. Nommé à ce poste cinq ans plus tôt, il avait apporté un souffle de modernité au Saint-Siège en imposant l'ordinateur à tous les niveaux. Chacun des deux cent vingt-sept cardinaux avait reçu un PC, acheté sur les fonds de la banque du Vatican. Un bon tiers des prélats, courroucés par tant d'audace, avaient laissé les écrans et les claviers dans leur boîte, et gratifié Theobald d'un surnom.

Il Tastiera.
Le clavier.

Le pape lui-même utilisait parfois ce sobriquet avec malice.

La berline longea le rempart d'enceinte du palais, vestige d'un temps où la famille des Gandolfi régnait en maître avant l'arrivée des vicaires du Christ, et aborda la dernière pente en contournant la muraille de haies de buis taillées au cordeau. La voiture se gara dans un doux crissement devant l'entrée principale éclairée par une rangée de projecteurs.

Un jeune homme blond, en soutane, les cheveux en brosse, attendait devant le perron illuminé. Theobald reconnut son assistant dévoué, le père Livio, lui aussi jésuite et scientifique de formation, mais spécialisé en informatique. Une compétence qui s'était révélée bien utile pour le cardinal.

— Éminence ! lança le jeune prélat en ouvrant la porte arrière. Soyez le bienvenu.

— Merci, Livio. Rassurez-moi, il n'y a plus de touristes égarés à cette heure ?

Depuis l'ouverture au public des jardins du palais pontifical, il n'était pas rare de retrouver des curieux qui squattaient les jardins pour la nuit. Les gardes avaient même surpris un couple d'amoureux en pleine action.

— Non. Vos invités sont déjà arrivés.

Theobald posa sa main sur l'épaule de son assistant.

— *Inter Mirifica*, dit-il d'un air grave.

Le jésuite hocha la tête.

— *Inter Mirifica*. Je vous accompagne.

Ils gagnèrent en quelques foulées un corps de bâtiment plus ancien, situé sur le flanc droit du palais. L'entrée du centre de recherche de la Specola Vaticana n'avait rien d'ostentatoire, une porte à double battant sans indication particulière que l'on aurait pu prendre pour une porte de service. Ils entrèrent rapidement et longèrent un couloir aussi large que haut, orné à intervalles réguliers de photographies d'astronomie en couleur qui semblaient tout droit sorties des bureaux de la Nasa. Soleil apocalyptique en éruption, constellation d'étoiles en alignement, supernovae au bord de l'implosion… Theobald connaissait toutes ces images par cœur, c'est lui-même qui les avait fait installer à la place des tableaux de portraits de papes disparus depuis des lustres.

— Sont-ils en de bonnes dispositions ? demanda Theobald alors qu'ils passaient devant l'entrée de la Grande Bibliothèque, qui abritait l'une des plus belles collections de manuscrits scientifiques amassés par l'Église depuis des siècles.

Le jeune jésuite haussa un sourcil.

— Ils n'ont rien laissé paraître, mais j'ai senti comme une certaine impatience.

— Le contraire eût été étonnant.

Il Tastiera jeta un coup d'œil à la porte qui donnait sur la bibliothèque. Il avait eu le privilège de passer des heures précieuses à parcourir ces trésors, reflets d'une époque où l'Église s'était fourvoyée dans l'ignorance et la superstition pour de longs siècles. Tant d'incunables qu'il lui aurait fallu plus de cent vies pour arriver à bout des vingt-deux mille œuvres soigneusement entreposées dans les étagères et les sous-sols.

Ils arrivèrent devant une porte d'acier semblable à l'entrée d'une annexe technique ou d'un local électrique. Au-dessus de la porte trônait un petit tableau qui représentait un pape du siècle précédent. Paul VI. Un observateur attentif aurait remarqué une inscription gravée en à-plat sur le métal de la porte.

Inter Mirifica.

C'était encore lui, le cardinal Theobald, qui avait apporté cette touche personnelle en faisant inscrire cette devise.

Inter Mirifica
Parmi les merveilles...

Le jésuite inséra une carte magnétique dans un petit boîtier de métal. La porte s'ouvrit dans un souffle pour les laisser entrer dans un sas fermé par une autre porte, en verre. L'assistant du cardinal glissa à nouveau la carte dans un autre détecteur électronique et ils pénétrèrent dans une vaste salle voûtée, encombrée d'écrans et de tours d'ordinateurs.

Les merveilles du progrès au service de l'Église.

Le laboratoire de recherche informatique du Vatican, l'enfant chéri du cardinal Theobald qu'il avait créé en seulement un an.

Ici, l'équation et la puce remplaçaient le confiteor et l'ostensoir.

Sur plus de trois cents mètres carrés se trouvait un ordinateur Cray d'avant-dernière génération. Les cerveaux qui s'en occupaient – tous jésuites – avaient été congédiés pour la journée afin de garder le maximum de discrétion sur la réunion.

— Pourquoi m'avez-vous demandé de faire passer vos invités par le laboratoire ? questionna le jeune prêtre. Ils auraient pu se rendre dans la salle de réunion directement par le jardin.

— Je voulais qu'ils voient nos ordinateurs, qu'ils prennent au sérieux ce que je vais leur annoncer. Qu'ils sachent que nous possédons la connaissance, répondit Theobald d'une voix claire, Livre d'Osée, livre 2, verset 4.

— Éclairez-moi, Éminence.

— Patience…

Ils arrivèrent au seuil d'une porte de bois sombre qui se terminait en ogive. Theobald suspendit sa réponse. De l'autre côté, dans la salle des planisphères, l'attendaient ses cinq invités, tous princes de l'Église, et proches du pape. Les cinq cardinaux les plus influents de la Curie. Le lieu de réunion n'avait pas été choisi au hasard, c'était dans cette salle que

Jean-Paul II, son mentor, avait l'habitude de réunir ses proches quand il se reposait à Castel Gandolfo. Theobald posa la main sur l'épaule du jeune jésuite et murmura avant de pousser la porte :

— Osée : « Mon peuple est détruit, parce qu'il lui manque la connaissance. Puisque tu as rejeté la connaissance, je te rejetterai et tu seras dépouillé de mon sacerdoce. »

— Si je ne m'abuse, n'était-ce pas ce prophète juif qui a épousé une prostituée sur l'injonction de Dieu ? Pas vraiment une référence.

— Mon ami, l'Église du XVIIe siècle aurait dû mettre de côté ses préjugés et méditer cette pensée d'Osée avant de condamner Galilée. Elle nous aurait épargné près de quatre siècles d'obscurantisme. Mais il est temps. Entrons dans l'arène.

Quand ils pénétrèrent dans la salle de style Renaissance, les regards des cinq cardinaux convergèrent vers eux. L'Américain Connors, le Congolais Bomko, le Milanais Cicognani, le Français Angelier et Albertini, le Romain. La garde rapprochée du pape, tous à la tête d'un dicastère puissant, des princes de l'Église rompus à l'exercice du pouvoir et aux intrigues de palais. Theobald remarqua que quatre d'entre eux avaient opté pour l'habit de clergyman avec col romain ; seul le cardinal Albertini arborait la soutane rouge de Gammarelli, le tailleur romain favori de la papauté. Le préfet de la Congrégation pour la Cause des saints restait fidèle à ses convictions traditionnelles.

— Éminences, que la paix du Christ soit sur vous, lança Theobald. Merci d'avoir accepté mon invitation. Je connais vos emplois du temps respectifs.

Vous comprendrez dans quelques instants l'importance de cette réunion exceptionnelle et pourquoi notre Très Saint-Père a tenu à l'entourer d'une confidentialité maximale.

Assis autour d'une longue table ovale en merisier du Japon, les cinq cardinaux rendirent son salut à Theobald. Il Tastiera s'assit lentement en bout de table, à sa place réservée – n'était-il pas la puissance invitante du moment ? –, et posa sa sacoche sur la table. Derrière lui, le mur entier était recouvert d'une immense tapisserie qui représentait deux planisphères accolés, ornés de dragons flamboyants, de serpents de mer courroucés et de lions ailés et arrogants – vestiges d'un temps de gloire et de peur où les frontières du monde fusionnaient avec celles de l'imagination des hommes. Au-dessus du pôle Nord, un vieil homme à la barbe blanche contemplait sa création avec une satisfaction impérieuse.

De l'autre côté de la table, une immense bibliothèque à portes vitrées courait de la fenêtre à la porte et abritait sur ses étagères une collection d'ouvrages scientifiques des plus rares.

Theobald fit un signe de tête à son assistant. Celui-ci s'inclina et se fondit dans la tapisserie, tel un arbre sec, noir et noueux, coincé entre un crocodile ailé et un ours à tête de démon. Le cardinal attendit quelques secondes, comme s'il savourait le silence. Il connaissait bien tous ses interlocuteurs, certains étaient ses amis, d'autres non. Chacun occupait un poste important dans le nouvel organigramme de la Curie. Tous devaient leur poste à l'actuel vicaire du Christ, tous lui vouaient une fidélité sans bornes, même si le jeu des pouvoirs régnait comme dans tout autre gouvernement ou entreprise. Traditionalistes et réformateurs étaient représentés à part presque égale.

Chacun des participants à la réunion avait devant lui un bloc-notes, un stylo, une petite bouteille d'eau minérale et un verre. L'ostentation n'était pas de mise. Theobald interrogea du regard le Christ suppliant suspendu sur sa croix au-dessus de la bibliothèque, mais ne reçut en retour qu'un soutien muet. Il devait choisir ses mots avec attention.

Une main se leva. C'était le cardinal Connors, préfet de la Conférence des évêques, l'organe clé pour s'assurer l'adhésion de l'épiscopat dans le monde entier.

— J'avoue avoir été surpris par cette invitation. Pourquoi ne pas nous avoir réunis à Rome ?

Des murmures d'approbation bruissèrent çà et là. Theobald attendit quelques instants, puis répondit d'une voix calme :

— Parce que vous êtes ici dans le royaume des merveilles.

— Allons, Tastiera... Vous ne nous avez pas fait venir ici pour nous parler d'astronomie, lança le cardinal Angelier, responsable du Conseil pontifical pour les communications sociales, et le bras armé du pape pour les relations avec les médias.

Theobald ne releva pas l'utilisation péjorative de son surnom. Angelier l'avait toujours pris de haut. Et il détestait l'ordre des jésuites.

— Pourriez-vous être plus précis ? Nombre d'entre nous ne sont pas familiarisés avec l'esprit jésuitique, ajouta nerveusement Cicognani, secrétaire d'État du Saint-Siège et Premier ministre du Vatican.

— Un peu de patience...

Theobald savait que si le pape lui-même ne leur

avait pas demandé personnellement d'assister à cette réunion, personne ne serait venu. Il n'avait aucun pouvoir hiérarchique pour les réunir dans de telles circonstances.

— Si je vous ai invités ici, c'est à la demande personnelle du Saint-Père. Il désire que vous soyez mis au courant d'informations capitales pour l'avenir de l'Église. Il m'a confié cette mission, et croyez bien que je m'en serais volontiers passé.

Il Tastiera se redressa sur son siège et posa les mains à plat sur la table. Tous les regards étaient braqués sur lui. À part lui, un seul des cinq hommes présents autour de cette table était déjà au courant ; il savait pouvoir compter sur son soutien. Il reprit :

— Vous vous trouvez ici même dans le siège du bureau Inter Mirifica. *Parmi les merveilles*. Du nom d'un décret pontifical majeur pris par Paul VI, à l'issue du concile Vatican II, concile qui, comme vous le savez, a fait entrer l'Église dans l'ère de la modernité au début des années 1960.

Le cardinal Cicognani leva la main, la mine renfrognée.

— Je n'ai jamais entendu parler d'un tel bureau et je me flatte pourtant de connaître la Curie depuis des années.

Theobald sourit, il connaissait comme tout le monde la susceptibilité légendaire du secrétaire d'État.

— Il y a plusieurs demeures dans la maison de mon Père...

— Merci, Theobald, je connais aussi bien que vous les paroles de Jean, rétorqua Cicognani d'un ton agacé.

— Laissez-moi vous expliquer, répondit calmement Il Tastiera. Avec son décret Inter Mirifica, le pape

Paul VI voulait acter de façon officielle l'avènement des moyens de communication de masse, télévision, radio, cinéma dans le monde et faire prendre conscience aux cardinaux de l'importance de cette influence dans le cœur des hommes. Ces techniques modernes, qualifiées de merveilles par le Saint-Père, devaient aussi être mises au service de l'Église. La politique de communication du Vatican était née.

— Ça, nous le savons, répliqua le cardinal Bomko, responsable de la Congrégation pour l'Évangélisation des peuples. Chacun ici connaît l'influence néfaste des médias. Mais ça ne nous dit pas d'où sort votre commission Inter Mirifica.

Theobald jaugea le Congolais. Bomko faisait partie des conservateurs les plus coriaces dans l'entourage du pape. Il se versa de l'eau, but à petites gorgées et se lança :

— Nous sommes le 22 novembre 1963, le concile Vatican II touche à sa fin. Soudain, tombe une nouvelle dramatique. Le président des États-Unis, John Fitzgerald Kennedy, est assassiné à Dallas. Une vague d'émotion inouïe se répand dans le monde entier grâce aux médias de masse. Le supplicié de Dallas devient une icône pour des centaines de millions de personnes sur toute la planète. Kennedy se métamorphose en Christ des temps modernes, et n'y voyez aucun blasphème de ma part.

— Vous faites bien de le préciser, cet homme menait une vie dissolue, protesta Connors.

— Certes, mais Paul VI l'appréciait, il l'avait reçu à Rome quelques mois auparavant. Kennedy était le premier et unique président catholique des États-Unis. Bref, le pape a été troublé par l'onde de choc émotionnelle et a commandé à l'un de mes prédécesseurs, jésuite naturellement, une étude pour comprendre ce phénomène. Les conclusions ont justifié la création d'une commission, discrète, chargée de scruter l'âme des hommes à travers les médias. Et d'en tirer des prévisions sur l'évolution des consciences.

Theobald adressa un signe de tête à son assistant. Celui-ci prit la sacoche et en sortit une liasse de dossiers qu'il distribua à chaque participant.

— Au fil des ans, Inter Mirifica a pris de l'ampleur et s'est dotée de moyens pour conduire différentes études au service des successeurs de Paul VI. Avec l'arrivée d'Internet, il a été décidé de créer un laboratoire informatique rattaché directement à la Specola Vaticana. Deux ordinateurs puissants utilisés pour les calculs des astronomes servent, de temps à autre, pour des recherches liées à Inter Mirifica. Vous avez devant vous le dernier rapport en date de notre bureau.

Interceptant les regards méfiants de ses collègues, Angelier intervint sur un ton doucereux :

— Il Tastiera... Nous connaissons tous votre passion pour la science et le progrès technique, mais prévoir l'avenir est plus du ressort des astrologues que des scientifiques.

— Les temps changent, monseigneur. Je crois plus en l'influence des algorithmes qu'en celle des planètes... Parole d'astrophysicien. Vous avez chacun devant vous, poursuivit Theobald, imperturbable, les conclusions provisoires de l'étude menée par Inter Mirifica depuis deux ans. Elle nous a été demandée par le Saint-Père. Cette étude est sur le point d'être achevée, mais, vu l'urgence de la situation, le souverain pontife m'a chargé de vous la communiquer et de répondre à toutes vos questions. Je précise que ce document n'a aucune existence officielle, comme Inter Mirifica, et que vous ne pourrez pas l'emporter.

— Voilà bien des mystères, Theobald, murmura Connors en ouvrant le dossier qu'il avait sous les yeux.

— J'espère les dissiper à l'issue de votre lecture. Je vous demande juste de prendre votre temps, afin de bien intégrer ce que vous lirez.

Il Tastiera se cala dans un siège et croisa les bras. Les cinq hommes étaient déjà plongés dans leur lecture. Un silence s'installa, entrecoupé par le froissement des pages tournées lentement par les uns, plus nerveusement par les autres. Rien qu'à la cadence, Theobald pouvait déjà anticiper les réactions des princes de l'Église. Comme la sienne, quand les chercheurs lui avaient fourni le premier exemplaire de l'étude.

Il se souvenait encore du frisson qui l'avait parcouru, de son incrédulité, puis de son angoisse. Une angoisse si profonde qu'il avait eu la sensation que les murs s'effritaient autour de lui, que le sol se craquelait. Il avait relu le rapport deux fois, traquant les moindres erreurs, les failles du raisonnement, les biais méthodologiques, les approximations inhérentes. Mais toute sa rigueur jésuitique n'était pas arrivée à démolir la démonstration implacable.

Bomko fut le premier à terminer sa lecture. Sa vitesse de déchiffrage était proportionnelle à la stupéfaction qui se lisait sur son visage, mais le prélat restait silencieux, se contentant d'envoyer comme un regard de reproche à Theobald. Peu à peu, les uns et les autres reposèrent leurs dossiers, affichant des expressions qui allaient de la gravité à l'incrédulité. Theobald attendit que le dernier cardinal ait terminé, puis reprit la parole :

— Je vous écoute.

L'assistant passa devant les autres cardinaux et rassembla prestement les rapports étalés. Le secrétaire d'État s'agrippa au sien. Le jeune jésuite lança un regard inquiet à Theobald qui secoua la tête.

— Les rapports doivent être récupérés, c'est valable pour tous. Ordre du Saint-Père.

Les participants échangèrent des coups d'œil, mais aucun n'osait prendre la parole, redoutant de déclencher un incendie. Il Tastiera toussa.

— Rassurez-vous, je crois avoir éprouvé la même stupéfaction quand j'ai découvert ce rapport.

Angelier prit la parole. Sa voix avait perdu son arrogance.

— Êtes-vous tout à fait sûr de vos calculs ?

— Oui, nous les avons revérifiés plusieurs fois. Par ailleurs, nous avons fait appel à une société spécialisée pour traiter toutes ces données et infirmer ou non les résultats.

Albertini leva la main d'un air las.

— Qu'a dit le Saint-Père ?

Theobald les regarda un par un. Il se souvenait parfaitement de la réaction du pape, un an auparavant, dans son bureau. Il articula lentement :

— *Ours polaires*.

— Je vous demande pardon ? s'exclama Cicognani.

Il Tastiera s'était levé pour se tenir debout devant la tapisserie. Il indiqua de l'index le pôle Nord de la carte, juste en dessous du Dieu barbu et courroucé.

— Il m'a parlé d'ours polaires assis sur la banquise.

Avec le réchauffement climatique, ces plantigrades voient leur territoire se réduire d'année en année, plaque de glace après plaque de glace, et finissent par couler dans l'océan. Ce rapport lui inspirait la même crainte, ce serait l'équivalent d'un réchauffement climatique pour l'Église.

Albertini devint livide.

— Soyez précis.

— C'est pourtant limpide. L'Église est un ours, assis sur une vaste banquise, une banquise durcie par la foi de plus d'un milliard de fidèles.

Theobald s'interrompit quelques secondes, les scrutant sans chercher à dissimuler son émotion. Son visage s'assombrit et il reprit :

— Si ce rapport est exact, et il l'est je puis vous l'assurer, cette banquise est en train de fondre sous nos pieds. Notre Église est condamnée à disparaître.

2.

Winchester, Royaume-Uni
De nos jours
18 juin

Il était presque 21 heures et le soleil avait déserté depuis longtemps la petite capitale du comté du Hampshire pour laisser place à une obscurité grise et nuageuse. Une pluie tiède arrosait avec constance les rues de Winchester, dégoulinait le long des maisons en briques rouges, leur donnant des reflets humides à la lueur des réverbères.

Mary Cardigan remonta le col de son imper, acheté trois semaines plus tôt chez un soldeur pakistanais, et s'arrima à la poignée de son minuscule parapluie, comme si elle tenait un piolet pour entamer l'ascension de l'Everest.

Un vent désagréable lui gifla le visage. Elle claqua la porte de sa maison et se lança dans Cannon Street qui commençait à ressembler au lit d'un torrent. Aucun habitant sensé ne serait sorti à cette heure. Sauf elle. Un quart d'heure plus tôt, alors qu'elle entamait une longue soirée consacrée à son mémoire sur l'archéologie mythique post-arthurienne, la jeune étudiante s'était aperçue de l'oubli de sa tablette remplie de photos essentielles, sur le chantier de fouilles. La mort dans l'âme, elle s'était rhabillée à la hâte pour braver les intempéries afin de rejoindre le Great Hall de Winchester qui abritait les fouilles.

La pluie et le vent torturaient son parapluie avec un sadisme inhabituel en cette période de l'année. Mary longea la masse sombre de la cathédrale, slaloma entre les flaques boueuses qui surgissaient comme des pièges devant elle. La haute flèche de l'édifice se dressait dans la nuit, telle une sentinelle silencieuse veillant sur les tombeaux des premiers rois d'Angleterre. Elle parvint d'un pas vif dans la petite rue piétonne de Bishop Street, encore éclairée. Les enseignes baissaient rideau les unes après les autres, laissant s'échapper quelques clients retardataires.

La température avait chuté de plusieurs degrés et elle songea à ses parents qui se la coulaient douce à Marbella pour leur retraite. Elle aurait peut-être dû écouter les conseils de sa mère, elle-même ancienne professeure d'histoire à l'université. Se spécialiser dans le médiéval de son pays garantissait un emploi à vie sur des terres pluvieuses. Si elle avait choisi la civilisation arabo-andalouse comme sa mère, elle aurait pu faire son stage dans des contrées plus clémentes, du côté de Grenade ou de Séville. Mais, depuis son enfance, Mary était fascinée par le Moyen Âge anglais et elle n'en aurait changé pour rien au monde.

Cela faisait quatre mois qu'elle avait rejoint le chantier de fouilles du professeur Ballester, dans le château de Winchester, et elle était aux anges. La discipline était rude, Lionel Ballester, titulaire de la chaire d'histoire médiévale à l'université d'Édimbourg, faisait régner sa loi d'airain sur la petite équipe de recherche, au point que les trois autres étudiants l'avaient surnommé sir Lannister en référence au patriarche tyrannique de la famille régnante de *Game of Thrones*. La dernière fois qu'un des étudiants lui avait tenu tête, il avait été renvoyé dans la journée à sa fac.

Ballester était certes un dictateur, mais un dictateur éclairé. Son département d'archéologie médiévale était tout simplement le meilleur du pays, et figurait parmi les cinq premiers au monde. Et ce chantier était probablement le dernier qu'il conduirait avant de prendre sa retraite.

Mary obliqua sur Jewry Street et faillit se faire éclabousser par un bus bleu et mafflu qui fonçait à toute allure vers la gare. Plus que quelques minutes et elle parviendrait à bon port. À cette heure tardive, Ballester avait dû quitter la place, elle ne serait pas obligée d'écouter ses souvenirs. C'était sa spécialité en fin de journée. Sous prétexte d'offrir un verre de Mortlach 15 ans d'âge au malheureux étudiant qu'il avait sous la main, il se répandait alors sur ses quarante années de fouilles.

Une rafale frappa de plein fouet l'étudiante alors qu'elle tournait en direction de Carmody Street. Son parapluie se retourna instantanément sous la puissance du vent. Mary maugréa et replia les baleines tout en continuant de marcher. Maudite pluie ! Comme si Dieu avait voulu punir les Anglais pour leur avoir offert un si beau pays.

Elle arriva sur l'esplanade qui donnait sur le grand escalier menant au château. Elle contourna le cercle de pierres celtiques érigé pour le Jubilé de la reine Élisabeth et se retrouva devant le seul corps de bâtiment qui subsistait du château connu sous le nom de Great Hall.

La silhouette massive constellée de pierres noires et blanches se profilait sous la pluie. Les faisceaux de lumière verticaux lui donnaient fière allure dans la nuit – la municipalité ne lésinait pas sur les dépenses d'éclairage, comme si la fierté d'abriter l'un des plus vieux monuments de l'Angleterre se mesurait au nombre de watts dépensés. Avec la cathédrale, c'était l'un des deux plus beaux joyaux de la ville.

Mary passa devant la porte d'entrée principale, fermée pour l'heure et accéléra le pas pour s'arrêter devant celle de la petite boutique de souvenirs qui donnait accès à l'intérieur du monument. Ce n'était pas comme à Londres, ici l'on faisait encore confiance aux gens et personne n'imaginait que des étudiants en archéologie puissent voler des souvenirs pour touristes. D'une main fébrile et trempée, elle sortit de la poche de son imper une petite clé plate qu'elle introduisit prestement dans la serrure.

Quand elle entra dans la boutique obscure, une odeur douce et sucrée monta à ses narines. Le délicieux parfum de Chloé, son amie responsable des entrées, flottait encore dans l'air. Mary dézippa sa doudoune et prit le couloir qui conduisait au bâtiment principal

À sa grande surprise, le Great Hall était encore allumé, ce qu'elle n'avait pas vu de l'extérieur. Elle marqua un temps d'arrêt, impressionnée comme au premier jour par la beauté des lieux. Une salle longue comme un demi-terrain de football, haute comme une cathédrale et coiffée d'une charpente en arceaux. Les murs étaient sertis d'une centaine de vitraux multicolores faiblement éclairés qui brillaient dans la nuit. Chaque vitrail représentait le blason d'un roi, d'un seigneur ou d'un haut dignitaire religieux de la ville. Croix fléchée avec cinq aiglons sur fond bleu nuit, surmontée d'une couronne pour Edward Ier dit le Confesseur, épée tranchante et doubles clés croisées sur champ rouge pour l'évêque Swithun... Chaque blason était une singulière œuvre d'art qui faisait office de machine à remonter le temps.

Le côté ouest était fermé par deux immenses portails composés de lames d'acier contemporaines entremêlées de piques d'allure vaguement barbare. Dans un angle, la statue sans grâce de la reine Victoria semblait surveiller l'endroit. Mais Mary, qui n'en avait cure, s'immobilisa pour contempler, encore une fois, le joyau de l'édifice, accroché au mur, à cinq mètres au-dessus de sa tête.

Une immense table ronde en bois peint vert et blanc, flanquée de l'effigie d'un roi barbu, avec en son centre une rose rouge et blanche, flamboyante.

La Table ronde.

Celle du légendaire roi Arthur et de ses vingt-quatre chevaliers, dont les noms étaient soigneusement calligraphiés sur le pourtour. Une œuvre unique dans le monde médiéval qui attirait des centaines de milliers de touristes du monde entier. Chaque fois que Mary la contemplait, elle se remémorait cette phrase de Tristan dans le conte du même nom.

Je vois la Table ronde, qui tournoie comme le monde.

Et cette Table ronde attisait l'imagination des

curieux qui débarquaient par cars entiers pour admirer cette masse de chêne d'une tonne et demie suspendue entre ciel et terre.

L'enchantement, car c'est bien de cela qu'il s'agissait, l'enchantement agissait toujours aussi fort sur Mary. Ici même, quinze ans plus tôt, ses parents lui avaient inoculé le virus d'une merveilleuse maladie. Une fièvre qui donnait à celui qui en était frappé la faculté de remonter le temps. La maladie de l'histoire. Ses parents lui avaient laissé croire qu'il s'agissait de la véritable Table ronde. Et son imagination de petite fille s'était enflammée comme le souffle des dragons légendaires de Merlin.

Mary Cardigan, apprentie historienne pétrie de rigueur, conservait toujours cette étincelle de magie celtique. Même si elle savait qu'il ne s'agissait pas de la véritable Table ronde. Peu importe. Comme tout le monde, elle aimait y croire. L'office du tourisme britannique ne vendait-il pas ce rêve arthurien sur dépliant et Internet ? Winchester prétendait même abriter les vestiges de Camelot, la forteresse d'or et d'argent du roi légendaire…

Mary se rappela la maxime favorite de sa mère.

De l'histoire à la légende, il n'y a que le souffle du vent sur la chandelle de la raison.

Elle poussa la porte qui menait au Jardin de la reine Eleanor attenant au Great Hall. Ou plutôt de deux reines du XIIIe siècle qui avaient porté ce prénom. Mary s'était prise d'affection pour ces femmes exilées de leurs terres ensoleillées, l'une de Castille l'autre de Provence, pour chacune épouser un roi puissant et querelleur, Edward Ier et Henry III. À quelques décennies d'intervalle, elles avaient soigné et entretenu leur jardin refuge.

Mais ce havre de paix n'était plus qu'un champ de terre noire en partie éventré depuis que des terrassiers avaient découvert, sous une rue attenante, des artefacts du Moyen Âge. Le professeur Ballester s'y était installé avec son équipe pour étriper consciencieusement la rue et la moitié du jardin. Ils avaient découvert tant d'objets remarquables que l'on construisait une annexe à l'actuel musée pour les abriter. Pièces de monnaie, livres d'or et d'argent, dagues rouillées, ustensiles de cuisine et poteries à foison, Ballester tenait minutieusement à jour l'inventaire des trouvailles. Parfois, ses accès d'autorité le poussaient à fermer les fouilles sans raison. L'équipe se retrouvait alors congédiée pour quelques jours, puis tout reprenait comme avant. Certains distillaient la rumeur selon laquelle sir Lannister ne supportait plus comme avant le whisky qu'il conservait dans son bureau. D'autres, plus vipérins, dont faisait partie Mary, se demandaient si le tyran ne mettait pas de côté quelques trouvailles monnayables pour préparer sa retraite.

Une onde de chaleur moite, presque tropicale, saisit Mary au visage. Tout le jardin avait été mis sous abri, comme dans une serre, afin de protéger les chercheurs des ondées à répétition. Elle se dirigea rapidement vers la partie encore préservée et passa sur des planches qui menaient aux fouilles situées sur la rue. Des veilleuses diffusaient une faible clarté qui aidait à se repérer dans la nuit et à éviter les cratères éventrant le sol. Elle contourna les deux grosses bonbonnes de gaz rouges et ventrues qui alimentaient les réchauds utilisés par l'équipe. Alors qu'elle parvenait à l'extrémité des fouilles, des éclats de voix fusèrent. De la lumière filtrait de l'une des deux cabanes en préfabriqué qui servaient de bureaux et de vestiaires au petit groupe de chercheurs.

Mary s'approcha à pas prudents. Se pouvait-il que des voleurs se soient introduits dans leurs locaux ? Le professeur Ballester entreposait systématiquement toutes les trouvailles dans le coffre-fort du musée de l'Armée situé de l'autre côté de la rue. Elle serra son smartphone dans la poche de son imper, prête à appeler des renforts. Après un instant d'hésitation, elle décida de s'approcher. Un membre de l'équipe était peut-être resté pour terminer un travail. Elle aurait l'air stupide si elle débarquait avec une patrouille de police.

Elle contourna deux fosses rectangulaires à étage et progressa lentement en direction de la première cabane. À mesure qu'elle gagnait du terrain, elle perçut les échos d'une conversation d'où émergeait une voix haut perchée et familière. Celle du professeur. La porte du préfabriqué était entrouverte. La conversation semblait plutôt animée. Elle hésita une seconde fois, redoutant de déranger l'irascible archéologue en pleine conversation, surtout s'il avait un verre dans le nez. Mais il lui fallait absolument récupérer sa tablette.

— Je vous jure que je n'y suis pour rien ! criait Ballester.

Un éclat de rire jaillit. Une voix d'homme. Inconnue. Prenant son courage à deux mains, Mary frappa à la porte de la cabane. La conversation s'interrompit aussitôt net, suivie par un raclement de chaise. La porte s'ouvrit et la silhouette du professeur se découpa sur un halo de lumière blanche. Pas très grand, des épaules tombantes, le sourcil roux et broussailleux, Ballester posa son regard d'oiseau de proie sur la jeune fille.

— Bon sang, Mary. Qu'est-ce que vous fichez ici à cette heure ?

— Désolée, je suis venue récupérer ma tablette. Je l'ai oubliée dans l'appentis. Je ne voulais pas vous déranger.

— Revenez demain matin, répliqua le tyran. Je suis en rendez-vous.

— C'est que... J'ai déjà pris du retard dans mon mémoire.

— À demain !

Le ton était sans appel. Au moment où la jeune femme allait faire demi-tour, un autre homme apparut. Un quadragénaire chauve, au visage intelligent, vêtu d'une veste anthracite assortie à un pull à col roulé noir qui accentuait sa minceur. Il faisait vaguement penser à l'ancien ministre grec des Finances sur lequel fantasmaient toutes ses copines en fac d'économie.

— Allons, mon cher Lionel, intervint le chauve avec chaleur. Vous ne m'avez jamais parlé de cette charmante étudiante. Venez, mademoiselle.

Mary se raidit. Elle détestait ce genre de réflexion. Elle tenait ça de sa mère, féministe jusqu'au bout des ongles. Le professeur hésita quelques secondes puis s'écarta pour la laisser entrer, sous le regard de l'inconnu qui continuait de sourire. En passant devant lui, elle sentit son haleine chargée de malt.

Le bureau du professeur était envahi de livres, d'instruments de nettoyage de pièces archéologiques posés sur des étagères en fer brut, ainsi qu'une petite masse d'armes trouvée la veille. Sur une table, quelques tessons de poterie étaient étalés sur des tissus sales, autour d'une bouteille de whisky bien entamée et deux verres.

Mary s'effaça pour passer dans l'autre Algeco qui servait de toilettes et de vestiaires. À son grand soulagement, elle aperçut la pochette de toile de son iPad, ornée d'une licorne sur champ d'azur, blason qu'elle avait créé pour sa famille. Elle l'enfourna prestement dans son sac. Quand elle revint dans le bureau, le chauve était assis à côté du professeur Ballester. Ce dernier brandit un index sec et noueux sans la regarder.

— Et soyez là demain à 8 heures pour l'ouverture.

— Vous ne nous présentez pas, professeur ? demanda le chauve avec un large sourire.

Ballester lui adressa un regard aussi noir que son pull.

— Voici Mary, l'étudiante la moins empotée de toute mon équipe. Mary, je vous présente M. Seymour. Sa société nous a aidés pour boucler le budget de ce programme.

— Tant que la confiance règne, Ballester. Tant que la confiance règne...

Mary le salua d'un signe de tête, il était courant que des entreprises fassent du mécénat pour les grandes universités. Question d'image et surtout... d'opportunité de défiscalisation. Seymour s'inclina à son tour sans cesser de sourire. De près, ses yeux bleus étaient fixes et légèrement exorbités, comme ces malades souffrant d'un déséquilibre de la thyroïde. Mary le trouvait néanmoins séduisant en dépit de sa calvitie.

— Ah, Mary, reprit le chauve en éteignant sa cigarette dans un cendrier en forme de calice, comme je regrette la fac. J'ai moi aussi étudié l'histoire, mais je me suis arrêté en deuxième année pour rentrer dans le monde de l'entreprise. Apprendre les leçons du passé, découvrir des civilisations perdues, s'émerveiller de mondes disparus... Je vous envie, mademoiselle.

Mary n'osait pas répondre, elle voyait bien que le professeur ne se donnait même pas la peine de masquer son agacement. Il tapait des doigts contre le rebord de la table.

— Je pense que Mary est pressée de rentrer chez elle, grogna-t-il.

La jeune étudiante recula de quelques pas. Elle ne voulait surtout pas se mêler de quoi que ce soit. Le ton de Ballester montait dans les aigus, signe d'immersion prolongée dans la tourbe de malt et d'explosion imminente. Seymour secoua la tête d'un air désolé.

— Professeur, je n'ai pas mes réponses.

— Bon sang. Je vous ai tout expliqué !

Il s'interrompit en regardant Mary, avant de reprendre avec irritation :

— Partez ! Cette discussion ne vous concerne pas.

Au moment où elle passait la porte, elle entendit la voix mélodieuse de Seymour derrière son dos.

— Attendez, mademoiselle ! Peut-être pouvez-vous m'aider à faire entendre raison au professeur ? Il me cache des petits secrets d'ordre financier.

— Je préfère ne pas m'en mêler, répondit-elle en se retournant. Au revoir, monsieur.

Le chauve tenait dans sa main droite la masse d'armes en fer rouillée, recouverte de pointes acérées.

— Bel objet ! Churchill, qui avait le don des citations, disait : « Agissez, comme s'il était impossible d'échouer. »

En un éclair, Seymour leva la masse et l'abattit violemment sur le professeur. Horrifiée, Mary vit la tête de Ballester percuter la table, envoyant valser bouteille, verres et poteries sur le sol.

— Et je n'échoue jamais, professeur.

Mary hurla. Un jet de sang gicla sur la table, striant le métal blanc. La tête de Ballester tressautait de façon grotesque comme sous l'effet d'un ressort qui, se détendant dans le cerveau, agitait son crâne de l'intérieur.

Le chauve se tourna vers Mary, avec le même sourire chaleureux, tenant toujours sa masse d'armes rougie de sang.

— Il avait une drôle d'odeur, vous ne trouvez pas ?

La tête de Ballester frémissait encore tel un animal blessé. Un flot de sang s'écoulait de sa bouche tordue et dégoulinait du bord de la table. Mary fixa malgré elle l'une des orbites rougies du professeur.

— Toute cette puanteur... Je suis très sensible aux odeurs corporelles, jeta le chauve d'un air méprisant.

La jeune femme hurla à nouveau et s'enfuit du préfabriqué sans que Seymour fît mine de l'en empêcher. Il abattit pour la seconde fois la masse sur la tête du malheureux professeur. Un craquement sinistre résonna. Le corps, secoué d'un spasme violent, glissa du siège comme une poupée désarticulée.

Mary courait entre les fosses baignées d'une lueur blanchâtre, le cœur au bord des lèvres. Le sang battait à ses tempes. Ses chaussures s'enfonçaient dans la terre grasse, comme si la glaise voulait l'avaler. Elle n'osait pas regarder en arrière, elle redoutait de voir le tueur. Au bout d'un temps qui lui parut infini, elle tira violemment sur la porte qui donnait sur le Great Hall.

Mais l'enchantement s'était évaporé, la salle ressemblait à un vaste piège de pierre, de bois et de verre qui allait la broyer. Elle fonça vers la boutique de souvenirs. Au moment où elle gagnait le couloir, elle se retourna et aperçut Seymour à la porte du jardin. La masse à la main. Elle fonça dans la boutique et glissa sur le sol emportant dans sa chute une pile de livres de contes pour enfants aux couvertures bariolées. Elle écrasa de son pied boueux un recueil de légendes aux reflets dorés et se releva, le cœur battant à tout rompre. Des larmes de colère et de terreur mêlées coulaient sur ses joues.

Elle passa enfin la porte de sortie.

La pluie tombait à verse dans la grande cour, une lumière rouge tournoyait dans les ténèbres : une voiture de police était garée juste en face de l'entrée principale.

Merci, mon Dieu.

Quand elle aperçut la silhouette d'un policier en uniforme qui braquait une torche sur l'entrée principale du château, elle agita désespérément les bras.

— Aidez-moi ! hurla-t-elle, les poumons en feu.

Le faisceau d'une lumière jaune l'aveugla soudain.

— Arrêtez-vous ! intima une voix.

Mary ne ralentit pas sa course pour autant. Il ne lui restait qu'une dizaine de mètres pour rejoindre le policier, qui sortait son arme.

— Stop ! On nous a signalé une effraction dans le secteur.

— Je suis étudiante, je travaille ici ! Mon professeur vient d'être assassiné, cria-t-elle.

Le policier braquait toujours sa torche vers Mary.
— O.K., calmez-vous.
— Le tueur... Il arrive ! sanglota-t-elle alors qu'elle se précipitait dans ses bras.

Le policier écarta sa torche pour l'orienter vers la porte. Le chauve apparut sur le seuil de la boutique. La masse d'armes avait disparu. Mary se réfugia derrière le policier.
— C'est lui ! gémit-elle.

Seymour agitait la main vers le policier.
— Je suis le professeur Ballester, responsable des fouilles archéologiques, beugla-t-il. Cette femme est une voleuse, je l'ai surprise en train de dérober des objets de valeur. Regardez dans son sac, elle a une tablette qui nous appartient.
— Ne le croyez surtout pas. Je vous en supplie.

Le policier cria en direction du tueur :
— Vous, là-bas. Restez bien en vue, les mains en l'air.

Le chauve se figea pendant que le flic penchait la tête vers Mary.
— Mademoiselle, montrez-moi votre sac s'il vous plaît.
— Mais c'est mon iPad !
— Une dernière fois, montrez-moi votre sac, je vous prie, répéta le policier d'une voix ferme.

Elle sortit sa pochette à licorne sous la pluie battante. Le policier hocha la tête.
— On ne va pas rester sous la pluie. Suivez-moi à l'intérieur.
— Non ! Il va nous tuer. Vous ne comprenez pas !

Le policier la tint par l'avant-bras et la conduisit vers la boutique.

— Vous, le professeur, rentrez lentement à l'intérieur, les bras en l'air. Une fois qu'on y sera, gardez vos distances. Au moindre mouvement, je tire.

— Oui, monsieur l'agent, répondit Seymour en reculant lentement.

Mary sanglotait, mais le flic ne relâchait pas sa pression.

— Calmez-vous, mademoiselle. Je suis armé.

Dans la boutique, la senteur amicale avait laissé place à un remugle de terre mouillée. Le chauve se tenait à l'autre bout de l'échoppe, les bras en l'air. Le policier referma la porte derrière lui, et apostropha le suspect :

— Lancez-moi vos papiers. Vite !

Le tueur s'exécuta. Le policier ramassa le portefeuille tout en continuant à le tenir en joue. Il l'ouvrit d'un air méfiant, en extirpa un permis de conduire plastifié qu'il exposa à la lumière.

— Monsieur Robert Seymour...

— Vous voyez bien que ce n'est pas le professeur Ballester ! hurla Mary, le visage empourpré.

— J'ai bien connu des Seymour du côté de Witchfield, poursuivit le policier. Vous ne seriez pas de la même famille ? Ils tenaient un pub. De sacrés fêtards.

Le chauve baissa les bras en souriant.

— Et comment ! C'était mon père.

Mary écarquilla les yeux. Le policier apparut en pleine lumière et enleva son casque. Il était blond, les cheveux courts, le visage hâlé. Trop hâlé pour vivre dans le Hampshire. Lui aussi arborait un large sourire. Et ce sourire glaça le sang de Mary.

— Que fait-on de cette jeune personne, monsieur l'agent de police ? questionna le tueur en se rapprochant.

— Je crains qu'elle n'ait fini son temps sur cette terre, monsieur Seymour.

Alors que les deux hommes l'observaient comme si elle était un enfant pris en faute, Mary se précipita vers la porte. Mais le policier l'agrippa par la manche de son imper. Avant même qu'elle puisse crier à nouveau, le flic abattit sa torche sur son crâne. La dernière chose qu'elle vit fut la petite statue d'un guerrier en armure étincelante qui trônait dans une vitrine. Lancelot, son chevalier préféré.

Une heure plus tard, une explosion assourdissante retentit dans le quartier du Great Hall. Lorsque les camions de pompiers arrivèrent, le feu ravageait déjà le chantier de fouilles.

Assis dans leur Ford grise garée à une centaine de mètres de l'incendie, les deux tueurs regardaient les flammes s'élever dans le ciel en dépit de la pluie. Le chauve, qui avait laissé sa vitre baissée, tirait sur sa cigarette.

— Il est interdit de fumer dans une voiture de police, monsieur Seymour, fit remarquer le faux flic qui ne quittait pas le brasier des yeux.

— C'est la dernière. J'espère que ce magnifique édifice médiéval sera épargné. Moi qui adore l'histoire, je m'en voudrais d'abîmer ce patrimoine remarquable.

— Ne vous inquiétez pas, j'ai pris soin de fermer la porte qui donne sur le Hall. En revanche, les vitraux seront certainement touchés par le souffle de l'explosion.

— C'est bien dommage, monsieur Drill. Bien

dommage. Et pour les traces de notre passage ? Cette fille a bien failli tout faire rater.

Le blond renvoya un regard contrarié à son acolyte et secoua la tête.

— Depuis le temps que nous travaillons ensemble... Chacun son métier : à vous l'exécution des basses œuvres, à moi la logistique. Les caméras du Hall ont été déconnectées à votre arrivée. Les secours trouveront les deux corps carbonisés, ensevelis sous les décombres. Au fait, la prochaine fois, évitez d'utiliser une masse d'armes. C'est répugnant et surtout risqué à cause des traces. Il faudra en parler un jour.

— Parler de quoi ? répliqua le chauve, agacé.

Un autre camion de pompiers passa à vive allure en direction du Great Hall. Le blond plissa les lèvres.

— Les odeurs... Ça vous conduit à des comportements inappropriés.

— Je vais me reprendre. Navré pour cette jeune fille. Elle avait un bel avenir devant elle.

— Pas de chance, vraiment.

Le chauve jeta son mégot et démarra la Ford.

— *Une poignée de chance vaut mieux qu'un sac de sagesse*, monsieur Drill. Confucius, je crois.

3.

*Paris
18 juin*

— Une histoire. Une histoire ! Je me couche pas avant !

Les hurlements s'estompèrent sous les grincements du vieux canapé défoncé. Les deux enfants sautaient avec rage, comme s'ils voulaient anéantir les ressorts fatigués des antiques coussins écrus. Le gros chat de la famille assistait au spectacle, bien à l'abri, posté sur la cheminée. Assis autour d'une petite table ovale, les invités observaient eux aussi la scène, arborant une expression aussi amicale qu'hypocrite.

La maîtresse de maison frappa dans ses mains.

— Paloma et Gauthier ! Au dodo, tout de suite ! lança-t-elle en pointant un index implacable en direction d'une porte peinte d'un vert criard.

Antoine Marcas jeta un coup d'œil aux deux enfants à la façon du chat, mi-amusé mi-inquiet. Il avait déjà vécu ce genre de scène, très longtemps auparavant, dans une autre vie. Familiale. Il connaissait le point de bascule. Soit les anges gardent leurs ailes et obéissent, soit ils tiennent tête et se métamorphosent en démons.

Cela faisait presque un quart d'heure que les gamins perturbaient consciencieusement l'apéritif, prélude au repas organisé par son vénérable de loge, Nicolas Guezenec.

Viens dîner jeudi, ça fera plaisir à Cathy. Elle t'adore et il y aura des gens sympas. Ça te sortira la tête de ton boulot.

Dîner n'était pas le terme exact, il s'agissait d'un véritable traquenard monté par Nicolas et sa délicieuse épouse. Un piège pour lui faire rencontrer la charmante jeune femme aux longs cheveux blonds, aussi lisses et brillants que ceux d'une poupée, assise en face de lui. L'autre couple invité, des collègues de l'agence de pub de Cathy, n'étaient là que pour faire diversion.

Au début de la soirée, Antoine s'était laissé prendre au jeu de la séduction. Mais son enthousiasme s'était évaporé quand Alexia, ukrainienne de naissance et assistante de direction dans la boîte de Cathy, lui avait confié qu'elle prenait des cours de chant et rêvait d'une carrière internationale.

Chanteuse. Le mot qu'il ne fallait pas prononcer devant Marcas. Depuis son retour de San Francisco, cinq mois plus tôt, il gardait encore un goût amer de sa rencontre avec Lady B, la star déchue de l'affaire des Illuminati[1]. Il avait failli avaler de travers son toast de foie gras mou quand la belle Alexia lui avait fait part de ses aspirations en minaudant.

Les grincements du canapé s'estompèrent quand

---

1. *Le Règne des Illuminati*, Fleuve Noir, 2014.

le petit garçon descendit du divan pour se diriger piteusement vers sa chambre. La mère avait gagné. Les invités échangèrent des regards soulagés à l'idée de passer une soirée tranquille. Hélas, une minute plus tard, les couinements des ressorts retentirent à nouveau. La fillette avait repris son entraînement pour les Jeux olympiques de trampoline. Antoine compatit en silence. C'était le début du duel. Ça allait se régler *mano a mano* : hurlements contre menaces. Nicolas entra dans la danse et se fâcha :

— Paloma, on t'a dit d'aller au lit !
— Pas sommeil !

Les couettes blondes voletaient dans tous les sens. L'angelot entamait sa lente transformation en rejeton de Satan. Marcas attendait le deuxième acte, l'embarras des parents devant leurs convives. Et pour finir, l'expulsion *manu militari* de la gymnaste, voire la fessée. Il se cala contre son siège, bien heureux de ne plus avoir à régler ce genre de situation. Son fils étudiant lui donnait certes des soucis, mais plus celui-là. Au moment où il approchait la coupe de champagne de ses lèvres, la voix grave de Nicolas, digne d'un comédien, résonna une nouvelle fois dans le salon.

— Si tu n'es pas sage, le monsieur avec le pull noir va sortir son pistolet et t'emmener au commissariat. C'est un policier cruel avec les méchants enfants.

Tous les regards se tournèrent vers Marcas, comme s'il était le rejeton hybride de l'inspecteur Luther et de Dexter. Il manqua de peu de recracher son champagne.

Salopard de Nicolas, songea Antoine, bien décidé à ne pas s'en mêler. Il n'avait jamais su y faire avec les mômes. Il fallait s'extraire de ce guêpier.

— Euh… Je n'ai pas mon arme avec moi, balbutiat-il conscient de la stupidité de sa remarque. D'autres volontaires pour aider cette enfant dans son chemin de vie ?

Les autres invités secouèrent la tête, hilares.

— Pas peur du méchant policier ! Pas peur, hurlait la gamine. Mon histoire !

Marcas grimaça, la gamine le défiait du regard avec une expression qui lui rappelait celle de la fillette possédée de *Sinister*, un film d'horreur recommandé par son fils où des enfants charcutaient allègrement leurs parents à la tondeuse à gazon et à la hache. Cathy offrit son plus charmant sourire à Marcas.

— Ça ne t'embête pas, Antoine ?

L'Ukrainienne leva la main, ravie d'adoucir son calvaire.

— Je peux m'en occuper, j'adore raconter des histoires.

— NANN ! Pas la dame Barbie ! Je veux le méchant policier ! hurla l'acrobate.

— Elle fait toujours le même cirque quand il y a du monde, murmura Nicolas à l'oreille de son ami. Ne t'inquiète pas, lis-lui une ou deux pages et elle s'endormira comme un ange.

Antoine croisa les regards reconnaissants de son ami et de sa femme. Il obtempéra.

— O.K., mais tu me le paieras. En échange, je zappe la prochaine tenue de loge.

— Accordé. Tu trouveras les livres de contes sous le lit.

Marcas posa les mains sur la table, se leva et marcha d'un pas décidé vers la gamine. En un quart de tour, il la souleva par la taille et la prit dans ses bras.

— On va faire les présentations, gronda Marcas de sa voix la plus caverneuse. Moi c'est Marcas, toi 666. Tu pousses le moindre cri, je t'exorcise à coups de bible sur la tête.

Nullement impressionnée, la petite affichait son sourire le plus candide.

— T'es rigolo ! Je veux un conte de fées.

Antoine craqua, il avait toujours regretté de n'avoir jamais eu de fille.

— D'accord, l'Antéchrist, murmura-t-il. T'as gagné la première manche.

Il poussa la porte, traversa un étroit couloir bibliothèque et parvint dans la chambre. Une petite lampe en forme de champignon rose et bleu éclairait un joyeux bazar multicolore. Au mur, il y avait des posters de princesses en habits de lumière, de tyrannosaures et de super-héros bondissants. Depuis combien de temps n'était-il pas rentré dans une chambre d'enfant ? Il déposa la fillette dans un lit à deux étages, sur le matelas du bas. Son frère, déjà blotti sous une couette frappée d'un Spiderman, ouvrait de grands yeux. Il s'assit sur une chaise en forme de poire et attrapa le livre qui trônait en haut d'une pile en vrac.

Contes et légendes de Bretagne.

Il ouvrit le recueil et chercha dans la table des matières un chapitre avec le mot « fée ».

« La Fée et le Chevalier. »

Prenant sa voix la plus suave, il commença la lecture :

— Il était une fois un preux chevalier qui rentrait victorieux de la guerre, il avait hâte de retrouver le château du roi pour célébrer ses exploits. Ce chevalier au visage beau comme l'aurore et doux comme un printemps portait une armure aussi étincelante que la Lune.

La petite se roula d'aise dans sa couette Reine des neiges. Sur le lit supérieur, la tête du garçon surgit entre les barreaux.

— Tu me montres ton pistolet ?

— Non, grogna Antoine. Je continue. Le chevalier traversait la forêt du lac enchanté, où, dit-on, les elfes et les fées avaient trouvé refuge. Soudain, au détour d'un chemin, il tomba sur une vieille femme prisonnière de deux affreux brigands. Lancelot n'écouta que son courage et se précipita sur les méchants pour leur trancher la tête. Alors il se passa une chose incroyable...

Il s'arrêta net au milieu de son récit. La petite fille ouvrait des yeux comme des soucoupes. Marcas sourit. C'était le même regard émerveillé que celui de son fils Pierre, il y avait très longtemps ; un regard qu'on ne trouvait jamais chez les adultes. Il poursuivit sa lecture :

— Aussitôt, la pauvre vieille se transforma en fée. Une fée magnifique, avec des longs cheveux blonds comme les épis de blé au mois d'août. On l'appelait la dame de Brocéliande. Elle lui dit qu'il pouvait rester avec elle tant qu'il le voudrait et se reposer. Mais il refusa, préférant rejoindre son roi.

— Pourquoi elle s'est pas servie elle-même d'une épée pour tuer les méchants ? demanda la fillette. Moi, à l'école, j'ai sauvé un copain qui se faisait embêter.

— Tais-toi, Paloma, intervint son frère. Les filles c'est faible, ça se bat pas.

— T'es nul..., répliqua la petite.

Antoine fit mine de ne pas entendre le commentaire

machiste du gamin et continua son récit. Pris au jeu, il égrenait les phrases comme un chapelet, jouant avec sa voix, s'arrêtant sur les passages les plus imagés. Au bout de trois pages, il s'aperçut que le garçon s'était endormi. La petite, elle, clignait des yeux. Il était temps de s'arrêter.

— Hélas, le chevalier tomba dans le piège du méchant sorcier et il fut emprisonné dans un cachot sombre et humide. La suite demain.

— Pourquoi il est pas resté avec la belle fée du début ?

— Il devait rejoindre le roi. Il a préféré le travail à l'amour.

— Si on changeait ?

— Comment ça ?

— La magie ! Dans sa prison, il dit un sortilège et tout recommence. Il reste avec la fée et part pas chez le roi.

Marcas se gratta la tête quelques secondes, puis claqua dans ses mains.

— Ah, d'accord, il remonte le temps et fait le bon choix. C'est pas bête. Si seulement on avait cette formule magique dans la vraie vie, combien de bêtises on pourrait effacer. Refaire sa vie en tenant compte de ses erreurs à venir... Petite Paloma, trouve ce sortilège et tu rendras heureux les trois quarts de l'humanité, répliqua Marcas en ramenant la couverture sur son nez.

Il posa un baiser sur son front et s'éloigna doucement. Au moment de passer la porte, une petite voix le retint.

— Moi, j'y crois à la magie. Pas toi ?

— Hélas non.

À peine avait-il répondu que son cœur se crispa. Il s'arrêta sur le seuil, la main sur la poignée.

— Je dis des idioties. N'écoute jamais les adultes. Il faut toujours croire aux contes de fées.

La vie se chargera bien assez tôt de t'éjecter du monde des merveilles, songea-t-il en quittant la chambre.

Il se demanda si lui aussi n'avait pas vécu dans des contes, ces dernières années. Le hasard, ou la destinée, lui avait offert la chance de vivre des aventures étranges, au-delà de ce que pouvait lui offrir son métier de policier. Des Illuminati de San Francisco aux Templiers de Londres, de Nicolas Flamel l'immortel alchimiste à la maléfique société néonazie Thulé, du petit village envoûté de Rennes-le-Château aux vieux palais vénitiens en passant par les catacombes de Paris, il avait plusieurs fois traversé les portes de corne et d'ivoire qui donnaient sur un autre monde.

Mais à quel prix...

Au cours de ses tribulations, il avait perdu deux femmes qu'il avait aimées passionnément. Sa vie affective était devenue plus désertique que le Sahara et le Gobi réunis. Comme le chevalier du conte...

Et si c'était à refaire ? s'interrogea-t-il alors qu'il traversait le couloir en sens inverse.

Son portable vibra, lui évitant ainsi de chercher la réponse. C'était le numéro d'un de ses collègues de la BRB[1], qui travaillait avec lui sur une affaire de trafic d'antiquités. Il ne prit pas l'appel, ça pouvait attendre la fin du dîner. Depuis plusieurs mois, Marcas se chargeait de travail plus que de raison. Il empilait

---

1. Brigade de répression du banditisme.

les dossiers pour combler sa solitude, même les affaires les plus rébarbatives trouvaient grâce à ses yeux. Ses collègues commençaient à s'agacer de sa productivité.

La petite icône du répondeur vocal clignota. Antoine rangea le portable dans sa poche et arriva dans la salle à manger qui résonnait d'éclats de conversations. Il enviait son ami, et frère en maçonnerie, d'avoir bâti un véritable foyer, rempli de rires, de cris et de pleurs. Lui, personne ne l'attendrait quand il sortirait dans la nuit pour rejoindre son appartement de la rue Muller. Au mieux, il pouvait repartir avec l'Ukrainienne, elle semblait bien disposée à son égard. Mais, il ne la ramènerait pas pour elle, non. Plutôt pour ne pas se sentir seul.

Cathy le prit par le bras et lui murmura :

— Merci pour les enfants. Au fait, tu plais beaucoup à ma copine.

Il apprécia le compliment, savourant ce petit moment de vanité. Il décida en un clin d'œil d'abandonner sa résolution, ce serait idiot de laisser la copine partir seule. Et puis, c'était aussi une façon de faire plaisir à ses hôtes.

— Ah, Antoine, et si vous nous racontiez l'une de vos enquêtes ? demanda l'Ukrainienne. Ça doit être passionnant.

Antoine se rengorgea. Après tout, il ne parlait jamais de ses aventures à ses collègues ni à son fils. Même s'il ne pouvait pas tout raconter, il pouvait au moins livrer quelques bribes.

— Pourquoi pas. Avez-vous entendu parler des Illuminati ? Cette mystérieuse société secrète du XVIIIe siècle voulait renverser l'ordre établi. Elle est devenue, avec Internet, le numéro un des théories du complot dans le monde. Eh bien, j'ai été contacté par...

Le portable vibra à nouveau. Marcas, agacé, s'interrompit et sortit son smartphone. C'était toujours la BRB. Le début d'un sms s'afficha en haut de l'écran.

Urgent. Balking. On peut le coincer...

Antoine contempla l'assistance d'un regard ennuyé.

— Excusez-moi. C'est important.

Il traversa la salle à manger pour se poster devant l'une des fenêtres du grand salon haussmannien qui donnait sur le quartier de Beaugrenelle. De l'autre côté de la Seine, les tours de verre scintillaient dans la nuit, plus à gauche, le phare de la tour Eiffel tournoyait sans relâche. Une voix saccadée sortit du portable.

— Marcas, j'ai du lourd.

— Je suis chez des amis. Je peux te rappeler demain ?

— Non ! On a une chance unique de choper ce fumier. C'est tout de suite ou jamais. Viens me rejoindre avenue Marceau. On peut l'embarquer.

La vitre froide de la fenêtre lui renvoyait un visage plus fatigué qu'il aurait cru. Des petites poches apparaissaient sous ses yeux. Il réfléchissait à toute allure. Terence Balking, antiquaire, spécialiste du Moyen-Orient, qui possédait une chaîne de galeries à Dubai, Paris et New York. Il était dans le collimateur de son service depuis qu'on le soupçonnait d'acheter des objets en provenance des musées pillés en Irak et en Syrie par l'État islamique. Quatre mois qu'il piétinait sur cette affaire.

Il jeta un coup d'œil au décolleté plongeant de l'Ukrainienne et répondit d'une voix mal assurée :

— Tu sais qu'on n'a pas de commission rogatoire. Je me vois mal réveiller un juge à cette heure-ci.

— Je m'en tape de ton juge. J'ai beaucoup mieux. Écoute-moi bien. Ce cher Terence...

Quand il eut terminé la brève conversation, Marcas raccrocha et se mordit la lèvre. Il allait devoir abréger la soirée, tant pis pour l'incandescente Ukrainienne.

Le travail avant le plaisir. Le même choix que le chevalier du conte...

Il rejoignit Cathy dans la cuisine. Elle était en train de sortir une épaule d'agneau du four.

— Je suis désolé, on m'appelle pour une intervention urgente. Je dois partir.

Cathy le dévisagea avec stupéfaction.

— Quoi ? Mais on n'a même pas commencé !

Elle lui lança un regard aussi acéré que le gros couteau de boucher avec lequel elle s'apprêtait à découper la chair tendre et rosée.

— Comme tu veux. Il n'y a pas que le boulot, tu sais. Tu vas finir ta vie seul, répondit-elle en lui tournant le dos.

Quand il annonça son départ, la température chuta de plusieurs degrés dans la salle à manger. L'Ukrainienne lui jeta un regard triste qui l'accompagna jusqu'à la porte. Quand il sortit sur le palier, Nicolas se tenait sur le seuil, les bras croisés, une expression de reproche à peine dissimulée sur le visage.

— Cathy avait concocté ton plat favori. Et Alexia est venue exprès...

— Je vous inviterai au restaurant pour me faire pardonner.

Marcas lui adressa un sourire dépité. C'était tout ce qu'il pouvait offrir ce soir. Il attendit que la porte soit refermée pour descendre les escaliers quatre à quatre. Heureusement qu'il avait pris son scooter. À cette heure, il pouvait rejoindre son collègue en dix minutes avenue Marceau. Il enfila son casque et, après un dernier coup d'œil vers le troisième étage de l'immeuble qu'il venait de quitter, il enfourcha sa moto. Les deux fenêtres allumées de l'appartement de ses amis, chacune en arc de cercle, ressemblaient à deux yeux monstrueux qui l'observaient avec reproche. Il se sentait vaguement honteux ; si ses amis savaient où il se rendait...

Il démarra et fila sur la voie Georges-Pompidou qui ruisselait de circulation. Il accéléra à fond comme s'il voulait mettre le plus de distance possible entre lui et ses amis, pour ne pas les contaminer. Là où il allait, il n'y avait pas de fée bienveillante.

Les fées ne participent jamais à des séances de torture.

4.

Castel Gandolfo
18 juin

Drapé de blanc, Jésus flottait dans les airs, les bras levés pour embrasser l'humanité tout entière. Il surgissait du halo resplendissant d'un nuage divin. Son visage clair et bienveillant scrutait les cieux d'un œil confiant. Moïse et le prophète Élie lévitaient à ses côtés. Les disciples du Christ gisaient sous lui, courbés, les mains dressées devant leurs visages, comme pour se protéger de cette vision miraculeuse.
Le tableau de Raphaël, du moins sa partie supérieure, occupait toute la largeur du grand écran plat accroché au vénérable mur de briques du laboratoire de recherche de la Specola Vaticana.
Les cinq cardinaux invités par Theobald se sentaient moins à leur aise dans cette annexe remplie d'ordinateurs high-tech que dans la vénérable salle des planisphères dans laquelle le conseiller scientifique du pape leur avait présenté l'inquiétant rapport.

— *La Transfiguration sur le mont Thabor*, l'un de mes tableaux préférés, murmura Theobald.

Les cardinaux ne quittaient pas des yeux l'écran aussi large et haut que ceux accrochés par les employés des cantines pontificales les soirs de matchs de la Copa. Sous le moniteur, un homme brun en veste noire, assis devant un bureau, le dos tourné aux cardinaux, tapotait sur un clavier. Soudain, le Christ disparut comme par magie du tableau et, à sa place, au centre de la nuée divine, surgit un nombre à la typographie presque menaçante.

2 149 100 100

— Deux milliards et des poussières ! lança Theobald, les mains jointes derrière son dos. Deux milliards... C'est le nombre de chrétiens dans le monde, selon le dernier recensement. Catholiques, protestants, orthodoxes... La famille du Christ est à ce jour la première religion sur terre, devant l'islam et l'hindouisme.

— D'où provient ce chiffre ? demanda le cardinal Albertini d'une voix neutre.

Theobald répondit avec le calme de ceux qui maîtrisent leurs dossiers avant une intervention publique :

— De nos ordinateurs de calculs qui utilisent les données de l'Observatoire mondial des religions. Cet écran est relié à une unité centrale, un Cray, lui-même connecté à son jumeau situé dans notre centre de recherche astronomique de Tucson au Nevada. Leur puissance de calcul est utilisée essentiellement pour nos programmes scientifiques, mais, depuis quelques années, nous l'employons pour les recherches moins... conventionnelles d'Inter Mirifica.

Le cardinal Angelier opina d'un air narquois.

— Vous avez bien mérité votre surnom, Il Tastiera. Cette fascination pour les progrès techniques ne me surprend pas. Alléluia, donc... Nous sommes médaille d'or aux Jeux olympiques divins. C'est tout ?

Theobald ne releva pas et, imperturbable, continua sa présentation :

— La chrétienté n'a cessé de croître et de se multiplier sur tous les continents. Mais...

Il posa sa main sur l'épaule de l'homme au clavier. L'écran changea à nouveau, la peinture de Raphaël disparut, cédant la place à des tableaux et des graphiques de couleurs différentes qui ressemblaient étrangement à des écrans de cours de bourse. L'image grossit pour se focaliser sur une partie des données.

En haut de l'écran, un cartouche indiquait un nombre en rouge vif, dont les derniers chiffres ne cessaient de changer. Comme une sorte de compte à rebours.

1 254 767 753
1 254 767 751
1 254 767 749
1 254 767 747

— Ne pavoisez pas, messieurs. Vous avez sous les yeux le nombre de catholiques dans le monde. Et il fond. Il fond de façon aussi inéluctable que les glaces de l'Arctique.

La voix ne venait pas du conseiller scientifique du pape, mais de l'homme assis devant le clavier.

Lentement, ce dernier fit pivoter son siège pour faire face aux cardinaux. La quarantaine à peine, mais les cheveux bruns déjà grisonnants, il portait de fines lunettes grises, qui lui durcissaient le regard. Son accent américain prononcé – il butait sur les consonnes dès qu'il parlait italien – lui donnait une autorité mécanique et froide qui impressionna aussitôt les cardinaux.

Satisfait de son effet, l'homme se leva pour se poster à côté de Theobald. Celui-ci posa sa main sur son avant-bras.

— Mes amis. Je vous présente Lucas De Blasis, directeur de Titanium Initiative, première société mondiale dans le marketing prédictif et le traitement des données. Ses services travaillent avec nous sur ce projet depuis deux ans. Je vous laisse la parole, Lucas.

— Merci, Éminence. Je répondrai à vos questions plus tard, mais continuons la présentation. Vous avez sur cet écran la traduction chiffrée de ce que vous avez lu dans le rapport que je vous ai remis.

1 254 767 745
1 254 767 743
1 254 767 741
1 254 767 739

— Observez ce nombre en perpétuelle évolution. Un milliard deux cent cinquante-quatre millions sept cent soixante-sept mille sept cent trente-neuf. Depuis que je vous parle, vous avez perdu douze fidèles.

Soudain, au centre de l'écran surgirent plusieurs fenêtres remplies de graphiques sophistiqués. L'une d'entre elles se détachait par sa taille. À l'intérieur du rectangle, une courbe d'un violet scintillant piquait inexorablement vers le bas.

— Et là, vous voyez l'évolution pour les années à venir, d'ici la fin du siècle. Bien évidemment, toute une série de paramètres entre en ligne de compte pour aboutir à de telles estimations.

Les cardinaux échangèrent des regards suspicieux. Bomko toussa, moins pour chasser une irritation de la gorge que pour contenir son agacement grandissant. Cette analyse purement comptable heurtait de front leur sensibilité catholique. Pour les princes de l'Église, la foi en Dieu l'emportait haut la main sur ces froides statistiques. Des empires avaient disparu, des royaumes s'étaient éteints, le fascisme avait sombré, le communisme n'était plus qu'un souvenir, mais l'Église, elle, était toujours là, depuis deux mille ans, et par la grâce de Dieu.

Ils n'étaient pas hommes de chiffres, mais de lettres. Des lettres de leur seul abécédaire divin, la Bible.

— En d'autres termes, précisa Theobald, il s'agit du décompte des âmes perdues par l'Église catholique à chaque instant.

Le cardinal Cicognani s'était approché du grand écran, comme hypnotisé par ce qui défilait sous leurs yeux.

— Vous voulez parler du nombre de morts qui ont été baptisés à leur naissance ?

— Hélas non, répondit De Blasis. L'ordinateur fait la balance entre les décès et les naissances et intègre d'autres critères pour aboutir à ce chiffre. Comme vous le voyez, il est en baisse constante. Si nos calculs sont exacts, à cette allure, l'Église catholique a entamé un long processus de déclin.

Connors qui était resté silencieux jusque-là intervint avec véhémence :

— C'est faux ! L'annuaire pontifical recense chaque année le nombre de baptisés qui remontent de toutes les paroisses du monde et ça augmente...

— Certes, mais comme vous le savez parmi les millions de bébés baptisés, nombre d'entre eux abandonnent la sainte Église au cours de leur vie. Votre patron... Pardon, le pape... Le pape, donc, en était parfaitement conscient quand il nous a demandé de conduire ce projet sous la direction du cardinal Theobald. Pour arriver à des résultats aussi précis, nous utilisons des outils mathématiques très particuliers que l'on nomme algorithmes.

Les cardinaux le regardaient d'un air perplexe. Le visage du directeur de Titanium s'éclaira. Il arrivait enfin sur son terrain.

— Qui parmi vous utilise Internet ? Et pour quelle tâche ?

— Moi, dit Albertini, je consulte *L'Osservatore Romano* en version numérique. Et mon secrétaire prend tous mes billets d'avion sur la toile afin de faire des économies. Comme nous l'a recommandé notre Saint-Père.

De Blasis hocha la tête.

— C'est tout à votre honneur, Éminence. Avez-vous remarqué la présence de fenêtres publicitaires qui reviennent régulièrement sur votre écran d'ordinateur ?

— Oui, c'est d'ailleurs fort déplaisant. Je reçois des propositions d'hôtel de luxe pour Berlin, Paris ou Londres.

— Normal. Dès que vous consultez une destination, le site enregistre votre demande et la renvoie à un partenaire commercial auquel il est lié. Ce dernier intègre cette information à un programme informatique – un algorithme – qui enregistre votre intérêt pour ces villes et il va ensuite puiser de façon automatique dans le stock d'hôtels disponibles. Ces programmes invisibles existent pour tout. Consommation, finances, loisirs... Le monde virtuel est gouverné par les algorithmes.

Angelier haussa un sourcil.

— Pouvez-vous préciser ?

— Un algorithme peut se résumer à une suite d'instructions pour effectuer une tâche précise comme récupérer et analyser des données sur Internet dans le monde entier. Par exemple, si vous voulez savoir, en temps réel, où sont les plages les plus ensoleillées dans le monde, eh bien un algorithme va scanner tous les relevés météo de la planète et les croiser avec le répertoire des plages. Et si vous voulez connaître les plages les plus ensoleillées où l'on trouve le plus de catholiques pratiquants, un autre algorithme va recenser, en un clin d'œil, la densité d'églises en activité situées dans ces coins de paradis.

— L'ensemble des données électroniques disponibles dans le monde s'appelle le Big Data, intervint Theobald. Une masse inépuisable, extraordinaire, vertigineuse d'informations.

Le directeur de Titanium sourit.

— De nos jours, toutes les entreprises utilisent le Big Data à des fins commerciales pour vendre leurs produits et anticiper les comportements des consommateurs. Mais aussi les États pour surveiller les activités criminelles, terroristes ou déviantes selon eux... Vous seriez étonnés de la variété de nos clients. Notre mission est de fournir les algorithmes les plus efficaces et les plus rapides pour répondre à pratiquement toutes les questions. C'est la première fois que l'on utilise nos services dans le domaine religieux.

Le cardinal Cicognani secoua la tête. Son irritation reprenait le dessus.

— Cher monsieur, nous ne sommes pas une entreprise ! Nous ne vendons pas des pizzas ! Je suis sidéré par ce que j'entends. Vous voulez nous convertir au marketing ? C'est ahurissant. Comment notre Saint-Père a-t-il pu autoriser ce… blasphème.

De Blasis échangea un regard avec Theobald qui leva la main en guise d'apaisement.

— Quand le pape a pris ses fonctions, expliqua-t-il, il était déjà sensibilisé à l'influence croissante des algorithmes dans notre monde. Il trouvait curieux que l'Église ne s'intéresse pas à cette science.

— L'algorithme est une clé en or, ajouta de Blasis, comme celle de saint Pierre. Mais cette clé ouvre les portes du paradis du Big Data.

Les cardinaux, hésitants, ne répliquèrent pas. L'informaticien profita du silence pour poursuivre :

— Nos chercheurs ont travaillé pendant un an pour mettre au point un tel algorithme. Une fois celui-ci trouvé, nous avons eu pour mission de réaliser une projection pour le siècle à venir. Pour cela, il a fallu intégrer une multitude de paramètres sociaux, culturels, économiques, militaires, géostratégiques. Nos estimations ont été envoyées à la Specola Vaticana qui a ensuite rédigé le rapport.

Le cardinal Connors intervint :

— Je ne partage pas l'ire du secrétaire. Il faut tenir compte des progrès, comme nous l'a enseigné

Paul VI. Theobald, comment expliquez-vous une telle désaffection de la foi en notre Église ?

Cicognani vint se placer au centre du groupe. Le Premier ministre du pape sentait que Theobald prenait l'ascendant sur ses collègues.

— Ne cherchez pas, gronda-t-il. Nous connaissons tous notre ennemi. La laïcité ! Propagée depuis la Révolution française par les philosophes, les francs-maçons, et toute cette pseudo-doctrine des Lumières, Dieu a été chassé de l'esprit des hommes. Cette lèpre s'est répandue sur tous les continents, pour aboutir aux idéologies matérialistes et au communisme. Voilà les souillures originelles !

Le cardinal Bomko secoua la tête. Il n'allait pas laisser Cicognani imposer ses visions.

— Je ne suis pas d'accord, c'est le capitalisme et la société de consommation qui sont responsables des malheurs de l'homme. Acheter, vendre, s'endetter... L'argent obsède l'humanité. Le dieu dollar règne en maître sur les âmes et supplante toutes les religions. Le Saint-Père lui-même dans sa dernière encyclique a condamné la voracité sans répit de la finance internationale.

Theobald leva à nouveau la main pour apaiser les esprits des cardinaux. Il était temps de leur assener l'ultime argument massue. Il tendit à nouveau le doigt vers l'écran.

— Éminences, Éminences... Vous avez peut-être raison, mais comment, dans ces conditions, expliquez-vous ceci ?

L'écran devint noir, puis un demi-croissant de lune étincelant apparut, suivi d'une succession de chiffres vert émeraude.

1 609 256 089
1 609 256 101
1 609 256 116

Cette fois les derniers chiffres augmentaient. Juste en dessous, une courbe verte grimpait de façon vertigineuse.

— Il s'agit de la progression du nombre de musulmans dans le monde, expliqua Theobald.

Les cardinaux en restèrent bouche bée. Theobald continua d'une voix grave :

— Non seulement, cette religion est en pleine expansion, mais, selon nos calculs, en mars 2050, nous atteindrons le point de non-retour. L'islam fera jeu égal avec le christianisme. Puis il le dépassera de façon irréversible et deviendra la première religion mondiale. Le prophète Mahomet détrônera Jésus.

— Et les juifs ? s'enquit le cardinal Albertini.

— À peine quatorze millions... Ils ne peuvent pas rivaliser. En revanche, l'islam affiche une vitalité exponentielle. C'est déjà celle qui a le plus grand nombre de jeunes parmi ses fidèles, précisa De Blasis. En raison d'une démographie soutenue, certes, mais pas seulement.

Cicognani fulminait.

— C'est insensé. Vous vous entendez ? On dirait les représentants de multinationales qui veulent se partager le monde à coups de parts de marché.

— Avez-vous identifié pourquoi la Croix s'éclipse et le Croissant resplendit ? demanda le cardinal Angelier sans se soucier de la diatribe de son collègue italien.

Theobald écarta les mains, paumes ouvertes vers l'avant.

— Voilà la question fondamentale ! Merci de l'avoir posée. Je vais laisser Lucas De Blasis vous répondre. Cela fait partie de la mission que nous lui avons confiée.

Une myriade de visages tourbillonnants envahit l'écran. De toutes races et de toutes couleurs, jeunes et vieux, hommes et femmes. Tout un échantillon d'humanité, arborant une palette infinie d'expressions. À intervalles réguliers, l'un d'entre eux grossissait jusqu'à occuper toute la surface de l'écran, puis explosait en une multitude de minuscules visages d'individus différents. De Blasis prit la parole :

— Pour la première fois dans l'histoire de l'humanité, la race humaine dans son ensemble peut être analysée. C'est le fameux Big Data dont je vous ai parlé : la somme de toutes les informations électroniques disponibles sur le Net. Habitudes de consommation, réseaux sociaux, données médicales, opinions politiques et religieuses... Ce sont des milliards de milliards de données mises à disposition ; un océan d'informations dans lequel il ne faut surtout pas se noyer. Et c'est là qu'intervient notre société. Nous avons fait chauffer nos algorithmes pendant deux ans pour obtenir des réponses et vous livrer les résultats.

— Et donc ? s'impatienta Angelier.

De Blasis sourit et répondit en détachant chaque syllabe :

— Messieurs les cardinaux, si la religion sonde les âmes, Titanium s'occupe des cerveaux. Et dans ce domaine, nous sommes *la* référence. Vous voulez savoir pourquoi votre Église court à sa perte ? Pourquoi l'islam va vous damer le pion ? Je vais vous le dire.

Il marqua un temps d'arrêt et plongea son regard dans celui de chacun des cardinaux.

— Vous avez oublié votre métier de base.

Les cinq cardinaux se raidirent comme un seul homme.

— Si c'est une plaisanterie, elle est de très mauvais goût, jeune homme, murmura Connors.

— Comment osez-vous nous donner des leçons ? renchérit Bomko. Nous n'avons pas de métier, mais un sacerdoce. Et il mobilise toute notre énergie. Nous consacrons notre vie à répandre la parole du Christ, à propager son amour infini pour l'humanité.

L'homme au costume à quatre mille dollars secoua la tête en signe de dénégation et soutint le regard courroucé du préfet de la Congrégation pour l'Évangélisation des peuples.

— C'est bien là le problème, Éminence. Selon notre étude Galaxie, ce que les hommes et les femmes attendent d'une religion en ce troisième millénaire, ce n'est pas de l'amour. Non, pour ça ils ont désormais d'autres moyens. Ce qu'ils vous réclament, c'est ce que vos lointains prédécesseurs leur ont fourni à profusion dans les siècles passés. Ce que vous n'arrivez plus à leur donner alors que vous étiez les premiers dans ce domaine.

Theobald observait la garde rapprochée du pape en plissant les yeux. Le tableau de la *Transfiguration du Christ* apparut à nouveau sur le grand écran. Le Christ était revenu des nuées électroniques dans toute sa majesté. La voix de Lucas De Blasis résonna dans la pièce :

— *Inter Mirifica...* Des Merveilles. Les hommes veulent du merveilleux.

Sans attendre que ses collègues puissent répondre, le cardinal Theobald s'approcha et leur fit face.

— Un miracle, mes amis. Seul un miracle peut sauver notre Église pour les siècles à venir et toucher le cœur des hommes. Et ce miracle, nous sommes en mesure de le réaliser.

— Il a un nom ce miracle ? demanda le cardinal Albertini.

Il Tastiera fit un signe à De Blasis. Le Christ de Raphaël disparut et fut remplacé par un calice gigantesque en or massif. Theobald déclara d'une voix ténébreuse :

— Le Graal.

5.

Paris
18 juin

Dans la chaleur étouffante de la cave voûtée, le claquement du fouet déchira le silence, pour la troisième fois.

L'homme attaché à la croix en forme de X ne poussa aucun cri de douleur. Il se contentait d'écarquiller les yeux et de tirer sur les anneaux qui encerclaient ses minces poignets. Il était nu sous une cape blanche frappée d'une croix pattée écarlate. La sueur collait, par endroits, le tissu à la peau. De fines traces de sang séchaient sous ses maigres mamelons.

La silhouette en robe de bure noire, capuche baissée sur les yeux, replia la lanière tressée de cuir pour former un rond parfait qu'elle accrocha à sa ceinture. Elle contempla sa victime avec un sourire angélique.

— À ta guise, maudit templier. Puisque tu ne veux pas parler, je vais passer à quelque chose de plus persuasif.

Elle se saisit d'une paire de tenailles qui reposait

sur un petit chevalet en bois orné d'une tête d'aigle et s'approcha du supplicié. Sa robe de bure ondulait sur le sol. Une cuissarde rouge dépassait du tissu grossier. L'homme fixait la cuisse nue, presque hypnotisé, avec un pauvre sourire.

— L'ordre a survécu depuis sept siècles, répondit-il.

— Ton courage ne te servira à rien. J'ai des ordres de mon seigneur et maître. Tu ne sortiras pas d'ici avant d'avoir avoué

L'homme secoua la tête, des larmes coulaient sur ses joues creuses. La jeune femme écarta la cape au niveau du torse de sa victime avec l'extrémité des tenailles. Les mâchoires de l'instrument glissèrent vers le mamelon en sueur.

— Pour la dernière fois, parle ! Quel est le secret du Temple ? On vous a tous retrouvés, un par un. Tu es le dernier sur ma liste.

Le templier se redressa sur sa croix de Saint-André, les yeux brûlants. Une grimace déforma ses lèvres sèches.

— Diablesse, fais de moi ce que tu veux. J'ai juré devant Dieu et notre grand maître de ne rien révéler.

Le sourire de la femme se figea.

— Tu vas apprendre l'obéissance.

Les tenailles descendirent, lentement, le long du ventre. La femme bourreau colla sa bouche contre l'oreille du supplicié.

— Souffrance et vérité ne font qu'un…

Le fer des tenailles agrippa la chair molle et l'homme poussa un cri. Presque une supplique.

— Non, pitié !

Soudain, la porte s'ouvrit avec fracas. Deux hommes

en blouson de cuir surgirent dans la cave, pistolet au poing, brassard rouge au bras.

— Police !

La femme s'arrêta net, la pince tomba au sol. Son regard brillait de colère.

— C'est privé. Vous n'avez pas le droit d'entrer !

Les deux policiers traversèrent la salle voûtée d'un pas lent.

— Ne vous inquiétez pas, maîtresse... Ilsa. C'est bien ça votre nom de scène ?

Antoine Marcas montra sa plaque à la domina blonde en robe de moine.

— Torture et voies de faits. Regardez ce pauvre homme, vous allez le mettre en charpie

— Une mise en scène. Il voulait prendre son pied en jouant au templier interrogé par l'Inquisition.

— Et ça c'est quoi ? demanda le policier en désignant une GoPro fixée sur un trépied et braquée sur la croix.

Excédée, la femme leva les yeux au plafond.

— C'est pour moi, répliqua le templier dont le visage prenait une teinte pivoine.

Marcas s'arrêta devant un présentoir rempli d'accessoires SM et prit une paire de menottes, finement cloutées à l'intérieur. Il secoua la tête en souriant.

— Ce n'est pas le modèle homologué par la police nationale, chère madame.

La domina croisait les bras avec un air de défi.

— Et alors ? Je suis pas flic !

Marcas acquiesça d'un air entendu et extirpa du tas d'objets une casquette noire à tête de mort et un brassard à croix gammée.

— Cool, une vraie panoplie de SS. Il y a même

une veste d'uniforme et une cravache. Depuis le temps que je la demandais au père Noël.

L'autre policier s'approcha du supplicié qui tirait de toutes ses forces sur les anneaux.

— Ça va, monsieur Balking ? Vous voulez de l'aide ?

Le visage du client avait viré au rouge écarlate.

— Je... Je n'ai rien fait de mal, balbutia-t-il d'un air penaud.

Le commandant Antoine Marcas se tourna vers la domina.

— Mon collègue va vous accompagner à l'étage pour prendre votre déclaration. Je dois parler à ce courageux templier.

La blonde maugréa et sortit de la cave avec le second policier. Antoine se tourna vers le maso, souleva un pan de sa cape et contempla, d'un air perplexe, les zébrures rougies.

— Elle n'y est pas allée de main morte, votre copine.

Marcas s'assit sur un tabouret de velours rouge et contempla la salle.

— Je n'avais jamais mis les pieds dans un donjon SM... Bon, mais je me fous de vos préférences sexuelles, il faut qu'on parle tous les deux. Je me présente, commissaire Antoine Marcas de l'OCBC[1]. Vous devez connaître notre service, puisque vous dirigez un réseau de galeries d'art à Paris et en province.

Terence Balking tendit le cou, ses veines gonflées étaient prêtes à éclater.

---

1. Office central de lutte contre le trafic de biens culturels.

— Je n'ai rien à vous dire. Détachez-moi, j'ai mal aux poignets.

— Vous plaisantez ! Depuis le temps que je rêve d'un interrogatoire médiéval, je ne vais pas bouder mon plaisir.

Marcas se leva et agrippa le poignet du supplicié avec la paire de tenailles.

— Apparemment, c'est votre truc la souffrance. Et moi, je me demande si je n'ai pas un petit côté sado.

Le templier hurla :

— Vous êtes malade ! C'est de l'abus de pouvoir.

— Tout de suite les grands mots, répliqua Antoine en haussant les épaules. Je plaisantais. J'ai quelque chose à vous montrer.

Marcas reposa les tenailles et sortit son smartphone qu'il mit sous le nez de Balking. Sur l'écran apparut une série de petites tablettes de pierre représentant des démons cornus.

— Ces représentations de divinités mortuaires assyriennes, datant du VIIe avant J.-C., vont être mises aux enchères demain, à l'hôtel Drouot, dans le cadre d'une vente thématique sur des objets funéraires. Leur traçabilité pose problème. Elles ont fait le trajet de Syrie en France après être passées par la Turquie et l'Allemagne. On a toutes les raisons de penser qu'elles ont obtenu un faux certificat d'authenticité pendant leur transit. D'après nos informations, elles ont été pillées par l'État islamique lors de la mise à sac du musée de Palmyre.

Vous saviez que Daesh palpait chaque année une centaine de millions de dollars avec ce petit trafic ? Ça craint vraiment pour vous là...

Balking baissa la tête.

— Daesh ! Mais en quoi suis-je concerné ? Je ne participe même pas à cette vente !

Marcas reprit les tenailles dont il fit claquer les mâchoires.

— Exact, mais il se trouve que le vendeur de ces objets à Drouot les a achetés dans l'une de vos galeries l'année dernière. Et selon toutes probabilités, une fois passées par les enchères, ces œuvres seront définitivement blanchies.

Terence Balking redressa la tête. Il arborait un visage empourpré.

— Des *probabilités* ! Vous n'avez rien. Vous voulez m'embarquer ? Allez-y. Je me rhabille et je vous suis. Quand je raconterai à mon avocat vos méthodes de nazi, il vous hachera menu.

Marcas jeta la paire de tenailles à terre.

— C'est la première fois dans ma carrière qu'on me traite de nazi... Je note : outrages à agent public dans l'exercice de ses fonctions. Pour vos vêtements, ce ne sera pas possible. On doit vous embarquer dans votre tenue de templier. C'est pour l'hôpital.

— L'hôpital ?

Marcas détacha ses mots avec lenteur.

— Eh bien, oui. La procédure. Avant d'aller au commissariat on doit passer par l'hôpital pour examiner les traces des sévices. On ne veut pas que vous nous accusiez de maltraitances pendant qu'on prendra votre déposition. Je vais prévenir les urgences. Le problème, bien sûr, ce sont les journalistes...

— Hein ?

— Il y en a toujours un ou deux qui furètent là-bas : ils sont rencardés par des employés de l'hosto. Un célèbre galeriste à moitié nu déguisé en chevalier templier pour une séance sadomaso, ça va faire de superbes photos !

La sueur perlait à grosses gouttes sur le visage du marchand d'art.

— Ma réputation !

— Il fallait y penser avant.

Balking se tortillait comme un ver sur sa croix de Saint-André.

— Vous ne pouvez pas. Je vous en supplie ! Si ma femme apprend ça, elle va demander le divorce.

— Et comme elle possède les parts majoritaires dans votre réseau de galeries... Je comprends. Vous êtes sûr de ne pas vouloir papoter ?

Le galeriste poussa un long soupir d'abattement et acquiesça. Marcas prit la clé qui pendait d'un chevalet et détacha le supplicié. Celui-ci se drapa dans sa cape pour cacher sa nudité et s'assit sur le tabouret. Il massa ses poignets rougis par les fers.

— Je n'y suis pour rien. C'est l'un de mes associés français qui s'est fourvoyé. Alain Galuard. Il a acheté ces tablettes à un antiquaire à Munich. Quand elles sont arrivées à l'entrepôt, j'ai tout de suite vu que ça sentait mauvais. J'ai même vérifié sur le site Art Claim qui répertorie les œuvres volées. Ce n'était pas le cas. Je lui ai quand même demandé de s'en débarrasser.

— Vous auriez dû nous le signaler ! Non seulement nous possédons notre propre base de données Treima, mais nous avons aussi accès au gigantesque fichier Leonardo de nos amis carabiniers italiens et à celui d'Interpol...

L'antiquaire continuait de se frotter les poignets. Les épaules tombantes, les cheveux hirsutes, la cape flottant sur ses pieds, il secoua la tête, dépité.

— Signaler, dénoncer... Ce n'est pas mon truc. On se connaît depuis vingt ans. Et puis un scandale risquait d'éclabousser mes galeries. J'ai une réputation à tenir.

— Ça, c'était avant votre séance ésotérico-masochiste. Vous seriez prêt à témoigner contre lui ? Avec nos collègues allemands, on va désormais remonter toute la filière. En échange, je ferme les yeux sur vos activités... chevaleresques. À vous de décider.

— Je suppose que je n'ai pas le choix.

— En effet. On vous mettra hors du coup quand ce sera rendu public. Vous savez où on peut trouver votre associé ?

Pour la première fois, l'antiquaire esquissa un faible sourire.

— Il sera présent demain à la vente à Drouot. Puis-je avoir mes vêtements ?

Marcas secoua à son tour la tête.

— Mon collègue va redescendre pour prendre votre déposition, que vous signerez. Après vous pourrez rejoindre votre charmante épouse.

Antoine effleura le bois de la croix d'une main distraite.

— Pauvre saint André, il n'aurait jamais pu imaginer que son instrument de supplice devienne le symbole de ralliement des masos et des sados de toute la planète... Une dernière question : pourquoi ce trip SM templier ?

— Quand je suis dans un donjon, reprit l'antiquaire, j'ai l'impression d'être hors du temps, j'éprouve des sensations incroyables. La vie est tellement grise et banale. Ici, c'est... merveilleux.

— Merveilleux. Genre Disneyland... mais en plus méchant ?
— Vous ne pouvez pas comprendre. Il faut pratiquer.
Marcas tapota l'épaule du galeriste.
— Je vous laisse à vos merveilles.

Quand Marcas arriva dans la petite cuisine à l'étage, il trouva son collègue assis en train de prendre un café avec la domina. Le policier reposa sa tasse.
— Alors ?
— Il m'a lâché un nom. Le type sera à Drouot demain en fin d'après-midi.
— Tu démantèles un réseau de trafiquants et nous on porte un coup au financement du terrorisme. T'as eu du nez en nous mettant sur cette affaire depuis le début. Tout le monde est gagnant. Tu veux que je l'arrête demain ?
— Non, répondit Marcas, laisse-moi le coffrer là-bas. Je connais bien les gens de Drouot, ils risquent de faire une attaque en voyant débarquer tes gars. En revanche, je te l'expédie dans la foulée pour que vous le cuisiniez.
— Ça me va. J'étais en train de remercier Mlle Ilsa pour son hospitalité. Ses renseignements ont été précieux et comme on n'avait pas d'autorisation d'un juge...
— Donnant donnant. Comme prévu, répliqua la maîtresse-femme en retirant ses cuissardes rouges sous leurs yeux. Mais demain vous relâchez mon fils à la première heure. Je me chargerai de lui faire passer sa vocation pour le trafic de shit, faites-moi confiance, ajouta-t-elle en se redressant sur sa chaise.

La robe de bure s'écarta, dévoilant une jambe magnifique. Marcas y jeta un œil furtif, troublé par le charme vénéneux de la professionnelle. Elle intercepta son regard et, insensiblement, remonta un pan du tissu d'une main fine. Imparable.

On se calme, tu es en service, songea Antoine en s'efforçant de lutter contre cette tentative de corruption charnelle. Se reprenant, il la fixa droit dans les yeux.

— J'espère que vous n'allez pas utiliser vos instruments de travail avec le fiston. Au fait, pour votre client, vous allez vraiment prendre ses bijoux de famille dans vos tenailles ? demanda Antoine en grimaçant à l'évocation d'un souvenir d'une autre enquête[1].

Maîtresse Ilsa lui lança un regard sans équivoque.

— Secret professionnel, commissaire. Mais passez me voir, je vous ferai un prix. Si vous avez un fantasme inavouable ou si vous voulez goûter aux plaisirs de la croix de Saint-André.

Antoine sourit.

— Hélas, je ne suis pas très porté sur les croix…

---

1. *Le Septième Templier*, Fleuve Noir, 2011.

6.

Castel Gandolfo
18 juin

Les regards effarés des cinq cardinaux convergèrent vers la coupe nimbée d'un halo doré. Theobald désigna l'écran avec autorité.

— Oui, mes amis. Le saint Graal. La relique la plus sacrée de la chrétienté. La coupe du Christ pendant la Cène, la coupe qui a recueilli son sang alors qu'il agonisait sur la croix. Du Graal viendra le salut de notre Église.

Joignant les mains derrière le dos, Cicognani, le secrétaire d'État du Vatican, s'avança vers Theobald. Son maigre cou plissé sortant de son col ressemblait à la tête d'une tortue hors de sa carapace.

— Je croyais que ce n'était qu'une légende.

— Plus maintenant. Nous avons retrouvé sa trace, répliqua sèchement Il Tastiera.

— Comment ? lança Angelier, incrédule.

— Je ne peux pas vous donner les détails. Le Saint-Père s'en chargera lui-même dans quelques jours. Il m'a juste chargé de vous présenter l'étude. De préparer le terrain en quelque sorte.

Il Tastiera consulta sa montre. Il était temps de clore la réunion.

— Si vous avez encore des questions d'ordre... technique, c'est maintenant. Je dois repartir pour le Vatican.

— Vous comptez faire part de nos réactions au Saint-Père ? interrogea avec méfiance Angelier.

— Nullement, mentit Theobald.

Les cardinaux se regardaient, méfiants. Mais le jésuite s'y attendait, n'avait-il pas lui aussi manifesté le même scepticisme ? Albertini reprit la parole :

— Puisque je m'occupe des questions touchant aux saints et aux reliques, accordez-moi donc une expertise dans ce domaine. Laissez-moi résumer : vous nous expliquez que l'Église est empoisonnée par le rationalisme et que l'antidote consiste à injecter du merveilleux à haute dose. En l'occurrence le Graal.

— Oui, répliqua Theobald qui savait qu'Albertini avait suffisamment de poids pour influencer ses collègues.

— Admettons que le Graal existe et que nous puissions le trouver, en quoi répond-il à ce besoin de merveilleux ?

Interceptant le regard de Theobald, De Blasis vint lui prêter main-forte :

— À la demande du Vatican, nous avons conçu un nouvel algorithme, Galaxie 2, pour savoir ce qui pouvait pallier cette absence de merveilleux. Galaxie 2 s'est plongé dans les abysses du Big Data et en a remonté des informations capitales. Encore fallait-il les classer et les hiérarchiser. Par exemple, la vivacité stupéfiante de vos sanctuaires miraculeux.

— Précisez…, insista Connors visiblement passionné par ce qu'il entendait.

— Guadalupe au Mexique : 15 millions de visiteurs annuels. Lourdes en France : 6 millions. Fátima au Portugal : 5 millions… Trois lieux d'apparition de la Vierge, trois sanctuaires qui, chaque année, battent des records d'affluence ! Galaxie 2 a récupéré le maximum d'informations sur les pèlerins et nous avons découvert qu'ils étaient eux-mêmes les meilleurs prescripteurs de la foi catholique auprès de leur entourage. Et pas seulement chez les chrétiens. Saviez-vous que Lourdes accueille aussi des musulmans attirés par l'aura de la mère de Jésus ?

Le cardinal Connors ne semblait toujours pas convaincu.

— Certes, mais cela concerne la Vierge, je ne vois pas le rapport avec le Graal…

Les yeux de De Blasis pétillèrent.

— Le miracle. Ces pèlerins ne viennent pas là-bas pour entendre des sermons du style *aimez-vous les uns les autres* ! Ils ne parcourent pas des milliers de kilomètres pour prendre des cours de théologie. Ils veulent du miracle. Guérir d'une maladie, prier pour sauver la vie d'un de leurs proches, trouver un job… Que ce soit la Vierge ou bientôt le Graal, peu importe le support marketing, ce qui compte c'est ce que veulent vos fidèles. Du Divin ! Votre grande spécialité.

Il hésita un instant avant de reprendre, l'air inspiré :

— Vous connaissez la saga *Star Wars* ? Eh bien *Star Wars*, c'est la Force, l'Église catholique, c'est la

Foi. À la différence que vous, ça fait deux mille ans que vous projetez le même film. Malheureusement pour vous, vous avez zappé les effets spéciaux.

Theobald laissait le directeur de Titanium continuer, même s'il se doutait qu'aucun des cardinaux présents n'avait vu la saga.

— Notre algorithme a travaillé sur la quête du merveilleux et des miracles, poursuivait De Blasis. Il l'a croisé avec les reliques chrétiennes et leurs représentations dans l'esprit des gens. Je vous passe les détails fastidieux sur les biais de programmation et les analyses multifactorielles, toujours est-il que le Graal est arrivé en tête, très loin devant le saint suaire. Il imprègne l'imaginaire chrétien collectif depuis des siècles et jusqu'aux œuvres de fiction. Merci, Indiana Jones. Même le mot Graal est devenu un terme générique pour évoquer une découverte ou une récompense. Il ne vous a pas échappé qu'un célèbre thriller ésotérique qui livre une interprétation pour le moins féminine du Graal a été vendu à 90 millions d'exemplaires sur tous les continents… Qu'il est dans la liste des vingt livres les plus vendus dans le monde depuis l'invention de l'imprimerie.

— Jamais entendu parler. Je ne l'ai pas vu sur la liste des livres recommandés par *L'Osservatore Romano*, intervint le cardinal Cicognani, intrigué.

Il Tastiera soupira silencieusement, Cicognani vivait depuis trop longtemps dans sa tour d'ivoire du Vatican. Comme beaucoup de ses collègues.

— Vous auriez dû, Cicognani ! s'exclama Albertini. À l'époque, nous avons été assaillis de toutes parts pour répondre aux accusations de ce roman.

Bomko paraissait furieux. Il transpirait, ses yeux

étaient comme exorbités. Theobald se demanda si le Congolais ne souffrait pas de la thyroïde, et nota mentalement de se faire communiquer son dossier médical.

— C'est un peu facile, Tastiera ! s'écria Bomko. Vous nous convoquez comme des conspirateurs pour annoncer l'Apocalypse, vous invitez cet Américain qui sort on ne sait d'où et vous nous sortez le Graal du chapeau. Et ensuite on est censé décamper. Je ne marche pas et je vous assure que nombre de cardinaux se poseront bien des questions sur cette opération.

De Blasis se raidit et jeta un coup d'œil inquiet à Theobald qui croisa les bras.

— Je ne fais qu'exécuter la volonté du Saint-Père, répondit celui-ci d'un ton égal, mais incisif. Remettriez-vous sa parole en doute ? Oubliez-vous qu'il vous a offert l'un des dicastères les plus puissants de la Curie. Contre l'avis de beaucoup de vos collègues ?

Bomko baissa la tête.

— Dites-nous-en un peu plus sur ce Graal, suggéra Angelier, curieux.

Le jésuite prit un air grave.

— Depuis des siècles, l'Église a toujours eu une position ambiguë sur le Graal. Au Moyen Âge, nos prédécesseurs ont laissé s'épanouir toute une littérature sur le sujet sans pour autant reconnaître officiellement l'existence de la relique. Et pour cause, aucun texte des Évangiles ne fait mention du Graal ou d'une coupe ayant recueilli le sang du Sauveur sur la croix. Comme vous le savez, à cette époque ils avaient les moyens de faire interdire n'importe quel écrit jugé hérétique et ils ne s'en privaient pas. Sauf que pour les autorités ecclésiastiques, ce Graal possédait toutes les vertus, il enflammait l'imagination du bon peuple et des seigneurs dans une période sombre de la chrétienté. Une période où il fallait absolument revivifier la foi.

— Précisez, demanda Albertini.

— Le fiasco des croisades ! Chrétien de Troyes publie son *Conte du Graal* autour de 1190, or à cette époque l'Occident subit de graves revers en Terre sainte. À la tête de ses armées, Saladin prend Jérusalem et la plupart des places fortes de la région. Les chrétiens sont expulsés, massacrés ou envoyés en esclavage. Il ne reste plus que quelques bastions comme Tyr et Antioche. Face à la catastrophe, le pape Grégoire VIII lance la troisième croisade. Le Graal est une magnifique parabole d'une nouvelle quête, celle de la reconquête de la Terre sainte. Ce n'est pas un hasard si les écrivains continuateurs de Chrétien de Troyes vont tous axer la quête du Graal dans une optique de plus en plus chrétienne.

— Avec de nouveaux chevaliers, purs et intrépides, œuvrant pour la gloire du Christ, ajouta Albertini, songeur. Je n'avais pas pensé à ce parallèle. Je comprends mieux maintenant pourquoi les papes de cette époque ont autorisé la propagation du mythe.

Connors paraissait lui aussi intrigué.

— Si je comprends bien, les papes de cette époque ont utilisé ce Graal à des fins politiques ?

— Pas seulement, à leur façon ils avaient aussi conscience du pouvoir de l'imaginaire dans la population. N'oubliez pas que le Graal était devenu le roman le plus populaire de l'époque, on le contait dans les cours les plus prestigieuses et dans les veillées des chaumières les plus humbles.

Il s'interrompit pour reprendre son souffle et poursuivit d'une voix enflammée :

— Politique, spirituel, imaginaire... Peu importe. Vous comprenez pourquoi notre Saint-Père veut réactiver la puissance du Graal ? Il suit les traces de ses prédécesseurs. Nous revivons les mêmes menaces ; l'Église doit reconquérir une nouvelle Terre sainte. Et cette fois l'enjeu n'est pas Jérusalem, mais le monde entier. Dans cette croisade des âmes, le Graal sera notre oriflamme.

Le directeur de Titanium observait avec attention les cinq cardinaux. Il sentait bien que les explications de Theobald les troublaient, mais il aurait été bien incapable de savoir si le jésuite avait remporté la partie. Ce n'était pas le type de clients auxquels il avait habituellement affaire. Des coriaces dans leur genre.

Cicognani interpella le préfet de la Congrégation pour la Cause des saints :

— Albertini, est-il exact qu'il n'existe aucun lieu saint consacré au Graal ?

— Je crois qu'il y a une petite église du saint Graal, en Bretagne, dans la forêt de Brocéliande, mais elle n'est pas considérée comme un sanctuaire officiel. À ma connaissance, la cathédrale de Valence, en Espagne, expose un Saint Calice qui selon la légende serait le Graal. Jean-Paul II y a même célébré une messe en connaissance de cause. Des historiens ont même alimenté cette version mais l'Église ne s'en est pas mêlée. Theobald a raison, nous sommes très... jésuitiques sur la question du Graal.

Les cinq princes de l'Église échangeaient à voix basse. Ils semblaient indécis. Theobald prit une inspiration. S'il voulait emporter leur adhésion, il devait changer de registre. Ce n'était pas la puissance des algorithmes qui allait les convaincre, mais celle du Christ. Il se tourna vers le directeur de Titanium.

— Vous pouvez nous laisser. Je dois m'entretenir avec mes invités en privé. Nous nous reverrons au Vatican.

De Blasis s'inclina respectueusement devant les cardinaux et s'éclipsa. Theobald attendit que la porte se soit refermée.

— Les archives du Vatican recèlent bien des trésors, vous le savez. Si une majorité des documents est accessible à la communauté des chercheurs, il reste certains dossiers sensibles conservés à l'abri des regards, des dossiers que seul le pape peut consulter et le cas échéant mettre en lumière. Le Graal en fait partie. Attendez quelques jours et vous en saurez plus. Je vous le promets.

Il Tastiera cliqua sur la souris et fit réapparaître le tableau de Raphaël sur l'écran. Il écarta les bras à nouveau et plongea son regard dans ceux des cinq prélats. Sa voix se fit plus puissante.

— Écoutez-moi, mes frères !

Les murmures se tarirent.

— Oubliez la technologie. Vous me connaissez tous, vous savez combien je place la science au firmament, non pas comme une idole, mais comme une manifestation de l'esprit de Dieu. Normalement, je devrais être le plus rétif d'entre vous. Rendez-vous compte, moi le gardien de la raison dans la maison de Dieu, je vous adjure de convoquer le miraculeux pour sauver notre Église. Mes frères ! Observez bien ce tableau représentant la Transfiguration et souvenez-vous de ce moment où tout a basculé dans la vie de Jésus.

Les princes de l'Église tournèrent leur regard vers l'écran. Theobald poursuivit, exalté :

— La Transfiguration, mes amis, cet instant extraordinaire dans la vie de Jésus. Il venait de multiplier les pains devant ses disciples. Mais comme ça ne suffisait pas, il monta sur le mont Thabor. Écoutons la parole de Matthieu.

Theobald prit une grosse bible à reliure rouge, déjà ouverte et lut d'une voix profonde :

— « Il fut transfiguré devant eux, son visage resplendit comme le soleil, et ses vêtements devinrent blancs comme la lumière. Et voici, Moïse et Élie leur apparurent. Comme il parlait encore, une nuée lumineuse les couvrit. Et voici, une voix fit entendre de la nuée ces paroles : "Celui-ci est mon Fils bien-aimé, en qui j'ai mis toute mon affection. Écoutez-le." Lorsqu'ils entendirent cette voix, les disciples tombèrent sur leur face, et furent saisis d'une grande frayeur. Mais Jésus, s'approchant, les toucha, et dit : "Levez-vous, n'ayez pas peur !" »

Theobald referma la bible dans un bruit sourd.

— À cet instant précis, l'homme Jésus est devenu le fils de Dieu, reprit-il, d'une voix tendue par l'émotion... Un miracle que la science ne sera jamais en mesure d'expliquer et qui fonde notre foi. Je vous le dis, mes frères, s'il n'y avait pas eu ce moment miraculeux, les apôtres se seraient dispersés comme poussières au vent. Le Saint-Père en est convaincu, le Graal sera une nouvelle transfiguration pour notre Église.

Un lourd silence s'abattit dans le laboratoire d'Inter Mirifica.

— Il sera une nouvelle clé en or qui ouvrira les portes d'un nouveau paradis. Celui des merveilles. Le Saint-Père réclame votre aide, il a besoin de vous.

Le préfet de la Congrégation pour la Cause des saints scruta ses collègues, sembla hésiter quelques longues secondes, puis prit la parole.

— Vous êtes persuasif, Theobald, et je pense que vous avez raison. L'Église a besoin de cette clé.

Une demi-heure plus tard, quatre Mercedes noires descendaient en cortège la route qui menait hors de l'enceinte pontificale. Debout sur la terrasse qui entourait l'une des tours astronomiques, le chef d'Inter Mirifica et le préfet de la Congrégation pour la Cause des saints les regardaient s'éloigner dans la nuit.

— Ce n'était pas gagné…, déclara Albertini. Votre envolée sur la Transfiguration a sauvé la partie. À part Bomko, tous les autres se sont rangés de notre côté.

— Qui aurait cru que nos chemins allaient converger ? Vous le gardien de la foi la plus… primitive avec vos béatifications et vos reliques et moi celui de la science. Aucun de nos collègues ne pouvait savoir que nous avions fait alliance.

Albertini contemplait, pensif, le lac Albano qui s'étendait sous leurs yeux.

— Remercions le Saint-Père de nous avoir réunis…. Saviez-vous que l'une des origines du mot Graal serait le terme *Krater*, qui désigne un cratère ? Exactement comme l'origine géologique de ce lac.

— Je l'ignorais.

Theobald était visiblement fatigué. Il leva les yeux

au ciel. Les constellations scintillaient dans le ciel d'encre. Il pouvait les nommer une par une. Une bouffée de nostalgie l'envahit, résurgence d'un passé où il n'avait pas à se mêler d'intrigues de palais. Il reprit d'une voix éraillée :

— Dans ma vie d'astronome, j'ai vu tant de prodiges s'accomplir dans le ciel... Contemplez la beauté de la Voie lactée, reflet de la puissance divine. Pourquoi les hommes ont-ils tant besoin de miracles alors que, chaque nuit, l'univers leur offre le plus merveilleux de tous ?

— Rien n'a changé depuis deux mille ans, les hommes sont comme l'apôtre Thomas, ils ont besoin de voir pour croire. Le directeur de Titanium a raison, il faut continuer à leur projeter un film de merveilles. D'ailleurs j'ai bien aimé le dernier opus de *La Guerre des étoiles*.

Surpris, Theobald se tourna vers Albertini.

— Eh oui, mon ami, dit ce dernier, il m'arrive d'aller au cinéma. Nous devrions peut-être faire appel aux services d'Hollywood quand le pape présentera le Graal.

— Je ne pense pas que nous soyons très populaires là-bas, ils ont attribué l'oscar du meilleur film à *Spotlight*, le film sur les affaires de pédophilie dans l'Église de Boston.

— Je préfère les merveilles aux horreurs, murmura Albertini d'un ton désabusé.

Le regard d'Il Tastiera quitta le ciel étoilé pour se poser sur l'immensité ténébreuse du lac Albano. Les nuits sans lune, l'ancien cratère englouti avait l'aspect d'un gouffre insondable. Un trou noir, infini et menaçant.

— Avec Galaxie, j'ai accompli la part de mission qui m'incombait, la suite est entre vos mains..., dit Theobald. Quand me montrerez-vous ce fameux manuscrit dont m'a parlé le Saint-Père et qui vous a conduit sur la piste du Graal ?

— Très bientôt. Faites-moi confiance.

— Et où en êtes-vous de la récupération de... l'objet ?

Albertini hocha la tête.

— Demain. Demain, nous ferons un pas décisif vers le Graal.

7.

Paris
Rue Muller
19 juin

Un soleil éclatant accueillit Marcas alors qu'il sortait de son immeuble pour faire des courses. Il avait passé une nuit désagréable, réveillé en sursaut d'un cauchemar dans lequel des nonnes en guêpière le flagellaient pour lui faire avouer qu'il était franc-maçon.

Il repensa à la domina rencontrée la veille. Elle n'avait pas hésité à prendre des risques pour sauver son fils de la prison. Il avait beau n'avoir aucune empathie pour les pratiques SM, le caractère affirmé de cette femme le touchait. Il se demanda ce qu'il aurait fait à sa place, jusqu'où peut-on aller pour protéger son enfant ?

La réponse était évidente : il n'y avait pas de limite.

Il contempla les arbres qui montaient en pente douce sur la butte Montmartre. L'un d'eux, un chêne, étendait ses larges branches noueuses au-dessus de l'escalier de la rue Utrillo. Marcas avait toujours eu une tendresse particulière pour cet arbre. En secret, il le saluait tous les matins et, quand il sirotait un café, à la brasserie du coin, il se plaisait à imaginer sa vie muette et souterraine. Depuis combien de temps était-il là ? Vu la taille de son tronc, il devait dater de la construction du Sacré-Cœur. Ses ramures avaient vu passer toute la vie parisienne, des élégants de la Belle Époque aux touristes du monde entier débarqués en charter.

Marcas cligna des yeux sous la lumière matinale, heureux de profiter de ces instants de liberté avant de s'occuper de l'arrestation de l'antiquaire Galuard, en fin d'après-midi à Drouot. Personne ne lui en voudrait au bureau, depuis le temps qu'il accumulait les heures sup...

Antoine salua de la main l'employé municipal qui, depuis le petit matin, tentait d'effacer les traces des beuveries de la nuit. Armé d'un balai à poils verts, il se battait contre les canettes de bière écrasées, les mégots en cavalcade et autres papiers gras. Une lutte perdue d'avance, songea Marcas, en voyant un couple de touristes joncher leur périple amoureux de restes d'un *happy meal* acheté dans un fast-food. Il eut soudain envie de leur brandir sa carte sous les yeux pour les obliger à ramasser un par un leurs déchets, puis il y renonça. Il se méfiait de ses crises d'autorité intempestives surtout quand il se préparait à recevoir son fils pour le déjeuner.

Depuis qu'il avait fini par décrocher son bac, Pierre coulait des jours béats en fac d'histoire. Il allait en amphi comme on va chez le coiffeur : les cours ressassés par des maîtres de conf désabusés le berçaient comme le cliquetis monotone d'une paire de ciseaux.

Il sortait de là comme d'une sieste prolongée, rassuré à l'idée que cette vie indolente allait durer au moins jusqu'au master.

Comme Antoine longeait le marché Saint-Pierre, reconverti en bar-resto pour clients connectés, il faillit éclater de rire en voyant le menu ou plutôt ce qu'il en restait. Les mentions « *issu de l'agriculture raisonnée, sans gluten garanti* » et « *bio certifié* » avaient envahi la carte au point qu'elles recouvraient presque le nom des plats. Un détail, d'ailleurs sans importance, si on en croyait le regard extatique de la quarantenaire, déjà squelettique, devant le plat de graines hautement verdâtres qu'on venait de lui servir. Antoine n'osa pas regarder le prix de la mixture : il avait trop peur que cela corresponde au salaire journalier du balayeur qui se battait, seul et méprisé, contre un tsunami sans fin de déchets.

En tout cas, lui, Antoine, quand il recevait son fils pour déjeuner, ne le condamnait pas à des pousses de soja rachitique.

Bien au contraire.

Une fois rentré chez lui, son cabas rempli jusqu'à la gueule, Antoine se mit à l'ouvrage dans sa petite cuisine. Et, comme à son habitude, dans le plus grand désordre. Le plan de travail croulait sous les victuailles quand la sonnette tinta à la porte d'entrée.

— Salut, fils ! s'écria Antoine, les mains tatouées de débris de persil. Je suis en train de préparer la sauce.

La mine vaguement inquiète, Pierre pénétra dans la cuisine. Antoine faisait craquer entre ses doigts une feuille de salade avant de la plonger dans une vinaigrette.

— Tiens, goûte ! À ton avis, un peu plus de condiment ?

Pierre hocha la tête sans répondre comme il en avait pris l'habitude quand son père se lançait dans la confection effrénée d'un plat.

— J'en étais sûr ! Sors-moi la moutarde de Meaux.

Son fils s'exécuta. Il alla directement à l'étagère supérieure, sortit le pot, dévissa le couvercle et y plongea une cuillère. Comme son père préparait inlassablement le même plat, il savait toujours précisément où se trouvaient les ingrédients.

— C'était comment la fac, ce matin ?
— Comme d'hab.

Antoine n'insista pas. Il était sûr que son fils ne se souvenait déjà plus du cours qu'il avait suivi une heure plus tôt.

— Si tu pouvais me trouver le gros sel. J'ai déniché deux fromages de chèvre du Berry, bien assaisonnés ; tu m'en diras des nouvelles.

Pierre réprima un sourire. Invariablement, son père lui préparait une salade du Sud-Ouest, avec éclats de noix, gésiers confits et foie gras fermier du Périgord. Mais, à la recherche perpétuelle du spécimen parfait, il innovait toujours sur les fromages. Une vraie quête du Graal.

— Et ta mère, ça va ?
— Comme d'hab.
— C'est tout ?

Pierre fronça les sourcils. Depuis le divorce de ses parents, il détestait les interrogatoires de l'un à propos de l'autre.

— Ben, oui ! À moins que tu veuilles que je te parle de son nouveau mec ?

— Surtout pas ! Laissons planer un peu de mystère autour de ce futur malheureux, le coupa Antoine. En revanche si tu pouvais nous servir un verre...

Son fils passa dans le salon. Chaque fois, il était saisi par la taille et la place de la bibliothèque qui envahissait peu à peu tous les pans de murs. Incroyable d'avoir tant de livres à l'heure des tablettes.

— Tu ne t'es toujours pas mis au livre numérique ?

Antoine prit son temps avant de répondre. Il avait appris avec ses petites amies plus jeunes qu'on ne faisait plus rêver en parlant de l'odeur de vieux cuir des reliures et du plaisir sensuel à tourner les pages de papier.

— Comme j'aime les vieux bouquins et que beaucoup ne sont pas numérisés..., répliqua Marcas en revenant de la cuisine avec deux grandes assiettes garnies de tranches de magret de canard et de pommes de terre. Au fait, tu lis quoi en ce moment ?

— Un thriller ésotérique d'un auteur anglais. Une histoire de templiers. Ça date d'il y a cinq ans. Un peu facile, mais ce n'est pas mal du tout. On y apprend plein de choses, précisa le jeune homme en lui montrant l'écran de sa tablette.

Marcas jeta un œil distrait à la couverture énigmatique, qui montrait une croix rouge couleur sang et un chevalier drapé dans une cape blanche immaculée, en train de marcher le long d'un couloir souterrain.

Il sourit. Et dire que son fils ne savait même pas que son propre père avait découvert le trésor des Templiers...

— Tu vas adorer, dit-il en lui tendant les deux

assiettes. Sans compter que j'ai ouvert une bonne bouteille.

— De quoi faire évanouir sur place les bobos intégristes de ton quartier.

— En plus, je suis libre jusqu'en milieu d'après-midi, on va avoir du temps pour discuter

— Euh, tu ne préfères pas qu'on s'installe sur la petite table ? Comme ça, on se fait une série en mangeant ?

Antoine se figea. En un instant, il se sentit gagné par la même colère que ce matin devant les immondices laissées par les touristes. Son fils n'était pas là depuis un quart d'heure qu'il voulait déjà s'isoler devant un écran. *Génération de zombies*... Il plissa les lèvres et tenta de refouler son amertume. Est-ce que son fils se comportait comme ça avec sa mère ? Ou était-ce uniquement avec lui ? Étaient-ils devenus si étrangers l'un à l'autre qu'ils n'avaient plus rien à se dire ?

— Ça va, papa ? T'as l'air tout drôle.

Gêné d'avoir laissé paraître ses émotions, Antoine posa les assiettes sur la table basse.

— À propos de série, qu'est-ce que tu dirais si on se regardait *L'Homme du haut château ?*

Pierre fit la moue. Quand il ne siestait pas en fac, il passait ses après-midi à dévorer des séries en streaming sur le canapé de sa mère.

— Ça date de quand ?

— Ça vient de sortir. C'est une uchronie.

— Une quoi ?

Antoine saisit la bouteille de pécharmant pour la déboucher.

— *Une uchronie.* Imagine qu'en 1942 les nazis

aient gagné la guerre en Europe. Ils ont vaincu l'Angleterre, liquidé Staline et envahi les États-Unis. Une uchronie, c'est quand tu modifies le sens des événements, que tu imagines un autre destin à l'Histoire. Que se serait-il passé si César avait échappé au poignard de Brutus ? Si Napoléon l'avait emporté à Waterloo ?

— Ça ne me tente pas trop ta série, ça a l'air prise de tête.

Antoine s'étonna :

— Tu n'as jamais rêvé de revenir en arrière ? De changer quelque chose dans ta vie ?

— Tu veux qu'on parle de votre divorce avec maman ?

Marcas botta aussitôt en touche.

— O.K., tu veux voir quoi comme série ?

Pierre fouilla dans la maigre collection de DVD et de Blu-ray de son père.

— *Mad Men... Tudors... House of cards...* Rien que des trucs de bobos intellos.

Vexé, Antoine s'insurgea :

— Un bobo, moi ?

— On est toujours le bobo de quelqu'un, lui répliqua son fils. Génial, tu as *Kaamelott* !

Ébahi, Marcas regarda le coffret que son fils tenait à la main. Jamais il n'avait acheté un truc pareil. À moins que... oui, il se rappelait. Cette collègue, qui était passée avec son fils, un après-midi. Elle était venue avec cette série dont raffolait sa progéniture et l'avait certainement oubliée.

— Et ça parle de quoi ?

Pierre le dévisagea avec stupéfaction.

— Comment ça, tu ne connais pas *Kaamelott*, mais

c'est un classique. Lancelot, le chevalier solitaire, Excalibur retirée du rocher...

— O.K., j'ai compris. C'est une adaptation du roman de Chrétien de Troyes ?

— De qui ? demanda son fils en enfournant le Blu-ray dans le lecteur.

D'un coup, une musique tonitruante jaillit de l'écran, suivie d'un chevalier, vêtu comme un loqueteux, qui dévorait de la charcuterie en rotant. À chaque réplique, Pierre éclatait de rire, oubliant de manger lui-même.

— Le gras, c'est la vie. Excellent !

Antoine n'en revenait pas. La reine Guenièvre était une ravie de la crèche, Perceval un débile dyslexique et Lancelot un puceau hors concours. Seul Arthur sortait du lot, au milieu de ces branques.

— C'est tout le temps comme ça ?

— Ben oui. Et c'est ça qui est drôle.

Ils passèrent sur le canapé pour continuer le visionnage. Affaissé sur les coussins joufflus, Antoine se sentit gagné par une douce torpeur. Le travail accumulé et les horaires décalés commençaient à se faire sentir. Il pensait à l'arrestation prévue à Drouot en cette fin d'après-midi, et n'avait pas le cœur à rire. Et puis ce Graal de pacotille recherché par une bande de bras cassés, ce n'était pas le sien. On était trop loin de la coupe qui avait recueilli le sang du Christ, de la relique surnaturelle qui avait hanté tout le Moyen Âge. Pierre, lui, était aux anges, comme si son père partageait sa complicité.

Au bout du dixième sketch, Pierre s'étira, le sourire aux lèvres.

— Il y a longtemps qu'on ne s'était pas marré autant. Ça te plaît, papa ?

Il tourna la tête vers Antoine qui s'était endormi. Le jeune homme fronça les sourcils et gronda :

— Papa…. Le Graal ! Ils l'ont trouvé. Le Graal !

Antoine se redressa en sursaut et ouvrit péniblement les yeux. Son fils le fusillait du regard.

— Quoi ?

— On peut dire que ça te passionne ce que j'aime…

— Désolé, un peu de fatigue. J'ai même commencé un cauchemar.

Il passa ses mains sur son visage. Il avait vraiment besoin de plusieurs bonnes nuits de sommeil. Au moment où il allait s'enfoncer à nouveau dans le canapé, son portable sonna. C'était le numéro de son adjoint. Il fit signe à son fils de ne pas se déranger et alla prendre la communication dans la cuisine.

— Antoine ?

— Oui, je t'écoute.

— J'ai un problème, là. Je ne peux pas aller chercher la commission rogatoire chez le juge pour Drouot. Faut que tu y ailles.

— Tu plaisantes ?

— Non, vraiment pas. Et si on l'a pas, impossible pour nous d'intervenir. Ou alors, c'est les gars de la BRB qui vont s'en charger.

Antoine fit la grimace, mais il n'avait pas le choix. Il refusait de laisser tous les honneurs de l'affaire à ses collègues.

— OK, j'y vais.

Un éclat de rire aux lèvres, son fils l'appela du salon.

— Papa, reviens t'asseoir, tu vas rater le meilleur !

Marcas s'approcha.

— Désolé, mais il faut que j'y aille.

Le visage du jeune homme se ferma. D'un geste brusque sur la télécommande, il coupa le son.

— Tu ne vas pas me laisser en plan ?

Antoine n'eut pas le temps de s'expliquer que déjà son fils se levait et enfilait son blouson.

— Et, comme d'habitude, tu vas me sortir l'excuse de ton boulot.

— Pierre, c'est une urgence ! Une arrestation importante. Une affaire de terrorisme.

— Bien sûr, la veuve à consoler et l'orphelin à protéger, on connaît !

— Arrête, tu es injuste.

Pierre explosa :

— Injuste ? Moi qui étais trimbalé de nounou en baby-sitter ? Moi qui ai collectionné les belles-mères ? Ah, il est beau le franc-maçon qui préfère sauver la société plutôt que s'occuper de son fils !

Antoine tenta de répliquer :

— Écoute, je suis ton père...

Avant de claquer la porte, son fils le cloua sur place.

— Tu n'es pas un père, tu es un fantôme !

8.

Paris
Hôtel des ventes de Drouot
19 juin

Quand Marcas arriva devant la porte principale de l'hôtel des ventes de Drouot, deux de ses collègues de l'OCBC étaient en pleine discussion avec un policier en tenue.

Il gara son scooter sur le trottoir et fila les rejoindre. Il tenait à la main la précieuse commission rogatoire délivrée par le juge afin d'embarquer Galuard, le trafiquant.

Ne jamais juger les choses du dehors, l'essentiel réside dans le dedans... Cette maxime du père d'Antoine, ancien antiquaire, s'appliquait à merveille au temple parisien des enchères. Comme pour de nombreux édifices construits à Paris dans les années 1970, le bâtiment en verre et acier de Drouot avait un style furieusement démodé. Les gigantesques panneaux rouges siglés du prestigieux nom qui entouraient l'entrée principale apportaient une touche de couleur dans un ensemble architectural devenu déprimant au fil des décennies. Du moderne devenu vieux, un comble pour une institution qui se targuait d'être la référence mondiale en matière d'antiquités. Les plus anciens clients se souvenaient avec nostalgie de l'ancien hôtel des ventes qui exposait alors avec orgueil ses façades néoclassiques indémodables. Heureusement que l'afflux des trésors mis en vente n'avait, lui, jamais cessé.

Chaque année, on entendait résonner un demi-million de coups de marteau ponctués d'un « adjugé » fatidique. Un gigantesque bric-à-brac d'objets de toutes les valeurs et de tous les siècles transitait en ces lieux, pour le plus grand bonheur des collectionneurs.

Antoine et ses hommes franchirent la porte d'entrée principale, aussi esthétique que celle d'un bâtiment de la Sécurité sociale, et entrèrent dans le hall bondé. Il ne savait pas si les vingt salles des ventes tournaient à plein régime, mais la foule était celle des grands jours d'enchères : acheteurs professionnels au sourire rare, mais au portefeuille rempli, antiquaires spécialisés qui venaient renifler les cotations comme des chiens truffiers, sans compter les touristes égarés...

Au loin, Antoine repéra une femme brune d'une quarantaine d'années, en tailleur strict, qui discutait avec un manutentionnaire reconnaissable à sa blouse grise. Il l'avait prévenue par téléphone une heure plus tôt. Claire Lestat, responsable de la sécurité de l'hôtel des ventes et ex-collègue du Quai des Orfèvres, était l'archétype de la fiabilité même, forgée dans l'acier le plus pur. Elle avait été nommée après le scandale des Savoyards en 2010[1] et régissait son monde d'une poigne de titane. Antoine s'approcha d'elle en continuant de balayer le hall du regard. La directrice de la sécurité le salua discrètement :

— Il faut vraiment serrer ton type ici ?

— On ne peut pas attendre la fin de la vente. Si tu me donnes un coup de main, tout se passera bien. Personne ne s'apercevra de quoi que ce soit. Je les expédie ensuite à la BRB. Cet antiquaire bien sous tous rapports est suspecté d'avoir écoulé des artefacts de Syrie, provenant directement de Daesh.

L'ex-flic se raidit.

— Daesh... Bon, voilà de quoi me donner une motivation supplémentaire. Comment veux-tu procéder ?

— Galuard se trouve dans la salle 3 où se déroule une vente thématique sur des objets funéraires. Il va surveiller de près les enchères sur une série de tablettes syriennes. Je voudrais qu'un employé de Drouot aille le voir sous un prétexte quelconque pour l'emmener dans un endroit discret. Je lui indiquerai Galuard du regard... On les suit et on l'embarque. Ni vu ni connu.

Claire Lestat hocha la tête d'un air entendu.

— O.K., l'expert va lui dire qu'une de ses tablettes s'est cassée dans l'entrepôt. Je m'occupe de tout. Allez vous installer dans la salle et rejoignez-nous ensuite dans le bureau, derrière le comptoir de l'accueil.

Elle tourna les talons et prit à part un homme replet engoncé dans un costume bleu nuit et cravate rouge qui ressemblait à un sénateur de province. L'expert

---

1. Des manutentionnaires de Drouot, originaires de Savoie, compromis dans une affaire de trafic d'œuvres d'art.

acquiesça en jetant un œil aux trois policiers qui se dirigeaient vers la salle des ventes.

À l'entrée de la porte à double battant de la salle, trônait le panneau d'annonce de l'exposition posé sur un trépied. Un crâne de marbre blanc aux orbites rougeoyantes et aux mâchoires ricanantes fixait les visiteurs d'un air menaçant.

Quand Antoine entra avec ses collègues, tous les sièges étaient occupés. À côté du bureau du commissaire-priseur encore vide, quatre hommes et deux femmes étaient assis derrière des tables de style Ikea – un comble pour un sanctuaire dédié à l'art – sur lesquelles étaient posés des ordinateurs dernier cri. Tous étaient munis d'un casque avec micro, et agissaient à distance pour le compte d'acheteurs qui ne pouvaient – ou ne voulaient – pas être présents.

Les policiers se dispersèrent le long de la salle aux tentures rouges. Il leur fallut moins de cinq minutes pour repérer Galuard au quatrième rang, qui discutait avec un homme plus jeune. Marcas aperçut l'expert envoyé par son ex-collègue. La vente allait commencer, le commissaire-priseur arriva pour s'asseoir à sa place. Il observa avec satisfaction l'assemblée fort nombreuse, chaussa ses fines lunettes et fit mine de s'intéresser au catalogue qu'il connaissait pourtant par cœur. Il savait que faire preuve de sérieux, de gravité même, juste avant le démarrage des ventes, rassurait les acquéreurs. Ensuite, on pouvait se permettre quelques fantaisies, pour raviver l'intérêt, mais entrer en enchères, ce devait être comme pénétrer dans un temple sacré.

À peine deux minutes plus tard, Galuard se leva. L'expert venait de lui demander de rejoindre la réserve. Marcas attendit qu'ils soient sortis pour leur emboîter le pas. Jusqu'à présent tout se déroulait à merveille. Au moment de quitter la salle, il s'arrêta net.

À l'avant-dernier rang, il venait de remarquer un visage familier. Un homme brun, légèrement trapu, les cheveux coupés court. Était-il le jouet d'une illusion ? Non, c'était bien lui.

Marcas le lâcha néanmoins des yeux : il n'avait plus le temps. Il passa en trombe la porte de sortie et rejoignit ses collègues qui mettaient le cap vers le comptoir de l'accueil. Après un signe à l'hôtesse, il pénétra sur leurs talons dans une petite pièce mal éclairée qui servait de débarras. Debout et visiblement énervé, Galuard s'écharpait avec l'expert et Claire Lestat.

— C'est intolérable ! Nous annoncer ça juste avant la vente ! Quels sont les objets accidentés ?

L'ex-collègue d'Antoine ouvrit les bras comme pour s'excuser et tendit un doigt vers Marcas qui venait d'arriver.

— Je crois que vous devriez demander à ces messieurs.

Galuard se tourna vers les policiers d'un air méfiant. Antoine brandit sa plaque.

— Police. Veuillez nous suivre s'il vous plaît.

— Quoi ? Vous savez à qui vous vous adressez ? Je connais très bien la ministre de la Culture.

Antoine se crispa, il n'aimait pas l'arrogance de l'antiquaire. Il s'avança vers lui et l'attrapa par les revers de sa coûteuse veste de tweed.

— Pour moi, vous êtes un Français qui s'est rendu complice de financement d'un réseau terroriste.

L'antiquaire pâlit.

— Je veux voir mon avocat.

— Bien sûr, mon gars. Tu donneras ses coordonnées à mes collègues de la BRB qui t'attendent de pied ferme. Autant te dire qu'ils sont ravis de taper le bout de gras avec des amis aussi cultivés de l'État islamique. On préviendra madame la ministre pour qu'elle t'envoie de la lecture pendant ta garde à vue. (Puis se tournant vers ses deux adjoints :) Allez, embarquez-moi cette racaille dorée, direction la BRB.

Les deux adjoints de Marcas menottèrent le suspect en un tour de main et lui firent quitter le débarras. Claire Lestat ferma le bureau derrière elle.

— Tu les accompagnes ?

— Non, mes collègues vont prendre la relève pour l'interrogatoire. C'était une opération conjointe, ils ont la priorité. Je passerai plus tard pour les épauler sur des détails techniques.

— Tu veux prendre un café ?

— Non, c'est gentil, mais j'ai reconnu quelqu'un tout à l'heure. J'aimerais bien aller lui parler. Ça fait quatre ans que je ne l'ai pas vu.

Ils passèrent dans le hall qui s'était subitement vidé. Les enchères avaient dû commencer.

— Un vieil ami ?

— Un prêtre... Envers lequel j'ai une dette : il m'a sauvé la vie.

Claire Lestat hocha la tête.

— Je te rejoins plus tard. J'ai un coup de fil à passer.

Antoine la laissa et se précipita vers la salle des ventes. Il était ravi de revoir le père Da Silva, l'envoyé du Vatican, avec qui il avait découvert le trésor des Templiers. Cependant, Marcas ne se laissa pas emporter par ses souvenirs, il connaissait trop bien les fonctions du père Da Silva pour ne pas se poser des questions. L'une d'elles le taraudait. Pourquoi l'homme des missions spéciales du pape assistait-il à cette banale vente aux enchères ?

De retour dans la salle, Marcas se posta debout contre un mur latéral, d'où il pouvait apercevoir le profil de Da Silva, toujours aussi concentré.

Le commissaire-priseur inspecta la salle du regard, puis abattit son marteau sur la table.

— Trois fois ! Adjugé pour cette urne funéraire crétoise à 15 000 euros ! Nous passons à la pièce numéro 9 du catalogue. Le temps que nous emmenions cet objet, je voudrais vous rappeler les prochaines ventes de demain. La collection Jean Marais...

Marcas se pencha discrètement vers sa voisine qui tenait un catalogue entre les mains. Elle lui sourit et pointa du doigt une page grande ouverte.

— Vous arrivez pour le clou du spectacle.

Deux manutentionnaires étaient en train de déposer devant l'estrade un long sarcophage qui semblait fait de métal gris. Le commissaire-priseur se racla la gorge avant de reprendre d'une voix mélodieuse :

— Bien. Nous arrivons à la présentation d'une œuvre unique en son genre. Il s'agit d'un sarcophage du Moyen Âge. À l'intérieur, un squelette calcifié, datant selon toute probabilité de la même époque. Une pièce insolite à plus d'un titre. Veuillez observer l'écran mural.

La lumière de la salle baissa d'intensité et des murmures parcoururent l'assistance. Marcas fut lui aussi surpris par l'image apparue sur l'écran.

Un squelette. Un squelette aux os tordus, comme s'ils avaient été aplatis pour provoquer une ondulation. Le crâne était séparé du tronc et gisait sur le côté. Il y avait quelque chose de malsain dans la façon dont étaient disposés ces os.

Marcas fronça les sourcils, il décelait comme une ombre à l'intérieur des mâchoires.

La voix du commissaire-priseur résonna dans la semi-obscurité :

— Vous avez sous les yeux une pièce rarissime. Vestige d'une époque de fer et de sang. Il s'agit d'une sépulture déviante. Le crâne a été décollé, les vertèbres cervicales et lombaires sont incomplètes et le thorax présente une inversion des côtes. Les archéologues appellent cela une sépulture déviante.

Marcas cligna des yeux. Il n'avait jamais entendu cette expression : « sépulture déviante ». La voix de basse du commissaire-priseur emplit à nouveau la salle :

— Observez bien l'agrandissement qui va apparaître sur l'écran.

L'image zooma sur le crâne. L'os frontal présentait deux entailles croisées en X, comme si une croix y était gravée.

Une croix de Saint-André, songea en souriant Marcas, c'est peut-être le cadavre d'une victime d'une séance sadomaso… médiévale.

Il y avait quelque chose d'étrange dans l'écartement des mâchoires calcifiées. Elles formaient presque un angle à quarante-cinq degrés, ce qui était tout à fait impossible pour un être humain normal. Marcas fixa l'écran. Entre les dents, on devinait une masse lourde et sombre.

Une pierre.
Une pierre noire avait été insérée dans la bouche du malheureux, faisant éclater les accroches des mâchoires. Antoine se prit à espérer que cette pratique barbare ait été appliquée après sa mort, mais vu l'époque il pariait plutôt que le supplice avait dû être effroyable. Il jeta un œil dans la salle, toute l'assistance était comme hypnotisée par la vue du squelette martyrisé. Da Silva lui-même ne quittait pas l'écran des yeux.

Satisfait de son effet, le commissaire-priseur reprit la parole :

— Les sépultures déviantes se retrouvent en Angleterre, en Irlande, en Bretagne, mais aussi en Roumanie. On sait qu'il s'agissait d'un rituel destiné à protéger l'âme du défunt, mais aussi de ceux qui enterraient ces morts...

Il laissa planer un court silence. Marcas n'arrivait pas à détacher son regard du squelette tordu.

— Voyez-vous, cette sépulture déviante indique que nous avons affaire... à un vampire.

9.

Paris
Hôtel des ventes de Drouot
19 juin

Les derniers mots du commissaire-priseur opéraient leur sortilège. Ce n'était pas une innocente dépouille martyrisée qu'ils avaient sous les yeux, mais celle d'un monstre surgi d'un temps obscur où légendes et envoûtements étaient tout aussi réels que la terre, l'eau ou l'air.

Dans l'obscurité de la salle des ventes, le squelette luisait d'une aura malsaine. Tous les regards passaient successivement de l'écran au sarcophage posé sur les tréteaux. Un frisson parcourut l'assistance. Antoine, lui aussi, s'était laissé embarquer avec délices dans la mise en scène macabre du commissaire-priseur. Une lueur d'excitation brillait dans ses yeux.

Les vampires.

C'était sa madeleine de Proust – mais trempée dans un crâne rempli d'une pinte de sang chaud et épais. Une madeleine avalée goulûment à l'adolescence dans un cinéma mythique du côté de la gare de l'Est, le Brady. Il y avait vu s'incarner des grandes figures de légende, Nosferatu, Dracula... et toute leur descendance. Antoine avait contracté le virus et l'avait transmis à son fils qui lui remettait régulièrement à niveau ses dossiers – même s'il avait du mal avec les vampires nouvelle génération qu'il trouvait trop mièvres à son goût. Plus Anne Rice que Stephenie Meyer...

Et voilà que tout d'un coup, là en plein Paris, dans une salle des ventes de Drouot, il avait devant lui la dépouille supposée d'une de ces créatures. Et, bien sûr, comme dans les films, le supposé vampire allait jaillir de son cercueil de plomb, reprendre forme humaine et se jeter sur ses proies.

Antoine sourit et se redressa. C'était l'intermède idéal pour oublier le boulot. Il était dévoré par la curiosité d'aller se pencher sur le sarcophage pour y voir de plus près.

— Un mort-vivant. Un vampire. Un non-mort..., reprit le commissaire-priseur, visiblement ravi de son effet. C'est ce que croyaient les gens au Moyen Âge à propos de ces cadavres qu'ils mutilaient afin qu'ils ne reviennent jamais du royaume des morts. Vous le vivez en direct : il s'agit d'une pièce exceptionnelle d'autant que nous la vendons à titre dérogatoire. La loi interdit toute mise aux enchères d'ossements humains, sauf dans le cas présent, car la vente porte sur le sarcophage et non sur son contenu.

Fasciné, Antoine détaillait cette tunique d'os qui, il y a très longtemps, avait été un être humain. Le temps avait dissous les muscles, érodé les cartilages, dévoré le cerveau, mais il avait aussi, tel un alchimiste, transformé ce tas d'os en poussière d'or. À quel prix allait-on s'arracher ce mort si étrange ?

Même les habitués des ventes avaient délaissé leurs sourires blasés pour afficher leur étonnement. De mémoire d'acheteur, personne n'avait jamais assisté à la vente d'un squelette de vampire. Le commissaire-priseur laissa planer un court silence, puis continua :

— Vous noterez la présence d'une pierre dans la bouche du défunt, ce qui a provoqué un éclatement des mâchoires. Elle a été enfoncée pour empêcher ce vampire de parler la nuit et d'envoûter les vivants. Enfin, sachez que l'on ne connaît pas l'endroit exact où a été trouvée cette sépulture déviante. Peut-être est-ce la dépouille du comte Dracula...

La lumière revint peu à peu dans la salle et l'écran remonta au plafond dans un souffle. Les murmures s'intensifièrent, tout le monde était impatient de voir jusqu'où les enchères grimperaient pour emporter ce lot d'exception. Marcas remarqua qu'un courtier, un quadra à la barbe taillée au millimètre, veste coupée au cordeau, cravate rose soyeuse, marmonnait dans son portable et griffonnait en même temps sur un carnet de notes.

Le commissaire-priseur contempla l'assemblée et prit son marteau, signe que la vente allait commencer. Une voix féminine chuchota à l'oreille de Marcas :

— Qui peut acheter un vampire ?

Antoine se retourna brusquement. Claire Lestat se tenait à son côté ; il ne l'avait pas entendue arriver.

— Je ne sais pas, murmura Antoine. Un nécrophile, un descendant de Dracula ou bien un adepte de messe noire ! Sincèrement, j'aurais de l'argent à jeter par les fenêtres, cela m'amuserait de l'acquérir.

L'ex-flic le regarda intriguée.

— Pour en faire quoi ? Le transformer en table de salon pour prendre l'apéro ?

— Tu ne peux pas comprendre. C'est toute ma jeunesse...

— Ah oui... Tu as été élevé dans la famille Addams, répondit Claire, goguenarde.

— Très drôle. Et puis, il y a ces étranges inscriptions gravées sur le sarcophage. J'aimerais bien y jeter un œil. Mais pour répondre à ta question, tu sais très bien qu'il y a des collectionneurs pour tout et n'importe quoi.

— Peut-être un franc-maçon... Ça ferait un tas d'os superbe pour l'un de vos cabinets de réflexion, non ?

Marcas sourit, quelques années plus tôt il lui avait proposé de rentrer en maçonnerie, mais elle avait décliné.

— Nous n'initions pas des vampires, répliqua Antoine en examinant l'assistance, curieux de voir qui allait enchérir.

Il jeta un coup d'œil en direction du père Da Silva qui tapotait sur son téléphone comme s'il n'était pas concerné par la vente. La présence de l'envoyé du Vatican à la mise aux enchères d'un squelette de vampire était totalement incongrue. Il devait y avoir un autre lot plus intéressant pour le Saint-Siège.

La voix du commissaire-priseur retentit :

— Mise à prix... 350 000 euros.

Le courtier au téléphone leva la main et fit jouer ses doigts.

— 360 ! cria le commissaire.

Une main se leva au premier rang, mais Antoine n'arriva pas à voir le visage du renchérisseur.

— 400 000 !

Le courtier fit un nouveau signe.

— 450, à ma gauche, annonça l'homme au marteau.

Une femme au visage émacié et aux cheveux blancs qui tranchaient sur son manteau de vison noir, trop grand pour elle, leva un index décharné.

— 500 000 euros.

Claire Lestat se pencha à l'oreille d'Antoine. Une bouffée de parfum acidulé enveloppa ses paroles.

— On la voit de temps en temps. C'est une riche veuve désœuvrée qui s'octroie des sensations fortes en faisant monter des enchères. Un bon parti si tu es célibataire.

— Je passe mon tour, dit Antoine d'un air dubitatif en croisant les bras.

Un demi-million d'euros ! Combien d'années de salaire de commissaire de la police nationale cela représentait-il ? Il ne parvenait pas à faire le calcul. Il changea de position pour s'appuyer contre le mur, soucieux de ne pas faire de geste trop brusque. Sensation stupide. Chaque fois que les prix s'envolaient dans une mise aux enchères, il avait peur de faire un geste de travers, bouger ses mains, se gratter le nez… Un mouvement de trop, interprété à tort par le commissaire-priseur et c'était le voyant du surendettement à vie qui clignotait sur son compte en banque. C'était idiot, il le savait. D'un autre côté, ça le chatouillait de lever le bras juste pour voir ce que ça faisait. De voir tous les regards braqués sur lui et d'annoncer ensuite : « Désolé, c'est pour les besoins d'une enquête. » Le commissaire-priseur tendit le petit marteau vers le premier rang.

— 550 pour monsieur.

Le courtier leva encore sa main.

— 600.

Le commissaire regarda la femme au vison, mais celle-ci fit non de la tête d'un air malicieux. Elle avait eu sa minute de gloire. Le maillet pointa à nouveau vers l'homme du premier rang.

— 650.

Désormais, les enchères fusaient à toute allure, par paliers de 50 000 euros. Un mouvement de balancier faisait onduler l'assistance en direction des deux acheteurs. Un duel. Pas n'importe lequel, un duel imprévu, des plus excitants car personne ne l'avait vu venir. La salle des ventes se métamorphosait en rue principale d'un village de l'Ouest américain, où chacun des acheteurs dégainait à coups de dizaines de milliers d'euros. Et comme dans les bons westerns, un seul survivrait, emportant avec lui le bien convoité. Mais une aura de mystère planait sur ce duel, nimbant le sarcophage tant désiré. Les prix s'envolaient pour une raison secrète connue seulement des deux rivaux.

Marcas n'arrivait toujours pas à distinguer le visage de l'homme qui surenchérissait au premier rang. Il inclina la tête vers Claire Lestat.

— Ce vampire donne un coup de sang à cette vente. Tu sais qui est l'enchérisseur ?

L'ex-flic secoua la tête.

— Aucune idée. Mais je le saurai à la clôture s'il remporte le lot. En revanche, son adversaire au téléphone a l'air de passer un sale quart d'heure. On dirait qu'il ne s'attendait pas à la tournure prise par les enchères.

— Rapprochons-nous, proposa Marcas.

Ils se faufilèrent lentement le long du mur jusqu'à atteindre le coin qui jouxtait le devant de l'estrade. Antoine parvint enfin à distinguer l'acheteur du premier rang.

Un homme d'à peine une cinquantaine d'années, mince, cheveux courts, poivre et sel avec quelques reflets blonds, habillé sans ostentation d'une veste de tweed grisée. Les yeux clairs, le front haut, les lèvres sensuelles, il émanait de lui une sorte d'élégance ironique. Antoine eut l'impression de connaître ce visage sans toutefois lui associer un nom. Le type avait une tête de patricien racé, du genre à jouer un rôle de sénateur américain originaire de la côte Est, plutôt Boston ou Hampton que New York. Les enchères n'allaient pas tarder à atteindre le million d'euros, mais l'homme restait imperturbable, il se payait même le luxe d'arborer un demi-sourire satisfait.

— Pas mal, chuchota Claire Lestat. Tout à fait mon type d'homme.

— Si on aime le style…, répliqua Marcas d'un ton détaché.

Le gladiateur poivre et sel fit un signe de tête au commissaire-priseur qui s'illumina et annonça avec gourmandise :

— Un million d'euros !

Antoine parcourut la salle du regard et s'arrêta sur Da Silva. Le prélat paraissait tendu et jetait de temps à autre des coups d'œil sur son smartphone. Un silence planait sur la salle. Tout le monde attendait une surenchère. Mais celle-ci ne venait pas. Le courtier restait suspendu à son téléphone subitement muet. Le commissaire attendait, le marteau en l'air.

— Un million. Une fois.

Le courtier agitait frénétiquement son portable comme pour le faire parler. Le commissaire-priseur laissa son marteau levé.

— Je suis désolé, mais il faut prendre une décision.

Le barbu s'était saisi d'un autre téléphone et composait frénétiquement un numéro. Le commissaire-priseur faisait tout pour laisser un répit au malheureux, mais il lui fallait respecter les règles. Du coin de l'œil, Antoine aperçut Da Silva, anxieux, qui s'était redressé de tout son buste. Il lui semblait que le prélat allait à tout moment lever le bras.

— Un million. Deux fois.

Le commissaire-priseur jeta un regard perdu à son mystérieux acheteur qui ne donnait plus signe de vie. Celui-ci écarta les mains en signe d'impuissance et d'abandon. Le bruit sourd du marteau sur le billot de bois retentit dans la salle.

— Un million. Trois fois ! Adjugé pour le monsieur au premier rang. Félicitations, vous venez d'acquérir un vampire en parfait état de conservation.

Le patricien hocha la tête d'un air satisfait et se passa la main sur la nuque. Une vague de soulagement traversa l'assistance. Comme si la tension psychologique accumulée au cours du duel s'était évanouie comme par enchantement. Deux manutentionnaires se dirigèrent vers le trophée pour laisser place au lot suivant. Antoine s'avança. Il voulait voir les inscriptions gravées sur les parois du sarcophage avant qu'il ne soit emporté. Arrivé sur l'estrade, il murmura quelques mots à l'oreille d'un des assistants de vente tout en montrant discrètement sa plaque de police tandis que les deux magasiniers refermaient avec précaution le couvercle sur le sarcophage.

Une nouvelle vente s'annonçait. Les manutentionnaires s'emparèrent de la sépulture déviante et de son vampire pour disparaître par une porte au fond de la salle, derrière l'estrade. De son côté, l'acheteur s'était levé de sa chaise, un manteau noir replié avec élégance sur son avant-bras, et s'approchait de l'employé qui enregistrait les ventes. Antoine, amusé, se demanda si le type allait sortir un carnet de chèques pour y inscrire la somme faramineuse. La voix mélodieuse du commissaire-priseur résonna à nouveau :

— Nous passons au lot numéro 36. Une urne funéraire égyptienne, datation de la période de la dynastie Ptolémée. Mise à prix...

Une alarme brutale interrompit la présentation. Le commissaire-priseur lança un regard inquiet en direction des haut-parleurs, puis frappa la table avec son marteau.

— Je suis désolé. La vente est interrompue pour raison de sécurité. Je vous demande de sortir dans le calme.

Une nouvelle vague, cette fois d'irritation, parcourut l'assistance. Antoine vit Claire Lestat se diriger vers l'estrade, le portable vissé à l'oreille. Toutes les sirènes de Drouot s'étaient mises à hurler. La confusion était générale. Certains restaient assis se demandant si ce n'était pas une fausse alerte, pendant que d'autres se précipitaient déjà vers la sortie. La menace d'un attentat avait forgé des réflexes conditionnés dans la population, y compris chez les amateurs d'art. Marcas se plaqua contre le mur, pour laisser passer la foule, et par précaution écarta le revers de sa veste pour avoir son arme à portée. Claire Lestat arriva à son niveau et aperçut la crosse noire de son Glock de service.

— Rengaine ton arme, on n'a pas besoin d'un policier, mais de pompiers. Un incendie vient de démarrer dans la réserve.

10.

Paris
Hôtel des ventes de Drouot
19 juin

Claire Lestat prit le micro des mains du commissaire-priseur.
— Mesdames et messieurs, nous vous demandons de vous diriger vers les sorties, dans le calme. Il n'y a rien de grave, mais nous devons appliquer les procédures. Je vous rassure tout de suite : ce n'est pas un attentat.

Le commissaire-priseur hocha la tête avant d'ajouter :
— Bien évidemment, la dernière adjudication est validée !

Les derniers récalcitrants se levèrent les uns après les autres. L'acheteur affichait une mine contrariée, son chéquier à la main, il ne voulait visiblement pas quitter la salle. Marcas aperçut Da Silva qui marchait lentement vers la sortie. Antoine lui fit un signe, mais le prêtre semblait plongé dans ses pensées – peut-être feignait-il de ne pas le voir. La foule s'évacuait de façon désordonnée, Antoine se faufila et finit par intercepter le prêtre devant les portes d'entrée.

— Mon père... Quelle bonne surprise ! s'exclama Antoine en lui posant la main sur l'épaule. Le Vatican s'intéresse aux vampires ?

Antonio Da Silva leva la tête, l'air surpris, puis adressa au policier un sourire minimaliste.

— Bonjour, commissaire. Ravi de vous revoir.

Le ton de sa voix et la mollesse de sa poignée de main démentaient ses paroles. Antoine le prit par l'avant-bras.

— Vous avez le temps de boire un verre ?

Le prêtre parut aussi ravi de la proposition de Marcas que s'il s'agissait de prendre l'apéro en enfer avec Satan.

— Hélas, non. J'ai un rendez-vous que je ne peux pas annuler. Et je repars pour Rome ce soir. Une autre fois, avec plaisir. Promis.

Antoine fronça les sourcils.

— Tout va bien ?

Da Silva hocha la tête avec une moue embarrassée.

— Oui, je suis désolé, Antoine. Vraiment, j'aurais été ravi de rester un moment avec vous. Je vous appelle à ma prochaine venue à Paris. Promis. Bonne journée.

Avant même que Marcas ait pu répondre, l'envoyé du Vatican força le passage dans la foule en direction des escaliers. Antoine le regarda s'éloigner, stupéfait par l'impolitesse manifeste du prêtre. Il fit demi-tour et rejoignit l'estrade où Claire Lestat s'entretenait avec le commissaire-priseur. Une odeur de brûlé montait du fond de la salle.

— Le feu a fait des dégâts ? demanda Antoine.

— Non. C'est sous contrôle, mais on en a encore pour une heure à sécuriser la réserve.

— Tu connais l'origine de l'incendie ?

— Impossible de le savoir pour l'instant, on n'y voit rien à cause de la fumée. Il faut attendre que les extracteurs aient tout aspiré. Heureusement que les jets d'eau n'ont pas fonctionné... Tu imagines les dégâts sur les peintures ?

— Ils ne se déclenchent pas en même temps que les extracteurs ?

— Si, une anomalie technique, sans doute.

— Ou une tentative de vol ! s'exclama Marcas en se précipitant.

Parvenu à l'entrée de la réserve, il noua son écharpe autour du cou. S'il avait eu une rondelle de citron, il l'aurait insérée sous le tissu. Un excellent filtre naturel – un souvenir de ses manifs étudiantes. La fumée était blanche, mais épaisse. Peut-être n'était-ce qu'un circuit électrique qui avait flambé finalement. Il avançait en longeant le mur pour ne pas se perdre et mieux s'orienter. La réserve semblait immense. Parfois, quand la fumée s'éclaircissait, il apercevait le profil figé d'un scribe égyptien ou le poing levé d'une statue antique. Il avait l'impression d'être un archéologue qui pénétrait pour la première fois le cœur inviolé d'un tombeau oublié. L'Indiana Jones de l'hôtel Drouot. Quelle drôle d'idée ! Peut-être n'avait-il plus assez d'oxygène dans le sang ? Comme le vrombissement des extracteurs faiblissait – les filtres devaient commencer à s'engorger – un cri résonna au fond de la réserve, malgré la cacophonie stridente de la sirène d'alarme. Antoine décida de couper en diagonale. Il croisa les mains devant lui, paumes vers l'intérieur. Le meilleur moyen de limiter les dégâts en cas de choc imprévu. Soudain un bruit de chute retentit comme si une caisse soulevée venait de retomber. Était-ce le vampire qui se réveillait et qui cherchait à sortir de sa prison de pierre ?

Malgré lui, Antoine frissonna. Il imaginait sa réaction s'il se retrouvait face à face avec ce squelette aux mandibules affamées. *Reprends-toi, Marcas, tu n'es pas dans un remake de « Dracula »*. Antoine continuait sa progression. Le brouillard de fumée s'effilochait par endroits. Les bruits avaient cessé, mais à présent il lui semblait percevoir des murmures qui se rapprochaient.

Brusquement, il heurta du pied le socle d'une statue d'Anubis.

Le Dieu des morts, il ne manquait plus que ça. Me voilà au royaume des ombres.

— Aidez-moi, monsieur Drill, à le retourner. Je veux voir sa tête.

Antoine s'arrêta net. Voilà maintenant qu'il entendait des voix.

— Parlez plus bas, monsieur Seymour, nous sommes juste à côté d'un squelette estampillé pur vampire. Imaginez que vous le réveilliez d'entre les morts ?

Ce n'est pas possible, je suis victime d'une hallucination, se dit Antoine, ce dialogue est complètement surréaliste. Pourtant, il avait bien entendu les mots *squelette* et *vampire*. Par précaution, il posa la main droite sur la crosse de son Glock.

Cette fois, Antoine ne pouvait plus douter. À quelques pas devant lui, deux hommes, en costume-cravate, étaient penchés sur un corps étendu à terre. Juste à côté d'eux, le sarcophage était posé sur deux tréteaux. Marcas remarqua des symboles gravés sur l'un des côtés. Sans attendre, il se glissa sans bruit entre deux urnes funéraires avant de se dissimuler derrière une colonne de marbre ébréchée. De là, il avait une vue directe sur l'inconnu à terre. Il semblait mort ou inanimé. Sûrement un magasinier qui avait surpris les deux intrus. Marcas brandit son Glock.

— Police ! Écartez-vous et levez bien haut vos mains.

Le chauve – qui avait une coupure au front – fut le premier à réagir.

— Incroyable, un flic ! Vous avez vu, monsieur Drill ?

— Comme je vous vois, monsieur Seymour.

— Et équipé, en plus !

Marcas arma son pistolet. Le bruit sec de la culasse résonna lugubrement.

— Pour la seconde fois, écartez-vous !

Antoine était désormais assez près pour distinguer un renflement suspect sous l'épaule du dénommé Seymour.

— Toi, le chauve, celui au profil de la Castafiore, tu retires tes mains de ta veste ! Et vite !

L'homme s'exécuta, mais uniquement de la main droite.

— L'autre main !

Le chauve leva lentement son avant-bras.

— Ne le prenez pas mal, intervint son compère, mon ami a attrapé une contraction musculaire, dans l'exercice de ses fonctions, il y a peu. Un accident du travail en quelque sorte.

À nouveau, Antoine se demanda s'il n'était pas victime d'une hallucination. D'où sortaient ce corps au sol, et ces deux tarés ? C'était absurde. Brusquement, la sirène se tut. Surpris, Antoine tourna la tête vers le haut-parleur devenu muet.

Aussitôt, le chauve bondit, une main en avant pour parer un éventuel coup de feu, l'autre plongeant sous sa veste. Antoine pressa sur la détente. Le coup partit, mais une seconde trop tard, éraflant juste la veste de son assaillant. Marcas n'eut pas le temps de comprendre son erreur, un coup sec le frappa en pleine arcade sourcilière et l'envoya rouler entre deux urnes funéraires étrusques.

Au fond du couloir, des cris et des bruits de pas résonnèrent.

— Antoine ? Où es-tu ? hurla une voix féminine.

Les deux hommes échangèrent un bref regard.

— On dégage ! glapit le blond.

— Une veste, faite sur mesure à Bond Street, maugréa le chauve, regardez dans quel état ce flic me l'a mise !

Les deux hommes s'élancèrent à travers la réserve.

— Là-bas ! clama le chauve. Une porte de sortie.

Dans sa course, le blond fit valdinguer un gros vase.

— Frapper un flic avec votre clé à molette fétiche, vraiment ce n'est pas malin !

Il poussa des deux mains la barre de sécurité de la porte qui s'ouvrit dans un fracas métallique. Ils étaient dans la rue. Le chauve ajusta sa veste déchirée d'un air pincé.

— Clé à molette de chez Rolls-Royce, monsieur Drill. On est à Drouot.

11.

Paris
Hôtel des ventes de Drouot
19 juin

— Ça brûle, grogna Marcas.
Il était assis sur le bureau de Claire Lestat et dévisageait la médecin d'un air mauvais.
La jeune femme rousse haussa un sourcil et continua d'appliquer le coton imbibé d'antiseptique sur l'arcade sourcilière d'Antoine qui continuait de râler :
— C'est bon, avec ce que vous m'avez mis on pourrait désinfecter tout un régiment. Posez le pansement et qu'on n'en parle plus.
— Les flics ça joue les gros durs, mais ça pleure dès qu'il y a un bobo, ironisa la médecin. Heureusement que tous mes patients ne sont pas comme vous.
— Aïe ! Mais c'est de l'acide votre désinfectant !
La praticienne ne broncha pas et appliqua un gros sparadrap marron sur le sourcil de Marcas.
— Allez quand même faire une radio du crâne. On ne sait jamais.

— Pas le temps, répliqua Marcas qui détestait mettre les pieds dans un hôpital.

La docteure haussa les épaules et remballa ses instruments dans sa sacoche. Claire Lestat lui fit la bise et la raccompagna à la porte du bureau.

— Merci d'avoir interrompu tes consultations, je te revaudrai ça, je t'invite à déjeuner la semaine prochaine.

Elle revint vers Marcas qui s'était remis debout et se massait le cou avec une mine sombre.

— Et tu me dis qu'on n'a pas retrouvé le type à terre ? Pourtant, je l'ai bien vu !

L'ex-flic secoua la tête.

— Et mes deux agresseurs ?

— Volatilisés eux aussi. À mon avis, ils avaient l'intention de voler des œuvres et ils ont dû se disputer. Ce qui explique le corps au sol. Des bras cassés, sans doute, car rien n'a été dérobé.

Des bras cassés en costume-cravate, songea Antoine. La douleur revint, vive, et le fit grimacer. Claire sortit un petit coton rond de son sac.

— Tu as encore des traces de sang sur la joue, dit-elle en souriant.

— Ça t'amuse ?

— Non, je pensais à mon ancienne vie à la crime. Je crois que j'ai passé autant de temps à faire de la paperasse qu'à être sur le terrain. Ici, je n'ai pas de rapport à pondre.

— Et ça gagne bien ?

— Oh oui, et sans les emmerdements.

Elle tapota avec douceur la joue d'Antoine, qui se laissa faire avec bonheur. Un geste de tendresse féminine, ça se déguste.

— Je crois que je vais faire relâche ce soir, je n'ai aucune envie de me coller devant mon ordinateur et de pondre mon rapport. De toute façon, le trafiquant est aux mains de la BRB. J'aurai juste une tonne de travail à abattre demain...

Un raclement de gorge se fit entendre sur le seuil de la porte. Marcas tourna la tête. Un homme grand, mince, aux cheveux poivre et sel se tenait dans l'entrebâillement.

Le patricien amateur de vampires.

Claire Lestat lui fit signe d'entrer.

— On peut dire que vous avez eu de la chance. Sans la présence du commandant Marcas, qui sait si ces malfrats ne se seraient pas emparés de votre précieux vampire ?

L'acheteur s'avança d'un pas souple et serra la main de la responsable de sécurité, puis inclina la tête devant Antoine, à la manière des Japonais. Son regard était étonnamment souriant pour un homme qui avait failli se faire voler un million d'euros.

— Je suis votre débiteur, déclara l'homme avec un accent anglais mélodieux.

— Merci, mais j'ai laissé filer vos voleurs. Ils sont peut-être liés à l'autre acheteur au téléphone. Vous avez une idée de qui ça peut être ?

— Il y a tellement de collectionneurs un peu fêlés.

— Le commissariat du IXe est juste en face. Je peux prévenir mes collègues pour que vous puissiez déposer une plainte, proposa Marcas en se massant la nuque.

Une ombre passa sur le visage de l'homme. Antoine crut voir de la peur dans ses yeux.

— Je ne tiens pas à porter plainte. Et je ne veux

aucune mauvaise publicité là-dessus. Des agents de sécurité privés vont venir récupérer la sépulture. Mais, peu importe. Mon achat est en sécurité grâce à vous. Comment puis-je vous remercier ?

— Ce n'est rien, monsieur...

L'homme sourit largement, laissant entrevoir une rangée de dents aussi étincelantes qu'une piste de ski au soleil de midi.

— Stanton. Christian Stanton. J'aime beaucoup les policiers, les meurtres et les mystères en général. C'est même ma raison de vivre en ce bas monde.

Antoine lui renvoya un regard étonné. L'Anglais reprit :

— J'écris des romans. Des thrillers, pour être plus précis. Mais j'ai l'impression que vous ne m'avez jamais lu...

Marcas fit non de la tête, puis afficha un sourire de circonstance. Il venait de prendre conscience qu'il n'aurait jamais de denture aussi parfaite que ce type, et ça l'irritait. Un retour de flamme de son adolescence tourmentée.

— En tout cas vos livres ne sont pas dans ma bibliothèque, mais étant donné le montant de votre enchère, j'ai certainement raté quelque chose. Vous devez en vendre quelques cartons pour vous payer ce genre de babioles.

— Quelques cartons... Merveilleux, un policier qui a le sens de l'humour. J'adore la France. Si je vous dis : *Le Septième alchimiste ? Les Templiers du sang* ? Ou *Le Code Jésus* ? Ça ne vous dit toujours rien ?

Une expression enfantine sur le visage, Claire Lestat intervint :

— Bien sûr ! J'adore vos livres. Je les ai tous lus.

Mais vous signez sous le nom de Derek Stanton. Je n'ai pas fait le rapprochement.

L'écrivain sourit.

— Une idée de mon agent. Christian, ça sonnait un peu trop chrétien pour un auteur de polars ésotériques. Ne riez pas. Il faut aussi un peu de marketing pour vendre des livres.

À présent, Marcas se rappelait bien avoir vu ce type quelque part. Dans un magazine ou un reportage à la télévision. L'avantage, ou la faiblesse, des écrivains c'était qu'ils étaient moins reconnaissables que les stars de téléréalité ou les présentateurs TV.

Il consulta sa montre. Il avait peut-être le temps d'aller à la BRB pour se débarrasser de la paperasse de l'arrestation.

— Envoyez-moi l'un de vos bouquins dédicacés. Je le lirai avec plaisir.

Stanton secoua la tête.

— Ça ne suffira pas. J'ai l'habitude de payer mes dettes, et j'en ai une sacrée envers vous. Non seulement vous êtes intervenu au bon moment, mais en plus ça va m'inspirer une scène pour un prochain roman. Une course-poursuite à l'hôtel Drouot, au milieu de tous ces tableaux, ces sculptures... J'aimerais bien vous inviter à dîner cette semaine.

— Une autre fois, peut-être. Comme vous avez pu le constater, mon métier ne me laisse guère de temps libre.

Une ombre de regret traversa fugitivement le visage de l'écrivain. Il tendit à Antoine une carte de visite.

— Je dois donner deux conférences à Paris, vous êtes le bienvenu.

Marcas jeta un coup d'œil à la carte. Elle était

plutôt épaisse, finement nervurée, d'un blanc délicatement cassé. Seul le nom était inscrit, suivi d'un numéro de téléphone et d'une adresse mail, aucune indication de profession ni d'adresse. La typographie était élégante mais sobre, sans ostentation.

Il hésita un instant, il n'avait aucun écrivain dans ses relations, excepté un ami journaliste qui avait écrit il y a très longtemps un livre sur le trafic d'art et dans lequel il était cité. Et puis, il y avait le sarcophage du vampire...

L'homme lui tendit sa main. Marcas fronça les sourcils, en sentant la légère pression de l'index au niveau de son poignet. Le signe de reconnaissance maçonnique.

— J'ai juste une question à vous poser, répondit Marcas en appliquant à son tour la même pression, mais en se gardant bien de tutoyer Stanton devant Claire.

— Je vous en prie, dit l'Anglais avec une expression malicieuse.

— Pourquoi avoir dépensé un million d'euros pour ce squelette ?

L'écrivain eut un sourire énigmatique. Antoine crut y déceler une légère inquiétude, mais il n'en était pas certain.

— Nous pourrons en parler ce soir dans un lieu... plus inspiré, répliqua l'écrivain en griffonnant une adresse au dos de la carte.

Stanton salua Claire et sortit du bureau d'un pas de félin. La responsable de la sécurité attendit que la porte soit refermée pour clamer d'une voix amusée :

— Derek Stanton ! Je n'en reviens pas. Ce type a vendu des millions de bouquins dans le monde. Il est juste derrière Dan Brown. Tu lui as fait une forte impression ! Et je ne suis pas certaine que cela soit uniquement dû à tes talents de justicier...

— Vraiment... Qu'est-ce qui te fait croire ça ?

Elle le regarda avec un amusement à peine feint.

— Enfin, tu as vu la façon dont il t'a serré la main ? Et son insistance à t'inviter ce soir dans un lieu... comment déjà... inspiré. Tu plais aussi aux hommes, Antoine.

Marcas éclata de rire et enfila son blouson.

— Raté ! C'est un frère et la poignée de main est une manière de se reconnaître.

— Encore un ! Bon sang, vous êtes vraiment partout. Je vais peut-être m'y inscrire en fin de compte à ton association des chapeaux pointus. On y rencontre de beaux mecs, apparemment. Ça peut être pratique pour faire connaissance.

— On ne porte pas de chapeaux de clown en tenue, et la franc-maçonnerie, ce n'est pas Meetic !

Antoine brandit la carte de visite à la lumière.

— Quant au *lieu inspiré* pour la soirée, c'est l'adresse d'un... temple maçonnique.

12.

Paris
Siège de la Grande Loge de France
Temple Pierre Brossolette
19 juin

— Colorez le monde et il retrouvera son âme...
Il suffit d'observer ce magnifique temple dans lequel nous sommes réunis ce soir.

L'écho de la voix de Derek Stanton se propageait dans le silence et la pénombre minérale de l'ancienne chapelle franciscaine transformée en temple maçonnique. De chaque côté de l'édifice, des faisceaux verticaux de lumière écarlate et bleu nuit illuminaient les dizaines de bannières de loges, accrochées aux murs de pierre tels des trophées d'anciennes batailles. À l'Orient, suspendu devant un austère vitrail, vestige des anciens occupants, flamboyait un œil énigmatique encastré dans un imposant triangle d'or et de lumière. Le Delta lumineux, car tel était son nom dans la symbolique maçonnique, scrutait de son regard cyclopéen chacun des quatre cents frères assis sur les travées latérales du temple. Une assemblée qui écoutait, dans un silence absolu, la planche de leur frère écrivain, assis sur un fauteuil à la droite du vénérable de la loge. À l'Orient, comme l'imposait la tradition.

— Un monde sans couleur est un monde sans âme. Un esprit sans couleur est un esprit sans vie.

Sa voix résonnait de l'Orient à l'Occident et se répercutait sous la voûte qui enveloppait les travées d'un manteau de pierre blanche. Personne ne bronchait aux paroles de Stanton. Même pour les conférenciers les plus chevronnés, il était toujours surprenant de parler devant un auditoire aussi attentif et respectueux. Ni bavardages, ni commentaires, ni exclamations, les francs-maçons, quelle que soit leur obédience, se tenaient à une règle essentielle : l'écoute devait être plus importante que la parole.

Assis au premier rang, sur la travée des maîtres, Antoine Marcas était ravi d'assister à la planche de Stanton au siège d'une obédience différente de la sienne. Il repensait à ses années d'apprenti dans une loge de province, quand il avait dû se taire pendant près de deux ans. Parfois, il bouillait d'intervenir, de donner son avis, de corriger, de reprendre... une agitation intérieure – le plus souvent guidée par la vanité, le besoin de briller, de s'imposer – que peu à peu il avait appris à juguler, à maîtriser. Lorsqu'il s'était retrouvé compagnon et qu'il avait enfin pu *parler*, il s'était retrouvé tout étonné : il n'avait presque plus rien à dire. En revanche, il savait *écouter*. La pratique du rituel avait fonctionné.

Et en cet instant précis, il écoutait avec un plaisir non dissimulé la brillante conférence de l'écrivain. L'Anglais venait d'expliquer la genèse de ses livres et combien il s'était nourri de la tradition ésotérique française. Une tradition souvent dédaignée au pays de Descartes et de Voltaire, mais fondatrice, car elle plongeait ses racines dans un incroyable terreau imaginaire, historique et culturel. Où se retrouvaient dans une chaîne séculaire aussi bien l'alchimiste Nicolas Flamel, les fées de Brocéliande, le dernier grand maître des Templiers, Jacques de Molay, ou les énigmatiques Cathares hérétiques de Montségur. La substantifique moelle de ses best-sellers mondiaux se nourrissait, sans état d'âme, de ce fabuleux patrimoine légendaire.

Cette idée de continuité et d'universalité d'un imaginaire collectif plaisait à Antoine. Après tout, ils se trouvaient réunis ici, sous les auspices de la Grande Loge de France, dans un ancien couvent catholique, lui-même bâti sur une crypte qui jadis abritait une antique source miraculeuse... Francs-maçons, frères prêcheurs, divinités païennes, un fil secret, une harmonie invisible, les unissaient tous par-delà les siècles. Antoine savourait cette idée de fraternité quand l'écrivain anglais annonça sa conclusion :

— Je voudrais donc finir par une note de couleur. Et vous parler de celle de nos cerveaux d'Occidentaux.

Il s'arrêta pour boire un verre d'eau et jaugea l'assistance noyée dans un halo rouge et bleu.

Cela faisait vingt minutes que la tenue avait commencé, mais personne n'avait vu le sablier du temps s'égrener. L'invité de la loge *L'Éternelle Concorde* maîtrisait son sujet avec une telle aisance qu'on aurait pu croire qu'il tenait son auditoire par enchantement. Il reprit d'une voix profonde :

— Quelle est cette couleur qui baigne notre cerveau, fruit de millions d'années d'évolution ? Il fut un temps où nous avions un arc-en-ciel en tête : nous avions foi en l'avenir, dans le progrès. Nous rêvions d'utopie, d'un monde plus juste, plus beau. Eh bien, en ce troisième millénaire, cette couleur a viré au gris. Un gris sans âme, sans rêve, sans espoir. Et ce gris se densifie jusqu'à devenir noir. Un noir de peur, de méfiance, d'intolérance propagées par les journaux, la télévision, la radio et les réseaux sociaux. Les politiques ne nous apportent aucune espérance. L'insécurité, le chômage et le terrorisme ont tout gangrené. Nos cerveaux ont pris la couleur de la nuit.

Marcas observait avec attention la prestation de Derek Stanton. Non seulement l'homme exhalait un charisme singulier, mais il avait l'intelligence relationnelle de ne pas trop en faire. Plus que son éloquence, c'était ses arguments qui portaient. À l'évidence, les questions seraient nombreuses après sa planche.

— Alors, je vous le dis ! Retrouvons des couleurs.

Stanton s'interrompit pour rassembler ses notes, balaya la salle du regard et pointa le doigt vers les piliers de lumière qui s'étiraient le long de l'ancienne chapelle.

— Le bleu des nuits célestes, l'orange des aubes d'été, le vert naissant des printemps, l'or jaune du soleil, le rouge des passions. Des teintes éclatantes pour colorer à nouveau le cerveau des hommes. C'est ce que j'essaye de faire humblement dans mes romans. Je ne suis qu'un modeste peintre qui redonne de l'éclat à l'imaginaire des hommes. Tel est mon but, réveiller en vous le sens du merveilleux… ou du conte de fées. Appelez ça comme vous voudrez.

Conscient de son effet, il fit une pause avant de conclure :

— Réenchanter le monde, voilà l'enjeu de ce troisième millénaire. Sinon, nous laisserons à nos enfants un monde en gris et en noir. J'ai dit.

Un long silence s'ensuivit que le vénérable finit par rompre.

— Mon très cher frère, c'est nous qui te remercions pour cette intervention remarquable. Place aux questions. Sachez, mes frères, que notre orateur ayant un emploi du temps très chargé, vous vous en doutez, il ne pourra malheureusement pas rester pour nos agapes. Que la parole circule...

Il s'écoula une bonne heure avant que la tenue ne soit rituellement clôturée et que le temple se vide de ses maçons. Antoine salua quelques frères, puis s'approcha du vénérable qu'il connaissait de longue date pour avoir participé à « Deux Colonnes », l'une de ses émissions de radio maçonnique, qu'il animait sur le web.

— Merci, Jean-Laurent, de m'avoir obtenu une place au dernier moment.

Le vénérable, qui n'avait de vénérable que le titre au vu de sa cinquantaine rayonnante, lui décocha un clin d'œil malicieux derrière ses petites lunettes carrées.

— Ça n'a pas été facile. En échange, je t'ai préparé les papiers à signer.

— Quels papiers ? demanda Marcas en haussant les sourcils.

— Pour changer d'obédience, voyons. C'est beaucoup plus sympa chez nous. En plus le Rite écossais, ça a plus de gueule que le Rite français[1].

---

1. Les francs-maçons pratiquent des rituels différents selon la loge ou l'obédience. Marcas pratique le Rite français.

Antoine éclata de rire et tapa dans le dos du vénérable. Il avait toujours apprécié son sens de l'humour.

— Bien essayé ! Mais je ne veux pas me faire lyncher par mes frères. Je vais saluer notre orateur. À bientôt.

Il s'approcha de Stanton entouré de frères et de sœurs auxquels il dédicaçait ses ouvrages. L'apercevant, l'écrivain lui adressa un bref sourire et écourta sa tâche.

— Tu as apprécié la planche ? questionna-t-il.

— Autant que tous nos frères. Plus que le noir, c'est la grisaille qui nous envahit, nous rend fades et tièdes... Bien loin de la couleur rouge qui a fait les beaux jours de notre République. D'ailleurs, du rouge au sang, qu'en est-il des vierges, tu les as sacrifiées ?

— Pardon ?

— Pour ressusciter ton vampire à un million d'euros, il faut bien du sang de jeunes vierges, non ? Du moins, c'est ce que l'on voit dans les films.

— Vraiment, il n'y a rien de drôle.

Derek prit un air grave. L'inquiétude voilait son regard. Autour d'eux, les derniers frères passaient les colonnes, les lumières s'éteignaient peu à peu dans le temple. Il avait perdu de son assurance, tel un soleil chassé par d'imprévisibles nuages. Stanton enleva son tablier et tendit la main à Marcas.

— Je dois partir. À bientôt.

Antoine était stupéfait.

— Si j'ai commis un impair, j'en suis vraiment navré.

L'écrivain secoua la tête. Un courant d'air froid balaya le temple.

— Non, rassure-toi. Disons que ma récente acquisition me charge d'une lourde responsabilité. Trop lourde, peut-être.

— Je ferme les portes ! Il vous faut sortir, lança le vénérable en train de pousser les battants.

Les deux hommes se dirigèrent vers la sortie.

— Si tu as peur que tes voleurs reviennent, je connais un ex-collègue qui a créé sa boîte de sécurité : il peut t'envoyer un ou deux vigiles pour te protéger.

— C'est déjà fait. Une équipe de surveillance est sur place. Mais oui, je crains qu'on essaye de me le voler à nouveau.

Ils arrivèrent devant le grand escalier qui remontait au rez-de-chaussée.

— Je ne comprends pas.

— Il n'y a peut-être rien à comprendre quand on est face à un mystère qui nous dépasse. D'ailleurs, tu le sais bien.

Antoine haussa les sourcils.

— Tu parles par énigme, mon frère.

— Je me suis renseigné sur ton compte avant de venir à cette tenue. C'est l'avantage de faire partie d'une fraternité aux multiples ramifications et de connaître certains frères bien informés. Tu as été mêlé à pas mal d'affaires insolites, n'est-ce pas ? Tu es bien l'Antoine Marcas qui a découvert le trésor des Templiers et renfloué les caisses de la France et du Vatican[1].

Antoine se mit à rire.

— J'ai fait une grossière erreur : j'aurais dû garder

1. *Le Septième Templier*, Fleuve Noir, 2011.

la moitié du magot ! Dire que je suis à découvert chaque mois...

— C'est bien toi aussi qui as démantelé un réseau d'assassins internationaux qui opérait sous couvert d'une fausse loge maçonnique[1] ? Mes sources sont toujours fiables... Antoine Marcas, le policier à la double vie, enquêteur spécialisé dans les trafics d'art et chasseur de mystère. Tu pourrais faire un merveilleux personnage de roman.

— Avec plaisir si l'on partage les droits d'auteur... Cela dit, je serais vraiment curieux de revoir ton acquisition, figure-toi que les vampires m'ont toujours fasciné. Et puis, ces curieux symboles sur le sarcophage...

Stanton s'arrêta net. Son visage s'éclaira.

— Alors, je te propose de passer chez moi. Non seulement, tu pourras le voir de près, mais je vais te montrer aussi des merveilles ésotériques que peu de gens ont vues dans leur vie.

L'avenue du Président-Wilson était quasiment déserte. Quelques rares voitures filaient en direction du Trocadéro, une poignée de touristes japonais errait autour du palais de Tokyo illuminé. De l'autre côté de l'avenue, un peu plus bas en direction de la place de l'Alma, la façade discrète et élégante d'un petit hôtel particulier brillait dans la nuit. L'immeuble haussmannien n'avait rien d'exceptionnel, à ceci près qu'un lourd drapeau pendait au-dessus de la cour d'entrée – fond blanc et jaune, frappé de deux clés croisées sous une tiare –,

1. *La Croix des Assassins*, Fleuve Noir, 2008.

marquant la présence de la nonciature du Vatican, l'ambassade du Saint-Siège.

Une seule fenêtre était encore allumée à cette heure tardive, au tout dernier étage sous les toits d'ardoise humides. Une silhouette noire faisait les cent pas derrière les grandes vitres ouvragées. Le père Da Silva écoutait son interlocuteur dont la voix s'échappait du haut-parleur d'un téléphone posé sur le bureau. Et le ton du préfet de la Congrégation pour la Cause des saints était tranchant.

— Il est hors de question que nous en restions là, mon père. Vous connaissez les enjeux. Stanton était au courant de notre volonté d'acquérir la sépulture. Il a usé de moyens illégaux pour stopper les enchères. C'est lui qui a fait brouiller ma communication téléphonique avec notre acheteur présent à Drouot. Vous auriez dû surenchérir.

— Je ne savais pas quel était votre montant maximal et encore moins que vous étiez victime d'un brouillage.

À l'autre bout du fil, le cardinal Albertini ne voulait rien entendre.

— Sans parler du fiasco dans la réserve de l'hôtel des ventes… Je vais finir par croire que Dieu n'est pas de notre côté. Toutes nos tentatives ont échoué. Le sarcophage est désormais chez Stanton et, bien sûr, sous haute protection.

Da Silva se figea face au bureau et pressa ses paumes blanchies sur un sous-main en cuir rouge.

— Je peux lui faire une offre de rachat. J'ai son adresse à Paris.

— Surtout pas. D'abord parce qu'il n'accepterait pas. Et ensuite, je ne veux pas que nous soyons publiquement mêlés à cette histoire, j'ai déjà eu deux coups de fil du nonce en personne. Depuis votre arrivée à Paris, il n'arrête pas de poser des questions sur votre présence.

Da Silva s'assit pesamment sur un fauteuil aux bras sculptés en sphinx d'Égypte.

— Je ne vois pas trop quelle option il nous reste, Éminence.

Albertini resta un long moment silencieux au point que Da Silva crut la communication interrompue. Les lignes avec le Vatican étaient pourtant toutes sécurisées et bénéficiaient de la technologie dernier cri en la matière.

— Éminence ?

— Oui, je suis là... Quand on consacre sa vie à Dieu, il n'y a qu'une seule option.

— Laquelle ?

— Sa Vérité. Il nous faut accomplir Sa Vérité. Le reste n'est que poussière.

Da Silva secoua la tête.

— Soyez plus précis, Éminence.

— Avec cette sépulture, Stanton possède une clé pour ouvrir les portes du paradis....

Le cardinal marqua une pause avant de reprendre :

— ... Sauf que, jusqu'à preuve du contraire, nous sommes les seuls habilités à ouvrir cette porte.

13.

*Paris
19 juin*

Stanton et Marcas sortirent du taxi, place Saint-Sulpice au début d'une petite rue pavée. L'écrivain paya et entraîna Marcas par le coude.

— La rue Henry-de-Jouvenel est la plus courte de Paris. Elle ne compte que trois numéros dont le premier a été donné à ce long mur de pierres, gravé en lettres noires, « Bateau ivre » de Rimbaud.

Il marchait d'un pas vif.

— C'est sans doute à cause de ce poème que je me suis installé dans cette rue pour mes séjours à Paris. Le matin, en prenant mon café, j'aime bien lire quelques vers. Un pur moment de bonheur.

Antoine désigna la façade imposante de l'église qui attirait toute l'attention. Les bassins versants de la fontaine, recroquevillée au centre de la place, parvenaient à peine à lui faire une concurrence sonore.

— J'aurais pourtant juré que c'était à cause de l'église Saint-Sulpice. C'est le temple de l'ésotérisme à Paris. Entre le gnomon initiatique, les peintures mystérieuses de Delacroix et les symboles maçonniques à chaque coin de la voûte…

— Je laisse ça aux touristes. Pour moi, l'ésotérisme, ce n'est pas que de la fiction.

Ils arrivèrent devant une porte en bois vert. Stanton inséra une clé de sûreté cylindrique dans la serrure et poussa de tout son poids.

— Triple blindage sous un plaquage de chêne, histoire de ne pas attirer les regards des voleurs, expliqua l'écrivain en s'effaçant pour laisser entrer Antoine.

Une fois le corridor passé, ils débouchèrent sur une cour intérieure carrée, aux pavés luisants. À chaque angle, un if au pelage sombre se dressait dans un vase en terre cuite. Une lampe de réverbères, à la lumière orangée, éclairait une porte en plein cintre. Après avoir tapé un nouveau code d'accès, les deux hommes pénétrèrent dans une large pièce qui s'illumina aussitôt. Contre un mur de pierre de taille, s'élevait une haute cheminée Louis XIII au galbe majestueux.

— Elle vient d'une maison juste à côté, dans la rue Férou. C'est là qu'Alexandre Dumas, dans *Les Trois Mousquetaires*, place la demeure d'Athos.

— On ne se refait pas, commenta Antoine, en examinant, dans la bibliothèque, une édition reliée en plein maroquin rouge du *Comte de Monte-Cristo*.

Mais ce qui frappa le plus Antoine, c'était une des étagères qui contenait toutes les œuvres de Stanton. Aux éditions originales, s'ajoutaient les formats en poche, et surtout les traductions du monde entier. Il se souvint maintenant avoir vu certaines couvertures dans les librairies et les relais de gare.

— Tu es traduit dans combien de pays ?
— À part la Corée du Nord, à peu près partout, je crois.

Antoine haussa les sourcils.

— C'est dingue, je n'ai jamais lu quoi que ce soit sur toi. J'ai dû rater les articles. J'ai beau chercher, même dans les sélections de polars de l'été publiées par les hebdos.

Stanton lui répondit par un sourire désabusé.

— Normal, à la différence de la plupart des autres pays, le thriller ésotérique a mauvaise presse en France, du moins chez les journalistes spécialisés dans le roman policier. Ils croient – sans rire – que mes lecteurs prennent mes œuvres au pied de la lettre, comme si les admirateurs d'Indiana Jones pensaient réellement que l'Arche perdue a été trouvée par les nazis. Ou que le dernier *James Bond* est une vision réaliste du monde du renseignement. Ces gens ne sont pas très ouverts d'esprit. Bon, j'exagère un peu, ça m'arrive parfois de passer dans des médias grand public.

— Pourtant avec le nombre de ventes, ça devrait les intriguer, non ?

— Pour cette église du polar, le genre repose sur deux piliers d'airain. Le style, l'écriture si tu préfères, et la dénonciation de l'injustice sociale. Or, je n'ai ni la prétention d'avoir une plume dorée à l'or fin, ni le désir, et encore moins le talent, d'imiter les grands du genre, un Manchette, un Ellroy, un Burke ou un Pouy. Le polar marque le quotidien au fer rouillé du réel, alors que le thriller ésotérique le sublime. Je ne suis pas non plus Umberto Eco... Moi, je succombe avec délices aux sortilèges de l'ésotérisme ! Je ne suis qu'un modeste romancier qui veut faire rêver ses lecteurs. Mais ce rêve n'entre pas dans les canons de l'orthodoxie...

— Modeste ? Avec tous ces best-sellers...

Stanton posa son index sur ses lèvres en simulant l'effroi.

— Best-seller ! Chut... malheureux ! Tu abordes un autre tabou. Tu prononces le mot honni. Dans les cénacles élitistes littéraires, plus tu as de lecteurs plus tu deviens suspect. Très... français comme vision. Mon Dieu, cachez ces chiffres de vente ! Haro sur ces engeances littéraires souillées de marketing, véritables insultes à la pureté originelle du livre ! Tu n'imagines pas ce que j'ai pu entendre au cours de ma carrière. Jules Verne en son temps a connu les mêmes attaques.

Marcas tendit ses mains en avant, comme s'il repoussait cette tirade. Il comprenait l'ire de l'écrivain, mais il avait du mal à compatir à son besoin de reconnaissance. Étonnant chez cet homme arrivé à un tel succès.

— Du calme, mon frère ! Tu as des lecteurs, c'est l'essentiel. Tu n'es quand même pas un auteur maudit, il ne faut pas exagérer...

Devant le ton ironique d'Antoine, l'Anglais perdit sa mimique théâtrale.

— Pardon ! Je m'enflamme parfois. Eh oui, mes lecteurs, eux, me restent fidèles. Je leur dois... tout ! En contrepartie je leur offre un peu de rêve. Chacun de mes livres est un voyage. Un voyage dans le plus beau des pays, celui de l'imaginaire.

Antoine caressa la boiserie sculptée de motifs floraux. La bibliothèque en noyer comme la cheminée en marbre polychrome avaient dû traverser les siècles. Les yeux de Stanton se mirent à briller.

— Et si nous basculions dans ce monde merveilleux ? Là tout de suite !

Antoine le regarda perplexe. Stanton prit un air mystérieux.

— Puisque cette boiserie te séduit, pourquoi tu n'appuierais pas sur le centre de la rose, juste au-dessus de ta main ?

Intrigué, Antoine s'exécuta. Une porte étroite, dissimulée au milieu des livres, s'ouvrit pour laisser place à une bouche d'ombre. La voix de Stanton baissa d'un ton :

— Entre, je t'en prie. Tu n'as pas peur du noir ?

Marcas s'engagea lentement, à tâtons, en s'efforçant d'accommoder sa vision aux ténèbres qui s'offraient à lui. Après avoir franchi le seuil de la porte dérobée, une chose étrange surgit. Devant lui. À un mètre, au niveau de ses yeux, une forme arrondie et sombre, de la taille d'un gros ballon, paraissait flotter. Il lui semblait percevoir des silhouettes un peu partout. Antoine se raidit ; personne ne savait qu'il était ici. Il soupira, il n'avait aucune raison d'avoir peur d'un écrivain de best-sellers. En revanche, Stanton prenait un évident plaisir à mettre ses visiteurs en condition, à jouer sur les peurs. Antoine n'allait pas lui donner ce plaisir.

Il s'avança d'un pas.

Et la lumière surgit.

Juste devant Marcas, un diable cornu apparut. Les yeux exorbités, la bouche déformée par une grimace obscène, le visage creusé et émacié comme s'il avait avalé des lames de rasoir.

La tête semblait flotter dans l'air.

Un ricanement démoniaque jaillit et se répercuta sur les murs obscurs.

Antoine tressaillit. Stanton l'avait rejoint, visiblement satisfait.

— Pardonne-moi, j'ai un faible pour les mises en scène théâtrales.

La tête de démon les suivait du regard, comme s'il était vivant. Antoine s'approcha. Il passa sa main sur le visage décharné et remarqua le fin câble transparent qui descendait du plafond et maintenait la sculpture dans les airs.

— Je connais ce diable, dit Antoine en souriant.

— Le contraire m'aurait déçu, mon frère.

Marcas posa son index sur la pointe d'une corne.

— Il s'agit d'Asmodée, gardien des trésors enfouis. Il a été commandé à la fin du XIXe siècle par le curé d'un petit village du sud de la France pour orner l'église qu'il rénovait. Plus exactement, c'est la tête de la sculpture d'un démon qui soutient le bénitier à l'entrée de l'édifice. Le curé était un certain abbé Bérenger Saunière et sa paroisse se trouvait à Rennes-le-Château.

— Bravo !

Antoine avisa les yeux globuleux du diable, ils étaient d'un bleu si dense qu'ils étaient presque réels, comme s'ils venaient d'être arrachés à un être humain.

— Plutôt facile. La légende dit que le bon curé avait trouvé un fabuleux trésor, grâce à un parchemin codé. Et au fil des décennies, le village est devenu la Mecque de l'ésotérisme. Belle réplique en tout cas.

— Exact, je m'en suis inspiré pour un roman. Mais il s'agit de la tête originale. Elle a été décapitée et volée en 1982 par un chercheur de trésors anglais, persuadé qu'il y avait à l'intérieur du crâne un secret qui donnait la clé du trésor. Hélas, le pauvre homme n'a rien trouvé. Il a fini dans la misère, envoûté par les mirages. J'ai racheté ce diable à ses héritiers il y a quelques années.

Antoine examina la salle, aussi grande que celle d'un musée. Le faisceau de lumière du plafonnier qui nimbait le démon dissipait une part des ténèbres alentour, mais pas suffisamment pour identifier ce qui lui restait à découvrir.

— Recel d'une œuvre volée dans une église, je pourrais te mettre en prison pour cet exploit.

Stanton tendit ses poignets collés à Marcas.

— Attends de voir le reste de ma collection et ensuite je me mettrai à la disposition de la justice française.

Il appuya sur son smartphone et la salle s'illumina. Marcas ne put retenir sa surprise. Il se serait cru dans une annexe du musée Grévin. Tous les deux mètres, des mannequins grandeur nature étaient figés dans des positions baroques. De toutes les époques, une armée immobile et menaçante. Antoine s'avança lentement, comme s'il redoutait que les statues se jettent sur lui. Stanton s'approcha et ouvrit ses bras.

— Mon musée ésotérique. J'ai toujours été fasciné par les musées de cire. Au fil des ans, j'ai réuni ici les objets les plus singuliers qui se sont trouvés mêlés à de grandes énigmes. J'ai commencé cette collection avec mon premier best-seller et depuis je n'ai cessé de l'enrichir.

Marcas s'arrêta devant un vieil homme maigre, vêtu d'une cape qui avait été autrefois blanche et dont on devinait l'empreinte usée d'une croix pattée rouge. Il tenait à la main une épée rouillée et ébréchée.

— Serait-ce Jacques de Molay, dernier grand maître de l'ordre du Temple, qui mourut brûlé vif en 1314 ?

— Reste à savoir quelle est la pièce d'origine...

Marcas inspecta le mannequin. Le vieil homme paraissait suivre son mouvement. Marcas songea qu'il était le jouet d'une illusion.

— Je suppose que c'est l'épée ?

— Faux, seule la cape est d'origine. Elle a été conservée pieusement par des templiers qui ont pu s'échapper au moment de l'arrestation par les sbires de Philippe le Bel. Elle a ensuite été léguée à l'ordre de Malte qui la conservait jusqu'il y a peu.

— Encore un vol ?

— Du tout. Un troc tout simplement. J'avais mis la main sur un incunable, les premiers statuts imprimés des chevaliers de Saint-Jean de Jérusalem. L'ordre actuel me l'a échangé à Genève, il y a dix ans.

Antoine était fasciné par cet incroyable cabinet de curiosités. Il y avait aussi des grimoires posés sur des petites étagères vitrées, des poignards accrochés à des patères. Il s'approcha d'un autre mannequin coiffé d'une casquette à tête de mort. Il avait devant lui un Heinrich Himmler plus vrai que nature, en tenue d'apparat de Reichsführer de la SS. Même tête de fouine avec ses fines lunettes cerclées, même expression arrogante et fuyante. Un poing sur le côté de sa hanche, il tenait de l'autre main un grimoire ouvert.

— J'ai déjà vu ce genre de déguisement récemment... Ça me plaît beaucoup moins, grimaça Marcas. Que lit ce salopard ? Un rapport sur les horaires des trains pour Auschwitz ?

— Non. Himmler consulte l'original du *Malleus Maleficarum*, le *Marteau des sorcières*, l'ouvrage de référence des inquisiteurs de l'Église catholique. Pendant la guerre, il a raflé dans toute l'Europe tous les actes de procès en sorcellerie édictés au Moyen Âge et à la Renaissance pour en faire la plus grande collection au monde. Lui aussi était fasciné par l'ésotérisme. Si tu regardes bien au revers de sa veste, il y a l'insigne d'un poignard surmonté d'une croix gammée arrondie. C'est le blason de la société Thulé, dont il a été membre.

Marcas acquiesça, dégoûté.

— Oui... La Thulé Gesellschaft, société secrète raciste fondée en 1917 en Bavière. Ses membres professaient que la race aryenne venait d'un continent perdu au nord de la Scandinavie et que leurs descendants germains avaient des superpouvoirs à la con. J'ai eu affaire à certains de ces nostalgiques tarés il y a quelques années[1]. Quant à Himmler, tu t'es fait avoir. Il n'a jamais fait partie de la Thulé. Il a même voulu s'en débarrasser.

— Exact. Mais je ne t'ai jamais dit que c'était le sien...

— Je trouve sa présence du plus mauvais goût.

Marcas jeta un coup d'œil hostile aux petites lunettes cerclées d'acier. Interceptant son regard, Stanton l'entraîna plus loin.

— Viens par ici, tu seras plus dans ton élément.

Ils entrèrent dans une autre salle, plus petite, mais de taille respectable.

Antoine n'en crut pas ses yeux.

---

1. *Le Rituel de l'ombre*, Fleuve Noir, 2005.

Un temple maçonnique !

Tout était reproduit à l'identique. La voûte étoilée, les symboles du métier, le pavé mosaïque. Rien ne manquait. De chaque côté, assis sur des bancs de bois, dix frères en perruque poudrée et costume du XVIIIe siècle se faisaient face. À l'Orient, debout sous un triangle frappé d'un œil de lumière, un autre mannequin, les cheveux blancs en bataille, une longue barbe soignée, faisait office de vénérable, la main tenant le maillet comme s'il allait ouvrir les travaux. Des murmures de conversation diffusés par des haut-parleurs apportaient une touche de vie.

Marcas était bluffé par la reconstitution du temple. Les tenues des frères étaient magnifiques. Mais leurs visages lui étaient familiers.

— On dirait le visage de... Non, je ne me trompe pas, c'est Hugo Pratt, ici. Et là, ça ne serait pas le comte de Cagliostro et son voisin, Casanova ?

— Oui, tu pourras aussi découvrir en face Conan Doyle, le père de Sherlock Holmes, Oscar Wilde, Kipling, Eliphas Levi, le fondateur de l'occultisme au XIXe siècle... Et le vénérable n'est autre qu'Albert Pike, le souverain commandeur du Rite écossais à Washington. Toutes ces statues portent de véritables décors d'époque. Ce sont mes frères de cœur, en quelque sorte.

Fasciné par cet aréopage, Antoine évoluait lentement au milieu du temple.

— La ressemblance est extraordinaire !

— J'ai fait appel à un frère sculpteur au musée Tussaud de Londres. Ça t'amusera de savoir que je ne suis pas son seul client. À travers le monde, nombreux sont ceux qui se commandent des statues de cire à leur propre effigie. Ah, l'ego… Mais jette un œil sur l'ouvrage qui est posé sur le bureau du vénérable.

Un peu mal à l'aise, Marcas passa sous le regard perçant des frères de cire, et prit le livre relié de cuir anthracite. Il l'ouvrit avec curiosité.

— Bon sang, les *Constitutions* originales d'Anderson, le livre fondateur de la franc-maçonnerie, je croyais que les seuls exemplaires se trouvaient à Londres, murmura Marcas en le feuilletant avec délectation.

— Le maillet du véné est celui de George Washington et le fauteuil sur lequel il est assis appartenait à Churchill. Passons dans la pièce d'à côté, il est temps de rencontrer le… vampire.

— Quelle pièce ? Ton temple a une autre issue ? s'enquit Marcas en regardant autour de lui.

— À l'Orient, mon frère. La vérité est toujours à l'Orient.

Stanton appuya à nouveau sur son portable. Dans un souffle, un panneau s'ouvrit derrière le vénérable. Stanton passa en premier. Une volée de marches s'enfonçait dans l'obscurité.

— Ce quartier de Paris est plein de surprises. Surtout son sous-sol. Regarde !

Une lumière orangée s'enroula autour des piliers romans qui supportaient une voûte en brique rouge sombre.

— Une chapelle souterraine ?

— Tout juste. Et les briques sont d'origine gallo-romaine. Ce sont les moines chartreux qui les ont récupérées. Ils avaient leur monastère à proximité. Regarde à tes pieds.

Antoine n'en croyait pas ses yeux. Une mosaïque intacte occupait tout le sol. On y voyait deux chevaliers, l'un en rouge, l'autre en noir, se combattre violemment. Sous les sabots des chevaux en plein galop, un dragon crachait le feu tandis qu'au-dessus deux anges enlacés levaient une coupe vers un soleil rayonnant.

— Le combat du Bien et du Mal. Une des premières mosaïques chrétiennes de Paris. Alors tu ne trouves pas que mon vampire est en bonne compagnie ?

Marcas leva les yeux. Le sarcophage était posé à terre. Des projecteurs nichés au plafond le baignaient d'une lumière rouge. La mise en scène était impressionnante. Des images de vieux films de vampires gothiques revinrent en mémoire à Marcas. Il lui semblait qu'à tout moment le couvercle pouvait se soulever, qu'une main griffue allait en émerger et un vampire en cape noire et rouge sortir d'entre les morts pour les mordre.

Stanton était comme hypnotisé par le cercueil.

Antoine sentit un curieux picotement dans sa nuque. Il réalisa qu'il était seul dans cette cave en compagnie d'un type qu'il connaissait à peine et qui pouvait être un vrai malade, adepte de messes noires ou d'autres conneries du même genre. Il jeta un regard autour de lui, Stanton avait peut-être des complices prêts à bondir pour se saisir de lui. Il remarqua au plafond une corde suspendue à une poulie rouillée. Voilà qui ne le rassura guère. Une autre image lui revint en mémoire : un vieux Dracula avec Christopher Lee où un type, suspendu en l'air, se faisait saigner comme un cochon au-dessus du squelette du comte sanguinaire. Instinctivement, Antoine palpa l'étui de son Glock. À défaut d'un crucifix, ça pouvait faire l'affaire contre Stanton...

— Ça vaut vraiment un million d'euros ?

— Beaucoup plus, mon frère, répondit l'écrivain d'un air grave. Cela fait des années que je le recherche. J'aurais donné toutes les autres pièces de mon musée pour mettre la main dessus.

Stanton tapota à nouveau sur son portable. La lumière passa lentement du rouge au blanc. Le couvercle du sarcophage était à demi tiré. Marcas cligna des yeux et se pencha sur le squelette. Vus de près, les os semblaient rongés par une lèpre rouge – sans doute le processus de calcification. Certains même étaient brisés. Violemment. Mais le plus fascinant était le crâne, marqué d'une entaille en X, aux mâchoires démesurément ouvertes sur ce bloc de pierre noire, aussi noire que l'enfer.

— Pourquoi est-il si extraordinaire, ce vampire ?

— Les vampires sont par essence des êtres extraordinaires.

Marcas sursauta en entendant la voix féminine derrière lui. Il tourna la tête.

Une femme se tenait debout sur le seuil. Ses longs cheveux, lisses et noirs, encadraient un visage diaphane aux pommettes saillantes. Elle semblait tout droit issue de ces peuples lointains et mythiques qui régnaient sur des îles où le soleil ne se couche jamais. Le plus troublant était ses yeux démesurément noirs qui réfléchissaient la lumière comme dans un miroir parfait. Avec sa robe blanche évasée, elle avait l'air d'une apparition.

— Auriez-vous peur des vampires, monsieur Marcas ?

14.

Paris
19 juin

Était-ce l'ambiance souterraine de la chapelle ? Le sarcophage au couvercle de plomb ? L'apparition de la brune diaphane laissa Antoine sans voix. Dans son esprit, défilaient au ralenti les images de ces films fantastiques où des femmes livides, vêtues de linceuls blancs, surgissaient, mystérieuses et inquiétantes, des cimetières. D'un temps où les suceurs de sang ne reniaient pas leurs origines gothiques.

— Auriez-vous peur des vampires, cher monsieur ? insista la voix avec une pointe d'ironie.

— Non, répondit Marcas, en reprenant ses esprits.

— Vous avez tort.

Tout en relevant ses cheveux, la femme s'avança vers le centre de la pièce, les yeux rivés sur le sarcophage comme s'il s'agissait d'un coffre rempli d'or et de joyaux. La lumière venant du sol n'éclairait que le mouvement de son corps et laissait les ombres jouer sur son visage aussi séduisant qu'énigmatique.

Elle se déplaçait avec grâce dans sa robe vaporeuse et c'est à peine si ses pieds touchaient le sol. Antoine se demanda s'il n'était pas victime d'une hallucination. Ou d'une mise en scène. Elle passa devant lui, altière, presque hautaine, laissant dans son sillage une discrète fragrance boisée. Fascinée, elle s'arrêta devant le sarcophage et effleura d'une main languide les inscriptions gravées sur le plomb couleur de lune.

— Le vampirisme, murmura-t-elle avec douceur. Une goutte de sang dans un fleuve d'éternité.

La même phrase prononcée dans un cadre plus ordinaire aurait fait sourire Marcas mais ici, dans cette atmosphère surréaliste, elle lui parut évidente. Si cette femme avait ouvert la bouche et laissé voir ses deux canines sanguinolentes, le tableau aurait été parfait.

— Merveilleux, susurra-t-elle à l'oreille de Stanton.

Ses doigts caressaient la sépulture avec une sensualité troublante. Stanton s'approcha, déposa un baiser sur son épaule légèrement dénudée et lui serra la taille d'un geste impérieux, montrant ainsi à Antoine qu'elle était sa possession.

— Je te présente Anna, mon épouse. Pour l'éternité.
— Enchanté ! Antoine Marcas.

Il prit la main délicate que la femme lui tendit et fut surpris par sa fermeté.

— Derek m'a dit que vous aviez sauvé son... acquisition à Drouot. Il m'a aussi parlé de vos exploits. Trouver le trésor des Templiers, c'est une belle prouesse. Surtout pour un flic.

Le dernier mot avait été prononcé avec une intonation qui déplut à Antoine. Anna Stanton le fixait sans ciller en arborant un sourire minéral. Des étincelles brillaient au fond des prunelles noires. Il n'arrivait pas à lui donner un âge précis. Entre trente-cinq et cinquante ans, difficile à dire... Une chose était sûre en revanche, elle appartenait à cette catégorie de femmes un peu trop sûres de leur pouvoir auprès des hommes.

Au bout de plusieurs longues secondes, elle le quitta des yeux et caressa à nouveau le sarcophage avec volupté. Ses doigts coururent le long des inscriptions, s'arrêtèrent sur les reliefs puis revinrent sur la plaque qui faisait office de couvercle.

— Derek, il serait temps de libérer définitivement l'être emprisonné là-dedans.

— C'est la moindre des choses, depuis tant de siècles, répliqua l'écrivain en saisissant le couvercle de plomb, déjà à demi tiré, par l'une des poignées.

— Vous êtes sérieux, tous les deux ?

La femme lui lança un regard narquois.

— Que risquez-vous, puisque vous n'y croyez pas ?

Plutôt que de répondre, Marcas aida Stanton à déposer la plaque sur le côté. Le squelette torturé apparut tel qu'il était à la vente. Les os tourmentés, les mâchoires crispées sur la pierre noire. Contrairement à ce qu'Antoine aurait cru, il n'y avait pas d'odeur de pourriture ni de relent pestilentiel d'un autre âge. Il remarqua que les fémurs et les humérus étaient emprisonnés dans des agrafes de fer rouillé, fixées à même le fond du sarcophage.

Marcas se prit de pitié pour ce malheureux martyrisé des siècles plus tôt. Une scène jaillit soudain, un cimetière en Transylvanie, une foule apeurée, groupée autour du cercueil posé à côté d'une fosse, un prêtre récitant des prières étranges dans la nuit déchirée par la foudre, des hommes en train de s'acharner sur le cadavre, lui brisant les côtes, enfonçant la pierre dans la bouche à coups de masse. Le bruit sec des mâchoires éclatées. Des hurlements... Non, pas de hurlements. C'était un cadavre. Antoine ne pouvait s'imaginer qu'on inflige une telle souffrance à un être humain. Même mort.

— Curieux, cette entaille en forme de X sur le crâne..., dit Antoine.

— Une marque rituelle. Une forme d'exorcisme, probablement, répondit lentement Stanton. Que sais-tu des vampires ?

Subitement l'écrivain manifestait la même inquiétude qu'Antoine avait entrevue après la tenue maçonnique.

— Ce que j'en ai lu et vu dans les films. De *Dracula* à *True Blood*, en passant par *Une nuit en Enfer*, le spectre est assez large.

— Non, je parle de la réalité.

Antoine ne put s'empêcher de sourire.

— Je te l'ai dit. Je n'y crois pas.

Anna Stanton prit un air navré, comme si elle s'adressait à un petit enfant.

— Vous raisonnez comme un homme du XXIe siècle. Il fut un temps où les vampires et les morts-vivants étaient tout aussi réels pour nos ancêtres que la pluie ou le soleil.

— Certes, mais cela se passait au fin fond des Carpates, dans une région imprégnée de superstitions.

Anna se plaça à la tête du sarcophage. À présent, la lumière, au pied des colonnes, éclairait directement son visage, laissant son corps dans l'ombre. Elle secoua la tête.

— Vous avez trop lu *Dracula* et pas assez d'ouvrages de référence. La croyance aux non-morts est universelle, elle provient des temps reculés, des profondeurs de l'expérience humaine. Six mille ans avant notre ère, en Perse, les Assyriens craignaient l'Enkidu, un mort-vivant qui errait la nuit pour attaquer les humains et se repaître de leur énergie vitale. Le vampire, le mort-vivant, qu'il soit d'origine démoniaque ou issu du corps d'un mortel, a traversé et influencé toutes les civilisations. Qu'importe son nom ou ses incarnations. Incubes et succubes chez les Mésopotamiens, Lamia et Empusa pour les Grecs, Stryges dans la Rome impériale, Aluka pour les juifs, Dhampires en Bohême, Nosferat ou Strigoïs en Roumanie, toutes ces créatures ont toujours infesté les campagnes à la tombée de la nuit pour puiser leur vie dans le sang.

Antoine jeta un rapide coup d'œil au squelette, comme pour s'assurer qu'il n'allait pas acquiescer à cette leçon d'histoire.

— On trouve la trace de ces créatures sur tous les continents, reprit Stanton qui inspectait l'intérieur du coffrage comme s'il cherchait quelque chose. Au Bénin, le Baka saigne les paysans imprudents. En Australie, le Garkain, un démon au corps d'homme et aux ailes de chauve-souris, terrorise les Aborigènes comme ses lointains cousins indiens, le Vetala et le Baital qui ajoutent le vice de créer des zombies pour voler les enfants. Au Japon, ce sont le Gaki et le Gashadokuro qui rôdent, ce dernier ayant la particularité d'apparaître sous la forme d'un squelette de géant, sans parler de sa détestable manie de décapiter ses victimes avant d'étancher sa soif.

Marcas sentit les yeux brillants de la femme de

Stanton posés sur lui. Son visage avait une pâleur presque surnaturelle. Elle bougea légèrement et cette fois la lumière lui donna l'air plus âgé, accentuant des rides, jusque-là imperceptibles, aux commissures des lèvres – des marques qui n'altéraient en rien sa beauté, bien au contraire. Elles donnaient même une touche de fragilité à son visage de statue.

— Certes, mais tout cela a disparu de nos contrées avec la fin du Moyen Âge, répliqua Antoine, un brin agacé par le ton professoral de l'écrivain.

Anna Stanton se rapprocha d'Antoine et intervint :

— Faux. Les démons, vampires, sorcières et loups-garous ne se sont jamais aussi bien portés en Europe qu'à la Renaissance. On a d'ailleurs brûlé cent fois plus de sorcières pendant cette période qu'au Moyen Âge. Les croyances ont non seulement perduré tout au long des siècles qui ont suivi, mais elles ont pris corps dans les gazettes et les rapports de police. En 1725, deux cavaliers des armées de l'Empire austro-hongrois ont été retrouvés morts au détour d'un village du nord de la Serbie. Rapidement enterrés dans une fosse, ils réapparaissent la semaine suivante et se jettent sur une dizaine de villageois, les vidant de leur sang, jusqu'à leur dernière goutte. Quand le curé du village ordonne leur exhumation, les cadavres des soldats sont découverts, frais comme au jour de leur mort, le visage barbouillé de sang. Les chroniques de l'époque sont formelles, les morts ont hurlé quand le prêtre leur a enfoncé un pieu en fer dans le cœur. Mais il était trop tard, l'infection s'était déjà propagée vers la Hongrie. L'Europe a alors connu une véritable épidémie de vampirisme. Venue du fond des Carpates, elle s'est répandue jusqu'en Lorraine où les représentants du roi de France ont été assaillis de suppliques des paysans terrorisés.

— Vraiment ? dit Marcas, qui n'avait jamais entendu parler de cette histoire, en dépit de dizaines de romans sur le sujet ingurgités dans sa jeunesse.

Anna acquiesça avec gravité.

— Oui. Louis XV prit d'ailleurs l'affaire tellement au sérieux qu'il ordonna au maréchal du Plessis, duc de Richelieu, de conduire une enquête. Partout, on ouvrit des tombes, on déterra des corps à la moindre suspicion que l'on exorcisa de mille et une façons. Une véritable psychose collective. Des experts en vampirisme sont apparus, comme dom Calmet, un moine bénédictin lorrain qui a publié un *Traité sur les apparitions des esprits et sur les vampires*, le premier manuel pratique d'identification et d'extermination des non-morts. Face à cette grande peur du vampire, Voltaire a dû lui-même prendre la plume pour calmer les esprits et appeler à un peu plus de raison.

— Ça ne m'étonne pas d'un franc-maçon, ironisa Marcas. Donc, vous pensez avoir acheté la dépouille de Dracula ?

L'écrivain secoua la tête.

— Il n'y a vraiment pas de quoi plaisanter ! Si Dracula, du moins le vampire qui porte ce nom, est un personnage de fiction créé par l'Irlandais Bram Stoker, cette *chose*, elle, ne vient pas de Transylvanie, mais très probablement d'Angleterre.

Marcas haussa un sourcil.

— Pourquoi, il y avait aussi des vampires là-bas ?

La femme de Stanton effleura de son index la pierre coincée dans la bouche du mort.

— Vous n'écoutez pas, monsieur Marcas...

La légende du non-mort est universelle et elle hante aussi les cauchemars des vivants dans toute l'Europe du Nord. Ainsi, en Irlande, il fallait éviter de croiser le Dearg-Dul au coin d'une forêt sombre, les soirs de pleine lune. Les Écossais, eux, craignaient la Baobhan Sith, une fée à l'allure envoûtante qui hurlait à la mort dans la lande. Et parfois même, les vivants buvaient le sang des défunts afin de s'approprier leur force et leur courage, comme certaines tribus vikings du Danemark.

L'écrivain plongea ses mains dans le sarcophage et se saisit délicatement du crâne qu'il brandit devant lui. Les mâchoires serraient toujours la pierre triangulaire noire entre leurs dents ébréchées. Il tourna lentement entre ses mains le crâne entaillé, l'examinant sous tous les angles, puis le tendit à sa femme, avant de poursuivre d'une voix plus lente :

— Mais pour répondre à ta question, Antoine, ce que nous avons sous les yeux s'apparente à un Draugar.

— Un Draugar ?... Jamais entendu parler ! Il a un vice particulier ? Il suce les pierres plutôt que le sang ?

Stanton balaya la plaisanterie d'un revers de main. Face au surnaturel, les Français avaient la moquerie aussi rapide que facile.

— On l'appelle aussi Dragaer, Drag'her. C'est un non-mort très particulier. Il gît au fond de sa tombe et attend. C'est un veilleur. Un gardien. Un gardien de secret. Il...

— Derek !

Le cri d'Anna interrompit la tirade de son mari. Elle lui jeta un regard courroucé.

— Allons, mon amour, affirma Stanton. J'ai entière

confiance en notre ami. C'est un frère, il saura tenir sa langue.

Cette réponse ne rassura pas son épouse. Son regard déjà sombre avait pris la même noirceur que la pierre enfournée entre les mâchoires décharnées du squelette.

— Frère ou pas, il n'est pas concerné par notre quête.

— Non, Anna. J'ai bien réfléchi depuis l'irruption de ces voleurs à Drouot. On n'y arrivera jamais seuls. Nous avons des ennemis trop puissants.

Antoine fronça les sourcils. Ces histoires abracadabrantes de morts-vivants ne l'amusaient plus. On était en pleine vampire-fiction. Il était temps de battre en retraite et de laisser ce couple délirant s'écharper sur son tas d'os.

— Écoutez, je ne veux pas vous embarrasser. Je vais m'éclipser, pour vous permettre de communier avec votre Draugar.

Stanton fusilla sa femme du regard et s'interposa alors qu'Antoine s'apprêtait à sortir.

— Reste, je te le demande en tant que frère. Nous avons besoin de toi.

Antoine jeta un coup d'œil au visage fermé d'Anna Stanton. Ses yeux démentaient la requête de son mari. Ça sentait les emmerdements à plein nez. Ni l'un ni l'autre n'étaient clairs. Il secoua la tête.

— Franchement, j'ai du travail. Je vous souhaite une bonne soirée avec votre vampire à un million d'euros. Je saurai retrouver la sortie.

Sans se soucier de la réponse de l'écrivain, Antoine tourna les talons et se dirigea vers la sortie, pas mécontent de fuir ce décor macabre.

— Ce vampire détient un secret, articula Stanton.

Marcas agita sa main en guise de salut, sans se retourner.

— Magnifique ! dit-il. Ça te fera un excellent sujet pour ton prochain best-seller.

Au moment où il passait le seuil de la porte, la voix d'Anna Stanton résonna, impérieuse :

— Le secret le plus extraordinaire de tous. Celui du Graal.

15.

Paris
Rue Henry-de-Jouvenel
19 juin

Le silence était retombé dans la crypte de l'hôtel particulier de Stanton. Alors qu'il s'apprêtait à partir, Antoine s'était arrêté sur le pas de porte. Il fixait la femme de l'écrivain d'un air indécis. Dans sa robe immaculée, avec ses longs cheveux noirs qui découpaient son profil comme le marbre d'une statue, Anna Stanton ressemblait à ces dames du temps jadis célébrées par François Villon, ces héroïnes du Moyen Âge dont le charme mystérieux s'accordait souvent avec une volonté de fer.

— Vous prétendez que le squelette de ce cercueil est un vampire, gardien du Graal ?

— Je fais plus que le prétendre, j'en ai la preuve.

Intrigué, Antoine se rapprocha tandis qu'Anna montrait, posé au sol, un objet inattendu – mi-pistolet pour la forme, mi-sèche-cheveux pour l'apparence. Un câble le reliait à un ordinateur portable.

— Il s'agit d'une caméra infrarouge haute définition qui permet de visualiser des détails que le regard ne perçoit pas.

Stanton fit signe au commissaire de venir les rejoindre près du sarcophage.

— Tu as remarqué la frise sculptée sur le côté ?

Antoine acquiesça :

— Je voulais justement l'examiner dans la réserve de Drouot quand les choses ont mal tourné.

Le commissaire se pencha et distingua nettement cinq symboles, chacun de la taille d'une carte bancaire.

Une croix inversée, un burin, un maillet, une tombe stylisée et une silhouette d'homme en marche.

Stanton posa son doigt sur le premier.

— La croix inversée indique que nous avons affaire à une sépulture déviante. Pas n'importe laquelle : celle d'un personnage important, un noble ou un riche marchand, qui n'aurait pas reçu les derniers sacrements. Profil idéal pour un vampire... Les gueux soupçonnés de sorcellerie ou de pacte avec le diable étaient, quant à eux, jetés dans la fosse commune.

Pendant ce temps, Anna réglait l'écran du portable et branchait la caméra.

— La tombe et l'homme qui marche doivent représenter le vampire qui sort de sa sépulture la nuit pour attaquer les vivants, poursuivit Stanton.

— Donc, des signes d'avertissement... Et les autres symboles ?

Anna, après avoir réglé l'écran du portable, venait de brancher la caméra.

— Pour l'instant, ne te préoccupe pas des symboles, reprit Stanton, ce qui compte, ce sont les *ombres*.

Marcas se retint de sourire. Après les *vampires*, les

ombres ! On nageait vraiment en pleine fantasmagorie. Pourtant, quelque chose le retenait. Il se demanda si Stanton, avec son musée de cire suranné, son épouse démâtée et son vampire en kit, ne correspondait pas finalement à l'image qu'il se faisait du véritable écrivain. Un funambule en équilibre perpétuel sur la corde de l'imaginaire, au-dessus du gouffre de la réalité. Au risque d'y perdre parfois la raison.

— OK Vous avez cinq minutes pour me convaincre.

Anna déclencha la caméra et la braqua sur la frise. Une image commença de se former couche après couche sur l'écran.

— Il faut attendre quelques instants, le temps que le balayage soit complet, expliqua l'Anglais.

Un à un, les symboles entrevus par Antoine apparaissaient dans leurs moindres détails. On distinguait même par endroits des groupes de fines hachures.

— Ce sont les traces du burin du graveur. Si on les analysait, de manière topographique et statistique, on pourrait déterminer son niveau d'expérience. S'il était un maître ou un apprenti…

— Et ça ? interrogea Antoine en désignant une figure plus sombre qui se dessinait.

Stanton esquissa un sourire avant de répondre :

— *Ça*, c'est le plus fascinant ! Regarde bien.

Entre les deux symboles du maillet et de la tombe, venait d'apparaître une ombre qui s'affinait à chaque nouveau balayage, comme un fantôme qui prendrait corps.

— L'artisan qui a gravé les deux symboles a travaillé les contours de chacun d'eux comme des profils, intervint Anna. Quand on regarde les symboles de face, on ne voit rien de particulier, tout semble parfaitement normal et régulier. Mais quand on les éclaire avec une lumière rasante, les profils projettent leur ombre en relief. Et là...

Antoine était scotché à l'écran. Sous ses yeux, les deux ombres s'entrecroisaient pour former une figure.

— C'est...

Une diode clignota sur la caméra. Le balayage était terminé.

Un nouveau symbole venait d'apparaître comme par enchantement. Distinct, nettement découpé entre les deux autres, de la grosseur d'un pouce.

La coupe.

— Oui, Antoine... Le Graal.

Incrédule, Marcas vint s'agenouiller devant la frise sculptée. Il passa d'abord la main sur la surface des symboles puis sur leur contour. Il sentit de minuscules irrégularités.

— Un travail de maître, murmura Stanton dont le visage trahissait l'excitation. Un maître qui a donné tout son art pour nous indiquer que cette sépulture avait à voir avec le Graal.

Antoine revint devant l'écran et le fixa longuement. Ses yeux se mirent à piquer à force de se focaliser sur la coupe stylisée. Il se tourna vers l'écrivain.

— Il y a quelque chose qui m'échappe. Comment savais-tu à l'avance que cette sépulture était liée au Graal ? Et que la coupe allait apparaître ?

Stanton ne répondit pas, mais avisa sa femme qui secouait vivement la tête, le visage fermé.

— Ça, c'est secret. Du moins, pour le moment. Un écrivain n'aime pas livrer ses sources d'inspiration...

Marcas observa la belle brune. Visiblement, c'était

elle qui menait le jeu ; mieux valait ne pas la brusquer. Et puis il était pris au piège de la curiosité.

— OK, revenons à ce sarcophage codé. Il date de quand ?

— D'après l'expert de la vente, de la fin du XIIe siècle, répliqua Stanton.

— Et le squelette ? Ce Draugar, comme vous dites. Il pourrait être postérieur ? Le cercueil aurait pu être réemployé...

— Il y a peu de chance. Le couvercle était scellé.

Anna manifestait des signes d'impatience.

— Vous ne comprenez pas, commissaire, intervint-elle. Cette sépulture déviante a été utilisée autrefois en guise de repoussoir, pour décourager les pilleurs de tout poil. À l'époque, on fuyait comme la peste ces tombes, non seulement le vampire ou le non-mort pouvait attaquer les vivants, mais en plus elles portaient malheur à ceux qui s'en approchaient de trop près. Le Draugar est un formidable gardien de trésor.

Anna se rapprocha subrepticement d'Antoine, jusqu'à le frôler.

— Ce vampire est donc un leurre, expliqua-t-elle. Regardez bien les autres symboles. On perce le cœur d'un vampire avec un pieu et à coups de marteau, pas avec un burin et un maillet !

Les yeux brillants, Stanton reprit la parole :

— Non seulement ces marques nous ont dévoilé une coupe, mais elles orientent l'observateur avisé vers un autre domaine, plus symbolique. Ne vois-tu pas, Antoine ? C'est pourtant limpide. Si l'on prend une interprétation maçonnique, le burin est l'outil de l'apprenti et le maillet celui du vénérable.

Marcas grimaça, il n'était pas convaincu.

— Des symboles maçonniques sur un cercueil du XIIe siècle ? Tu n'y penses pas ! La franc-maçonnerie telle que nous la connaissons n'existait pas au Moyen Âge, elle n'a été créée que cinq siècles plus tard. Ce genre de distorsion temporelle, ça n'est possible que dans tes romans.

Stanton sourit.

— Ai-je prononcé le mot franc ? Je parlais de maçonnerie telle qu'on l'entendait au temps des cathédrales. Je parlais des tailleurs de pierre.

À nouveau, Antoine scruta la frise sur le sarcophage. Stanton croisa les bras, le regard fixe.

— À cette époque, les tailleurs de pierre se regroupaient en loge et formaient une véritable élite. L'enseignement était long et rigoureux, il fallait passer plusieurs étapes pour devenir un maître dans sa spécialité. Pour se faire reconnaître par leurs pairs quand les tailleurs arrivaient sur de nouveaux chantiers, ils échangeaient les mots de passe secrets enseignés en loge. C'était leurs CV à eux. Une pratique orale très efficace qui évitait d'emporter avec eux des documents qu'ils pouvaient se faire voler sur les routes.

Marcas hocha la tête.

— Donc ce que tu m'expliques, c'est que ces signes sur le sarcophage sont des marques de tailleurs de pierre et qu'ils constituent un rébus ?

— Oui…

Marcas paraissait sceptique.

— Un rébus dans la langue du XIIe siècle ? Et laquelle ? La langue d'oïl, d'oc, le latin ? demanda Antoine qui se souvenait d'une discussion sur la diversité des langues au Moyen Âge avec son fils – un des rares cours dont curieusement il s'était souvenu.

— Hélas pour toi, quasiment aucun tailleur de pierre ne savait écrire, répliqua Stanton. Quand il taillait une pierre, il gravait un symbole en guise de signature. À la fin de la journée, le maître de chantier comptait les pierres et payait chacun selon son travail.

— Alors, c'est leur langage symbolique qu'il nous faut retrouver, déclara Anna. Que subsiste-t-il de la tradition des tailleurs de pierre dans la maçonnerie actuelle ?

Marcas posa une main légère sur le sarcophage.

— Il nous reste les outils du métier : l'équerre, le compas, le fil à plomb... qui sont devenus pour nous des symboles. Le levier, par exemple, qui servait à soulever des pierres, représente la volonté humaine.

— Et le burin ? s'enquit Anna.

— Le travail à faire sur soi pour s'améliorer. Quant au maillet, il symbolise l'autorité intérieure qui, seule, permet de progresser. Même la pierre brute et la pierre taillée que l'on trouve dans tous les temples maçonniques n'ont valeur que d'exemple : une allégorie du chemin à parcourir pour atteindre la perfection. Le symbole de l'homme qui marche pourrait indiquer cette progression. Il sort de la tombe de l'ignorance pour aller vers la lumière. Vers le Graal. On pourrait continuer toute la nuit à disserter sur des explications philosophico-maçonniques sans trouver quoi que ce soit. Il faut chercher ailleurs.

— Nous sommes bloqués..., murmura Stanton.

L'esprit de Marcas s'échauffait comme un silex frotté avant l'étincelle. Les vieux réflexes revenaient ; par un automatisme mystérieux, ses neurones réactivaient des connexions endormies. Codage et décodage. Il adorait ça. Le langage des symboles... Au fil de ses enquêtes, il avait développé cette singulière faculté de mettre en association tant de concepts et d'associations improbables... Et ce qu'il avait sous les yeux agissait comme un puissant aiguillon.

— Reprenons. On a cinq symboles sous les yeux. Écartons la croix inversée, la tombe et l'homme qui marche qui représentent tous le vampire. Restent le burin, le maillet et la coupe miraculeuse. Burin, maillet, coupe...

Antoine arpentait la petite pièce, le cerveau en ébullition, sous les regards étonnés des Stanton. Quelque chose lui échappait. Ces symboles n'avaient pas été inscrits là par hasard, mais rien ne venait à son esprit. Il lançait des mots à la volée.

— Burin, coupe, maillet... Maillet, coupe, burin...

Son esprit butait toujours. C'était comme s'il avait un verrou sous les yeux et que les mots étaient des clés. Mais pas les bonnes clés. Antoine n'arrêtait pas de toucher le sarcophage, le faisant vibrer sur sa base.

— Est-ce que vous pourriez marcher de l'autre côté ? intervint Anna. Vous allez finir par le renverser.

Marcas s'arrêta net. Une petite lueur s'allumait dans le tréfonds de son cerveau.

— Répétez ce que vous venez de dire ?

Anna Stanton le dévisagea avec surprise.

— Euh... d'éviter de renverser le sarcophage.

— Oui, mais vous avez dit : « de l'autre côté ». Côté. Voilà le mot clé. Marcher de l'autre côté ! L'homme qui marche, le sarcophage. Et si...

Marcas, tout excité, se tourna vers Stanton.

— Toi, mon frère, tu vas comprendre si je te dis qu'il faut faire un pas de côté...

Le visage de Stanton s'illumina.

16.

*Paris
Rue Henry-de-Jouvenel
19 juin*

Les yeux de Marcas brillaient d'excitation.

— Les pas. Les pas du maçon... Et si le symbole de *l'homme qui marche* n'était ni un vampire ni une allégorie sur la progression spirituelle ? Mais la référence à une tradition maçonnique.

— Je n'y avais pas pensé. Tu crois que ça peut fonctionner ? demanda Stanton d'un air pensif.

— Vous pouvez préciser pour la profane que je suis ? s'enquit Anna.

— Quand un profane devient maçon, il participe à une cérémonie d'initiation en loge, devant ses futurs frères ou sœurs. À l'issue du rituel, il passe au stade d'apprenti et s'initie à quelques éléments fondamentaux hérités de la tradition des tailleurs de pierre, le mot de passe, le mot secret, les signes de reconnaissance entre maçons. On lui montre aussi des pas de base qui correspondent à son grade.

Le visage de la femme de Stanton s'éclaira.

— Comme pour la salsa ou le tango ?

— Ce n'est pas aussi sensuel..., expliqua Antoine qui avança son pied droit, puis forma une équerre avec son pied gauche talon contre talon.

Il exécuta deux autres séries de pas ainsi.

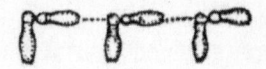

— C'est la marche de l'apprenti en loge. En tout, trois pas à angle droit. Trois étant le chiffre de l'apprenti, reprit Marcas. Et à chaque pas le frère, ou la sœur, forme un angle de 90°. Le sens symbolique correspond à une recherche de l'équilibre.

— Pas très pratique..., fit remarquer Anna.

— C'est fait exprès. L'apprenti s'exerce à avancer lentement, à faire attention, à prendre son temps, à douter avant de se lancer... Le début d'un cheminement spirituel.

— Je croyais que vous rejetiez l'hypothèse d'indications maçonniques ?

— Comme je vous l'ai dit, certaines de nos traditions viennent des maçons qui œuvraient à la construction des cathédrales. À l'origine, c'était la manière de marcher des tailleurs de pierre sur un chantier. Ils avançaient ainsi sur les échafaudages qui étaient très étroits, dos au mur, pour ne pas tomber.

— Sauf que je ne vois toujours pas le rapport..., commenta Anna.

— Au grade suivant, celui de compagnon, continua Antoine, on apprend à faire deux pas supplémentaires, l'un en se déportant sur la droite, l'autre en revenant au centre. Cinq, c'est le chiffre du compagnon. Là encore on retrouve l'influence des vieilles corporations. L'un des textes fondamentaux du XVIIe siècle, le manuscrit d'Édimbourg, évoque le rite des cinq points du compagnon...

— En symbolique, le cinq représente l'être humain, précisa Stanton, les cinq sens, les cinq doigts de la main qui servent à saisir la matière. C'est aussi l'homme de Vitruve de Léonard de Vinci, celui qui a les bras et les jambes écartés dans un pentagone. Et en hébreu, la signification du chiffre 5 est : « saisissement ».

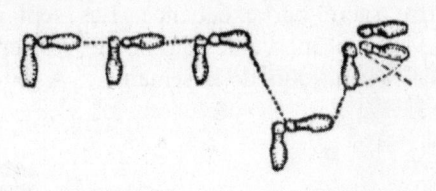

— Ainsi, dit Antoine, avec ces cinq pas, on marque au sol le chiffre qui correspond à l'âge symbolique du compagnon : cinq ans. Mais dans le cas qui nous occupe il faut aller plus loin. Au Moyen Âge, un apprenti ou un compagnon n'auraient jamais eu le droit de graver un pareil sarcophage. Ce genre d'honneur était réservé aux seuls maîtres.

Antoine frappa le sarcophage du plat de sa main et reprit.

— La marche du maître, ça doit être la clé. Lors du rituel de passage au grade de maître, ce que l'on appelle dans notre jargon l'exaltation, on fait deux pas de plus que le compagnon. Soit sept pas en tout. 7 : le chiffre du maître. Et ces deux pas consistent à enjamber à droite, puis à gauche un accessoire très particulier.

— Lequel ?

Marcas sourit.

— Un… cercueil. On le pose au milieu du temple lors de ce rituel. En référence à maître Hiram, l'architecte du temple de Salomon, le « patron » de la maçonnerie. Le maître appréhende ainsi le monde dans sa totalité, il s'élève au-dessus du cercueil, au-dessus de la mort.

— Sept…, s'exclama Stanton, enthousiaste. Souviens-toi, Anna, de mon livre, *Le Septième Alchimiste*. Tous les meurtres étaient liés à la symbolique de ce nombre. Un chiffre sacré par excellence. Les sept notes de musique, les sept merveilles du monde, les sept péchés capitaux, les sept jours de la semaine… À toi de jouer, Antoine !

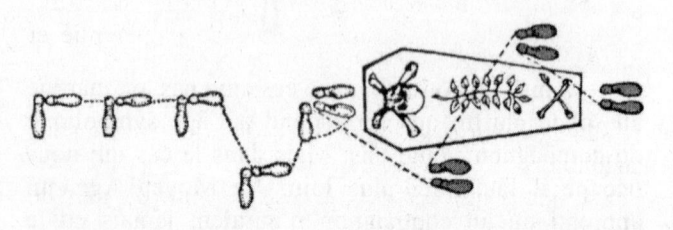

Antoine se mit face au sarcophage et fit les trois pas de l'apprenti, puis il enchaîna avec les deux pas supplémentaires du compagnon. D'un saut, il enjamba le sarcophage vers la droite, se remit d'équerre, puis l'enjamba à gauche. Un pas de plus et il se retrouva à l'arrière de la sépulture.

— Si vous regardiez juste derrière moi ?

Stanton se précipita. La paroi de plomb semblait uniforme. Il y passa lentement la main et s'arrêta net.

— Là, il y a une protubérance !

— Appuie tout doucement. S'il y a un mécanisme, il est peut-être fragilisé depuis le temps.

L'écrivain pressa sur le renflement avec son index. Rien ne se produisit.

— Je sens bien une résistance. Il y a quelque chose.

Marcas secoua la tête.

— Essaye sept fois...

Stanton appuya à sept reprises sur la protubérance.

Un déclic métallique résonna dans le sarcophage, comme si un engrenage se mettait en mouvement.

— Un mécanisme d'horlogerie ! s'extasia Antoine. Les premiers ont été créés au XIIe siècle en Europe, ça correspond...

Un second déclic plus aigu fit vibrer à nouveau le plomb. Une fente noire apparut et s'élargit progressivement à mesure qu'un petit panneau coulissait. L'ouverture dévoila un mince bout de papier plié et finement craquelé.

— Regardez, s'écria Anna, un parchemin !

Stanton extirpa la page, la déplia lentement sous la lumière.

Six lignes gravées surgirent d'une nuit de plus de huit cents ans.

v e b t u r i
qui bien tranche
c o y n t u s
place au centre
a f q k l d n
croix

— Une nouvelle énigme..., murmura Stanton en tendant le manuscrit à Antoine. Ça t'inspire ?

Marcas examina pendant de longues minutes le parchemin, le retourna en tout sens, le plaçant sous la lumière pour voir si rien n'y figurait en surimpression.

— Vous pouvez essayer avec votre caméra infrarouge ?

La femme de l'écrivain s'exécuta. Sans résultat. Marcas secoua la tête, son cerveau ne fonctionnait plus. Rideau. La fatigue accumulée des deux derniers jours l'avait envahi brutalement.

— Vebturi... Coyntus... afqkldn... C'est du charabia. Là, je sèche, grommela Marcas en bâillant. Il est presque une heure, je suis claqué. Ce parchemin a attendu des siècles pour voir le jour, il peut patienter encore une nuit.

— Mais on ne peut pas s'arrêter là ! s'écria l'écrivain. Le Graal !

Antoine s'étira et haussa les épaules.

— Fin de la quête du Graal pour moi. Il faudra trouver un autre chevalier... J'ai une tonne de travail qui m'attend demain. Si j'étais rentier, crois bien que j'aurais continué avec grand plaisir ce jeu de piste. Hélas, le dur métier de flic...

— Tu nous abandonnes ?

— Oui, vraiment. En revanche, je connais quelqu'un qui pourrait vous aider. Il ne travaille pas loin d'ici, rue de l'Université.

— On peut l'appeler ? le pressa Anna, aussi impatiente que son mari.

Marcas frotta ses yeux rougis. Graal ou pas Graal,

il n'avait qu'une envie, c'était de se glisser dans un bon lit.

— À cette heure-ci, il doit dormir à poings fermés. Si vous m'hébergez pour la nuit dans votre modeste demeure, on peut essayer de le voir avant que je parte pour mon bureau à Nanterre. Mais, on est bien d'accord, après je m'éclipse !

— Nous avons une superbe chambre d'amis dans l'aile ouest, répondit Anna avec son regard noir et troublant. Merci pour votre aide. Qui est la personne que vous voulez nous faire rencontrer ?

— L'homme qui a tout fait pour me décourager de devenir flic...

17.

Paris
Quartier Saint-Germain
20 juin

Les touristes qui s'aventuraient dans la rue de l'Université étaient toujours surpris. À deux pas du célèbre boulevard Saint-Germain, à quelques mètres de la commerçante rue Jacob, commençait un autre monde. Les devantures chatoyantes se faisaient plus rares, les cafés bondés disparaissaient, progressivement remplacés par de longues façades discrètes et des trottoirs de plus en plus vides. Confrontés à cette subite solitude, les touristes rebroussaient généralement chemin. Pourtant, si l'un d'eux avait eu la curiosité de s'arrêter devant le numéro 11 et, pourquoi pas, de pousser la porte bleue : il aurait sans doute été autant étonné que séduit. En effet, la discrète porte cochère donnait sur une petite cour intérieure, toute en pavés rebondis, lustrés par les siècles, où se reflétaient de hautes fenêtres à la française.

— C'est bon, je termine un rendez-vous important

et j'arrive dans deux heures maximum. Je sais que le juge est chaud bouillant !

Appuyé contre son scooter, Marcas raccrocha son portable et alluma une cigarette. Son supérieur avait eu du mal à contenir son irritation pendant la conversation. Mais Antoine était suffisamment lucide pour reconnaître sa négligence. Il aurait dû rédiger son rapport de l'arrestation à Drouot et l'envoyer immédiatement à son chef et au juge. Tous les dossiers relevant de l'antiterrorisme étaient prioritaires et remontaient directement au cabinet du ministre de l'Intérieur. Décidément, sa curiosité pour le vampire gardien du Graal lui compliquait la vie.

Il regarda les volutes de fumée grise s'envoler dans la cour. Prendre ce rendez-vous ici avec les Stanton et son ancien professeur était une autre erreur. Il aurait dû les laisser se débrouiller. Au lieu de ça, il avait passé la nuit dans leur hôtel particulier. À son réveil, un domestique lui avait apporté dans sa chambre – aussi grande que la moitié de son appartement – un petit déjeuner somptueux, digne d'un palace. Il s'était éclipsé en avance, donnant rendez-vous au couple directement rue de l'Université.

Antoine écrasa sa cigarette, jeta le mégot dans une grille et ferma le coffre de son scooter. Il allait expédier ce rendez-vous. Ensuite, direction Nanterre.

Je passe mon tour pour le Graal.

Un raclement résonna à l'entrée. Le couple Stanton apparut dans l'entrebâillement de la porte cochère. Stanton arborait une cravate du plus beau rouge qui tranchait avec son costume sombre. Anna, elle, était métamorphosée. Les cheveux relevés en chignon, vêtue d'un discret tailleur gris, elle n'avait plus rien de l'apparition de la veille.

Dommage, pensa Antoine, je suis certain que le professeur Turpin aurait adoré la voir en Dame blanche.

— Vous avez été étudiant ici ? s'enquit Anna avec une pointe de surprise.

Antoine sourit et secoua la tête à regret.

— Hélas, non. Le lieu appartient au Collège de France qui y organise des colloques de renom avec les meilleurs chercheurs mondiaux. Il se trouve que le professeur Turpin, un de mes anciens profs de fac, en fait désormais partie. C'est lui que nous allons voir. Quand j'ai abandonné mes études pour faire mon service militaire et entrer dans la police, il s'est mis dans une colère noire. Il m'a fait la gueule pendant quelques années, puis a fini par me pardonner...

Stanton vérifia son nœud de cravate.

— Il n'y a qu'en France qu'on peut trouver un flic qui a des relations au Collège de France ! Tu imagines, Anna, une université fondée par François Ier pour regrouper les meilleurs cerveaux européens. Une réputation inégalée depuis cinq siècles. Même Einstein a enseigné ici !

Ils traversèrent la cour et entrèrent dans un hall d'accueil, conservé dans le plus pur style XVIIIe. Antoine posa la main sur l'épaule de l'écrivain.

— Après ce rendez-vous, nos chemins se séparent.

Le visage de Stanton se figea.

— Tu n'es pas sérieux ! Nous avons besoin de ton aide.

— Et c'est ce que je fais en vous présentent le professeur Turpin. Quant à la quête du Graal, ça s'arrête là. C'est non négociable.

Au moment où Stanton allait répondre, une jeune femme en jean et pull noirs apparut.

— Monsieur le professeur va vous recevoir dans la bibliothèque. Si vous voulez bien me suivre.

Antoine lui emboîta le pas. Derrière lui, les talons d'Anna résonnaient sur le parquet impeccablement ciré. Sur les murs du couloir, étaient accrochées des photos en noir et blanc de nombreuses célébrités intellectuelles. Marcas adressa un clin d'œil à Roland Barthes en costume de soie. Ils montèrent un escalier et franchirent une porte en bois mouluré.

— Antoine, ça fait une éternité !

Installé devant une table surchargée de livres, un cigare paresseusement écrasé dans un cendrier, le professeur Turpin se leva, les bras ouverts. Il n'avait pas changé, excepté une barbe blanche taillée en pointe sur le menton. Avec ses sourcils largement arqués, il ressemblait à un diable de théâtre du XIXe siècle. Et toujours ce regard aiguisé qui fascinait ses étudiants. Ému, Marcas lui serra longuement la main.

— À peine quatre ans... Pour l'expertise d'un lutrin volé dans un couvent des Yvelines. Heureusement que j'ai gardé votre numéro de portable.

— J'avoue que ton appel m'a surpris, répondit Turpin avec malice, avant de se tourner vers Anna. Mais qui est cette jeune femme ravissante ?

— Professeur, permettez-moi de vous présenter Anna Stanton.

Le professeur s'avança vers l'Anglaise et lui saisit délicatement la main qu'il effleura de sa moustache.

— Madame, c'est un plaisir.

— Et voici son mari, l'écrivain...

— Voyons, Antoine, nul besoin de présentation !

l'interrompit-il en tendant la main à Stanton. Monsieur, je suis un de vos lecteurs les plus assidus, même si vous nous faites avaler beaucoup de couleuvres...

Malgré sa notoriété planétaire, Stanton rougit de plaisir. Venant d'un universitaire de renom, le compliment lui allait droit au cœur.

— J'ai toujours aimé la littérature d'aventure et de mystère. On y apprend bien plus qu'on ne croit. Sans compter le plaisir de l'imaginaire qui est sans prix. Mais, dites-moi, que puis-je pour vous ?

Antoine se pencha vers le vieil homme, comme s'il allait lui livrer un secret.

— C'est le spécialiste de littérature médiévale dont nous avons besoin.

Turpin laissa filtrer un mince sourire. Le même qu'autrefois.

— Ce bon Antoine, vous savez qu'il a été un de mes étudiants en maîtrise ?

Gêné, Marcas tapotait le coin de la table.

— Un étudiant brillant qui aurait pu devenir un excellent historien. Hélas, il a choisi de fréquenter les commissariats plutôt que les bibliothèques. Néanmoins, il a connu l'une de mes étudiantes qui est devenue sa...

Le regard subitement rembruni de son ancien élève le convainquit aussitôt de changer de sujet.

— ... Mais, revenons à ce qui vous amène.

Marcas soupira intérieurement. Il n'aimait pas trop qu'on lui rappelle cette période. C'est dans le cours de Turpin qu'Antoine avait rencontré sa future (ex) femme. Il tendit au professeur le message dissimulé dans le sarcophage.

— Le premier point est de savoir si ce document est réellement d'époque médiévale.

Étonné par ce doute, Stanton faillit protester. Sa femme le retint en lui soufflant à l'oreille :

— Mieux vaut en être sûrs...

Turpin prit la page avec précaution, puis effleura la surface brunie de son pouce.

— C'est bien du parchemin, le support utilisé pour écrire pendant tout le Moyen Âge. De la peau de mouton, en général. Mais on utilisait aussi du veau ou de la chèvre. Une fois la chair délicatement enlevée on plongeait la peau dans un bain de chaux.

— De la chaux ?

— Pour la rendre plus rigide et ainsi ôter les poils plus facilement. Ensuite, on la polissait avec une pierre ponce pour ôter toute aspérité, puis on la blanchissait avec de la craie.

— Le parchemin vous paraît d'origine ? insista Stanton.

— Oui, à cause des craquelures dues au temps. C'est quasiment impossible à reproduire aujourd'hui. Néanmoins, on peut obtenir facilement un parchemin vierge, il suffit d'en gratter l'encre. On appelle ça un palimpseste.

Voyant la mine inquiète de son auditoire, il ajouta en souriant :

— Mais, rassurez-vous, la trace des caractères subsiste toujours dans l'épaisseur du parchemin, et là, je ne vois rien.

— Et l'écriture ? demanda Antoine.

— C'est le plus difficile à imiter. Et surtout de respecter la régularité des intervalles entre les lettres dont les copistes médiévaux, par leur longue pratique, avaient le secret. Or, dans votre document, ces intervalles sont parfaitement réguliers. Je dirais donc qu'il s'agit d'une pièce authentique.

Stanton faillit battre des mains.

— Reste que le message est une énigme, dit Antoine. Turpin se pencha sur le manuscrit d'un air gourmand.

v e b t u r i
qui bien tranche
c o y n t u s
place au centre
a f q k l d n
croix

Quand il releva la tête, ses yeux brillaient plus que d'habitude.

— Avez-vous déjà entendu parler de la *langue des oiseaux* ?

18.

Rome
Vatican
20 juin

— Éminence, il est l'heure, murmura le sergent de la gendarmerie du Vatican.
— Attendez-moi dehors, répondit le cardinal Albertini, agenouillé devant l'autel, j'en ai encore pour quelques minutes.
Le gendarme tourna les talons et s'éloigna en silence le long des travées désertes. Le préfet de la Congrégation pour la Cause des saints, lui, continuait d'implorer le Christ suspendu au plafond du chœur. Comme à son habitude, il venait se recueillir dans la chapelle suisse chaque fois qu'il voulait faire le calme en lui. C'était son lieu de prière favori. Ornée de magnifiques toiles du Caravage, elle était cependant dédaignée par les autres dignitaires, car trop éloignée de la Curie.

Albertini prit une profonde inspiration et se releva avec lenteur. La tentative de rachat de la sépulture déviante à Paris s'était soldée par un échec. Il portait une lourde part de responsabilité dans ce fiasco en ayant gravement sous-estimé la capacité financière de Derek Stanton. Et maintenant, l'avenir de l'Église reposait sur le père Da Silva et ses assistants. Ou plutôt sur cet écrivain de thriller et ce policier franc-maçon qui rejouaient les chevaliers de la Table ronde.

Quelle ironie divine ! se dit-il. Pourquoi Dieu avait-il élu ces deux hommes pour mener la Quête à la place de son envoyé spécial ?

Albertini détestait tout ce que représentaient ces deux personnages. Stanton écrivait des contes de fées qui obscurcissaient l'esprit de ses millions de lecteurs et les détournaient de la véritable foi. Il avait feuilleté, horrifié, deux de ses ouvrages qu'on lui avait discrètement achetés dans une librairie de Rome. Sous prétexte de divertissement, ces livres ne faisaient que remettre au goût du jour de vieilles doctrines, hérétiques et insensées, combattues par l'Église depuis deux millénaires. Templiers, Cathares, occultistes, néoplatonisme, gnose, rose-croix, sorcellerie, évangiles apocryphes, kabbale, alchimie... Les rayons de l'Index, l'ancienne bibliothèque des ouvrages interdits du Vatican, regorgeaient d'ouvrages défraîchis, aussi vieux que l'Église elle-même, qui professaient les mêmes enseignements ésotériques sulfureux.

Albertini abhorrait jusqu'au terme même d'ésotérisme, synonyme de folie et de vanité intellectuelle, mais il ne pouvait nier la fascination que ce mot exerçait, depuis des siècles, sur les âmes les plus tourmentées.

Le cardinal se signa et adressa un salut respectueux à la sculpture de saint Paul qui trônait sur le côté droit de l'autel. Le visage de marbre, ferme et puissant, de son maître à penser raffermit sa volonté. L'homme du chemin de Damas n'avait cessé de professer la plus stricte orthodoxie dans la conduite des affaires spirituelles. Pour lui, il n'y avait aucun enseignement caché, aucun secret interdit au commun des mortels. Le message de Dieu était limpide comme l'eau claire et puissant comme le torrent. Il s'adressait à tous les hommes sans exception et pas seulement à une poignée d'initiés autoproclamés, détenteurs d'un pseudo-savoir trempé dans un fiel ténébreux.

Seule l'Église diffusait la vraie lumière. Et la mission sacrée de ses serviteurs était de canaliser les passions des hommes pour les ramener dans le droit chemin. Albertini ferma les yeux quelques secondes pour chasser son irritation grandissante. Si Stanton le révulsait, son compagnon de quête ne valait guère mieux. Cet Antoine Marcas, dont Da Silva lui avait fait un portrait si élogieux, appartenait à une confrérie méprisable qui, depuis sa création, n'avait cessé de s'opposer aux desseins divins. Dans leur arrogance, ces frères osaient défier Dieu, telles les armées de Lucifer à l'assaut du ciel. Dans leur démence, ces illuminés de la raison plaçaient l'homme au centre de l'univers. Ils représentaient une espèce venimeuse qu'il fallait éradiquer à tout prix. Même le Vatican et l'Église avaient été un temps infiltrés par ces maçons maudits.

Le cardinal rouvrit les yeux et fixa une dernière fois le visage de saint Paul. Ses pensées négatives refluèrent comme par enchantement.

Si Dieu a choisi ces deux hommes, alors il faut

se plier à Sa volonté. Seule compte la cause qui est juste, quels que soient les moyens employés.

Albertini gagna rapidement la sortie ; une longue matinée l'attendait. Il devait expédier un rendez-vous à son bureau, puis se rendre à une nouvelle réunion de Theobald.

Quand il sortit à l'air libre, un soleil généreux, à peine voilé par des nuages paresseux, chauffait les sépultures du magnifique cimetière teutonique dont le décor n'avait pas grand-chose de prussien. Avec ses hauts palmiers et sa végétation luxuriante, n'eussent été les pierres tombales, le cimetière ressemblait davantage à un jardin de Toscane. Il prit une profonde inspiration pour savourer l'air doux de la matinée et aperçut le sergent de la gendarmerie vaticane qui l'attendait en bas des marches.

— Merci d'avoir patienté, dit Albertini d'une voix calme. Il est temps de nous rendre au palais apostolique.

— Je suis à vos ordres, Éminence.

Le cardinal en robe pourpre, accompagné de son garde du corps en habit civil, traversa à pas vifs le jardin du cimetière. Les talons des deux hommes claquaient en cadence sur la pierre du sentier qui serpentait entre les tombes.

— Si vous souhaitez passer par la place Saint-Pierre, Éminence, je vous le déconseille.

Le préfet de la Congrégation pour la Cause des saints afficha un sourire bienveillant en secouant la tête.

— Allons, sergent, je ne suis pas le pape. Les cardinaux n'ont jamais intéressé les terroristes.

— J'ai des consignes de mes supérieurs, et je

suis nouveau ici. Le Jubilé se termine cette semaine, mais les menaces d'attentat sont toujours d'actualité. Chacun des neuf cardinaux préfets des congrégations est une cible potentielle.

— Faites votre devoir, mais je préfère quand même emprunter la place. Prévenez votre responsable.

Le sous-officier de sécurité chuchota quelques mots dans le micro de son oreillette, puis se tourna vers le dignitaire de la Curie.

— Puis-je vous poser une question, Éminence ?
— Faites, mon fils.
— On m'a expliqué que votre congrégation accordait le statut de saint et de bienheureux. Est-ce vous qui décidez de tout ?
— Non, mon ami, seul notre Saint-Père possède ce pouvoir. Pour ma part, je fais en sorte que les dossiers soient instruits avec précision avec l'aide d'un secrétaire, de dizaines de collaborateurs et de rapporteurs, sans compter des consultateurs dans le monde entier. Et je n'inclus pas les médecins en charge d'authentifier les miracles.

Arrivés aux abords de la place Saint-Pierre, le gendarme constata avec soulagement que, hormis la file d'attente devant la basilique qui serpentait sous les colonnades en arc de cercle, la foule était moins dense que prévu. Il balaya l'esplanade de son regard perçant : un trio de sœurs en robe blanche qui traversait la place venait lentement dans leur direction. À leur droite, un groupe de touristes en bermuda photographiait la place en cadence.

Le garde du corps se détendit.

— Consultateurs... Je n'ai jamais entendu parler de cette fonction.

— Ce sont les policiers de la sainteté. Des experts en théologie et en droit canonique qui enquêtent sur chaque dossier soumis à notre congrégation. Je peux vous assurer qu'ils ne chôment pas, notre Saint-Père bat tous les records en matière de béatification et de canonisation. Depuis son entrée en fonction, nous en sommes à plus de trois cents bienheureux et à une vingtaine de saints, et mon placard déborde de demandes en cours d'instruction envoyées par les diocèses du monde entier.

À présent, ils longeaient la file des visiteurs, le gendarme avait reconnu quatre de ses collègues noyés dans la foule et cinq autres qui déambulaient à la manière des touristes. Au moment où le cardinal allait reprendre ses explications, le groupe de nonnes arriva à leur hauteur. Vêtues de blanc des pieds à la tête, elles portaient un voile bleu pâle, signe d'appartenance à l'ordre des Sœurs de Bethléem, ainsi qu'une guimpe qui encadrait entièrement leurs visages. Albertini nota avec satisfaction que la tradition était toujours bien respectée.

Les nonnes s'arrêtèrent de chuchoter et s'agenouillèrent dans un même mouvement de déférence, tête baissée. Le gendarme voulut s'interposer, mais le cardinal l'écarta d'un revers de la main.

— Allons, sergent ! Ces sœurs sont l'incarnation même de la rectitude et de l'exemplarité chrétienne pour les femmes éprises de spiritualité.

Avec un sourire bienveillant, il tendit la main à celle du milieu.

— Mes sœurs, je ne suis pas un saint. Relevez-vous.

À peine avait-il prononcé les derniers mots que

l'une des trois nonnes se redressa d'un bond et arracha le haut de sa robe dans un geste théâtral.

Deux magnifiques seins blancs jaillirent sous le nez du cardinal, dont le visage devint aussi cramoisi que sa robe. Les deux autres femmes firent aussitôt de même, tandis le garde du corps s'interposait, Sig Sauer à la main.

— Femen ! cria le gendarme dans son micro.

Albertini restait figé, tétanisé par cette brusque apparition. Les fausses sœurs, à moitié nues mais toujours coiffées de leurs voiles, hurlaient des slogans en français.

— Droit à l'avortement ! Droit à la contraception !

En quelques secondes, quatre gendarmes surgirent de la file d'attente et se précipitèrent sur les manifestantes, les plaquant à terre sans ménagement. Les hurlements montèrent crescendo, tandis que le garde du corps entraînait le cardinal vers le palais apostolique. Les touristes n'en rataient pas une miette.

— Ça va, Éminence ?

— Oui…, balbutia le prince de l'Église, tout retourné. J'avais déjà entendu parler de ces diablesses, mais là…

— Rassurez-vous, elles ne cherchent qu'à faire du scandale et de la publicité. Vous ne risquez rien.

— Quel outrage ! maugréa Albertini. Ça ne se passera pas comme ça. Nous porterons plainte.

Au moment où ils arrivaient devant l'entrée massive du bâtiment qui abritait la Curie, le portable du cardinal vibra doucement dans la poche de sa robe. Il prit l'appel tout en faisant signe à son garde du corps de s'éloigner.

— Je vous écoute, mon père.

La voix du père Da Silva résonna comme dans un écho.

— Il me faut votre accord pour passer à la vitesse supérieure.

19.

Paris
Rue de l'Université
20 juin

— La *langue des oiseaux* ! répéta une seconde fois le professeur, avec un regard malicieux.

Antoine prit une mine étonnée tandis que Stanton et sa femme secouaient la tête.

— Cela ne m'étonne pas, reprit le professeur. Le Moyen Âge est bien plus mystérieux qu'on ne le croit. Pour beaucoup, il se réduit au tournoi de chevaliers et au siège des châteaux forts, mais on en oublie une composante essentielle.

— Laquelle ?

— Les femmes.

— Mais quel rapport avec cette *langue des oiseaux* ?

Turpin se cala dans son siège.

— Le grand public pense trop souvent que le Moyen Âge est une affaire d'hommes. Les paysans, les prêtres, les chevaliers, le roi sont des hommes, ils semblent occuper tout l'espace, politique, culturel et militaire. Cela n'est vrai qu'en apparence.

— Vous voulez dire que le Moyen Âge a été féministe ? intervint Anna.

— Ce serait sans doute exagéré, mais beaucoup de femmes – d'Aliénor d'Aquitaine à Jeanne d'Arc, pour ne citer qu'elles – ont joué un rôle considérable. En particulier dans le domaine artistique. Vous avez entendu parler des troubadours ?

— Bien sûr, dit Stanton.

— Là aussi, on s'en fait une idée fausse. On se les représente vêtus comme des gueux, errant de château en château et ânonnant quelques chansons en échange d'un bol de soupe. Ce fut presque le contraire, les troubadours faisaient souvent partie de la noblesse : des cadets sans fortune, mais cultivés, pour lesquels l'art de la poésie était un code amoureux.

Un rayon de soleil entra brusquement par la fenêtre haute et large et illumina le bureau du professeur. Une myriade de fines poussières se mirent à danser dans le faisceau.

— Un code, comme dans l'espionnage ? interrogea l'écrivain.

— Tout à fait, confirma le professeur. Imaginez le cadet d'une famille, nourri aux belles lettres, sans argent, ni pouvoir, comment s'y prend-il pour séduire une femme ? Elles sont toutes mariées, souvent par contrainte, et, croyez-moi, bien surveillées…

— Il écrit des chansons d'amour ? suggéra Anna.

— Tout juste, sauf qu'il lui est impossible de déclarer sa flamme. Alors, il va choisir avec soin ses mots, agencer subtilement ses phrases de façon à ce qu'elles puissent avoir un double sens, innocentes en public, suggestives en privé.

— Par exemple ?

— Personne ne pouvait trouver à y redire quand un troubadour commençait son poème par « J'aime Fortune ». Mais si vous scindez les syllabes, cela donne « J'aime fort une ». Ajoutez une œillade brûlante, mais discrète, et la jeune aristocrate qui vous écoute – mariée malgré elle à un vieux seigneur – va fort bien vous comprendre.

— C'est génial ! s'exclama Anna.

— C'est cela la *langue des oiseaux*. Toute phrase possède un autre sens que celui que l'on croit.

Antoine posa le doigt sur les lignes du parchemin.

— Sauf que là, même en séparant les syllabes, ça ne donne rien.

— Sauf qu'il y a d'autres techniques, poursuivit le professeur d'un air subtil. Regardez...

Il inscrivit la première phrase sur un cahier qu'il venait d'ouvrir :

Qui bien tranche

— Permutons l'adverbe et le verbe, ce qui donne une phrase ayant la même signification.

Qui tranche bien

— On peut aussi, par exemple, changer d'idiome et passer de la langue d'oïl, parlée dans le nord du royaume de France, à la langue d'oc, utilisée au sud. Et voilà ce qu'on obtient :

Qui tranca vel

Antoine semblait perplexe.

— *Trancavel*, ce nom me dit quelque chose...

— Bien sûr ! *Trancavel* est le patronyme d'une des plus anciennes et puissantes familles du sud de la France. Ces seigneurs de Carcassonne ont été persécutés pour leur adhésion au catharisme – une hérésie très vivace dans le Languedoc au XIIe et au XIIIe siècle. Une hérésie qui s'est terminée dans un bain de sang, totalement éradiquée par la coalition de l'Église, du roi de France de l'époque – ce bon Saint Louis – et des barons du Nord.

Le soleil se voila subitement, l'ombre reprit ses droits dans la pièce.

— Les Cathares..., murmura Stanton. Il y a beaucoup de mystère autour d'eux.

— Surtout beaucoup d'ignorance et de fantasmes, répliqua Turpin. En revanche, nombre de troubadours vivaient en terre occitane et, après la chute de la maison des Trancavel, il n'a plus été possible de prononcer ce nom dans les chansons. Alors les troubadours ont fait appel à la *langue des oiseaux*, non plus pour des déclarations d'amour, mais pour marquer leur soutien à la cause cathare. C'est à partir de cette époque que cet art poétique, la *langue des oiseaux*, s'est progressivement transformé en savoir ésotérique.

— Et le mot *Trancavel*, il s'est métamorphosé comment ? demanda Anna.

— Bonne question, chère madame. Car, dans le cas présent, je ne pense pas qu'il faille aller chercher du côté des Cathares... *Tranche bien*, c'est aussi *Perce bien*, *Trancavel* est devenu *Perceval*.

Devant le silence stupéfait de son auditoire, le professeur ajouta :

— En outre, celui *qui tranche*, c'est aussi *celui qui coupe*... *Perceval*. Le chevalier Perceval. Dites-moi, votre énigme n'aurait pas à voir avec le Graal ?

Anna fronça les sourcils. Décontenancé, Stanton se tourna vers Antoine qui lui fit signe de se rassurer.

— Non, on s'intéresse aux chevaliers de la Table ronde, mentit Marcas.

Turpin tapota sa tempe avec son index.

— Hé hé hé... On ne peut rien me cacher.

— La *langue des oiseaux* joue-t-elle sur les lettres, comme des anagrammes ?

Turpin secoua la tête d'un air pensif.

— Je ne crois pas. Et puis, il y a trop peu de lettres et aucune ne se répète. Difficile de penser que ces lignes peuvent renvoyer à des mots qui, fatalement, répéteraient au moins une voyelle.

— J'ai beaucoup étudié les codes pour mes romans, reprit Stanton. Et une des règles de base est effectivement de repérer les répétitions pour voir si elles correspondent aux voyelles les plus fréquentes.

Pendant ce temps, le professeur ne cessait de griffonner des mots sur son cahier. Il s'arrêta et tapota de son stylo sur une phrase.

PLACE AU CENTRE

— J'essaye plusieurs combinaisons propres à la *langue des oiseaux*, expliqua-t-il. Dissociation et recomposition des syllabes, parentés sémantiques ou phonétiques. Rien ne marche. J'ai l'impression que nous devons prendre cette injonction au pied de la lettre.

— Vous voulez dire qu'il faut *placer* quelque chose ? s'enquit Anna.

Turpin acquiesça.

— Oui, celui qui *coupe* bien, *place* bien. Je suis certain que le jeu de mots porte sur *coupe*. Peut-être, *couper* le texte...

— *Couper* le texte, ça pourrait signifier séparer, isoler des lettres ? suggéra le commissaire.

— Oui, à l'évidence cette énigme est divisée en deux types de textes distincts. Ces trois mots curieux :

v e b t u r i
c o y n t u s
a f q k l d n

Ensuite, les deux phrases intercalaires et le dernier mot nous donnent des indications pour le décryptage.

Qui tranche bien
Place au centre
croix

Stanton se gratta la tête et murmura d'une voix mal assurée :

— Et si le message était de placer une croix au centre du texte ?

— ... et de reprendre les lettres qui correspondent aux bras de la croix, ajouta Anna, surexcitée.

Turpin approuva.

— Essayons toujours, ça peut marcher.

Ils tentèrent de nouvelles combinaisons en utilisant

différentes formes de croix, latines ou grecques, mais les mots formés étaient tout aussi incompréhensibles.

v e b t u r i n t k
t c o y n t u s k

— Je suis désolé, dit Turpin, mais mes compétences s'arrêtent là.

Tous les quatre restèrent un long moment à examiner le parchemin et à noter, chacun, des combinaisons toutes aussi absconses les unes que les autres. Anna et son mari paraissaient accablés.

Frustré de ne rien trouver, Antoine se leva et consulta sa montre. Il n'avait plus de temps à perdre. Encore un quart d'heure et il plierait bagage.

Son portable vibra. Il s'éloigna vers la fenêtre qui donnait sur un jardin de buis et décrocha. C'était son collègue de la BRB avec qui il avait interrogé l'antiquaire chez la domina.

— Salut, Antoine. Ça a mis du temps, mais Galuard a tout déballé. Il m'a donné un putain de mal de crâne.

— Champagne, répondit à voix basse Marcas, je ne peux pas trop te parler. Je serai à mon bureau dans une heure.

— OK, c'est important. Rappelle-moi pour qu'on cale notre version pour le rapport d'enquête. Tu me diras ce que tu as mis en lieu et place de notre séance chez Maîtresse Ilsa, histoire de respecter la procédure. Sinon, le juge va nous clouer sur sa croix de Saint-André. Bon, à plus tard, je vais m'avaler un tube d'aspirine…

Marcas fronça les sourcils.

— Qu'est-ce que tu viens de dire ?

— Euh... Que j'ai mal à la tête.
— Non, avant.
— Que le juge allait nous tailler en pièces sur la croix de Maîtresse Ilsa.
Le visage d'Antoine s'illumina.
— C'est moi qui paie le champ'. Je te rappelle !
Il raccrocha et revint vers le bureau en murmurant :
— Crâne... croix...
Turpin et Stanton le dévisagèrent avec perplexité.
— Pouvez-vous essayer le décryptage en plaçant une croix de Saint-André ? Elle a une forme de X.
— Pourquoi ? demanda le vieux professeur.
— Avec le parchemin que nous avons trouvé, il y avait un crâne entaillé dont le front présentait une croix de ce genre. On a cru à une sorte d'exorcisme...
Aussitôt, Turpin s'empara d'un calque, le posa sur le manuscrit en grommelant :
— Tu ne m'as pas dit toute la vérité, Antoine !
— Mais, je vous assure...
— Sache, pour ta gouverne, que la croix de Saint-André est aussi l'un des symboles du calice de l'eucharistie. Voire du Graal pour certains.
— Vraiment ?
Turpin traça une croix sur le calque.

X

— Oui. Les deux bras de la croix figurent la partie supérieure de la coupe, le centre de la croix correspond au milieu de la coupe qui est tenu par la main de celui qui la boit. Et en bas nous avons le pied évasé... Ce symbole était utilisé par certains courants hérétiques pour évoquer le Saint Calice dans des textes un peu sulfureux... Et maintenant, isolons les lettres qui suivent le dessin de la croix, et enlevons le calque.

V e b t u r **i**

c o y **n t** u s

a f q k l d **n**

— *V- i- n- t- a- n*, déchiffra Anna. Mais ça n'a pas de sens non plus !

Turpin secoua la tête. Il était méconnaissable, ses yeux étincelaient.

— Que si ! *Vintan* est un mot saxon, qui signifie « campagne cultivée ». Mais, associé à d'autres mots, il désigne aussi un lieu précis.

Antoine observait le vieux professeur avec admiration. Son esprit fonctionnait à plein régime. Une mécanique parfaitement huilée. Turpin leva le doigt d'un air sentencieux.

— Désolé, Antoine, déclara Turpin, j'ai douté de ta parole. Oublions le Graal. Quand j'ai parlé devant vous de Perceval, vous m'avez dit que votre recherche portait sur les chevaliers de la Table ronde ? C'est bien ça ?

— En effet, répondit Stanton avec circonspection.

— Alors votre énigme fait référence à un lieu

unique en Angleterre. Et cet endroit s'appelle Vintan ceastre !

Les trois autres écarquillèrent de grands yeux étonnés. Turpin ouvrit un tiroir et en sortit une boîte à cigares.

— Ah... permettez-moi de manifester ma vanité de vieil érudit. *Vintan ceastre* se traduit par « la forteresse au milieu de la campagne », je pense que ça vaut un bon cigare, non ?

— Jamais entendu parler, et pourtant je suis anglais ! s'exclama Stanton.

— Comme quoi on apprend à tout âge, mon jeune ami. *Vintan ceastre* en saxon, *gwintwg caer* en celte ou *venta caster* en latin... C'est le nom d'une charmante ville du Hampshire. Et qui a pour nom Winchester.

— Winchester..., répéta Antoine en songeant à la célèbre marque de carabine.

Le professeur Turpin alluma son cigare.

— Oui, et cette ville possède une particularité unique au monde. Elle abrite un étrange château, et dans ce château on y trouve....

Il souffla un gros nuage de fumée blanche et odorante en direction de ses trois invités.

— ... La Table ronde du roi Arthur.

20.

Rome
Vatican
20 juin

Le cardinal Albertini reprenait ses esprits dans l'antichambre de son bureau situé dans l'aile du palais apostolique qui abritait les locaux administratifs de sa congrégation. Au fil des siècles, ce dicastère avait perdu de sa puissance avant que le nouveau souverain pontife ne lui redonne de l'éclat.

Il buvait le grand verre d'eau fraîche que venait de lui servir son secrétaire particulier, un vieux prêtre en soutane impeccable. La sueur qui perlait sur son visage n'était pas due uniquement à la chaleur.

— Rendez-vous compte, ces femmes ont exhibé leur poitrine sur la place Saint-Pierre !

Le secrétaire, qui devait approcher les soixante-quinze ans, hocha la tête d'un air maussade.

— Quelle époque, Éminence, quelle époque... Ces folles sont les suppôts de Satan.

Albertini reposa le verre et s'essuya les lèvres avec un mouchoir brodé à ses initiales.

— Laissez le diable là où il est, Andrea. Elles cherchaient à faire du tapage autour d'elles. Cela s'appelle la communication, la nouvelle plaie d'Égypte des temps modernes. Heureusement que les gendarmes ont pu arrêter une de leurs complices qui filmait la scène avec son portable. Si la vidéo avait été diffusée, j'aurais été la risée de la terre entière sur leurs maudits réseaux sociaux. Mais je...

Il s'arrêta, son visage prit une expression pensive.

— Quelque chose vous trouble, Éminence ?

— Je réalise que, pour la première fois de ma vie, j'ai vu des seins de femme. En vrai. Cela vous est-il déjà arrivé ?

Le vieux secrétaire secoua la tête.

— Par Dieu, non. Quelle horreur ! bredouilla ce dernier en se signant furtivement.

— Je n'emploierais pas ce mot. C'était troublant...

— Éminence ! s'exclama le prêtre en ouvrant de grands yeux.

— Non, ce n'est pas ce que vous croyez, mon vieil ami, répondit le cardinal avec un léger sourire. Je pensais à l'instrumentalisation de cette chair. Le sein, symbole par excellence de la féminité, de la douceur, de la maternité, est exhibé à la face du monde, à des fins détournées, comme un étendard. Et ça marche ! Ces femmes sont désormais connues dans le monde entier.

— Vous les approuvez ? répliqua le secrétaire, interloqué.

Une vénérable horloge, haute comme une armoire, ponctua la tirade du cardinal d'un coup lugubre. Albertini termina son verre et s'épongea le front.

— Mon Dieu, non ! Sauf que le symbole reste plus que jamais un instrument incomparable pour frapper les esprits. Surtout de nos jours. Mais je m'égare. J'ai reçu un appel du père Da Silva, il a besoin d'une ligne de fonds supplémentaire dans le cadre de sa mission, réglez ça avec notre banque. Appelez son directeur de ma part, le commandatore Antonio Martin. Je l'ai aidé un temps à nettoyer les écuries d'Augias de l'IOR[1]. Désormais, grâce à l'action énergique de cet avocat spécialiste des finances, nous n'avons plus besoin de comptes frauduleux pour nos opérations spéciales.

Le secrétaire désigna la porte du bureau du cardinal.

— La délégation mexicaine vous attend pour présenter leur demande de béatification.

Albertini leva les yeux au plafond.

— Je les avais oubliés ceux-là. Peut-on différer l'entrevue ?

— Hélas, non. Ils ont obtenu une recommandation personnelle du cardinal Cicognani, et vous connaissez sa susceptibilité.

— Ce n'est pas le moment de me mettre à dos le secrétaire d'État. J'y vais.

Quand il pénétra dans la pièce, ses visiteurs se tenaient debout devant son bureau. Deux prêtres et une sœur trituraient avec nervosité, qui une bible à la couverture racornie, qui un chapelet de perles polies, qui un médaillon de la Vierge en plaqué or. Pour cette entrevue d'un quart d'heure, les trois Mexicains avaient patienté trois ans, récolté des dizaines de certificats médicaux de guérisons inexpliquées, mobilisé deux évêques, trois députés, un ambassadeur et le secrétaire d'État du Vatican.

---

1. L'Institut pour les œuvres de religion (IOR) dit la « banque du Vatican ».

Albertini s'installa dans son fauteuil de velours damassé et leur indiqua des sièges pour qu'ils s'asseyent à leur tour.

— Je vous remercie d'être venus d'aussi loin pour me sensibiliser à votre cause. L'Église a besoin de serviteurs courageux et tenaces comme vous.

Les deux prêtres et la sœur se détendirent. Albertini chaussa ses fines lunettes et ouvrit un épais dossier que son secrétaire avait préparé. Il tourna les pages lentement en hochant la tête, l'air soucieux, puis s'arrêta sur une série de photos montrant un homme barbu et souriant qui bénissait une assemblée de fidèles en transe. Sur une autre série, figuraient des jeunes femmes en larmes.

Albertini se cala dans son fauteuil et joignit ses mains devant ses lèvres. Il n'arrivait pas à se concentrer, des paires de seins dansaient sous ses yeux. Agacé, il tapota la chemise de carton avec la régularité d'un métronome.

— Si je résume, don Alonzo, ce prêtre mort de tuberculose il y a trois ans, guérissait ses fidèles à tour de bras et vous voudriez qu'il soit élevé au rang de vénérable, puis de bienheureux ? Avec, pour objectif annexe, que des pèlerinages soient autorisés dans son église. C'est bien ça ?

— Oui, Éminence. Don Alonzo était un homme bon, il voyait la Vierge nuit et jour. Ma propre mère a été guérie par ses soins.

La sœur acquiesça vigoureusement, ses yeux bleus, globuleux et fixes, mettaient mal à l'aise Albertini. Soit elle souffrait d'un problème de thyroïde, comme le cardinal Bomko, soit elle était possédée. Le cardinal opta pour la première hypothèse, il avait eu son compte de nonnes exaltées.

— Je ne doute pas de votre sincérité, dit-il avec onctuosité, mais il s'agit là d'un processus qui prendra beaucoup de temps et d'énergie. Chaque année, nous recevons des centaines de demandes de ce genre. En ce moment, j'ai une montagne de dossiers en souffrance de futurs saints et de bienheureux. À croire que nous vivons une époque qui sécrète autant de saints que de terroristes...

Le cardinal indiqua une armoire ouverte et remplie à craquer de dossiers aussi épais que celui qu'il avait sous les yeux.

— Il faudra vous armer de patience. Vous auriez une relique sacrée... là c'est autre chose. En ce moment, notre Saint-Père nourrit une passion pour les objets miraculeux.

La sœur leva le doigt en écarquillant les yeux. Albertini se demanda un instant si les deux globes n'allaient pas jaillir de leur orbite et tomber sur son bureau. Puis, elle se baissa, farfouilla dans un sac en toile de jute et sortit un fémur marron et craquelé qu'elle brandit sous les yeux médusés du cardinal. Le visage stylisé d'un moustachu joufflu était gravé sur une tête de cartilage calcifié.

— Don Alonzo nous a demandé de lui sectionner la jambe droite après sa mort et de garder un os, gravé à son effigie et peint avec son sang, pour le présenter devant ses fidèles.

Albertini n'osa pas demander qui avait été choisi pour la macabre besogne. Il détailla le fémur et répondit sur un ton neutre :

— C'est bien généreux de sa part...

— L'os de don Alonzo saigne, le Vendredi saint ! s'exclama la sœur, exaltée.

Le cardinal hocha la tête d'un air qui se voulait pensif.

— Voilà qui change tout. Un fémur miraculeux...

Il songea qu'il y avait quelque chose de menaçant dans cet objet – la sœur le tenait presque comme une matraque. Il examina à nouveau le dossier et reprit :

— Tout cela est parfait, où en êtes-vous de la *Positio super miro* ?

— Je ne comprends pas, Éminence, balbutia l'un des prêtres.

— Voyons, mon père, il s'agit du rapport des médecins et des postulateurs. Il doit acter le degré d'efficacité des miracles de votre candidat. Quel est le *quoad modum* ?

Un lourd silence tomba sur la pièce. Albertini prit un ton ennuyé :

— Don Alonzo guérissait-il les malades de façon instantanée ou à effet retard, avec une régression de la maladie au bout de plusieurs mois ? Je ne vous cache pas que le souverain pontife est plus intéressé par des miracles de la première catégorie.

Les trois Mexicains échangèrent des regards affolés. Albertini referma le dossier.

— Écoutez, tous les dossiers que nous traitons passent par un circuit long et complexe. Revenez me voir dans un an, le temps que le vôtre soit plus consistant. Et n'oubliez pas le fémur de don Alonzo...

Albertini se leva avec lenteur. Ses visiteurs l'imitèrent aussitôt.

— Mais, Éminence, nous avons fait un long chemin

pour venir vous voir, objecta la sœur dépitée en enfouissant l'os dans son sac.

Le prince de l'Église leva la main pour l'interrompre :

— Plus le chemin est long, plus il est méritant... Je vous raccompagne, vous avez encore le temps d'aller prier dans la basilique.

Albertini passa son bras autour du plus âgé et le poussa vers la sortie avec bonhomie.

— Que la paix du Christ soit sur vous. Et n'oubliez pas le *quoad modum*, mes amis.

Les Mexicains sortirent piteusement du bureau. Albertini referma la porte derrière eux et leva les yeux au plafond.

— Un os qui saigne... Mon Dieu !

— Le dossier semble sérieux, Éminence.

— Il l'est, il l'est. Ce prêtre, don Alonzo, possédait assurément des dons prodigieux. Hélas pour lui, sa paroisse est à une heure de celle de la basilique de Guadalupe. Je ne peux pas permettre de favoriser la concurrence avec le plus grand sanctuaire de la chrétienté dans cette partie du monde.

Le vieux secrétaire esquissa un sourire.

— Est-ce la véritable raison, Éminence ?

Albertini lui tapa sur l'épaule.

— Vous mettez ma parole en doute ?

— Pardonnez-moi, Éminence, répondit le secrétaire en s'inclinant avec respect.

— Ne vous excusez pas. Vous me connaissez bien... Il y en a une autre. J'ai en tête les statistiques de notre dicastère, nous avons un peu trop de saints et de bienheureux en provenance d'Amérique du Sud. On va finir par croire que Dieu ne s'intéresse qu'à cette partie du monde. Les fidèles ne se rendent pas compte de tous les arbitrages qui entrent en jeu. Mon Dieu, que la sainteté est compliquée...

Le préfet de la Congrégation pour la Cause des saints s'approcha d'un tableau suspendu au mur à côté de la fenêtre. Il s'agissait de la copie d'un tableau du peintre espagnol Juan de Juanes qui représentait Jésus, une main sur son cœur, l'autre brandissant une hostie ; devant lui, sur une table, était posé un superbe calice. Le secrétaire s'approcha du cardinal.

— Implorer le Sauveur apporte la paix de l'esprit.
— Je priais le Saint Calice, mon ami.

Albertini se tourna vers son secrétaire et poursuivit gravement :

— Dans les temps à venir, notre Église va, elle aussi, utiliser la puissance de ce symbole. Un symbole plus majestueux, plus flamboyant que tous ceux que nous possédons. Un symbole qui va faire repousser, avec vigueur, les sarments de vigne de notre Seigneur. Et tous les moyens seront employés pour y arriver. Tous les moyens.

21.

Paris
20 juin

La pluie tombait furieusement sur Nanterre, comme si le ciel voulait punir la ville en la noyant sous un déluge. De son bureau, Marcas n'arrivait plus à distinguer l'immeuble derrière la fenêtre. Le voile était si opaque qu'il avait l'impression d'être au fond d'un aquarium. Il était à peine 15 heures, mais il faisait aussi sombre qu'à minuit. Le soleil de la matinée avait disparu comme par enchantement, occulté par une multitude de nuages noirs et menaçants. Antoine fixait, avec lassitude, les ruisseaux qui dégoulinaient le long de la seule vitre de son bureau. Cinq heures s'étaient écoulées depuis sa visite chez Turpin. Quand il avait pris congé des Stanton et du vieux professeur, l'écrivain avait tenté une dernière fois de le convaincre de continuer la quête. Sa femme, en revanche, avait paru indifférente – sans doute avait-elle déjà réintégré son monde imaginaire, peuplé d'apparitions et de vampires.

Les retrouvailles avec Turpin avaient réveillé de lointaines réminiscences de ses années de fac. Quelle était déjà cette maxime favorite du malicieux professeur les jours de bourrasque ? Ah oui...

Pour la pluie à Paris, remercie Clovis et Alaric blâme.

À ce souvenir, le commissaire sourit. Clovis, le premier roi des Francs, avait fait de Paris sa capitale. Mais tout aurait pu basculer s'il avait perdu la bataille historique de Vouillé, contre son adversaire le plus puissant, le roi wisigoth Alaric II qui régnait alors sur le sud de la France et une bonne partie de l'Espagne. La France se serait alors appelée la Wisigothie et la capitale aurait migré sous les cieux plus ensoleillés de Toulouse, siège du pouvoir wisigoth.

Le cours de l'Histoire aurait changé.

Et lui, Marcas, serait peut-être en train de rédiger son rapport, au soleil, dans un commissariat de la Ville rose et non pas à Nanterre la grise.

Et si... On peut tout imaginer avec des si.

Et si on lui avait dit, à l'université, qu'il allait devenir flic ? Il aurait éclaté de rire. Son idée, à l'époque, c'était de continuer ses études le plus longtemps possible, histoire de profiter de la vie d'étudiant, et de devenir à son tour prof de fac. L'âge heureux des amours d'une nuit, des amis d'une vie et de fête d'un soir sur deux. C'était aussi à cette époque qu'il avait rencontré la future mère de son fils...

Mais l'âge d'or s'était arrêté brutalement, le soir de la mort de son père, renversé par un chauffard alors qu'il revenait d'une tenue en loge. Terminé la fac et direction l'école de police. Pour retrouver le chauffard...

Et si...

Antoine chassa de son esprit les fantômes de Clovis et de son père, et se replongea dans la relecture de son rapport. On frappa à la porte du bureau. À la façon de toquer – des coups brefs et légers –, il identifia la remplaçante de la secrétaire du service, partie en congé maternité.

— Commissaire ? J'ai reçu un double appel du cabinet du ministre et du juge. Ça devient urgent. Ils attendent tous les deux votre compte rendu.

— Dix minutes, pas plus.

Marcas se concentra une ultime fois sur la dernière partie du document. Exit le passage chez la domina. Un bon avocat n'aurait fait qu'une bouchée de la méthode utilisée pour stimuler la coopération de l'antiquaire. Désormais, Terence Balking brillait par son comportement patriotique exemplaire et s'était présenté spontanément à la police. Il corrigea les dernières fautes d'orthographe – il y mettait un point d'honneur – et lança l'impression. Encore deux minutes et il en serait débarrassé.

Antoine se maudit de boucler à l'arrache un rapport aussi important, fruit de trois mois d'enquête. Tout ça pour avoir accompagné dans leur quête du Graal deux quasi-inconnus chez son ancien professeur.

Un petit signal désagréable sortit de l'imprimante. Le voyant bourrage de papier clignotait. Marcas pesta et rechargea la vieille HP avec la délicatesse d'un camionneur. La vénérable machine cracha à nouveau péniblement ses feuilles imprimées. Antoine patienta en regardant l'eau ruisseler le long de la vitre sale.

Temps pourri... Enfoiré de Clovis.

Et si... La petite musique lancinante revenait le tarauder.

Et si Stanton avait raison et lui tort. Refuser de partir à la conquête de la relique la plus sacrée de la chrétienté pour poireauter devant une imprimante au fin fond de la banlieue parisienne et regarder la pluie tomber... Est-ce que ça valait le coup ? Antoine soupira. D'autant qu'il avait encore un wagon entier de congés à prendre.

Il éclata de rire devant l'absurdité de sa réflexion.

Je vais poser mes RTT pour chercher le Graal.

Est-ce qu'Indiana Jones calait des congés pour courir après l'Arche perdue ? Robert Langdon, le distingué professeur de symbolique, prévenait-il l'administration de son université pour récupérer le secret de Dante ? Dehors, la pluie continuait de battre contre la vitre. Il contempla son bureau d'un œil sombre.

Le Graal...

Il secoua la tête. Non. Cette fois, pas question de succomber à la tentation. Son Graal à lui, c'était de reprendre sa vie en main. La sienne et celle de son fils. Agacé, il prit à nouveau son portable. Pierre n'avait répondu à aucun de ses sms. Il était aussi buté qu'Antoine l'était à son âge. Pire, peut-être. À la vérité, il aurait dû rattraper son fils par le col après sa sortie sur le « père fantôme », déléguer la mission de Drouot à son collègue de la BRB et prendre le temps de l'écouter.

Il extirpa son rapport de l'imprimante et le déposa sur le bureau de la secrétaire.

— À transmettre au patron. J'ai envoyé la copie par mail au juge.

— Parfait. Le directeur vous attend pour la réunion de coordination. Dans cinq minutes.

— Oh non !

Marcas leva les yeux au plafond. Encore une réunion ; il avait complètement oublié ! Il n'en pouvait plus des réunions qui ne servaient à rien.

— Ça va pas être possible, j'ai yoga.

— Mais... commandant, répondit la secrétaire décontenancée, c'est très important. Je vous conseille vraiment d'y aller... Le directeur a été très clair sur la présence des chefs de service.

— C'est d'accord, j'y vais, abdiqua-t-il avec lassitude.

Il traversa le couloir qui menait vers l'escalier principal en traînant les pieds et arriva devant la salle de réunion aux portes ouvertes. Une dizaine de ses collègues étaient déjà assis autour d'une grande table grise et rectangulaire, mobilier standard de l'administration. Antoine repéra un siège libre et s'y installa, juste à côté d'un jeune lieutenant, spécialiste de la traque des œuvres d'art sur le Web.

— Marcas ! Il paraît que tu as serré un gros morceau à Drouot. Une filière de financement du terrorisme. On m'a dit que le ministre allait tenir une conférence de presse aujourd'hui.

— Je comprends mieux leur impatience pour les rapports. Dis-moi, c'est quoi l'objet de la réunion cette fois ? demanda-t-il. Les notes de frais ?

— Non, le ministère a décidé de nous payer l'intégralité de nos congés non pris.

Le visage d'Antoine s'éclaira.

— Génial, avec tout ce que j'ai en réserve, je vais

pouvoir refaire la chambre de mon fils. Enfin une bonne nouvelle...

Le lieutenant fit une grimace.

— Désolé, mais je plaisantais... En fait, on doit travailler sur l'image de notre division. Il paraît qu'on n'est pas assez présents dans les médias...

— Ils n'ont qu'à embaucher Miss France, maugréa Marcas en consultant la pendule murale.

— Jette plutôt un œil là-dessus, ça te consolera.

Le jeune collègue de Marcas lui mit sa tablette sous le nez. Sur l'écran, il découvrit une horde de geishas et de samouraïs, aux trois quarts nus, imbriqués les uns dans les autres dans toutes les positions imaginables. Antoine se demanda s'il était possible pour des non-gymnastes d'exécuter certaines de ces figures.

— Je suis sur la piste de fausses estampes érotiques nippones, expliqua le lieutenant avec sérieux.

Au moment où Marcas allait répondre, son portable vibra. C'était son fils. Il hésita quelques secondes, mais décrocha.

— Je suis en réunion, chuchota-t-il. Je te rappelle dans une heure.

— Il a de beaux cheveux.

Antoine se raidit. Ce n'était pas la voix de son fils.

Il crut percevoir des murmures et le souffle d'une respiration. À tous les coups, Pierre et un de ses copains lui faisaient une blague. Ce n'était pas le moment. Antoine haussa le ton :

— Pierre, ce n'est pas drôle. Je suis au travail.

La voix résonna à nouveau, déformée, plutôt aiguë.

— Des cheveux blonds et fins. Comme une poupée.

Antoine balaya la salle du regard, une angoisse diffuse, malsaine était en train de le gagner.

— Je dois m'absenter, une urgence, chuchota-t-il à son collègue, plongé dans la contemplation de ses estampes.

— Un problème ? dit celui-ci, sans quitter des yeux sa tablette.

Antoine ne répondit pas et se leva avec précaution, le portable écrasé contre son oreille. Il devait rester maître de lui-même. Il s'éclipsa par une porte latérale et entra dans une petite salle déserte, encombrée d'anciens ordinateurs et de câbles en vrac. Une odeur de renfermé et de plastique racorni lui monta à la gorge. Il ferma la porte derrière lui.

— Pierre, parle-moi !

Pas de réponse. Il vérifia l'écran ; les cinq barres de réseau étaient actives. La voix s'insinua à nouveau dans le téléphone, tel un ver pénétrant un fruit :

— Ils sont beaux... J'en veux une poignée.

Un hurlement. Suivi de sanglots.

— Papa ! Aide-moi ! Il m'a enlevé.

Une décharge électrique vrilla la nuque d'Antoine.

Garder son calme. Ne pas céder à la panique. Ne pas faire le jeu des ravisseurs. Respirer profondément.

C'est ce qu'on apprenait à l'école de police pour entourer les familles victimes d'enlèvement.

Respirer. Rester calme. La peur est l'arme du kidnappeur.

Antoine aspira l'air vicié de la pièce à pleins poumons. C'était quoi déjà les consignes suivantes ?

Parler au ravisseur sans colère. Sans émotion. Ouvrir la discussion.

Il tenait son portable comme s'il lui brûlait les mains.

— J'ai bien compris, il s'agit de mon fils, articula-t-il lentement. Que voulez-vous ?

— Tu es bien calme, papa Marcas…, ricana la voix. Mmm…

Une respiration rauque satura le haut-parleur.

— C'est bon… Mmmm… Je suis sûr que tu n'as jamais senti les cheveux de ton fils. Un tort. Je passe mon nez dans ses épis blonds comme des blés… Pas là où j'ai arraché la touffe, ça pisse du sang. Non, dans la nuque…

— Espèce de taré !

Marcas frappa violemment la cloison de son poing serré. Le panneau faillit exploser. Toute sa formation théorique venait de voler en éclats… La colère et la peur rongeaient son cerveau comme une pluie acide.

— Tu me crois maintenant, Marcas ? Il a tellement de cheveux à arracher… On pourrait s'en faire une perruque.

— Que voulez-vous ? répondit Antoine d'une voix blanche.

— Quitte ton bureau. Maintenant. Seul. Je t'attends, à Saint-Michel, dans une heure. Au milieu de la place. Tu préviens tes collègues et on te renvoie ton fils chauve. Chauve et mort.

22.

Paris
20 juin

Le liquide noir s'écoulait avec onctuosité sur les fines lamelles de poire ambrée. Un puissant arôme de chocolat envahit les narines du nonce apostolique qui garda un instant les yeux clos. Le domestique releva le bec verseur en porcelaine d'un geste élégant et essuya le rebord de l'assiette, qu'une goutte noire venait de tacher.

— Quel bonheur, susurra le nonce en ouvrant les paupières. Un cacao en provenance directe d'une de nos missions franciscaines au Guatemala. Vous remercierez le cuisinier pour ce délicieux repas et ce dessert prometteur. Laissez-nous, je vous prie, dit-il au serveur.

Da Silva regarda le domestique fermer la porte derrière lui, tout en savourant son chocolat brûlant. Il avait passé tout le déjeuner, tardif, à échanger avec le nonce sur le sens de la dernière homélie du Saint-Père et sur la légalisation du mariage pour tous, sujet qui semblait irriter au plus haut point l'ambassadeur du Vatican en France. Da Silva reposa sa cuillère en argent et se cala contre le dossier de son siège – du pur Louis XV vu son inconfort. Comme il s'y attendait, le nonce avait attendu la fin du repas pour évoquer ce qui lui tenait vraiment à cœur.

— Mon père, me permettez-vous d'être direct ? Même si ce n'est pas dans mes habitudes.

— Je vous en prie, répondit respectueusement Da Silva.

Le nonce avait rang d'évêque, il était en théorie son supérieur hiérarchique.

— Quand il m'a prévenu de votre arrivée à Paris, il y a deux jours, le cardinal Albertini n'a rien voulu me dire sur la nature exacte de votre mission. Ce qui ne me pose pas de soucis particuliers. Dieu aime le silence dans sa maison. Mais…

Le nonce suspendit sa phrase pour déguster une nouvelle tranche de poire au chocolat. Puis, il reprit d'une voix douce :

— Mais… on m'a informé que votre collaborateur, dont j'ignore le nom, était passé hier soir, avec une blessure au front. Comme s'il avait fait une mauvaise rencontre. Vous comprendrez mon inquiétude…

Da Silva hocha la tête et écarta les mains d'un air navré.

— Un simple accident de vélo. Cette manie de rouler en deux-roues à Paris dans une circulation si dangereuse. Pire qu'à Rome.

Le nonce reposa sa cuillère sur l'assiette et s'essuya le coin des lèvres avec une serviette immaculée.

— C'est curieux pour un membre de la garde suisse de pratiquer la bicyclette. Avec une arme, de surcroît. Notre gardien a entrevu un pistolet sous son blouson. Un Sig Sauer selon lui. Ne m'en veuillez pas de ce détail, mais notre veilleur de nuit est un ancien militaire.

— Rien d'étonnant, je vous assure. Durant ma mission à Paris, cet homme est chargé de ma protection, ainsi que son autre collègue.

— Mais vous protéger de qui, mon cher Da Silva ?

— De personnes qui n'aiment pas notre Sainte Mère l'Église. Et ils sont légion.

Le nonce ne semblait pas convaincu par les explications de son interlocuteur.

— Pourquoi ne résident-ils pas à la nonciature ?

— Pour des raisons que je ne peux vous expliquer. Je crois qu'il est temps que je me retire.

Les doigts du nonce tapotaient la nappe, comme s'ils étaient animés d'une vie propre.

— Ce matin, j'ai reçu un coup de fil du secrétariat privé du Saint-Père. Ils voulaient s'assurer que tous les moyens de cette modeste nonciature étaient mis à votre disposition. On m'a fait comprendre que votre mission passait avant toute priorité. Vous conviendrez que c'est plutôt inhabituel, n'est-ce pas ?

Da Silva fixa le motif de son assiette à dessert avec conviction, comme s'il cherchait un message de Dieu. Il était temps de clore la conversation.

— Je ne peux rien vous dire. Et quand bien même je le voudrais, ce serait un bien mauvais service à vous rendre. Mieux vaut pour la tranquillité de votre âme de rester en dehors de tout cela.

— Albertini a bien de la chance d'avoir un serviteur aussi discret.

— Je ne suis le serviteur que de Dieu.

Le nonce croisa les mains, en un geste conciliant.

— Je n'en doute pas... Un dernier point. J'ai connu ce cher cardinal il y a quelques années, c'est un homme brillant, mais qui porte aussi sa part d'ombre.

— Comme nous tous, monseigneur. Maintenant si vous voulez bien m'excuser, j'ai beaucoup à faire, répondit Da Silva en se levant lentement.

— Je n'insisterai pas, faites comme bon vous semble. Quand vous rentrerez à Rome, dites bien à notre Très Saint-Père que je vous ai aidé avec tout le dévouement possible, déclara le nonce en reprenant deux tranches de poire d'un coup de cuillère.

— Je n'y manquerai pour rien au monde, monseigneur.

Da Silva salua le nonce et gagna rapidement le garage souterrain où l'attendait son garde du corps dans une Mercedes grise.

— Où allons-nous, mon père ?

Le visage de Da Silva devint aussi gris que le béton du parking.

— Accomplir notre tâche et rejoindre notre... collègue.

La pluie avait cessé de tomber depuis une bonne demi-heure, mais la place Saint-Michel était encore détrempée. Les touristes et les badauds étaient revenus timidement s'installer sur les bords de la fontaine. Un joueur de contrebasse, plus sérieux qu'il ne fallait – probablement pour asseoir sa crédibilité –, faisait concurrence à deux roms triturant un accordéon aussi fatigué qu'eux. Vivaldi contre *Besame mucho*, la bataille était perdue d'avance : un groupe de plus en plus compact se pressait autour de la contrebasse virevoltante.

Debout au milieu de la place, Antoine attendait depuis presque vingt minutes. Bien en évidence. Les mains dans les poches de son blouson. Une petite foule ondulait autour de lui, à la manière de l'eau contournant un rocher dans la rivière. Il scrutait chaque visage. Le banlieusard en casquette qui toisait les roms d'un air méprisant, l'Asiatique qui lisait du Nerval et jetait des coups d'œil furtifs sur la place. Ou alors, le barbu en djellaba qui écoutait son portable sans jamais parler.

Durant tout le trajet en scooter depuis Nanterre, il avait essayé de comprendre. C'était sûrement lié à l'arrestation de Drouot. L'antiquaire qu'il avait appréhendé devait être surveillé par des islamistes sur Paris. Ils l'avaient sans doute filé jusqu'à la salle des ventes et identifié après l'arrestation.

Antoine serra les poings dans ses poches. Pour expulser l'impuissance qui le submergeait.

Les images du visage suppliant de son fils, de son crâne en sang, tournoyaient dans son esprit. Antoine était prêt à tout pour qu'on le lui rende. Tout, y compris donner sa vie. Et si on lui demandait de tuer un inconnu ? Il le ferait, bien sûr. Antoine secoua la tête. Les cours de l'école de police, quelle foutaise...

Ses cheveux.

Ce salopard s'était acharné sur ses cheveux. Absurde. Il aurait pu simplement le menacer de le tuer. Il s'agissait d'un pervers... Son cœur s'emballa, l'angoisse le reprenait et gangrenait son cerveau. Il revoyait son fils, enfant, aux boucles blondes, en train de jouer avec lui, avec sa mère. Pierre, son unique enfant, était aux mains d'un tordu. Et lui, Marcas, commissaire de police, attendait, tel un damné, au beau milieu de la place Saint-Michel.

Antoine tourna la tête pour observer la foule.

De nouveau, il passa en revue d'autres arrestations, d'autres affaires. Mais rien ne collait. Il ne s'occupait pas de pervers, ni de sadiques, seulement de trafiquants d'art. Son regard se posa sur un homme élégant, aux cheveux argentés et au visage émacié, qui tapotait le sol humide avec son long parapluie noir. Il avait tout à fait le profil du type qui pouvait jouir en arrachant les yeux d'un chaton tout en se délectant des *Quatre Saisons*.

Antoine se sentait aux abois. Tous étaient suspects. La place entière grouillait de suspects.

Les femmes aussi. Tiens, la motarde, là, qui jouait avec son casque à la main. La blonde fraîchement brushée, en imper, qui écoutait le contrebassiste et n'arrêtait pas de consulter sa montre.

Et tous les autres... Il ne pouvait les compter, une bonne centaine, peut-être plus. Saint-Michel était l'un des spots favoris pour des rendez-vous Meetic et autres Gleeden ou Tinder.

Il sursauta. L'alarme stridente d'une moto venait de se déclencher sur sa droite. Deux jeunes sautèrent d'une Harley en riant et allèrent s'installer sur un scooter à trois roues garé juste à côté. Pas vraiment des têtes de kidnappeurs.

L'horloge de la place indiquait la demie. Combien de temps allaient-ils jouer avec ses nerfs ?

Le temps *qu'ils* voulaient.

Soudain, un visage familier émergea de la foule. Juste devant lui, dans l'axe de l'archange saint Michel de la fontaine. À cinq mètres, pas plus. L'homme le regardait avec un visage dur.

Salopard.

Marcas sortit les poings de son blouson. Il fendit la foule tel un brise-glace de la banquise, et s'avança vers le ravisseur de son fils, bousculant au passage un couple qui s'embrassait. Il aurait piétiné la terre entière s'il le fallait.

— Toi ! hurla Marcas.

Un téléphone à la main, un homme en imperméable gris lui faisait face. Il avait un visage de patricien.

— Je savais que tu viendrais, articula Derek Stanton.

23.

Paris
20 juin

Pris d'une colère froide, Marcas avait entraîné l'écrivain dans un recoin désert du passage de la rue de l'Hirondelle, juste à côté de la place Saint-Michel. Avant même que Stanton ait pu réagir, Antoine l'attrapa par le revers et le plaqua contre le mur. Son visage presque collé contre le sien, il pouvait sentir son haleine mentholée. Il remarqua ses yeux injectés de sang, comme s'il s'était frotté les paupières avec du papier de verre.

— Salopard. C'est pour ton putain de Graal ? C'est ça, hein..., gronda Antoine, comme possédé.

— Mon frère, laisse-moi t'expliquer...

— Mon frère, maintenant... Tu te fous de ma gueule !

Marcas sortit son Glock à la vitesse de l'éclair et colla le canon sous le menton de l'écrivain. Dans le même temps, il lâcha l'imper pour l'attraper par les cheveux. Il tira une poignée d'un coup sec. Stanton hurla de douleur sous le regard fou d'Antoine.

— Moi aussi, je vais te les arracher poignée par poignée. Ça va te faire jouir. Une dernière fois : dis-moi où est mon fils ? Parle.

— La photo, tu ne l'as pas reçue ? balbutia Stanton.

Il écarquillait ses yeux rougis. Des larmes perlaient sur ses joues.

— Tu ne comprends pas, s'écria-t-il en essayant de se libérer en agrippant en vain la gorge d'Antoine. Ils ont enlevé ma femme. Anna ! Elle a disparu !

— Tu mens ! Pourquoi tu es ici, sinon ? hurla Marcas en lui enfonçant le canon du pistolet dans le cou.

Stanton avait de la peine à déglutir. La pression de l'arme comprimait sa veine jugulaire.

— C'est le ravisseur, il m'a donné rendez-vous ici...

— Tu me prends pour un crétin ? Tu m'as dit que tu savais que je viendrais.

— Je n'arrive plus à respirer... La photo. Laisse-moi te montrer... le portable, haleta l'Anglais. Je... Je t'en prie...

L'écrivain paraissait vraiment terrorisé. Il s'écoula une dizaine de secondes avant qu'Antoine ne le relâche, tout en braquant son Glock devant son front.

— Vas-y !

Derek Stanton s'affala sur lui-même, comme si son imper se dégonflait. Il sortit son portable de sa poche et pianota nerveusement dessus, puis il le tendit au commissaire.

Pétrifié, Antoine regarda l'écran.

Son fils et Anna Stanton étaient assis côte à côte sur des chaises, les bras attachés derrière leur dossier. Chacun avait la bouche comprimée par un bâillon. Un homme se tenait debout derrière eux. Il portait une cagoule, et la moitié de son visage était recouverte d'un foulard noir avec une mâchoire de tête de mort. Une mandibule blanche et macabre qui souriait à l'objectif. L'homme tenait par les cheveux ses deux victimes – comme s'il voulait coller leurs crânes l'un contre l'autre –, chaque regard révélait une terreur indicible.

Navré de son erreur, Marcas redonna son portable à l'écrivain.

— Je suis désolé, mon frère... Je ne savais pas.

Stanton se redressa en essuyant ses larmes.

— J'aurais fait la même chose... Tu comprends maintenant pourquoi je n'ai pas été étonné de te voir ? Je pensais que tu avais reçu la même photo.

— Pas du tout. Le ravisseur m'a juste ordonné de venir ici.

— Ma femme..., gémit Stanton. Elle est tout pour moi.

Antoine passa son bras autour des épaules de l'écrivain et rangea son pistolet dans son étui. Il se sentait minable d'avoir menacé cet homme. Il lui fallait retrouver ses esprits et garder la tête froide. Il articula lentement, moins à l'attention de Stanton que pour rassembler ses idées :

— Mon fils, ta femme... Le point commun est évident, c'est leur monnaie d'échange contre ton maudit vampire. Je ne vois que ça.

— Mon adversaire à la vente aux enchères de Drouot. Il veut la même chose que nous, le Graal, balbutia l'écrivain.

— Que toi ! La même chose que toi. Moi, je n'en ai rien à cirer de ton Graal, qui d'ailleurs n'existe que dans votre imagination. S'ils veulent récupérer ton fichu sarcophage à un million d'euros, grand bien leur fasse. Tu le leur donnes, on récupère mon fils et ta femme, et basta.

— Tout ce qu'ils voudront...

Marcas sortit son téléphone et le posa sur le côté.

— Les deux types bizarres...

— Pardon ?

— Les gars qui m'ont attaqué dans la réserve à Drouot. T'as pas une idée sur leur identité ? Un genre de société secrète comme dans tes romans. Une confrérie du Graal ? L'Opus Dei ? Les ravisseurs savaient que la sépulture contenait une énigme.

Au moment où Stanton allait répondre, la sonnerie du portable d'Antoine retentit. Il se rua dessus et décrocha. La voix suraiguë retentit à nouveau :

— Bien, maintenant que vous êtes réunis, vous allez m'écouter attentivement. Sans m'interrompre. Est-ce clair ?

Stanton se précipita sur Antoine.

— Je vous en supplie ! Rendez-moi Anna. Je vous donne le sarcophage.

Un hurlement de femme jaillit du haut-parleur. Antoine repoussa Stanton en lui intimant de se taire.

— Dernier avertissement, dit la voix de crécelle. Si vous m'interrompez encore une fois, je lui arrache la moitié de ses beaux cheveux noirs.

— OK, OK, dit Marcas. Il voulait juste satisfaire vos demandes. On vous écoute.

Au bout de quelques secondes, la voix reprit :

— Nous savons que vous avez décrypté le message du sarcophage. Vous allez continuer la Quête pour nous.

— Quoi ? Mais c'est impossible, on ne sait même pas où...

Des cris étouffés jaillissaient à nouveau, quand le portable de Stanton vibra. Un message. L'écrivain lança un regard horrifié à Antoine et lui montra son écran. Les têtes d'Anna Stanton et de son fils étaient presque collées l'une à l'autre au niveau des tempes. Ils n'avaient plus de bâillon. La voix du ravisseur résonna une nouvelle fois dans le téléphone d'Antoine :

— Le temps vous est compté. Votre femme a eu la gentillesse de nous raconter votre séance de décodage du sarcophage. Nous sommes au courant pour la prochaine étape. Le château de la Table ronde. Winchester. Vous devriez déjà être en route.

Marcas et Stanton échangèrent un coup d'œil désemparé. Antoine tenta une diversion :

— Pourquoi ne pas y aller vous-mêmes ?

Un rire ironique éclata.

— Vous avez tous les deux les compétences parfaites pour accomplir cette tâche. Le duo parfait pour cette Quête. Le flic qui a retrouvé le trésor des Templiers et le célèbre auteur de best-sellers ésotériques. Deux frères, en plus. Un duo parfait et juste de preux chevaliers.

— Et si nous n'y arrivons pas ?

— L'échec n'est pas une option. On vous recontactera en fin de soirée, quand vous serez à Winchester. Si vous n'êtes pas au rendez-vous, je coupe une oreille à la femme et un doigt au gamin. Ou l'inverse.

— Mais, c'est impossible ! s'écria Marcas. Réfléchissez ! Même si on file à Londres par l'Eurostar ou par avion, plus le trajet pour Winchester : on n'y sera jamais à temps.

— Demandez à Stanton, railla la voix. C'est un chevalier qui possède le don de voler...

La communication coupa net. Stupéfait, Antoine se tourna vers l'écrivain.

— Qu'est-ce qu'il a voulu dire ?

Stanton tremblait, comme s'il venait d'être électrocuté. Il était encore sous le choc. Marcas l'empoigna par les bras et le secoua.

— Bon sang, reprends-toi. C'est pas le moment de craquer. À quoi faisait-il allusion ?

Stanton leva ses yeux encore rouges vers Antoine et murmura :

— Pégase.
— Quoi ?
— Mon hélicoptère personnel.

II.

LE CHEMIN DE L'ÉTOILE

24.

*Au-dessus de la Manche
20 juin*

L'Eurocopter AS350 filait à plus de deux cent cinquante kilomètres à l'heure au-dessus de la Manche. Son fuselage blanc frappé d'un blason représentant un cheval ailé scintillait sous le soleil déclinant. Une étendue bleu sombre défilait à toute allure au-dessous d'eux. Antoine se pencha sur le côté du cockpit et vit s'éloigner les falaises crayeuses d'Étretat et sa mythique aiguille creuse. En d'autres temps, il aurait été ravi de survoler ce bout de Normandie.

En d'autres temps.

Marcas réajusta son casque et se tourna vers Stanton qui avait le regard rivé sur l'horizon, la main droite serrée sur le manche des gaz et les deux pieds sur les pédales du palonnier. Le ravisseur était bien informé, l'écrivain chevauchait les cieux avec maestria. Il affichait plus de mille heures de vol en hélico et utilisait régulièrement son AS350 personnel, surnommé

Pégase, pour ses trajets en Europe. Et parfois même pour ses dédicaces.

— C'est le plus court chemin pour ton plan de vol ? demanda Antoine.

— Presque, il y avait une compétition de montgolfière autour de Saint-Valery-en-Caux. Interdiction de survol du coin, j'ai obliqué légèrement à l'ouest, vers Étretat. Et dire qu'un éditeur m'a commandé une suite des aventures d'Arsène Lupin. On devait aller voir l'aiguille creuse avec... Anna.

Ses lèvres se mirent à trembler quand il prononça le prénom de sa femme. Sa main gauche se crispa sur la poignée de contrôle du contre-rotor, et l'hélico s'éleva légèrement.

Tout était allé très vite depuis leur rencontre à Saint-Michel. Antoine s'était fait porter pâle auprès de sa secrétaire – une intoxication alimentaire – et les deux hommes étaient passés par l'hôtel particulier de Stanton pour emporter quelques affaires de rechange. Là, ce dernier avait envoyé un plan de vol FPL, via Internet sur le site de la régulation aérienne, à destination d'une piste d'atterrissage privée en périphérie de Winchester. Puis ils étaient partis sans perdre une seconde à l'héliport d'Issy-les-Moulineaux où stationnait Pégase

Marcas consulta pour la dixième fois sa montre, une heure s'était écoulée depuis le décollage. Le visage de Pierre occupait tous les recoins de son cerveau et ses hurlements continuaient de le hanter. S'il avait tenu le ravisseur entre ses mains, il l'aurait volontiers balancé de l'hélico pour qu'il se fracasse sur les rochers escarpés des falaises. Sans états d'âme, aucun.

La voix de Derek grésilla dans le casque de Marcas.

— Le château de Winchester a été fermé au public à cause d'un incendie dans des baraquements de fouille extérieurs à l'édifice. Heureusement que je connais son conservateur, c'est l'un de mes lecteurs. Il accepte de nous faire entrer à l'intérieur.

— Je ne te cache pas que je suis pressé d'arriver, dit Antoine. Si tous les flics pouvaient se déplacer ainsi...

L'écrivain esquissa un sourire. Son visage était pâle.

— La littérature offre encore quelques privilèges. Le ciel est dégagé dans le Hampshire. Parfait pour l'atterrissage. Nous serons sur site dans trois quarts d'heure.

Antoine hocha lentement la tête, l'air fermé. Il repensait à la mise en scène macabre du ravisseur. Le foulard à mâchoire de tête de mort, les otages dans une position humiliante, le recours aux représailles physiques pour imposer sa loi... Le kidnappeur jouait la carte de la torture psychologique. Et ça marchait. Depuis l'annonce de l'enlèvement de son fils, il avait l'impression que son cœur était réglé sur un compte à rebours.

N'entre pas dans ce jeu.

Se focaliser sur la quête du Graal, c'était le meilleur moyen de conserver une chance de les retrouver en vie.

Plus facile à dire qu'à faire.

— Bon, dit Marcas d'un ton résolu, puisqu'on est tous les deux embarqués dans cette quête, il serait bon que tu me briefes sur le Graal. Hier soir, j'ai eu de la chance avec mes tailleurs de pierre.

— Et aussi avec la croix de Saint-André pour

décrypter le texte avec Turpin ! Ton expertise est remarquable.

— Merci. Alors ce Graal ? Au mieux, il me reste de vagues souvenirs de mes cours d'histoire médiévale, mais ma culture sur le sujet tient plus d'Indiana Jones que de Georges Duby[1].

— D'accord. On va repartir du début. Que sais-tu exactement ?

— C'est la relique la plus sacrée de la chrétienté. Elle a servi lors du dernier repas du Christ avec ses apôtres. C'est aussi le vase brandi par Joseph d'Arimathie pour recueillir le sang qui coulait du flanc de Jésus lors de la crucifixion. Il disparaît de Jérusalem pendant des siècles et réapparaît mystérieusement dans des contes écrits au Moyen Âge. Contes qui se déroulent en Angleterre et en Bretagne et qui mettent en scène le légendaire roi Arthur, ses chevaliers de la Table ronde, Merlin, Viviane et une foule d'autres personnages dont j'ai oublié le nom. Tous en quête de la précieuse relique pour sauver le royaume en pleine décrépitude ou pour s'approprier ses pouvoirs fabuleux.

— C'est une bonne synthèse.

Au-dessous de l'hélico, on apercevait parfois un chalutier escorté d'un vol avide de mouettes tandis qu'au loin montait la fumée grise et tourbillonnante des ferrys. Stanton jeta un coup d'œil rapide au tableau de bord et fit obliquer l'appareil vers la droite.

— Tu as oublié l'hypothèse selon laquelle Jésus aurait fait un enfant à Marie-Madeleine et transmis son sang divin par sa descendance. Et la coupe serait une parabole du vagin.

---

1. Un des meilleurs spécialistes français du Moyen Âge.

— Je ne voulais pas te vexer en évoquant le best-seller d'un de tes confrères.

Antoine n'osa pas ajouter que cet auteur, lui, avait été abondamment médiatisé. Pour la première fois depuis leurs retrouvailles place Saint-Michel, le visage de l'Anglais s'éclaira d'un sourire.

— Pas de soucis, je m'entends bien avec lui. Et, pour ta gouverne, cette théorie a été popularisée vingt ans plus tôt dans un autre ouvrage... Mais revenons à l'essentiel. Pour toi, quelles sont les vertus du Graal ?

— La régénération du royaume d'Arthur, l'immortalité, le pouvoir absolu, le contact avec le Christ. Dans l'absolu, il réalise tes vœux les plus fous. C'est la corne d'abondance, la lampe du génie d'Aladin ou un portable pour parler directement à Dieu. De nos jours, on le met à toutes les sauces pour qualifier tout et n'importe quoi...

Un voyant rouge clignota à côté de l'écran correcteur d'assiette. Stanton se tourna vers Antoine.

— Désolé, un appel de la tour de l'aéroport de Southampton. On entre dans leur zone de contrôle, ils sont un peu nerveux en ce moment avec les vols privés enregistrés au dernier moment. Les terroristes peuvent eux aussi piloter des hélicos. Je dois m'identifier et confirmer le plan de vol.

Stanton avait changé son micro de fréquence et échangeait en anglais avec son interlocuteur. Antoine se plongea dans la contemplation de l'étendue bleutée qui défilait à toute vitesse sous l'appareil. Il se massa la nuque et ferma les yeux. Les ténèbres envahirent son champ de vision et le compte à rebours ralentit un peu. Malgré le vrombissement obsédant des rotors, Antoine tentait de prendre congé du réel.

Le Graal. Le mythe le plus puissant d'Occident.

Arthur, Lancelot, Perceval... Des images précises surgirent. Les armures argentées des chevaliers, étincelantes au soleil et rougies par le sang des batailles, les incantations de Merlin au bord d'un dolmen enchanté. Il entendait résonner les sabots des chevaux de combat, le fracas des épées, le vent dans les arbres de Brocéliande. *Excalibur...* Le film culte de John Boorman.

Il se rappelait le jour où il l'avait fait découvrir à son fils dans un cinéma du côté du Panthéon. À peine adolescent, Pierre avait été enthousiasmé par la chevauchée du roi Arthur, au milieu d'un verger éclatant de printemps, au rythme du *O Fortuna* de *Carmina Burana*. Et ses larmes, à la fin du film. Quand un mystérieux navire, commandé par trois fées, emportait la dépouille d'Arthur vers le couchant dans le déchaînement wagnérien de la Marche funèbre de Siegfried.

Pierre en larmes.

Marcas crispa ses poings.

La voix de Stanton grésilla à nouveau dans son casque, chassant les larmes de son fils.

— Tout est OK avec les autorités de Southampton. Je vais mettre en pilote automatique pour continuer notre discussion, proposa l'écrivain en appuyant sur une série de boutons rouges.

Antoine sourit faiblement. Écouter l'Anglais le remettait sur les rails.

— Bon, reprenons depuis le commencement, dit Stanton. Le Graal, tel que nous le connaissons, fait sa première apparition en France, à la fin du XIIe siècle. Il s'agit d'un roman en vers, écrit sous la plume d'un de mes lointains confrères du Moyen Âge, Chrétien de Troyes.

— *Perceval ou Le Conte du Graal*. Je m'en souviens un peu. Et avant ça, il n'existait aucune référence au Graal dans la Bible ?

— Rien. Ni dans les Évangiles, ni dans les commentaires des grands penseurs de l'Église, comme saint Augustin ou saint Thomas d'Aquin. En fait, *Le Conte du Graal* s'inscrit dans un nouveau genre de narration : le roman. Ça paraît incroyable, aujourd'hui, mais c'est à cette époque que ce genre naît vraiment. Le roman, tu imagines ! Il apparaît en même temps que le Graal entre dans le mythe.

Antoine fronça les sourcils.

— Mais pourquoi le mot « roman » ?

— Tout simplement parce qu'il est écrit en langue romane, celle parlée par le peuple et l'aristocratie, et non pas en latin, que pratiquaient les gens d'Église.

— Voilà qui ferait plaisir à certains de mes frères du Grand Orient, qui sont des laïcs convaincus.

— Et comme l'imprimerie n'existait pas, poursuivit Stanton, ces ouvrages reproduits à la main par des copistes, et décorés par des enlumineurs, étaient lus à haute voix par les troubadours dans les cours des rois et seigneurs.

— Et le roman a eu du succès ?

— C'est le livre le plus populaire de l'époque, le premier best-seller de l'histoire de la littérature en France, si l'on excepte la Bible bien sûr.

— Je ne me souviens plus très bien de son contenu exact...

— Chrétien de Troyes raconte les exploits du jeune Perceval, un jouvenceau qui quitte son château familial, au grand désespoir de sa mère, pour devenir un chevalier. Il se bat contre des adversaires redoutables, passe par toute une série d'épreuves initiatiques. Au milieu du récit, Perceval pénètre dans un mystérieux château appartenant à un seigneur gravement malade, le Roi pêcheur. Là, il est convié à un dîner quand apparaît soudain un étrange cortège avec une femme à sa tête. Une demoiselle qui brandit le Graal. Je vais te montrer ce passage étrange et sublime.

Stanton sortit sa tablette de son sac à dos et la connecta au tableau de bord. Il pianota sur l'écran avec dextérité.

— Tu lis l'ancien français ?

Marcas grimaça.

— Plus vraiment depuis la fac, je préfère la traduction, s'il te plaît.

Le texte apparut.

> *« Une demoiselle, qui s'avançait, belle, gracieuse, élégamment parée portait un Graal, à deux mains. Quand elle fut entrée dans la pièce, avec le Graal qu'elle tenait, il se fit une si grande clarté que les chandelles en perdirent leur éclat comme les étoiles au lever du soleil ou de la lune. Le graal était de l'or le plus pur. Des pierres précieuses de toutes sortes étaient serties dans le Graal parmi les plus riches et les plus rares qui soient en terre ou en mer. »*

— Tu le vois, reprit Derek, le Graal est un vase d'or qui éclipse tout de sa lumière. On pourrait presque dire que c'est une étoile. Tu remarqueras aussi que nulle part il n'est fait mention de Jésus ou de son sang dans ce passage ! Aucune allusion aux Évangiles ni à l'Ancien Testament.

— Ce qui me surprend, s'interrogea Antoine, c'est que le texte raconte que la demoiselle porte *un* Graal. Comme s'il pouvait y en avoir plusieurs...

Stanton acquiesça.

— Oui, plusieurs exégètes de l'œuvre de Chrétien ont remarqué ce détail curieux. Après lui, ses continuateurs n'évoqueront plus que *le* Graal. Plus étrange encore, ce graal est apporté dans la salle du dîner par une jeune femme. Une femme, Antoine ! Remets-toi à nouveau dans le contexte de l'époque, il était impensable, absurde, hérétique, blasphématoire, que sais-je, qu'une femme puisse avoir le droit de porter une relique sainte. Et a fortiori, si cette relique était liée au Christ lui-même. Tu en conviendras, ce roman fleure bon l'hérésie.

La cabine de l'AS350 tangua brutalement. L'appareil piqua et remonta d'un coup, Marcas sentit son estomac buter contre son diaphragme. Il s'accrocha à sa ceinture de sécurité.

— Un coup de vent, expliqua Stanton en reprenant les commandes. Ce n'est rien, ça arrive souvent au-dessus de la Manche.

L'appareil remonta à nouveau et se stabilisa. L'écrivain n'avait pas perdu son sang-froid, au grand soulagement d'Antoine. Il remit le pilote automatique. Marcas souffla et se redressa.

— Donc, ce cher Chrétien en bon romancier qu'il était a tout inventé ? Ce que tu es en train de m'expliquer c'est que nous partons à la recherche d'un objet tout droit sorti de l'imagination d'un écrivain. C'est comme si on cherchait les ruines du village d'Astérix pour retrouver une gourde de potion magique.

Les mauvaises ondes recommençaient à le submerger.

— Je n'ai pas dit ça, répondit Stanton qui jeta un regard inquiet à Antoine. Jamais je ne me serais lancé dans cette quête si je n'étais pas persuadé de l'existence du Graal. Chrétien de Troyes n'a pas tout inventé.

25.

Manche
20 juin

À mesure que le soleil déclinait, la Manche prenait une teinte plus nuancée, le bleu virait au gris métallique. L'hélicoptère passa au-dessus d'une longue et interminable procession de cargos et de tankers qui voguaient vers le couchant. Stanton déboucha une canette de soda qu'il tendit à Marcas.

— Résumons… Le Graal apparaît en France, comme par enchantement, en plein cœur du Moyen Âge. Dans un roman écrit par Chrétien de Troyes, un écrivain qui est lui-même une énigme.

— Comment ça ?

Stanton eut un sourire désapprobateur.

— Pour un policier, Chrétien de Troyes est une enquête à lui tout seul. Plus de neuf cents ans qu'on s'y casse les dents. On ne sait quasiment rien de l'inventeur du Graal, l'écrivain qui a fondé le roman en France – lu par la suite dans le monde entier. Ni quand ni où il est né, ni quand ni où il est mort.

On a juste son nom, *Chrétien de Troyes*, qui fleure bon le pseudonyme. D'ailleurs, il l'a lui-même écrit *Chrétien de Troies*, et c'est nous qui le traduisons par une référence à la ville de Troyes. À la vérité, nous n'en savons rien.

— Ce n'est quand même pas la *Troie* d'Homère ? ironisa Antoine qui avait l'impression d'avoir pénétré une galerie de miroirs qui se renvoyaient une image insaisissable.

— Non… Quand son *Conte du Graal* se répand, entre 1181 et 1190, il a déjà quatre autres récits de chevalerie à son actif, tous inspirés d'anciens contes arthuriens très populaires à l'époque. Ce cher Chrétien travaille dans l'est de la France pour deux généreux mécènes. Le premier est une comtesse, Marie de Champagne, fille du roi de France, Louis VII, et de la célèbre Aliénor d'Aquitaine. C'est une aristocrate puissante qui règne sur la Champagne, pendant que son mari guerroie en croisade, et qui aime s'entourer d'une cour d'écrivains et de poètes, dont Chrétien. Mais c'est le second commanditaire qui nous intéresse.

Un voyant rouge s'alluma à nouveau. Stanton s'interrompit pour prendre la communication.

— Une voiture nous attendra à l'arrivée à Winchester, dit-il après avoir raccroché. On ne va pas tarder à voir apparaître les côtes de ma chère Angleterre. Bien, revenons à Chrétien. Dans son prologue au *Conte du Graal*, il remercie son autre mécène, un certain Philippe d'Alsace, comte de Flandres.

— Lui aussi, noble de la haute, je suppose ?

— L'un des seigneurs les plus puissants de l'époque. Il possède deux particularités. La première, c'est d'avoir eu un père croisé et grand amateur de reliques.

Le dernier mot fit sursauter Antoine.

— Du genre ?

— Devine donc ce que le père de Philippe d'Alsace a rapporté de Jérusalem et installé en grande pompe dans la cathédrale de Bruges ?

Marcas avait toujours méprisé ces reliques, objet d'un véritable trafic pendant le Moyen Âge. On ne comptait plus les ossements d'orteils de saints, les mandibules et autres dents de saintes, les fragments de la croix du Christ, si nombreux qu'on avait sans nul doute abattu des forêts entières pour satisfaire à la demande.

— Un pointe d'épine de la couronne du Sauveur ? Un bout de prépuce du fils de Dieu ?

Stanton ne releva pas l'ironie.

— Non. Le sang du Christ. Une fiole avec quelques gouttes qu'il a découverte lors de son passage en Terre sainte. Il a même fondé un ordre pour en assurer la garde. Confrérie qui existe encore de nos jours et que la ville fête chaque année avec faste.

Marcas secoua la tête, stupéfait.

— Attends, tu viens de me dire que le *Conte du Graal* flirtait avec l'hérésie, que la description du vase n'avait rien de chrétien.

— Je n'ai pas fini. La deuxième particularité de Philippe d'Alsace est expliquée par Chrétien de Troyes lui-même. Il avoue, dans son prologue, qu'il s'est inspiré d'un livre pour rédiger son célèbre poème. Un livre dont il ne donne pas le titre, mais qui a appartenu à son mécène, le comte d'Alsace !

Marcas ferma son blouson, la température commençait à chuter dans le cockpit.

— Si je résume bien, Chrétien de Troyes s'est inspiré des légendes arthuriennes en vogue à l'époque et aurait aussi repompé l'histoire du Graal dans un autre livre. Ce bon vieux Chrétien ne serait-il pas le roi du plagiat ?

— Pas du tout. À l'époque c'était très courant. Après Chrétien, et au fil des décennies suivantes, pas moins d'une dizaine d'auteurs vont écrire de nouvelles versions de la légende du Graal, parfois très éloignées de la version d'origine. Chrétien est honnête, il n'hésite pas à livrer sa source. Du moins en partie, car on ne sait absolument rien de ce livre. Si ce n'est que ce n'était pas un roman.

— Et c'est pour ça que tu crois à l'existence du Graal ? Sur la référence à un mystérieux ouvrage appartenant à un gentil mécène ? Désolé, mais ça ne suffit pas pour me convaincre. À moins que...

Antoine s'interrompit et regarda Stanton avec intensité.

— À moins que tu répondes enfin à la question que je t'ai déjà posée à Paris.

— Laquelle ?

— Laquelle ? Ai-je vraiment l'air d'un crétin, mon frère ? La sépulture déviante... Comment connaissais-tu le lien entre le sarcophage et le Graal ?

L'horizon avait changé de couleur. Loin, très loin devant eux, apparut une mince dentelle de brume. L'AS 350 tangua et reprit un peu d'altitude. Stanton acquiesça de la tête d'un air entendu.

— Les côtes... Enfin. Nous serons bientôt à Winchester.

— Réponds !

Stanton leva un sourcil et se tourna vers son passager.

— Je comptais t'en parler en arrivant... Regarde dans mon sac de voyage posé sur le siège arrière. À l'intérieur, tu y trouveras une pochette souple en moleskine rouge. Prends-la.

Antoine desserra sa ceinture, se pencha à l'arrière et fouilla dans un gros sac de cuir tanné. Il finit par trouver la pochette, fermée par une petite lanière. Il l'ouvrit. Elle contenait une chemise de plastique avec à l'intérieur une page de parchemin enluminée de bleu et d'or, élimée sur les bords. Un court texte calligraphié en lettres minces et grises occupait le centre de la page. Juste au-dessous il y avait un... cercueil. Stanton remarqua le regard étonné de Marcas.

— Un trésor, une des pages du *Conte du Graal*. Elle est tirée d'un exemplaire français très incomplet et en mauvais état, datant du XIIIe siècle. Anna l'a trouvée dans une vieille librairie de Londres, il y a trois ans. À un prix déraisonnable certes, mais elle voulait me faire plaisir. Il avait toute sa place dans mon petit musée personnel même si ce ne sont que quelques feuillets. Dans le monde, il n'existe que quinze exemplaires originaux du roman, chacun conservé dans des bibliothèques nationales prestigieuses. Celle de Paris en conserve sept. Mais...

— Mais...

— Mais dans le mien, il y a quelques lignes, juste après la dernière page du conte. Lis, tu vas comprendre...

Antoine parcourut lentement les quatre phrases calligraphiées avec soin dans une encre d'un gris intense.

Suis la croix
Graal en terre étoilée
Gardien maudit hurle
Tombe burin et maillet sont ses armes.

Juste au-dessous du texte, était peint une sorte de cercueil. Un cercueil qui ressemblait à s'y méprendre au sarcophage de Stanton.

— Quand on m'a alerté sur la présence de la sépulture déviante à la vente de Drouot, et que j'ai vu les inscriptions sur le catalogue, mon sang n'a fait qu'un tour. Les symboles, le gardien maudit, le dessin... Tout y était.

— Effectivement, c'est troublant. Le Graal se situerait donc en terre étoilée. Ça veut dire quoi ?

— J'ai travaillé longtemps là-dessus. Plusieurs interprétations sont possibles. Cela peut se traduire par une terre sainte ou un lieu où l'on voit des étoiles. Ou encore un endroit en rapport avec une étoile. Je ne sais pas si Winchester en fait partie. Il y a aussi un détail que je n'avais pas prévu. Et il est de taille. Je n'étais pas le seul à avoir ce texte. Notre adversaire doit être lui aussi en possession d'une copie de cet ouvrage...

Quelque part en banlieue parisienne

Une odeur agressive de moisissure et de vieille barrique humide emplissait ses narines. Les yeux bandés,

Pierre essaya encore une fois de détacher ses poignets. En vain. Plus il forçait, plus la fine cordelette se resserrait et écorchait sa peau. Cela faisait presque une journée qu'il avait été enlevé alors qu'il rentrait dans son petit studio de la rue Barrault.

En entendant la voix angoissée de son père, sa peur s'était muée en rage froide. Le type pouvait bien lui arracher ses cheveux, poignée par poignée, jusqu'au sang, il finirait par lui cracher à la gueule.

Pierre se mordit la lèvre supérieure. Jamais il n'avait ressenti une telle haine pour quelqu'un. Il avait hurlé à en perdre la voix, durant des heures, mais ça n'avait servi à rien. On l'avait juste sorti quelques minutes, les yeux toujours bandés, pour qu'il puisse se soulager, puis on l'avait remis dans son trou. Toujours en silence. La seule fois où il avait entendu la voix de son ravisseur, c'était pendant les photos.

Combien d'heures s'étaient écoulées depuis ? Il n'en savait rien.

Soudain, des pas résonnèrent de l'autre côté de la porte de sa cellule. Il entendit le cliquetis d'un verrou qu'on ouvrait.

— Je vous en supplie ! Mon mari fera tout ce que vous voulez !

Il reconnut la voix de la femme. Il avait pu sentir son parfum fruité quand on lui avait appuyé sa tête contre la sienne.

— Ne me faites plus de mal. Par pitié…

La phrase se termina en sanglots. Le raclement d'une porte qui se fermait résonna. Pierre attendit que les pas de son ravisseur s'éloignent pour murmurer à voix basse :

— Madame, je suis là… Vous m'entendez ?

Silence. Il haussa la voix :

— Madame ? C'est Pierre. Celui qui a été enlevé, comme vous. Je suis dans une pièce à côté. Une cave.

Une voix féminine étouffée, faible mais parfaitement distincte, lui répondit :

— Le fils de Marcas ?
— Oui, ils vous ont fait du mal ?
— Le salaud... Il m'a...

À nouveau, la femme fondit en larmes.

26.

Manche
20 juin

À présent, la côte anglaise apparaissait nettement. On distinguait la blancheur réverbérante des plages battues par les vagues. De grosses bandes de nuages gris et noirs se profilaient, telle une muraille érigée dans le ciel. Stanton intercepta le regard inquiet d'Antoine.

— Les prévisions météo dans mon pays sont aussi incertaines que celles des bookmakers pour les finales de ligue de foot. Je vais envoyer un message confirmant notre arrivée.

Antoine apercevait une importante ville portuaire, avec des bâtiments de béton et de verre où s'agglutinaient de gros paquebots renflés.

— Winchester est encore à une vingtaine de kilomètres à l'intérieur des terres. Là, on contourne Southampton. J'y ai fait une partie de mes études. C'est de là qu'est parti le *Titanic*.

— Espérons qu'on ne connaîtra pas le même

destin…, marmonna Antoine. Il y a une chose que je ne comprends pas. Si c'est un Français, Chrétien de Troyes, qui a parlé en premier du Graal, pourquoi cette relique serait-elle en Angleterre ?

— Chrétien n'a cessé de puiser la matière de ses romans dans la geste arthurienne qui est d'origine anglaise. Et Perceval est un des chevaliers de la Table ronde. Cela fait plus d'un millénaire que l'ombre d'Arthur s'étend sur Albion. Du pays de Galles à la lande écossaise, des côtes déchiquetées de Cornouailles aux campagnes du Hampshire, d'est en ouest, du nord au sud, cette terre porte la marque du roi légendaire et de ses preux chevaliers. Regarde…

Stanton pianota sur la tablette connectée au tableau de bord. Antoine reconnut la carte du Royaume-Uni. Celle-ci était constellée de noms de villes marquées de différents symboles qui composaient comme un réseau sur tout le bas de la carte. Stanton zooma sur ce quadrillage, sur le Hampshire. Sa voix résonna à nouveau dans le casque de Marcas :

— Les lieux mythiques sont partout. Il suffirait d'un coup de rotor pour les découvrir. Avalon, Tintagel, Glastonbury… Une myriade de sites légendaires. Jette un œil sur la ville à ta droite. Portsmouth, le siège d'une bataille sauvage gagnée par Arthur. Dans cette région d'Angleterre, on ne dénombre pas moins d'une dizaine de sites arthuriens. Comme celle de Camlann, près de Salisbury, où, selon la tradition, le roi est mort.

— Il a vraiment existé, Arthur ?

— C'est le flou total. Il est omniprésent ici, mais aucun historien sérieux ne pourrait confirmer à cent pour cent son existence. Il y aurait bien eu un seigneur qui se serait opposé à l'invasion des Romains, mais était-ce lui ? Rien n'est moins sûr. Nous sommes face à un mythe, mon frère.

Stanton fit virer l'hélicoptère sur la droite. Une rafale soudaine de pluie fouetta le cockpit. L'appareil tangua une nouvelle fois et piqua brutalement. Antoine sentit son estomac faire des siennes.

— Bienvenue en Angleterre, lança Stanton d'un ton placide.

— On atterrit loin du château ?

— Non. La piste est située sur une ancienne caserne de pompiers, à l'est de la ville. Le conservateur viendra nous récupérer en voiture.

— Ça a des avantages d'être auteur. Du moins de best-sellers.

— Si on veut…. Il faut quand même trouver pour chaque bouquin un secret qui bouleverse le destin de l'humanité. Un vrai casse-tête, et on ne peut pas gruger ses lecteurs, ils en lisent tellement. Souvent, j'envie mes collègues qui font du Noir. Un crime à élucider, un meurtrier à trouver, une bonne dose de critique du système et hop…

— Tu caricatures, et ce qui est excessif est abusif, répliqua Marcas qui étudiait la carte avec attention.

Il indiqua du doigt un symbole qui revenait souvent : une tour noire stylisée.

— Ce sont les châteaux qui sont censés correspondre à Camelot, répondit l'écrivain. Camelot, la légendaire forteresse aux remparts d'or et d'argent, bâtie par Arthur pour réunir ses chevaliers. Et, comme tu peux le constater, Winchester en fait partie.

— Et le symbole du losange, lui aussi, est partout ?

Stanton approuva.

— Il s'agit de la Table ronde. Pas moins de huit sites revendiquent l'abriter. Et, parmi eux, bien sûr, le célèbre château de Tintagel.

Marcas se souvenait d'avoir vu, au collège, accrochée au mur de la salle d'anglais, une photo pâlie des murailles déchiquetées du château, perdu dans la brume. Alors que son professeur s'évertuait à les convaincre des beautés de Shakespeare, lui s'évadait dans ces ruines qui semblaient sur le point de basculer dans la mer.

— Tintagel. C'est bien là qu'est né le roi Arthur, non ?

— Disons plutôt que c'est là que la tradition le fait naître. Une tradition qui date du XIIe siècle. Depuis, tu l'imagines, les débris fantomatiques et romanesques de Tintagel sont devenus un château culte. Bref, pour toutes ces raisons, l'Angleterre est le royaume du Graal, ce que d'ailleurs ne manqueront pas de confirmer la plupart des continuateurs français et anglais du *Conte du Graal*.

Marcas fit une moue dubitative.

— Et que fais-tu de toute la tradition que l'on trouve en Bretagne ? Brocéliande, Paimpont...

— Il n'y a pas de contradiction. Dans les temps anciens, la Bretagne était aussi un territoire arthurien. Le roi et ses chevaliers organisaient des expéditions sur cette terre celte, juste de l'autre côté de la Manche. Ah ! Nous arrivons. Accroche-toi, ça risque de secouer.

Au milieu de l'horizon immensément vert de la campagne anglaise apparaissaient çà et là les taches claires d'une nouvelle zone urbaine. L'AS350 opéra un virage sur sa gauche tout en descendant tant bien que mal. La pluie et le vent redoublaient de violence, ballottant l'hélico telle une brindille dans une bourrasque. Antoine se garda de demander si les pales de l'hélicoptère fonctionnaient correctement sous des trombes d'eau. Stanton n'avait pas l'air inquiet. Un coup de vent les déporta brutalement sur la droite au point qu'Antoine s'accrocha à sa ceinture. L'écrivain redressa de justesse ; les jointures des doigts de sa main droite, celle qui tenait le manche, avaient subitement blanchi.

Soudain, un bruit de mitraille fit vibrer la carlingue, le cockpit se constella de gros points blancs. Un martellement assourdissant envahit l'habitacle.

— De la grêle ! annonça Stanton dans le micro. Je vais devoir faire très attention.

Il semblait que le ciel voulait les empêcher d'atterrir.

Les empêcher de trouver le Graal.

Antoine jeta un coup d'œil vers le bas. Winchester grossissait à toute vitesse, il pouvait distinguer la cathédrale qui se détachait du reste. L'hélico obliquait vers l'est de la ville tandis que le sol se rapprochait dangereusement. Antoine s'agrippa à la poignée latérale qui pendait du côté de sa vitre. La pression qu'il ressentait au plus profond de son être n'avait rien à voir avec l'atterrissage. Non. Le déluge qui s'abattait sur eux ne comptait pas, non plus.

Ni le ciel ni l'enfer ne pouvaient lui faire obstacle. Une seule chose comptait : sauver son fils. Il avait hâte que ce vol se termine pour pouvoir consulter son portable. Le ravisseur risquait de les contacter à tout moment. Antoine songea avec horreur qu'il préférait encore entendre les hurlements de son fils plutôt que d'attendre des nouvelles.

Au bout d'un temps qui lui sembla interminable, l'hélicoptère se posa enfin sur la piste de l'ancienne caserne de pompiers. Le cœur au bord des lèvres, Marcas sortit de l'appareil et vomit une partie de ses tripes sur le tarmac. Il s'en tapait, il venait de gagner une première manche contre le ciel.

Sa sombre joie fut de courte durée. Le message d'un expéditeur inconnu clignotait dans son portable.
Contact téléphonique dans une heure.

De l'autre côté de la Manche, dans une maison en banlieue parisienne, l'homme qui avait envoyé le sms posa son portable sur la table de la cuisine et avala une coupe de Cava glacé.

— Et voilà. Il faut toujours motiver ses équipes, déclara-t-il d'un ton satisfait.

— Avec ce que vous gagnez, vous pourriez boire du champagne, fit remarquer le blond, qui était en train de sortir des sushis au saumon de leur boîte.

— Et vous, monsieur Drill, vous pourriez avaler autre chose que ces immondes bouts de plastique crus. Du vrai poisson, par exemple, répliqua le chauve sur un ton pincé.

— À l'évidence, nous n'avons pas les mêmes goûts, monsieur Seymour.

— Ça dépend, quelques points communs nous rassemblent...

Le chauve se leva et vint entourer le blond par la taille.

— Voulez-vous que je vous montre ?

L'autre homme s'écarta et continua de disposer les sushis en petits tas.

— Pas maintenant, nous devons nourrir nos invités... Plus tard peut-être. Au fait, avez-vous pris vos médicaments ?

Le chauve lui lança un regard noir.

— Non... Je ne sais pas où je les ai mis.

Le dénommé Drill s'arrêta net dans sa besogne.

— Vous savez ce qui se passe quand vous n'arrivez pas à contrôler vos crises de bromidrophobie ?

Seymour leva les yeux au ciel.

— Inutile d'utiliser ce mot si pédant. J'ai juste un problème avec les gens qui sentent mauvais. Il n'y a pas de quoi en faire une histoire. Pourquoi tant de haine ?

— Parce que je rattrape vos erreurs au dernier moment ! Ça vous rend dingue et vous salopez le travail. À ce propos, serez-vous capable d'exécuter la nouvelle tâche demandée ?

Le chauve finit sa coupe d'un seul trait.

— Ce n'est pas du boulot, c'est du plaisir, monsieur Drill.

— Parfois vous me faites peur. Surtout quand vous mettez ce foulard grotesque.

— La peur... Voyons voir, citations sur la peur...

Le tueur au crâne rasé pianota sur un autre smartphone qui traînait sur la table. Au bout de quelques secondes il leva le doigt.

— « La souffrance a ses limites, pas la peur. » Arthur Koestler. Pas mal non ?

— Parfaitement approprié à ce que vous allez accomplir demain, mon cher Seymour. Dieu vous surveille.

— Espérons qu'il comprendra...

27.

Winchester
20 juin

Il s'écoula un quart d'heure avant qu'ils n'arrivent en voiture au Great Hall, la portion encore intacte de l'ancien château de la ville. Le conservateur – qui répondait au nom d'Aleister Lowcrey –, la trentaine frétillante, le cheveu rare, les avait récupérés dans une vieille Ford imbibée de l'odeur de tabac de la pipe vissée dans sa bouche. La mine fatiguée, Lowcrey leur avait résumé pendant le trajet les circonstances de l'incendie. Il avait paru plus attristé par la perte de certains vitraux, « des pièces uniques » soufflées par l'explosion, que par la découverte des cadavres du chef des fouilles – un « type brillant mais imbuvable » – et de son étudiante.

— Et encore, on l'a échappé belle, dit le conservateur en ouvrant la porte d'entrée principale du Great Hall. Un vrai miracle, si l'incendie s'était propagé à l'intérieur, on aurait pu tout perdre.

Une forte odeur de brûlé les prit à la gorge quand

ils entrèrent dans la vaste salle noyée dans une semi-obscurité. Les lumières de l'éclairage extérieur filtraient à travers les pans de vitraux qui avaient survécu à l'explosion. Lowcrey alluma un interrupteur à côté d'un petit comptoir où reposait une pile de dépliants touristiques.

— Bienvenue dans la perle du Hampshire !

Des lumières éblouissantes éclaboussèrent d'un coup la salle du sol au plafond voûté. Le Hall gardait encore les stigmates de l'incendie. Un pan entier des vitraux soufflés par l'explosion avait été recouvert de larges plaques de bois sombres et le sol de pierre était envahi d'un amoncellement de planches noircies et de gravats hétéroclites. En plein milieu du Hall, de gigantesques bâches vertes quasi opaques coupaient l'espace en deux.

— Avec les pompiers, on a passé la journée et une partie de la nuit à rapatrier ce qui pouvait être récupéré des fouilles. C'est-à-dire pas grand-chose. Suivez-moi, ce que vous cherchez est de l'autre côté, dans la zone préservée. Elle est accrochée au mur, vous ne pouvez pas la rater.

Lowcrey écarta l'un des pans de bâche et laissa passer ses visiteurs.

Antoine retint son souffle.

La Table ronde !

Elle était là devant eux, suspendue au mur, entre les piliers qui soutenaient la haute charpente de bois semblable à la carène d'une église. Les faisceaux de deux projecteurs fixés sur les poutres éclairaient de plein fouet la forme circulaire parfaite, lui donnant l'illusion de flotter dans les airs.

La table était divisée en une alternance de quartiers

verts et beiges, avec pour chacun un nom inscrit sur le bord extérieur. Au sommet, trônait un homme barbu coiffé d'une couronne – probablement Arthur. Une rose rouge occupait tout le centre de la table.

La voix de Lowcrey retentit derrière eux :

— Si elle avait brûlé je crois que je me serais suicidé. Admirez cette œuvre unique. On pourrait penser que tout le Great Hall n'a été construit que pour abriter ce joyau, unique et majestueux.

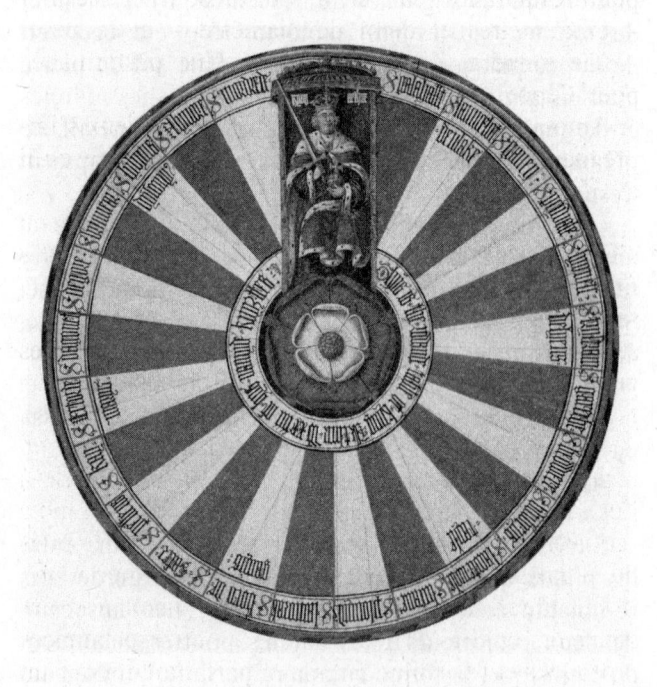

Antoine s'était arrêté, comme pétrifié, devant cet immense symbole qui avait traversé les âges, ce soleil

268

dont les enluminures brillaient tels des rais de lumière. Il n'était pas assez près pour distinguer tous les détails, mais il savait que la solution était là, dans ce fourmillement de couleurs et de mystères. Il s'approcha à pas lents comme dans un temple maçonnique. Arrivé devant la Table, il fut saisi par son ampleur et sa masse.

— Je ne la voyais pas aussi imposante...

Le conservateur se rapprocha d'eux.

— En 1976, elle a été descendue de son support pour restauration. On en a profité pour la mesurer – cinq mètres et demi de diamètre – et la peser – une tonne et deux cents kilos. Une performance pour l'époque.

Antoine s'avança de quelques pas pour mieux s'imprégner de la beauté de l'œuvre extraordinaire qu'il avait sous les yeux.

La Table ronde des chevaliers du roi Arthur. Là où s'étaient assis Lancelot, Perceval et les autres. Tous groupés autour de leur roi, dans l'attente de partir à la recherche du Graal. La rose au centre devait symboliser l'état mystique de l'épanouissement spirituel. Les pétales ouverts, une référence à une connaissance partagée par tout le groupe et pas seulement aux initiés.

Il se souvenait d'une phrase souvent répétée en maçonnerie : *Tout est symbole*. Si le langage parle à l'esprit, le symbole, lui, parle à l'âme. Là où les mots renvoient à des choses ou à des concepts, par le biais de la raison, le symbole, lui, fait appel à l'émotion ; il fait vibrer en chacun des sensations inconnues, des souvenirs oubliés et il en dévoile les correspondances profondes et véritables. Et ce symbole était devant lui.

La clé pour trouver le Graal.

La clé pour ouvrir la porte de la prison de son fils.

— Elle est magnifique, n'est-ce pas ? murmura le conservateur.

— Oui, et elle peut sauver ce que j'ai de plus cher au monde, ajouta Stanton.

Le conservateur lui lança un regard surpris. Marcas plissa les lèvres. Derek toussa, comme s'il s'excusait.

— Je parlais de... mon futur roman sur le Graal. Je bloque sur la fin, je dois absolument trouver une énigme en rapport avec cette table.

Lowcrey fronça les sourcils, l'air contrarié.

— Monsieur Stanton, j'adore vos livres, vous le savez ! Mais, par pitié, ne racontez pas d'absurdités. Ou je ne vous invite plus !

Stanton écarquilla les yeux.

— C'est-à-dire ?

Le conservateur ouvrit grand ses bras, comme s'il se préparait à plonger dans une piscine imaginaire.

— Cette table est un faux !

Marcas secoua la tête.

— Vous nous avez dit qu'elle était le joyau de ce château. Que c'était la Table ronde.

— Et je maintiens, c'est bien son appellation officielle, mais ça ne signifie pas pour autant que ce soit la véritable... table. Les scientifiques ont prélevé de minuscules échantillons de bois pour les dater grâce à la technique de dendrochronologie. Pas moins de sept arbres différents entrent dans sa composition et le plus ancien remonte à la fin du XIIIe siècle. Sa datation remonte entre 1280 et 1290. Soit au minimum quatre siècles après l'existence supposée du roi Arthur.

— Et cent ans après la rédaction du roman de Chrétien de Troyes, ce n'est pas possible, ajouta Stanton, l'air abattu. Le message du sarcophage...

Antoine sentit une onde glacée remonter le long de sa colonne vertébrale. Il voyait s'envoler la seule piste pour récupérer Pierre. Derek s'avança d'un pas vif et prit le conservateur par les épaules. Son regard se fit presque implorant.

— Quelle est sa véritable origine ?

Lowcrey se raidit, redoutant d'avoir affaire à un obsessionnel.

— Je ne pensais pas que vous preniez tellement à cœur vos bouquins... Elle a été fabriquée sur commande du roi d'Angleterre, Edward Ier, qui tenait sa cour à Winchester. À l'occasion du mariage de sa fille, il voulait affirmer son autorité sur tout le royaume et s'identifier au roi légendaire. C'était un coup politique, comme pour toutes les histoires d'Arthur.

Le portable de Marcas vibra.

Un numéro masqué.

Il fit un signe à Stanton, repassa de l'autre côté de la bâche et décrocha. Son cœur accéléra.

— Oui ! Nous sommes dans le château de Winchester. Je...

— Papa, c'est moi.

28.

Château de Winchester
20 juin

L'odeur âcre et entêtante de bois brûlé s'insinuait dans les narines de Marcas.

— Pierre ! Est-ce qu'on t'a fait du mal ?

— Non. À part quelques cheveux en moins. Je t'aime, papa. Ce malade veut savoir où vous en êtes de votre recherche.

Les paroles de son fils lui arrivaient comme en écho. Avec un temps de retard.

— Moi aussi, je t'aime, mon fils. On vient d'arriver. Parle-moi. J'ai besoin d'entendre le son de ta voix.

Il entendit des raclements dans le téléphone.

— Pierre ? Tu es toujours là ?

— Il est avec moi, répondit une voix rauque. Et il va bien. Bravo pour votre rapidité. Du coup, j'ai pensé que ça méritait une petite récompense.

— Je suis censé vous remercier, c'est ça ? gronda Marcas en se mordant la lèvre d'avoir répondu trop vite.

— Je n'en demande pas tant. Je me suis dit que j'avais été un peu dur avec ton fils et la femme de l'écrivain. Ce n'est pas très motivant pour stimuler votre concentration à tous les deux. On va bien s'occuper d'eux maintenant. Ce soir ils auront même droit à un bon dîner et on les laissera dormir tranquillement cette nuit.

— Je veux encore lui parler !

— Avec plaisir. Quand vous aurez trouvé l'objet de tous nos désirs. Avec l'aide de Dieu…

— Ça prend du temps. Ce n'est pas si facile.

— Le temps n'est pas un problème. Du moins pour moi. Dis à Stanton que sa femme est en bonne santé elle aussi. Au prochain contact, il pourra lui parler. Tu vois que je suis un type bien. Bonne chasse au trésor !

La communication fut coupée. Marcas resta statufié, son portable à la main. Le type n'était pas complètement crétin, il voulait que ses deux limiers soient le plus efficaces possible. Il soufflait le chaud et le froid. Il changeait simplement de tactique, il n'y avait aucune clémence à attendre de ce genre d'individu. Seule consolation, il obtenait un répit. Stanton apparut dans l'ouverture de la bâche, le visage tendu.

— Des nouvelles ?

— Oui, ils vont mieux. Notre salopard a mis de l'eau dans son acide. J'ai pu échanger brièvement avec mon fils. Et tu pourras parler avec Anna au prochain appel.

L'écrivain soupira de soulagement.

— C'est déjà ça…

Les deux hommes repassèrent dans la zone protégée.

Antoine essayait de remettre tous les fils en place.

La table ne datait pas de l'époque des chevaliers, elle était aussi postérieure à Chrétien de Troyes. Pourtant, si la postface inédite du poète à son *Conte du Graal* était authentique, il avait bien laissé un message dans le sarcophage. Et celui-ci menait tout droit à Winchester et à sa table.

Il ne fallait pas abandonner. Pas maintenant.

Il se tourna vers le conservateur pour le faire parler de nouveau.

Trouver une piste, n'importe laquelle.

— Vous parliez d'un coup politique à propos du roi Arthur ?

— Bien sûr. Je vous ai dit que la table datait du XIIIe siècle, eh bien les peintures qui la recouvrent sont encore plus récentes. La table a été décorée au début du XVIe siècle sous le règne d'Henry VIII Tudor. Regardez bien le visage, ce n'est ni Edward, ni Arthur, mais Henry, le roi aux sept épouses, le souverain tyrannique et éclairé qui a fondé la religion anglicane.

Il tira un portable de sa veste, lança une recherche sur Google images et sélectionna un portrait d'Henry VIII jeune.

— Regardez la forme des lèvres, l'ovale du visage, l'arrondi supérieur des yeux, c'est bien lui.

Antoine était décontenancé.

— Et la rose blanche et rouge, au centre ? bredouilla-t-il. La symbolique est curieuse…

— Rien à voir avec l'imaginaire médiéval. Remarquez les pétales de couleur blanche en son milieu. La rose, c'est tout simplement l'emblème des Tudors, la dynastie d'Henry.

Antoine retint une grimace – il s'était complètement

fourvoyé avec une pseudo-interprétation ésotérique de la rose. Stanton reprit la parole :

— Pourquoi ce besoin de se faire représenter en roi ?

— Tout simplement parce que la lignée des Tudors était trop récente sur le trône d'Angleterre, il fallait l'affirmer en la légitimant... Quoi de mieux alors que se présenter en héritier du roi Arthur pour en imposer au bon peuple ? Henry VIII était cruel, mais intelligent et cultivé. Il connaissait l'histoire de son royaume et n'a fait que reproduire la même manipulation, concoctée par Edward Ier et d'autres bien avant lui, du mythe du roi Arthur. De la politique. Il n'y a rien d'ésotérique là-dedans. Désolé pour vous, monsieur Stanton.

Derek fronça les sourcils, il paraissait anéanti. Le conservateur eut un petit sourire satisfait. Donner une petite leçon d'histoire à un écrivain de thrillers ésotériques, il n'allait pas s'en priver.

— *Translatio Imperii*, ajouta-t-il d'un ton péremptoire.

— Pardon ? fit Marcas, troublé par ces révélations qui hachaient menu tout le mystère de la Table ronde.

— *Translatio Imperii*. J'ai fait ma thèse là-dessus. C'est le nom de ce type d'opération de récupération politique. Elle a été utilisée dans toute l'Europe par les souverains qui s'inventaient une ascendance prestigieuse. Et chez nous, Arthur en a été la pierre angulaire. Imaginez le XIIe siècle : une période cruciale de l'histoire de l'Angleterre. Le pays était en état de siège, sans cesse menacé par les incursions sanglantes des Écossais au nord et les révoltes incessantes des Gallois à l'ouest. Une forteresse vacillante, minée par les dissensions dans son propre camp. L'Angleterre est profondément divisée entre deux populations rivales : les autochtones, qu'on appelle les Saxons, et les Normands qui avaient envahi le pays. Les Normands menés par Guillaume le Conquérant sont vainqueurs, mais haïs. Il ne suffisait pas de gagner une bataille pour gouverner un pays. Il fallait aussi devenir légitime. Et la solution au problème politique des Normands est venue de là où on ne l'attendait pas, d'un prêtre lettré, et futur évêque, Geoffroy de Monmouth. Cet évêque a eu une idée de génie : puisque les Saxons s'opposaient aux Normands, pourquoi ne pas les déconsidérer en rappelant qu'eux aussi étaient des envahisseurs, qui avaient soumis par le fer et le feu les premiers habitants de l'île, les Bretons ?

— En clair, l'envahisseur n'est plus celui que l'on croit.

— C'est même le contraire puisque notre subtil lettré prétend alors que les Normands sont les véritables et uniques descendants des Bretons de la Bretagne continentale, tous issus d'un roi mythique… et devinez lequel ?

— Le roi Arthur ?

— Exactement. Ainsi Geoffroy de Monmouth rédige une *Histoire des rois de Bretagne* qui fait des Normands les héritiers d'Arthur, et ainsi les libérateurs de l'Angleterre. De quoi rallier le bon peuple. Politiquement, c'est un coup de maître. Et notre bon Geoffroy, qui prétend transcrire ses récits de vieux manuscrits bretons, en profite pour écrire aussi une *Vie de Merlin*.

— Un malin, votre évêque.

— Le résultat ne se fait pas attendre : en quelques

années, toute l'Angleterre ne parle plus que de ses ancêtres et héros mythiques : le roi Arthur et l'enchanteur Merlin.

— On est à quelle époque, là ?

— Vers 1150. Désormais c'est la famille des Plantagenêts qui règne. Cela fait presque un siècle que les Normands sont installés en Angleterre. Grâce au roi Arthur, ses successeurs sont désormais légitimes. C'est ce que l'on appellerait de nos jours du *story telling*. Ou comment faire de la politique en racontant de belles fictions.

Une question continuait de tarauder Antoine.

— Vous avez dit que ce Geoffroy de Monmouth avait prétendu « transcrire ses récits de vieux manuscrits bretons », c'est prouvé ?

— Pendant très longtemps, on a pensé que l'évêque était un affabulateur, qu'il avait inventé cette histoire de manuscrits qu'il aurait traduits pour inspirer confiance dans son récit. Sauf qu'il y a quelques années, on a retrouvé la trace – une simple citation – du livre dont Geoffroy affirmait s'inspirer. Il avait donc dit vrai.

— Ce qui signifie que, si l'histoire du roi Arthur s'est développée en Grande-Bretagne, c'est en revanche dans la Bretagne armoricaine qu'elle aurait vu le jour ?

— Possible… Allez savoir avec les auteurs de fiction, répliqua le conservateur en faisant un clin d'œil à Stanton.

Le portable du conservateur sonna. Lowcrey s'isola quelques instants, laissant Antoine et Stanton seuls face à la table, sous le regard presque goguenard d'Henry VIII.

— Un récit passionnant, mais ça ne nous avance pas d'un iota dans le décryptage de cette Table, dit Antoine en se mettant à compter les rayons partant du centre de la Table vers sa circonférence.

Il y en avait bien vingt-quatre qui correspondaient chacun au nom d'un des chevaliers de la Table ronde, et un pour le roi Arthur. Soit, en tout, vingt-cinq rayons.

— J'ignorais qu'il y en avait autant, s'étonna-t-il, je croyais qu'ils étaient douze comme les apôtres.

— Non, ça dépend des continuateurs de Chrétien de Troyes, le nombre pouvait même atteindre 1 600. Mais il n'y a que dans cette représentation de la Table que l'on en trouve vingt-quatre. D'ailleurs, certains noms sont quasi inconnus.

Lowcrey revint vers eux.

— Ma femme vient nous rejoindre, avec mon fils, annonça-t-il l'air gêné. Elle voudrait vous faire dédicacer quelques livres. Ça ne vous dérange pas ?

Stanton eut du mal à paraître enthousiaste.

— Non, bien sûr, dit-il. C'est déjà très gentil d'avoir pris du temps pour nous recevoir.

Un sourire énigmatique éclaira le visage du conservateur.

— Comme vous vous passionnez pour la Table ronde, j'ai peut-être quelque chose... Mais vous me promettez de ne pas en parler pour le moment ?

Il se saisit de son portable et pianota dessus.

— Lors d'une des fouilles du professeur Ballester, on a trouvé un artefact à côté d'une tombe médiévale. Il a malheureusement disparu lors de l'incendie, cependant j'en ai une photo, dit Lowcrey en leur tendant son portable.

Stanton et Marcas s'approchèrent pour regarder l'image sur laquelle un homme avec une petite barbe tenait une réplique de la Table ronde, mais de la taille d'un plat.

— Ballester tient entre ses mains un modèle réduit de la Table. Nous en sommes certains parce qu'il est composé de l'ajustement de vingt et une pièces de bois, exactement comme la Table.

Stanton fit glisser son doigt pour agrandir la photo.

— Il y a vingt-cinq rayons, là aussi, pile comme le nombre des chevaliers et du roi Arthur sur la grande Table. Mais toutefois cette maquette présente quelques différences notables. En premier lieu, l'inscription en son milieu.

Il zooma sur le centre de la photo. Deux mots en latin apparurent.

Sanctus Petrus

— Sûrement une référence à saint Pierre, commenta Stanton.

Le conservateur acquiesça et montra un symbole gravé sous le nom.

— Oui, regardez cette croix en X, qui était aussi un symbole de supplice des premiers chrétiens.

Marcas échangea un rapide coup d'œil avec Stanton. Encore la croix de Saint-André. Comme sur le crâne du sarcophage, comme la clé de décryptage du parchemin. Un fil rouge à travers le temps et l'espace.

— Autre différence avec la table du Great Hall, reprit Lowcrey. Regardez, à chaque bout de la table, là où l'on trouve les noms des chevaliers on distingue pour chacun une sorte d'excroissance, un genre de bosse.

Antoine se pencha davantage sur l'écran. Une à une, il scrutait les bosses en remontant de gauche à droite. Elles étaient toutes identiques. Toutes sauf une. Il se tourna vers les deux hommes.

— Regardez la vingt-troisième. Elle est percée d'un trou de forme conique. Curieux, non ?

Sans attendre de réponse, il retourna devant la Table ronde. Un à un, il comptait les rayons. Quand il atteignit le vingt-troisième, il demanda :

— Ce chevalier, là... Quel est son nom ?

— Facile, c'est Lancelot ! dit Lowcrey.

Stanton fronça les sourcils.

— L'invincible Lancelot... Une figure très intéressante dans la geste arthurienne. Pur et loyal chevalier au début des romans, modèle de vertu et de courage pour tous les autres preux, il trahit son roi en devenant l'amant de la reine Guenièvre. Souillé par sa faute, il échouera à trouver le Graal. Chez certains prosateurs, il deviendra même le méchant de l'histoire, allant jusqu'à lever une armée pour renverser Arthur.

— Ah non ! Lancelot, c'est pas un méchant ! s'écria une petite voix dans leur dos.

Surpris, le trio se retourna. Un garçonnet se tenait face à eux, un livre illustré à la main. L'épouse de Lowcrey, une petite rousse, se tenait derrière lui, un sac plastique à la main.

— Mathew, mon chéri, n'embête pas ces messieurs.

— Lancelot, c'est un gentil, ils le disent dans mon livre.

— Je suis désolée. Il est passionné par les chevaliers, expliqua sa mère. Monsieur Stanton, je vous ai apporté quelques-uns de vos livres. Si vous aviez la gentillesse de les dédicacer.

Contrarié, l'enfant insista, en frappant du pied :

— Mais puisque Lancelot c'est un gentil ! La preuve, c'est qu'avec Merlin il a vaincu des géants et les a transformés en rocher. Il les a tous faits prisonniers dans un anneau de pierre.

— Ça suffit maintenant, Mathew !

Antoine s'interposa et passa une main sur les cheveux du gamin.

— Il faut toujours écouter les enfants, eux ont gardé le sens du merveilleux. (Il se tourna vers Derek et demanda :) Un anneau de pierre ? Tu connais cette histoire ?

L'écrivain s'était installé sur une chaise pour signer les ouvrages.

— Oui, c'est une légende orale. On raconte que Merlin avait donné à Lancelot le pouvoir de pétrifier ses ennemis du regard. C'est une variante celtique du mythe de la Méduse.

— Un anneau de pierre, répéta Antoine songeur, en se tournant à nouveau vers la Table ronde.

L'enfant que sa mère tentait en vain d'écarter s'écria :

— Oui, un anneau de pierre ! Et dans mon livre, il s'appelle *stone hinge*.

— *Stone hinge*, intervint Lowcrey, en celtique, ça signifie précisément « pierre charnière », c'est le vieux nom de...

— ... Stonehenge, termina Stanton, d'une voix blanche.

Antoine se sentait lui aussi gagné par l'excitation.

— *Sanctus Petrus*. Ce n'est pas une référence à

saint Pierre, mais à une pierre considérée comme sainte, voire sacrée. *Stone Henge !* Pouvez-vous regarder sur votre portable combien il y a d'excroissances, je veux dire de pierres levées, à Stonehenge ?

Le conservateur se connecta sur un moteur de recherche. Ses doigts couraient à toute vitesse sur le portable.

— Cela dépend. Il y a plusieurs cercles, mais pour le plus imposant, celui des trilithes, nous avons quinze pierres dressées qui forment le cercle mégalithique.

— Pas plus ? Vous êtes sûr ? demanda Antoine, déçu.

— Oui. Mais, attendez un instant... Ça, c'est ce que l'on peut voir aujourd'hui sur le site. Mais, à l'origine, il y en avait... vingt-cinq.

— Comme les rayons de la Table ronde, s'exclama Derek.

Antoine poussa un soupir de soulagement.

— Prochaine étape : Stonehenge !

29.

Salisbury
20 juin

Le rotor de l'hélicoptère tournait déjà quand ils montèrent à bord. La piste était trempée par les vagues successives de crachin qui drapaient de gris la campagne anglaise. Pour ce premier jour d'été, vent et pluie s'étaient donné rendez-vous.

— Les conditions météo vont s'améliorer d'ici une heure sur le comté de Wiltshire, annonça Stanton. La pluie va s'atténuer. En revanche, l'humidité…

Antoine passa la main dans ses cheveux. Il était encore sous le coup de l'excitation de sa découverte. *Stonehenge !* Le cromlech de pierre dansait sous ses yeux. Le mégalithe le plus fabuleux de toute l'Angleterre et dont le secret défiait les siècles.

— Nous allons atterrir à Salisbury, à quelques kilomètres de Stonehenge. Comme le site sera fermé à notre arrivée, j'ai fait une réservation dans un cottage, au centre-ville. On doit prendre le temps de réfléchir. Pour la suite.

La suite ! La suite, songea Marcas, c'était de délivrer son fils. Sentant l'impatience de son voisin qui effaçait nerveusement la buée sur les vitres, Derek tenta de s'expliquer :

— Le site de Stonehenge est considéré comme très sensible par les autorités anglaises. Depuis des années, il est clôturé et étroitement surveillé pour éviter les dégradations intempestives et les fouilles sauvages. Mieux vaut préparer notre « visite ».

Le vacarme du décollage coupa court à la conversation. Antoine tapotait des doigts sur sa ceinture. Depuis l'enlèvement de son fils, une foule de souvenirs oubliés remontait à sa mémoire... Pierre, commençant à marcher sur la terrasse dallée de la maison de famille en Périgord... Il se rappelait même le sourire plein de fierté de sa femme, ce jour-là. Jamais il n'aurait imaginé qu'ils divorceraient, trois ans plus tard. Une boule amère dans sa gorge : un mélange d'angoisse et de culpabilité. Sans se l'avouer, il continuait de chercher le moment où tout avait basculé, l'instant précis où il avait prononcé la parole de trop, pris la mauvaise décision. Une tristesse nauséeuse l'envahit. Si seulement... À son côté, Stanton regardait les photos de sa femme sur son portable. Il montra l'écran à Antoine. On y voyait Anna, assise sur un escalier de pierre, riant et caressant un labrador vraisemblablement ravi. L'image du bonheur.

— Tu as des photos de ton fils ?

Antoine se rembrunit. *Des photos ?* Non, ce n'était pas le moment. Il reprit son travail de désembuage. La pluie avait cessé. Une ligne d'arbres au vert prononcé serpentait à travers la campagne marquetée de champs luisant d'humidité. Soudain, son regard fut attiré par une forme inattendue. Un gigantesque ovale, parsemé de taches blanches, venait de surgir au milieu des cultures. Étonné, il se tourna vers Stanton. Ce dernier se pencha à son tour.

Désormais, les taches blanches devenaient des pans de murs, les bases des tours... tout un système de défense qui faisait du lieu une forteresse à ciel ouvert.

— Dans cette région, les vestiges archéologiques abondent. Regarde là-bas, à gauche.

Sous les yeux surpris du commissaire, les ruines d'une cathédrale venaient de surgir. Les piliers tronqués de la nef étaient reconnaissables, ainsi que les murs délicatement arrondis du transept... tout un plan d'architecte dessiné à même le sol.

— Grâce à la haute définition des photos satellitaires, les archéologues ne cessent de faire de nouvelles découvertes dans la région.

L'hélicoptère se rapprochait de sa zone d'atterrissage et commençait à tanguer. Antoine évita de fermer les yeux, trop d'images le hantaient.

Un taxi les attendait en bout de piste pour les conduire en ville. Après une route de campagne, ils longèrent une longue rue bordée de maisons traditionnelles, puis gagnèrent le centre-ville. Un pâle soleil jouait entre les nuages encore menaçants.

— Sarum Cottage, annonça le chauffeur en s'arrêtant devant une vaste demeure précédée d'un vaste jardin aux allures de parc.

De l'autre côté de la rue, entourée d'un gazon impeccable, une cathédrale semblait crever le ciel de son clocher acéré. Tout autour, des touristes profitaient d'une accalmie pour prendre des photos.

— La cathédrale a servi de modèle pour *Les Piliers de la Terre* de Ken Follett, expliqua le chauffeur avec fierté. On vient du monde entier pour la voir.

Le pouvoir de la littérature, pensa Antoine tandis qu'une dame entre deux âges se précipitait à leur rencontre.

— Monsieur Stanton, s'écria-t-elle en battant des mains, quel honneur pour Sarum Cottage de vous recevoir ! Vos livres sont dans toutes nos chambres ! Moi-même, je suis une inconditionnelle...

— Permettez-moi de vous présenter un ami français, l'interrompit l'Anglais, Antoine Marcas. Il m'assiste dans mes repérages pour mon prochain livre.

— J'en étais sûre ! s'exclama la femme. Notre région regorge de tellement de richesses du passé... et de combien de mystères !

Ils traversèrent le parc ombragé de chênes séculaires, puis pénétrèrent dans la demeure. Après un vestibule parqueté, ils entrèrent dans la salle à manger déjà dressée pour le dîner.

— Je vais faire monter vos bagages dans vos chambres, les prévint leur hôtesse. En attendant, je vous ai réservé le salon rouge. Personne ne vous y dérangera. Il y a même du feu pour vous faire oublier toute cette pluie. Sans compter quelques cigares et des whiskys. Vous allez être comme des coqs en pâte.

Stanton la remercia en s'inclinant. Le salon était couvert de boiseries cuivrées qui sans nul doute avaient inspiré son nom. Antoine se laissa tomber dans un fauteuil en cuir fauve devant la cheminée. Une bûche exhalait un parfum de vieux bois en craquant doucement. Un comble et un luxe, pour ce premier jour d'été. Stanton le rejoignit, une carafe pleine d'un liquide ambré à la main.

— Que sais-tu de Stonehenge, Antoine ?

— Pas grand-chose, avoua le commissaire, en poussant un verre préalablement posé sur le guéridon.

L'écrivain le servit avec lenteur.

— Stonehenge, c'est surtout un fantasme. Au Moyen Âge, on croyait que c'était des géants qui l'avaient bâti, au XIXe siècle, on pensait que c'était des druides qui l'avaient édifié pour leurs cérémonies.

— Et, bien sûr, ce n'est ni l'un ni l'autre ?

— Mieux que ça ! On ne sait pas qui a *fait* Stonehenge, ou plutôt on ne le sait que trop.

La formulation étonna Antoine. Stanton remplit à son tour son verre avant de reprendre :

— En fait, la construction de Stonehenge s'étend sur des millénaires. Comme si chaque civilisation, de l'âge de pierre à l'âge du fer, avait apporté son tribut à l'édifice.

— Un lieu sacré par-delà les siècles, un peu comme le temple de Salomon ?

— Et dans le même état, renchérit Stanton, car ce qui nous est parvenu n'est qu'un champ de ruines. Et pourtant, imagine ce qu'il a fallu de foi, de courage à ses bâtisseurs, rien qu'en contemplant ce qu'il en reste !

Antoine songea au gigantisme des pierres levées. Des centaines de tonnes, extraites, taillées, élevées dans des conditions vraiment rudimentaires.

— On sait d'où proviennent les pierres ?

— Oui, les archéologues ont pratiquement identifié toutes les carrières d'origine et certaines sont parfois situées à plus de deux cents kilomètres. On comprend mieux pourquoi le chantier se perd dans la nuit des temps.

Une question tournoyait dans la bouche d'Antoine. Comment avait-on réussi à fédérer autant d'hommes durant des siècles pour ériger un tel monument ? Quel but était assez élevé pour mobiliser tant d'énergie et d'abnégation ?

— À quoi sert Stonehenge ?

Stanton but une longue gorgée de malt avant de répondre :

— Au siècle dernier, presque tous les archéologues ont pensé que Stonehenge avait une visée astronomique. En alignant l'axe des pierres sur la carte du ciel, ils ont émis l'hypothèse que le monument devait servir à prévoir les dates du solstice d'hiver et d'été, des dates sacrées pour les peuples de la Préhistoire.

— J'ai aussi entendu parler de cette théorie, pour la grotte de Lascaux que je connais un peu[1], certains prétendaient que les peintures représentaient en fait les signes du zodiaque.

L'écrivain hocha la tête.

— Que ce soit pour la chasse ou pour l'agriculture, c'est la succession des saisons qui voit naître le gibier et fait mûrir les blés. C'est le pouvoir de la vie. Un pouvoir que les hommes attribuaient aux dieux ; des dieux imprévisibles qui, à tous les moments, pouvaient les en priver. À partir de là, sont apparues de terribles superstitions et, souvent, d'horribles barbaries.

— Les dieux ont soif, fit remarquer Antoine.

— Et soif de sang, ajouta Stanton.

— Ainsi, tu veux dire que les hommes de la

---

1. Voir *Le Rituel de l'ombre*, Fleuve Noir, 2005.

préhistoire vivaient dans l'incertitude absolue, que la nuit ils avaient peur que la lumière ne revienne pas, que l'hiver ils tremblaient que le printemps soit sans retour ?

— Exactement. Et, pour conjurer la peur, on crée les dieux et, pour obtenir leur faveur, on sacrifie des animaux, des hommes... jusqu'au jour où l'on s'aperçoit que le retour des saisons est prévisible.

— Tu prétends donc que si Stonehenge est un observatoire astronomique...

— ... il est sans doute l'une des premières preuves de la raison contre la superstition, de l'intelligence contre l'obscurantisme, de la victoire de la lumière sur les ténèbres.

Antoine était interdit. Les idées de Stanton lui ouvraient des perspectives inédites. D'un coup, il se mit à penser à la franc-maçonnerie. À ces hommes et ces femmes qui se proclamaient les héritiers des tailleurs de pierre et prétendaient apporter la Lumière... Le parallèle était vertigineux et pénétrait au plus profond de l'histoire et de la condition humaine.

— Messieurs, appela leur hôtesse, il est l'heure de dîner.

30.

Paris
20 juin

Le père Da Silva finissait de préparer son sac de voyage. Comme d'habitude, il n'y avait jamais plus que le nécessaire. Trousse de toilette, affaires de rechange, chargeur de portable... Tout était prêt pour un départ précipité ; du moins quand l'un de ses deux assistants l'avertirait. C'est ainsi qu'il appelait les gardes suisses que le cardinal Albertini lui avait assignés. Une mini-équipe. Des professionnels, sans états d'âme, œuvrant pour la plus grande gloire de l'Église. Il se demandait néanmoins si certains venaient vraiment du corps d'élite helvétique. La mission imposée dépassait largement le cadre légal de leurs attributions.

Il quitterait la nonciature de Paris sans regret. Il n'aimait pas l'ambiance qui y régnait et encore moins la suspicion du nonce. C'était dommage, il adorait cette belle ville. Il se promit d'y revenir une fois que tout serait réglé.

L'horloge murale, ornée du visage défraîchi de Jean-Paul II, sonna cinq coups.

Il se signa à nouveau devant le crucifix accroché au-dessus de son lit. Le doute le rongeait, tel un alcool corrosif. Jamais on ne lui avait demandé de transgresser à ce point tout ce en quoi il croyait. Il ne supportait plus la compagnie de ses assistants.

Tout pour la plus grande gloire de l'Église.

Le cardinal Albertini avait beau citer saint Paul pour apaiser ses tourments, Da Silva détestait la mission qu'il lui avait confiée deux ans auparavant : parcourir l'Europe pour mettre la main sur le Graal. Il n'était pas un chevalier de la Table ronde et il aurait tout donné pour s'occuper d'une humble paroisse à l'autre bout du monde.

Mais sa hiérarchie en avait décidé autrement.

On frappa à la porte. Da Silva se retourna et vit entrer le nonce en personne.

— Ah, mon père, je suis venu vous saluer. Vous nous quittez ?

— Disons que je me tiens prêt à partir. Merci pour votre hospitalité, je ne manquerai pas d'en rendre compte à mon supérieur.

— J'ai appris qu'un jet affrété par Rome vous attendait au Bourget et qu'un hélicoptère avait été loué par l'un de vos assistants. Les grands moyens. Si vous me donnez votre destination, je peux faciliter votre accueil, j'ai beaucoup d'amis dans les nonciatures européennes.

— Cela ne sera pas nécessaire. De toute façon, je ne la connais pas encore, répliqua Da Silva en fermant son sac.

Le nonce prit un air patelin. Ses joues étaient aussi colorées que celles d'une pomme fraîche.

— Décidément, les choses ont changé à Rome depuis mon départ. Que de mystères...

Da Silva prit son bagage et s'inclina devant lui. Il ne tenait pas à satisfaire plus longtemps la curiosité de son hôte. Le nonce perdit brusquement son expression affable.

— Dommage que vous ne me fassiez pas confiance, dit-il sèchement. Je vous aurais communiqué une information importante à propos de votre... mission.

— Vraiment ? répondit avec calme Da Silva alors qu'il passait la porte.

— Je vous ai pourtant envoyé un signal sur les zones d'ombre du cardinal Albertini... La diplomatie est mon métier. Et la base de ce métier consiste à échanger des informations, en estimant au mieux leur juste prix.

Da Silva s'arrêta sur le seuil. Il sentit un picotement dans sa nuque. Le nonce n'avait pas tort, le préfet de la Congrégation pour la Cause des saints était l'un des cardinaux les plus redoutables de la Curie. Et l'un des plus roués. Da Silva travaillait sous les ordres d'Albertini, certes, mais il restait lucide sur son absence d'état d'âme. Et sur ce qu'on l'obligeait à accomplir.

Il devait lâcher quelque chose au nonce.

— Monseigneur, j'ai interdiction de m'épancher sur ma mission. Mais...

— Mais ?

Da Silva posa son sac à terre, jeta un coup d'œil dans le couloir et se rapprocha du nonce avec une mine inquiète.

— Me jurez-vous de garder le secret ? Je risque beaucoup si l'on apprend ce que je vais vous révéler.
— Sur le Christ !
— On nous a signalé une tentative d'attentat contre le Saint-Père par des terroristes de Daesh basés à Paris. Je suis en contact avec les autorités françaises. Je ne peux rien dire de plus.

Le nonce paraissait effrayé. Da Silva se promit de se confesser dès qu'il le pourrait pour se faire pardonner ce mensonge.

— Mon Dieu. Que puis-je faire ? murmura le nonce, inquiet.
— Rien ! Les hommes ont été arrêtés. Les autorités m'ont laissé consulter les PV d'auditions des islamistes.

Le nonce serra Da Silva dans ses bras. On aurait dit qu'il avait vu un fantôme.

— Et la nonciature ? Suis-je menacé ?
— Non, rassurez-vous. Ils n'en veulent qu'au pape. À votre tour. Quelle est votre information ?

Le nonce s'épongea le front.

— Albertini avait du mal à joindre l'un de vos assistants. Celui qui est parti en hélicoptère.
— Il aurait pu m'appeler.
— Le cardinal m'a précisé que ça n'avait rien à voir avec votre mission.

Da Silva fronça les sourcils. Le nonce leva la tête, comme s'il allait assener un argument massue.

— Le cardinal Albertini m'a expressément recommandé de ne pas vous informer de sa demande.

31.

Salisbury
20 juin

Antoine avait été peu bavard. La discussion avec l'écrivain avait fait naître une foule d'idées dans son esprit. Stanton fut le premier à se lever de table. Leur hôtesse les regardait avec un sourire de groupie.

— Allez, allez, messieurs, je ne vous retiens pas, dit-elle. Je suis sûre que vous êtes en pleine création.

En un instant, les deux hommes se retrouvèrent dans le salon rouge. Marcas reprit son fauteuil pendant que Stanton débouchait sa carafe favorite.

— Tes idées sont fascinantes, déclara le commissaire, L'observatoire astronomique de Stonehenge comme un monument d'architecture qui libère les hommes... on est très proche des principes de la franc-maçonnerie.

— C'est vrai, sauf que...

Le front d'Antoine se plissa.

— Sauf que tous les calculs qui font de Stonehenge un haut lieu de l'astronomie seront toujours partiels et donc... partiaux.

— Je ne comprends pas.

— Tout simplement parce que Stonehenge n'est qu'une ruine. Combien de pierres levées manque-t-il ? Où étaient-elles situées ? Quelles étaient leur taille, leur disposition ? Nous ne le saurons jamais vraiment. Sans ces données, nul ne pourra jamais prouver que Stonehenge était vraiment un observatoire astronomique.

Marcas se servit d'autorité un verre.

— Stonehenge aurait-il une autre fonction ?

— Tu te rappelles les fondations de la cathédrale que tu as aperçues lors de notre descente en hélicoptère ?

— Oui, on aurait dit une ébauche de plan d'architecte tiré à même l'herbe !

— Le regard de Pégase ! Eh bien, les archéologues ont fait pareil, mais avec la technique de vision des satellites, ils ont pu scruter mètre par mètre le sol de Stonehenge et de ses alentours. Avec le réchauffement climatique, la terre se rétracte et les structures enfouies se dessinent avec beaucoup plus de netteté.

— Et on a fait des découvertes ?

— Beaucoup.

Fasciné, Antoine reposa son verre. Il était littéralement suspendu aux lèvres de son frère.

— Fouiller chaque zone détectée aurait pris des années, les archéologues ont préféré employer une autre technique, beaucoup moins invasive et beaucoup plus rapide : les radars de surface.

Une bûche s'effondra dans la cheminée. Antoine alla la remettre sur les chenets à l'aide d'un tisonnier.

— Les radars de surface envoient des nappes d'ondes qui, sitôt qu'elles tombent sur un obstacle, sont réfléchies. En fonction de leur temps de retour, il est possible de définir la taille comme la densité de l'objet détecté. Un logiciel de traitement lui donne des contours et une couleur ainsi que sa position précise sur la carte. En quelques minutes, on a une radioscopie de tout le sous-sol.

— Et on a trouvé quoi ?
— Des tombes. Par centaines.

Dans le salon rouge, un profond silence était tombé, à peine troublé par le chuintement des dernières braises. Antoine semblait perdu dans ses pensées. À la vérité, il essayait de faire coïncider les deux étonnantes informations que Stanton venait de lui révéler à propos de Stonehenge. D'un côté, le lieu sacré était sans doute un observatoire astronomique, mais sans qu'on puisse le prouver définitivement, étant donné l'état du site archéologique. De l'autre, des sépultures en nombre croissant étaient régulièrement découvertes dans ce secteur. Comme s'il suivait en silence le même fil ténu de réflexion, Stanton finit par reprendre la parole :

— En fait, de la même manière que Stonehenge a connu différentes phases d'aménagement – au moins quatre – durant les siècles, les inhumations, elles, apparaissent et se perpétuent à toutes les époques, pendant plus de cinq mille ans

— Le cimetière de la préhistoire, murmura Antoine. Tu me dis que Stonehenge a été aménagé en quatre phases successives ?

— Oui, durant la première – autour de 3000 ans avant notre ère –, on élève un talus artificiel en terre, protégé par un fossé. On plante deux pierres levées pour en marquer l'entrée et on creuse dans le tertre pas moins de trente-six cavités dans lesquelles on enfouit des corps.

Une colline truffée de cadavres, pensa Antoine, la termitière des morts.

— Quelques siècles plus tard, on rassemble, on taille des pierres – pas moins de quatre-vingts – et on les dispose en une double rangée en forme de fer à cheval.

— Ça me fait penser à un aimant, fit remarquer Antoine. Un aimant d'âmes. Et ces pierres, elles viennent d'où ?

— Du pays de Galles. À plus de deux cents kilomètres. On les appelle des pierres bleues, à cause de leur origine volcanique. L'explication la plus probable, c'est qu'on a « déménagé » un sanctuaire plus ancien pour l'installer à Stonehenge.

— Décidément, ce lieu a une valeur d'absolu !

Stanton était allé chercher la boîte à cigares. Une minute auparavant, Antoine l'avait vu jeter un coup d'œil à une photo de sa femme sur son portable. Lui-même avait le cœur serré, prêt à imploser. Mais il leur fallait survivre à cette épreuve. Pour se battre.

— Je te conseille les *Romeo y Julieta*, les *Cedros*. Je sais bien que…

Marcas lui tapota l'épaule en signe de compréhension et prit un cigare.

— Et la troisième phase ?

L'écrivain venait de sortir une guillotine pour couper les embouts.

— La plus spectaculaire. Vers 1500 ans avant notre ère. Brusquement, presque toutes les pierres bleues sont abattues, et remplacées par une trentaine de monolithes de plusieurs dizaines de tonnes chacun, que l'on dispose en anneau. Mais ce n'est pas tout. Une quarantaine de pierres bleues sont récupérées et installées elles aussi en cercle à l'intérieur.

— C'est cette configuration-là dont il nous reste les vestiges ?

Stanton alluma son cigare avant de répondre :

— Exact. Sans compter cinq trilithes – une pierre de linteau soutenue par deux pierres droites – placés en plein centre.

Comme des fiches électriques plantées dans le sol, se dit Antoine. Dans un sol qui fourmille de cadavres.

— Un véritable temple..., conclut Stanton.

32.

Paris
20 juin

Il était presque minuit et le Vanitybio affichait complet. Toutes les tables de cette adresse à la mode du IXe arrondissement étaient occupées par des clients jeunes et friqués. Les hommes arboraient leurs sempiternelles barbes de hipster, les femmes portaient des tenues aussi négligées que coûteuses et les serveurs tournoyaient entre les tables telles des abeilles, dans un ballet d'assiettes remplies de mets hors de prix.
1945. Tout va bien.
Assise sur son bout de trottoir de l'autre côté de la rue, Cannelle observait l'intérieur du restaurant avec envie. Elle avait une vue imprenable, entre deux pare-chocs de voiture, sur la devanture du restaurant. Les clients rayonnaient de bonheur – de vraies pubs ambulantes pour la société de consommation. Des éclats de musique électronique s'échappaient au gré du battant de la porte d'entrée. Chaleur, beauté, rires, amitiés,

amour... Tous ces plaisirs lui étaient inaccessibles depuis longtemps. Mais elle s'en foutait.

1545. Putain, non. C'est pas ça.

Elle mordit son poing jusqu'au sang, il fallait se concentrer. Elle avait toujours eu du mal à faire deux choses en même temps. Mémoriser les chiffres et observer le spectacle de toute cette nourriture abondante, c'était trop dur. Elle pouvait presque sentir le fumet des côtes de bœuf, bio et saignantes à cœur, l'arôme citronné des filets de sole à l'huile de Toscane... Cannelle prit son courage à deux mains, se leva, vérifia qu'aucune voiture ne pourrait la percuter – c'était déjà arrivé deux fois cette année, son dos en craquait encore – et chancela quelques secondes. Normal, son sang ne charriait que du bouillon de poulet avalé au foyer deux jours auparavant. Elle attendit que le vertige se dissipe et traversa la rue à toute allure pour se coller contre la porte de l'immeuble voisin. Elle plaqua sa main sur la plaque aux chiffres lumineux et bleus.

1955. Non. Merde. 1595. Non. 1945. Oui !

La porte s'ouvrit. Enfin. Elle s'y engouffra comme si sa vie en dépendait et se précipita dans le recoin à poubelles repéré dans la journée. Elle leva la tête pour s'assurer qu'il n'y avait personne aux fenêtres des appartements, puis, rassurée, fila vers le conteneur. Cannelle était devenue experte dans son domaine, elle avait été apprentie en cuisine des années ou des siècles auparavant. Elle aurait pu en gravir les échelons, mais son patron avait tout gâché en la violant. Et elle, en lui plantant un couteau double lame dans le bide.

Elle plongea ses deux mains dans la poubelle. Quelque part au milieu des épluchures et des souillures de pépites, il y avait son dîner du soir. Une senteur humide de choux cuits et de limande régnait en maître, mais une délicieuse odeur de viande cuite s'échappait aussi de la poubelle. Rien ne venait. Ses avant-bras étaient trempés de liquides souillés, mélange d'huile, de sang et d'eau de cuisine. La faim la tenaillait et ça lui tapait sur les nerfs. Elle finit enfin par trouver le bon sac qu'elle ouvrit presque avec délicatesse. Un arôme de viande grillée lui chatouilla les narines. Au moment où elle agrippait le plastique pour emporter le sac, elle sentit une présence dans son dos. Elle se retourna, prête à implorer qu'on la laisse prendre de la nourriture.

Un homme se tenait debout en face du conteneur.

— Ce n'est pas interdit de fouiller les poubelles dans ce pays ? lança le chauve.

Cannelle renifla instinctivement et prit son air le plus triste.

— C'est dur la vie... Z'auriez pas une pièce pour manger ?

Son interlocuteur secoua la tête.

— Non, ce serait un mauvais service à vous rendre. Vous avez quel âge ? Quarante ?

Cannelle foudroya le type du regard, elle savait qu'elle faisait plus vieille que son âge, mais ce n'était pas une raison pour le lui faire remarquer.

— Trente... Z'avez pas un euro ?

L'inconnu ne répondit pas. Il respirait avec force, comme s'il avait une chaudière à la place des poumons. Cannelle remarqua qu'il serrait et desserrait ses poings avec nervosité.

— Et si tu travaillais plutôt ? J'ai un job à te proposer.

— Ton travail, je le connais. Tu veux que je te taille une pipe, c'est ça ? répliqua la jeune femme avec méfiance. Casse-toi !

Le chauve malaxait ses doigts entre eux, les faisant craquer, comme pour les assouplir.

— T'as pas de chance. J'ai pas pris mes médicaments...

L'homme posa les yeux sur le sac poubelle que Cannelle tenait à la main et renifla avec dédain. Puis il se pencha vers elle.

— L'odeur répugnante ! Tu la sens, toi aussi. Elle est là, tout autour de toi.

— Hein ?

— Ta puanteur... d'être humain.

D'un geste sec, il propulsa la clocharde contre le mur. L'arrière de la tête de Cannelle cogna violemment le béton. Elle tenta de se relever, mais son agresseur s'assit de tout son poids sur ses jambes.

— Pour... Pourquoi tu fais... ça ? cria-t-elle.

— Ça me défoule, il n'y a rien de personnel.

Le chauve lui balança son poing sur la mâchoire.

Un craquement sinistre remonta jusqu'au cerveau de la pauvre femme. La douleur survint au deuxième coup ; dans l'estomac, cette fois. C'était comme un feu qui partait de ses intestins pour se propager dans ses poumons et carboniser son cœur. Elle était incapable de se défendre. La voix du chauve résonnait dans son crâne :

— Ta pestilence empoisonne l'air. Mon air.

Le cerveau de Cannelle hurlait, mais aucun son ne sortait de sa bouche. Une main puissante lui comprimait les lèvres. Le plus étrange était qu'à mesure que la douleur s'incrustait dans sa chair, une bouffée puissante de parfum s'insinuait dans ses narines craquelées par la drogue. Un parfum doux qui lui rappelait sa vie d'avant. Qui lui rappelait sa mère.

D'un geste désespéré, elle essaya de frapper son agresseur, mais ça ne servait à rien.

Elle se faisait massacrer par un chauve rouge de colère. Un démon au crâne luisant, dont le visage s'était transformé en un masque de chair hideux, barré par un sourire enragé. Il finit par l'étrangler en éructant.

— Ta puanteur...

Cannelle ne sentit même plus les coups suivants, sa conscience s'était liquéfiée dans le souvenir chaud et odorant de sa mère.

33.

Salisbury
21 juin

Une volée de cloches réveilla Antoine en sursaut. Durant quelques longues secondes, il fut incapable d'identifier l'endroit où il se trouvait. Le lit, la chambre où il se réveillait lui étaient totalement inconnus. Il avait l'étrange sensation de flotter entre deux mondes. *Salisbury !* Brusquement, tout lui revint, Winchester, la quête du Graal, Stanton et... Pierre.

Antoine se précipita sur son portable, mais l'écran était vide. Ni appel ni message. Une pointe acide dans son estomac le fit tressaillir. Depuis l'enlèvement de son fils, il avait l'impression d'avoir un nœud coulant autour de son cou qui, malgré tous ses efforts, ne cessait de se resserrer. Il respira profondément et tenta de mettre en application une pratique mentale apprise en maçonnerie.

— Tu vois, Antoine, lui avait dit un soir un vieux maître, nos outils, l'équerre, le compas, le levier... ne sont pas que de simples symboles, ils ont aussi un vrai pouvoir régénérateur. Ainsi, quand le rituel dit qu'il faut tailler la pierre brute, il ne faut pas hésiter à le faire.

Avec le temps, Marcas avait compris le sens véritable de ces paroles. Et quand il était confronté à un problème qui lui semblait insurmontable, il l'assimilait à une pierre brute hérissée d'aspérités qu'il devait tailler avec patience. Il fermait les yeux, visualisait la surface de la pierre, prenait un burin et un maillet imaginaires, et l'aplanissait patiemment. Chaque fois qu'il pratiquait cet exercice dans le secret de son esprit, il parvenait à s'apaiser en profondeur.

Les cloches de la cathédrale avaient cessé de sonner. Antoine jeta un œil à sa montre. 10 heures. Il était temps de rejoindre Stanton. Ils devaient préparer leur *visite* à Stonehenge. Tandis qu'il descendait l'escalier, l'hôtesse sortit de la cuisine en tenant un plateau avec deux tasses et une théière fumante.

— Monsieur Marcas ! Vous prendrez bien un petit déjeuner ?

Antoine acquiesça et suivit la femme dans la salle à manger où l'attendaient deux profonds fauteuils tournés vers la porte-fenêtre qui donnait sur le parc. Le ciel était lavé de ses nuages et un soleil clair montait à l'assaut du clocher de la cathédrale.

— Votre ami, M. Stanton, vient juste de partir. Il avait des achats à faire. Il sera de retour dans une heure. Quel homme charmant ! Et quel romancier ! Vous savez que j'ai résisté toute la soirée à appeler mes amies pour leur annoncer la nouvelle. Vous vous rendez compte : un écrivain mondialement connu dans mon cottage !

Antoine grimaça un sourire mi-figue, mi-raisin.

— Vous avez très bien fait de demeurer discrète. Quand un écrivain est en pleine recherche, il a besoin de solitude et d'anonymat.

L'hôtesse faillit applaudir.

— C'est exactement ce que j'ai pensé ! s'exclama-t-elle. Mais dites-moi, son prochain livre...

Marcas botta aussitôt en touche.

— Je ne peux rien dire. Secret professionnel.

À peine avait-il achevé sa phrase qu'un tintamarre éclata dans la rue comme si on éventrait un tambour, qu'on égorgeait des cornemuses.

— C'est la parade ! s'écria l'hôtesse. Venez voir !

Elle ouvrit la porte-fenêtre et entraîna Antoine dans le parc. Au bout de quelques pas, il s'arrêta net.

Stupéfait, il se demanda s'il n'était pas victime d'une hallucination.

Face à lui, sur le gazon de la cathédrale, une tribu celte, conduite par un druide, venait de s'installer. Antoine se tourna vers son hôtesse :

— C'est carnaval ? Ou vient-on subitement de retourner dans le passé ?

La femme éclata de rire avant de répondre :

— Pas du tout, c'est jour de solstice.

Brusquement, Antoine se souvint de ce que lui avait expliqué Stanton à propos de cette date sacrée.

— Chaque année, poursuivit l'hôtesse, pour le jour le plus long, des milliers de visiteurs convergent à Stonehenge pour fêter le soleil. C'est l'occasion pour tous les mouvements d'inspiration celtique de se réunir. On vient aussi bien de Londres que de Suède, de Dublin ou des États-Unis.

— Mais Stonehenge n'a pas été construit par les Celtes, fit remarquer Marcas.

— Ah bon, je croyais. En tout cas, les cérémonies druidiques sont très spectaculaires, vous devriez voir ça !

Mais Antoine ne l'écoutait plus. Assis sur le gazon, les membres de la tribu étaient en train de prendre le thé. Une jeune femme blonde vêtue d'une tunique brodée et coiffée de lys servait une dizaine de guerriers qui arboraient fièrement moustaches pointues et casques à cornes. L'un d'eux consultait son portable tandis qu'un autre prenait des photos avec sa tablette. Marcas était abasourdi. D'autant que la rue continuait de se remplir d'une faune surprenante. C'était maintenant le tour des jongleurs, cracheurs de feu... Tous vêtus à la mode celtique, ce qui jurait parfois avec leurs épaisses tresses rastas. À quelques pas, une chorale d'enfants, blonds comme les blés, entonnait un chant en gaélique tandis qu'un peu plus loin, assis sur un banc, un druide couronné de gui vidait une Guinness en psalmodiant des paroles incompréhensibles.

Antoine allait se joindre à la foule quand le portail du cottage s'ouvrit sur un Range Rover gris. Stanton passa la tête par la portière et appela le commissaire :

— Viens voir !

Antoine quitta la parade à regret. Un barde venait de surgir, le corps enroulé dans le cuivre d'un instrument de musique inconnu d'où sortait un beuglement infernal.

— Tu as des nouvelles des ravisseurs ? s'enquit Antoine.

En guise de réponse, Stanton montra le spectacle qui emplissait la rue.

— Non, mais si on veut *les* retrouver vivants, voilà notre chance ! ajouta-t-il.

— Je ne comprends pas.

— Ce soir, tous ces gens seront à Stonehenge. C'est le seul jour de l'année où les autorités autorisent un accès sans limitation au site. Nous allons nous fondre dans la foule et pourrons ainsi mener nos recherches sans être remarqués.

Il sortit du 4 × 4, jeta un œil à l'hôtesse qui applaudissait le passage d'un char décoré de symboles celtiques, et ouvrit le coffre.

— Je me suis fourni en matériel.

Il saisit un boîtier noir, de forme rectangulaire, équipé d'une épaisse lentille de verre.

— Un viseur laser longue portée. Si on a besoin de faire des mesures...

Antoine tendit la main vers un disque au bout d'une canne rétractable.

— Et ça ?

— Un détecteur à métaux. Le plus compact du marché. On le dissimulera dans un sac à dos.

— Il n'y a pas de fouilles à l'entrée ?

— Le site est protégé par un grillage sur toute sa longueur. On fera passer le sac par-dessus avant de se présenter au contrôle. On le récupérera ensuite.

Puis il montra une pelle pliable de couleur kaki – un modèle militaire.

— L'équipement du parfait chercheur de trésor, commenta Marcas.

L'écrivain ferma le coffre à clé et se dirigea vers le cottage.

— Maintenant, il faut étudier ce que l'on a découvert à Winchester.

Dans le salon rouge, le vacarme de la rue n'était plus qu'une rumeur. Sur la table, Stanton avait déposé deux photos haute définition, l'une de la Table ronde de Winchester, l'autre, prise par satellite, de Stonehenge et de ses environs. Antoine l'examina avec attention, surpris par le nombre d'irrégularités de terrain – des formes circulaires ou ovales – qui semblaient entourer les pierres dressées de Stonehenge.

— Comme je te l'ai dit, commença Stanton, la prospection par satellite a permis d'identifier quantité de sites archéologiques – surtout des tombes – invisibles à l'œil nu. Rien que l'hiver dernier, les archéologues ont découvert vingt-quatre nouvelles sépultures, dont treize étaient celles de femmes.

Dans l'esprit de Marcas, une connexion jusque-là insoupçonnée se fit. Depuis leur première rencontre, Stanton semblait habité par l'idée de la mort. Du sarcophage déviant qui le fascinait, jusqu'à l'évocation de Stonehenge comme temple funéraire, l'écrivain semblait obsédé par cette idée. Étrange, se dit Antoine.

— Autre point, ajouta Stanton, les archéologues ont désormais la certitude que Stonehenge était bien constitué d'un cercle *complet* de pierres levées.

— Mais comment en être vraiment certain, si la plupart des mégalithes ont progressivement disparu au cours des siècles ?

— À cause d'un tuyau d'arrosage.

Le commissaire écarquilla les yeux. Parfois Stanton faisait preuve d'un humour qui le laissait sans voix.

— Pendant l'été, l'arrosage du site est tombé en panne. L'herbe s'est alors mise à sécher et, rapidement, on a vu apparaître, formant un cercle, des rectangles successifs d'herbe beaucoup plus jaune qui marquaient, comme des empreintes digitales, la place des anciennes pierres dressées.

Stanton reprit la photo satellite et montra une suite de petits rectangles noirs ajoutés au feutre.

— J'ai marqué l'emplacement des pierres présentes et disparues. Et comme tu peux le constater, au total, il y en a bien vingt-cinq.

— Comme le nombre de chevaliers, roi Arthur compris, sur la Table ronde de Winchester, confirma Antoine.

— Et nous savons que c'est le vingt-troisième chevalier, Lancelot, qui nous a conduits ici. Or si nous partons du principe que la Table ronde est une représentation du cercle de mégalithes de Stonehenge...

Marcas conclut sans mal :

— ... Il nous faut trouver quelle est la pierre levée qui correspond à la position du chevalier Lancelot.... Sauf que sur la Table ronde de Winchester, on a un repère : tout s'organise autour de la figure centrale du roi Arthur...

— Ce qui veut dire ?

— ... Que l'on ignore quelle est la pierre centrale à partir de laquelle on va définir la position n° 23, répondit Antoine.

— Oui, mais on sait que l'on cherche un trou de forme conique dans cette pierre. C'est un indice discriminant, non ?

Sur l'ordinateur posé sur la table, Marcas ouvrit un site de recherche consacré à Stonehenge. Chaque pierre levée était répertoriée, décrite, analysée et surtout photographiée sur ses deux faces. Le commissaire agrandit deux fiches au hasard.

— Regarde bien.

Chacune des pierres était criblée de fissures et d'excavations dues à l'érosion des siècles. Impossible de voir si l'un des trous avait une forme conique à l'intérieur. Impossible aussi de les examiner tous, pierre par pierre, sur place.

— Il nous reste quoi comme solution, alors ? demanda l'écrivain.

— Il nous faut identifier le mégalithe central, celui qui correspond à la place du roi Arthur sur la Table ronde de Winchester.

Déçu et irrité, Stanton s'agrippa au rebord de la table.

— Sauf que cette pierre maîtresse a peut-être disparu au fil de l'histoire…, répliqua-t-il. Aujourd'hui il ne subsiste plus que quinze pierres du cercle d'origine !

Antoine reprit la photo satellite de Stonehenge. Le cliché le fascinait. Il laissa ses yeux errer sur les bois, les fermes, les champs à l'herbe grasse et verte… Soudain, son cerveau percuta.

— L'herbe jaune !

Stanton le regarda, surpris.

— L'herbe jaune ! répéta Marcas. Tu m'as bien dit que là où s'élevaient les mégalithes détruits, l'herbe était plus jaune. Pourquoi ?

— Tout simplement, répondit l'Anglais amusé, parce que ces pierres ont été arrachées de leur fondation, laissant une fosse ouverte qui a été comblée par du remblai, souvent des cailloux. Bref, à la moindre sécheresse, l'herbe qui y pousse a du mal à enfoncer ses racines, donc à se nourrir… Elle jaunit plus vite.

À présent, les yeux d'Antoine brillaient. Malgré la

menace qui planait sur eux, il retrouvait une sensation qu'il adorait : celle de surprendre enfin la lumière au fond des ténèbres.

— S'il y a eu à Stonehenge un mégalithe central, il était fatalement plus haut, plus massif, avec des fondations plus profondes... et plus importantes en surface. Ce qui signifie qu'il nous faut chercher le rectangle d'herbe jaune le plus large.

Stanton se précipita sur l'ordinateur. Un compte rendu de fouille apparut, décrivant les caractéristiques de chaque fosse, mais, surtout, leurs dimensions. L'écrivain poussa un cri triomphal.

— SE 7 ! s'exclama-t-il. C'est la référence que les archéologues ont donnée à la fosse de fondation la plus importante.

— Et elle se situe où ?

À son tour, Antoine se pressa devant l'écran. Une nouvelle image apparaissait : une cartographie du site où était indiquée chaque strate archéologique. Le doigt posé sur la carte, Stanton lisait à toute vitesse les légendes.

— SE 12... 9... 7. Ça y est, on l'a !

Le commissaire remarqua le mégalithe qui se trouvait à deux places à droite de la fosse : la pierre levée qui correspondait à Lancelot.

— La voilà. C'est elle ! dit-il.

L'écrivain chercha aussitôt sa fiche. Deux photos s'affichèrent.

— Regarde !

La face qui donnait à l'intérieur du cercle présentait certes des fissures ou des crevasses, mais aucune trace d'excavation.

— L'autre côté, vite !

Stanton cliqua sur la seconde photo pour l'agrandir. Sur la face externe, la pierre semblait plus lisse, moins érodée par le temps. Néanmoins, dans sa moitié supérieure, on distinguait vaguement trois orifices qui semblaient s'enfoncer dans l'épaisseur de la roche.

— La photo a dû être prise sous une lumière zénithale, il n'y a pas d'ombre portée sur la pierre. C'est ce qui empêche de bien distinguer les trous, mais ils sont là.

On frappa délicatement à la porte. L'hôtesse entra avec un plateau rempli de mini-sandwiches.

— J'ai pensé que vous deviez être affamés.

Tout en souriant, Stanton dissimula les photos sur la table.

— Excellente initiative, merci beaucoup, vous êtes un ange ! Au fait, chère madame, tant que j'y pense, pourriez-vous nous prêter votre Range ce soir ?

Leur hôtesse eut un sourire complice.

— Bien sûr, avec plaisir. Mais dites-moi tout... Vous partez en repérage ?

Levant les yeux de l'écran, Antoine remarqua que Stanton paraissait étonnamment calme.

— Même pas. Une petite balade. Juste une petite balade.

34.

*Quelque part
en banlieue parisienne
21 juin*

De l'autre côté du mur, la voix d'Anna Stanton se noyait dans les sanglots et les reniflements. Prisonnier sur sa chaise de fer, Pierre se concentrait sur ses poignets qu'il tirait dans tous les sens depuis plus d'une heure. Quand Tête de zombie l'avait attaché avec une cordelette de bricolage après lui avoir donné la becquée comme à un bébé, il avait eu la présence d'esprit de gonfler ses avant-bras. Un truc que lui avait appris son père. Les liens glissaient. Ça venait, imperceptiblement.

— Courage, on va venir nous délivrer, lança-t-il pendant qu'il torturait ses poignets coincés derrière la chaise.

Il avait conscience de proférer un mensonge, mais ne savait pas comment réconforter la pauvre femme en pleurs.

Prisonnier dans une cave pourrie, à la merci d'un

malade qui se baladait avec un foulard de tête de mort, il avait l'impression de se retrouver dans un putain d'épisode d'une des séries TV dont il se gavait. Une série bien poisseuse, bien glauque où le héros ne gagnait pas à tous les coups. Genre *Luther*. Le déguisement du ravisseur lui faisait penser à certains salopards de la série, implacables et tarés jusqu'à la moelle.

Pierre avait encore mal à sa tempe, le type lui avait vraiment arraché des cheveux par poignées.

Il essaya de déglutir malgré la boule d'angoisse qui grossissait dans sa gorge. Dans *Luther*, il aurait déjà eu un œil emporté ou un bras démembré.

Ça pourrait être pire.

Après la diffusion de leurs vidéos, Tête de zombie lui avait fait enregistrer un message dans lequel il ânonnait des paroles de réconfort.

« Pour lui donner du cœur à l'ouvrage », avait dit le type quand il l'avait ramené dans la cave.

Il entendit à nouveau la voix d'Anna Stanton, étouffée par l'épaisseur du mur.

— Il m'a sentie...

— Je suis là ! s'écria-t-il, conscient de l'absurdité de sa réponse.

— Il s'est arrêté avant... Il va revenir, j'en suis sûr.

Pierre inspectait sa prison noyée dans la pénombre. Le rai de lumière qui filtrait sous la porte diffusait une faible lueur dans la petite cave. La présence de la femme lui apportait un peu de réconfort. Un peu.

Il avait l'impression qu'ils étaient tous les deux comme des fourmis engluées se débattant sous le regard d'une énorme tarentule.

— Qui êtes-vous ? demanda Pierre.

— Anna. Anna Stanton, la femme de l'écrivain Derek Stanton.

Pierre mit quelques secondes à réaliser qu'il avait lu un bouquin de son mari.

— Vous savez, mon père est flic, c'est lui qu'ils veulent faire chanter. Et votre mari sûrement. Mais je ne sais pas pourquoi.

Les reniflements cessèrent.

— Ils veulent que ton père et Derek retrouvent... le Graal.

Pierre arrêta de tortiller ses poignets. Il avait certainement mal compris le dernier mot.

— Le quoi ?

— Le Graal...

Pierre écarquilla les yeux, stupéfait de ce que cette femme lui racontait. Il était dans un mix de *Luther* et d'*Indiana Jones*.

— Votre père est venu chez nous, avant-hier soir, poursuivit Anna Stanton. Il nous a aidés à décrypter une énigme. Une énigme qui conduit au Graal. Je ne sais pas comment notre ravisseur a été mis au courant. Il...

Elle s'interrompit. Des pas résonnaient de l'autre côté de la porte. Des pas lourds et traînants. Qui rythmaient une respiration haletante.

— Je suis là, les amis !

La voix débonnaire de leur ravisseur lui glaça les os.

— C'est lui. Non ! hurla la prisonnière.

— On se réveille !

Les pas s'arrêtèrent. Un bruit de métal : sans doute un grand coup asséné dans la porte de la cave où était retenue Anna Stanton.

— Tu as de beaux cheveux, Anna, reprit la voix masculine. Souples et brillants... Mais tu n'as pas de chance.

— Laissez-moi, je vous en supplie, sanglota-t-elle.
— Tu pues. Tu sais combien tu pues ?

Pierre se souvenait que Tête de zombie l'avait lui aussi reniflé en grimaçant comme s'il était un camembert moisi. Il tira de plus belle sur la cordelette et, pour la première fois, il sentit les liens se desserrer vraiment. Les pas trainèrent à nouveau pour s'arrêter derrière la porte de Pierre. Il entendit le bruit d'une clé tournant dans la serrure. Un rai de lumière blanchâtre perça l'obscurité de la cave.

— On va causer, Bébé Marcas.

La silhouette massive de Tête de zombie se découpait dans un halo. Il avait une chaise à la main qu'il posa devant Pierre, et sur laquelle il s'assit à califourchon. Il portait toujours son foulard à tête de mort. Le tissu se fondait dans sa chair blême. Son crâne chauve accentuait l'illusion macabre. Ses yeux clairs fixaient sans ciller ceux de Pierre.

Il renifla en tournant la tête de chaque côté, comme s'il cherchait quelque chose à terre.

— Ça pue le rat crevé ici ! Si j'avais eu le choix je vous aurais mis dans des locaux moins dégueulasses.

Occupé à calmer son cœur qui s'emballait, Pierre ne sentait rien. Pour la première fois depuis son enlèvement, il entrevoyait une infime lueur d'espoir. Le taré gardait toujours son masque, même hors du tournage des vidéos. Il redoutait d'être reconnu, il subsistait donc une chance d'être libérés.

Déduction à la con, comme dans les séries.

— C'est quel genre de type ton père ?

Pierre redressa le torse.

— Le genre à se venger grave quand on menace son fils.

Tête de mort posa sa main sur l'épaule de Pierre.

— Ça, je m'en doute. L'amour paternel, c'est important. Le mien aussi aurait fait n'importe quoi pour moi. Je te posais la question sur son caractère. Il supporte la pression ?

Le fils de Marcas hésita avant de répondre :

— Il assure.

— Tant mieux, tant mieux. Il a un sacré boulot à mener avec l'autre, l'écrivain.

L'homme au foulard macabre se leva et tira la chaise contre le mur, puis il tapota la tête de Pierre.

— Écoute, petit, il ne faut pas que tu aies peur. Si ton père et le mari de madame récupèrent ce qu'on veut, vous serez libérés. Tu comprends ?

— Oui…

— Bon garçon. Mon déguisement c'est pour les impressionner. Il faut qu'ils me prennent au sérieux. Je ne suis pas un serial killer.

Pierre respira plus calmement. La boule dans sa gorge commençait à diminuer. Il avait affaire à un professionnel, pas à un taré.

— Vous… Vous voulez vraiment le Graal ? Mais ça n'existe pas. C'est une légende.

Tête de zombie écarta les bras d'un geste apaisant.

— Mon garçon, il faut croire aux légendes. Sinon à quoi elles servent ?

Il allait refermer la porte derrière lui, quand il se retourna et se figea sur place.

— J'ai commis une petite erreur.

Pierre redressa la tête.

— Comment ça ?
— Je n'aurais pas dû te dire de ne pas avoir peur. La prochaine fois que ton papa va te parler pour de vrai, tu ne seras pas crédible.

Brusquement, la boule dans la gorge se remit à enfler. Pierre sentit ses poils se hérisser sur sa nuque.

— Non, je vous obéirai. Je vous jure !
— O.K. Hurle ! ordonna le chauve d'une voix tranquille, tout en croisant les bras.
— Là tout de suite ?

Tête de mort acquiesça.

Pierre hurla de toutes ses forces. Il entendit la voix d'Anna Stanton se mêler à ses suppliques.

— Arrêtez ! Il n'a rien fait.

Le chauve tourna la tête vers le mur.

— Pas mal, on dirait que ça fait effet. Continue plus fort ! Appelle papa Marcas à l'aide.

Le jeune homme cria de plus belle en invoquant son père. Le chauve leva la main pour l'interrompre et prit un air désolé.

— En fait, c'est pas terrible.

Il fixa le jeune homme en silence. Pierre eut l'impression de se liquéfier.

Tête de zombie sortit un couteau de sa poche et le brandit à la lumière. Des éclats argentés miroitèrent.

— Tu as de la chance. J'ai des principes...

Tétanisé par la lame suspendue dans les airs, le jeune homme n'osa pas répondre.

— ... je ne fais pas de mal aux gamins.

Au moment où il allait refermer la porte, il lâcha :

— Du moins pour le moment. Par contre, la princesse d'à côté, elle a besoin qu'on lui fasse les ongles.

La porte se referma brutalement. Pierre entendit l'autre cave s'ouvrir.

— Je vous en prie, hurla Anna Stanton. Mon mari a de l'argent. Beaucoup d'argent !

— Je ne veux pas de ton fric. Je veux autre chose de toi.

— Non, pitié...

— N'aie pas peur, je vais être très doux, ricana Tête de zombie. J'ai pris mes médicaments.

35.

Stonehenge
21 juin

Le 4 × 4 freina brusquement. Surpris, Marcas tendit les deux bras en avant. Devant eux, la file des voitures venait de ralentir. Un combi Volkswagen, tatoué de fleurs psychédéliques, venait de se ranger sur le bas-côté, de la vapeur d'eau fusant du capot.

— C'est Woodstock après l'heure, ironisa Stanton en voyant deux néo-babas, la tignasse enturbannée de guirlandes de lierre, descendre du van.

Antoine réagit :

— Il n'y a pas que du folklore, répliqua-t-il. Je suis sûr que si ces jeunes viennent en pèlerinage à Stonehenge, c'est aussi pour trouver du sens.

L'écrivain eut une moue dubitative.

— Attends de les voir danser en rond en titubant autour des mégalithes, et on en reparle !

— Je te trouve bien réducteur. Ces jeunes, eux aussi, mènent leur quête, et dans un monde qui leur propose quoi ?

— Je sens venir les clichés anticapitalistes.

— Un monde qui ne leur offre pour tout avenir que la crise ? Qui fait de la vie en société une compétition effrénée ? Qui ne leur laisse comme seul rêve que la consommation à outrance ?

— Ah, je reconnais bien un franc-maçon français, toujours à se poser des questions insolubles pour le plaisir de remettre en cause l'ordre social.

— L'homme ne vit pas que de satisfaction matérielle sinon il se dessèche et meurt à la vie de l'esprit.

— Et, selon toi, ils ont besoin de quoi ?

— De ce que le monde ne leur donne plus : de merveilleux, le Graal des temps modernes.

Stanton mit son clignotant pour tourner à gauche sur le chemin de terre qui menait à Stonehenge.

— Tu as bien écouté ma conférence à la Grande Loge à Paris... Bon, le parking est à deux cents mètres.

Ils avançaient au ralenti. Le chemin était envahi de pèlerins en marche vers le site. Des milliers d'années après son édification, le magnétisme de Stonehenge était toujours intact. Un vigile, brassard fluorescent au bras, leur fit signe de s'arrêter.

— Vous ne pourrez pas aller plus loin, le parking est saturé.

Il leur montra un champ sur la gauche.

— Essayez de vous garer là. Vous continuerez à pied.

Comme ils bifurquaient, ils évitèrent de justesse un couple qui s'embrassait fougueusement à l'entrée du site.

— Lancelot a trouvé sa Guenièvre, plaisanta Antoine.

Stanton coupa le moteur. Marcas ouvrit le coffre et saisit le sac à dos où se trouvaient viseur, détecteur et pelle. Stanton lui montra le grillage de protection.

— Je passe les contrôles en premier et tu m'envoies le sac par-dessus.

Antoine opina discrètement et se fondit dans un groupe de touristes des pays de l'Est. Tous avaient les yeux rivés sur le monument que le soleil couchant nimbait d'une lumière d'or. Antoine n'avait jamais vu le site qu'en photo. La réalité était tout autre. Il éprouvait la même chose que le jour où il était tombé en arrêt devant un tableau de Van Gogh, *Amandier en fleurs*. Les couleurs étaient si vivantes, elles vibraient si intensément qu'il en avait été bouleversé. Devant les pierres de Stonehenge, il ressentait les mêmes vibrations, la même puissance, la même vérité. Autour de lui, les touristes, eux aussi, paraissaient subjugués. Ils n'écoutaient plus les explications de leur guide, non, ils étaient tombés en fascination, en communion directe avec le mystère.

— Antoine ! Envoie !

Stanton était déjà derrière le grillage. Marcas lui lança le sac et se dirigea vers l'accueil. Des vigiles débordés tentaient de canaliser les visiteurs. Comme Antoine n'avait pas de sac, il fut dirigé vers une file-express et pénétra rapidement sur le site. Une odeur suspecte l'assaillit aussitôt en provenance d'un groupe de jeunes qui roulaient des pétards plus vite que leur ombre.

— *En quête de sens*, tu disais ? ricana Stanton. Allez viens, on va rater la cérémonie.

— Quelle cérémonie ? demanda Antoine en évitant

de trébucher sur un tumulus de bouteilles de bière vide.

— Tu vas te rendre compte par toi-même.

La foule commençait à former un cercle autour des pierres levées. Juste à côté, plusieurs artistes tentaient d'attirer l'attention du public. Monté sur des échasses, un Merlin affublé d'une barbe à la Panoramix brandissait une épée en fer-blanc, dans son dos s'étalait la marque de son sponsor, des rasoirs de supermarché. Antoine résista à la tentation d'un croche-pied libérateur avant d'atteindre les premiers mégalithes. Très vite, il repéra la pierre identifiée avec Stanton. Tout de suite, il évalua la difficulté : les trous, visibles sur la surface externe, étaient situés trop haut. Impossible de les rejoindre sans échelle. Il allait interpeller Stanton quand le silence se fit brusquement dans la foule.

Remontant vers les mégalithes, une cohorte bigarrée avançait à pas lents, psalmodiant une étrange litanie. À leur tête, un druide tenait une coupe à la main.

— C'est une blague…, murmura Marcas.

— Pas du tout, chaque année les mouvements druidiques viennent célébrer le solstice d'été.

Antoine se garda de faire un commentaire. Après tout, les francs-maçons fêtaient eux aussi cette date sacrée depuis la nuit des temps par un banquet rituel – le banquet de la Saint-Jean d'été. Derrière le druide, qui brandissait la coupe devant lui, suivait une file d'adeptes dans des costumes qui associaient allégrement robes médiévales et braies gauloises. Antoine nota également l'influence de *Game of Thrones* : un géant à barbe rousse, entièrement vêtu de fourrure, semblait tout droit sorti de derrière le Mur. Plusieurs flashs se déclenchèrent sur son passage.

— Manque plus qu'un nain et un dragon, souffla Antoine. Et…

Il n'eut pas le temps de terminer. Le druide venait juste de s'arrêter, dans l'alignement des mégalithes, face au soleil couchant. Le contraste entre la majesté des pierres millénaires et la fragilité de l'homme qui se tenait, seul, face à la lumière fit frissonner Antoine. D'un coup, il en oublia les robes fantaisie et les barbes postiches. Stonehenge, en un instant, retrouvait toute sa puissance, redevenait un sanctuaire.

— C'est l'homme qui fait le temple et non le temple qui fait l'homme, murmura-t-il pour lui-même.

Il lui semblait enfin comprendre l'élan de toutes ces générations qui s'étaient succédé à Stonehenge. C'était le même que celui des bâtisseurs de cathédrale. Montrer que l'homme était sans cesse capable de s'élever au-dessus de lui-même.

Un chant grave, entonné par les fidèles, s'éleva dans le crépuscule. Le druide tendit la coupe vers le nord, puis le sud et, enfin, juste au-dessus de sa tête.

En un instant, le soleil finissant y étincela tout entier comme si un météore venait de tomber dans la coupe.

Au même moment, la foule explosa en hurlements enthousiastes tandis que la rhapsodie des tambourins reprenait de plus belle. En quelques secondes, chants et danses fusèrent de partout pendant que le druide et ses adeptes, submergés par la fête, se retiraient rapidement.

Leur minute de gloire était passée.

— Tu as vu la pierre ? fit remarquer Derek. Les trous sont trop hauts pour qu'on puisse vérifier lequel est le bon.

— Tu as de l'argent liquide sur toi ? demanda Marcas.
— Quelques dizaines de livres, pourquoi ?
— Tu vas voir.
Deux minutes plus tard, Antoine revint avec le Merlin monté sur échasses. L'acteur abandonna vite sa fausse épée contre une poignée de livres et se propulsa vers la pierre levée. À l'aide de la torche d'un portable, il se mit à inspecter méticuleusement les trous. Personne, alentour, ne lui prêtait attention.
— Mais pourquoi vous cherchez un orifice conique ?
— On travaille pour un éditeur de jeux vidéo qui veut se servir de Stonehenge comme décor. On doit trouver des éléments de scénario.
— Un jeu à énigmes, alors ? Génial !
Antoine regardait, amusé, ce Merlin en version kitsch se déhancher le long de la roche.
— Pour ce qui est du premier trou, c'est juste une cassure dans la pierre. Quant au deuxième...
Il inclina sa lampe, puis lentement glissa son index pour en repérer les contours intérieurs.
— Jackpot, les gars ! C'est celui-là.
— Vérifie le dernier, on ne sait jamais, demanda Marcas.
Merlin se pencha sur la gauche.
En frottant contre la pierre couverte de lichen, sa fausse barbe prenait peu à peu une teinte grise.
— Y a bien un trou, mais c'est tout granuleux, là-dedans. Rien à voir. Mais, dites-moi, vous voulez faire quoi avec ce truc en forme de cône ?
— On va t'expliquer, reste où tu es ! répondit Stanton. (Il ouvrit le sac à dos et se pencha vers

Antoine.) Cet orifice, expliqua-t-il, ne peut servir qu'à une chose : une ligne de visée. En plein jour et avec une échelle, on pourrait sans problème la visualiser à l'œil nu. Mais là...

L'écrivain sortit le viseur laser et le tendit au commissaire.

— Il y a une vis d'accroche sur la face opposée à la lentille. Dis à Merlin de la placer dans le trou, puis de soutenir le boîtier avec la main.

Marcas s'exécuta et l'échassier mit l'appareil de visée en position. Quand ce fut fait, Stanton l'interpella :

— Maintenant, appuie sur l'interrupteur !

Aussitôt, un rayon rouge fendit le crépuscule avant de se réverbérer, au loin, sur un obstacle invisible. Stanton leva le poing en signe de victoire.

— Bon, Merlin, écoute-moi bien, maintenant. Tu as un cadran, étalonné en mètres, sur le boîtier. Qu'est-ce que tu lis ?

— 742 mètres. Waouh, c'est précis votre truc !

— D'accord. Regarde à nouveau l'écran. Tu as une boussole en haut, à gauche, elle indique la direction du rayon. Dis-moi ce que tu vois ?

— Ben, l'aiguille, elle se trouve juste entre la barre qui indique le nord et celle qui indique le nord-ouest.

— Juste au milieu ?

— Quasiment.

Antoine attrapa Stanton par la manche. Il se sentait aussi fébrile que s'il était sur le point de délivrer son fils. Il fit un geste vers l'extérieur du site.

— Regarde le grillage de ce côté, dit-il à Stanton, ton laser frôle un des poteaux de soutien. Je vais m'y poster et passer le sac à dos par-dessus. Ça nous servira de point de départ, pour suivre la direction du faisceau. Pendant que je me positionne, demande à Merlin de « toucher » le piquet avec le laser, afin d'avoir la distance à partir de la pierre. Ensuite, on la retranchera de la distance totale.

— Ainsi, on saura combien il nous reste à parcourir, approuva l'écrivain.

Dès qu'Antoine fut en position, Stanton héla le type aux échasses.

— Tu vois le poteau, juste à côté de mon ami ? Braque le laser dessus.

Merlin dirigea le faisceau comme s'il tenait Excalibur à la main.

— Quelle est la distance ?

— 124 mètres. Il est fantastique, ce joujou ! Je ne pourrais pas le garder ? Une fois allumé, c'est autre chose que mon épée ! Je te dis pas le succès !

L'écrivain ne l'entendait plus. Il courait à travers la foule, enjambant les corps déjà avinés et les bris de bouteilles. À l'entrée, il repassa les tourniquets de sécurité sans se faire remarquer. Les vigiles avaient trop à faire avec les visiteurs qui piétinaient encore à l'entrée du site. Une fois dehors, il se mit à longer le grillage. Bientôt il aperçut Antoine et le sac.

— À ton tour de sortir.

Stanton brancha la calculatrice de son mobile et retira 124 à 742. *618 mètres à parcourir. Quant à la direction...* Il afficha la boussole sur l'écran. *Juste entre nord-nord-ouest.* Il leva les yeux. L'alignement passait par le centre du parking.

Heureusement, un espace de sécurité avait été aménagé en plein milieu – sans doute pour faciliter le déplacement éventuel des secours. Il n'y aurait quasiment pas d'obstacle. Stanton ouvrit une appli de running pour avoir le nombre précis de mètres parcourus.

Si Indiana Jones avait eu ces gadgets, pensa l'écrivain, ses films auraient été des courts-métrages.

Lorsque Antoine arriva, essoufflé, l'Anglais rouvrit la boussole de son écran.

— Tu vois la direction ? C'est tout droit sur six cents mètres.

Stanton déclencha le compteur métrique et ils s'élancèrent.

— Pas la peine de courir, recommanda Antoine, c'est le meilleur moyen de se faire repérer.

De temps à autre, des voitures mal garées les obligeaient à faire un détour, mais la boussole les remettait aussitôt dans la bonne direction. À la sortie du parking, ils débouchèrent sur un champ. L'obscurité était devenue plus dense malgré le ciel étoilé.

— Tu crois qu'il y a quoi au bout ?

— Le faisceau a buté sur un obstacle. Ça peut être un arbre, une pierre, n'importe quoi...

Ils progressaient en diagonale. L'herbe, encore humide des pluies de la veille, trempaient leurs chaussures. Stanton ralentit le pas et consulta son compteur.

— Encore deux cents mètres.

— Je ne vois rien, s'étonna Antoine qui désormais éclairait le chemin avec la torche du portable, mais...

Soudain, son faisceau lumineux vint se prendre dans un obstacle. Un treillage en métal, semblait-il. Les deux hommes accélérèrent le pas.

— Plus que cent mètres !

— C'est un grillage ! annonça Antoine. Mais regarde bien derrière... voilà ce qui a certainement arrêté le laser.

Une forme sombre, arrondie, s'élevait du sol, comme un bol posé à l'envers. Des bordures de pierre brillaient sous les touffes d'herbe, en particulier au sommet qui était légèrement évasé.

— Une tombe préhistorique, confirma Stanton. Le secteur en est truffé. Un vrai royaume des morts !

Tout en l'écoutant, Marcas ouvrait Google maps sur son portable. Leur position se dessina, perdue en pleine campagne. Antoine lança la carte satellite. Stonehenge et son cercle de pierre apparut en bas d'écran, puis le parking, et enfin les champs où une pastille bleue clignotait juste devant un étrange monument en enfilade.

— Le *cursus*, dit l'écrivain, en reconnaissant l'endroit. Un alignement est-ouest de cinq tumulus circulaires, protégé par un ancien fossé désormais comblé.

Fasciné, Antoine ne lâchait pas des yeux l'image satellite des tumulus. Quelque chose le troublait.

— Tu sais où se situait exactement le fossé de protection ?

— Précisément là où passe le grillage.

— Alors regarde bien la forme du fossé sur l'image satellite. Ça ne te rappelle rien ?

Stanton poussa un cri d'étonnement.

— C'est comme un sarcophage ! Exactement la même forme que celui de Drouot ! Étroit à l'emplacement des jambes du défunt, puis plus large au niveau de la poitrine et des jambes pour enfin rétrécir autour du crâne.

— Et où a-t-on trouvé le message dans ton sarcophage ?

L'écrivain posa pile le doigt où le marqueur de position clignotait.
— Là !
Antoine désigna son sac à dos.
— Alors, je crois qu'il est temps de sortir ta *poêle à frire*.

36.

Stonehenge
21 juin

Avant de brancher le détecteur, Stanton se retourna vers Stonehenge qui apparaissait au loin. Au rythme des grosses caisses et des cymbales, la fête battait son plein. Il y avait peu de chance qu'on vienne les déranger. Il enclencha l'appareil. Un écran fluorescent s'alluma sur deux cadrans aux aiguilles bondissantes.

— En principe, avant de commencer, il faut procéder à des réglages...

Antoine s'impatientait déjà.

— Lesquels ?

— La correction de l'effet de sol, d'abord. Si la terre est trop minéralisée, avec du calcaire par exemple, elle peut renvoyer des signaux discordants.

— Et ensuite ?

— On peut choisir de chercher tel ou tel métal, c'est l'effet discriminant, qui permet ainsi de mobiliser la totalité de la puissance de l'appareil. Un choix qui influe sur...

Cette fois, Antoine n'y tint plus. Il saisit le détecteur des mains de l'écrivain.

— Une seule question, il est branché, là ?

— Oui, mais on doit affiner...

Marcas ne l'entendait plus. Il s'était approché du grillage – laissant une distance minimale pour que le treillage métallique n'interfère pas avec la prospection – et commença de balayer le sol.

— Relève le disque d'une dizaine de centimètres pour éviter les effets d'écho, lui conseilla Stanton qui ne semblait pas lui tenir rigueur de son empressement.

— Comment es-tu aussi bien renseigné sur le fonctionnement de ces engins ? l'interrogea Antoine en prospectant une nouvelle zone.

— L'un de mes héros avait besoin d'utiliser un détecteur. Je me suis rendu chez un revendeur qui m'a fait essayer différents modèles.

Un bip sonore, particulièrement aigu, jaillit de l'appareil. Stanton s'approcha.

— Tu as « accroché » quelque chose. Recule et repasse très lentement.

Antoine approcha le disque du sol et effectua un lent balayage. Le signal se fit entendre à nouveau.

— Vu le son, c'est une toute petite masse ferreuse. Recule encore une fois.

L'écrivain se pencha sur l'écran et appuya sur une touche noire.

— Vas-y, repasse !

Marca s'exécuta. L'appareil ne réagit pas.

— Je viens de brancher le système de discrimination, expliqua Stanton. Il élimine le métal le plus courant, dans le sol : l'aluminium ! Le parasite des détecteurs à métaux. La terre en est gorgée.

Antoine continuait à avancer. Il était à mi-parcours de la longueur du grillage quand le détecteur vibra à nouveau. Un son plus grave, cette fois.

— On vérifie, déclara Stanton. Même si on a surtout des chances de trouver plutôt un vieux fer à cheval.

La pelle rapidement dépliée, Marcas avait déjà attaqué le sol. L'espace que l'appareil avait délimité étant réduit, l'outil s'enfonçait facilement dans la terre humide.

— En profondeur, la portée maximale de ton détecteur, c'est combien ?

— Dans ce type de sol, je dirais soixante centimètres, pas plus.

Soudain, la pelle buta sur quelque chose. Une pierre. Aussitôt Stanton s'agenouilla et commença à déblayer la terre autour. Quand il eut terminé, Antoine glissa le manche de la pelle sous l'un des angles dégagés et fit levier. Ça résistait. Il redoubla d'effort et appuya avec rage.

Il allait le trouver ce fichu Graal.

Et sauver son fils.

La pierre s'arracha de la terre dans un bruit de succion humide. Une plaque de métal large comme une assiette apparut dans le faisceau de la torche de Stanton.

La même Table ronde qu'à Winchester.

Pas de Graal.

— Encore une énigme... Ça suffit ! gronda Marcas en défonçant le sol autour de la plaque à coups de pelle rageurs.

— Arrête-toi ! murmura l'Anglais. Il n'y a rien d'autre.

L'écrivain épousseta la plaque avec le revers de sa manche, la retira de sa cache et l'examina de plus près.

— C'est bien la copie exacte de l'artefact qui nous a amenés ici. On avance.

— Tu parles !

Marcas sentit un vertige le saisir. Était-ce l'atmosphère irréelle qui baignait les champs ténébreux alentour ? Toujours est-il que son esprit basculait. Au-dessus d'eux, les constellations apparaissaient une par une. La phrase de la page du manuscrit de Stanton revint à sa mémoire.

Graal en terre étoilée.

Ils y étaient bien pourtant... En terre étoilée.

Encore une énigme.

Chaque fois qu'ils se rapprochaient de la coupe sacrée, celle-ci s'éloignait à l'horizon. Tel un mirage.

— Attends, Antoine, il y a une gravure sur l'autre face.

Au centre d'un labyrinthe, se dressait l'archange Michel. Il brandissait une épée vers le ciel. Sur la tunique du saint était gravée une croix de Saint-André, en forme de X.

— Toujours la même croix. « Suis la croix », disait le texte du manuscrit. Toujours le même fil rouge. Saint Michel nous indique la voie. Il me semble qu'il y a un blason de l'archange dans le Great Hall, mais je ne vois pas le rapport avec le labyrinthe. On avance.

Antoine se tapota le visage pour chasser le vertige.

— C'est une blague ? On n'avance pas, Derek, on recule. On ne va quand même pas retourner à Winchester. Ce n'est plus un jeu de l'oie, c'est l'anneau de Möbius, on ne cesse de revenir au point de départ.

Dégoûté, il balança la pelle et serra ses poings.

— J'en ai ma claque ! D'abord le sarcophage, ensuite la Table ronde de Winchester et maintenant cette plaque de ferraille qui nous ramène en arrière. Et pendant ce temps, mon fils est aux mains de ce taré…

— Calme-toi. La colère est l'ennemie de la vérité.

— Garde ta philosophie de comptoir pour tes bouquins, grommela Antoine. Ça ne marche pas avec moi.

Stanton ne répondit pas, il examinait la plaque avec attention. La facture paraissait très ancienne, le métal était piqueté sur toute sa surface, mais on discernait encore les détails. Antoine s'approcha et jeta un coup d'œil agacé à la gravure.

— Après les chevaliers de la Table ronde et le roi Arthur, voici l'archange Michel, le général en chef des bataillons divins… Un vrai blockbuster hollywoodien. Bon. Cet ange a-t-il un rapport avec le Graal ?

L'Anglais paraissait aussi dubitatif que Marcas. Il s'était assis sur une motte de terre durcie et retournait la plaque entre ses doigts.

— De mémoire, non… Je ne me souviens d'aucune mention dans les différents contes.

Antoine eut un sourire narquois.

— Ne serait-ce pas une référence au mont Saint-Michel ? Et hop, retraversons la Manche en sens inverse d'un coup d'hélico. Et puis après on pourrait se faire Chartres où il y a un labyrinthe dans la cathédrale et puis Montségur aussi. De mémoire, les nazis croyaient que le Graal avait été caché par les Cathares. C'est bien là, le piège, avec l'ésotérisme mal digéré tout est relié à tout. Parole d'expert !

— Encore une fois, je te conseille de reprendre tes esprits, répliqua Stanton, ça n'aidera pas ton fils

ni mon épouse. Il faut se concentrer. Le labyrinthe…
L'archange… Le Graal… Cette association de symboles m'est familière…

Antoine se massa le visage. Cette quête n'en finissait pas, comme les montagnes russes. Au moment où l'on croyait être arrivé, après avoir vomi ses tripes, ça remontait de plus belle pour un nouveau tour. Et depuis toujours, il détestait les montagnes russes.

Il s'éloigna de l'écrivain et respira profondément pour apaiser sa colère. Son regard se porta vers les pierres de Stonehenge et ses lumières solsticiales. Là-bas, au moins, ça respirait la vie, la fête… Tandis que lui s'enfonçait d'heure en heure dans un cauchemar sans fin, peuplé d'énigmes obscures et macabres.

Il détourna son regard pour contempler la nuit qui enveloppait la campagne. Dans le ciel, les constellations commençaient à scintiller et à vibrer. L'aidant à retrouver son calme. Antoine aspira une nouvelle bouffée d'air frais tout en songeant aux énigmatiques créateurs du jeu de piste. Ces hommes du Moyen Âge avaient dû enterrer la plaque dans la nuit pour éviter les regards indiscrets. Eux aussi avaient dû contempler la voûte étoilée et prier Dieu pour qu'il protège leur œuvre. Leurs ennemis avaient-ils menacé leurs vies ? Leur famille ?

Leurs enfants ?

La voix de Stanton interrompit ses pensées.

— … Le labyrinthe… Saint Michel… je sais où aller. Ce n'est pas loin d'ici.

Antoine le dévisagea avec froideur.

— Glastonbury, j'en suis sûr ! Nous devons nous rendre là-bas. Pour y trouver le labyrinthe de saint Michel, poursuivait l'écrivain qui s'était levé pour ranger la plaque dans le sac à dos.

Antoine restait planté devant lui, immobile.

— Que comptes-tu faire, Derek ?

— Il est tard. On rentre dormir au cottage et demain à la première heure, direction Glastonbury. C'est dans le Somerset, à une heure d'ici avec le Range. Remballe le détecteur à métaux et la pelle.

— Non.

Stanton s'arrêta net et le regarda, les yeux écarquillés par la surprise.

— Je te dis que je sais où aller, insista-t-il. Je t'expliquerai dans la voiture.

Marcas secoua la tête et nettoya son blouson des traces de terre. La colère s'emparait à nouveau de lui. Il devait reprendre la main, stopper ce jeu de l'oie sans fin. Il s'avança vers Stanton.

— Bon sang, tu crois que je vais roupiller ce soir tranquillement en dissertant encore une fois sur la symbolique du Graal ? J'arrête ce cirque. J'alerte mes collègues. Ce que j'aurais dû faire depuis le début.

L'écrivain attrapa Marcas. Ses yeux étincelaient de peur.

— Es-tu devenu fou ? Tu avais promis aux ravisseurs…

— Eh bien, j'ai changé d'avis. Passe encore si nous avions trouvé ce putain de Graal à Winchester ou à Stonehenge, mais ça ne s'arrêtera jamais. Je ne peux pas tout risquer sur cette recherche. Mes collègues vont lancer une enquête en parallèle, ils vont pister les appels sur nos portables et…

Stanton le secouait, désespéré.

— Trop risqué. Je ne veux pas mettre en danger la

vie d'Anna. T'es-tu demandé si nous n'étions pas surveillés par un complice du ravisseur ? S'il ne suivait pas nos faits et gestes depuis le début ? S'il n'interceptait pas nos appels téléphoniques ?

— On nous aurait suivis avec un autre hélico jusqu'en Angleterre ?

— Et pourquoi pas ? Il savait qu'on allait prendre le mien à l'héliport d'Issy. Bon sang, moi aussi j'ai envie que ce salopard crève et me rende ma femme. Mais notre seule et unique chance c'est ce jeu de l'oie, comme tu dis. Tant qu'on continue, ils ne prendront pas le risque de toucher à un seul de leurs cheveux.

Troublé par cet argument, Antoine sentait sa détermination fléchir. Stanton enfonça un coin.

— Mon frère... Ne te laisse pas égarer par la colère. Je te propose encore une journée. On touche au but ! Glastonbury est l'un des hauts lieux du Graal en Angleterre. C'est même le plus sacré, l'écrin le plus logique pour la relique. Je t'expliquerai.

— Pour ce soir, on va faire une pause dans les cours en accéléré sur le Graal, répondit Antoine d'une voix lasse. J'ai plus le cœur à ça.

— Accorde-moi ce répit, je t'en prie, supplia Stanton d'une voix tremblante.

Marcas abdiqua. De toute façon il était épuisé. Attendre une journée de plus n'allait pas changer grand-chose au rapport de force avec le ravisseur.

— C'est d'accord, encore un tour de piste. Un seul. Mais si l'on ne trouve rien, je change les règles du jeu !

À trois cents mètres de là, un homme en blouson de toile verte était couché sur un talus et les observait avec une paire de jumelles JIM LR infrarouges, modèle en usage dans les forces spéciales. Son oreillette était reliée à une mini-antenne parabolique posée à côté de lui et braquée en direction de ses cibles. Nimbées d'une lueur verdâtre, les deux petites silhouettes de Marcas et Stanton marchaient dans le champ, tels des lutins sortis tout droit d'un conte celtique.

Il savait ce qui lui restait à faire. Il retira rapidement ses lunettes, s'adossa à la dalle de pierre où il avait posé sa Yamaha de location et prit son portable. Une trentaine de secondes s'écoulèrent avant que son interlocuteur ne décroche. L'homme parla doucement, avec un accent anglais.

— Pas de Graal, mais ils ont récupéré une sorte de dalle ou de plaque.

— Qu'ont-ils dit ?

— La conversation était hachée. J'ai cru comprendre qu'ils partaient demain matin très tôt à Glastonbury. Je continue à les suivre ?

— Oui et appelez-moi quand vous serez là-bas. J'ai des comptes à rendre. Rapidement. Et attendez… une dernière question, mais vous n'êtes pas tenu d'y répondre.

— Je suis à votre service, mon père.

— Êtes-vous aussi en contact avec le cardinal Albertini ?

L'homme ne répondit pas tout de suite.

— Je ne connais pas ce cardinal, finit-il par dire, d'un ton détaché.

— Bien… Ne tenez pas compte de ma question.

À l'autre bout du fil, dans sa petite chambre de la nonciature de Paris, le père Da Silva raccrocha, pensif. Le garde suisse mentait, il en était certain. L'information livrée par le nonce était fiable. Da Silva leva les yeux sur la Vierge à l'enfant, fanée dans son cadre en bois. Il s'agenouilla lentement et croisa ses mains pour prier. Depuis la naissance de sa vocation, il avait toujours eu davantage confiance en mère du Sauveur qu'en son fils. Du moins pour pardonner les péchés.

37.

Glastonbury
22 juin

Adossé à la portière avant du Range, Antoine vit l'écrivain dévaler le sentier de pierre dans sa direction, au milieu d'un groupe de touristes. Derrière lui, des hommes en tenue jaune entouraient une pelleteuse. Stanton arriva à la voiture, légèrement essoufflé.

— Il faut revenir tout à l'heure, c'est fermé jusqu'à midi pour travaux !

Avec regret, Antoine se détacha de sa contemplation du magnifique paysage qu'il avait sous les yeux. Une colline verte, qui ressemblait à un cône avec à son sommet une tour longiligne et solitaire. Et tout autour de la colline, de longues terrasses concentriques taillées dans le rocher.

Le Tor. Quel nom étrange pour une tour, songea Marcas.

Cette fois, il avait refusé d'écouter les explications de Stanton sur leur destination, se contentant de se laisser conduire jusqu'à Glastonbury. La nuit avait été courte et mauvaise, peuplée de cauchemars. Au matin, ils avaient en vain attendu des nouvelles du ravisseur. L'angoisse était remontée en flèche. Ils étaient partis vers 7 heures et, durant le trajet, il avait choisi de se concentrer tant bien que mal sur son plan B aussi hypothétique que dangereux. S'ils étaient surveillés, comme le pensait Derek, il devait se procurer un téléphone. Au plus vite, et loin du regard de l'écrivain.

Stanton remonta dans la voiture, furieux.

— Ils réparent des dalles du chemin qui mènent à la tour. On aurait pu passer par le talus, mais impossible de leur faire entendre raison.

— Tu leur as dit qui tu étais ? s'enquit Marcas, alors que la voiture faisait marche arrière.

— Ça ne marche pas à tous les coups. J'écris des thrillers ésotériques, je ne suis pas Shakespeare...

— La lucidité, la plus belle amie de la vérité, répliqua Marcas. C'est de moi, cadeau pour ton prochain bouquin, et sans copyright. Bon, on a presque quatre heures à tirer, que fait-on en attendant l'ouverture de la tour ?

— On va prendre un bon breakfast anglais !

Un quart d'heure plus tard, ils s'étaient garés en plein centre d'une petite ville typique de la campagne anglaise, avec ses maisons basses et ses rues étroites. Ils s'étaient attablés au soleil, à la terrasse d'un pub à l'enseigne du King Arthur. Stanton dévorait le petit déjeuner du Roi, composé d'œufs, de bacon, de frites et de boulettes de viande carbonisées, le tout baignant dans des sauces aux couleurs criardes, pendant qu'Antoine avalait un café qui n'avait rien de royal.

Face au pub, suspendue au-dessus de la rue principale, une banderole souhaitait la bienvenue aux participants du « *7ᵉ colloque international consacré au Graal, mythes anciens et nouvelles réalités* ».

Antoine, qui n'en revenait pas, trempa son cookie aux myrtilles, aussi acide que spongieux, dans son gobelet en plastique.

— Mon estomac va déposer plainte contre le roi Arthur, maugréa-t-il.

Stanton sourit en coupant délicatement son bacon frit.

— Pauvre petit Français agressé par la perfide Albion.

Marcas ne broncha pas et inspecta la rue du regard.

— On aurait dû venir directement ici depuis Paris, sans passer par les cases Winchester et Stonehenge. Un colloque sur la relique sacrée... J'avoue que la coïncidence est troublante.

— Je t'avais dit hier soir que Glastonbury était la Mecque du Graal, répliqua l'Anglais en s'essuyant le bord des lèvres. J'ai d'ailleurs failli écrire un livre sur la question. Si tu savais le nombre de chercheurs de trésors qui ont fouillé la région depuis le XIXᵉ siècle !

Il désigna les ruines de l'abbaye qui se dressaient de l'autre côté de la rue. Au-delà, ils pouvaient voir le cône de la colline du Tor.

— Est-il enterré dans les anciens souterrains du monastère ? Dissimulé dans la source sacrée des collines de Chalice Well ? Ou bien dans la crypte de l'église St. John ? À moins qu'il ne soit...

Antoine l'interrompit en levant la main.

— Allons droit au but ! Si je ne m'abuse on est allé directement au Tor. Tu peux m'expliquer comment tu es arrivé à cette déduction ? Ne me fais pas languir...

— Tu n'étais pas très réceptif jusqu'à présent, me semble-t-il.

— OK, mille excuses. Cet immonde jus de chaussette me rend plus aimable. Je t'écoute.

— C'est le labyrinthe qui m'a mis la puce à l'oreille, précisa l'écrivain en posant la plaque de fer sur la table.

Il s'agissait bien de la représentation d'un labyrinthe comme on en trouvait depuis le Moyen Âge. Des couloirs concentriques qui, en se rétrécissant progressivement, mettaient en relief un cercle central orné d'un archange Michel triomphant, épée au poing.

— Tu as remarqué le nombre de coursives circulaires ?

— Sept, compta Antoine, un chiffre symbolique, certes, mais tellement utilisé que ce n'est pas forcément significatif.

— Tu as raison, mais ce n'est pourtant pas ce qui m'a mis sur la piste.

Antoine piqua une frite dans l'assiette de Stanton, qui se liquéfia sous son coup de dent. En matière culinaire, l'Angleterre avait toujours des progrès à faire.

— Les labyrinthes existent depuis la préhistoire, en particulier en plein air. Surtout en Angleterre, où l'on en trouve beaucoup.

— Je croyais qu'on traçait des labyrinthes au sol des cathédrales, comme à Chartres, uniquement depuis le Moyen Âge, s'étonna Antoine. Leur fonction était spirituelle : en les parcourant, on effectuait symboliquement le pèlerinage à Jérusalem.

— À l'époque préhistorique, la dimension symbolique est déjà la même, celle de la purification par les épreuves du voyage. Sauf qu'il s'agit du voyage de l'âme après la mort...

Marcas leva les yeux vers la colline du Tor.

— Et tu as trouvé un labyrinthe similaire là-haut avec tes coursives ?

— Oui, il y en a sept. Orientées plein nord, elles n'ont jamais pu servir pour l'agriculture. Toutes les hypothèses ont été avancées pour expliquer la présence de ce dédale symbolique. Il pourrait s'agir de...

— Épargne-les-moi, coupa Marcas. Mais ce n'est pas uniquement ce labyrinthe qui t'a mené ici.

— Je te répète que cette ville m'avait inspiré pour un livre. J'en connais bien les particularités.

Stanton pointa son index en direction de la tour.

— Tu vois le Tor où nous devons nous rendre dans deux heures ?

— Oui. Ça sonne comme Thor, le blondinet culturiste au marteau, le super-héros préféré de mon fils.

— Tu veux dire le dieu nordique... Non, rien à voir. C'est un mot d'origine celtique. Les linguistes sont indécis sur son sens réel, mais disons que cela désigne à la fois une « colline rocheuse » et un « effet de surprise ». Observe bien la tour, elle est dédiée à un saint très particulier.

Marcas écrasa son gobelet de carton.

— Saint Michel ?

— Gagné.

38.

Rome
Vatican
22 juin

Debout derrière la fenêtre de son bureau, le cardinal Theobald contemplait la place Saint-Pierre ensoleillée, remplie à craquer d'âmes exaltées. La masse gigantesque, fiévreuse et disciplinée, occupait jusqu'au moindre recoin autorisé par la garde suisse. Télévisions et radios s'extasiaient sur la centaine de milliers de fidèles massée sur l'esplanade sacrée, mais il savait, lui, que la place conçue par le Bernin ne pouvait accueillir qu'au maximum quarante-cinq mille pèlerins.

De là où il était posté, au deuxième étage, à l'autre bout des appartements privés du Saint-Père, son regard pouvait se porter au-delà de l'enceinte du Vatican. Et ce qu'il avait sous les yeux ressemblait à s'y méprendre à une comète. Une comète faite de chair et de sang au corps central cloué sur l'obélisque central et qui s'étirait le long de la via della Concillazione qui marquait la frontière avec la Rome profane.

Une comète qui vibrait d'une seule pulsation. La foi.

En cette année de Jubilé de l'Amour du Christ, c'était une magnifique démonstration de la puissance de l'Église catholique, apostolique et universelle.

Magnifique, mais trompeuse.

Si le diable se nichait dans les détails, alors il s'était blotti dans la traîne de la comète. Et la rabotait d'année en année. Il Tastiera avait vécu nombre de manifestations grandioses, de canonisations majestueuses et de béatifications mémorables, et la queue de la comète était alors plus longue qu'aujourd'hui. Beaucoup plus longue.

Theobald distinguait les écrans géants disposés à intervalles réguliers le long de l'avenue qui se terminait aux pieds de l'imposante forteresse Saint-Ange, la silencieuse gardienne du Tibre. La foule donnait l'illusion de ne faire qu'un bloc, mais ce n'était qu'une illusion. Il prit une paire de jumelles vert olive et essaya de regarder au-delà du Tibre, qui déployait sa robe triste et marron. De l'autre côté du fleuve, les trottoirs étaient vides. Les camions rouges et bleus des carabiniers avaient même déserté les carrefours. Il ne restait que quelques représentants des forces de l'ordre postés çà et là pour faire croire que l'événement serait d'importance.

L'alerte était venue, une semaine auparavant, des marchands du temple. Les boutiques spécialisées et les stands de fortune n'arrivaient pas à écouler leurs mugs, assiettes et autres stocks de photos à l'effigie du pape. Le gouvernement et la mairie avaient déjà pris la mesure du fiasco, les hôpitaux de Rome n'étaient plus en alerte, et les directives du plan anti-attentat *Rosso Due* remisées au placard.

Le Jubilé de l'Amour était un échec cinglant. Même le Saint-Père l'avait reconnu. Les fidèles n'avaient rien à faire de l'amour, ils voulaient du rêve, du merveilleux, du miraculeux.

Theobald cligna des yeux pour éviter d'être ébloui par le soleil triomphant et, pointant ses jumelles sur la place circulaire, il fut pris de vertige devant ces âmes impatientes.

Un bourdonnement désagréable racla l'azur au-dessus de la basilique. Il leva les yeux au ciel et vit deux hélicoptères gris suivant un troisième, plus petit. Les deux premiers arboraient les couleurs de l'Aeronautica Militare, l'armée de l'air. Le troisième, le fuyard, devait être celui d'un média qui s'était cru plus malin que les autres. Il resta quelques secondes au-dessus de la place Saint-Pierre avant de filer vers le nord.

Il Tastiera scruta à nouveau la place en direction de l'estrade où se massaient les camions des télévisions. Au dernier décompte, le service de presse avait accordé à peine trois cents accréditations. On était loin, très loin des temps glorieux où Jean-Paul II attirait les journalistes du monde entier.

Une silhouette trapue, toute de rouge vêtue, parcourait d'un pas alerte la zone réservée aux journalistes. Le cardinal Lantieri, l'autre porte-parole de Sa Sainteté, le visage empourpré de sueur, distribuait de vigoureuses poignées de main. Le madré Milanais aurait pu embrasser une carrière de politicien s'il n'avait choisi de porter la robe, au demeurant bien étriquée pour sa corpulence. Car le porte-parole refusait de se soumettre à son injonction favorite : *Un cardinal doit porter la maigreur du Christ en soutane.*

Un raclement de gorge tira Theobald de ses réflexions.

— Il y a foule aujourd'hui. N'est-ce pas un signe de la présence de Dieu ?

Un jeune homme mince, aux fins cheveux blonds et au visage sévère, s'était approché de la fenêtre. Le profil de Livio faisait penser à un portrait de Raphaël. Il Tastiera ne se souvenait pas d'avoir entrevu un sourire chez ce garçon brillant.

— Les apparences, mon ami. Les apparences ne forgent pas les vérités, répondit le jésuite qui tenait toujours les jumelles.

— Je sais. Hier, je suis allé servir des repas chauds dans notre foyer du Sottocento. Nos frères franciscains n'étaient pas aussi débordés qu'ils l'avaient prévu. Puis-je m'ouvrir à vous, monseigneur ?

Theobald reposa ses jumelles sur une console de marbre clair et cligna des yeux. Le soleil se déversait à flots dans la pièce et faisait briller les boiseries de chêne soigneusement cirées.

— Bien sûr.

— Je reste méfiant sur l'étude fournie par Titanium. J'ai lu et relu le rapport de synthèse que vous avez présenté à Castel Gandolfo. Je n'arrive toujours pas à adhérer à ses conclusions. Mon âme se rebelle, comme le Christ devant Satan. La science ne peut pas tout prévoir, tout contrôler, tout diriger. Et encore moins en matière de religion.

— Je vous comprends, mais nous ne pouvons pas fermer les yeux et prendre le risque de laisser à nos successeurs une Église en déroute. Heureusement que

Dieu nous a envoyé un signe d'espoir. Le Graal... La réponse à nos inquiétudes. J'attends des nouvelles du cardinal Albertini et je prie pour qu'il réussisse dans sa mission.

Le jeune jésuite toussa.

— Avez-vous confiance en lui ? C'est un gardien du dogme, il rejette toute évolution de l'Église et se méfie de la science qu'il prend pour de l'arrogance.

— Je ne peux pas faire autrement. Il y a deux ans, quand j'ai présenté les résultats du prérapport Galaxie au Saint-Père, celui-ci m'a demandé d'en envoyer une copie à Albertini. Et que croyez-vous qu'il se soit passé ?

— Je ne sais pas...

Le cardinal ne paraissait pas aussi assuré qu'il aurait voulu.

— Il est venu me féliciter. Pour la première fois, depuis que nous nous connaissons. Non seulement le rapport corroborait sa vision sur la décadence de l'Église, mais il a en plus exhumé un dossier des fameuses archives secrètes de sa congrégation. Un dossier sur le Graal que personne n'avait pris au sérieux jusqu'alors. Le Graal existait bel et bien, et on avait identifié une piste pour le retrouver. Un sarcophage du Moyen Âge sur lequel étaient gravés des indices. Le Saint-Père y a vu un extraordinaire signe de Dieu...

— Mais pourquoi tout se déclenche-t-il seulement maintenant ?

— À l'époque, une équipe d'Albertini a reçu l'ordre de se lancer à la recherche de cet objet. Et l'objet a réapparu dans une vente aux enchères à Paris.

Le Saint-Père a alors décidé de racheter le sarcophage et m'a demandé de prévenir sa garde rapprochée.

Le jeune jésuite secoua la tête.

— Pardonnez-moi, mais j'ai du mal à y croire. La réalité de l'existence du Graal n'a jamais été prouvée. Et quand bien même on le retrouverait, le Vatican devra faire face à un flot de critiques du monde entier. Ce sera pire qu'avec le saint suaire.

Le cardinal abandonna son poste d'observation pour se rendre devant un secrétaire adossé à un mur à l'abri des rayons du soleil. Il l'ouvrit et en sortit un petit calice en vermeil, au corps taillé en facettes.

— Observez ce calice, mon fils. Il m'a accompagné toute ma vie dans mon sacerdoce. En soi, il n'a rien de bien original, on trouve le même modèle dans la plupart de nos belles églises pour servir la messe. Combien vaut-il ? Une poignée de centaines d'euros ? Ce n'est qu'un objet, rien qu'un objet façonné par la main de l'homme et vendu pour en faire du profit. Si vous le soumettiez à une analyse chimique vous n'obtiendriez qu'un alliage de cuivre et d'argent. Mais quand ce banal calice sort de l'ombre...

Il prit la coupe, s'avança au milieu de la pièce inondée de soleil et brandit la coupe bien haut.

— ... pour servir la messe...

Le vermeil s'illumina comme par enchantement, le calice se mit à briller de mille feux. Les paroles du cardinal s'élevèrent dans la pièce :

— Soudain, c'est le miracle de l'eucharistie, cette coupe se métamorphose. Elle devient instrument d'intercession avec le Sauveur. *Prenez et buvez, ceci est mon sang.* Un dogme intangible et inaltérable de notre foi catholique. Il ne viendrait pas à l'esprit d'un seul de nos fidèles de remettre en cause ce dogme. Nous sommes d'accord ?

— Oui...

Il Tastiera fit lentement tourner le calice sur lui-même. Des éclats de lumière dansaient sur les murs.

— Comme le soleil, l'eucharistie lui confère lumière et gloire.

Le jeune jésuite hocha la tête avec gravité. Theobald posa le calice sur une tablette, revint vers la fenêtre et contempla la foule massée sur la place Saint-Pierre.

— Quand nous trouverons le saint Graal, le Saint-Père l'exposera en pleine lumière. Par sa voix, ce sera Dieu lui-même qui parlera. Et il affirmera un nouveau dogme. *Ceci est la coupe du Christ à la Cène. Ceci est la coupe qui a recueilli son sang sur la croix.*

— Un miracle...

— Les hommes ont besoin de miracles, mon ami, et l'Église a commis une erreur en l'oubliant.

39.

Glastonbury
22 juin

Pendant que la serveuse finissait de débarrasser leur table, Derek s'alluma une cigarette. Antoine consulta pour la énième fois son portable. Aucun message. Le temps s'étirait avec trop de lenteur. Encore deux heures à attendre avant de pouvoir accéder au Tor. Et peut-être achever enfin leur quête.

La ville s'animait autour d'eux, le flot de voitures grossissait sur l'artère principale, les magasins ouvraient leurs portes et les touristes surgissaient d'un peu partout. C'était le moment.

— Je vais me dégourdir un peu les jambes, annonça Antoine en se levant de sa chaise

— Tu veux que je t'accompagne ? proposa machinalement Stanton sur un ton neutre.

— Non, j'ai envie d'être un peu seul. Ça va me réveiller. Je reviens dans une demi-heure, pas plus.

Il remarqua le regard suspicieux de l'écrivain.

— Rassure-toi, je ne vais pas appeler mes collègues.

— Tu me le jures ?
— Oui. Je n'ai qu'une parole. Je te laisse mon portable en otage, dit Marcas en posant son smartphone sur la table.

Visiblement, cela ne suffisait pas.

— Ne le prends pas mal, Antoine. Tu peux acheter un téléphone dans n'importe quelle boutique. Peux-tu me laisser ton portefeuille ?

— La confiance règne ! grommela Marcas.

Malgré sa gravité, l'Anglais ne parvenait pas à dissimuler son émotion.

— Je veux sauver ma femme. Dis-toi que je ferai n'importe quoi pour elle. C'est l'amour de ma vie. Elle a fait de moi ce que je suis, tu comprends ? Sans elle, Derek Stanton n'existerait pas.

Antoine réfléchissait à toute allure. Il n'avait cure de la déclaration d'amour de l'écrivain. Il lui restait un billet de vingt euros en poche. Avec le change, il pouvait encaisser une douzaine de livres – pas assez pour acheter un téléphone à carte, mais largement suffisant pour appeler d'une cabine ou se connecter dans un café Internet. Il en avait repéré un face à l'entrée du parking, du genre bon marché et tenu par un Pakistanais. L'écrivain s'aperçut que Marcas ne l'écoutait que d'une oreille.

— Dis-toi que c'est aussi très humiliant pour un homme dans ma position de s'abaisser à ce genre de demande, ajouta l'Anglais.

— Tu veux aussi mon numéro de carte bancaire ? ironisa Antoine en posant son MacLaurent boursouflé sur la table.

L'écrivain le scruta quelques instants avec un air las, puis écrasa sa cigarette au sol et se leva à son tour.

— Je vais aller faire un tour au colloque du Graal qui est organisé dans l'abbaye, c'est à deux minutes d'ici à pied. J'y ai donné une conférence il y a trois ans. Tu pourras m'y retrouver. Ou, sinon, rendez-vous au parking dans une heure et demie.

— Monsieur l'écrivain est trop généreux de me laisser errer dans la ville sans un sou en poche.

Stanton lui adressa un sourire triste en tendant la main vers le smartphone et le portefeuille.

— Pour le peu de forces qu'il me reste, je ne vais pas les gaspiller à négocier avec toi. Fais ce que tu veux avec ton téléphone et ta parole donnée à un frère.

Antoine le regarda s'éloigner sans un mot en direction de l'artère principale.

Il attendrait que Stanton soit hors de vue pour filer s'acheter un téléphone qui ne puisse pas être écouté par un complice du ravisseur. Il y avait une boutique de l'autre côté de la direction que prenait Stanton.

Lorsqu'il vit l'écrivain traverser un passage piéton à pas lents, les épaules courbées, l'air résigné, Antoine regretta son ironie déplacée. Ce n'était plus l'auteur vedette qui flamboyait avec ses discours dans le temple maçonnique.

Ce type écrivait des romans, il n'était pas un flic endurci comme lui. Quand ils étaient rentrés de Stonehenge, il avait cru entendre des sanglots dans la chambre à côté de la sienne. En fin de compte, peut-être que cet homme avait beaucoup plus de courage que lui. Antoine le regarda tourner dans une rue perpendiculaire et disparaître de son champ de vision.

La parole donnée à un frère.

Antoine resta planté debout de longues minutes, hésitant sur la décision à prendre. Dans quelle direction allait-il se diriger ? À gauche, la route du parjure qui menait à la boutique de téléphonie ? À droite, celle de la droiture et de l'abbaye ?

— Et merde ! Plan B, murmura Marcas.

Il rangea le portable et son portefeuille dans son blouson, et prit la voie de gauche.

Assis à la terrasse du pub, à trois tables derrière celle occupée par Marcas et Stanton, un homme aux cheveux courts et blonds dégustait un bol de chocolat chaud, le nez plongé dans l'édition du jour du *Sun*. Pour lui aussi la nuit avait été courte dans la voiture de location qu'il utilisait pour dormir. Mais ce n'était pas un problème. Au Vatican, les tours de garde imposaient des temps de sommeil réduits.

Il jeta un œil sur son portable relié en Bluetooth à un micro directionnel caché entre ses genoux.

Et merde, plan B.

Une application retranscrivait en direct la conversation en texte. Le garde suisse coupa l'enregistrement. Ce qu'il venait de lire était infiniment plus intéressant que l'article du tabloïd sur les Mémoires épicés d'une escort-girl, maîtresse d'un ministre du gouvernement. Il lui restait une heure et demie avant de monter sur le Tor, mais il ne prendrait pas le même chemin.

40.

Banlieue parisienne
22 juin

Les heures s'étaient écoulées, Pierre n'arrivait plus à les compter. Il ne savait même plus si c'était le jour ou la nuit. Il y était presque. Les liens lui entaillaient les avant-bras, mais ils se desserraient doucement, millimètre par millimètre. Il arrêta quelques secondes pour souffler et tourna la tête vers le mur. Le couloir était silencieux. Le ravisseur n'avait pas ramené Anna Stanton dans sa cellule depuis la séance de torture. Ses hurlements avaient envahi son cerveau alors qu'il la traînait dans le couloir pour la faire monter à l'étage. Le bourreau avait réussi son coup : la peur s'était à nouveau incrustée dans son crâne.

La cordelette glissa.

Enfin.

Une onde d'espoir l'envahit. Il se tortilla en tout sens, les liens cédèrent. Ses mains étaient libres. Il fit quelques moulinets avec ses bras ankylosés et dénoua rapidement la corde qui entravait ses chevilles contre les barreaux de la chaise. Il se redressa d'un coup. La tête lui tourna aussitôt, mais il parvint à garder l'équilibre. Pour la première fois depuis son enlèvement, il éprouva une sensation de liberté.

Il s'avança lentement vers la porte, à tâtons, prenant garde de ne pas marcher sur les gravats qui jonchaient le sol. L'oreille collée contre la paroi, il guettait le moindre bruit.

Rien.

Il inspecta la porte et déchanta rapidement. Elle était verrouillée et il n'avait aucune expérience dans le crochetage des serrures. Il s'empara néanmoins de la chaise en métal, et essaya d'insérer l'un des pieds dans l'interstice entre la serrure et la barre d'huisserie. Il s'arc-bouta de toutes ses forces, mais la porte ne vacilla même pas. Dépité, il abandonna.

Il ne lui restait qu'une seule option s'il voulait sortir de ce trou. Se poster derrière la porte, attendre que le type revienne et lui écraser la chaise sur la nuque.

Comme dans les films... Ben voyons.

La dernière fois qu'il s'était battu, c'était en seconde. Un racket de portable par un mec de terminale suivi d'un tabassage en règle. Il n'avait jamais osé en parler à son père de peur d'être pris pour une mauviette.

Des bruits de pas résonnèrent dans le couloir.

Tête de mort était de retour.

Un doigt glacé passa le long de son dos. Il devait prendre une décision. Soit retourner s'asseoir sur la chaise et faire semblant de remettre ses liens. En priant pour que le type ne s'aperçoive de rien. Soit rester derrière la porte et espérer le neutraliser par la force. Son ventre vrillait de douleur, ses mains tremblaient.

Le type devait peser deux fois son poids et le massacrerait sans se fatiguer.

Les pas se rapprochaient. Mais il y en avait d'autres. Des pas plus légers suivaient. Et puis des sanglots.

Pierre prit sa décision et aspira une bouffée d'air rance. Dos plaqué contre le métal froid de la porte, il agrippa le pied de la chaise.

— Je ne veux plus t'entendre ! ordonna la voix de Tête de mort.

La porte de la cellule d'Anna se referma brutalement, suivi d'un raclement brutal de la serrure. Pierre retint sa respiration, c'était maintenant que ça allait se jouer. Jamais il ne s'était retrouvé dans une telle merde.

Comme dans les films.

Sauf que dans les films on n'expliquait jamais que la peur provoquait une envie irrépressible de se pisser dessus et de chialer. Son esprit et son corps semblaient s'être déconnectés. Sa chair lui renvoyait des sensations inconnues jusqu'alors. Ses veines et ses artères se contractaient dans ses jambes et ses bras, comme si des milliers de mains invisibles les broyaient.

Soudain un coup fit trembler la porte de sa cave. Suivi d'un autre.

— On se réveille, Bébé Marcas ! hurla le ravisseur, j'ai une surprise pour toi.

41.

Glastonbury
22 juin

Une grande affiche ornée d'une magnifique coupe médiévale dorée était placardée sur un panneau juste devant l'entrée de l'abbaye. Ou du moins de ce qu'il en restait, tant la colère conjuguée des hommes et de la nature avait démembré la pierre jusqu'aux os, ne laissant çà et là que des vestiges de murs décharnés et de façades efflanquées. Ce qui donnait d'ailleurs à l'abbaye un charme fantomatique particulier, à peine troublé par la toile d'une grande tente blanche qui s'élevait entre les pans d'une ancienne chapelle au toit éventré.

Antoine patientait dans la file d'attente gardée par deux vigiles déguisés en trolls, à l'allure débonnaire. Dix minutes plus tôt, alors qu'il était sur le point d'entrer dans une boutique de téléphonie, il avait reçu un sms laconique du ravisseur lui annonçant qu'il aurait bientôt des nouvelles de son fils. Et Antoine, assailli par la culpabilité, avait aussitôt rebroussé chemin pour rejoindre Stanton.

Après tout, Derek était son frère.

Il passa la barrière de sécurité où les deux Trolls dirigeaient la foule bon enfant vers le couloir de fortune qui menait aux ruines. Constatant que personne ne fouillait les sacs des visiteurs, Antoine songea, un brin agacé, que les organisateurs devaient s'en remettre à l'ombre tutélaire du roi Arthur pour les protéger de djihadistes décérébrés.

Il se laissa emporter par le flot joyeux et pénétra dans l'enceinte où les cracheurs de feu se mesuraient aux chevaliers en armure rutilante. Des cris stridents, des coups de tambour et des hennissements de trompes médiévales s'élevaient dans l'air parfumé d'exhalaisons de volaille rôtie et de saucisse grillée. Marcas se hissa sur la pointe des pieds pour tenter d'apercevoir la silhouette de Stanton dans la foule compacte qui déambulait entre des stands d'artisans ou s'attroupait devant des spectacles improvisés. Mais l'Anglais demeurait invisible. Il avait dû se rendre directement dans la tente qui abritait les conférences. Antoine se fraya un chemin dans la foule en goguette. Des comédiens déguisés interpellaient les badauds tandis que des hordes de gamins couraient dans tous les sens, bataillant à grands coups d'épée en plastique et de bouclier de bois. L'un d'eux, coiffé d'un casque en carton deux fois trop gros pour lui, brandissait fièrement une longue lance en papier mâché.

Comme Pierre dans la cité de Carcassonne.

La silhouette juvénile de son fils déguisé en chevalier croisé lui revint en mémoire. Le même âge que le gamin, huit, neuf ans, guère plus. Des rêves plein les yeux. Il adorait ces fêtes médiévales. Une période heureuse.

Il s'efforça de chasser cette image de son esprit et continua sa progression vers les ruines. Deux jeunes femmes, vêtues en justaucorps échancrés de cuir écarlate, ferraillaient l'une contre l'autre, dans un duel où leurs cris guerriers se mêlaient aux chocs des épées.

Antoine contourna les deux amazones et s'approcha de l'entrée de la tente blanche. Une affiche placardée sur la bâche en plastique translucide qui servait de porte indiquait le programme des conférences de la journée. Marcas consulta rapidement les thématiques et les intervenants de la matinée.

Excalibur figure d'exaltation du phallus ; Graal et inconscient collectif selon Jung ; Représentation des armures de Lancelot et Perceval dans l'enluminure médiévale ; Merlin, avatar de la figure du magicien à travers les siècles ; Mythes et impostures ésotériques de la geste arthurienne ; Viviane ou le vrai féminin sacré...

Les organisateurs faisaient preuve d'une ouverture d'esprit typique des pays anglo-saxons en mélangeant allègrement conférences académiques et causeries ésotériques. Soudain son regard s'arrêta sur le portrait en médaillon d'un des intervenants.

Robert de Boron et la christianisation du mythe du Graal. Professeur Jean Turpin, université de la Sorbonne, Paris.

Il n'en revenait pas. Dans sa quête tragique, le destin se montrait facétieux. L'intervention du Français était prévue dans une heure. Antoine prit son portable et composa le numéro du vieux professeur. La tonalité sourde des appels à l'international résonna, puis une voix familière décrocha.

— Antoine ! Alors cette Table ronde, vous l'avez trouvée ?

— Comment ça ?

— Je suis avec ton ami écrivain qui m'expliquait que vous aviez élucidé l'énigme de Winchester... Viens nous rejoindre au stand du staff de l'organisation, c'est juste derrière la grande tente.

Marcas raccrocha et se dirigea rapidement vers le point de rendez-vous. Il aperçut Turpin et Stanton en grande conversation autour de la plaque trouvée à Stonehenge. Turpin fit un signe de la main à Antoine.

— Par ici !

Depuis leur rencontre à Paris, ses joues s'ornaient d'une barbe naissante qui le faisait ressembler à Umberto Eco. Son menton, plus large, y gagnait en noblesse et son visage avait pris une autorité qu'Antoine ne lui avait jamais connue, même en cours. Décidément, la barbe faisait l'érudit. Même ses sourcils de diable d'opéra, quand ils se dressaient en accent circonflexe, lui donnaient une certaine prestance. Il semblait fatigué, toutefois.

Les deux hommes se saluèrent avec effusion.

— Fascinant..., dit Turpin en manipulant la plaque trouvée à Stonehenge entre ses mains. Une reproduction de la Table ronde. Ça ne vaut pas le Graal, mais cet objet est magnifique. Derek m'a dit qu'il allait rendre publique cette découverte pour la sortie de son prochain roman.

Antoine croisa le regard de Stanton et s'abstint de répondre. La prudence de l'écrivain sur la nature réelle de leur quête lui parut justifiée.

Une hôtesse d'accueil s'approcha d'eux et leur proposa des verres de citronnade. Elle s'arrêta devant le professeur.

— C'est fou ce que vous ressemblez à l'Enchanteur ! s'exclama-t-elle en montrant une affiche qui représentait Merlin en dessin.

— Ne le dites à personne, souffla le vieil homme, mais c'est bien moi. D'ailleurs, savez-vous que Merlin est le fils du diable ? ajouta-t-il en faisant tressauter ses sourcils.

Pendant ce temps, Stanton avait entraîné Antoine à l'écart.

— J'ai reçu un message, chuchota-t-il. Enfin. *Il* m'a promis un contact dans la journée avec ma femme.

— Moi aussi... On patiente un peu avec Turpin et, ensuite, direction le Tor.

Le professeur vint les rejoindre.

— Si on allait dans un endroit plus tranquille ? J'ai un peu de temps avant mon intervention.

Ils traversèrent d'autres toiles de tente et parvinrent sur une large étendue herbeuse encore vierge de visiteurs. Un autre ensemble de ruines, aussi gigantesques qu'inattendues, s'élevaient sur un gazon d'un vert anglais proverbial.

— On dirait un jeu de Lego pour enfant de géant, commenta Marcas, en longeant des arches interrompues en plein ciel. À moins que Satan ne s'y soit amusé... À propos, depuis quand Merlin est-il le fils du diable ?

Le professeur caressait la pierre d'angle noircie d'un reste de fenêtre.

— Depuis le début du XIIIe siècle, depuis qu'un certain Robert de Boron, écrivain de son état, a popularisé cette origine démoniaque. Non sans un franc succès, il faut bien l'avouer. Ah, jetez donc un œil à ce bijou d'architecture !

Les trois hommes s'approchèrent d'une étrange construction en voûte concentrique surmontée d'un double clocher sculpté.

— Regardez ce monument, il a fait couler plus d'encre que de mortier pour le construire, expliqua Turpin. Un véritable délire : certains y ont reconnu la véritable forme du temple de Salomon, d'autres une construction templière lourde de secrets...

— Et à la vérité ?

— À la vérité... ce n'est qu'une cheminée. Immense, je vous l'accorde, mais une simple cheminée. Elle servait à la cuisine, pour l'abbaye. Comme quoi, il faut se méfier des interprétations ésotériques trop échevelées... Sauf dans les romans, comme les vôtres, mon cher Derek. Passons à l'ombre, s'il vous plaît, cette chaleur m'épuise.

Ils s'arrêtèrent sous un portique rongé par le lierre. Stanton souriait, mais Antoine voyait bien qu'il avait du mal à masquer son angoisse.

— Avant que tu n'arrives, nous parlions justement de Robert de Boron, thème de la conférence de ton professeur. C'est l'un des continuateurs majeurs de Chrétien de Troyes. C'est d'ailleurs lui qui introduit le mythe de la Table ronde dans le cycle du Graal.

— Mieux ! Il a fait beaucoup mieux ! s'exclama Turpin en levant l'index vers le ciel. C'est lui qui lance la légende qui va fasciner la chrétienté pendant des siècles : le Graal est le vase sacré contenant le sang du Christ.

— Je ne saisis pas bien...

Turpin eut un sourire fatigué et se passa un mouchoir sur le front.

— Souviens-toi du texte original de Chrétien de Troyes. Lors de la première visite de Perceval dans le château du Roi pêcheur, il découvre une jeune femme portant le Graal, mais à aucun moment il ne fait référence à Jésus ou à une intervention divine. Il faut attendre la fin du conte, pour apprendre, au détour d'une phrase, que ce Graal contient une hostie. Eh bien ce fameux Robert de Boron se colle devant son écritoire et livre carrément une trilogie à sa sauce. Un roman de Merlin. Un de Perceval. Et un autre de l'histoire du Graal dans lequel, d'un bond dans le temps, il emmène ses lecteurs en Palestine au temps de Jésus.

Stanton renchérit :

— Selon lui, un juif, Joseph d'Arimathie, vient réclamer le corps du Christ à Ponce Pilate qui l'avait fait crucifier. Pilate lui accorde cette faveur, mais lui donne aussi un récipient – un *vessel*, dit le texte – que Jésus avait utilisé lors d'un repas.

— Généreux, ce Pilate ! Il a dû penser que le corps du Christ, ça faisait chiche, commenta Turpin en s'épongeant à nouveau le front.

— Et c'est dans ce *vessel* que Joseph d'Arimathie récupère le sang du Sauveur avant de s'enfuir de Judée pour débarquer, au terme d'un long périple, en Grande-Bretagne.

— Et devine où ? dit Turpin. À Glastonbury !

Antoine hocha la tête. Il voyait mieux pourquoi Derek l'avait conduit ici.

— Depuis des siècles, continua le professeur, on s'appuie sur le texte de Boron pour identifier le Graal avec le sang du Christ et le chercher partout dans le monde, mais le plus étrange c'est que ce texte est un... plagiat.

L'Anglais acquiesça.

— En effet, Boron a pillé, sans état d'âme, un évangile apocryphe nommé *L'Évangile de Nicodème*, pour ensuite le réécrire et l'utiliser dans son *Joseph d'Arimathie*. Il a fait un mix, comme disent les jeunes.

— Mais pourquoi ? interrogea Antoine.

— Pour christianiser le mythe ! À tel point que la version de Robert de Boron est devenue la bible du Graal. Et, après lui, d'autres auteurs vont s'emparer de cette version, rincée de son origine païenne à grands coups d'eau bénite, et populariser une foule d'autres romans du même tonneau.

Essoufflé, Turpin fit une pause avant de poursuivre :

— On est bien loin du texte d'origine, celui de Chrétien de Troyes, qui, lui, ne révèle jamais ce qu'est vraiment le Graal.

— Ce qui signifie qu'il pourrait avoir une autre fonction, d'autres pouvoirs que ceux que l'on croit ? demanda Marcas.

Malgré son air las, Turpin lui adressa un fin sourire.

— Qui sait ? En tout cas, Boron n'écrit que quelques années après la disparition énigmatique de Chrétien. À croire que l'Église catholique avait hâte de reprendre le mythe à son compte... Elle ne fut pas la seule d'ailleurs. Tiens, regarde !

42.

Banlieue parisienne
22 juin

Pierre se raidit contre la porte. Il entendait comme des reniflements de l'autre côté.
— Je sens ton odeur de petit crétin...
Un sursaut de colère s'empara du fils d'Antoine. L'insulte venait de faire refluer sa peur. Il se plaqua contre les charnières de la porte, reprit la chaise des deux mains, prêt à l'abattre sur la tête de son ravisseur.
Viens, connard. Viens...
Les secondes s'égrenèrent, mais la porte ne s'ouvrit pas. Ce fumier jouait avec sa peur. Les muscles de ses épaules le brûlaient à force de cramponner la chaise.
— Je reviens m'occuper de toi dans une heure...
Pierre entendit le type s'éloigner dans le couloir. Pierre reposa la chaise à terre et s'approcha du mur mitoyen avec l'autre cellule.
— Anna, vous allez bien ?
Il entendit comme un chuchotement.
— Pas un homme... une bête...

— Quoi ?
— Jouir... ça le fait jouir... la souffrance. Il m'a...
Sa phrase se termina dans de longs sanglots.
— Écoutez, il y a peut-être une chance. J'ai réussi à me délivrer de mes liens. Il faut que je trouve le moyen de sortir de cette foutue cave.
Les pleurs cessèrent d'un coup. La voix cassée d'Anna Stanton traversa la paroi comme si elle forait le béton.
— Non, je vous en supplie ! S'il s'en aperçoit... il nous tuera... Je n'en peux plus... je ne veux plus... de tortures.
— Il nous tuera de toute façon. Ce type est un dingue.
— S'il vous plaît...
Pierre réfléchit à toute vitesse. Il n'allait pas à nouveau courber l'échine et se livrer de lui-même à ce taré. Mais d'abord il fallait la calmer.
— D'accord... Je ne vais rien tenter. Avez-vous eu un contact avec votre mari quand le ravisseur vous a amenée ?
— Oui. Il est en Angleterre avec votre père. À Stonehenge, ils disent qu'ils ont retrouvé des indices importants.
— Bien. Tant qu'ils cherchent, Tête de zombie aura encore besoin de nous. Et mon père est policier, il a dû prévenir ses collègues de notre enlèvement. C'est un type incroyable, mon père, vous savez ?
Nouveaux pleurs. Pierre ne savait plus comment apaiser la femme. Il ne trouvait pas les mots.
— Il va nous sauver, c'est certain, dit-il comme pour se rassurer lui-même.

Mais la dernière phrase prononcée par Tête de mort ne cessait de tourner dans son cerveau.
Je vais m'occuper de toi.
Les mots s'insinuaient dans les replis de ses neurones distendus de peur. Brusquement, Pierre se laissa choir le long du mur.
Papa, viens, je t'en supplie !
Il voulait y croire. Tellement y croire. Mais il savait que son père était à des centaines de kilomètres de là.
Cette fois, les sanglots qui se répercutèrent sur les murs de la cave n'étaient pas ceux d'Anna.

43.

Glastonbury
22 juin

Le professeur, encadré de Stanton et Marcas, longea un haut pan de mur percé de trois fenêtres gothiques. À leurs pieds, le gazon semblait se creuser par endroits comme une ancienne mare. Turpin s'adossa au muret et prit la parole :

— Ici, se trouvait le cimetière de la première communauté religieuse qui fonda l'abbaye, sans doute vers 710. Mais quatre siècles plus tard, l'abbaye brûla et, avec elle, tout son prestige fut réduit en cendres.

Autrefois, Antoine appréciait les envolées lyriques de son professeur. Mais, aujourd'hui, son fils était en danger.

— Si on pouvait aller au fait...

— Il fallait de l'argent pour reconstruire l'abbaye. Et, pour l'obtenir, l'abbé de l'époque se lança dans une remarquable opération de communication.

Turpin s'approcha de la dépression dans le sol.

— Au prétexte de travaux, il fit ouvrir les tombes

du vieux cimetière. Et là, ô miracle, il tomba directement sur une sépulture oubliée... Jette donc un œil sur le panneau d'information, là, juste à côté.

Antoine s'approcha. Au centre de l'écriteau, figurait la reproduction d'un dessin ancien – une stèle gravée d'une épitaphe.

HIC
JACET
SEPULTUS REX
ARTURIUS
IN
INSULA
AVALONA

— « *Ici gît en sa dernière demeure le roi Arthur dans l'île d'Avalon* », traduisit le professeur.
— À l'époque, l'abbaye était entourée de marécages, intervint Stanton. On y accédait par bateau comme dans une île. Quant à *Avalon*, c'est l'ancien nom celtique de l'endroit.
— L'abbé de Glastonbury était un pro de la com' avant l'heure. En quelques mois, pas un recoin d'Angleterre, du pays de Galles, ou d'Écosse qui n'ait été au courant de sa découverte de la tombe du roi Arthur. Les curieux affluèrent en nombre et les dons en espèces sonnantes et trébuchantes tombèrent à foison dans l'escarcelle de l'abbaye.

Un groupe de scolaires venait d'entrer dans l'enceinte de l'ancien monastère. Aussitôt, les trois hommes convergèrent vers la tombe supposée du roi Arthur. Les gamins piaillaient dans tous les sens. Antoine tendit l'oreille machinalement.

— Le roi Arthur, il avait pour père un dragon !
— Celui qui lui a donné Excalibur ?
— Non, l'épée magique, c'est Guenièvre qui l'a trouvée dans une rivière.
— Mais, non, ça, c'est Morgane, la Dame blanche, celle qui hante le lac !
— Pas vrai ! Morgane, c'est la copine de Perceval.
— Mais non, c'est sa femme. D'ailleurs, Perceval lui a offert le Graal pour leur mariage.
— Pas du tout ! Le Graal, il est caché dans un rocher et il faut une lance sacrée pour le trouver.

Le professeur consulta sa montre.

— À chaque génération, sa version de la quête du Graal ! fit-il remarquer. C'est un éternel recommencement. Mais il va falloir que je vous laisse : je dois préparer ma conférence.

Soudain, le vieil homme tituba. Marcas et Stanton se précipitèrent pour l'aider.

— Ça ne va pas ? s'enquit Antoine avec inquiétude.
— Mon cœur me joue des tours. Triple pontage il y a six mois. Ma femme ne voulait pas que je vienne ici, mais on ne refuse point de donner une conférence sur le Graal dans son abbaye ! Un coup de chaleur, rien de plus, raccompagnez-moi à la tente.

Antoine lui proposa son bras et ils revinrent à pas lents au stand des organisateurs. Le professeur s'assit à l'ombre et but un grand verre d'eau. Son visage paraissait encore plus émacié.

— J'aurais dû suivre les conseils de mon épouse. Dès que la conférence se termine, je me repose et je repars à Paris.
— Avez-vous besoin d'aide ? demanda Stanton avec déférence.

— Non, merci. Je vous ai déjà retardés. Et encore bravo pour votre découverte. Peut-être même que vous trouverez le Graal. C'est mon rêve depuis ma plus tendre enfance.

— Sait-on jamais, professeur. Les rêves sont faits pour se réaliser. À bientôt.

Ils se saluèrent et sortirent de l'enceinte de l'abbaye. Au moment où ils allaient emprunter la rue menant au parking, le portable de Stanton sonna. L'écrivain lança un regard angoissé à Marcas, tout en sortant son téléphone de sa poche.

Numéro masqué.

Il décrocha. Une voix féminine jaillit.

— Derek, Derek ! Tu m'entends ?

— Oui ! Oui, ma chérie. Tu vas bien, ils ne t'ont pas fait de mal ?

Marcas consulta le sien. Rien. Il n'y avait aucun message, aucun appel manqué.

Stanton brancha le haut-parleur.

— Mon amour... je t'en supplie... vous avez avancé dans vos recherches ?

— Oui, cria presque l'écrivain.

Marcas se pencha sur l'appareil.

— Et mon fils ?

— Ils vont très bien tous les deux, intervint une voix masculine. Où en êtes-vous ?

— Nous avons trouvé un nouvel indice à Stonehenge qui nous a menés à Glastonbury.

— J'en conclus donc que vous n'avez pas trouvé l'objet...

— Passez-moi mon fils, supplia Marcas.

Ils entendirent des bruits, des frottements, comme

si à l'autre bout du fil, le portable passait de main en main. Mais Pierre ne répondait pas.

— Ce sera pour la prochaine fois, reprit la voix. Rassure-toi, il est en bonne santé. Tant que tu accomplis ta part de travail, je m'occuperai bien de lui.

Antoine crut entendre des sanglots en arrière-plan, mais il n'en était pas certain.

— Continuez, je vous recontacterai bientôt. Au fait, commissaire Marcas, tu n'as pas l'intention, par hasard, de contacter tes petits camarades de la police ?

La nuque d'Antoine se raidit, un picotement parcourut sa colonne vertébrale.

— Bien sûr que non ! Je n'ai qu'une parole, répliqua-t-il d'une voix blanche.

— À la bonne heure, messieurs. Bonne chasse !

L'appel coupa.

44.

Glastonbury
22 juin

Le soleil était presque au zénith au-dessus de la tour, quand Stanton et Antoine commencèrent l'ascension de la colline de Glastonbury. Ils n'étaient pas seuls : de nombreux touristes gravissaient, eux aussi, le Tor. Le sentier qui grimpait sur le dos de la colline était déjà pentu. La campagne environnante – des champs plats entourés de haies – s'étendait à perte de vue.

— Très impressionnante, cette colline…, commenta Marcas, le visage luisant de sueur.

Une colonne de retraités descendait lentement la pente en sens inverse. Deux femmes se montraient en riant les photos de leurs enfants sur leur portable. Antoine sentit son cœur se serrer.

Derek avait peut-être vu juste, l'hypothèse d'un complice collé à leurs basques n'était sans doute pas une chimère. D'ailleurs, Antoine ne cessait de se retourner depuis la fin de l'appel.

Mais Pierre était vivant : c'était l'essentiel.

Stanton avait lui aussi repris espoir, il montra le sommet de la colline.

— Pour les hommes de la préhistoire comme ceux du Moyen Âge, cette masse rocheuse qui surgissait en plein marais leur inspirait force respect et sans doute une crainte superstitieuse. Certains pensaient que ce rocher était tombé du ciel et devait être révéré comme un signe des dieux.

— Pas étonnant que l'Église se soit empressée d'y construire une église, répondit Marcas. Les catholiques ont toujours eu un sens inné de la récupération. Le Graal en est un exemple patent. Je repense à ce que nous a expliqué Turpin avec Robert de Boron et son ripolinage du mythe. Très ingénieux...

Un groupe de lycéens les dépassa. Derrière eux, un trio de professeurs en nage les suivait péniblement.

— Et ce qu'il n'a pas dit, c'est que certains historiens sont persuadés que Robert de Boron est une anagramme. Il n'aurait jamais existé. Ce serait le pseudonyme d'un groupe de moines érudits qui œuvraient pour répandre le message de l'Église.

— Une sorte de fake ?

— Exactement. L'Église a toujours eu un goût prononcé pour la manipulation de la multitude. Toujours selon ces mêmes détracteurs, il valait mieux que ce nouveau conte surgisse de la plume d'un écrivain inconnu plutôt que de la main gantée d'un émissaire du pape. Déjà, à l'époque, on se méfiait de la parole officielle.

L'écrivain fit une pause pour reprendre son souffle. Ils n'étaient même pas à mi-pente et ses jambes lui semblaient aussi dures que de la pierre. Il avisa la tour qui n'était plus très loin.

— Nous allons bientôt pouvoir saluer saint Michel, le bras armé de Dieu, l'exterminateur en chef qui a vaincu Satan, jaloux de la création du monde. Une légende locale dit que nous nous trouvons à l'endroit même où l'ange rebelle a été précipité dans l'abîme Et que la tour du sommet garderait la porte qui mène aux enfers.

— Satan... Je préfère Lucifer, c'est plus stylé, comme dirait mon fils.

Brusquement la tour surgit du sommet. Face à l'entrée, les lycéens s'étaient rassemblés autour d'un guide du *National Trust* – la fondation qui gérait la plupart des sites historiques de Grande-Bretagne. Antoine et Stanton restèrent à distance du groupe, mais tendirent l'oreille.

— Jeunes gens, commença le guide, vous êtes ici devant la tour Saint-Michel du Tor de Glastonbury.

— Saint Michel, c'est bien celui qui terrasse le dragon ? demanda une des lycéennes.

— Tout à fait exact, c'est un privilège qu'il partage avec saint Georges, le protecteur du royaume britannique.

— De toute façon, il y a un dragon dans le sol, j'ai lu ça dans un roman de fantasy et votre tour, là, elle s'enfonce pile dans son crâne.

— Comme un pieu dans le cœur de Dracula ? renchérit un de ses camarades.

— Pareil. Parce que si le dragon se réveille...

Le guide tenta d'endiguer le flot d'imagination en crue sur le point de déborder.

— Je ne sais pas s'il y a un dragon, mais...

Un des élèves montra du doigt les sept terrasses du côté nord, celles qui avaient permis à Stanton d'identifier la colline sacrée de Glastonbury sur la plaque découverte à Stonehenge.

— Ça, c'est ses écailles, c'est sûr ! Et si la tour s'écroule, ça va être zombie-land, ici.

Des cris d'effroi montèrent du groupe. Le guide en profita pour rattraper la situation.

— Eh bien, justement, la tour s'est effondrée en 1275. Très exactement le 11 septembre.

— Comme par hasard, le 11 septembre. Comme à New York, s'exclama un lycéen, Je suis sûr que c'est un complot !

Antoine sourit malgré lui. Il croyait entendre Pierre.

— Allez, proposa le guide, on entre et je vous montre ce qui reste de la première tour, celle qui a été détruite par le tremblement de terre.

— Tu parles d'un tremblement de terre, ricana un des jeunes, c'est le dragon qui a tout cramé ! Suffit de voir les pierres, elles sont toutes noires.

Stanton faillit intervenir, mais Antoine l'en dissuada.

— Tu vas leur dire quoi ? Que ça fait huit siècles que ces murs sont battus par le vent et la pluie et que c'est pour cette raison que les pierres sont devenues comme ça ?

— Mais c'est la vérité.

— La vérité de la raison, oui. Mais celle de l'imaginaire est tout autre. Tu es prêt à croire au Graal, mais tu n'as pas envie de croire que cette pierre, là, c'est le souffle brûlant du dragon qui l'a rendue noire comme la nuit ?

— Pas aujourd'hui, on a une énigme à décrypter, la vie de ma femme et celle de ton fils en dépendent.

Le guide pénétra dans la tour, par une porte taillée en demi-ogive, à la suite de ses élèves. Marcas et Stanton entrèrent sur ses talons. Un silence sépulcral régnait à l'intérieur, même les autres touristes restaient muets face à la beauté désolée du lieu. Une pénombre diffuse colorait en sombre toute la partie inférieure de la construction. Il ne subsistait plus rien entre les quatre façades ; la voûte initiale, le plancher de l'étage supérieur et le toit avaient disparu. Marcas et Stanton levèrent les yeux vers le carré de ciel bleu cobalt qui se découpait à cinquante mètres au-dessus de leur tête. La voix du guide brisa le silence :

— Chers enfants. Puisque vous aimez avoir peur, autant frissonner avec de véritables histoires. Sachez qu'ici même, en 1539, trois moines de l'abbaye de Glastonbury ont été éviscérés et écartelés avant d'être pendus pour rébellion envers la couronne. On dit que leurs fantômes reviennent les nuits de pleine lune pour faire subir le même châtiment aux enfants menteurs qui auraient eu le malheur de venir faire un tour ici les jours précédents...

Les gamins échangèrent des regards inquiets. Les piaillements cessèrent d'un coup. Satisfait de son effet, le guide appuya sa main sur un gros bloc de pierre.

— Regardez ce pan de mur, reprit-il, si vous regardez bien, vous verrez que les pierres sont différentes du reste de l'édifice. Elles sont plus petites. C'est ce qui reste de la tour originelle.

— Et ça ? s'enquit un élève en désignant une pierre en saillie à hauteur d'homme, qui était noyée dans l'obscurité.

— Ça, c'est un blason, répondit le guide. Quand les maçons ont reconstruit la tour en 1360, ils l'ont trouvé dans les débris et l'ont remonté dans le mur. On pense que les armoiries appartiennent à une ancienne famille de seigneurs que personne n'a identifiée à ce jour. Bon, je vous accorde cinq minutes de pause pour découvrir la vue aux alentours et ensuite on redescend en direction de l'abbaye.

Les enfants s'éparpillèrent comme une volée de moineaux, au grand soulagement de Stanton et Marcas.

— Bon, si le Graal est ici, je nous vois mal creuser à l'intérieur de la tour avec tous ces touristes, chuchota Marcas.

— Je me charge de l'extérieur, dit Stanton. Inspecte les murs et jette un œil au blason.

Derek fila à l'extérieur des ruines pendant qu'Antoine inspectait les murs avec attention. Rien. Il n'y avait rien, ni sur les murs, ni au sol. Il s'approcha du blason et y braqua la torche de son portable. Les armoiries apparurent dans un éclat de lumière argentée.

Il ressemblait à un bouclier écu comme on en trouvait au Moyen Âge – de forme carrée, se terminant vers le bas par des bords convexes. Le blason était divisé en deux parties, séparées par une diagonale de l'épaisseur d'une brindille. Dans la partie haute, figurait une croix grecque rouge, prolongée par des sortes d'épis – que Marcas ne parvenait pas à bien distinguer. Dans la partie basse, trois symboles étaient représentés : une tour, une herse et une croix.

Au surplomb, Marcas distingua une devise en ancien français.

Crucifye-toi.

Il se figea net. Pas à cause de la devise, non.

— Derek !

Antoine ne connaissait rien à l'art de l'héraldique, mais il avait bien reconnu un symbole. Un symbole qui ne cessait de les narguer depuis le début de leur quête, un signe qui apparaissait systématiquement à chaque étape. Dans le sarcophage déviant. Sur l'artefact de la Table ronde. Au verso de la plaque de Stonehenge.

Une croix en X allongée vers le haut.

La croix de Saint-André.

45.

Banlieue parisienne
22 juin

Pierre s'arrêta de marcher et s'assit sur la chaise qu'il avait collée à la porte. L'examen minutieux de la cave ne lui avait rien apporté, le moindre recoin de mur était recouvert d'un ciment lisse et dur. Sa cellule était hermétiquement close. Une boîte. Il était cloîtré dans une boîte sous terre. Même s'il se mettait à cogner le mur comme un damné, avec le pied de sa chaise, il se passerait des jours et des nuits avant de pouvoir y ouvrir même une fissure.

Il colla son visage contre la porte. Le contact glacé du fer le long de son front le tenait en éveil. Il ne savait plus à quand remontait la dernière visite de son ravisseur. Son esprit avait perdu le sens du temps.

Du silence, des murs, de l'humidité, une chaise et un rai de lumière sous la porte : c'était tout ce qui le raccrochait à la réalité. Il ne pouvait pas compter sur Anna Stanton. Après l'avoir supplié de ne rien tenter contre Tête de mort, épuisée, elle s'était endormie.

Lui aussi commençait à succomber à la fatigue. Ses yeux se fermaient à intervalles réguliers, encouragés par une petite voix intérieure qui lui susurrait de laisser tomber, de s'endormir, car il n'avait aucune chance face au ravisseur.

Non. J'ai les mains libres.

Une autre voix venait de le secouer. Pour rester éveillé, il mordit de toutes ses forces la paume de sa main. La douleur manqua de le faire pleurer.

Soudain, le bruit revint. Celui de la peur.

Des pas. Lourds et traînants.

Tête de mort était de retour. À l'autre bout du couloir.

Je vais m'occuper de toi.

Un réflexe de survie s'empara du jeune homme. Sa respiration accéléra d'un coup, il bondit sur ses pieds, saisi d'un instinct animal. Il se plaqua à nouveau contre l'encoignure de la porte. Ses mains empoignèrent le pied de la chaise. Il avait l'impression que quelqu'un avait pris possession de son corps et le manipulait telle une marionnette de chair et de sang. Ce quelqu'un, c'était sa propre volonté. La volonté de se battre.

— Bébé Marcas, on a des trucs à se dire

La voix était toute proche de la porte.

Bébé Marcas.

Il détestait ça. Sa colère se mua en une haine féroce. Pierre leva sa massue improvisée au-dessus de sa tête.

Ça va foirer. Il va voir que je ne suis pas sur la chaise.

La porte s'ouvrit en grand. Une ombre passa en trombe devant lui et s'avança au centre de la cave. Le cœur de Pierre tambourinait dans sa poitrine.

Apercevant la place vide, le chauve se retourna en un éclair.

Maintenant.

Pierre abattit la chaise sur la tête du chauve au moment où leurs regards se croisèrent.

Le rebord en fer atteignit le type à la tempe, mais il eut le temps d'empoigner Pierre par le cou. Son sourire macabre vint se coller à son visage. Le jeune homme sentit la masse musculaire de son ravisseur peser sur lui.

La chaise décrivit un arc de cercle et s'écrasa à nouveau contre le crâne luisant.

Tête de mort lâcha sa proie et s'effondra.

Hébété, Pierre contemplait l'homme gisant à terre, inconscient.

Putain, j'ai réussi.

Il resta pétrifié quelques secondes, puis contourna le corps inanimé. Le foulard à tête de mort lui donnait vraiment un air de cadavre. Pierre se retint de lui balancer un coup de pied dans les côtes. La douleur pouvait le réveiller.

Il passa la porte de la cave et referma derrière lui. Tête de zombie n'avait pas laissé la clé dans la serrure. Un instant, il hésita à retourner dans la cellule pour lui faire les poches, mais l'idée même de le fouiller, de le toucher, le tétanisait...

Il s'avança prudemment dans le couloir et s'arrêta devant la cellule d'Anna Stanton. Il entendit sa voix douce et lancinante, comme si elle murmurait un mantra.

— Derek va trouver le Graal... Derek va me sauver... Il va trouver le Graal...

Pierre ouvrit la porte en grand, inondant de lumière

l'intérieur de la petite pièce. La jeune femme était prostrée tout au fond, tel un animal apeuré. Elle releva lentement la tête et le regarda, les yeux écarquillés par la surprise.

— Venez ! chuchota Pierre, en lui tendant la main.

Elle secoua la tête et jeta des regards terrifiés derrière lui.

— Non, gémit-elle. Il m'a dit qu'il me ferait encore plus mal si je lui désobéissais.

Pierre s'avança et la prit par les épaules pour l'aider à se relever.

— Je l'ai assommé, mais il peut se réveiller à n'importe quel moment. On a une chance. Une seule !

Anna se recroquevilla, hagarde.

— J'ai trop peur... Mon mari va trouver le Graal, je le sais. Il va me délivrer, divaguait-elle.

— Personne ne viendra nous libérer, madame Stanton. Pour la dernière fois, venez !

Elle se balançait d'avant en arrière de plus en plus vite.

— Je ne veux plus avoir... mal. Je ne veux plus... Derek va venir.

Pierre hésita quelques secondes, puis lâcha d'une voix tremblante :

— D'accord, je vais trouver du secours, et on viendra vous sauver.

Elle ne le regardait même plus quand il sortit de la cave. Il lui sembla entendre des frottements et une sorte de plainte venant de son ancienne cellule. Tête de zombie s'était réveillé.

— Bébé Marcas ? Où es-tu, Bébé Marcas ?

La voix lui glaça à nouveau les sangs. Son pouls accéléra à la vitesse d'un TGV. Il courut le long du couloir. Il savait qu'il y avait un escalier tout au bout et ensuite une sorte de salon où le chauve les avait pris en photo. Il était quasi certain que son ravisseur n'avait aucun complice. La chance était avec lui.

— Bébé Marcas, t'as pas été gentil ! Je viens te chercher.

La voix était derrière lui, probablement à l'autre extrémité du couloir. Il grimpa à toute vitesse la volée de marches qui se présentait à lui. En haut de l'escalier, il y avait une porte en bois d'un vert crasseux. Il se rua dessus.

Une terreur glacée lui parcourut l'échine.

Non. Fermée.

Pierre se retourna pour jeter un œil à l'escalier. Il était pris au piège. Il appuya avec rage sur la poignée mais rien ne venait. Il tenta alors d'enfoncer la porte à grands coups d'épaule. En vain.

Soudain, elle s'ouvrit et un homme apparut en pleine lumière. Un type blond qui portait un plateau avec des assiettes et deux verres.

— Monsieur Seymour, que se passe-t-il ? demanda-t-il, avant d'apercevoir Pierre.

Aussitôt, Pierre balança ses deux poings sous le plateau. La vaisselle vola en éclats contre la tête du type. Le fils d'Antoine tenta de se faufiler vers la sortie, mais le complice l'agrippait déjà par la taille.

Le jeune homme se sentit basculer en arrière.

— Non ! hurla-t-il.

Dans un élan désespéré, il se plaqua instinctivement contre son agresseur, de tout son poids l'entraînant dans l'escalier. Les deux corps dévalèrent ensemble les marches.

Pierre sentit la main lâcher sa ceinture. Il se releva

en titubant et découvrit le blond, couché contre la dernière marche, sa tête formant un angle grotesque avec ses épaules. Ses lèvres balbutièrent quelques mots puis ses yeux se fermèrent.

Au loin, la voix d'Anna Stanton suppliait :

— Monsieur, j'ai obéi. Il a voulu m'entraîner mais j'ai refusé. Vous ne me ferez pas de mal ?

— La ferme !

Pierre tourna la tête et découvrit son geôlier qui se dressait à quelques mètres derrière lui. Il réalisa avec horreur qu'il ne portait plus son foulard.

— Qu'as-tu fait à M. Drill, Bébé Marcas ?

Le visage imberbe, lisse du chauve, était devenu un masque de haine, plus effrayant encore que son foulard macabre. Il sortit lentement un pistolet, au canon rectangulaire, noir et jaune, de son blouson et le braqua sur Pierre.

— Non, je vous en prie. Pitié !

— Tu as tué M. Drill, Bébé Marcas. Tu vas payer pour ça !

Il tira.

46.

*Glastonbury
22 juin*

Intrigués, Stanton et Marcas observaient le blason. La devise qui l'accompagnait était tout aussi énigmatique que sa composition.

Crucifye-toi.

— Tu as raison, Antoine, encore la croix de Saint-André. On est sur la bonne piste.

L'écrivain s'approcha davantage et murmura :

— Magnifiques armoiries... *L'héraldique, les hiéroglyphes de la féodalité*, comme le disait votre bon vieux Victor Hugo.

À son tour, Marcas s'avança pour mieux examiner les détails du blason.

— Étrange, chaque extrémité de la croix est surmontée d'une tête de serpent. Je n'en ai jamais vu de ce type. Il s'agit peut-être d'un ordre de chevalerie... Il nous faudrait un spécialiste en héraldique pour déchiffrer ce nouveau message.

Derek secoua la tête. Il traçait une esquisse stylisée du blason sur sa tablette.

— Cette fois, c'est moi qui prends la main, mon frère. Il faut faire parler ce blason et comme, pour l'un de mes romans, j'ai suivi quelques cours avec Basilic de Sable...

— Pardon ?

— C'est le surnom de sir Hilary Bray, l'un des meilleurs généalogistes du collège héraldique de Londres. En échange d'une caisse de Fleming Scotch de trente ans d'âge, il m'a initié au décryptage des armoiries. Je m'en suis servi pour créer les armoiries sur mon hélicoptère.

Stanton leva sa tablette vers le blason et le photographia sur toutes les coutures.

— Voyons les pièces et les meubles... O.K. Ensuite, les émaux et les métaux... Cela devrait donner pour la partie haute en senestre : d'argent sur croix guivrée de gueules dorées.

Antoine avait l'impression de se retrouver dans un pays lointain, confronté à une langue mystérieuse.

— Il me faut la traduction, si tu veux que je suive.

— Pardon. Un blason se décrypte en fonction de quatre éléments fondamentaux. La couleur, la partition, les pièces et les meubles. La combinaison de ces quatre éléments explique l'extraordinaire variété des armoiries. Commençons par la couleur. Que vois-tu ?

Marcas répondit instantanément :

— Le fond est blanc, la croix rouge et les têtes de serpent sont jaunes.

— En héraldique, les couleurs sont divisées en deux groupes. Les métaux et les émaux. Les métaux sont l'or pour la couleur jaune, et l'argent pour le blanc. Quant aux émaux, ce sont les quatre couleurs de base. Le rouge, encore appelé gueules, le bleu c'est l'azur – qui vient de l'arabe Lazaward –, le vert pour sinople, le noir est nommé sable.

— Sable, c'est étrange. Il n'y a guère de désert de sable noir...

— Bien vu ! La métaphore vient des zibelines noires utilisées pour les fourrures des seigneurs et, en latin, ces charmants animaux se disent *zabula*. D'où, par proximité phonétique, le mot *sable*. Mais, revenons à notre blason, nous avons donc trois couleurs héraldiques. L'argent pour le fond, le rouge pour la croix et l'or pour les têtes de serpent. Continuons maintenant avec le deuxième élément fondamental de décryptage : la partition – c'est la façon dont est divisé un blason. Il y a quatre découpages de base qui correspondent à l'esprit guerrier de l'époque.

— C'est-à-dire ?

— Les coups d'épée de base des chevaliers !

Stanton saisit un bout de bois qui traînait et le brandit devant Marcas.

— Si je te coupe le ventre de droite à gauche sur toute la longueur. C'est le coupé.

Il leva à nouveau le bâton et fendit l'air de haut en bas.

— Le parti !

Il continua par une diagonale qui partait de l'épaule droite d'Antoine pour finir vers sa côte gauche.

— Là, je taille.

Et termina par une autre diagonale inverse.

— Et ensuite, je tranche !

L'écrivain jeta le morceau de bois et reprit sa

tablette sur laquelle il traça les passes d'escrime sur un blason.

— Notre écu est donc tranché et bien tranché... Tranche bien. Ça ne te rappelle rien ?

— Bien sûr, le décryptage du professeur Turpin. *Tranche bien, Trencavel, Perceval !*

— Parfait. Passons au troisième élément : la figure inscrite dans le blason. Les nobles redoublaient d'imagination pour mettre sur leurs armoiries moult motifs géométriques, animaux fabuleux, symboles énigmatiques ou objets singuliers. Là encore, que vois-tu ?

— Une croix, répondit lentement Marcas.

— La croix est l'une des vingt-cinq figures géométriques que l'on appelle « pièces ». Et comme nos amis du Moyen Âge aimaient la complexité, il existe une quarantaine de croix – beaucoup d'entre elles sont des symboles d'ordres religieux.

— Comme la croix pattée des Templiers...

— Absolument. Ou celle des chevaliers de Malte, ou des Teutoniques... Mais, dans le cas qui nous occupe, il ne s'agit pas d'un ordre de chevalerie. Nous avons affaire à une croix avec des têtes de serpent. On appelle ça une croix guivrée, car l'ancien mot *guivre* signifie vipère. C'est une pièce aussi rare qu'étrange. Mais, récapitulons... Nous avons donc pour la partie haute : *sur argent de croix de gueules dorées.*

Marcas croisa les bras et regarda Stanton avec admiration. Depuis le début de leur quête, l'écrivain faisait preuve d'une culture approfondie dans des domaines peu ordinaires, et tout cela sous une contrainte insupportable. Il enviait sa façon de faire abstraction de son angoisse. Ce type était au bord de l'implosion, et pourtant il tenait bon.

— Sur argent de croix de gueules dorées..., répéta Antoine. Ça en a de la gueule !

— Regarde maintenant les trois symboles sur la partie basse, ce sont les meubles – le troisième élément de base d'un blason. Les meubles sont constitués d'animaux, d'objets, de végétaux, ou d'un bestiaire fantastique tels que des dragons, des hydres ou des sirènes. Dans le cas qui nous occupe, il y a une tour, une herse et la croix de Saint-André – à savoir la coupe du Graal.

Stanton s'interrompit pour consulter sa tablette.

— C'est curieux, je ne trouve rien d'identifiable sur ma base de données de l'armorial des blasons, de Bleuchamp...

— Et si ce n'était pas un blason entier, mais la réunion de deux blasons ?

Stanton opina de la tête.

— C'est jouable. Voyons, qu'avons-nous dans le Hampshire avec *Sur argent de croix guivrée dorée*... Non plus. Il n'y a rien dans le coin, ni d'ailleurs en Angleterre.

— Essaye l'Écosse ou l'Irlande ?

— Rien, là non plus. Étrange...

Antoine regarda à nouveau le blason.

Crucifye-toi.

— Si je ne m'abuse, la devise est en français. Pourquoi ne pas essayer le registre de l'aristocratie hexagonale.

— Ah, ne me décourage pas ! Je n'ai vraiment pas envie de repartir sur le continent pour continuer la quête ! Mais pourquoi pas...

Il pianotait à nouveau sur l'étain.

— J'ai tapé la désignation officielle du blason... Bingo !

Excité, Marcas se pencha sur la tablette, un blason occupait le tiers de l'écran. La même croix rouge avec ces mêmes têtes de serpent dorées énigmatiques.

— Ces armoiries datent du XIe siècle. Ce sont les armes de la maison des Gaël-Montfort, une vieille famille anglo-bretonne. Voyons... Voyons, le château seigneurial était bâti à Montfort-sur-Meu, en Ille-et-Vilaine.

Il parcourait à toute vitesse la fiche armoriale sur la généalogie des Gaël-Montfort.

— Qui avons-nous dans cette puissante famille... Ralph, conseiller de Guillaume le Conquérant... Raoul Ier, le fils. Intéressant personnage, il était aussi comte d'East Anglia – le Norfolk et le Suffolk, rien que ça – mais il a dû s'exiler en Bretagne suite à une tentative de rébellion contre Guillaume.

— Donc aucun rapport avec le Graal ou Arthur... et sa ville ? Montfort quelque chose...

— Sur Meu. Montfort-sur-Meu ! Non, rien... Attends un peu. Si la famille comptait dans la région, elle devait avoir un fief étendu. Voyons, quelle était l'ampleur de leur domaine ? Que des villages ou des petits châteaux inconnus. Sauf...

Le visage de Stanton devint blanc comme de la craie.

— Non, c'est impossible..., murmura-t-il en tendant la tablette à Antoine.

Celui-ci découvrit la photo d'un vieux château noyé dans la brume et posé au bord d'un lac. Il se figea en lisant la légende.

*Forêt de Paimpont. Château de Comper.
Demeure ayant appartenu au seigneur
de Gaël-Montfort.
Lieu de naissance légendaire de la fée Viviane
dont le palais, construit par Merlin, serait englouti,
dans l'étang tout proche.
L'un des cinq châteaux de la quête du Graal.*

47.

*Glastonbury
22 juin*

Les deux hommes s'étaient réfugiés dans le Range Rover pour faire le point. Stanton tapotait sur sa tablette et zooma sur une carte du sud de l'Angleterre et de la Bretagne.

— O.K. Si je fais enregistrer un nouveau plan de vol dès maintenant, il nous faut une bonne heure en voiture pour rejoindre l'hélico et au moins une heure pour se poser dans un champ aux alentours du château de Comper.

Le visage fermé, Marcas secoua la tête.

— Nous n'avons pas trouvé le Graal, Derek. Cette fois j'appelle mes collègues.

— Mais tu...

Antoine l'interrompit et ouvrit sa portière.

— Il n'y a pas de mais, je t'accompagnerai en Bretagne, mais cette fois je contacte la police. Je vais acheter un autre téléphone et m'assurer que personne ne me suit. Attends-moi là.

Au moment où le visage de l'écrivain s'assombrissait, son portable vibra. Numéro masqué. Il décrocha et brancha le haut-parleur. Une voix féminine, angoissée, se répandit dans l'habitacle.

— Derek, c'est moi ! Je...

Des halètements. Puis un bruit sourd, comme une chaise qui tombait. Anna hurla.

Stanton frappa le volant de ses mains avec violence.

— Arrêtez ! Pourquoi vous faites ça ! On a trouvé quelque chose.

Des larmes perlaient sur ses joues. Marcas sentit son cœur s'accélérer.

— Pierre ? Tu m'entends ?

Un cri de douleur jaillit du haut-parleur. Il l'aurait reconnu entre mille, c'était la voix de Pierre.

— Salaud ! On vous dit qu'on est sur une piste !

La voix du ravisseur résonna à l'intérieur de la voiture.

— La peur leur donne une odeur répugnante. Bon, c'est vrai qu'ils ne se sont pas lavés.

— Arrêtez votre cirque, je suis...

— Stop ! Tu vas m'écouter attentivement, Marcas. Je suis avec ton fils à Paris, mais je suis aussi à Glastonbury, comme j'étais dans le champ de pierres de Stonehenge ou dans le château de Winchester. Je suis partout et nulle part, mes yeux et mes oreilles sont légion. Tu as voulu désobéir à mes ordres. Je n'aime pas ça. Va tout de suite à Salisbury au dépôt DHL, sur Queens Street. Un pli t'y attend. Si j'étais toi je me dépêcherais !

L'homme raccrocha sans attendre leur réponse. Stanton démarra sur les chapeaux de roue, pendant que Marcas bouclait sa ceinture.

— J'ai peur, Antoine.
Marcas ne répondit pas, lui aussi était terrifié.

Une heure plus tard, le Range Rover pila net devant le dépôt du transporteur qui était situé à l'entrée d'une zone industrielle. Perdus dans leur angoisse respective, les deux hommes n'avaient pas décroché un mot pendant le trajet. Ils se garèrent dans un parking où ne cessaient d'entrer et de sortir des camionnettes siglées du logo jaune et or du transporteur. Ils se présentèrent au comptoir d'accueil où un employé aussi roux que souriant consulta son ordinateur.

— Oui, j'ai bien un colis au nom d'Antoine Marcas, c'est parti hier de Paris.

Antoine montra son passeport et quelques instants plus tard un autre employé déposa sur le comptoir un paquet de la taille d'une demi-boîte à chaussures. Il hésita quelques secondes, comme s'il avait sous les yeux un colis piégé, puis l'embarqua sous son bras. C'était bien trop léger pour contenir une bombe.

Ils remontèrent dans le Range et fermèrent les portes. Marcas déchira l'enveloppe de protection et sortit un coffret de style chinois, laqué de rouge écarlate avec deux initiales sur le dessus.

A S

Stanton pâlit.
— Je le reconnais, c'est l'un des coffrets à bijoux d'Anna.

Marcas fit sauter le loquet sur le côté et ouvrit le couvercle.

Il hoqueta.

Stanton hurla.

L'intérieur de la boîte en satin capitonné était recouvert de mèches de cheveux blonds et légèrement bouclés qui formaient comme un anneau. Au centre, un morceau de coton blanc était auréolé de rouge sombre.

Et sur ce matelas de ouate, reposaient trois doigts.

Les extrémités des phalanges étaient sectionnées d'une coupe nette et précise. Du sang séché occultait en partie les fragments d'os en saillie dans la chair.

Le cœur d'Antoine explosa dans sa poitrine comme si l'on venait de l'électrocuter. Il venait de reconnaître la couleur des cheveux de son fils.

Stanton écumait de rage, des éclairs de colère incendiaient ses yeux. Aucun des deux n'osait prendre les doigts mutilés pour identifier son propriétaire.

Au bout d'un temps qui lui sembla infini, Antoine surmonta sa répugnance et saisit délicatement ce qui ressemblait à un annulaire. Aussitôt Stanton le lui arracha et le posa dans sa paume.

La bague de mariage en or rose avec diamant scintillait comme au premier jour.

— Mon dieu, Anna...

Il prit les deux autres doigts, un pouce et un index et les déposa à leur tour au creux de sa main, puis les caressa avec douceur. Antoine le prit par l'épaule.

— Je suis désolé, Derek. Je...

L'écrivain se dégagea brusquement et le foudroya du regard.

— Tu es désolé ? Tu es désolé, connard ? Il nous espionne depuis le début, il savait que tu avais le projet d'appeler les flics. Et tu ne m'as pas écouté !

Antoine restait sans voix, il ne savait que répondre. Stanton avait raison. À cause de lui, sa femme avait été torturée. Il prit les boucles de cheveux et les tourna dans tous les sens, le cœur rongé par la culpabilité.

Le portable de Stanton vibra.

Numéro masqué.

Il décrocha et mit le haut-parleur.

— Alors, mes amis, que pensez-vous de mon petit cadeau ? On a beau dire, mais de nos jours, les transporteurs font des miracles.

— Vous le paierez, salopard. Vous le paierez très cher, s'écria Stanton.

Un éclat de rire fusa.

— Je ne vous conseille pas d'adopter ce ton, Derek. C'est la faute de votre compagnon de jeu... C'est à lui qu'il faut adresser vos reproches. La prochaine fois qu'une autre idée saugrenue lui traversera la tête, vous recevrez un autre colis. Avec les doigts du gamin et un autre bout d'anatomie de votre charmante épouse. Maintenant, faites-moi rêver et révélez-moi votre destination.

Stanton secouait la tête en silence, incapable d'articuler le moindre mot. Marcas lui prit le portable des mains et expliqua en détail leur prochaine étape en s'efforçant de maîtriser sa colère. Quand il eut fini, le ravisseur s'exprima d'une voix claire, presque enjouée :

— Retour en France, donc... Eh bien, messieurs, je vous contacterai quand vous serez en Bretagne. De toute façon, sachez que j'ai un œil sur vous. Au fait, Marcas, ton fils s'est très mal comporté. J'ai dû sévir. Bonne chasse.

48.

*Rome
22 juin*

L'extrémité du couloir du Cortile del Belvedere bruissait de murmures. Badge autour du cou, un groupe d'hommes et de femmes attendait sagement sous le regard impassible d'un garde suisse planté entre deux portes tendues de velours rouge. Celle de gauche menait à la lumineuse Bibliothèque du Vatican, celle de droite vers le sombre *Archivum Secretum Apostolicum Vaticanum*. L'Archivum. L'antre des archives privées de la papauté, surnommé le bunker depuis son installation, décidée par Jean-Paul II, dans les sous-sols bétonnés s'étendant sous le jardin du musée du Vatican.

Le cardinal Theobald et son assistant s'approchaient à pas rapides du groupe de visiteurs. Le jeune jésuite se pencha à son oreille.

— Qui sont ces gens attroupés à cette heure aussi tardive ? murmura-t-il.

— L'Association des bibliothécaires anglicans. Albertini m'a prévenu d'une visite nocturne et œcuménique en marge du Jubilé. Mais ils ne nous dérangeront pas, ils doivent d'abord faire le tour de la bibliothèque.

Le jeune jésuite fronça les sourcils.

— Je croyais qu'il fallait être catholique et présenter son baptême de naissance pour pénétrer dans la salle des Archives secrètes.

— Ça, c'est dans les romans. Ce mot *Secretum* fait tourner bien des têtes. En réalité, il fait juste référence au caractère privé de ces archives. De nos jours, tout chercheur reconnu, et surtout patient, peut obtenir une accréditation pour consulter ces archives. D'ailleurs, plus d'un millier de personnes viennent travailler ici chaque année. L'Église a évolué, mon ami. Même *l'Index Librorum Prohibitorum*, le catalogue des livres interdits par l'Église, n'existe plus depuis la fin des années 1960. Dieu merci.

Vêtu de la robe cardinalice, Theobald passa avec noblesse devant le groupe. Les visiteurs s'écartaient et les conversations se diluaient à mesure que le prince de l'Église avançait, tel un navire fendant les flots. Il entrevit dans les regards une curiosité respectueuse. Il Tastiera sourit intérieurement, il n'avait jamais aimé porter la robe officielle de sa charge, mais parfois cela avait du bon. Surtout avec les protestants, affectueux et bien-aimés frères dans le Christ, mais néanmoins concurrents dans la pêche aux âmes de ce monde.

À leur approche, le garde suisse ouvrit la porte de droite sans lever les yeux. Depuis le temps qu'il travaillait dans la cité sainte, Theobald aurait bien été incapable d'en reconnaître un seul s'il l'avait croisé en tenue civile.

— Ce renard d'Albertini a quand même attendu

la présentation de mon rapport Galaxie aux cardinaux pour m'autoriser à admirer son fameux manuscrit de Chrétien de Troyes. Êtes-vous déjà entré dans le bunker, Livio ?

— Non. C'est un grand honneur que de vous y accompagner, dit le jeune jésuite.

Les deux hommes longèrent un couloir sans âme et parvinrent devant un ascenseur gardé par un autre garde suisse. Il Tastiera lui présenta une carte à piste magnétique en plastique jaune. Le garde l'inséra dans un lecteur fiché dans le mur et la rendit à Theobald. Le cardinal et son assistant s'engouffrèrent dans l'ascenseur plus vieux qu'il n'y paraissait.

La cabine amorça sa descente dans un bruit effroyable de câbles et de poulies mal graissés.

— Le bunker recèle bien des trésors, fit remarquer le cardinal en haussant le ton pour couvrir les grincements, c'est là qu'étaient entreposés les actes du procès des Templiers et, celui de Galilée. Il y a même quelques surprises : on m'a montré une lettre assez cocasse de cet enragé de Voltaire dans laquelle il demande au pape Benoît XV de ne pas interdire sa pièce *Le Fanatisme, ou Mahomet le prophète*.

— Pourquoi cocasse ?

Le préfet d'Inter Mirifica esquissa un sourire goguenard.

— Ce chantre des Lumières, franc-maçon sur le tard, grand pourfendeur de l'Église toute sa vie, termine sa lettre « en baisant humblement les pieds » du Saint-Père.

L'ascenseur stoppa brutalement. Les deux ecclésiastiques sortirent et débouchèrent enfin dans le cœur de l'Archivum Secretum. Une curieuse fragrance planait dans la vaste salle climatisée et déserte. Partout où leurs regards se portaient, s'étendaient d'interminables étagères métalliques surchargées d'épaisses chemises jaunies par le temps et de livres reliés et patinés comme s'ils étaient recouverts d'une couche de cire.

Ici, commençait un château obscur et merveilleux où seuls les chevaliers archivistes et paléographes pouvaient chevaucher entre les murailles de papier. Cartulaires aussi précieux que des joyaux, chartes stratégiques et enluminées, rapports d'enquêtes effroyables d'inquisiteurs scrupuleux, traités diplomatiques compromettants, collections de suppliques rédigées par de prestigieux défunts à des papes encore plus puissants, actes de procès en sorcellerie, comptes rendus de tribunaux ecclésiastiques issus de toute la chrétienté médiévale, innombrable collection de bibles non conformes aux canons, legs de fortunes royales, traités d'hérésie, relevés comptables de milliers d'abbayes, myriades de fastidieux rapports administratifs de la Curie et grimoires déments de démonologie...

Mille vies n'auraient pas suffi pour dévorer les quatre-vingt-cinq kilomètres de linéaires entreposés dans ce royaume souterrain. Un royaume peuplé de fantômes parcheminés.

Theobald et son assistant se dirigèrent vers le comptoir d'accueil d'une sobriété presque janséniste. Il n'y avait pas âme qui vive alentour. Le jeune jésuite frissonna, sans savoir si cela était dû à la climatisation ou à l'ambiance inhospitalière des lieux.

— J'ai entendu des rumeurs, déclara-t-il d'un air pensif. Il y a quand même des secrets ? On dit que le ciel et l'enfer cohabitent dans ces archives secrètes.

Il Tastiera s'assombrit. De désagréables souvenirs remontaient à sa conscience.

— Depuis toujours, il existe deux zones interdites. La première recèle tous les documents antérieurs au VIIIe siècle. Il est formellement interdit de communiquer ces pièces aux chercheurs. C'est le cœur nucléaire des origines du christianisme – et, comme dans les centrales atomiques, il faut se protéger de sa radioactivité. Il y a quelques années, j'y ai découvert un évangile interdit, datant du IVe siècle, qui narrait la possession démoniaque de l'apôtre André et son exorcisme par le Christ. L'identité réelle de Satan y est dévoilée. Révélé au grand public, cet apocryphe donnerait des cauchemars à des millions de fidèles. Et, dans un autre genre, j'ai également consulté un rapport sur les extases, pas vraiment mystiques, d'un pape du VIIe siècle. À faire rougir la grande prostituée de Babylone de l'Apocalypse. Des scènes si effroyables de perversité que je me suis arrêté en pleine lecture. Ah, voici le conservateur des sceaux.

Un homme de petite taille, chauve jusqu'aux sourcils, surgit comme par enchantement derrière le comptoir. Un visage de craie humide, des cernes marron comme des demi-lunettes, l'homme à tête de vampire s'inclina respectueusement devant Theobald et lança un coup d'œil méfiant au jeune jésuite.

— Le cardinal vous attend dans la Cage. En revanche, je crains que votre assistant n'ait pas l'autorisation de vous accompagner.

Theobald posa la main sur l'épaule du conservateur.

— Je m'en porte garant, il ne volera rien.

— C'est que…

— Voulez-vous que nous dérangions le Saint-Père

pour si peu ? répliqua Il Tastiera avec l'assurance de celui qui a pris l'habitude d'user de sa proximité avec le pape.

Le vampire jaugea le jeune jésuite – était-il une proie ? une menace ? – puis s'inclina à nouveau.

— Si vous voulez me suivre, proposa-t-il en ouvrant la marche à distance respectueuse.

Les trois hommes contournèrent le comptoir et empruntèrent un couloir en béton repeint d'une teinte jaune pâle où étaient accrochés à intervalles réguliers les portraits de différents papes à travers les siècles.

— La Cage ? s'enquit le jeune jésuite.

Les talons des trois hommes claquaient en cadence sur le sol carrelé. Une enfilade d'ampoules cerclées de métal diffusait une lumière hostile.

— La seconde partie interdite du bunker. Du moins d'un point de vue politique. C'est là que sont conservés tous les documents administratifs de l'époque contemporaine depuis Pie XII. Les vrais secrets du Saint-Siège sont là, cachés derrière une grille. Ça ressemble à une cage. Même les archivistes n'y ont pas accès. Seuls le préfet des archives et le pape en exercice peuvent y entrer. Ou alors, exceptionnellement, comme dans notre cas, en obtenant une dérogation.

— Je ne comprends pas, comment le manuscrit de Chrétien de Troyes, qui doit dater du XIIe siècle, se trouverait là ?

— Ça, c'est Albertini qui va nous l'expliquer. Ah, nous y voilà ! Que de redoutables secrets dissimulés derrière ces grilles...

Ils longèrent une longue salle grillagée qui laissait apparaître une enfilade de rayonnages étiquetés remplis de cartons volumineux. Le conservateur des sceaux obliqua et s'arrêta devant une porte en fer sur laquelle était accrochée la reproduction d'une peinture ancienne d'un homme tonsuré portant un grimoire.

— Saint Laurent de Rome, précisa fièrement le conservateur à tête de vampire. Mon saint patron et celui de tous les archivistes. Grillé vif par l'empereur Valérien en 258 pour avoir refusé de livrer les archives balbutiantes de notre jeune Église. Un exemple pour nous tous.

— Heureusement pour vous, le métier est moins dangereux de nos jours, ironisa le jeune jésuite.

Le vampire le tança du regard avant de leur ouvrir la porte.

— Le cardinal vous attend à l'intérieur. Vous y trouverez des toilettes, ainsi qu'une fontaine à eau. Je vous conseille de boire car la température et l'hygrométrie sont calculées pour conserver les ouvrages, et cela peut parfois provoquer des gênes respiratoires au bout d'un moment. Vous n'avez pas le droit de sortir sans mon autorisation. Si l'envie vous en prenait, une alarme se déclencherait et des portes coulissantes de sécurité s'actionneraient. Il faudra alors une heure pour vous libérer, après intervention de la garde suisse.

— Les secrets de la chrétienté sont entre de bonnes mains. Vous avez déjà eu des tentatives de vol ?

Pour la première fois, le vampire sourit. Son œil s'alluma.

— Des prêts forcés plutôt. Si vous saviez le nombre de papes qui empruntaient des ouvrages et les archives de leurs prédécesseurs pour enrichir leurs bibliothèques... À la mort de chaque vicaire du Christ, on m'en ramène des cartons entiers qu'il faut ensuite reclasser ! Bon, quand vous aurez terminé, appuyez sur le bouton rouge situé à l'intérieur, à côté de la porte. Je viendrai vous ouvrir. Dernier détail, vous devez mettre des gants pour consulter les ouvrages.

Theobald et son assistant entrèrent dans la salle de consultation, et la porte claqua derrière eux. La pièce de lecture, carrée, ressemblait à un abri antiatomique, tout en béton.

En face d'eux, assis devant une table en bois massive, le cardinal Albertini lisait un ouvrage mince et relié de cuir noirci. Juste à côté, il y avait une boîte de feutrine rouge, frappée au blason du Vatican. Il leva la tête et leur fit signe d'avancer. Ses mains étaient gantées de blanc.

— Ah, Theobald, soyez le bienvenu ! Je vois que vous êtes venu avec votre assistant. Un peu de jeunesse donnera une touche de gaieté à cet endroit sinistre.

Le cardinal et le jeune jésuite s'installèrent autour de la table. Albertini se servit un verre d'eau et en avala une longue gorgée.

— Ce local est non seulement déprimant, mais il donne soif. Cet air climatisé est excellent pour les vieux livres, mais déplorable pour la gorge et les poumons d'un être humain.

Puis il reposa le verre et mit ses mains à plat sur le grimoire.

— Voici le manuscrit authentique du *Conte du Graal*, rédigé par Chrétien de Troyes en 1178 et enluminé quelques années plus tard par son disciple, Pierrick de Saint-Omer. Grâce à lui, le Graal va ressurgir à la lumière et éclairer la chrétienté.

Les deux cardinaux et le jeune jésuite contemplèrent avec attention le livre enluminé qui était ouvert sur la table. Theobald chaussa de fines lunettes, s'approcha de l'ouvrage et enfila la paire de gants fins et immaculés que lui tendait le préfet de la Congrégation pour la Cause des saints.

— Puis-je ?

— Je vous en prie, dit Albertini en tournant l'ouvrage vers ses hôtes. Vous avez en face de chaque page rédigée en langue romane une pelure avec une traduction récente en français. Vous lisez le français ?

— Oui, n'est-ce pas la langue de la diplomatie vaticane ? répondit Il Tastiera dont le regard glissait sur le premier paragraphe du texte délicatement enluminé.

Fort est celui qui assume ses faiblesses, faible est celui qui les nie.
Le fils de la veuve priait depuis le couchant. À genoux devant l'autel, il entendait les bruits qui montaient du château plongé dans la nuit. Le hennissement des chevaux dans l'écurie, la cloche du donjon qui battait les heures.
Il devait attendre.
À cette pensée, son cœur se mit à tambouriner dans sa poitrine. Lui qui n'avait jamais connu l'angoisse, même dans les plus acharnés des tournois du royaume, il sentit comme un sillon de crainte lui graver le dos jusqu'à la nuque. Il leva ses yeux inquiets.
Dans la chapelle, la lumière vacillante des chandelles éclairait un pan de mur peint d'un blason. Un dragon noir dont la gueule béante crachait une haleine de feu.

Theobald arrêta sa lecture et prit un air soucieux. Il repoussa l'ouvrage sur la table et se cala contre sa chaise.

— C'est un faux !

— Et pourquoi donc ? demanda Albertini sans sourciller.

— Depuis que vous m'avez parlé de Chrétien de Troyes, j'ai lu une traduction de son conte. Ce que j'ai sous les yeux n'a rien à voir avec le texte original. De plus, un rapide coup d'œil à la reliure montre qu'elle ne date pas du Moyen Âge. Elle est bien trop récente.

Albertini gardait son sourire. Il saisit l'ouvrage entre ses mains et caressa la couverture.

— Je m'attendais à votre réaction. Le contenu est effectivement très différent. Il narre la quête de Perceval et du chevalier Mordred pour récupérer le Graal. Leurs aventures divergent du conte officiel et j'y reviendrai plus tard. Vous avez aussi raison pour la reliure, ce détail a d'ailleurs toute son importance. Elle date de 1978 et celui qui l'a commandée n'est autre que Jean-Paul Ier.

Theobald et son assistant ne purent masquer leur surprise. Albertini les fixa avec intensité.

— Oui, messieurs... Jean-Paul Ier. Le pape qui n'a régné que trente-trois jours et quelques heures. Retrouvé mort dans sa chambre, terrassé par une mystérieuse crise cardiaque. Le pape, *au sourire de Dieu*, dont la rumeur prétend qu'il a été assassiné par la mafia et la loge maçonnique P2 parce qu'il voulait nettoyer les écuries d'Augias de la banque du Vatican.

— L'administration pontificale a conclu à une mort naturelle ! répliqua sèchement Theobald qui détestait ces théories du complot.

Le visage d'Albertini se durcit. Il brandit l'ouvrage de Chrétien de Troyes devant leurs yeux.
— Certes, mais ce qui n'a jamais été dit, c'est que, juste avant de mourir, le pape était en train de lire ce conte du Graal.

49.

*Forêt de Brocéliande
22 juin*

Antoine s'arrêta net, tous ses sens en alerte. Alors qu'il s'efforçait d'identifier le bruit sec qu'il venait d'entendre entre les arbres, il sentait l'humidité enlacer ses chevilles tel un long serpent froid et avide. Stanton s'était lui aussi immobilisé, le cœur battant. Le craquement venait de se répéter sur la gauche comme si une main invisible brisait une branche morte.
— C'est quoi ? souffla l'écrivain.
Depuis leur étape cauchemardesque à Salisbury, Stanton parlait précipitamment. Il ne cessait de buter sur les consonnes, comme s'il se fuyait lui-même. Le vol en hélicoptère depuis Winchester leur avait paru interminable, et Marcas voyait bien que l'Anglais lui en voulait toujours. Ils s'étaient posés une heure après le décollage dans un champ à deux kilomètres du château de Comper afin de ne pas attirer les soupçons. Pendant les longues heures qui avaient précédé la tombée de la nuit, ils avaient repéré sur la tablette

de Stanton le meilleur trajet pour se rendre à Comper à travers la forêt ainsi que la topologie du château.

— Tu crois que c'est un homme ?

Antoine ne répondit pas. Il sondait la nuit. Les bruits qui avaient fait trembler des générations d'hommes, des bruits sans nom, sans visage, qui creusaient un tel vide dans la poitrine que même la peur ne pouvait le combler. Ce n'est pas dans les détails que le diable se niche, songea-t-il, mais dans la peur, et avec lui son cortège de démons et de sorcières.

Nouveau craquement. Cette fois, Antoine n'hésita pas. En un seul geste, il ralluma la torche de son portable et la braqua vers l'origine supposée du son. Pris dans le faisceau, les yeux éblouis d'un renard firent une fugitive apparition. En un instant, la bête décampa dans un galop de feuilles piétinées.

Stanton posa les mains sur sa poitrine et reprit son souffle :

— Je voudrais m'excuser, Antoine, dit-il.

— C'est-à-dire ?

— Un détail que je n'avais pas compris : le kidnappeur a envoyé son colis hier dans la journée. J'ai vu l'heure d'expédition sur l'enveloppe. C'était bien avant que nous n'arrivions à Stonehenge, bien avant que tu ne m'aies annoncé vouloir appeler la police. Non seulement il veut nous effrayer mais il veut aussi nous diviser.

Il tendit la main à Marcas. Qui l'accepta. Non sans réticence.

Malgré l'obscurité, l'écrivain sentait la colère contenue d'Antoine. Il décida de changer de sujet :

— Cette forêt est vraiment celle de tous les sortilèges, je ne m'étonne pas qu'elle ait été choisie comme le lieu de la quête du Graal.

Marcas s'était remis en route, les pieds trempés par l'eau boueuse qui stagnait au fond du chemin. Il songeait aux éléments du blason qui allaient leur servir de sésame : la herse et l'étrange croix de Saint-André, mais la présence pesante de la forêt ne cessait de le distraire de sa réflexion.

— Et qui a lancé la légende de Brocéliande ? demanda-t-il.

— C'est Chrétien de Troyes, le premier à nommer la forêt du Graal, mais ses prédécesseurs en écriture avaient déjà parlé de *ces bois profonds et ténébreux*, lieux de tous les risques et de toutes les épreuves.

— Et notre ami Robert de Boron, il a ajouté sa patte ?

— Tu devines juste. Dans son roman, Brocéliande devient la forêt enchantée où vit Merlin. C'est là que le fils du diable peut enfin se livrer à son art de la magie.

Antoine tentait de réveiller ses souvenirs scolaires à propos de cette forêt magique. Une expression ressortait, récurrente. Il interrogea son compagnon de marche nocturne.

— Et le *val sans retour* ?

— C'est un des hauts lieux de la légende arthurienne, situé au centre de la forêt. Le royaume interdit de Morgane.

L'adjectif « interdit » alerta Antoine. Il n'eut pas longtemps à attendre la réponse :

— Morgane était tombée amoureuse d'un neveu du roi. Un amour que la cour de Camelot voyait d'un mauvais œil.

— Parce que c'était une fée ?
— Non, parce qu'elle était *loxoriose*... Un mot d'ancien français qui signifie qu'elle aimait trop le plaisir. Un jour, selon la légende orale, elle se fit surprendre en train d'initier son amant à, comment dire, une position inédite pour l'époque.

Malgré son angoisse, Antoine ne put réprimer un sourire en imaginant la scène. Mais ce qui le frappait encore plus, c'était combien le destin des personnages de la Quête se jouait sur un instant, un moment clé à partir duquel la fatalité semblait irréversible.

— À Brocéliande, continua l'écrivain, Morgane fut recueillie par Merlin qui lui apprit les secrets de la magie, puis lui confia la tâche de mettre à l'épreuve les chevaliers qui se lançaient dans la quête du Graal. Et, crois-moi, elle ne les a pas ménagés...

Le sentier, raviné par des pluies récentes, se creusa davantage. Autour d'eux se dressaient des talus de terre humide rendus plus sombres encore par la voûte épaisse des arbres. Une odeur d'eau croupie stagnait dans l'air. Antoine avait l'impression de s'enfoncer dans une fosse putride.

— Voilà pourquoi le *Val* porte le nom de *sans retour*. Les chevaliers qui échouaient aux épreuves de Morgane devenaient ses prisonniers et ses esclaves. À jamais.

— Vaincus par une femme qui avait le démon au corps, c'était la preuve qu'ils n'étaient pas purs, non ? demanda Antoine

— Ou qu'ils n'avaient pas atteint un niveau de conscience suffisante, car c'est Morgane qui détient la clé du château du Graal. Elle en est la véritable gardienne.

Stanton se pencha pour éviter une branche de houx. Les feuilles vertes et cornues, les fruits rouges étincelaient dans le faisceau de la lumière.

— Voilà qui ne devait guère plaire à l'Église, suggéra Antoine.

— C'est sans doute pourquoi apparaît le personnage de Viviane, la bonne fée.

— La dame du lac ?

— Oui, là où elle vit, dans un palais de cristal... Alors, si tu cherches un symbole de pureté...

Le sentier s'élargissait peu à peu, en même temps que les arbres se clairsemaient. Ils atteignaient la fin de la forêt. Stanton conclut :

— Je suis certain que Viviane a été inventée pour dissimuler la véritable héroïne du Graal : Morgane.

Brusquement, une trouée apparut au bout du chemin, aussitôt barrée par une ombre imposante. Stanton s'arrêta net.

— Le château de Comper !

50.

Brocéliande
Château de Comper
22 juin

Le 4 × 4 coupa ses phares et s'arrêta le long du chemin forestier. Le garde du corps sortit de la voiture et se pencha vers la vitre.

— J'en ai pour un quart d'heure. Pas plus. Le temps de faire les réglages.

Da Silva acquiesça et ouvrit sa portière. L'odeur du sous-bois le saisit aussitôt. Un parfum de mort noble. Des troncs qui se délitaient aux feuilles, qui pourrissaient dans le sol. Toute la forêt était imprégnée de cette odeur troublante que l'homme de Dieu respirait maintenant à pleins poumons. Elle ne le dérangeait pas. Au contraire, elle l'exaltait ; il y sentait le cycle éternel de la vie. Après tout, n'est-ce pas ce que le Christ avait promis aux hommes : mourir pour ressusciter à la vie éternelle ?

Derrière lui, le garde du corps avait ouvert le coffre. À ses pieds, l'écran d'un ordinateur portable était en train de s'allumer. Malgré l'obscurité, Da Silva s'avança à travers les arbres. Il touchait au but, il le sentait. Il allait bientôt remplir la mission que lui avait confiée le cardinal Albertini.

Un homme qu'on ne décevait pas.

Da Silva passa la main le long d'un tronc rugueux. La vie était ainsi, pleine d'aspérités. Mais quand on avait voué sa vie à Dieu, on ne devait plus les sentir. Et Marcas était une de ses aspérités. Da Silva éprouvait souvent des remords quand il songeait aux épreuves que son ami subissait. Hélas, tout homme doit servir Dieu et collaborer à Sa volonté. Même malgré lui. Antoine s'était retrouvé pris dans cet engrenage qui le dépassait, désormais il ne pouvait plus revenir en arrière.

— Monsieur, appela la voix du garde du corps, le tirant de sa méditation. Tout est prêt.

Da Silva se retourna vers le 4 × 4. Sur le capot, un drone attendait. Noir, anguleux, il ressemblait à un corbeau aux aguets.

— Il est programmé ?

— Oui, monsieur, j'ai introduit les coordonnées du château de Comper dans son logiciel interne. Sitôt arrivé sur la cible, il se positionnera en vol stationnaire. Dans la nuit, personne ne pourra deviner sa présence.

D'un geste interrogateur, le prêtre désigna les deux optiques glissées sous le fuselage.

— Une caméra à vision nocturne pour explorer le site et une autre thermique, qui détecte tout mouvement émettant de la chaleur. Les deux sont connectées à l'ordinateur portable.

Da Silva acquiesça lentement. Le *Dieu du ciel*

qui voit tout, devine tout était devenu une réalité. Un miracle de la technologie.

— Mettez-le en position au-dessus du château. Nos amis ne devraient pas tarder.

Le garde du corps tapota le clavier du portable. Les pales latérales du drone commencèrent à tournoyer. Leur vrombissement fit froncer les sourcils du prêtre.

— Rassurez-vous, monsieur, on ne l'entendra pas du sol.

Le drone s'éleva lentement, tournoya un instant au-dessus du 4 × 4, puis d'un bond dépassa la cime des arbres et disparut dans la nuit.

— Ça y est, il file droit sur la cible.

Machinalement, Da Silva porta la main à sa poche intérieure. Il avait arrêté de fumer depuis des années, mais quand l'excitation le gagnait, il avait encore le réflexe de prendre une cigarette.

— Monsieur, vous voulez regarder ?

Da Silva s'approcha. Il ne vit qu'une masse ténébreuse, barrée d'une ligne grise, défiler à toute allure sur l'écran.

— Tout ce qui est noir, c'est la forêt. La ligne plus claire, c'est le sentier qui mène au château. Je vais ralentir la vitesse du drone, ainsi vous verrez mieux les détails.

Un quadrilatère sombre apparut accolé à une large étendue brillante.

— Le château et son étang, commenta le garde du corps.

— Vous pouvez descendre plus bas ?
— Bien sûr.

Grâce à la vision nocturne, de nouveaux détails firent leur apparition dans un halo d'un vert fluorescent. Perpendiculaire à l'axe de l'étang, s'élevait ce qui ressemblait à un corps de bâtiment, qui devait être le logis, encadré par d'autres bâtisses plus sombres. Le prêtre posa le doigt sur l'une d'elles.

— Et là ?

— Ce qui reste du vieux château.

Da Silva observait les ruines quand son attention fut attirée par des déformations en bas de l'écran.

— Et ça ?

Aussitôt le garde zooma. La bordure plus sombre de la forêt se dessina, puis le tracé du sentier qui tremblait comme s'il était agité de soubresauts.

— Je déplace le drone et branche la caméra thermique.

Da Silva sursauta. Sur l'écran venaient d'apparaître deux silhouettes au contour jaune pâle qui s'avançaient vers la lisière de la forêt.

— Voilà vos deux amis, annonça le garde, ils seront au château dans moins de cinq minutes.

Un instant, le prêtre se demanda lequel était Marcas. Le premier qui avançait d'un pas rapide ou le second qui avait du mal à suivre le rythme ? Mais ce qui le fascinait le plus, c'était de les voir se rapprocher du château, du cœur de l'énigme... Le destin était en marche. Plus rien ne paraissait pouvoir l'arrêter.

— Monsieur ?

Da Silva leva la tête. De son doigt ganté, le garde lui indiqua une tache jaune qui grossissait en haut de l'écran.

— Ils ne sont plus seuls.

51.

Rome
Archivum Secretum
22 juin

Un lourd silence planait dans la salle de lecture des archives secrètes. Les trois hommes contemplaient le manuscrit de Chrétien de Troyes. Theobald fixa Albertini dans les yeux.

— Soyez plus clair. Quel rapport entre la mort de Jean-Paul Ier, ce manuscrit sorti de nulle part et le Graal ?

Le préfet de la Congrégation pour la Cause des saints lui adressa un regard compréhensif.

— Pour tout comprendre, il faut remonter à trois ans en arrière. À son arrivée sur le trône de Pierre, notre Saint-Père a décidé de rouvrir discrètement l'enquête sur la mort de Jean-Paul Ier, dont il avait été l'un des proches. Il voulait en savoir plus, en particulier s'il n'y avait pas des documents inédits dans ses affaires. Comme vous le savez, à la mort de chaque pape, ses archives personnelles ainsi que celles de son administration sont transférées dans la Cage. Il m'a donc demandé de consulter ces archives.

Albertini s'interrompit pour prendre un verre d'eau et but de longues gorgées. Il toussa avant de poursuivre :

— À l'époque, je n'étais pas encore à la tête de ma congrégation. J'ai passé des jours entiers, ici même, à éplucher son dossier médical, des comptes rendus d'enquête de la gendarmerie vaticane, des interrogatoires de son entourage, des centaines de lettres personnelles, une foule de rapports administratifs ennuyeux, que sais-je encore... Mais je n'ai trouvé aucun document compromettant qui aurait pu accréditer la thèse de l'assassinat. En revanche, quand j'ai passé en revue le reste de ses affaires personnelles, j'ai découvert une boîte dans laquelle était caché ce livre. Une petite note insérée à l'intérieur indiquait que le livre avait été retrouvé au pied de son lit. Le jour de sa mort.

Theobald posa ses coudes sur la table et croisa les mains.

— Vous pensez donc qu'il est mort à cause du contenu de cet ouvrage.

— Je ne peux pas l'affirmer. Ce qui est certain, c'est que ce livre est le dernier qu'il ait lu avant de mourir.

Albertini tourna les pages du manuscrit et s'arrêta sur une page somptueusement illustrée, représentant une coupe d'or flamboyante, tenue par une jeune femme.

— Peut-être a-t-il vu le Graal et, ébloui par tant de beauté céleste, a-t-il décidé comme Galaad, le chevalier au cœur pur, de quitter la terre pour rejoindre le paradis. On ne le saura jamais. Toujours est-il que je me suis posé la question. Que faisait cet ouvrage dans les mains du pape. En menant mon enquête, j'ai découvert qu'il l'avait emprunté dans les archives secrètes.

Il Tastiera acquiesça d'un signe de tête.

— Le conservateur nous a raconté que c'était pratique courante... Mais revenons à ce manuscrit. Je suis navré d'être comme saint Thomas, en quoi ce manuscrit vous a-t-il mené sur la piste du Graal ?

Albertini feuilleta à nouveau les pages pour s'arrêter à la fin du conte.

— Lisez ces quatre lignes :

Suis la croix
Graal en terre étoilée
Gardien maudit hurle
Tombe Burin et maillet sont ses armes.

Juste en dessous était dessiné un cercueil gravé de symboles énigmatiques.

— Chrétien de Troyes atteste que le Graal existe bien, reprit Albertini. Qu'il sait où il se trouve et qu'un sarcophage en contient la clé. J'ai fait authentifier le manuscrit, il est d'époque.

— Fascinant, répondit Theobald, mais l'enlumineur, ce Pierrick de Saint-Omer, a très bien pu ajouter ce paragraphe pour lui donner de la crédibilité.

— Toujours cet esprit critique, Theobald, qui colle à votre âme comme le manteau de saint Martin sur le dos du pauvre.

Il Tastiera ne releva pas la pique et observa Albertini qui ouvrait avec précaution la boîte de feutrine rouge. Il en sortit une liasse de parchemins jaunis, reliés dans une chemise tout aussi ancienne. L'écriture, du latin, était usée par le temps. Albertini continua son récit :

— Il s'agit d'un rapport, datant de la fin du XIVe siècle, écrit par un moine dominicain de retour d'un voyage en France. C'est une supplique adressée au pape Urbain VI, le priant de le relever de sa mission. Voici ce qu'il dit, pardonnez la traduction un peu cavalière : « *Comme ceux avant moi depuis plus de deux siècles j'ai consacré ma vie à chercher le Graal de Maître Chrétien, sur ordre de ma hiérarchie. J'ai lu son conte et j'ai parcouru de nombreux royaumes, traversé des contrées terribles, vu des choses effroyables, mais tels ces chevaliers de la Table ronde je n'ai pas trouvé le sarcophage du Graal. La mort approche et je voudrais me retirer dans un monastère pour me préparer à l'ultime épreuve. Je sais que le Graal existe, mais pour le retrouver il faudrait à Votre Sainteté une armée de chevaliers ou l'intervention de la Providence.* »

— Ce qui signifie que le manuscrit de Chrétien a été suffisamment pris au sérieux pour que l'Église envoie des limiers pour le récupérer. Que s'est-il passé ?

— Urbain VI a autorisé le moine à se retirer et a surtout pris la décision d'arrêter la Quête. Le dernier feuillet de cette liasse est sa lettre portant son sceau où il demande l'arrêt des recherches avec cette phrase : *L'Église n'a pas besoin de chimère*. Il faut dire qu'à l'époque Urbain VI avait d'autres priorités. L'Église catholique était écartelée entre deux papes, l'un à Avignon, et l'autre à Rome. Son obsession politique visait à l'anéantissement des schismatiques français et au rétablissement de la papauté une fois pour toutes au Vatican. Il se souciait désormais comme d'une guigne du Graal.

Theobald se massa les tempes, comme pour ordonner ses pensées.

— Résumons donc par ordre chronologique. Chrétien de Troyes écrit son *Conte du Graal* vers 1180, différent de la version officielle, et dans lequel il cache des indications pour retrouver la relique. Ce manuscrit entre en possession de l'Église qui ne cesse d'envoyer des hommes sur sa trace. En vain. La Quête s'arrête sur ordre d'Urbain VI, et le livre et le dossier afférents sont enterrés dans les archives. Six siècles plus tard, en 1978, Jean-Paul Ier retrouve l'ouvrage maudit et meurt d'un infarctus, après sa lecture. Une regrettable coïncidence. Retour aux archives secrètes et, trente-cinq ans plus tard, vous l'exhumez à nouveau dans ses archives personnelles. Et ensuite ?

— J'ai tout raconté à notre Saint-Père qui a pris la décision de réactiver la Quête, il y a maintenant trois ans. Nous avons fait appel au père Da Silva, sous ma direction. Il était tout indiqué pour cette tâche, n'avait-il pas retrouvé le trésor des Templiers en France[1] ?

Theobald hocha la tête.

— Je comprends mieux pourquoi notre Saint-Père m'a reçu avec chaleur quand je lui ai présenté mon rapport Galaxie. Il connaissait déjà l'existence du Graal. Et pour cause...

— La Providence s'est manifestée une nouvelle fois. Da Silva a fini par retrouver le sarcophage il y

---

1. Voir *Le Septième Templier*.

a trois mois, à Winchester. Le responsable des fouilles dans le château de la ville était prêt à nous le céder contre une somme conséquente.

— Impossible ! Un archéologue digne de ce nom n'aurait jamais fait ça.

Albertini eut un sourire fatigué – le sourire complice de l'homme de Dieu qu'aucune turpitude humaine ne surprend plus.

— La cupidité est aussi courante chez les scientifiques...

— Et qu'a-t-il fait ?

— Il a voulu en toucher plus. Beaucoup plus. À l'aide d'intermédiaires peu scrupuleux, il l'a fait passer dans une vente aux enchères à l'hôtel Drouot à Paris. Le Saint-Père a demandé à l'IOR de transiter par un intermédiaire pour racheter l'objet. Hélas, un collectionneur anglais l'a raflé avant nous... Il nous a fallu agir.

— C'est-à-dire ?

Albertini referma l'ouvrage et se leva.

— Je préfère ne pas m'étendre sur le sujet.

52.

Brocéliande
Château de Comper
22 juin

Une chouette hulula dans l'obscurité. Son cri funèbre résonna un long instant, puis se perdit parmi la futaie. Adossé à un chêne, Marcas tentait de reprendre son souffle tandis que Stanton braquait ses jumelles en direction d'un point lumineux. Ils étaient presque arrivés au château de Comper, mais leur marche de nuit dans la forêt de Brocéliande s'était révélée plus difficile que prévu. Puisque, à chaque pas, ils avaient rencontré un obstacle : une fondrière gorgée d'eau, un tronc abattu, des racines épaisses comme des poutres... Marcas se demanda s'ils n'auraient pas mieux fait de suivre la bordure de l'étang. Au moins, ils auraient profité de la luminosité de la lune. Mais c'était aussi le meilleur moyen de se faire repérer et ils devaient atteindre le château sans qu'on soupçonne leur présence. Il leur fallait repartir.

Le dernier chemin était à deux pas, bordé de troncs

noirs. Tandis qu'ils progressaient, Marcas entendait la respiration de l'écrivain – un souffle rauque, précipité. Il lui semblait que toute la forêt l'entendait. Décidément, Stanton n'avait pas l'habitude de vivre réellement les aventures qu'il décrivait dans ses livres. D'un geste d'autorité, Antoine le prit par le bras et le plaça juste derrière lui. Il n'aurait qu'à suivre.

Les deux hommes marchèrent un long moment dans l'obscurité, sursautant quand une branche giflait leurs épaules ou qu'un animal s'enfuyait devant leurs pas. Heureusement, la chouette s'était tue.

Soudain, le chemin bifurqua et les arbres disparurent, remplacés par une pelouse blanchie par la brume. Le château était tout proche. D'ailleurs, Marcas apercevait déjà la toiture d'ardoise sur laquelle jouaient les reflets de la lune. La haute façade, elle, demeurait invisible. Seule une fenêtre sous les toits brillait dans la nuit, probablement un des bureaux du Centre de l'imaginaire arthurien. Un des responsables avait dû oublier d'éteindre l'interrupteur avant de partir. Excepté cette lueur oubliée, la vieille forteresse paraissait déserte.

Antoine avait encore en mémoire la topologie du coin, repérée sur Google maps. Il la visualisait très bien. Au centre, un bloc rectangulaire constituant le château rénové, qui abritait le centre. Juste à côté le vaste étang légendaire de l'enchanteresse Viviane et son palais de cristal englouti. Et en contrebas du château actuel, la zone qui les intéressait, la partie la plus féodale, faite de vieux remparts et d'une tour.

La tour du blason.

Si ses repères étaient bons, ils n'allaient pas tarder à arriver devant les douves qui encerclaient, pour partie, l'ancienne structure de l'édifice, bâti sur les ruines de celui de l'ancienne famille des seigneurs de Gaël.

Marcas contemplait toujours le château. Avec ses murs massifs de granit, Comper ressemblait à une énorme bête tapie au bord du lac. Assoupie certes, mais prête à se réveiller à tout moment.

— Antoine, on ne peut plus attendre, il faut y aller.

Les deux hommes reprirent leur marche et, en quelques minutes, arrivèrent à proximité des anciennes fortifications. Marcas s'immobilisa à nouveau. Son regard suivait la crête du mur d'enceinte comme si, caché derrière les créneaux effondrés, les meurtrières à moitié obturées, le danger pouvait frapper à tout moment.

Des spectres surgis de la vieille terre celte et païenne qui attendraient leur dû dans la nuit.

Je suis à deux doigts d'avoir une hallucination.

Réalisant soudain l'absurdité de ses craintes, Antoine chassa les fantômes de Viviane et de Merlin. Des centaines de touristes arpentaient Comper dans la journée. La menace était dans sa tête.

Il se concentra à nouveau. Nulle part, il ne voyait de grille ou de herse pouvant rappeler celle du blason. Aucun signe n'apparaissait sur les murs rongés par le temps.

— Je ne le sens pas…, murmura-t-il.

— On n'a pas le choix. Pense à…, commença son compagnon.

Antoine ne lui laissa pas finir sa phrase. Pas besoin de rappeler le cauchemar qu'ils vivaient. Il avança et son pied buta sur une pierre qui roula jusqu'aux anciennes douves. Un instant, elle resta en suspens sur le bord, puis s'effondra dans un bruit de cavalcade.

Dans un cri d'effroi, une chouette s'envola du haut de la tour. Les ailes déployées, elle formait comme une croix blanche qui les survola dans un bruit de linceul froissé.

Mauvais signe, pensa Marcas en frissonnant malgré lui. D'un mouvement de tête, Stanton lui indiqua la tour qui s'élevait à l'angle de l'enceinte. Ronde, puissante, mais démantelée à son sommet, elle écrasait le château de son ombre silencieuse.

Antoine jeta un coup d'œil aux douves à moitié comblées. Son regard s'arrêta en contrebas.

— Regarde, dit-il à Stanton. Tout en bas, dans les douves, contre le mur d'enceinte.

Antoine descendit à pas lents dans la douve. Le sol était humide, ses semelles de caoutchouc se transformaient en ventouses à mesure qu'il approchait des murs rugueux.

Elle était face à lui.

Juste au niveau du sol, s'ouvrait une porte basse protégée par une lourde herse. Une herse rouillée et enveloppée dans un manteau de lierre.

La grille du blason.

Marcas passa la main entre les barreaux de la grille, mais il ne put atteindre le mécanisme de levée, situé probablement à l'intérieur, dans une niche du mur. Il recula et fixa le sommet de la tour qui lui sembla vertigineux. Stanton l'avait rejoint et essayait de lever la herse. En vain.

— Il faut escalader pour passer de l'autre côté de la grille, suggéra Marcas. Ça doit être faisable. De mémoire, il n'y a pas de toiture au-dessus de cette tour.

— Je ne peux pas.

L'écrivain faisait des petits moulinets avec son bras gauche.

— Mon épaule... Elle m'a lâché, expliqua Stanton. Impossible de me hisser là-haut. J'ai eu un accident de voiture il y a cinq ans avec Anna. On a failli y passer.

— D'accord, je vais monter et tenter de redescendre de l'autre côté. En priant pour qu'il y ait de quoi descendre. Et j'essaierai d'ouvrir la herse.

Un rayon de lune perça les nuages et vint frapper la tour qui s'illumina brièvement. Antoine leva les yeux et aperçut une meurtrière, fine comme le tranchant d'une lame, qui fendait en longueur la maçonnerie. Il prit appui contre le rebord d'une pierre, fit corps avec le mur et glissa sa main gauche dans la base de la meurtrière. De l'autre main, il fouilla entre les pierres pour chercher une prise. Il finit par trouver un interstice et se hissa lentement tandis que ses pieds prenaient appui sur des moellons disjoints. L'ascension était plus difficile qu'il ne l'aurait cru. Il se prit à regretter de ne pas avoir fréquenté le gymnase de son service. Quand il fut arrivé presque au sommet, la pierre devint plus lisse, il n'y avait plus d'aspérités suffisantes auxquelles se cramponner.

— Tu as une pierre en saillie juste sur ta droite, l'informa son compagnon. Tu peux t'en servir.

Antoine fit la grimace. Il venait de reconnaître un *corbeau*. Une pierre rectangulaire fichée dans le mur qui, des siècles auparavant, avait dû soutenir l'ancien chemin de ronde. Sauf que pour l'atteindre...

— Ne bouge plus ! cria Stanton.

Un ronronnement de moteur venait de trouer le silence de la nuit. Marcas se colla contre la muraille. Le bruit était régulier, lent... Ni une voiture, ni une moto, non... D'un coup, Antoine comprit. Une barque naviguait sur l'étang situé de l'autre côté du château. Probablement des gardiens. Il ne fallait pas traîner.

Il lança sa main en direction du corbeau, mais le rata. Il se retrouva projeté contre les pierres rugueuses qui lui déchirèrent la joue. L'afflux de sang battait à ses tempes. Il se projeta une seconde fois. Cette fois, sa main s'agrippa au point d'appui comme une griffe dans la chair de pierre.

Sans plus réfléchir, il cabra ses jambes et les jeta vers le sommet. Son pied droit s'encastra dans un merlon éboulé.

Le bruit du moteur se rapprochait. L'air froid lui brûlait les poumons.

Il banda ses muscles et bascula de toutes ses forces. Quelques pierres ébréchées se fichèrent dans sa poitrine.

Il étouffa un cri de douleur et parvint à se redresser.

Perché en équilibre sur le sommet, il ne s'attarda pas sur la forêt de Brocéliande qui s'offrait à lui et inspecta à l'intérieur de la tour. De gros nuages poussifs obscurcissaient la lune. Il ne voyait qu'une masse sombre et indistincte de ronces qui surgissaient de partout. Les planchers de la tour s'étaient effondrés au fil des siècles.

S'il tombait dans ce gouffre, sa quête se finirait dans une caisse de sapin.

Il leva les yeux au ciel et maudit silencieusement la paresse des nuages.

De l'autre côté du château, le bruit de moteur s'amplifiait. Des éclats de voix devenaient perceptibles. Il envoya une prière à la lune afin qu'elle réapparaisse.

Le moteur venait de s'arrêter. Antoine s'accrocha à la pierre. Des voix masculines résonnaient dans la nuit.

Soudain, une lumière argentée nappa la forêt de ronces. À quelques mètres de là où il se trouvait, il distingua un escalier de pierre, qui semblait s'enfoncer dans le maquis touffu. Antoine n'avait pas d'autre choix, il rampa sur le mur et finit par poser le pied sur une marche branlante. Pas après pas, en se cramponnant à la paroi, il descendit les dalles de pierre qui tremblaient sous son poids. Une douleur vive le fit se raidir : les épines de ronce aiguisées comme des serres de rapace lui lacéraient les mollets. Il referma son blouson, attrapa une pierre mal scellée dans le mur et écrasa les ronces à mesure qu'il descendait.

Le sang perlait le long de sa pommette, la sueur collait sa chemise, mais il ne s'en souciait pas, il lui fallait ouvrir cette maudite herse.

Encore quelques pas et... Antoine sauta enfin sur le sol. Il ne mit qu'une poignée de secondes à apercevoir le porche où s'encastrait la herse.

— Stanton ! J'y suis.

— Dieu soit loué. Dépêche-toi, il y a des types qui viennent dans ma direction.

Antoine s'élança et tendit la main vers le renfoncement du mur. Le mécanisme de levée de la herse paraissait plus récent que la grille et s'actionnait par une manivelle en métal. Le système devait dater du début du siècle dernier tout au plus.

— Mets-toi à plat ventre, lança Antoine, et glisse-toi sous la herse.

Stanton obéit. Un rai de lumière jaillissait à l'extrémité des douves. Antoine saisit la manivelle et la fit tourner vers le haut. Un craquement sinistre retentit.

La grille venait de se mettre en mouvement. Marcas donna un tour supplémentaire. La herse s'éleva de quelques centimètres. Antoine s'arc-bouta sur le manche. Le mécanisme lui résistait.

— Vite ! Je ne vais pas tenir longtemps.

L'Anglais rampa contre la terre froide. Ils entendaient tous les deux les pas spongieux des hommes dans les douves. Les barreaux lacérèrent son blouson de cuir. Marcas sentait son bras se raidir, il tira de toutes ses forces. La herse se bloqua au moment où Stanton l'avait passée. Des bruits de voix retentirent.

La herse était restée à mi-hauteur.

Et merde, ils vont nous découvrir !

— Aide-moi ! souffla Antoine.

D'un geste rapide il arracha tout ce qu'il trouvait, fougères et lierres, et les entassa de l'autre côté de la grille. Aussitôt, Stanton l'imita et, en quelques secondes, un buisson informe obstrua l'espace laissé vacant.

Le halo d'une torche surgit tout à coup.

Marcas et Stanton s'aplatirent contre le mur.

Le faisceau fouilla la base de la tour et s'arrêta sur la grille rouillée.

— Ces vieilles pierres, ça fait toujours du bruit ! s'exclama une voix. M'étonne pas qu'on dise que le château est hanté.

— Regarde la grille, on dirait qu'elle a bougé. Faudrait peut-être aller voir ?

— Tu es fou, tout s'écroule là-dedans. Tu veux te prendre une pierre sur la tête ? Et puis je ne vois pas un braco se cacher dans un trou pareil, il n'y a rien, juste des gravats et sûrement des ordures.

Antoine respira. *Des gardes-chasse !* La forêt de

Brocéliande était réputée pour l'abondance de son gibier, ce qui attirait les braconniers de toute la région.

— T'as raison, on dégage.

La lumière des torches s'éloigna, puis disparut complètement. Antoine et Stanton soufflèrent et regardèrent autour d'eux. Malgré l'escalier qui la desservait encore, l'intérieur de la tour était à l'abandon. Des pierres éboulées jonchaient le sol au milieu de poutres brisées, de morceaux de ferraille et de vieilles boîtes de conserve rongées jusqu'à l'os.

— On a eu la tour, puis la herse. Ne manque que la croix de Saint-André…

Stanton braqua sa torche sur les pierres. Antoine s'était avancé au milieu de la tour et jeta un coup d'œil circulaire.

— Il faut la trouver, cette croix. Elle doit être quelque part.

Les minutes s'égrenèrent, mais aucune croix n'était visible. Marcas sentit la fatigue et le découragement l'envahir. Ils avaient trouvé la tour et la herse trop facilement, il fallait bien que la chance tourne.

Stanton dégagea des grappes de lierre le long du mur opposé à la herse. Une vieille pancarte en bois apparut, longue et large comme la moitié d'une table de ping-pong, et ornée d'un drapeau breton. Un slogan avait été tagué en travers.

EVIT AR BREZHONEG

— Ça m'étonnerait que ce soit une indication pour le Graal, plaisanta Marcas.

— Mes deux premiers livres ont été traduits en

breton. Ça doit être un slogan pour promouvoir la langue bretonne. Une très belle langue, au demeurant.

— Ça ne nous avance pas à grand-chose, répliqua Marcas.

— Attends un peu.

Stanton déplaça la pancarte sur le côté, dévoilant d'autres panneaux attaqués par le temps. Un vrai millefeuille de plaques émaillées à l'enseigne de grands magasins de Rennes et de panonceaux touristiques. Il y avait même Merlin et Viviane en train de déguster une bouteille de cidre de Brocéliande.

— Ça devait être une remise du temps où cet endroit avait un toit.

Lorsque toutes les plaques furent retirées, ils entrevirent une dalle fêlée, recouverte de mousse, de la taille d'une portière de voiture. Des fissures couraient le long de ses bordures.

— On essaye…, suggéra-t-il en regardant Marcas.

Antoine prit une plaque émaillée qui vantait les mérites de la pommade contre les brûlures Ardagh – disponible à la pharmacie de la Poste à Rennes – et s'en servit pour racler la mousse.

Stanton se précipita.

— Là, regarde !

Une croix de Saint-André se dessinait en relief sur la pierre. Marcas jeta la plaque au sol pendant que Stanton poussait sur la dalle de toutes ses forces.

Rien ne vint. Il s'agenouilla devant la pierre pour en examiner chaque aspérité.

— Et s'il y avait un mécanisme analogue à celui du sarcophage ?

Marcas lui tapa sur l'épaule. L'écrivain se retourna et le vit armé d'une barre de fer rouillée.

— Pousse-toi. J'en ai ma claque des devinettes.

Il frappa de toutes ses forces la dalle au niveau de la croix. Un bruit. La pierre vibra sourdement, une fissure apparut en diagonale. Il frappa à nouveau avec rage, comme s'il avait le visage du ravisseur de son fils au bout de la barre. Ils ne devaient pas échouer. Pas maintenant.

Au cinquième coup de boutoir, la dalle s'éventra.

Une bouche d'ombre apparut.

Le blason n'avait pas menti.

53.

Brocéliande
Château de Comper
22 juin

Antoine déclencha la fonction torche de son portable. Des marches vermoulues s'enfonçaient dans le sol. Une odeur, aussi âcre et humide que de la vase, les prit à la gorge.

Marcas descendit en premier, la barre de fer d'une main, son portable de l'autre. Il braqua sa lampe de fortune sur ses pieds, des cadavres de rats à moitié dévorés jonchaient les marches. Il réprima un haut-le-cœur et continua sa descente. L'escalier formait un coude, comme pour revenir à l'aplomb de la tour. Stanton le suivait tout en étudiant les aspérités de la pierre, guettant un symbole ou un signe. Ils arrivèrent devant une porte en chêne, rongée par le temps. Stanton regarda Antoine.

— Même méthode ?

— Même méthode ! répliqua Antoine, abattant sa barre de fer sur le bois pourri.

La porte explosa dans un nuage de poussière et de copeaux de bois. Marcas balaya les ténèbres d'un coup de torche. Une salle rectangulaire finissait visiblement en cul-de-sac. Ils avancèrent lentement, précédés du halo tremblotant du portable. Des débris de poteries craquèrent sous leurs pas et s'accrochèrent sous leurs semelles. Sans s'en soucier, ils continuèrent leur progression dans la pièce. Au-dessus d'eux, les blocs de granit étaient parcourus de larges fissures.

Ils se trouvaient sous terre, à l'exacte verticale de la tour du château. Antoine n'osait penser au volume de pierres qui pouvait s'effondrer sur eux à tout moment. L'air était sec, une senteur douce et pénétrante monta soudain à ses narines, puis disparut aussi rapidement qu'elle était arrivée.

— Là ! Sur ta gauche. Braque ton portable ! s'écria son compagnon, surexcité.

Le faisceau balaya à nouveau la salle. Marcas ne put réprimer sa surprise. Une lance était peinte sur toute la hauteur du mur.

La lance du Graal.

La hampe craquelée et noircie se détachait nettement sur le fond ocre. De son fer argenté, s'écoulaient des gouttes de sang d'un rouge pâli. L'Anglais effleura de sa main la délicate peinture préservée du regard des hommes depuis des siècles. Un frisson lui parcourut la nuque. Ce n'était qu'une peinture, certes, mais elle avait l'aspect d'une relique. Presque un miracle.

Antoine décala légèrement sa lampe sur la droite. Il savait déjà ce qu'il allait découvrir à côté.

La coupe.

Mais pas seulement. C'était encore plus extraordinaire. Il retint son souffle pour mieux contempler la scène, peinte il y a des siècles. Une femme blonde vêtue d'une houppelande bleu ciel, à manches longues, se tenait debout, de profil, et brandissait le calice entre ses mains.

— La même scène que dans le *Conte du Graal*, murmura Stanton. Quand Perceval découvre la coupe sacrée tenue par une jeune fille dans le château du Roi pêcheur. Nous approchons du but, jamais nous n'avons eu de symboles aussi explicites sous les yeux. Merveilleux !

— Merveilleux ? N'oublie pas que la vie de ton épouse et celle de mon fils sont en jeu...

Le visage de Stanton s'assombrit.

— J'essaye de ne pas y penser. Il nous manque encore un des symboles du blason.

— La croix, dit Marcas en braquant la torche sur le côté droit du mur.

Stanton étouffa un cri.

Elle était là dans toute sa ténébreuse beauté.

Une croix de la même noirceur que la lance. Aux bras larges et compacts comme de vrais madriers, dont la branche verticale avait la taille d'un homme. Une croix de souffrance, de mort et de résurrection. La croix de la Passion du Christ.

— Bon sang ! s'écria l'écrivain.

Antoine fixait la croix, fasciné. Même délavée, la peinture était d'un réalisme saisissant. On pouvait encore voir les éraflures provoquées par la couronne d'épines comme les trous causés par les clous de la crucifixion. Un détail l'intrigua, il s'avança plus près du mur et passa un doigt le long de la branche horizontale.

Il y avait une sorte de mince fissure entre la croix

et les parties non peintes du mur. Elle courait tout le long de la bordure de la peinture.

— On dirait qu'il y a quelque chose derrière la croix, suggéra Marcas, intrigué.

Une onde de chaleur traversa son cerveau, son regard se voila un court instant comme s'il était pris d'un vertige. Il cligna des yeux pour reprendre pied et il s'appuya contre le mur quelques secondes.

— Ça va ? lui lança Derek.

Marcas se ressaisit et redressa la tête.

— Oui... Ça doit être la fatigue accumulée et le manque d'oxygène dans ce trou. Tu te souviens de la phrase du blason de Glastonbury ? demanda-t-il en s'approchant.

— Oui, haleta Stanton. *Crucifie-toi*.

Il contempla la croix. C'était sous ses yeux.

Crucifie-toi.

— Il faut prendre la place du Christ, dit Marcas d'une voix tendue.

Lentement, il se plaqua dos à la poutre verticale de la croix et joignit les pieds. L'Anglais se pencha.

— Hausse un peu les talons. Parfait, ça correspond exactement avec l'implantation des clous. Tends le bras droit maintenant.

Stanton, surexcité, suait à grosses gouttes.

— T'as raison, ça manque d'air ici. On étouffe.

Il jaugea Marcas debout les bras en croix.

— Oui, comme ça. À la perpendiculaire. Laisse-moi regarder. On y est. Parfait. Je suis sûr qu'il y a un mécanisme derrière le mur et si on coïncide point par point...

Marcas tendit le bras droit. Sous le revers de sa main, il sentit le trou où s'était enfoncé le clou de la

Passion. Sa tête tournait à nouveau, l'exaltation de la découverte envahissait son esprit fatigué.

— Cette fois..., exulta l'écrivain.

Il n'eut pas le temps de terminer sa phrase. Un grincement sonore se fit entendre.

— Je le savais !

Mais le mur derrière Antoine ne bougeait ni ne pivotait. En revanche le bruit se faisait plus grinçant, comme deux plaques de pierre coulissant l'une sur l'autre.

Derek se retourna.

Le sol se dérobait sous lui. Il eut juste le temps de lancer les bras en avant et de se raccrocher à une pierre au-dessus du vide. Antoine voulut se précipiter pour l'aider. Il n'en eut pas le temps. Une douleur atroce le fit hurler. La pointe d'un clou, surgie du mur, venait de percer sa paume droite. Son cri n'eut pas le temps de retomber. Un second clou transperçait déjà sa main gauche.

Il était crucifié.

Devant ses yeux écarquillés par la souffrance, il vit Stanton, balancé comme un pendu au-dessus d'un puits carré qui semblait se perdre dans les ténèbres. La douleur le submergea à nouveau. Pour résister et ne pas hurler, il frappa de sa nuque suante le mur peint. Un déclic sinistre résonna à ses oreilles.

Les épines ! Les épines de la couronne du Christ allaient perforer son crâne.

Il tendit le cou vers l'avant. Mais trop tard. Il suffoqua.

Un collier de métal venait d'enserrer sa gorge.

Il ne savait pas depuis combien de temps il était dans cet état. Entre le rêve et la vie.

À la frontière.

Quand il ouvrait ses yeux qui brûlaient, il distinguait la silhouette de son compagnon qui s'était recroquevillé contre le mur. Sans doute, il avait trouvé un appui. Il ressemblait à une araignée, à une grosse araignée qui n'allait pas tarder à tomber dans la bouche d'ombre prête à l'avaler. Sa vue se brouilla. Il haletait.

Marcas se les rappelait tous. Arthur, Gauvain, Lancelot... Tous ceux qui avaient échoué. Comme lui. Et pourtant il n'avait jamais été si près. Jamais.

Son cœur s'emballa.

Une lueur venait de tomber du ciel. *Comme une pierre de feu de la voûte étoilée*, pensa Antoine. La lumière devenait plus vive, presque éclatante. Une larme coula le long de sa joue sanglante. Il se rappelait ce jour, sacré entre tous, où on lui avait arraché le bandeau de l'ignorance, où, devant ses frères, il avait reçu la véritable Lumière. Il crut entendre le son clair de sa larme qui heurtait le sol de pierre.

J'hallucine.

Cette fois, il étouffait. Dans un geste désespéré, il arracha sa main droite clouée au mur et la porta ensanglantée à son cou.

Le collier venait de se resserrer.

Sous ses doigts, il sentit des crans.

Un, deux...

Un ressort. Il y avait un ressort qui fermait le collier

... Trois !

Antoine hurla dans la nuit.

Il ne restait que trois crans. Brusquement un parfum de rose envahit la pièce. De nouveau, un déclic.

En un instant, la lumière et le parfum fusionnèrent. Et il *la* vit.

La Relique suprême…

… que les hommes, l'espérance au cœur et la folie à l'âme, cherchaient depuis des siècles.

Le Graal.

Posée sur un autel de pierre blanche comme de l'albâtre, une coupe en or scintillait de mille feux.

À portée de main.

Un autre déclic retentit. Il ne pouvait plus hurler, sa gorge se racornissait dans un étau de fer. Le sang affluait dans ses yeux gonflés et un voile écarlate tomba sur son crâne.

Trop tard. Ce n'était pas le Graal qu'il avait trouvé.

C'était sa mort.

54.

Brocéliande
Château de Comper
22 juin

Le 4 × 4 filait sur la route de campagne qui menait au château. Une main sur le levier de vitesse, l'autre fermement serrée sur le volant, le garde du corps avait le front plissé par la concentration, ce qui faisait ressortir la balafre qu'il avait reçue à l'hôtel Drouot. Da Silva, lui, avait les yeux rivés sur l'écran du portable. Il suivait les silhouettes de Marcas et de Stanton qui venaient de pénétrer dans les ruines du château.

— Est-ce que la caméra thermique du drone est capable de percevoir leur présence malgré l'épaisseur des murs ? demanda-t-il.

— À l'altitude où est le drone, en principe, non. Mais je suppose qu'ils sont dans l'ancienne tour, et comme elle n'a plus de toiture...

Les silhouettes s'agitaient avec frénésie. Surtout l'une d'elles dont les bras ne cessaient d'aller d'avant en arrière.

— Au nom du Christ, qu'est-ce qu'ils fabriquent ? grommela le prêtre. Il faut que le drone descende plus bas.

Le garde répondit sans quitter des yeux la route qui, à cause de la vitesse, semblait bondir contre le pare-brise.

— Si on baisse son altitude, le bruit de ses moteurs risque d'être audible.

Da Silva n'insista pas. Ce n'était pas le moment de signaler leur présence.

— Combien de temps avant d'arriver en vue du château ?

— Dix minutes, mais il faudra laisser la voiture à distance pour ne pas se faire repérer. Comptez un quart d'heure avant d'être sur site.

De la main gauche, Da Silva saisit son chapelet et égrena une prière silencieuse. La meilleure arme contre l'angoisse : la parole de Dieu. De sa main droite, il fit défiler l'écran vers le haut.

La silhouette inconnue n'avait pas bougé.

Le prêtre l'examina avec soin. Une forme jaune, presque immatérielle. Comme un fantôme de la forêt.

— Cliquez dessus deux fois, lui conseilla le garde.

Un menu déroulant venait de surgir sur le côté.

— Maintenant, cliquez sur *Alarme*.

Da Silva s'exécuta. Un message apparut : « *Quelle est la cible ?* »

— Vous situez notre position ?

Le prêtre vérifia le bas de l'écran. Un double point jaune feu se déplaçait à toute vitesse le long d'une ligne grise.

— O.K., c'est bien nous, confirma le garde en un coup d'œil. Double-cliquez. Oui, comme ça.

Un nouveau message apparut : « *Cible confirmée.* » Un compte à rebours apparut sur le côté droit.

Da Silva tourna un visage interrogatif vers le conducteur.

— Je vous explique… Le compte à rebours de distance se déclenchera dès que votre inconnu se mettra en marche vers nous. Impossible d'être surpris. Dès qu'il sera à moins de cent mètres, un signal sonore se déclenchera.

L'homme de Dieu eut un sourire ironique. Avec une telle technologie, c'en était fini des héros de légende au cinéma. Si James Bond était capable de prévoir la moindre attaque contre lui à des lieues à la ronde, c'était la mort du suspense.

Le 4 × 4 décéléra. Une clairière surgit sur le bord de la route.

— On se gare là. Le château est à cinq minutes de marche.

Avant de sortir, Da Silva jeta un coup d'œil sur l'écran. Les taches jaunes au milieu de la tour avaient disparu.

— Ils se sont volatilisés !

Le garde balaya l'écran avec la souris. Aucune trace.

— S'ils étaient sortis, on les verrait fatalement. Donc ils sont toujours à l'intérieur, sans doute en sous-sol. Voilà pourquoi le drone ne les visualise plus.

— Alors, ça veut dire qu'ils ont trouvé quelque chose, déclara Da Silva, en sortant rapidement de la voiture.

La tour continuait de monter la garde à l'angle du vieux château. Combien de siècles s'étaient écoulés depuis que des maçons, tombés en poussière, avaient commencé d'en bâtir les fondations ? Da Silva contemplait les vieilles pierres, battues par des saisons d'intempéries, empoisonnées par des hordes de lierre conquérant. Ces murs étaient comme l'Église, ils avaient survécu à toutes les attaques, mais désormais la ruine les menaçait. Sauf que l'Église, elle, avait une ressource ultime : le miracle.

— Monsieur, j'ai transféré les images du drone sur mon mobile. Nous pouvons y aller.

Le garde sortit son arme, alluma la torche fixée sur le canon, puis s'accroupit pour franchir la herse. Une fois à l'intérieur de la tour, il repéra vite le pan de mur hâtivement défoncé. En dessous, un escalier s'enfonçait dans l'obscurité.

— Vos amis aiment la méthode forte, fit-il remarquer en enclenchant le viseur laser de son pistolet.

Da Silva, qui venait d'entrer à son tour, ne répliqua pas et s'engouffra dans l'escalier.

— Monsieur, tenta de s'interposer le garde. Vous ne pouvez pas...

Mais le prêtre avait déjà atteint les débris de la porte qui jonchaient le sol. Une odeur douceâtre flottait dans l'air. Il se pencha et distingua sur le pas de la porte des tessons de poteries sans doute piétinés. Da Silva en retourna un du bout du pied. Dans le faisceau de la torche du garde, il remarqua qu'une croûte noirâtre en recouvrait la surface.

— Ne touchez à rien, monsieur, ça peut être dangereux.

— Plus maintenant, répondit le prêtre en se relevant, l'air a été renouvelé.

Le garde du corps le dévisagea d'un air surpris.

— *Flante diabolo*, l'haleine du diable. Un hallucinogène du Moyen Âge qui avait la particularité d'être imputrescible. Une spécialité des *scriptoriums* – les ateliers médiévaux d'écriture – car on l'élaborait à partir des pigments de couleurs. Les mêmes qui servaient aux enluminures des manuscrits.

— Et les risques pour l'organisme ?

— Aucun, en revanche, si nos amis sont encore là, ils ont dû traverser la porte des enfers. Selon la tradition, on dit que les visions provoquées par la *Flante diabolo* sont celles du démon…

Au sol, les corps de Marcas et Stanton gisaient immobiles. Le garde les examina et éclaira leurs pupilles.

— Ils sont vivants.

Da Silva ne réagit pas. Il contemplait les fresques sur le mur. La croix de Saint-André, la lance d'où perlait le sang sacré, puis la femme au visage pâle, presque translucide, ses mains tendues.

Une alarme retentit.

Le garde compulsa fébrilement l'écran de son mobile.

— L'inconnu, dans le bois, il arrive. Droit sur nous !

Da Silva saisit le portable. La silhouette était déjà dans les douves. Elle allait passer la herse.

— Éteignez votre torche ! ordonna le prêtre.

Le garde se figea. Da Silva resta aux aguets. Un pas lourd se déplaçait au milieu des gravats à l'étage, puis un rai de lumière rebondit sur les premières marches de l'escalier.

Le garde ôta la sécurité de son arme.

Plaqué contre le mur, Da Silva vit la silhouette

qu'il suivait sur l'écran devenir bien réelle. Il fut surtout frappé par son visage. Si son crâne ressemblait à celui d'un moine, son nez par contre, aux narines dilatées, provoquait une répulsion instantanée. Sa respiration rauque et grasse paraissait sortir d'une cheminée enfumée.

Cet homme est malade, songea Da Silva. Il fit signe au garde de ne pas intervenir.

Une torche à la main, le chauve se pencha vers les deux corps inanimés et scruta leur visage. Quand il reconnut Marcas, il extirpa un rasoir de sa veste, saisit le poignet du commissaire qu'il serra pour faire ressortir les veines. Il posa la lame brillante sur le sang qui palpitait.

— L'heure est venue...
— Pas encore !

Le chauve se retourna brusquement, le rasoir brandi devant lui. Le point rouge du viseur laser s'arrêta sur sa main droite juste avant qu'une balle ne perfore sa paume et n'expédie dans les airs trois de ses doigts. Sous l'impact, le chauve tourna sur lui-même et alla s'écraser sur la fresque de la croix de Saint-André. Une autre balle, labourant sa nuque, fit exploser son autre main levée. Il s'affaissa dans un hurlement de bête mise à mort.

— Il est neutralisé, monsieur.

Da Silva ne répondit pas. Il contemplait, fasciné, les traces de sang qui imbibaient la peinture noire de la croix de Saint-André.

— Faut-il l'interroger, monsieur ?
— Attendez...

La peinture semblait boire le sang, s'en gorger.

Une lézarde apparut, puis une autre. De toutes parts, la croix se fendait, se fissurait, tombait en lambeaux.

— Éclairez la fresque, éclairez ! hurla Da Silva.

Le garde braqua sa torche sur la peinture qui achevait de s'effacer, dévoilant une porte en bois noirci Le garde se précipita. Une serrure rouillée bloquait l'ouverture.

— Vos ordres ?

— Faites-la sauter !

L'ordre du prêtre claqua comme la foudre.

Deux détonations lui répondirent dans un bruit de tonnerre.

Da Silva ferma les paupières. Il saisit son chapelet et amorça une prière muette sur ses lèvres. Un bruit sourd l'interrompit. Le garde venait de tomber à genoux à son côté.

— Seigneur Tout-Puissant ! Seigneur Tout-Puissant ! Le…

Da Silva sourit et ouvrit les yeux.

Le Graal.

Il était là.

En majesté sur un autel.

Lumineux, étincelant comme le soleil.

Clair et pur comme le premier matin du monde.

Le prêtre enjamba le corps du chauve. Sa carotide, cisaillée par la seconde balle, se vidait en jets saccadés. Bientôt, il verrait l'éternité en face.

Da Silva fit le signe de croix, s'approcha de l'autel et se saisit de la coupe. En cet instant, deux mille ans de Quête venaient de s'achever. Là où Arthur, Lancelot et tant d'autres avaient échoué, l'Église, elle, avait vaincu.

Et, demain, armée de la Relique suprême, elle allait conquérir le monde entier.

— Il nous faut partir pour Rome, immédiatement, déclara le prêtre.

Le garde désigna Marcas et Stanton.

— Et eux ?

Da Silva serra le Graal entre ses mains.

— Pour eux, ce ne sera jamais qu'un rêve.

55.

Brocéliande
Château de Comper
22 juin

Une douleur aiguë lui cisailla le corps. Antoine n'osait ouvrir les yeux. Il redoutait ce qu'il allait découvrir. Son front déchiré par la couronne d'épines, ses mains transpercées par les clous de la Passion... Pourtant, la douleur était située ailleurs, elle irradiait dans sa nuque jusqu'au bassin, comme s'il avait fait une chute brutale.

Peu à peu, il ressentit de curieuses sensations le long de ses bras. Il replia les doigts vers la paume. Rien. Ni chaleur gluante du sang ni traces de plaie vive. Lentement, comme s'il se découvrait un corps, il remonta sa main jusque sur le front. L'épiderme en sueur était intact. Il ne comprenait plus. La peur le tétanisait et l'empêchait d'ouvrir les yeux.

Le Graal, j'ai vu le Graal.

— Antoine ?

La voix de Stanton se fraya un passage à travers son angoisse.

— Antoine, réponds !

Un jet cru de lumière transperça ses paupières desséchées. Il ouvrit les yeux. L'Anglais, les cheveux blancs de poussière, se tenait debout devant lui.

— Nous ne sommes pas seuls, il y a un homme à terre. Regarde.

Marcas tourna la tête. Sa nuque endolorie le fit gémir. Un homme était étendu au sol dans une flaque sombre où brillaient des éclats de gravats.

— Il est mort, bredouilla Antoine.

Stanton lui tendit la main pour l'aider. Antoine se releva en chancelant et désigna le cadavre.

— Retourne-le.

— Tu ne peux pas me demander ça. Il... Il est couvert de sang.

— Le visage... dégage seulement le visage.

Malgré son dégoût, l'écrivain fit pivoter la tête du mort. Un chauve au teint pâle.

— L'hôtel Drouot... à la Réserve, dit Marcas. C'est là que je l'ai vu la dernière fois.

— Bon sang, qu'est-ce qu'il fait là ? Et qui l'a tué ?

Antoine ne répondit pas. Il venait de repérer une douille.

Stanton fit tournoyer la torche de son portable dans la salle comme s'il cherchait quelqu'un. Une autre douille brillait dans les décombres.

— Nous sommes seuls ! Il n'y a personne d'autre.

Antoine vit l'écrivain reculer, les traits crispés.

— Tu t'es réveillé avant moi, c'est ça ? Et tu l'as tué ?

Marcas finit de se redresser en prenant appui sur le mur.

— Je te jure que non. Quel intérêt ? Je veux retrouver mon fils vivant. Et...

Il ne termina pas sa phrase. Juste derrière Stanton, là où se tenait la fresque à la croix de Saint-André, il y avait désormais un trou noir. Antoine comprit que s'il ne rassurait pas son compagnon, tout pouvait dégénérer.

— Regarde les blessures aux mains.

Stanton dirigea le faisceau de lumière vers le cadavre.

— Elles ont été faites par balles. Maintenant, dis-moi, où aurais-je trouvé une arme depuis notre retour en France ? Tu ne m'as pas quitté un instant.

Le visage défiguré par le doute, l'écrivain s'écria :

— Si ce n'est pas toi, alors c'est qui ?

— Et si c'était toi ?

— Tu es fou ! Je n'ai jamais touché une arme de ma vie.

Les deux hommes se défiaient, le regard soupçonneux.

— On est obligé de se faire confiance, trancha Antoine. Et surtout il faut décamper au plus vite. Quelqu'un a pu entendre les coups de feu...

Brusquement, Derek comprit.

— Si on nous découvre avec un cadavre...

— Tu peux dire adieu à ta femme, et moi à mon fils.

Antoine fouilla le mort, mais ne trouva pas de portefeuille. Juste un portable qu'il brandit devant Stanton.

— Ça peut se révéler précieux. Mais avant...

Il dirigea sa torche dans la béance de la fresque, qui révélait un renfoncement creusé dans le mur. Les parois de plâtre, parties en morceaux, laissaient la pierre à nu. Au centre de la niche se dressait un autel de pierre.

Marcas tressaillit.

Et s'il s'agissait d'une illusion de plus ?

Les mystères abondaient dans cette tour de tous les sortilèges. D'abord des hallucinations, puis un cadavre, et enfin cet autel.

Le dos en charpie, Marcas s'approcha du trou. Le faisceau de son portable balaya la partie supérieure de la pierre, recouverte d'une épaisse couche de poussière, de dépôts grisâtres et de fragments de pierre. Puis il leva sa torche de fortune au-dessus de sa tête, le plafond du renfoncement se fissurait de partout. Le plâtre d'origine avait dû se disloquer et tomber sur l'autel au fil des siècles. C'était un miracle que la pierre ne se soit pas écroulée.

Il dirigea à nouveau la lumière sur l'autel. Un détail incongru attira son regard. Toute la surface était recouverte d'une épaisse couche de débris, à l'exception d'un endroit, au bord inférieur, qui laissait apparaître un cercle de mosaïque bleu nuit. Antoine passa son doigt dessus. La surface était presque propre et formait un rond parfait, de la taille d'une soucoupe. Au centre, une étoile dorée à quatre branches.

Antoine dirigea sa lampe vers le sol et distingua nettement des traces de semelles dans la poussière.

— On s'est fait baiser, déclara-t-il.

— Quoi ? fit Stanton en pâlissant.

— Regarde ce coin de mosaïque d'une propreté miraculeuse. Il y avait sûrement quelque chose dessus avec une base circulaire posé sur cette étoile. Observe les traces de pas tout autour de l'autel... Celui qui a abattu le type s'est tiré avec cet objet.

L'écrivain effleura des doigts l'étoile dorée de la mosaïque.

— Tu veux dire que...

— Oui. *Un objet à base circulaire*, ça ne te rappelle rien ? Le Graal s'est évanoui sous nos yeux. On y était presque.

— Ce n'est pas possible, gronda Stanton en examinant l'autel.

Marcas frappa du poing sur la surface en pierre, faisant s'envoler un nuage de particules farineuses dans l'air. Des fragments de mosaïque apparurent çà et là. Il toussa.

— Il ne nous reste qu'un espoir, c'est de faire parler le portable du mort, conclut-il. Peut-être qu'un de ses complices l'a doublé au dernier moment ? En attendant, on se barre d'ici. Sinon, je vais cracher mes poumons.

Alors que Stanton restait figé face à l'autel, Antoine se dirigea vers la sortie. Dès qu'il serait à l'air libre, il appellerait un collègue, un frangin, pour faire discrètement identifier le téléphone. Au moment où il allait sortir de la salle, la voix de Derek le rattrapa.

— C'est bizarre... sur l'autel...

— Laisse tomber. On n'a plus le temps.

— Antoine, écoute-moi, bon sang !

L'écrivain était en train de retirer la couche de poussière et des pans entiers de couleur surgissaient comme par enchantement.

— Ce n'est pas le moment de faire le ménage.

Stanton souffla sur l'autel afin d'en ôter l'ultime pellicule de débris.

— On a encore une chance.

— Je ne comprends pas, dit Marcas qui se raclait la gorge.

— Approche-toi et regarde ! lui intima Derek.

À contrecœur, Antoine revint sur ses pas.

— Il faut partir au plus vite...

Il ne finit pas sa phrase. Sur toute la surface de l'autel s'étalait une large mosaïque d'un bleu presque noir, piquetée d'une multitude d'étoiles d'or et d'argent. À chaque coin du rectangle, il y avait une croix de Saint-André.

— Tu sais ce que c'est ? Une carte du ciel avec les constellations de l'hémisphère Nord, expliqua Stanton. Le Dragon, Cassiopée, Orion... Je les connais par cœur, je vole souvent de nuit avec mon hélico.

Surpris, Antoine se pencha à son tour. Stanton passait son index sur une série d'étoiles dorées et s'arrêta pile sur l'une d'entre elles.

— Mon dieu. Dessous... En petits caractères.

Il se tourna vers son compagnon.

— Lis ! Winchester. Et là, à sa gauche, une autre étoile avec... *Stone hinge !*

Antoine demeurait sans voix.

— Et encore à gauche. Une autre étoile avec Glastonbury. Ce n'est pas qu'une carte céleste, mon frère. C'est la carte de *la terre étoilée du Graal*.

56.

Brocéliande
Château de Comper
22 juin

Le faisceau de la torche éclairait chaque détail de la carte céleste. La texture colorée et veinée de striures sombres ajoutait une profondeur de champ saisissante. En haut de l'autel, une rose des vents noire et rouge indiquait curieusement le sud vers le haut. Penché sur la fresque, Stanton en étudiait chaque détail.

— Regarde ! Les étoiles qui correspondent à Winchester, Stonehenge et Glastonbury sont reliées par des traits. Et ces traits forment une constellation...

Marcas n'eut aucun mal à identifier la figure céleste.

— C'est la Grande Ourse, reconnaissable entre toutes : elle a la forme d'une casserole.

— Exact. *Ursa Major*. C'est fascinant.

— Je ne vois pas en quoi, répliqua Antoine, c'est la constellation la plus banale de la voûte étoilée.

— Pour toi, mais dans la tradition celtique, elle est connue sous un autre nom bien plus mystérieux :

Karr Arzhur, le Chariot d'Arthur. Parce que le nom d'Arthur vient du mot « ours », *Arzh* en breton ou *Arth* en gallois... Voilà pourquoi le plantigrade orne son blason et que le surnom d'Arthur est « le roi des ours ».

Antoine fixa la mosaïque des yeux. Et s'ils avaient trouvé le dernier chemin ?

— Donc, si l'on suit le Chariot d'Arthur... Après Winchester, Stonehenge, puis Glastonbury, logiquement une autre étoile de la Grande Ourse devrait indiquer la véritable cache du Graal ?

— Sauf qu'aucune des étoiles restantes ne porte le nom d'un lieu sur cette fresque.

Dépité, Antoine tourna la tête. Son regard tomba sur le corps au sol. S'ils ne résolvaient pas rapidement l'énigme, c'est le cadavre d'Anna et de Pierre qu'ils contempleraient bientôt.

— En revanche...

Stanton venait de glisser son index hors de la constellation et de s'arrêter sur un point précis dans la zone circulaire exempt de poussière. Juste au centre.

— Là...

Marcas se pencha à nouveau et découvrit une nouvelle étoile, accompagnée d'une inscription minuscule, mais encore lisible.

Stella Polari

— L'étoile Polaire..., traduisit Antoine. La seule étoile qui ne change jamais de position dans le ciel. Mais quel rapport avec la Grande Ourse ?

Fasciné, Stanton prenait en photo la mosaïque en zoomant sur les parties qui l'intéressaient. Entre deux prises, il répondit à Antoine :

— Figure-toi que, depuis des temps anciens, navigateurs et astronomes se servent de cette constellation pour trouver l'étoile Polaire, donc le nord. Il suffit de prolonger la distance entre deux étoiles alignées sur le même axe pour tomber sur la Polaire. Regarde bien.
— Je vois, la constellation peut servir à déterminer la position de l'étoile Polaire dans le ciel ? Et alors ?
— Dans le ciel... et sur terre.

Antoine fronça les sourcils. Il allait parler quand Derek reprit :

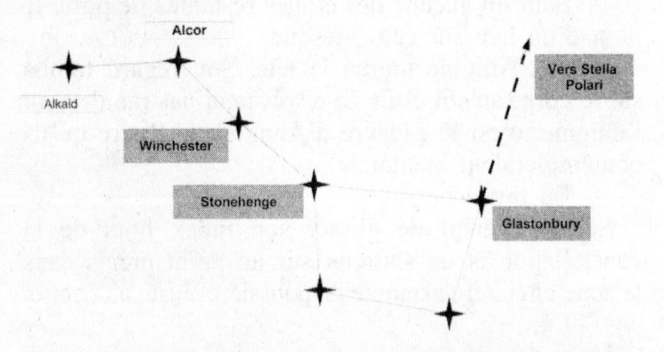

— Cette mosaïque, c'est d'abord une carte terrestre. Une géographie sacrée des étoiles ! Relier Winchester, Stonehenge et Glastonbury va nous permettre de tracer la figure de la Grande Ourse sur un plan de l'Angleterre. Il nous suffit de Google maps ! Ensuite, nous n'aurons plus qu'à localiser la position exacte de l'étoile Polaire sur la carte. Et enfin trouver *la terre étoilée*.

Marcas attrapa fermement Stanton par les épaules.
— D'accord, mais sortons d'ici maintenant ! Avec ce cadavre sur les bras, on prend trop de risques.

— Il faut que je fasse une nouvelle série de photos. Pour les détails.

— Plus vite on trouve la cachette du Graal sur une carte, plus vite je retrouve mon fils et, toi, ta femme.

Brusquement Derek se tut. Dans la semi-pénombre, son regard était devenu étrangement fixe.

— Ma femme ? Mais je sais où est ma femme...
— Comment ça ?

L'écrivain braqua sa torche par-dessus l'épaule d'Antoine. Une voix féminine retentit :

— Juste derrière vous, commissaire.

57.

Brocéliande
Château de Comper
22 juin

Marcas se retourna lentement. Anna Stanton se tenait debout face à lui. Sa silhouette diaphane se découpait dans le halo de la torche, ses cheveux noirs se fondaient dans les ténèbres environnantes, ses yeux énigmatiques brillaient comme des scalpels.

— Il est temps qu'une femme participe, elle aussi, à la quête du Graal. Vous ne trouvez pas ?

— Vous ? balbutia Marcas, incapable de masquer sa stupéfaction.

Anna s'avança avec lenteur. Ses pupilles, noires comme des éclats de granit, ne cillaient pas. Elle avait la même allure spectrale que la première fois qu'il l'avait vue dans leur manoir.

— Vous ressemblez à Perceval. Un chevalier vaillant, au cœur pur mais à la naïveté touchante.

Son visage reflétait la dureté minérale de la pierre qui les entourait. Antoine jeta un coup d'œil à ses mains manucurées.

— Vos doigts ont repoussé, madame Stanton. Un miracle.

— Et dire que ma bague de mariage a été passée au doigt d'une clocharde... N'oublie pas de me la rendre, Derek.

Anna Stanton s'arrêta devant le cadavre et se pencha vers le visage du chauve.

— Seymour...

Elle vacilla, un éclair de douleur crispa son visage. Puis, elle releva la tête, visiblement furieuse.

— C'est vous qui l'avez tué ?

Un Beretta venait de surgir dans sa main.

— C'était mon cousin.

Stanton s'approcha de sa femme et la prit par les épaules.

— Non, Anna ! Marcas n'a rien fait. Quelqu'un nous a précédés.

— Qui ?

— Je ne sais pas, mon amour, on l'a retrouvé mort quand on s'est réveillés, je t'expliquerai tout à l'heure. Tu n'as vu personne sortir d'ici ?

— Non. Seymour m'avait demandé de vous attendre tous les trois dans le Cayenne. Au bout d'un moment, à force d'attendre en vain, je suis venue vous rejoindre...

L'écrivain attrapa sa sacoche.

— Il est temps de sortir d'ici.

Marcas restait pétrifié.

— Je n'irai nulle part. Je veux mon fils. Maintenant !

Derek récupéra le pistolet de sa femme et le colla sur le front d'Antoine.

— J'ai encore besoin de toi, nous risquons de tomber

sur une énigme récalcitrante. Il est en sécurité, je te le jure. Parole de frère.

— Parole de... frère ?

Les yeux de Marcas étincelaient de colère. Il cracha à la figure de l'écrivain.

— Vas-y, tire !

Stanton essuya la salive qui coulait sur sa joue.

— J'ai l'habitude que les critiques littéraires me crachent à la gueule, mais pas les flics. Un ordre de moi et ton fils disparaît de ce monde.

— Qui me dit qu'il n'est pas déjà mort ?

L'Anglais recula et murmura à l'oreille de sa femme, sans qu'Antoine puisse entendre leur échange. Anna hocha la tête avec réticence.

— Voilà ce que je te propose, déclara Stanton. Nous localisons l'étoile Polaire sur la carte. Ensuite, je te mets en contact avec ton rejeton.

Marcas opina en serrant les poings.

Il n'avait aucune marge de manœuvre.

Ils suivaient tous les trois un sentier rocailleux et humide. Antoine marchait en tête, suivi du couple. Armé du Beretta, Stanton le tenait en joue. Les rayons de lune déposaient une pellicule brillante et fragile sur la forêt environnante. Une odeur lourde de sous-bois stagnait autour d'eux, comme si la nature était complice de leur quête maudite.

— On récupère le 4 × 4 et on file direct à l'hélico, expliqua Stanton.

— Pourquoi cette comédie de rapt ? demanda Antoine.

Partout, des coassements résonnaient, comme si des

grenouilles sortaient par bataillons entiers de l'étang de Viviane.

— C'est ta faute, répondit Stanton. À Paris, grâce à ton brillant décryptage du sarcophage, nous avons compris que nous ne pouvions pas continuer sans toi. Hélas, tu as refusé d'aller plus loin avec nous. J'ai pourtant essayé de te convaincre, mais tu t'es obstiné. On n'avait plus le choix...

— Tu as déjà tout, le succès, l'argent... Tu as vraiment besoin de cette relique, qui peut-être n'existe même pas ?

Stanton reprit son ton exalté :

— Tu ne peux pas comprendre. C'est mon obsession depuis l'enfance. Pourquoi crois-tu que j'écris des thrillers ésotériques ? J'ai toujours eu envie de passer de l'autre côté de la réalité. Pour la première fois de ma vie, je suis le héros de mon propre roman. Et je vais trouver le Graal ! Il aura la place d'honneur dans mon musée.

Marcas était dégoûté.

— Ton musée ? Et c'est pour ça que tu enlèves et assassines tous ceux qui te gênent. Tu es juste dingue !

— Pauvre franc-mac borné..., répliqua Anna Stanton. Le Graal possède tous les pouvoirs. C'est la source de la vie, de l'éternité. Il existait bien avant que les hordes du Nazaréen pouilleux ne viennent souiller nos terres enchantées et n'assassinent les anciens dieux. Le Graal apportait joie, prospérité et enchantement et les chrétiens, ces eunuques du merveilleux, en ont fait une relique morbide. Les chiens de l'Église ont profané notre vase sacré pour en faire la coupe du Crucifié. Pour en faire le réceptacle d'un sang souillé par le supplice de la croix. Quelle macabre imposture ! Il est temps de rendre le Graal à ceux qui en sont dignes.

Stanton se rapprocha. Marcas pouvait sentir le canon du Beretta frôler son dos.

— Anna est un peu sorcière sur les bords. Ma Morgane veut réveiller le grand dieu Pan... Peut-être a-t-elle raison.

Un vrai couple de dingues, se dit le commissaire. Mais il devait savoir.

— Et Pierre, comment l'avez-vous trouvé ?

— Ton portefeuille, nous l'avons fouillé pendant que tu dormais chez nous. Pareil pour ton portable. Tu n'as pas remarqué une grande fatigue à ton réveil ? C'est l'effet secondaire de l'infusion verveine-somnifère qu'Anna t'a préparée avant de t'endormir. Juste après avoir quitté ton ami Turpin, j'ai prévenu le cousin d'Anna pour qu'il passe à l'action... Si ça peut te consoler, ton môme est un vrai guerrier. En tentant de s'échapper, il a tué le petit copain de Seymour.

Un sentiment de fierté parcourut Antoine. Pierre avait réussi à buter l'un de ces salopards...

Une lueur scintilla de l'autre côté de l'étang. Marcas ralentit le pas.

— Oublie les gardes-chasse, lui conseilla Stanton. Et ne t'avise pas de tenter de nous fausser compagnie, j'ai une licence de tir. Je ne rate jamais ma cible.

— Écrivain à succès, pilote d'hélicoptère, spécialiste des constellations, tireur d'élite... Brillant CV pour un assassin !

Ils longèrent une aire de pique-nique d'où émergeait une sculpture d'un Merlin à l'allure inquiétante. L'enchanteur surveillait d'un œil inquisiteur deux rangées de tables en chêne qui luisaient sous la lune. Marcas s'arrêta.

— Ici, la 4G doit passer. Consulte ta tablette, dit-il en s'asseyant. Après tout, tu es aussi impatient de trouver ton étoile Polaire que moi d'avoir des nouvelles de mon fils, non ?

— Tu n'es pas en position de dicter des ordres, riposta Stanton.

Antoine garda le silence. Il ne se faisait aucune illusion sur les intentions de ce couple que la quête avait rendu fou : s'ils avaient besoin de ses talents pour décrypter la dernière énigme, ils ne pouvaient pas se permettre de laisser derrière eux un témoin gênant. Stanton demeura songeur quelques secondes, puis tendit le Beretta à sa femme.

— Mon amour, peux-tu tenir en joue notre ami pendant que j'effectue la localisation ?

— Avec plaisir.

Stanton s'assit devant Marcas, de l'autre côté de la table, sortit sa tablette de la sacoche et se connecta sur une carte du sud de l'Angleterre. Il relia d'un trait Winchester, Stonehenge et Glastonbury, puis il ouvrit une seconde fenêtre sur un site d'astronomie et effectua un copier-coller de la Grande Ourse.

— Le moment de vérité !

Il réduisit la constellation à l'échelle du plan géographique et ajusta les trois étoiles de la base de la casserole sur les trois sites. Son regard s'illumina.

— Bon sang... Ça colle ! Les deux villes et le site archéologique coïncident en termes de distance et d'inclinaison, comme s'ils avaient été construits sur l'alignement exact des étoiles. Il suffit maintenant de pointer les autres étoiles et nous aurons les points terrestres de référence. Anna, mon amour, peux-tu aller récupérer le Cayenne et revenir nous chercher ? Ça nous fera gagner du temps.

Sa femme sourit et lui tendit le pistolet.

— D'accord, mais garde-le bien en joue. Perceval me semble capable de faire des bêtises...

Stanton désigna la statue de l'enchanteur qui les dominait de toute sa hauteur.

— Merlin me fera signe si notre preux chevalier dévie du droit chemin.

Après avoir adressé un regard menaçant à Antoine, Anna Stanton s'éloigna sur son sentier en pressant le pas. Stanton se concentra sur la tablette.

— Bien... Le chariot d'Arthur est à sa place sur le sud de l'Angleterre. Maintenant, je vais utiliser la méthode des navigateurs en traçant une droite équivalente à cinq fois la distance sur l'axe des étoiles du côté gauche de la casserole. Je dois aussi tenir compte du fait que la rose des vents est inversée. Ce qui est au nord est au sud...

Antoine passa ses mains sous la table pour vérifier si elle était attachée au sol. Il en estima le poids. Avec un peu de chance, il pouvait la soulever et faire valser Stanton.

Merlin observait ses efforts avec ironie.

L'écrivain tira un trait depuis Glastonbury.

— Ça part plein sud vers la Manche, en direction de la France...

Antoine souleva légèrement la table. Elle n'était pas fixée au sol.

Merlin est avec moi.

Il fallait attendre que l'écrivain baisse la garde. C'était l'affaire d'une seconde ou presque.

Soudain, Stanton, le visage décomposé, s'exclama :
— Rien ! Ça ne mène nulle part.
Le tracé s'interrompait au milieu de l'étendue azurée de la Manche.
Maintenant.
Antoine souleva la table de toutes ses forces.

58.

Brocéliande
Château de Comper
22 juin

La table se renversa sur Stanton, mais l'écrivain fut plus rapide : il roula à terre et se redressa, prêt à bondir, en braquant son arme sur Marcas.

— Imbécile ! cria l'écrivain. Recule et lève les mains au-dessus de la tête.

La mine sombre, Antoine s'exécuta sous l'œil impavide de Merlin.

— Tu recommences une seule fois et je te bute ! Tu as compris ?

— OK, abdiqua Marcas.

— J'espère pour toi que la tablette n'est pas cassée...

Stanton ramassa son iPad, la vitre s'était fendillée de haut en bas, mais la carte était toujours visible. Il s'assit devant l'autre table.

— J'ai dû mal calculer..., se désola-t-il.

— Rends-moi mon fils, proposa Antoine. Et je m'engage à ne rien raconter.

L'écrivain inclina la tête, avec une moue.

— Parole de frère ? Aide-moi plutôt à situer l'étoile Polaire sur la carte.

— Il n'y avait pas d'autres inscriptions qui pourraient nous mettre sur la voie ?

Stanton reposa sa tablette sur la table et ouvrit son fichier photo.

— Non, dit-il, désemparé. Seulement les trois étoiles qui localisent Winchester, Stonehenge et Glastonbury.

— Et sur les lignes qui délimitent la constellation ?

D'une main, Stanton tenait toujours Antoine en joue pendant qu'il détaillait les images.

— Je ne trouve rien de ce côté. Là non plus... Et ici... Attends...

Il fronça les sourcils en découvrant une inscription.

— Oui... c'est là, un mot minuscule : *Duplicatae*. Placé sur la droite qui sert d'axe de direction pour trouver l'étoile Polaire.

— *Duplicatae*. Ça signifie « double », en latin. Que se passe-t-il si tu multiplies par deux la distance initiale ? Tu es toujours en pleine mer ?

Stanton reprit Google maps et étira sa première ligne d'une longueur équivalente. Le pointage s'arrêta juste à l'extrémité d'une côte bretonne qui bordait la Manche.

— La droite tombe pile sur une commune des Côtes-d'Armor : Pleumeur-Bodou. Jamais entendu parler. Si ça se trouve, il faut dupliquer plusieurs fois la distance.

Il prolongea à nouveau le tracé qui traversait la pointe occidentale des Côtes-d'Armor puis le Finistère jusqu'à Concarneau, et filait ensuite vers l'océan

Atlantique. Stanton grossissait le long de la droite, mais aucune bourgade ou site archéologique n'apparaissait.

— Rien, il n'y a rien. On s'est trompé sur la méthode.

Antoine essayait de se remémorer ses souvenirs sur les légendes celtiques et le patrimoine breton, mais rien ne venait. Ils auraient pu tomber sur un site aussi célèbre que Stonehenge comme les mégalithes de Carnac, ça aurait été très beau... La planche d'un frère breton lui revint en mémoire – la région possédait un patrimoine fabuleux qui regorgeait de menhirs, de dolmens, de cairns et autres cromlechs.

— Zoome au maximum, et regarde s'il n'y a pas de singularités archéologiques...

— Que crois-tu que je fasse ?

Marcas leva les yeux vers la statue de Merlin pour y chercher un soutien.

— On ne sait jamais, il y a peut-être autre chose d'insolite dans la commune de Pleumeur-Bodou. Jette au moins un coup d'œil à la fiche Wikipédia ou au site de la commune, au point où on en est.

Stanton maugréa et ouvrit une autre fenêtre.

— Alors, qu'avons-nous... Un village gaulois reconstitué pour les touristes, un menhir avec une croix, un dôme de télétransmission reconverti en musée... Un blason. Bon sang !

Intrigué, Antoine se pencha vers Stanton. Aussitôt, celui-ci leva le Beretta.

— Ne bouge pas.

Marcas leva les mains, paume en avant. Stanton fixait la tablette comme hypnotisé :

D'azur aux ondes d'argent, surmontées d'une étoile d'or à quatre branches... Ce n'est pas possible !

Antoine n'osait plus bouger.

— C'est la devise héraldique des armoiries de Pleumeur-Bodou, dit l'Anglais en tournant sa tablette vers son prisonnier.

Un blason occupait toute la hauteur de l'écran.

59.

Brocéliande
Château de Comper
22 juin

Antoine gardait les mains levées. Face à lui, Stanton semblait stupéfait de sa découverte. L'étoile qui les guidait venait de trouver son berceau.

— Maintenant que tu as trouvé ta bonne étoile, dit calmement Marcas, je veux entendre mon fils. Tiens ta parole, mon frère.

— Je n'ai qu'une parole.

L'écrivain attrapa son portable, puis appuya sur une touche. Il attendit quelques secondes avant qu'on ne décroche.

— Passe-moi le gamin.

Il brancha le haut-parleur. La voix de Pierre jaillit dans la nuit bleutée de Brocéliande.

— Papa, c'est moi...

Antoine allait se précipiter sur le téléphone, mais Derek le tint à distance avec son arme.

— Ils t'ont fait du mal ?

— Non, j'ai pris un coup de Taser, mais ça va. Je suis...

Stanton coupa le haut-parleur et raccrocha.

— Rassuré ? Alors, on peut continuer. Anna ne va pas tarder. Retourne à l'autre bout de la table et place tes mains bien en évidence dessus. Voyons voir... Pleumeur-Bodou... La ville de l'étoile Polaire. On est sur la bonne voie, mais ce n'est pas suffisant. Il nous manque une autre clé.

Antoine avait encore à l'oreille la voix de son fils. S'il voulait le libérer, il devait collaborer.

— Y aurait-il un lieu ayant un rapport avec le Graal, ou avec l'un des symboles qui nous ont guidés, comme la croix de Saint-André ? Une église du même nom ? Un monument dédié à Perceval ? Regarde sur ton moteur de recherche.

Stanton effleura l'écran plusieurs fois, l'air sceptique.

— Nous avons une église consacrée à saint Marc, une chapelle de Saint-Antoine, ça c'est pour toi, une autre de Saint-Samson... Un menhir *christianisé*, une allée dallée mégalithique sur l'île Grande. La légende affirme d'ailleurs que c'est un repaire de naines affriolantes qui courent sur le rivage les soirs de pleine lune. On a aussi le Radôme, ça c'est plus récent. Impressionnant...

Il zooma sur une gigantesque sphère blanche de la taille d'un dôme Imax.

— Je connais, dit Marcas, c'est un ancien centre de transmissions satellitaires avec les États-Unis, construit du temps où la France du général de Gaulle croyait aux triomphes du progrès et de la technologie.

J'espère que ton Graal n'est pas enfoui dessous, il te faudra dix kilos de C4 pour déblayer le terrain.

Le ronronnement sourd d'un moteur se fit entendre à l'autre bout du sentier. L'écrivain tapotait nerveusement sur la table.

— Il n'y a rien. Ni Perceval, ni étoile Polaire, ni Grande Ourse...

— Tu as essayé Arthur ? suggéra Marcas.

Le Cayenne arrivait lentement vers eux, tous feux éteints, comme un prédateur de métal. Stanton effleura à nouveau son iPad. Soudain, son visage se transforma. Ses doigts couraient fébrilement sur la tablette.

— Tu as raison, Antoine. Écoute ça : « *L'île d'Aval ou d'Enez aval, propriété privée, est l'une des îles les moins connues de la commune de Pleumeur-Bodou. Pourtant, d'après la légende, le roi Arthur y est enterré en attendant son réveil qui fera l'unité des Bretons des deux côtés de la Manche.* »

Le Cayenne stoppa devant eux. Anna Stanton coupa le contact et descendit du véhicule.

— Vous avez trouvé quelque chose ?

Nul besoin que son mari lui réponde, il arborait le même air triomphal que lorsqu'il apprenait le tirage de ses ventes annuelles.

— L'île d'Aval... Son nom vient bien sûr d'Avalon : le site légendaire où a été enterré le roi Arthur.

— Le sépulcre qui garde le Graal pour l'éternité, précisa Antoine.

— Avalon, la porte d'accès à l'autre monde, ajouta Anna. Qu'y a-t-il d'autre sur cette île ?

L'écrivain tourna l'écran vers sa femme.

Sur l'image, l'île était minuscule – une poignée d'hectares qui émergeait à quelques encablures du rivage de Pleumeur. Au milieu d'une étendue herbeuse vert émeraude se dressait une pierre levée, haute comme la moitié d'un homme.

— La tombe d'Arthur...

L'écrivain étudiait la topographie des lieux. Il grimaça.

— Et merde ! C'est une île privée. Impossible de s'y poser en hélico, ça risque d'alerter les gendarmes du coin et le propriétaire. Avec le Cayenne, il faudra deux heures de route. Apparemment, on peut traverser à marée basse pour y aller.

— Tu peux cacher Pégase dans le coin ? demanda Anna.

— Oui, je l'ai laissé dans une zone isolée. Je doute que quelqu'un vienne nous le voler.

— Ça tombe bien, répondit sa femme, la dernière fois que tu as survolé la Bretagne avec moi, on a failli y passer. Tu te souviens, il y a cinq ans ?

— Erreur de pilotage, mon amour. N'y pensons plus... Le Graal nous attend !

Marcas était lui aussi sous le choc.

Ce ne pouvait pas être une nouvelle coïncidence. D'abord la Grande Ourse, le chariot d'Arthur, puis ces trois étoiles qui correspondaient à chaque étape de leur quête. Puis, l'étoile Polaire trouvée à l'aide de la constellation.

Et maintenant, cette île d'Aval qui s'enorgueillissait d'abriter la tombe du roi mythique. Dans un coin perdu de la Bretagne.

Il lui semblait qu'un puzzle géant finissait de s'assembler sous ses yeux. Un puzzle dont les pièces avaient été éparpillées par-delà le temps et l'espace. Un puzzle qui, au final, offrait une seule image. Une image qui n'avait cessé de se dérober à eux et qui, à présent, leur était révélée dans toute sa splendeur.

L'image du Graal.

60.

Île d'Aval
23 juin

Le 4 × 4 s'arrêta, laissant une large empreinte de pneus sur le sable. Anna Stanton baissa la vitre pour observer le double sillon géométrique laissé par le passage des roues.

— On signerait notre arrivée qu'on ne s'y prendrait pas mieux, s'inquiéta-t-elle.

Son mari lui posa tendrement la main sur l'épaule tout en gardant Antoine dans son champ de vision, le canon de son automatique enfoncé dans l'épaisseur du siège avant.

— L'avantage de vivre avec un écrivain de thriller, c'est qu'il connaît toutes les ficelles du métier. La marée va monter bientôt et effacera nos traces, tu n'as pas à t'inquiéter, ma chérie.

Le trajet depuis Brocéliande s'était déroulé sans encombre. Antoine en avait profité pour grappiller un peu de sommeil. Stanton, malgré des signes évidents de fatigue, était resté éveillé pour le surveiller.

Une fois arrivés dans la nuit à Pleumeur, ils avaient attendu deux heures dans la voiture à l'écart de la ville, le temps que la marée fasse son œuvre.

Quelques mouettes s'envolèrent, effrayées par le bruit du moteur. La lumière du soleil naissant dora un instant leurs ailes déployées avant qu'elles ne disparaissent vers le large. Antoine, silencieux, fixait l'île d'Aval. Elle ressemblait à un long tertre oublié entre sable et mer, telle une tombe à la dérive. Des murets de pierre sèche, certains écroulés, l'entouraient d'un ruban grisâtre derrière lequel s'élevaient des bois vert sombre.

— Les arbres protègent les champs cultivés du vent imprégné de sel, commenta Stanton. Ils sont replantés régulièrement sinon l'île deviendrait stérile.

Antoine ne répondit pas. Il sentait monter en lui une colère brûlante, prête à déborder en emportant tout sur son passage, qu'il s'efforçait néanmoins de contenir pour sauver son fils. Il enviait le calme apparent de Stanton, sans doute la présence de sa femme l'apaisait.

— L'île est habitée ? demanda Anna qui venait d'apercevoir, entre les arbres, une toiture grise, révélée par la réverbération du soleil.

— Cultivée, mais pas habitée. Un agriculteur vient régulièrement s'occuper des terres. Quant à la maison, elle est entretenue, mais plus personne n'y vit. Du moins, c'est ce qu'on dit sur Internet.

Anna se pencha à la portière. Le vent fit voler ses cheveux. Antoine ne put s'empêcher de la regarder. Avec ses mèches folles, elle ressemblait à une adolescente. Comment pouvait-elle avoir fait du mal à son fils ?

— Tu es superbe, ma chérie, susurra Derek en lui caressant le cou.

Quand celle-ci se retourna, son visage rayonnait. Elle n'avait plus rien à voir avec la femme énigmatique, fascinée par les vampires, au fond d'une chapelle souterraine à Paris. Il tenta de profiter de cette bienveillance apparente.

— Où est mon fils ?

Il sentit le canon de l'arme de Stanton s'enfoncer dans le siège.

— Dès que nous aurons trouvé le Graal, on te rendra ton fils. Tu as ma parole.

— Et si on ne le trouve pas ?

Le ton de Derek monta d'un cran :

— Je sais qu'il est ici. Je le sens. C'est là que s'achève notre quête. Crois-moi.

— Plus vite on le trouvera, ajouta Anna, plus vite tu retrouveras ton fils.

Songeur, Antoine regarda l'île. Le vent agitait la cime des arbres tandis qu'un banc de nuages projetait son ombre sur la grève. Malgré lui, il frissonna.

— On sait quoi dessus ? demanda-t-il.

— À part la légende qui en fait la sépulture du roi Arthur ? L'histoire avec un grand H est quasiment muette sur cette île perdue. À part la chapelle dédiée à saint Marc...

— Les saints, je commence à en avoir ma dose, l'interrompit Antoine. Saint Pierre à Winchester, saint Michel à Glastonbury...

— Et ça t'intéresse de savoir qu'on a retrouvé trente squelettes disposés en cercle autour du seul menhir de l'île ? Ils dateraient de la fin du IXe siècle.

Les crânes présentaient la particularité d'avoir une forme dolichocéphale.

Il montra sa tablette à Marcas. Un crâne au sommet allongé, presque difforme, ricanait en silence, entouré de fragments d'os.

— Je ne les voyais pas comme ça, les chevaliers de la Table ronde, murmura Antoine, mal à l'aise.

Depuis Stonehenge, il avait l'impression que le monde des défunts était subtilement relié au Graal. Une de ces idées sans preuve mais qui vibrent dans l'esprit comme si l'on touchait du doigt l'une des pulsions secrètes de l'existence. Qu'attendaient ces corps couchés autour du cercle de pierres de Stonehenge, du menhir d'Aval ? Revenir ou… recommencer ? Antoine chassa ses pensées. Il devait se concentrer. Sans états d'âme. Pour sauver son fils.

Anna avait redémarré. Elle avait enclenché les quatre roues motrices et roulait sur le sable. Des bancs d'eau de mer brillaient sous le soleil.

— Si on a de la chance, dit Stanton, on pourra éviter ces trous d'eau jusqu'à l'île.

— Sinon ? demanda sa femme.

— Sinon, il faudra accélérer pour ne pas vous enliser, intervint Antoine. Et surtout ne pas s'arrêter.

Un bruit sourd retentit dans le coffre. Le 4 × 4 avait dû heurter un des débris de bois flotté qui jonchaient la plage.

— Enfin disposé à collaborer, Marcas ? demanda froidement Anna.

Antoine hocha la tête.

— Oui, je vais vous aider.

Le 4 × 4 ralentit pour aborder le bord de l'île parsemée de pierres et de varech.

— Prends sur la gauche, suggéra Stanton, tu as une rampe d'accès pour hisser les bateaux et les mettre au sec.

Anna emprunta le passage. Les pneus crissèrent sur le béton usé par les marées qui s'effritait sous le poids du véhicule.

— Prends la piste le long du bois et tourne à droite après la lisière des arbres. Tu peux te garer là, la voiture sera invisible de la côte comme de la mer.

Quand Anna coupa le moteur, Derek descendit le premier, pistolet au poing. Il fit signe à Antoine de le rejoindre.

— Tu vas marcher devant moi en suivant la lisière des bois. Anna va rester ici, pour récupérer le matériel dans le coffre de la voiture.

Antoine ne répliqua pas. Il suivit la ligne des arbres et déboucha sur un ensemble d'enclos, qui abritaient des cultures, face à une longue maison basse couverte d'ardoise. Il lui semblait entrer par effraction dans un royaume pétrifié. Stanton s'arrêta.

— La maison a été bâtie à partir des ruines de la chapelle, expliqua-t-il.

— Et le menhir, il est où ?

— Avance entre les murets de pierre.

Marcas s'engagea sur un chemin qui longeait un jardin potager. La terre avait été fraîchement retournée. Puis, il aperçut une pierre branlante, à demi enfoncée dans le sol, qui émergeait des maigres cultures. Antoine ne put se retenir d'un commentaire désabusé :

— Ça ne ressemble pas à la photo !

L'Anglais s'était rapproché. Sa déception était visible.

— C'est donc là, la tombe du roi Arthur ? Au milieu

des rangs de poireaux et des semis de courgettes ? ironisa Marcas.

Derek restait silencieux. Il avait abaissé son arme. Antoine se rapprocha discrètement.

— Quant à la chapelle, c'est à peine s'il subsiste un pan de mur...

L'écrivain se tourna vers la maison aux volets clos. C'était le moment.

— Alors, vous avez trouvé quelque chose ? demanda Anna.

Antoine s'immobilisa. La femme de Derek portait sur son épaule un sac à dos avec des instruments de fouille.

— D'accord. Pas besoin de répondre, dit-elle en voyant leurs mines sombres.

Stanton eut un geste d'impuissance.

— Il n'y a rien ici. Je ne comprends pas.

— Vous avez cherché l'étoile ?

— Difficile de trouver un signe, ironisa Marcas. La chapelle n'est plus qu'une ruine. Quant au menhir, on dirait un nain de jardin pétrifié.

Anna posa son sac.

— Et vous pensez vraiment qu'une piste que vous suivez depuis Winchester, Stonehenge, Glastonbury, Comper, peut disparaître, comme ça, tout à coup ?

— Il est possible que l'indice que nous cherchons ait tout simplement été détruit par les hommes ou emporté par le temps.

— Quoi ? Vous croyez que celui qui s'est donné tant de mal pour vous conduire ici n'y a pas pensé ? Qu'il ne vaut guère plus que ces amateurs qui cachent leur trésor sous un chêne, sans songer à la foudre ou à la hache du bûcheron ?

Son mari la fixa.

— Tu veux dire que nous ne cherchons pas dans la bonne direction ?

— Ce que je veux dire, c'est que, pour son ultime cachette, on ne confie pas le secret du Graal à un arbre qu'on peut couper, à un menhir qu'on peut abattre, à une chapelle qu'on peut démolir... On le met en sûreté dans un endroit que rien ni personne ne détruira.

— Mais quoi ? s'écria Stanton. Il n'y a rien ici. C'est une île !

Antoine tressaillit. Il venait de saisir.

— Justement, sur une île... ce dont on a toujours besoin... C'est évident !

Les yeux brillants, Anna s'énervait :

— Vite !

— De l'eau ! On a besoin d'eau...

Stanton réagit aussitôt.

— Le puits, il faut chercher le puits.

61.

Île d'Aval
23 juin

Ils trouvèrent le puits à l'angle de la maison. Un tuyau d'arrosage jaune plongeait le long de la margelle usée. Antoine saisit un caillou qu'il balança à l'intérieur. Un écho clair remonta des profondeurs. D'un œil, il surveillait Stanton, mais ce dernier se tenait toujours à distance, la main serrée sur la crosse de son arme. Anna s'était penchée vers la base du puits. Elle interpella Marcas :

— La margelle est la partie qui s'use le plus, à cause du frottement des cordes qui descendent et remontent le seau. C'est l'endroit où l'on change les pierres. Si signe il y a, il doit être plus bas. Regardez de votre côté.

Antoine obéit. Il inspecta en vain la surface des pierres. Excepté les taches de lichen, rien ne le frappa. Un cri d'Anna le fit sursauter.

— Ça y est !

Antoine se précipita. Sa paume recouvrait la jointure de quatre pierres.

— Regardez.
Elle ôta sa main. Les angles avaient été discrètement taillés en triangle. Les quatre pointes formaient le symbole universel d'une étoile.
À côté, il y avait une croix de Saint-André.
Stanton embrassa sa femme, se jeta sur le sac qu'elle avait apporté et en sortit une torche.
— L'étoile est pile dans l'axe du menhir, annonça-t-il en se penchant sur le rebord du puits.
Dans son empressement, il avait laissé son arme sur la margelle.
— N'y pensez même pas, murmura Anna en se coulant derrière Antoine. Pensez plutôt à votre fils.
— Bingo !
La voix de Stanton résonna, amplifiée par la profondeur du puits. Il releva la tête et posa la torche sur le côté.
— Il y a une ouverture au fond. Une entrée voûtée.
— Alors, il n'y a plus qu'à jouer les Indiana Jones, déclara Anna, dans le dos d'Antoine. J'ai justement une corde dans mon sac.
— Non, répliqua Marcas. Je ne descendrai pas. Tant que je n'aurai pas de garanties sur la vie de mon fils.
Anna lança les clés du 4 × 4 à son mari.
— Vas-y !
— Il va où, là ? questionna Antoine en se tournant vers Anna.
— Vous avez demandé à voir votre fils…
Il sentait son souffle chaud sur son oreille.
— Il va te le ramener. Dans un coffre.
Dans un coffre ! Atterré, Antoine regarda la silhouette de l'écrivain s'éloigner vers le bois. Il tourna

la tête vers Anna. Appuyée contre la margelle du puits, celle-ci lui souriait impitoyablement.

— Ça veut dire quoi, *dans un coffre ?*

La femme de Stanton continua de le narguer du regard.

— Ça peut avoir tellement de sens...

Brusquement, la colère submergea Antoine. D'un bond, il saisit Anna à la gorge et la propulsa violemment en arrière. S'il parvenait à la maîtriser, lui et Stanton seraient à égalité. Chacun aurait son otage. Anna tentait de se débattre, mais elle avait déjà la moitié du corps au-dessus du puits. Alors qu'il lui attrapait un bras, il entendit la voix de Stanton tonner dans son dos :

— Lâche-la, ou je tire !

Marcas fit volte-face tout en maintenant Anna dans la même position. Son fils était à dix mètres de lui, tenu en joue par l'écrivain.

— Pierre ! lança Antoine, le cœur rempli d'espoir.

— Papa...

— Si tu tires, Derek, elle finit dans le puits ! aboya Marcas.

Les deux hommes se toisèrent. La haine et la peur se mêlaient dans leurs regards fiévreux. Derek appuya le canon de son arme sur la tempe de Pierre.

— Une dernière fois, lâche-la !

Antoine enfonça sa main entre les omoplates d'Anna. Sa tête disparut dans le puits.

— À ton avis, il y a quoi comme profondeur ? Dix mètres ? Elle mettra combien de temps à mourir ? Ôte ce pistolet de la tempe de mon fils et je la remonte.

Stanton obtempéra aussitôt. Tout en tenant fermement les bras de Pierre, il abaissa son arme. Antoine releva Anna.

— Voilà ce que je te propose. La dernière cache du Graal est là, dans le puits. C'est le rêve de toute ta vie. Il est à portée de main. Je te le laisse. En échange, je prends le 4 × 4 et je disparais avec mon fils. Tu n'entendras plus parler de moi. Tu as ma parole.

— La parole d'un flic !
— La parole d'un frère !

L'écrivain n'eut pas le temps de répondre. Anna, qui venait juste de se dégager, frappa Antoine au visage. Ce dernier riposta en la projetant sur le côté. Ouvrant de grands yeux affolés, la femme de Stanton agita les bras, comme pour s'accrocher. Elle tomba contre le puits. Son front heurta violemment la margelle.

Elle poussa un cri bref.

— Anna ! rugit Stanton en lâchant le fils de Marcas.

Antoine se précipita.

— Elle n'a rien, elle est juste…

Une détonation lui répondit. Marcas hurla. Une balle venait de le toucher à l'épaule. Il s'effondra à côté du puits. Pierre courut vers son père.

— Papa… Papa ?

Une douleur aiguë, lancinante, lui vrillait la base du cou. Il tendit la main. Elle lui revint poisseuse de sang.

— Et Anna ?

Malgré la souffrance, Antoine tourna la tête. Stanton, les yeux hagards, était accroupi auprès de sa femme. Visiblement, aucun souffle ne sortait de sa poitrine. Les beaux yeux d'Anna Stanton fixaient le ciel. Deux filets de sang coulaient sur la fine arête de son nez, couvrant sa bouche d'une flaque obscène.

Marcas aperçut l'arme posée sur l'herbe. Il appela son fils.

— Empare-toi du pistolet, souffla-t-il. Vite !

Pierre se leva, mais ne put faire un pas. Stanton avait été plus rapide.

— Je devrais te tuer, Marcas, mais je ne vais pas le faire ! On continue.

— Tu es fou !

— On descend tous les trois dans le puits.

Les yeux de l'écrivain étincelaient.

— Tu ne comprends pas ? Le Graal peut tout ! Le Graal, c'est la vie. Si Anna le touche, elle ressuscitera. Lève-toi !

Il brandit son arme en direction de Pierre.

— À moins que tu ne préfères que je me venge tout de suite ?

Antoine se hissa jusqu'à la margelle. Une tache de sang colorait la pierre grise.

— Je suis blessé, je ne pourrai pas descendre.

Derek arma son Beretta.

— Ton fils passe en premier et tu le suis. Blessé ou pas. Il y a d'autres torches et une corde dans le sac d'Anna. Enroule-la autour de la poulie au-dessus du puits.

Au bout d'une dizaine de minutes, ils étaient arrivés à la base du puits qui se terminait par une mare noirâtre. À côté, une sorte de porche était taillé dans le granit.

Pierre s'engagea dans le tunnel de pierre, à quelques mètres devant Antoine qui se tenait l'épaule. Sa chemise était maculée de sang. Il avait cru s'évanouir pendant la descente tant la douleur était forte. Derrière lui, il sentait le contact froid du revolver sur sa nuque.

— Un seul faux pas et je te jure que je n'hésiterai pas à presser la détente.

Antoine entendait les pas de Pierre résonner sous la voûte. Le conduit était étroit, mais il était possible de s'y déplacer presque debout. Devant lui, il voyait le faisceau de la torche de son fils qui trouait l'obscurité d'une lumière blafarde.

— Ça s'élargit, prévint Pierre. Et le sol... c'est de la terre maintenant.

— On arrive sous le menhir, en conclut Stanton.

Soudain, une salle apparut devant eux. De grands blocs de pierre soutenaient une dalle massive d'où perlaient des gouttes d'eau. Antoine comprit. Ils venaient d'entrer dans un tumulus. Il dirigea sa lampe sur l'une des pierres. Des grappes de symboles surgirent de la nuit millénaire où ils étaient plongés. Antoine était fasciné. Pas un pouce de pierre qui ne soit gravé, tel un livre saturé d'images.

— Papa ?

La voix de Pierre tremblait.

— Il y a quelque chose.

62.

Île d'Aval
23 juin

Stanton avait posé la torche dans une niche creusée dans la pierre. Le faisceau dessinait des ombres mouvantes sur les parois qui soutenaient l'énorme roche fichée au-dessus de leurs têtes.

Au centre de la salle, trônait un bloc de pierre taillée qui ressemblait à une coupe. Elle arrivait à mi-hauteur d'homme. Sa vasque remplie d'eau était aussi large que son pied évasé tandis que le milieu présentait une circonférence plus réduite. Comme si la main d'un géant avait serré le bloc en son centre.

— Le voilà, ton Graal..., murmura Antoine, qui sentait la douleur se diffuser jusqu'à son cou et son omoplate.

Ils s'approchèrent lentement de la coupe, une sorte de bénitier taillé dans la masse.

Deux croix étaient gravées sur le rebord.

Une croix classique et une croix de Saint-André.

De grosses gouttes d'eau tombaient à intervalles

réguliers du plafond dans la vasque déjà pleine. Des filets d'eau s'écoulaient doucement de part et d'autre et trempaient la terre tout autour.

— Enfin ! Écarte-toi ! gronda Stanton.

L'écrivain repoussait Pierre en lui enfonçant le pistolet dans le dos.

— Je t'en prie, libère-le ! supplia Antoine en reculant.

Soudain, Stanton projeta le fils de Marcas contre l'un des piliers de soutènement. Son crâne vint heurter la pierre. Le jeune homme s'affaissa sur le sol dans un gémissement.

— Pierre ! s'écria Marcas en se précipitant vers son fils.

— Reste où tu es ! menaça l'écrivain.

Deux coups de feu déchirèrent l'air. Antoine s'arrêta net.

— Fais ce qu'il dit, lança Pierre en essayant de se lever. Je... Je n'ai... rien. Je suis juste sonné.

Il leva son visage vers son père. Son front était entaillé, juste au-dessus de son nez, du sang coulait sur sa joue. Antoine en eut le cœur serré.

Pendant ce temps, Stanton observait intensément la coupe de pierre.

— Ce n'est pas le Graal. C'est trop gros. Il doit y avoir une autre cache.

Il balaya la cavité avec sa torche, mais rien.

— Tu t'attendais à quoi, Derek ? ricana Marcas. À une étagère avec des coupes et un vieux templier qui te fait passer une épreuve comme dans *Indiana Jones* ?

— Ferme-la !

— C'est la fin du voyage, tu as trouvé ton Graal.

Bois l'eau qui stagne dedans si ça te chante. Ça te rendra peut-être moins con.

Stanton plongea une main dans la vasque tandis qu'il tenait toujours Marcas en joue.

— Ce n'est pas le Graal. Il doit y avoir une énigme dissimulée quelque part, comme dans le sarcophage. Des indices... Une gravure...

Marcas fit un pas de côté pour se rapprocher de son fils.

— Terminus. On s'en va. Tu pourras toujours emporter ce truc dans ton musée personnel.

Un troisième coup de feu claqua. Cette fois, la balle siffla tout près des oreilles d'Antoine.

— Ce sera fini quand je le dirai ! Et si je t'en collais une entre les deux yeux ? C'est ce que tu mérites pour la mort d'Anna.

L'écrivain mit Marcas en joue. Sa main tremblait légèrement sur la crosse. Antoine lut dans ses yeux fiévreux qu'il allait tirer. Ce n'était qu'une question de secondes. Il n'avait plus la force de se battre, la douleur déchirait son épaule.

— Laisse la vie sauve à mon fils. Je t'en supplie. Mon frère...

— C'est ça, agenouille-toi devant moi, Marcas. Peut-être que je lui accorderai mon pardon. Après tout, nous sommes dans la tombe d'Arthur qui a bien pardonné à Lancelot.

Antoine se laissa tomber à ses genoux. Sa vie contre celle de son fils. C'est tout ce qui comptait. L'Anglais affichait un sourire méprisant en regardant Antoine s'humilier. Le canon du Beretta se balançait imperceptiblement.

— Implore-moi... Mon frère.

Au même moment, une ombre se jeta sur Derek et le fit basculer à terre.

— Pierre, non ! hurla Antoine.

Son fils était allongé sur l'écrivain et le bourrait de coups de poing.

Un coup de feu éclata.

Pierre se figea, puis tressauta sur lui-même comme une marionnette à fils, avant de s'écrouler sur le côté. Marcas se rua sur Stanton et le frappa au visage. La tête de l'écrivain alla heurter le pied de la coupe de pierre. Il s'affaissa sur lui-même.

Antoine se précipita sur son fils. Une large tache rouge s'étalait sur son tee-shirt. Le jeune homme tournait la tête dans tous les sens, le regard perdu. Marcas releva le tissu sanguinolent et découvrit un trou noir dans son ventre d'où s'échappait un bouillonnement de sang. Un frisson de terreur traversa Marcas ; il connaissait ce genre de blessure.

— Papa, j'ai... mal. Il fait noir.

— Accroche-toi à moi. Tu vas t'en sortir, je t'emmène

Son fils lui décocha un sourire douloureux.

— Y'a pas de... médecin sur cette putain d'île, papa...

Quand il tenta de prendre son fils par la taille, celui-ci ne put retenir un cri de douleur. Antoine le reposa avec douceur, retira sa chemise et la plaqua contre la plaie.

— Tiens ça contre ton ventre, ça va ralentir l'hémorragie, je vais chercher du secours.

Son fils s'agrippa à lui.

— Ne m'abandonne pas... Je vois quelque chose.

Marcas pleurait de rage. Il fallait le sortir de là.

Tout de suite. Prendre le Cayenne pour rejoindre Pleumeur-Bodou. Son fils tendit le doigt vers la coupe de pierre.

— Papa. C'est... beau. Le Graal, c'est bien lui... Il brille comme un soleil.

Un frottement le fit sursauter. Stanton venait de reprendre connaissance, il se traînait vers le pistolet abandonné à deux mètres de lui. Antoine reposa son fils à terre et s'empara de l'arme. Les yeux brillants de colère, il fixa l'écrivain dans les yeux et d'un geste sec pressa sur la détente.

Stanton hurla. Sa jambe droite explosa instantanément, le coup le propulsa contre un pilier.

— La prochaine, ce sera en pleine tête, le prévint Antoine qui avait repris son fils dans ses bras.

Malgré les tremblements qui le parcouraient, le jeune homme s'était redressé et regardait intensément la coupe de pierre.

— Le Graal me parle, papa. Tu l'entends, toi aussi ?

— Oui, mon fils, sanglotait Marcas.

— C'est une voix de... femme.

Une vague de douleur crispa ses traits. Il ferma les yeux, puis les rouvrit.

— Je la vois, là devant. Elle est si... belle. Elle me sourit. Tu la vois ?

Mais Antoine ne voyait que ténèbres et désespoir.

— Oui...

— C'est elle qui me parle.

Des larmes coulaient sur la joue de Pierre. Un sourire d'une infinie douceur éclaira son visage. Un sourire qui finit de briser le cœur d'Antoine. Le jeune homme laissa tomber sa tête contre le bras de son père et son regard accrocha le sien, comme un harpon.

— Papa, tu peux me laisser maintenant. Je vais partir avec elle...

— Non, je t'en supplie ! Reste avec moi.

— N'aie pas peur... Je serai toujours avec toi. Tou... jours...

Les yeux de Pierre se voilèrent, sa tête s'affaissa contre sa poitrine.

Marcas voulut hurler, mais aucun son ne sortait de sa bouche. Il tenait son fils mort contre lui ; son esprit refusait de l'admettre. Un rire aigrelet courut le long du sol et vint souiller Marcas.

— Ton fils contre ma femme. On est quittes, Marcas !

— Tais-toi !

Le rire sonore de Stanton se répercutait en écho contre les pierres.

— Il a vu le Graal ! Pas moi.

— La ferme !

— Tu as entendu ce qu'il a dit ? Ton fils, c'est Galaad ! Le fils de Lancelot. Galaad.

Les yeux exorbités, Stanton semblait possédé.

— Le seul chevalier au cœur pur à avoir vu et compris la nature du saint Graal. Et tu sais ce qui lui est arrivé ?

Marcas était en train d'armer le pistolet, mais Stanton ne s'en souciait pas.

— Quand Galaad a trouvé le Graal, il a entendu la voix des anges et son esprit a chaviré. C'était si merveilleux qu'il est mort sur place et son âme a rejoint les cieux. Nous rejouons la même histoire, Marcas !

Antoine grimaça de douleur, sa blessure irradiait

jusqu'au bas de son dos. Sa tête tournait, il jeta un coup d'œil à son épaule, la plaie continuait de saigner. Il devait se faire soigner, quitter le tumulus au plus vite... mais il ne pouvait pas se détacher de son fils. Son fils mort.

— Tu devrais me remercier, Galaad est aux cieux...

Antoine reposa doucement la tête de son fils contre le sol, puis s'avança vers Stanton et enfonça le canon contre la tempe de l'écrivain, comme s'il allait lui forer le cuir chevelu.

— S'il est au ciel, pour toi ce sera l'enfer.

Au moment où il allait presser sur la détente, une voix tonna :

— Ne souille pas le Graal.

63.

*Île d'Aval
23 juin*

Antoine se retourna vers l'entrée du tumulus d'où provenait la voix. Il ne distingua que des ombres qui dansaient sur les murs à la lueur de la torche. La voix n'était pas celle de Derek, elle paraissait se mêler au souffle du vent au loin.

— Ne souille pas le Graal.

Marcas braqua son pistolet vers des ombres.

— Montrez-vous !

Seule la respiration haletante de Stanton apportait un semblant de vie. Antoine visa les ténèbres et tira. La balle percuta la roche.

— Toi aussi, tu entends des voix, Marcas ? ricana l'écrivain.

Antoine se leva, son corps pesait une tonne. Sa vue se brouilla quelques secondes, il s'agrippa au Graal de pierre.

— Que cherches-tu ? demanda l'étrange voix, comme si elle s'était glissée dans son cerveau.

Marcas plaqua ses mains contre ses tempes. Ça recommençait, comme à Brocéliande. Une autre illusion. Un piège de plus, une nouvelle hallucination. Il abattit son poing contre la pierre, ses jointures craquèrent.

Son cerveau.

Un cerveau qui le précipitait dans la folie. Il devait se concentrer, s'accrocher à quelque chose de fort, de symbolique... De maçonnique.

Je marche dans un temple, dans ma loge. Je marche dans ma loge. La voix n'existe pas. Elle n'existe pas. Je vois l'Orient, je passe devant le pavé mosaïque... Je...

— Que cherches-tu ?

À présent, la voix s'était muée en rugissement, pareil à un réacteur d'avion. La loge maçonnique s'évanouit d'un coup. Il s'agrippa à la roche pour ne pas tomber. Son cœur battait comme un tambour effréné, ses veines charriaient son sang avec la puissance d'un torrent en crue. Il sentit qu'il allait perdre connaissance.

— Qui êtes-vous ? lança Marcas.

— Tu parles tout seul, Antoine ? ironisa Stanton, en le voyant se tordre de douleur. Le Graal te rend fou. Tu es comme moi, tu n'en es pas digne.

Des sifflements stridents venant de toutes parts se plantaient, telles des flèches d'acier, dans son cerveau.

— Que cherches-tu ?

Antoine rejeta la tête en arrière et recula contre l'un des piliers de pierre. Du sang coulait de ses narines. Son cerveau était au bord de l'implosion. Il se tenait la tête en hurlant. Il tomba à terre et croisa le regard vide de son fils.

— Si le Graal existe ! Rendez-moi mon fils !

Brusquement, le rugissement cessa. Le sang reflua de son cerveau.

Antoine inspira profondément, il ne sentait plus rien, il ne souffrait plus. Il leva la tête vers les ombres qui dansaient sur les parois du tumulus ; quelque chose s'insinuait dans les replis de l'obscurité. Quelque chose de vivant. Antoine cligna des yeux, l'hallucination persistait. Un halo mouvant qui ondulait comme sous l'action d'une brise invisible. Il crut apercevoir les visages d'un vieil homme et d'une jeune femme qui tournoyaient dans les ténèbres.

C'est impossible, il n'y a que cette ordure de Stanton.

— Ton fils est mort. Rien ne peut le ressusciter en ce monde.

La voix s'incurvait dans l'aigu, féminine, presque aérienne.

Antoine revint s'agenouiller près de Pierre. Il serra le corps inerte contre lui, comme pour le protéger. Des larmes coulaient le long de ses joues mal rasées et chaque goutte réfléchissait le minuscule reflet du visage mort de son fils. Antoine n'essayait pas de contenir ses sanglots ; même dans son délire il était incapable de le sauver.

— Que votre maudit Graal aille en enfer…

Le rire dément de Stanton résonna à nouveau.

— Quelle fin pitoyable non ? Il n'y a pas âme qui vive pour nous sauver dans cette île… Dans six mois ou un an, on découvrira nos trois cadavres. Seuls et abandonnés de tous à côté du Graal.

Antoine sentit une bouffée de rage monter du tréfonds de sa conscience. Au moment où il allait empoigner le pistolet, il crut sentir un souffle chaud contre son oreille.

— La croix..., lui susurrait la voix. Laisse-moi tourner la croix pour toi, Antoine. Demande-moi de la tourner.

Marcas se retourna. Personne.

Ça n'a plus d'importance...

Le précipice était déjà sous lui, il sombrait lentement dans un gouffre monstrueux. Dernière étape d'une quête absurde, ultime partie d'un jeu tragique.

Tourner la croix...

Son regard se posa sur les deux symboles gravés sur la coupe en pierre.

Si la première croix tourne d'un quart de tour, elle devient la seconde...

Absurde... Encore une putain d'énigme...

Il riait et pleurait en même temps. Sa raison s'effilochait, lambeaux par lambeaux. Il avait trop ingurgité d'énigmes et de symboles ésotériques en deux jours. La voix féminine n'était que le fruit de son esprit pressuré.

Son esprit qui partait en roue libre.

Je me pose des énigmes à moi-même.

Il ne voulait plus résoudre des devinettes alambiquées, il ne souhaitait qu'une chose : veiller son fils en paix.

Il s'entendit répondre à lui-même d'une voix blanche :

— Tournez ce que vous voulez. Accordez-moi... la paix.

La salle du tumulus dansait sous ses yeux, la lumière pâlissait, la torche était en train de s'éteindre doucement. Cependant, il lui restait encore une chose à accomplir avant que la nuit ne l'engloutisse définitivement. Antoine prit le pistolet et le braqua en direction de Derek Stanton. Le sourire de l'écrivain faisait comme une déchirure sur son visage blême.

— Tu oserais tuer de sang-froid l'un de tes frères ?

Au moment où Antoine allait presser la détente un souffle surgi de nulle part emporta la dernière lueur de la torche.

Les ténèbres avalèrent la caverne. Des chuchotements s'élevèrent, des voix se répercutèrent, s'insinuèrent dans tous les recoins de la cavité. Soudain, un hurlement de Stanton jaillit au cœur de ce bourdonnement. Puis, le hurlement se transforma en supplique.

— Je ne savais pas. Quelle... horreur... Le Graal...

Un coup de feu retentit et la nuit tomba dans l'esprit d'Antoine.

64.

Castel Gandolfo
De nos jours

Le père Da Silva attendait patiemment assis sur un fauteuil dans la Salle des mappemondes. Il contemplait les gigantesques cartes ouvragées, reflets d'un temps glorieux où l'Église invincible parcourait les océans sur les nefs des conquistadors. À sa façon, lui aussi était un moine et un conquérant. Il avait rapporté de l'or, un or mille fois plus précieux que celui des Amériques. L'or du Graal.

Et sa quête était achevée. À son grand soulagement.

Durant l'heure et demie de vol passée dans le jet depuis l'aéroport de Rennes, il n'avait sorti qu'une seule fois le Graal de sa caisse. Au plus haut des cieux, dans le grondement des réacteurs du Falcon. En le contemplant à la lumière artificielle du plafonnier de la cabine, il avait réalisé que la précieuse coupe n'avait jamais été aussi près du ciel de toute son existence.

Il ressemblait à n'importe quel calice. Et pourtant, il

exhalait une puissance magnétique. Presque magique. Da Silva l'avait longuement serré entre ses mains avant d'en caresser doucement la surface ciselée. Mais il en voulait davantage. Il devait accomplir un acte qui le taraudait depuis le décollage. Dans un état second, il avait alors fermé les yeux, récité un Notre Père et porté le Graal à ses lèvres.

Un miracle…

Pendant une poignée de secondes, il avait espéré un miracle. Comme un enfant découvrant au matin ses cadeaux de Noël. Une lumière divine, une voix céleste, une apparition angélique, une dépressurisation de l'avion. À quinze mille mètres d'altitude, dans un jet à la technologie avancée, son âme exigeait une manifestation surnaturelle, éclatante et merveilleuse, de la puissance de Dieu.

Rien ne s'était produit.

Ses lèvres avaient juste senti le contact froid et minéral de l'or. Déçu, il avait remis l'objet dans la caisse et ne l'avait plus ressorti. À son arrivée à l'aéroport de Ciampino, une escorte de la gendarmerie du Vatican était venue l'accueillir. Il avait pris congé de son garde du corps et s'était fait conduire à Castel Gandolfo où l'attendait le cardinal Albertini.

Le préfet de la Congrégation pour la Cause des saints l'avait chaudement félicité, avant de le confiner dans une aile éloignée du palais avec ordre de rédiger son rapport d'enquête. Da Silva n'avait toujours pas compris pourquoi il avait été emmené dans la résidence d'été des papes et non au Vatican. Mais cela lui importait peu. Il avait réussi sa mission.

Le Graal était désormais en sûreté, au sein de l'Église.

Tout pour la gloire de Dieu.

La porte s'ouvrit, un jeune jésuite fit signe à Da Silva de le suivre dans un bureau. Quand il passa la porte, il fut surpris de voir, au bout de la pièce, le cardinal Theobald, qu'il avait croisé plusieurs fois dans des séminaires, en grande conversation avec Albertini. Les deux princes de l'Église étaient assis, à chaque bout d'un grand canapé rayé de pourpre et de jaune. La pièce était baignée de soleil, une fenêtre en arcade donnait sur un magnifique jardin verdoyant.

Devant eux, sur une table basse en verre dépoli, était posé un cube en marbre noir pur et monolithique, sur lequel, tel un trophée, trônait le Graal.

Da Silva était fasciné. Impossible de ne pas s'abandonner à sa splendeur.

Mon trophée.

Agacé, Da Silva refoula en un éclair ce sentiment d'orgueil malvenu et s'efforça de détacher ses yeux du calice.

Il Tastiera...

Que faisait le conseiller scientifique du pape en compagnie du préfet de la Congrégation pour la Cause des saints ? Un jésuite et un dominicain ensemble... Une alliance redoutable. Da Silva avança prudemment dans la pièce.

En le voyant approcher, les deux cardinaux cessèrent aussitôt de parler. Da Silva salua respectueusement les deux hommes – d'une inclinaison rapide de la tête. Albertini désigna un fauteuil qui faisait face au canapé. Face au Graal.

— Da Silva, veuillez prendre place, je vous prie. Vous connaissez le cardinal Theobald. Comment allez-vous depuis votre arrivée ?

— Bien, monseigneur.

— J'ai terminé la lecture de votre prérapport et je l'ai fait lire à mon ami Theobald, pour qu'il y jette un œil plus... scientifique.

Les deux cardinaux le jaugeaient du regard. Quelque chose clochait. Il Tastiera prit la parole :

— Mon père, pardonnez à l'avance le ton direct que je vais employer. Je sais que vous n'avez pas ménagé votre peine dans votre mission. Mais...

Il fit une courte pause, puis désigna la coupe sur le cube noir.

— Ceci n'est pas le Graal !

Da Silva se raidit sur son fauteuil. Qu'affirmait Theobald ? Était-il devenu fou ? La coupe sacrée se trouvait sous leurs yeux, et elle brillait de mille feux. Incapable de cacher sa stupéfaction, son regard passait à toute vitesse de la relique au visage fermé du cardinal.

— Certes, sa valeur est incomparable eu égard à son histoire. Mais il ne s'agit pas de la relique sacrée.

— Je ne comprends pas, balbutia Da Silva.

— Pendant que vous rédigiez votre rapport, une première datation scientifique a été effectuée. Le verdict est tombé : cette coupe a été fabriquée autour de l'an 1000. Soit de nombreux siècles après la mort de notre Sauveur.

Da Silva avait échoué dans sa mission. Et,

curieusement, il en éprouvait un certain soulagement. C'était la volonté de Dieu.

— Je suis seul responsable de cet échec, monseigneur.

— Qui a parlé d'échec ? C'est à nous d'en juger, mon père, répliqua Albertini en sortant le rapport de Da Silva qu'il posa sur ses genoux.

Da Silva secoua la tête. Albertini reprit avec une onctuosité consommée :

— J'ai lu votre compte rendu avec attention. Ce jeu de piste entre l'Angleterre et la Bretagne est fascinant. Chrétien de Troyes et ceux qui ont construit ce labyrinthe à travers l'espace et le temps ont fait preuve de beaucoup d'intelligence dans la dissémination de leurs indices. Mais rien n'échappe au regard de notre sainte Église...

Soulagé, Da Silva nota que le préfet de la Congrégation pour la Cause des saints n'avait pas évoqué la mort de l'homme de main de Stanton au château de Comper. Il Tastiera prit la parole et joignit ses mains sur ses cuisses :

— À présent, la question est la suivante : qu'allons-nous faire de ce calice ?

— C'est-à-dire ? s'étonna Da Silva, encore sous le choc de la révélation.

Les deux cardinaux échangèrent un regard impavide. Albertini s'adossa sur le canapé, faisant ressortir son embonpoint.

— Ma foi, je ne vous cache pas que nous avons été déçus par les résultats de la datation. Nous avons immédiatement prévenu le Saint-Père et il a eu une idée. Inspirée par Dieu, naturellement.

— Naturellement..., ajouta Da Silva qui le regretta

aussitôt lorsqu'il intercepta le haussement de sourcils d'Albertini.

— Il ne s'agit pas de la coupe du Christ, reprit ce dernier, mais d'une relique protégée par Chrétien de Troyes et son enlumineur : il n'est donc pas inexact de prétendre qu'il s'agit du Graal décrit dans son conte ?

— Le Graal du roman... Oui.

Le visage d'Albertini s'éclaira.

— Merveilleux, vous finaliserez donc le rapport en ce sens. Votre expertise sera précieuse. Le Graal sera donc exposé comme il se doit, au Vatican. Pour la plus grande gloire de Dieu.

Da Silva s'assombrit.

— Dans le musée comme une relique culturelle ?

— Non, intervint Il Tastiera. Il sera présenté comme le Graal de Chrétien de Troyes. Un saint Graal bien évidemment, bénit à l'époque par nos prédécesseurs du Moyen Âge. La présence de la croix sur l'une des facettes l'atteste de façon éclatante.

— Mais les scientifiques ? Ils exigeront une contre-expertise. À coup sûr, il y aura une marge d'interprétation sur la date, le degré de pureté de l'or, que sais-je encore ? Voyez ce qui s'est passé pour le saint suaire ! Vous allez semer le vent d'une tempête médiatique d'une violence sans fin !

Il Tastiera secoua la tête.

— Justement ! Nous allons utiliser la même démarche que pour le saint suaire exposé dans la cathédrale de Turin. Nous ne nous prononçons pas sur le caractère sacré de la relique, mais nous laissons les chrétiens l'adorer comme il se doit. À ceci près que l'impact du Graal auprès des fidèles sera infiniment plus puissant.

Le visage grave, Albertini ajouta :

— Rassurez-vous, nous n'allons pas mentir et faire croire qu'ils adoreront la coupe qui a recueilli le sang de notre Sauveur. Nous présenterons juste la relique sainte qui aurait guéri le Roi pêcheur du *Conte du Graal*. Libre à eux de laisser leur ferveur s'enflammer.

— Pardonnez-moi, Éminence, mais jouer sur la confusion des genres, c'est jouer avec le feu, et c'est nous qui risquons de finir au bûcher.

— De tous les feux qui enflamment l'esprit, l'imagination est le plus puissant, déclara Theobald, surtout quand on fait souffler le vent dans le bon sens. Déjà nos spécialistes travaillent à préparer l'opinion, à l'orienter… croyez-moi, aujourd'hui, entre les algorithmes et le Big Data, jamais la science n'a été aussi proche de Dieu.

Albertini ouvrit grand ses mains et se leva pour approcher du Graal. Les rayons du soleil baignaient la coupe d'une aura resplendissante, comme si Dieu lui-même tenait à marquer Son approbation.

— En ces temps incertains, les fidèles exigent des miracles… Ils viendront par millions en pèlerinage se prosterner devant ce Graal. Le Saint-Père nous a confié qu'il ne serait pas étonné qu'il se produise spontanément quelques guérisons. La foi fait des miracles, je ne vous l'apprends pas, Da Silva. Comme pour le saint suaire… La foi et l'imaginaire, voilà les deux piliers sur lesquels nous édifierons la nouvelle demeure du Graal dans la maison du Père.

Da Silva répondit d'une voix mal assurée :

— L'Église doit-elle vraiment encourager la

superstition à l'aide de reliques comme au temps du Moyen Âge ?

Albertini leva les yeux au plafond à caissons dorés.

— Hélas, mon ami, se poser cette question est un luxe que nous ne pouvons plus nous permettre. L'imaginaire, mon père. L'imaginaire ! Les hommes en ont aussi sûrement besoin que l'air, l'eau ou la foi. L'Église a commis une faute impardonnable en abandonnant l'imaginaire des hommes à l'industrie du divertissement culturel. Et aux autres religions. Nous devons à nouveau offrir du rêve à nos fidèles. Un rêve incarné dans ce calice.

Da Silva semblait effaré. Theobald reprit :

— Ouvrez les yeux, mon père, et regardez autour de vous. Internet, le cinéma, les livres, les jeux vidéo… Voilà où les hommes vont puiser le merveilleux que l'Église leur procurait autrefois. Surtout les jeunes…

Mais Da Silva ne voulait pas céder.

— J'ai voyagé, monseigneur. Cela est peut-être vrai en Occident, mais en Afrique, au Moyen-Orient, les jeunes ont d'autres aspirations…

Albertini secoua la tête d'un air affligé. Son teint s'était empourpré. Il s'avança vers Da Silva comme un bulldozer.

— Parlons-en ! Les sectes évangélistes américaines se répandent en Afrique comme les sauterelles de Moïse en Égypte. Au nom du Christ, elles convertissent nos fidèles par milliers en leur faisant miroiter des promesses insensées de gloire et de réussite matérielle. Quant au Moyen-Orient… Le djihad, l'islam radical, ça vous dit quelque chose ? Des prédicateurs incultes et sanguinaires – auprès desquels nos défunts inquisiteurs passeraient pour des saints – envoient des fanatiques mettre le monde à feu et à sang. En échange de quoi ? D'un paradis avec des vierges et des récompenses mirifiques. Ils raniment même le feu de l'enfer pour brûler leurs ennemis. Et ça marche. Même en Europe, des jeunes se laissent empoisonner.

— Vous ne pensez tout de même pas qu'ils vont se convertir en masse avec votre Graal ?

— Voilà pourquoi nous devons d'abord nous occuper de nos brebis qui désertent les pâturages de la foi chrétienne. Nous devons rassembler notre troupeau, l'unifier, le souder... Imaginez ce que peut être la puissance de plus d'un milliard d'hommes communiant dans la même foi !

Da Silva n'osa répondre. Il fixait le Graal qui ne l'était pas. Était-il possible que l'on puisse abuser les hommes jusqu'à leur faire croire tout et son contraire ? Ou alors la science de manipulation avait-elle atteint un tel point qu'elle servait les intérêts de Dieu ? Non, ce n'était pas possible !

La voix du préfet monta d'un cran, il agita un index courroucé.

— Il est temps que l'Église regagne l'empire qu'il a perdu. Avec le plus puissant des mythes, nous allons bâtir un empire sur l'imaginaire des hommes. L'empire du Graal.

Un long silence accueillit le sermon d'Albertini. Da Silva tenta une dernière contre-attaque, tout en sachant qu'elle serait vaine, et se tourna vers Il Tastiera.

— Éminence, vous qui avez été président de l'Académie pontificale des Sciences, comment pouvez-vous cautionner tout cela ? Est-ce digne de l'héritage de l'abbé Georges Lemaître, votre plus illustre prédécesseur ?

Theobald accusa le coup – le père Da Silva n'avait pas cité ce nom par hasard. Le chanoine Lemaître, l'un des plus grands astrophysiciens du XXe siècle, à l'origine de la théorie du big bang. Il était devenu la statue du commandeur pour tous ceux qui étaient passés, comme lui, à la Specola Vaticana. L'incarnation de l'alliance parfaite de la raison et de la foi.

Il Tastiera comprit le message. À présent, il avait hâte d'en finir.

— Laissez Lemaître là où il est, mon père…, répondit-il. Albertini a raison sur le fond. Je ne l'aurais pas dit dans les mêmes termes, mais j'en partage l'esprit. Nous devons sauver notre Église, quel qu'en soit le prix. Oui, c'est un pari. Sans doute le pari le plus risqué de notre Église. Mais nous n'avons plus le choix. Ou nous le tentons ou nous sombrons !

Theobald jeta un œil à l'écran de son portable. De Blasis lui avait installé une application de Titanium qui livrait en temps réel la décrue du nombre de fidèles. Les chiffres de l'Apocalypse en marche !

— Maintenant, répondez à une dernière question, reprit Theobald, l'écrivain et le policier français ne risquent-ils pas de se manifester ?

Da Silva était atterré par ce qu'il entendait. Il n'avait qu'une envie, fuir ces deux hommes et se réfugier dans une église, n'importe laquelle, pour purifier son âme. Il prit sur lui et dit d'une voix blanche :

— Je ne le crois pas. Marcas menait cette enquête sans avoir prévenu sa hiérarchie. Quant à Stanton, s'il veut porter l'affaire sur la place publique, il n'a aucune preuve de notre intervention. Il se ridiculiserait et je ne crois pas qu'il souhaite écorner son image auprès du public.

— Bien... Bien. Tout est donc en ordre.

Da Silva fixa Albertini avec acuité.

— J'ai une requête. Maintenant que ma mission est terminée, je voudrais me retirer dans une communauté monastique quelque temps. J'ai besoin de ressourcer ma... foi.

Albertini joignit ses mains et plissa les yeux, comme un chat regardant une souris.

— Bien sûr... une fois que vous aurez rédigé votre rapport définitif. Vous avez mauvaise mine en effet. Une retraite vous fera le plus grand bien. Dans la solitude, la foi fait des miracles.

Da Silva lança un dernier regard à la coupe en or et murmura d'une voix à peine audible pour être entendue par les deux princes de l'Église :

— « Ils se sont fait un veau en or fondu, ils se sont prosternés devant lui... »

Puis, il s'inclina respectueusement et tourna les talons sous le regard indifférent des deux cardinaux.

Quand il ferma la porte derrière lui, il réalisa qu'il avait perdu quatre années. Trois années pour retrouver une chimère qui allait devenir un mythe. Et ce mythe, aussi beau qu'il fût, était forgé dans un alliage impur. Celui du mensonge et de la superstition. Et lui, Da Silva, avait façonné ce veau d'or du troisième millénaire.

Il pressa le pas et sortit de la salle des mappemondes, l'esprit à vif.

Un taxi l'attendait dans la cour. Le chauffeur parlait avec vivacité dans son portable. Il raccrocha brusquement.

— Pardonnez-moi, mon père, ma fille est malade et...

— Qu'a-t-elle ? demanda Da Silva en montant dans la voiture.

— Les médecins ne savent pas. Nous avons fait tant d'analyses, de tests...

Da Silva posa sa main sur l'épaule du chauffeur.

— Je vais prier pour elle.

— Merci, mon père, mais ce qu'il faudrait, c'est...

Le prêtre l'interrompit. Il avait compris.

— ... un miracle, c'est ça ?

— Oui, mon père.

Tout en lui faisant signe de démarrer, Da Silva murmura à voix basse :

— Vous l'aurez peut-être bientôt. Si Dieu le veut.

III.

AU-DELÀ DES TÉNÈBRES

65.

Paris
De nos jours

— Le Graal ! Ils l'ont trouvé. Le Graal !
La voix surgissait du néant.
Antoine ouvrit doucement les paupières à travers lesquelles filtrait une lumière diffuse. Pendant quelques secondes, de vagues images se formèrent dans son cerveau. Mais elles n'avaient aucun sens.
— Tu vas rater la fin.
La voix familière résonnait à nouveau. D'autres sons aussi. Des bruits de cornes, comme au Moyen Âge.
Impossible.
Il cligna des yeux plusieurs fois, son esprit refusait de croire à ce qu'il voyait.
L'appartement. *Son* appartement. À Paris.
Il était allongé sur son canapé rouge délavé, il sentait les ressorts saillants de ses coussins à moitié défoncés. Tout était à l'identique – la bibliothèque remplie à ras bord, la table en métal noircie coincée

devant la fenêtre, l'écran plat sur lequel s'agitaient des chevaliers en armure.

Pierre était là, devant lui.

Les yeux grands ouverts, le visage boudeur, assis sur le fauteuil. Il portait son vieux sweat bleu, presque propre.

Ça n'a pas de sens.

Antoine ferma les yeux.

Je suis en Bretagne. Sur l'île... Stanton. Ce salopard vient de tuer Pierre. Le Graal.

Il les rouvrit à nouveau.

Pierre était toujours en face de lui. Étonné. En arrière-plan, sur l'écran de télévision, le roi Arthur et sa bande de chevaliers s'esclaffaient autour d'une table. *Kaamelott.* La série TV. Les acteurs semblaient se moquer de lui.

Antoine restait immobile, le cœur en suspension, comme si le seul fait de bouger allait faire disparaître son fils et tout le décor. Et le renvoyer dans la tombe d'Arthur.

— Papa... T'as mangé un troll ?
— Euh... Je me suis endormi depuis longtemps ?
— J'en sais rien. Suis pas ta baby-sitter. Tu veux changer de série ? Ça n'a pas l'air de te passionner.

Marcas se redressa, sa tête tournait un peu, comme s'il manquait d'oxygène.

— On n'était pas en Bretagne ?
— Quoi ?
— L'île du roi Arthur avec le Graal. Ton enlèvement...

Pierre secoua la tête d'un air moqueur. Il lui posa la main sur l'épaule comme s'il s'adressait à un enfant.

— Hein ? Y'a pas d'île dans l'épisode. Ils vous font

manger des champignons hallucinogènes à la cantine de la police ? On était en train de regarder *Kaamelott*. Tu t'es endormi, t'as dû faire un cauchemar.

Les images s'estompaient.

Un cauchemar, un putain de cauchemar. Le Graal. Stanton...

Son portable sonna. Le numéro de son adjoint s'afficha.

— Écoute, j'ai un problème, là. Il faut aller chercher la commission rogatoire.

— De quoi tu me parles ?

— La C.R. pour serrer le copain de votre ami templier sadomaso Balking, à Drouot tout à l'heure...

Marcas secoua la tête. Toutes ses pensées se bousculaient dans son esprit.

— Commissaire ?

— Oui... deux minutes.

Antoine prit une profonde inspiration.

Le vampire de Drouot. Derek Stanton... Winchester. L'hélicoptère. La tombe d'Arthur. Son fils assassiné !

Des images de son cauchemar surgissaient les unes après les autres. Mais lorsqu'il essayait de comprendre, elles s'enfuyaient aussitôt.

Il accrocha son regard à son fils comme un alpiniste à une corde de sauvetage. Celui-ci le lui rendit avec un amusement non dissimulé. Un sourire apparut sur le visage du jeune homme, déclenchant en Marcas une vague de tendresse infinie.

Pierre vivant ! C'était ça la réalité.

— Commissaire ?

— Oui, la commission rogatoire... Maintenant ? J'y vais.

Antoine vit le sourire de son fils s'effacer.

— Euh... Non. En fin de compte, je passe mon tour. Demande à Descosse de la BRB, il peut s'en occuper. Il était avec moi chez la domina hier soir.

— Du coup, ils vont procéder à l'arrestation ! On va se faire souffler la vedette.

— Peu importe... J'irai quand même faire un saut tout à l'heure à Drouot, en simple observateur.

Il raccrocha, le cœur soulagé. Son fils était en train de prendre la télécommande de la Box.

— Papa, tu devrais faire des cauchemars plus souvent. J'ai bien cru que t'allais encore me planter pour ton boulot. On se fait l'autre série ?

Marcas se leva et s'étira. Il avait envie de s'aérer, pas de se scotcher devant un écran.

— Non. Ce qui me ferait plaisir c'est d'arrêter les séries et qu'on aille se balader tous les deux. Un petit tour à Montmartre, se prendre une crêpe remplie de Nutella. J'ai encore deux bonnes heures devant moi.

Sans laisser à son fils le temps de répondre, il le prit dans ses bras et le serra comme s'il ne l'avait pas vu depuis des années.

— Je t'aime, mon fils. Je ne te le dis pas assez.

Pierre n'en revenait pas, il se laissait écraser contre son père, les bras ballants comme deux tentacules.

— Euh... Moi aussi. T'es sûr que tout va bien ?

Avec un grand sourire, Marcas le saisit par les épaules et riva son regard au sien.

— Il va falloir qu'on revoie beaucoup de trucs entre nous. En mieux... On y va ?

Quand ils rentrèrent, fourbus, dans l'appartement, ils étaient en nage. Jamais Marcas n'avait autant parlé avec son fils. Un moment précieux de partage et de joie qui leur avait permis de se redécouvrir. L'horrible cauchemar s'était peu à peu dissipé pendant leur balade sur la butte.

Marcas jeta un œil à la pendule murale, il avait largement le temps avant d'aller à Drouot.

Pierre lui adressa un clin d'œil et se dirigea vers la salle de bains.

— OK, je vais me prendre une petite douche avant de sortir. Ça ne t'embête pas ?
— Tu deviens propre maintenant ?
— T'es nul... J'ai un rencard avec une amie. Comme ça, je partirai directement, sans passer par mon studio !

Le cœur joyeux et serein, Marcas posa son blouson et rangea ce qui traînait sur la table. Il calcula qu'il lui fallait un petit quart d'heure pour aller à Drouot en scooter, en prenant par le haut du IXe et la rue Rodier. Parfait, se dit-il, j'arriverai à temps pour l'arrestation. Du coup, pourquoi pas me faire un film ensuite, histoire d'effacer définitivement le cauchemar ?

— Je peux utiliser ton iPad pour regarder les séances de cinéma ? cria-t-il à son fils.

Seul le bruit de l'eau lui répondit. Alors qu'il effleurait machinalement la surface de la tablette, l'écran s'alluma sur la couverture d'un livre où était représenté de dos un chevalier templier marchant dans un souterrain de pierre, drapé dans une cape blanche frappée d'une croix pattée écarlate. Le nom de l'écrivain figurait en grosses lettres noires et carrées au-dessus du titre.

Derek Stanton.

Marcas sursauta. Il se cramponna au cadre de la tablette, puis se reprit. Ça lui revenait maintenant.

Juste avant le déjeuner, son fils lui avait parlé du bouquin numérique qu'il lisait.

Voilà pourquoi j'ai mis ce type dans mon cauchemar.

Stanton plus Kaamelott, plus le Graal, plus Drouot... j'ai tout mélangé.

Intrigué, Antoine ouvrit une autre fenêtre pour trouver la fiche Wikipédia de l'auteur.

Un visage apparut. Beaucoup plus jeune que celui de son cauchemar.

Stanton Derek. Auteur de best-sellers anglais, spécialisé dans le thriller ésotérique. A vendu plus de 40 millions d'exemplaires dans le monde entier.

Marcas parcourut à toute allure le texte et s'attarda sur le dernier paragraphe.

Une fin tragique.

Sa carrière a été brisée à la suite d'un accident d'hélicoptère dans lequel sa femme, Anna Stanton, a trouvé la mort en 2012. Alors qu'il rentrait d'une tournée de promotion pour son dernier livre, aux commandes de son appareil, l'auteur star s'est crashé au large de la Bretagne. Arrivés tardivement sur les lieux, les secours n'ont pu sauver Anna Stanton mais ont emporté l'écrivain, encore en vie, souffrant de polyfractures. À l'issue d'une intervention chirurgicale de plus de huit heures, Derek Stanton n'a jamais repris connaissance. Depuis cinq ans, l'écrivain se trouve dans le coma dans une clinique privée dans le Sussex.

— Je suis prêt dans cinq minutes ! lança son fils du fond de l'appartement.

Antoine reposa la tablette, songeur. Et dire qu'il l'avait imaginé dans le rôle du salaud de son cauchemar. Il laissa errer son regard sur les étagères de sa bibliothèque et aperçut la photo d'un barbu au regard ombrageux et à la mine ronchonne. Un portrait de Victor Hugo, cadeau de son ex-beau-père, José, universitaire de renom, qui avait tourné un film sur l'auteur de *La Légende des siècles*.

Marcas sourit.

Si son fils avait été en train de lire *Les Misérables* en version numérique à la place du thriller de Stanton, peut-être aurait-il chassé le Graal en compagnie du vieil Hugo. Il imagina le vénérable barbu faire monter les enchères à la salle des ventes de Drouot. Avec sa voix de stentor... D'ailleurs, avec une tête pareille on ne pouvait avoir qu'une voix de stentor.

Je vous le dis ! Un million pour la dépouille du vampire !

Lorsque Pierre revint dans le salon, en frictionnant ses cheveux encore humides, Antoine le regarda avec malice.

— C'est étrange, dit-il. J'ai fait un cauchemar, je partais à la recherche du Graal avec l'auteur du bouquin que tu lis.

— Waouh... J'aurais dû mater les mannequins du calendrier Pirelli, tu aurais été en meilleure compagnie.

— Sûrement, plaisanta Marcas. Le pire c'est que Stanton te butait à la fin. Je n'arrivais pas à te sauver alors que j'avais trouvé le Graal.

Son fils le regarda avec commisération.

— Mmm... Indiana Antoine... Tu devrais consulter un psy. Tout ça en dit long sur la façon dont tu conçois la paternité.

— Crétin. Du coup, j'étais en train d'imaginer Victor Hugo à la place de Stanton.

— Et dire qu'on croit que les flics n'ont pas d'imagination, répondit Pierre alors que son portable s'allumait. Attends deux secondes, c'est ma copine.

Il se dirigea d'un pas vif vers la cuisine et ferma la porte derrière lui.

Marcas s'étira encore une fois et adressa un clin d'œil au portrait d'Hugo.

À quoi tiennent les rêves...

Antoine se massa la tempe pour chasser une fugitive douleur dans la tête.

Machinalement, il croisa le regard jeune et souriant de Stanton. L'écrivain le regardait fixement, comme s'il était vivant. Comme s'il lui parlait. Un malaise diffus s'empara de Marcas.

La photo.

Quelque chose clochait.

La photo de Stanton. Ce n'est pas possible...

Un frisson glacé remonta le long de sa colonne vertébrale jusqu'à sa nuque. Quand son fils lui avait montré la couverture du livre avant de s'endormir, il n'y avait pas de photo de Stanton.

Abasourdi, il relut la fiche de l'écrivain et s'arrêta sur une phrase.

Les secours n'ont pu sauver Anna Stanton.

Il ne connaissait pas le prénom de sa femme auparavant. Son cœur cognait dans sa poitrine. Il cliqua sur son nom qui le renvoya vers une photo datant de cinq ans.

La femme brune, aux yeux noirs et étirés, fixait Marcas de son regard froid et énigmatique.

66.

Paris
Hôtel des ventes de Drouot
De nos jours

Quand Antoine entra dans l'hôtel des ventes, le hall était presque désert. Il avait une demi-heure de retard. Son scooter avait refusé de démarrer, il s'était rabattu sur un taxi qui s'était embourbé dans les embouteillages en plein cœur du IXe arrondissement, en bas de la rue de Maubeuge.

Les visages du couple maudit se bousculaient dans sa tête. Derek et Anna Stanton l'obsédaient. Il fallait qu'il en ait le cœur net, ça ne pouvait être une coïncidence. Il avait vraiment vécu cette quête. Il en était certain. Mais sa raison se cabrait comme un cheval devant l'obstacle.

Il aperçut Claire Lestat, l'ex-flic responsable de la sécurité, en train de discuter avec un planton.

— Tu m'as déjà vu ces derniers jours ? lui demanda-t-il en se plantant devant elle.

— Non... Bonjour quand même.

Antoine se rembrunit.

— Pardon, je suis un peu perturbé.

— Tu viens juste de rater tes collègues de la BRB, ils ont embarqué ton client il y a une demi-heure à peine. Pendant la vente des objets funéraires, tu aurais vu la tête de l'antiquaire…

Marcas la prit par les épaules. De fines gouttes de sueur perlaient sur son front.

— Dans les lots, est-ce qu'il y avait un sarcophage du Moyen Âge ?

Elle le regarda avec un étonnement grandissant.

— Oui. La sépulture déviante, elle est partie à plus d'un million d'euros. Tu imagines ? Une vente record.

Antoine sentit son cœur s'emballer. *Sépulture déviante*. Il ne connaissait pas cette expression, il ne pouvait pas l'avoir inventée dans un cauchemar.

— Qui l'a achetée ? Un Anglais ? Cheveux argentés, accent anglais ? Derek Stanton ? lança-t-il.

Il ne parvenait pas à dissimuler son angoisse. Il parlait trop fort. Son ancienne collègue changea d'expression.

— Je n'en sais rien, mais je peux me renseigner. Tu es sûr que tout va bien ?

— Oui ! Il faut que je voie cet acquéreur.

La responsable de la sécurité fronça les sourcils, mais tendit le doigt vers la sortie.

— Il vient de faire embarquer son achat par des livreurs. Essaie de l'autre côté du bâtiment, à la porte des livraisons.

Antoine se rua dehors et remonta le trottoir à toute allure. Il arriva, hors d'haleine, devant la porte de service. Un costaud en tablier de cuir était en train de tapoter sur une tablette. Antoine brandit sa carte.

— Je cherche l'acheteur du sarcophage.

Le manutentionnaire le regarda d'un air embarrassé.

— Vous l'avez raté de peu. La camionnette est partie il y a cinq minutes. Quant à l'acheteur, il était dans une Mercedes grise avec chauffeur.

— J'ai besoin du nom et de l'adresse de l'acquéreur.

— Désolé, je ne les ai pas. Il faut vous adresser au service des achats. C'est situé au…

— Merci, je connais, répliqua Antoine, exaspéré.

Il abandonna l'employé médusé et revint sur ses pas. Les questions se pressaient dans sa tête, mais aucune réponse sensée ne venait. Au moment où il allait arriver devant l'entrée principale, il aperçut une silhouette familière qui s'engouffrait dans une berline aux vitres opaques.

Son cœur bondit à nouveau.

Lui !

Le chauffeur venait de refermer la porte. Il courut et frappa contre la vitre en brandissant sa carte.

— Ouvrez ! Police !

La vitre descendit lentement. Ce n'était pas Derek Stanton.

Turpin !

Le professeur Turpin !

Le vieil universitaire le regardait avec gravité.

— Allons, Antoine, pas besoin de me montrer ta carte.

— J'ai des questions à vous poser. Tout de suite.

— Je n'ai guère de temps, mais monte, répondit le professeur.

Antoine se précipita. Dès que la porte claqua, la voiture démarra.

— Que m'est-il arrivé, je ne comprends pas ? J'ai fait un cauchemar ? L'énigme du sarcophage, vous vous rappelez ? Je suis bien venu vous voir avec un écrivain et sa femme ? Et puis mon fils qui a été enlevé, et l'Angleterre, et Winchester...

Turpin leva la main pour l'arrêter.

— Je ne suis qu'un vieux professeur d'histoire, Antoine, pas un spécialiste des rêves...

La circulation s'écoulait avec une fluidité inhabituelle à cette heure, la Mercedes traversa l'intersection après le boulevard Montmartre, descendit la rue de Richelieu en direction de la Seine. Marcas regardait fixement le professeur. Sa barbe blanche était devenue plus drue depuis la dernière fois qu'il l'avait vu à Glastonbury.

— Je veux des explications. Sinon, je vous embarque.

Turpin éclata de rire.

— Et sous quel prétexte ? Achat du cercueil d'un vampire ?

La voiture tourna dans la rue du Quatre-Septembre pour éviter un bouchon. Antoine prit un regard dur.

— Je trouverai.

Turpin plongea ses yeux dans ceux de son ancien élève. Ils étaient vert émeraude, presque hypnotiques. Antoine ne l'avait jamais remarqué jusqu'à présent.

— Remarquable, Antoine... Vraiment remarquable. Rares sont ceux qui arrivent à se souvenir et je ne sais pas pourquoi ça tombe sur toi...

La Mercedes s'engagea dans la rue de la Banque.

— Tu veux vraiment des réponses ?

— Je ne sortirai pas de ce véhicule sans les avoir.

Le professeur fronça les sourcils, puis fit un signe au chauffeur.

— Arrêtez-nous devant l'entrée de la galerie Vivienne. Viens, Antoine, je vais te montrer quelque chose.

La berline ralentit sous les klaxons, et se gara devant un kiosque à journaux où s'étalait la une d'un hebdomadaire : *Les mystères révélés de la franc-maçonnerie.*

Turpin sortit de la berline et leva sa canne en direction du kiosque.

— Ah, les francs-maçons ! Et dire que ça fait des siècles que vous faites croire au monde entier que vous détenez de prodigieux secrets.

— Franchement, on s'en passerait bien, répliqua Marcas.

Les deux hommes entrèrent dans le passage. Peu à peu, le vacarme de la rue s'estompait. Des badauds et des touristes déambulaient devant les vitrines élégantes des bouquinistes et des galeries d'art. La longue verrière qui courait au-dessus du passage éclairait d'une lumière douce et chaleureuse les boiseries dorées.

— Allons prendre un bon thé chaud, c'est au milieu de la galerie.

Ils passèrent devant le numéro 13, ancienne demeure du légendaire Vidocq. Le regard d'Antoine s'attarda sur une ruche et un niveau gravés sous les arcs-boutants. Il vit dans ces symboles maçonniques un présage de clarté. L'allée voûtée de pierre et de verre se jouait de la perspective et obliquait de façon inattendue pour déboucher sur un patio illuminé.

Turpin poussa la porte d'un salon de thé, décoré comme une bonbonnière, et alla s'installer au fond de la salle. Antoine le suivit, s'assit à son tour et passa commande. De sa veste, Turpin venait de sortir un mince livre relié qu'il fit glisser sur la table. L'ouvrage en cuir rouge n'avait pas de titre sur la couverture.

Méfiant, Antoine se rencogna sur sa chaise.

— Je ne suis pas certain d'avoir le temps de lire, professeur.

— Comme tu veux. Dans ce cas, je le remporte et tu ne comprendras jamais.

Antoine approcha prudemment sa main de la couverture rouge.

— Et si j'avais un doute sur ce sarcophage, son origine, sa traçabilité ? Si je vous interrogeais, officiellement ?

— Initiative stupide, tu te ridiculiserais.

Antoine hésita une poignée de secondes, puis se décida à ouvrir le livre.

Le Véritable Conte du Graal
Chrétien de Troyes

— Il existe trois exemplaires en ce monde, commenta Turpin, le sourcil arqué et l'air énigmatique. J'en connais un au Vatican…

— C'est le même que celui de Derek Stanton ? s'enquit Antoine en tournant la première page.

Turpin ne répondit pas. Le serveur avait déposé deux tasses de porcelaine bleue autour d'une théière fumante. Il servit les deux hommes, puis s'éloigna après avoir jeté un coup d'œil intrigué à l'ouvrage. Le vieux professeur scrutait Marcas comme s'il cherchait à fouiller son âme.

— Lis. Et ta question trouvera réponse.

I

Là où la vie s'entrouvre, le destin se noue

Le fils de la veuve priait depuis le couchant. À genoux devant l'autel, il entendait les bruits qui montaient du château plongé dans la nuit. Le hennissement des chevaux dans l'écurie, la cloche du donjon qui battait les heures.

Il devait attendre.

À cette pensée, son cœur se mit à tambouriner dans sa poitrine. Lui qui n'avait jamais connu l'angoisse, même dans les plus acharnés des tournois du royaume, il sentit comme un sillon de crainte lui graver le dos jusqu'à la nuque. Il leva ses yeux inquiets. Dans la chapelle, la lumière vacillante des chandelles éclairait un pan de mur peint d'un blason : un dragon noir dont la gueule béante crachait une haleine de feu.

Les armes du roi.

Entre le jeune homme et l'autel était posée une épée nue. Non pas une épée d'argent, glorieuse, flamboyante, mais une lame, brune et épaisse, bien trop souillée par le sang des hommes pour étinceler dans la maison de Dieu. La poignée de cuir, racornie par le temps, s'était noircie d'innombrables empreintes des mains de guerriers morts dans la rage et la fureur.

L'épée pointait dans sa direction. Comme un obstacle. Pour lui rappeler que la force n'était rien si l'esprit n'était pas libre. Libre de la vanité, de la colère, de l'impatience...

L'impatience... lui qui attendait ce jour depuis si longtemps ! Depuis qu'il avait quitté les forêts du pays de Cornouailles pour partir en quête d'aventures. Il avait connu les nuits profondes et glacées, les chemins qui se perdent dans la brume, les combats sans pitié et les amitiés sans retour. Un soir, sur la lande, alors qu'il se réchauffait auprès d'un maigre feu de tourbe, il avait entendu des bergers chanter une complainte étrange. Celle du cavalier errant.

Sans toit ni roi.

Jamais il n'avait tant ressenti sa solitude. Et puis, par une nuit de grand vent, il avait rencontré l'Ermite...

Un bruit furtif traversa la cour. Le fils de la veuve tourna la tête. Mais le silence retomba tel un linceul.

L'heure n'était pas venue.

Dans le ciel, les étoiles n'avaient pas encore dessiné la constellation, *le signe*.

Je suis si loin de la perfection, songea le jeune homme. De nouveau, il sentit ce frisson glacé lui parcourir le dos.

Il devait attendre.

Encore.

Comme la cloche sonnait les premiers coups de minuit, il se rappelait ses heures de jeunesse à faire le guet dans la forêt. Caché dans un taillis, son épieu à la main, il retenait son souffle en écoutant le jour se lever. Dans le brouillard, le bruissement des ailes des corbeaux semblait froisser les pages du ciel. Parfois, il lui semblait avoir glissé dans un autre monde. Et si la forêt, par un sortilège, s'était détachée de la terre ? Comme un navire en partance pour l'inconnu.

Mais un bruit de branches brisées le rappelait à la réalité. Brusquement une odeur de cuir mouillé envahissait la clairière. Les sangliers approchaient. Sa main serrait son épieu, communiquait au bois sa force, il était prêt à frapper, à tuer...

Il regrettait ces instants sauvages et merveilleux, innocents et cruels.

Un souffle de vent froid balaya la chapelle et fit trembler la lumière dorée. Le dragon du blason royal sembla osciller sur ses pattes griffues, mais ce n'était qu'une illusion. Le chevalier crispa ses doigts jusqu'à la douleur comme pour fortifier sa prière et chasser l'inquiétude qui se répandait dans son esprit.

Le temps du passage se rapprochait et il n'y aurait pas de retour en arrière.

Ils l'attendaient.

Un bruit de pas rapides sonna sur le dallage de la chapelle. Il faillit se retourner, mais une main puissante se posa sur son épaule.

— L'heure n'est plus à verser le sang pour le plaisir, une noble cause t'attend. Si tu en es digne...

Le fils de la veuve tressaillit. *Comment savait-il ?*

La voix était grave, étrangement monocorde, semblable à celle de ces moines qu'il avait entendus psalmodier dans la pénombre des abbayes.

— Il est temps pour toi de connaître la *voie*. Ne te retourne pas.

Un bandeau occulta ses yeux. Il se leva, chancelant, cherchant un appui au hasard. Il était comme un enfant perdu dans la nuit.

— Ne bouge plus.

Soudain, une vapeur humide et glacée monta à ses narines comme si l'hiver s'était ouvert sous ses pas.

Une main le saisit par le bras droit.

— Où me mène-t-on ?

Nul ne lui répondit. Il comprit juste que son guide lui faisait traverser la chapelle, sans doute en contournant l'autel, mais il n'en était pas certain. Puis, après une dizaine de pas hésitants, il sentit sous sa botte l'angle droit d'un escalier qui descendait. Il hésita un instant, mais la main inconnue exerça une pression significative.

— Où me mène-t-on ? répéta le jeune homme.

C'est à la troisième marche qu'on lui répondit.

— Là où la vie s'entrouvre et où le destin se noue.

Enfant, il avait peur du puits qui s'ouvrait dans la cour du manoir familial. Il y voyait un œil sombre et profond qui lui donnait le vertige. Jamais il n'aurait osé y jeter une pierre de peur de réveiller le monstre qui devait être tapi dans les ténèbres. Aujourd'hui, sa peur d'enfant l'avait repris. Son front se ravinait de sueur. Pour se dominer et se donner du courage, il comptait les marches glissantes.

32... 33...

La main qui le tenait l'immobilisa.

— Encore trois pas...

Désormais, il marchait sur un sol plat et sablonneux comme le lit ancien d'une rivière.

— ... Je vais ouvrir une porte.

Brusquement le bandeau tomba de ses yeux. Auprès

de lui, se tenait son guide, un homme d'âge incertain, à la barbe rousse, vêtu d'une cape blanche marquée des armes du roi. Malgré sa surprise, le chevalier remarqua que le dragon noir, dans le blason, ne crachait plus de feu.

Ses crocs tenaient un vase d'or. L'homme planta son regard vert pâle dans le sien, comme s'il y cherchait des réponses à de muettes questions. Au terme d'un silence, son étrange voix retentit à nouveau :

— Tu vas rester seul, puis on viendra te chercher.

Le dernier mot sonnait comme une menace. Instinctivement, le jeune homme porta la main à son côté gauche où d'habitude se trouvait sa dague. L'homme roux secoua la tête d'un air impassible.

— Ici, les métaux n'ont plus leur place, déclara-t-il en se dirigeant vers l'escalier.

Le fils de la veuve inspecta la salle avec défiance. Elle ressemblait à la proue tronquée d'un navire. Face à lui, à l'opposé de l'entrée, s'élevait un mur recouvert aux trois quarts par un voile de mince toile blanche, à peine transparent. Au-dessus du voile s'ouvrait une étroite lucarne éclairée d'un lumignon d'huile dont la lumière incertaine glissait vers le sol.

Avant de remonter, son guide haussa la voix :
— En attendant, regarde...

Fasciné, le jeune homme scrutait le voile. Il y avait comme une forme derrière.

— ... et médite.

Malgré son désir de savoir, le fils de la veuve restait immobile. Il pressentait comme une épreuve.

Regarde, lui avait-on dit, mais était-ce un conseil ou une tentation ? Son cœur carillonnait dans sa poitrine. Pourtant, il tendit la main. Pour soulever le voile blanc.

Une peinture !

Le fils de la veuve se rapprocha pour mieux voir.

Regarde et médite.

Il faillit pousser un cri d'effroi. Un squelette aux orbites creuses, aussi grand que la statue de saint Michel dans l'église de sa paroisse, brandissait une faux affûtée. Sous ses pieds décharnés poussaient ronces et herbes sauvages. Au sol gisaient des cadavres de rois, de chevaliers et de prêtres. Il avait déjà vu cette image. Dans un vieux cimetière. Un bas-relief, rongé par le temps, où des squelettes grimaçants enlaçaient des vivants effrayés dans une danse macabre. Jamais le chevalier n'avait vu pareille représentation dans une peinture. Ni dans une église ni dans un château. Qui pouvait avoir l'idée malsaine d'en faire pareille œuvre ? Le démon assurément. Deux billes écarlates luisaient dans les orbites du crâne grimaçant et semblaient animées d'une vie mauvaise. Le jeune homme eut la désagréable sensation que c'était lui qui était observé par ce faucheur des enfers. Son esprit se troublait sous l'effet du poison de la peur. Se pouvait-il que cela soit une chambre de sacrifice où il serait égorgé tel un agneau de lait ? Le barbu reviendrait avec ses compères pour le saigner en invoquant Satan. Le fils de la veuve n'avait même plus sa dague de chasse, il était sans défense.

Il recula et chercha de quoi se faire une arme, mais la salle était nue comme un tombeau. Il fallait sortir de ce traquenard, forcer la porte, appeler du secours.

De rage, il frappa contre la lourde porte. Il n'allait pas se faire égorger comme un porc.

— Je suis un combattant ! Venez m'affronter !

Un silence glacial absorba ses cris. Le jeune homme tenta de se calmer.

Regarde et médite.

Les dernières paroles de son guide s'insinuèrent dans son esprit.

Médite.

Absurde. Un guerrier ça ne médite jamais. C'est occupation d'homme d'Église ou de seigneur oisif. Un guerrier vit et meurt dans l'action, par la grâce de Dieu. Tel est son destin.

Médite.

Il prit une profonde inspiration et se retourna vers lui-même. L'expérience de la chasse lui avait appris les dangers de la forêt, l'art du combat, mais aussi les risques de son propre caractère. Il savait que, juste avant d'agir, il fallait s'abandonner à une force plus grande que soi. *La part d'en haut.* Consentir à ne plus être que le destin. Il interrogea son cœur, puis souleva à nouveau le voile. La mort lui fit à nouveau face. Il n'allait pas méditer, il en était bien incapable. Combattre était la seule issue.

— Quitte à finir dans ce tombeau, autant te défier une dernière fois !

Le squelette continuait à le scruter, cette fois presque goguenard. Le chevalier s'approcha de plus près et vit une chose étrange. Les pupilles peintes de rouge avaient disparu pour laisser place à deux yeux. Deux yeux qui clignaient.

Quelqu'un l'observait derrière cette peinture.

La peur avait complètement reflué en lui, laissant place à une sérénité déconcertante. Son cœur battait, régulier et calme, dans sa poitrine. Mais, au moment où il allait poser sa main sur la toile, une sensation étrange s'empara de son esprit.

Le squelette grandissait à vue d'œil, la faux semblait se mouvoir. Le chevalier voulut reculer, mais ses muscles ne lui obéissaient pas. Il reconnut tout de suite ce qui le frappait, mais c'était trop tard. Sa vue se brouilla, la salle s'estompa et des formes étranges jaillirent de toutes parts. Il vit des hommes en armure tomber du plafond et se fracasser au sol, telles des marionnettes qu'un enfant colérique aurait jetées.

Il n'avait pas peur. Les visions faisaient partie de sa vie depuis l'enfance. Elles arrivaient brutalement et disparaissaient aussi vite qu'elles étaient apparues. Sa mère lui avait transmis ce don.

Il rêvait les yeux ouverts.

Brusquement, l'image du squelette oscilla sous l'effet d'étranges volutes grisâtres. Une femme se substitua à lui. La chevelure noire comme la nuit, les yeux clairs comme du cristal.

Vêtue d'une tunique blanche, elle brandissait une coupe d'or et murmurait d'une voix irréelle :

— Il existe et Il n'existe pas !

Le fils de la veuve vacilla sous la puissance de son regard, ne sachant que répondre. À nouveau sa vue se brouilla tandis que la femme à la chevelure d'ébène criait :

— Il existe et Il n'existe pas !

Soudain, la femme disparut tel un spectre. Le jeune homme s'appuya sur le mur pour reprendre ses esprits. La plupart du temps, il ne comprenait pas le sens de ces étranges songes. Sa mère lui avait dit que c'était un don d'en Haut.

Sur la peinture, le squelette avait retrouvé sa place.

Le fils de la veuve allait s'effondrer sur lui-même quand une main puissante le remit debout. C'était son guide.

— Eh bien, mon jeune ami, tu me sembles bien troublé...

Le jeune homme, agacé, se dégagea de son étreinte.

— Tout va bien ! Sauf que je n'ai rien mangé depuis deux jours et...

— Tu murmurais de bien étranges paroles. Il était question de...

— Je délirais, sans doute. Ne dites rien. Par Dieu, on me prendrait pour un fol.

Le barbu lui lança un regard bienveillant.

— Soit. Si tu es prêt, suis-moi. L'heure sainte est venue. Tu as vaincu ton pire ennemi. Ta peur.

Il marqua un léger silence, puis reprit :

— Il est temps de suivre la Lumière.

Ils passèrent à côté de l'escalier qui menait à la chapelle et empruntèrent un long couloir étroit, éclairé par des flambeaux tenus par des bras sculptés dans une pierre grise. Le martèlement de leurs lourdes bottes battait comme tambours de tournoi. Au fur et à mesure de leur marche, les flambeaux s'espacèrent pour disparaître, une clarté diffuse envahit leur champ de vision. Le guide s'arrêta au seuil d'une nouvelle porte dont la hauteur permettait le passage d'un homme à cheval. Deux colonnes ornées d'un dragon soutenaient la voûte maçonnée.

Le fils de la veuve cligna plusieurs fois tant la lumière qui émanait de l'entrée lui blessait les yeux.

— Enfin, murmura-t-il.

Le barbu tendit l'index vers la clarté.

— Entre et réponds si l'on t'interroge. Sans jamais mentir.

Jamais le jeune homme n'avait vu une aussi grande salle. Le sol dallé brillait comme un miroir reflétant l'immense voûte de pierre parsemée d'étoiles. Au centre, une table ronde toute de marbre coloré ressemblait à un soleil flamboyant. Les veinures sombres formaient des rayons qui ondulaient jusqu'au centre. Autour, se dressaient de longs fauteuils ciselés dans un acier mat. Le fils de la veuve les compta rapidement : il y en avait vingt-quatre, mais seule la moitié était occupée par des hommes aux visages sévères. Jamais le chevalier n'avait vu d'armures aussi scintillantes, de fourreaux d'épée si précieux, de casques si finement ouvragés. Une voix forte l'interpella qui venait du trône :

— Sais-tu qui je suis ?

— Oui, monseigneur, répondit le jeune homme, vous êtes le roi Arthur.

II

*Fort est celui qui assure ses faiblesses,
faible est celui qui les nie*

Approche-toi.

Arrivé à quelques pas, le fils de la veuve distingua mieux le roi. Enveloppé d'une lourde fourrure noire, son teint pâle contrastait avec la vigueur de sa voix. Lui, le seigneur et maître du royaume, lui le représentant de Dieu sur terre. Lui qui apportait force, sagesse et beauté. Ses yeux arboraient le gris de l'acier de la meilleure épée.

Le fils de la veuve ne pouvait contenir la joie qui déferlait en lui, tel un torrent qui se jetait dans les gorges sombres du pays de Galles. Il tenta de calmer son cœur qui cognait dans sa poitrine.

La voix d'Arthur fusa :

— Connais-tu les chevaliers autour de la Table ?

— Oui, sire, leurs noms sont sur toutes les lèvres pour leurs exploits. Gauvain, Galaad, Yvain...

Le roi lui fit signe de s'arrêter.

— Et toi, sais-tu pourquoi tu es là ?

— Non, seigneur. J'étais dans la forêt quand un ermite m'a prié de me présenter au château de Camelot.

— Et tu l'as écouté ?

— Il parlait au nom de Dieu, beau sire.

Le roi contempla les heaumes étincelants d'argent et les épées serties de pierreries qui s'amoncelaient sur la Table ronde. Il se souvenait de cette époque où il avait lancé la Quête. Ses chevaliers n'avaient alors qu'honneur et gloire à la bouche.

— Ainsi, c'est l'ermite qui t'envoie ?

— Oui, beau seigneur, il avait le regard clair comme le matin et la barbe blanche comme neige.

Arthur sourit discrètement. Merlin se rappelait à lui.

— Et que t'a-t-il dit d'autre ?

— Qu'une fois au château je passerais une épreuve et qu'ensuite on me conduirait au roi.

Le roi ne répondit pas. Il regardait deux des places vides à la Table ronde. Celle de son ami Keu qui n'était pas revenu de la dernière Quête. Et puis celle de... Le visage d'Arthur s'assombrit. La trahison de Lancelot lui était toujours aussi insupportable.

— Sauf que je n'ai pas compris...

Arthur fixa le jeune homme qui continuait de parler.

— ... je croyais que l'on me menait à vous et je me suis retrouvé sous terre, dans une pièce étroite...

Le roi hocha lentement la tête. Quand il avait créé la Table ronde avec Merlin, ce dernier lui avait imposé une étrange condition. Chaque postulant qui viendrait en son nom devrait être conduit dans *la salle de la mort*, puis interrogé par le roi. Depuis la création de Camelot, tous les futurs chevaliers avaient subi cette épreuve.

— Et qu'as-tu vu ?

— Je n'y ai vu que ma propre peur.

Le fils de la veuve jeta un coup d'œil furtif autour de la table. Il était observé comme un insecte par des aigles. Il devait être digne d'eux, l'esprit aussi clair que l'eau du lac de Brocéliande. Ses visions ne concernaient que lui.

— N'as-tu rien vu d'autre ?

— Non, mon roi.

Une lueur de tristesse traversa le regard d'Arthur. Merlin lui avait encore envoyé un guerrier, courageux sûrement, fort au combat sans doute, mais ce n'était pas celui de la prophétie. Il leva la main d'un air las.

— Fort bien, mon ami. Vaincre sa peur est déjà une grande épreuve. Peut-être pourras-tu prendre place un jour comme chevalier autour de cette table. En attendant, il te faudra être patient, montrer ta loyauté et ton courage.

Le jeune homme fit un pas en avant.

— Je suis prêt à mourir en votre nom.

— Je n'en demande pas tant, répondit le roi. Retourne par là où tu es venu, je nommerai un preux pour t'apprendre le métier d'apprenti.

Des murmures d'approbation roulèrent autour de la table. Le fils de la veuve recula en s'inclinant quand, soudain, son guide à la barbe rousse entra dans la salle et vint se poster au côté du chevalier.

— Sire, cet homme ment !

Aussitôt tout le monde se tut et un silence de glace tomba sur la salle. Le jeune homme adressa un regard anxieux à son guide. Le roi se redressa sur son trône, le visage sévère.

— Parle !

— Ce damoiseau a eu une vision.

Les chuchotements reprenant, le roi se leva et frappa sur la table.

— Silence, chevaliers ! Et toi, tu as intérêt à donner une réponse ou je te fais jeter aux loups. Le mensonge autour de cette Table sacrée est puni de mort.

Le jeune homme était désespéré. Il avait parcouru tant de lieues, affronté tant d'ennemis et, au moment où tout semblait réussir, voilà qu'il devait se mettre à nu et avouer son secret le plus méprisable. Le roi allait se moquer de lui, les chevaliers le couvriraient de honte en colportant son infortune. Le fou de Cornouailles avait des visions...

L'homme à la barbe rousse posa sa main sur son épaule.

— Aie confiance. Fort est celui qui assume ses faiblesses, faible est celui qui les nie.

Le fils de la veuve soutint les regards qui le transperçaient déjà comme des flèches. Il hésita un instant, puis baissa la tête.

— Qu'il en soit ainsi ! Voilà, il m'arrive parfois de voir des choses que les autres ne voient pas. Je jure devant Dieu que cela n'arrive que fort exceptionnellement. Je...

Sa voix se serra. Il se souvenait de la honte éprouvée quand il avait parlé de ses songes à son père. Ce dernier l'avait traité de sorcier. Jamais il ne devait en parler à d'autres sous peine de souiller de déshonneur le blason familial. Mais, après la mort de son père, sa mère lui avait expliqué qu'il s'agissait d'un don véritable... Un drôle de don pour celui qui était désormais le fils de la veuve.

— J'ai vu le squelette se transformer en... femme.

Arthur se leva d'un bond. Une onde de douleur cisailla sa cuisse, mais il resta debout, le cœur haletant.

— Mais encore ?

— Monseigneur, c'est bien malheur ! De nobles chevaliers en armure tombaient du ciel.

Arthur ne put retenir un gémissement. Il reprit néanmoins la parole :

— Dieu Tout-Puissant, protège mon royaume ! Mais, dis-moi vite, qu'as-tu vu d'autre ?

— La femme portait une sorte de coupe, identique à celle du blason de vos chevaliers.

Certains chevaliers firent le signe de croix. Gauvain se précipita vers le roi :

— Sire, faites cesser cette imposture qui ravive votre blessure. Tout ceci n'est que mensonges et sorcellerie. Comme quand Lancelot a enlevé la...

Arthur leva la main.

— Suffit ! Continue.

— La femme m'a parlé par énigme. Elle a dit : *Il existe et Il n'existe pas !*

Gauvain bondit hors de la table pour faire face au jeune homme.

— Es-tu fou, vitupéra-t-il, avec tes sornettes de bonne femme ! Sire, nous perdons notre temps...

— Gauvain, tu parles et tu ne sais pas, l'interrompit le roi, voilà des années que nous menons la Quête et qu'est-il advenu ?

Il désigna la Table ronde.

— De l'or et de l'argent ! Mais le Graal, lui, où est-il ?

Les chevaliers baissèrent la tête. Le roi se retourna vers le jeune Gallois.

— Tu as dit la vérité. Grâce t'en soit rendue.

Au moment de la création de la Table ronde, Merlin a fait une prophétie. Un jour, un jeune homme viendrait et parlerait comme un fou. Je devrais l'écouter et ne pas le juger. Mais surtout, je devrais l'envoyer à la recherche du Graal en compagnie d'un chevalier au cœur pur et à l'esprit aiguisé.

Une grimace de douleur contracta le visage d'Arthur. Il se laissa tomber lourdement sur le trône.

— Il n'en reste plus qu'un à n'avoir jamais entrepris la Quête. Que l'on appelle mon neveu, Mordred !

Un serviteur se précipita à la porte. Arthur enchaîna :

— Depuis des années, les chevaliers de la Table ronde entreprennent une quête qui les a menés aux confins du monde connu. Ils ont traversé des mers glacées, foulé des terres brûlantes sous leurs pieds, découvert des peuples sans mots. Et tous sont revenus, le cœur éteint, les mains vides. Et pendant ce temps, le royaume se meurt et mon corps se consume...

La porte s'ouvrit sur un chevalier. Son armure était aussi blanche qu'une nuit de pleine lune, son visage aussi pâle qu'une aube d'hiver. De sa main gantée de métal, il tenait une épée nue. Son visage, surtout, était remarquable. Il avait la beauté de saint Michel, le plus beau de tous les archanges. Ses cheveux dorés semblaient s'abreuver de la lumière qui embrasait la Table ronde. Le fils de la veuve avait entendu parler de lui. Mordred était beau comme Lancelot du Lac, mais lui n'avait jamais trahi le roi. Il était le dernier à ne pas s'être lancé sur la trace du Graal. Il s'y préparait depuis des années.

— Avance, Mordred. Depuis longtemps tu te prépares pour la Quête. Ton tour est enfin venu.

Mordred s'inclina, un léger sourire aux lèvres.

— Là où vos chevaliers ont failli, je réussirai. Je le jure devant Dieu.

— Tu ne réussiras pas seul, Mordred, intervint le roi. Nul ne le peut. Merlin nous a envoyé de l'aide. Il t'assistera dans ta mission.

Il fit signe au jeune chevalier qui s'avança sous le regard bienveillant de Mordred.

— Avance. Tu seras l'apprenti du seigneur Mordred. Il forgera en toi l'alliage dont sont faits les chevaliers de la Table ronde. Je ne sais pourquoi Merlin t'a choisi, mais j'ai confiance. Demain, dès l'aube, vous partirez. Si Dieu le veut, Il vous guidera sur le chemin étroit. Surmontez les épreuves qu'Il vous enverra et vous trouverez le Graal.

Le jeune homme s'inclina, le roi l'interpella :

— Tous mes chevaliers ont un nom. Quel est le tien ?

— Celui que Dieu m'a donné : Perceval.

III

Un destin ne se conquiert pas, il se mérite

Depuis le matin, Perceval et Mordred longeaient la côte accidentée qui menait à la forêt de Brocéliande. Les falaises battues par les embruns affrontaient la mer dans un fracas tout droit sorti de l'enfer. Aussi loin que son regard portait, Perceval n'apercevait que les rangs serrés des vagues qui montaient à l'assaut du rivage. Son esprit était pareil à la tempête, assailli d'idées étranges et balayé de sombres pensées. L'une d'elles ne cessait de le tarauder, comme un rocher acéré crevant la surface de la mer déchaînée.

Pourquoi lui ? Et pourquoi cette quête dont il ignorait tout ?

Il avait beau remonter l'enchaînement des circonstances qui l'avait conduit à Camelot, il ne comprenait toujours pas pourquoi il avait été choisi et, surtout, quelle était sa mission.

Anxieux de trouver une réponse, Perceval se tourna vers Mordred. La furie des éléments ne semblait pas le troubler. Tout au contraire. Malgré le vent mordant, la pluie cinglante, son visage, doux et serein, semblait sourire à l'éternité. Le fils de la veuve s'enhardit.

— Hier, le roi a dit que vous vous prépariez à la Quête depuis des années. Est-ce vrai ?

— Par Dieu, oui ! Et avec joie !

— Mais pourquoi ?

Mordred rapprocha son cheval.

— Observez-vous le ciel parfois ?

— Souvent ! Quand je chassais la nuit, en Cornouailles, je fixais les étoiles pour m'orienter.

— Avez-vous remarqué que l'œil doit changer ses habitudes pour voir dans l'obscurité ? Qu'au début il n'aperçoit que de vagues points lumineux ? Qu'il lui faut patience et attention pour percer les ténèbres du ciel ? Eh bien, si vous voulez deviner le destin, il faut agir de même.

— Et vous, qu'avez-vous deviné, sire Mordred ?

Le neveu du roi fit tourner son cheval vers les terres. Perceval fit de même. Ils longeaient la côte de trop près et leurs paroles se perdaient, happées par le vent.

— Durant des années, j'ai vu les chevaliers de la Table ronde revenir, vaincus, défaits, de la quête du Graal. Tous avaient rencontré un obstacle contre lequel ils s'étaient brisés.

— Ce sont pourtant les meilleurs chevaliers du monde ! s'exclama Perceval.

À présent, ils avançaient dans la lande, envahie par le brouillard. Les chevaux marchaient au pas pour éviter les cailloux qui émaillaient d'un gris de pluie l'herbe devenue rare.

— Chacun est parti affronter la Quête, son arme favorite à la main. Qui, son courage légendaire, qui, sa volonté de fer, qui, son intelligence hors pair. Et pourtant, tous ont échoué. Parce que tous ont cru que le Graal était une conquête, alors qu'il est un destin. Et un destin ne se conquiert pas, il se mérite.

— Comme les étoiles au cœur de la nuit ? demanda Perceval.

— Oui, mais pour qui sait voir.

Soudain la brume se déchira. Au bout de la lande, ils aperçurent la frondaison d'une épaisse forêt.

— Brocéliande ! s'exclama Mordred.

Perceval tira sur les rênes de son cheval. Brocéliande ! Combien de fois sa mère lui en avait parlé, le soir près de la cheminée. Elle lui racontait les vieilles légendes qui couraient sur cette forêt magique où nul n'aurait osé couper un arbre. On disait que, sous son feuillage ancestral, vivait encore le petit peuple de la forêt. Qu'entre ses troncs noueux, les lutins tenaient assemblée tandis que dans les clairières au frais gazon, les elfes s'ébattaient comme au premier jour du monde. Mais la forêt recelait aussi bien des dangers : des grottes profondes servant de refuges à des sorciers, des vallées perdues dont on ne revenait pas...

— Dites-moi, seigneur Mordred, que savez-vous de Brocéliande ?

— Que c'est la forêt la plus profonde du royaume. Et pour trouver le chemin du Graal, il nous faudra la traverser et éviter de nombreux dangers.

— Que vous ont dit les chevaliers qui y ont pénétré ?

Le neveu du roi ne répondit pas. Il leva un doigt en signe d'alerte.

— Vous entendez ?

Perceval tendit l'oreille. Un bruissement sourd montait de la forêt. Soudain, un nuage noir, dans un chaos de cris et de sifflements, obscurcit le ciel.

— La Chasse sauvage ! s'écria Mordred, en portant la main à son épée.

Aussitôt, Perceval abattit la visière de son casque, mais par la fente, il eut le temps d'apercevoir des nuées de corbeaux les envelopper dans un linceul de ténèbres.

— Par la mort de Dieu...

Les becs frappaient contre les armures, les ailes noires fouettaient les chevaux qui se cabraient. Pourtant, Mordred ne tirait toujours pas son épée. Il conservait une main sur le pommeau et de l'autre tentait de contrôler sa monture.

— Surtout, ne les provoquez pas, Perceval !

Le jeune chevalier répliqua en éperonnant son cheval. D'emblée sa monture bondit à travers la lande. Si ces corbeaux du diable voulaient les tuer, alors qu'ils se lancent à sa poursuite. Au moins, Mordred lui survivrait. Mais, il n'eut pas besoin de mener loin sa course. Le tourbillon de plumes noires et de cris stridents s'évanouit brusquement. Perceval releva sa visière.

— Votre cheval s'est emballé ? l'interrogea Mordred qui venait de le rejoindre.

Perceval hocha la tête. Nul besoin d'avouer qu'il avait tenté de le sauver.

— Oui, je n'ai pu le retenir. Mais vous avez bien dit « la Chasse sauvage » ?

— Vous m'avez demandé ce que les chevaliers m'avaient appris sur les sortilèges de Brocéliande ? Eh bien, ils m'ont parlé de ces corbeaux maudits qui viennent à la rencontre de chaque chevalier.

— Pour les attaquer ?

— Non, pour les sentir.

Perceval était stupéfait. Ces oiseaux maudits étaient venus le renifler.

— Parce que si vous échouez aux épreuves..., continua Mordred, vous leur servirez de repas.

Désormais, ils étaient face à la forêt. La lisière était sombre et dense. Aucun chemin, aucune sente ne semblait la percer. Les arbres, même, devenaient menaçants. Leurs troncs sombres se déchiraient en branches tortueuses comme des mains innombrables prêtes à happer les visiteurs imprudents.

— Que vous en semble-t-il, Perceval ?

Le jeune chevalier prit son temps pour répondre. Il était encore sous l'effet angoissant de ces arbres, semblables à des démons. Ne pas céder à sa première impression était essentiel pour bien mener sa pensée. Il remarqua que les branches s'élevaient au-dessus de tête d'homme. Peut-être suffisait-il de descendre de cheval et de s'enfoncer à pied pour pénétrer dans la forêt ? Il fit part de cette idée à son compagnon.

— Vous voulez que nous affrontions le danger à pied ? Voilà qui n'est guère digne d'un chevalier !

— Là où un cerf à haute ramure ne peut passer, un sanglier, lui, se fraye un passage. Songez-y.

— Mais il nous faudra tomber nos armures, bien trop lourdes pour marcher, ce qui risque fort de nous mettre en péril.

— Nous garderons nos épées à la main.

Mordred sauta de sa monture et ôta son casque.

— Vous m'avez convaincu, Perceval. Mais, comme le risque est grand, jurons de toujours nous défendre l'un l'autre.

— Mon épée sera toujours la vôtre.
— Qu'il en soit ainsi pour moi.

Si les abords tortueux de la forêt provoquaient l'appréhension, il n'en était plus rien une fois à couvert. Tout au contraire. Les oiseaux chantaient comme au paradis et le soleil, qui venait enfin de percer, laissait tomber des traînées d'or entre les arbres. Par moments, il semblait à Perceval qu'un ange allait apparaître pour les guider... De son enfance en Cornouailles, il conservait une foi profonde dans le merveilleux. L'autre monde, avec ses sortilèges et ses miracles, pouvait à tout instant devenir le nôtre, songea-t-il. Il suffisait d'y croire. À son côté, Mordred, lui, s'interrogeait sur l'inattendu compagnon que le roi Arthur lui avait assigné.

— Dites-moi, Perceval, quel était donc cet ermite qui vous a convaincu de venir au château du roi Arthur ? À quoi ressemblait-il ?

— Vous n'avez jamais vu d'ermite ? s'étonna le fils de la veuve.

— Si, dans les enluminures où ils sont toujours représentés hirsutes et dépenaillés, à tel point que je doutais de leur véritable existence.

— Que nenni, beau seigneur, les ermites existent bel et bien. Et ils sont de haut et bon conseil, car inspirés par Dieu.

— Et Dieu, pour s'exprimer, a-t-il besoin de vieillards qui vivent à califourchon au creux d'un arbre et mangent des glands pour toute nourriture ?

— Dieu choisit ceux qui savent parler avec le cœur.

— Alors pourquoi ne pas choisir de hauts et puissants chevaliers ?

— Sans doute parce qu'on n'entend pas leur cœur sous leur armure.

Surpris par cette réponse, Mordred se tut. Depuis l'attaque des corbeaux, Perceval semblait avoir pris plus d'assurance comme si l'approche du danger le révélait à lui-même. Mordred s'en étonnait un peu. Certes, il était heureux d'avoir un compagnon efficace auprès de lui, mais Perceval sortait de nulle part. Tout le contraire des chevaliers de Camelot.

Pour Mordred, la chevalerie était d'abord un long entraînement – des années à faire l'apprentissage des armes –, un profond dévouement pour incarner les valeurs de courage et de loyauté, une épreuve de patience aussi – il avait longtemps attendu avant d'être enfin choisi pour la Quête...

Entraînement, dévouement, patience, voilà ce qu'étaient les véritables vertus du chevalier. Or, depuis qu'il avait été choisi par le roi Arthur, Perceval était en train de bousculer toutes ses certitudes. Un fils de veuve, pauvre et inconnu, jailli des profondeurs oubliées de la Cornouailles, se montrait subitement capable d'en remontrer à bien des chevaliers. Décidément, les voies du destin étaient parfois impénétrables.

— Dites-moi, beau sire, vous n'entendez pas comme un bruit qui se rapproche ?

La question de Perceval sortit Mordred de ses pensées. Il tendit l'oreille et fronça les sourcils. Oui, lui aussi l'entendait. On aurait dit le vrombissement d'un rucher, mais en plus puissant.

— Les corbeaux, vous croyez ?

— Non, le bruit est trop régulier et de plus en plus fort.

— En même temps, il semble se briser parfois.

Les deux cavaliers, aux aguets, s'étaient arrêtés. Les chevaux, visiblement inquiets eux aussi, frissonnaient sous l'effet d'une peur invisible.

Une nappe blanche de brume montait entre les arbres. Mordred se pencha pour la toucher et retira vivement sa main. Elle était glacée comme l'hiver.

— Courons, sinon la mort va nous saisir.

Perceval s'élança. Il sentait le froid lui éperonner les jambes. Brusquement, lui revint l'image du squelette, sa faux rasant le sol.

— Plus vite ! hurla le neveu du roi.

La brume gagnait maintenant les troncs, les enlaçait avant de les engloutir. Bientôt la forêt ne serait plus qu'un linceul. Derrière eux, les chevaux s'enfuyaient en une cavalcade effrénée, emportant casque et armures. Mordred sentait son visage se durcir comme de la glace. Il voulut ouvrir la bouche, mais ses lèvres étaient gelées. Le pommeau de son épée se couvrait de givre. Il se sentait devenir pierre.

Perceval s'était arrêté, les jambes comme fichées dans le sol. Il sentait le froid prendre possession de tout son corps. Son cœur ne battait plus que par éclipses. Il fit un dernier effort, sans parvenir à se déraciner.

Il s'affaissa.

Au sol, la brume s'effilochait. Dans un dernier sursaut, Perceval se jeta à terre. Étrangement le froid devenait moins vif, comme si la chaleur nourricière de la terre remontait lentement en surface. La brume, elle, s'élevait en tourbillonnant entre les arbres. Brusquement, un sifflement aigu couvrit le bruit assourdi qui régnait jusque-là. Perceval sentit la vibration d'une pointe qui se plantait dans le sol.

Il leva les yeux et comprit.

Gelées par la brume, des feuilles tombaient comme des fers de lance. Sans casque ni armure, ils n'avaient aucune chance.

Une pluie de glace s'abattit sur eux. Une glace mortelle.

IV

Le miracle est dans l'œil de celui qui le vit

Mordred avait réussi à ramper jusqu'au creux d'un tronc. Son visage à couvert, il entendait la pluie meurtrière frapper le sol en cadence. Curieusement, il ne sentait plus rien. Son corps glacé était devenu insensible à la douleur. Jamais il n'aurait pensé périr avant même d'avoir franchi la forêt de Brocéliande. Lui qui s'était préparé pendant tant d'années échouait dès le premier danger. Quelle folie ! Quelle faute avait-il donc commise pour être condamné si vite. Était-ce l'ambition, la vanité, l'orgueil de caste… ? Et si Perceval, dans sa sagesse intuitive, avait raison ? Et si les chevaliers, murés dans leur certitude comme dans leurs armures, n'avaient pas le cœur assez pur ? Cette pensée lui déchira l'âme et le cœur. Des larmes tombèrent de ses yeux.

C'était la première fois.

Soudain, le sifflement de mort cessa. Mordred en fut saisi. Était-il déjà mort ? Était-il au paradis ou en enfer ? Et s'il était damné pour ses péchés ?

Il leva ses yeux embués. La brume avait disparu. Le ciel se dégageait au-dessus des branches dénudées. Il tendit la main. Autour de lui, les feuilles dégelées ployaient vers le sol. Mordred toucha ses jambes, elles étaient intactes. Il les replia lentement, calant ses genoux contre sa poitrine. Par la grâce de Dieu, il était vivant ! Un miracle ! Il prononça une prière, puis regarda alentour.

Perceval se relevait, lui aussi. Il paraissait indemne.

— Vous n'êtes pas blessé ? cria-t-il à son compagnon.

Incapable de parler, le neveu du roi secoua la tête. Son cœur sonnait le tocsin dans sa poitrine, son sang battait le rappel dans ses veines, comme si tout son corps se réveillait d'un coup. Jamais il n'avait éprouvé une sensation de vie si intensément. De nouveau, son regard s'embua.

Il baissa la tête et resta stupéfait.

Là où une de ses larmes était tombée, une rose venait d'éclore.

À présent, il savait d'où venaient ces bruits sourds qu'ils entendaient depuis qu'ils avaient pénétré dans la forêt. Devant eux, courait une large rivière dont les flots écumeux rebondissaient sur des rochers épars. Emportés par le courant, des troncs venaient se briser sur la berge.

— Jamais nous ne passerons, annonça le fils de la veuve. Et ce, même si nous avions nos chevaux.

Mordred ne répondit pas, il paraissait perdu dans un songe, sidéré par l'épreuve de la forêt. En prenant garde aux arbres emportés par les flots, Perceval longea la berge. Ce n'était que vacarme assourdissant et écume dévastatrice, il fallait être fou pour tenter la traversée. Il revint auprès de Mordred. Ce dernier, une branche à la main, dessinait une forme étrange sur le sol. Semblable à un soleil, à moins que ce ne soit une fleur.

— Avez-vous le cœur pur, Perceval ?

Le fils de la veuve hésita. Il ne s'était jamais posé la question.

— Êtes-vous sans tache ? insista son compagnon.
— Non, car j'ai menti au roi Arthur.

Mordred jeta sur lui un regard soulagé.

— Ce n'est donc peut-être pas moi qui ai fauté...
— ... Je ne comprends pas ?
— J'ai vu un signe, Perceval. Un signe qui...

Le silence se fit d'un coup. Étonnés, les deux hommes se retournèrent. La rivière était devenue limpide et son eau claire. Ils n'osèrent bouger. Sur l'autre rive, un tourbillon de brume se formait.

— Seigneur Dieu, protège-nous du mal ! s'exclama Perceval. Voilà les sortilèges qui reprennent.

Mais la brume s'évanouit aussitôt pour laisser place à une femme qui les observait de ses yeux brillants. Ses longs cheveux bruns tombaient telles deux grappes d'ombre sur ses épaules, avant de ruisseler sur une tunique immaculée. Sa taille était ceinte d'un cordon d'or qui flamboyait au soleil.

— J'annonce celui qui existe et celui qui n'existe pas. Pour le trouver, vous devez franchir le *pas périlleux*.

À ces mots, les deux cavaliers s'immobilisèrent. Perceval entendait toujours les mêmes paroles : *celui qui existe et qui n'existe pas*... Était-ce le Graal ? Mais comment pouvait-il être et n'être pas ? De son côté, Mordred semblait fasciné. Il fixait l'apparition avec l'avidité d'un assoiffé d'eau fraîche. Aucun des deux n'osait ni parler ni s'avancer.

— Tous les envoyés du roi Arthur doivent passer l'épreuve de l'eau. Le temps est venu pour vous.

Perceval regarda le courant qui coulait paresseusement entre les rochers. Il distinguait au fond des bancs de sable, dorés par les reflets du soleil. L'eau est comme un cheval : à tout instant, elle peut se cabrer et tout emporter, songea Perceval. Et qui me dit que cette femme n'est pas une sorcière ? Il se rappelait cette histoire que lui contait sa mère à propos de marins envoûtés par une magicienne qui les avait transformés en cochons. Perceval refusait de finir noyé.

Quant à Mordred, il avait apparemment pris sa décision. Il s'avança vers la berge. Un tronc s'était échoué entre le bord et un rocher luisant, au deux tiers environ de la rivière. Du pied, il tâta l'écorce. Elle était glissante, mais le bois semblait solide. Il pouvait atteindre le rocher en prenant appui sur son épée.

— Mordred, vous êtes fou ! s'exclama Perceval. Si la rivière retourne en crue, vous allez être emporté.

Le neveu du roi eut un sourire étonné.

— Mais pourquoi donc voulez-vous que la rivière s'emballe à nouveau ?

— Parce que juste avant l'apparition de cette femme, elle n'était que fracas et écume. Qui vous dit qu'il ne s'agit pas d'un piège comme celui que nous avons dû affronter dans la forêt ?

Mordred leva les yeux vers la dame qui ouvrait ses bras comme un appel à la rejoindre. Elle faisait penser à une fleur en train de s'épanouir.

— Elle est si belle !

Perceval posa la main sur l'épaule de son compagnon.

— Mon ami, cherchons un passage ensemble et...

La voix de l'apparition retentit :

— Pour franchir le *pas périlleux*, il y a deux voies : toutes deux dans le cœur de l'homme. À vous de les trouver.

— Voyez, reprit Mordred, chacun de nous doit emprunter son propre chemin. Pour moi, il est tout droit.

Perceval ne répliqua pas. Mordred était sur le point de monter sur l'arbre abattu dans la rivière, un chêne puissant que la crue avait déraciné. Ses racines noires jaillissaient de l'eau juste dans un enchevêtrement au niveau du rocher. Mordred devrait les franchir au risque de chuter.

— Mon ami, je vous en conjure...

Mais Mordred s'était déjà engagé. Il progressait lentement du pied droit, gardant le pied gauche en équerre pour conserver son équilibre. Le tronc était encore détrempé, rendant les prises difficiles. Mordred s'aidait de son épée, la fichant dans l'écorce en guise d'appui. Bientôt, il fut à mi-chemin. Il s'arrêta pour contempler la femme qui se tenait sur l'autre rive. Désormais, il pouvait distinguer la couleur de ses yeux : ils étaient d'un vert profond. Un vent léger faisait voltiger sa tunique blanche sous laquelle se dessinait son corps parfait. À ses pieds, la rivière glissait, claire et paisible. Encore quelques pas et il atteindrait le bout. Une fois encore, il lança le fer contre l'écorce, mais, au lieu de s'enfoncer, la lame rebondit avec violence et lui échappa des mains.

Mordred se précipita pour la rattraper. Trop tard, elle avait disparu dans les profondeurs.

— Belle dame, l'interpella Mordred, je ne puis rattraper mon épée, l'eau est trop profonde. Aidez-moi, pour l'amour de Dieu !

— Qu'est un chevalier sans son épée ? interrogea l'apparition. Existe-t-il ou n'existe-t-il pas ?

À son tour, Perceval s'engagea sur le tronc. Pour aller plus vite au secours de Mordred, il avait jeté son épée qui le déséquilibrait.

— Qu'est un chevalier sans son épée ? Un monde sans printemps, une vie sans lendemain ?

Sans l'aide de sa lame, Mordred avait chuté de l'épais buisson de racines. Il avait beau se courber, se plier, se glisser, à chaque tentative, une griffe noire le retenait prisonnier.

— Qu'est un chevalier sans son épée ? Une mer sans horizon, une terre sans moisson ?

Tout en avançant, Perceval dardait un œil angoissé sur la rivière. Désormais, l'eau tourbillonnait comme un serpent, l'écume claquait sur les rochers et un grondement rauque s'élevait des profondeurs.

— Mordred, dégagez-vous des racines, vite ! L'eau va monter.

Perceval avait de plus en plus de mal à avancer. L'écume mordait le bois, le rendant aussi glissant que le givre. Le jeune homme se mit à plat ventre et rampa. Les remous fouettaient son visage. Malgré la vue brouillée par l'humidité, il distinguait encore la silhouette de Mordred, prisonnier dans sa geôle de bois, bientôt submergée par les flots.

— L'un se débat comme un damné, l'autre rampe

comme un animal. Qui est chevalier ? interrogea la Dame blanche.

Brusquement, Perceval eut l'intuition qu'il lui fallait à tout prix répondre.

— Ni celui qui le dit, ni celui qui le croit.

Le grondement qui bouillonnait sous la surface de l'eau baissa un peu d'intensité. Perceval en profita pour gagner du terrain. Mordred n'était plus qu'à quelques coups d'épaules. Ce dernier, à la force de ses bras, tentait d'écarter les racines qui le retenaient captif.

— Alors, prouve qui tu es !

— Comment ? s'écria Perceval qui, parvenu près du neveu du roi, s'efforçait de le libérer.

— Ton compagnon ne peut être délivré que par l'épée. Regarde !

Au milieu de la rivière en plein tumulte, venait de surgir l'épée de Mordred. Elle flottait au ras de l'eau, sa lame tournée vers le ciel.

— Si tu ne la saisis pas, ton ami va périr, si tu la saisis, c'est toi qui risques de périr. Choisis.

— Non ! s'écria son compagnon. Sauvez-vous ! Sinon, nous périrons tous les deux.

Il existe et Il n'existe pas. Cette phrase lancinante martelait l'esprit de Perceval, elle ressurgissait à chaque moment décisif comme une évidence. Et si ce qui existait ou plutôt ce qui devait exister était d'abord un choix ? Et si le destin était un acte de foi, de pur courage ?

Perceval contempla l'épée dressée au milieu des flots déchaînés. Elle brillait comme une étoile à conquérir.

Il plongea.

Le hurlement de Mordred fut la dernière chose qu'il entendit. L'eau glacée le pénétra aussitôt. Son dos râpa le fond, son épaule heurta un rocher. D'un coup de reins, il se remit à la verticale. Il voyait bien la lumière danser au-dessus de la surface de l'eau, mais il demeurait incapable de mesurer la distance qui l'en séparait. Dans ses poumons, l'air se faisait rare. Il lui fallait émerger au plus vite. La lumière devenait plus vive. Encore un effort, et il pourrait respirer à nouveau.

Quand il creva la surface de l'eau, le courant l'emporta violemment vers la rive. L'épée s'éloignait.

Désespéré, il tendit la main dans sa direction.

— Qui est chevalier ? demanda l'apparition.

— Moi ! hurla Perceval.

La lame de l'épée tournoya instantanément et pointa menaçante vers le chevalier qui luttait contre le courant.

— Qui est chevalier ? répéta la dame.

Glacé et ruisselant, Perceval se retourna vers Mordred, qui tentait d'échapper à la montée des eaux en s'accrochant aux ultimes racines qui dépassaient encore. Si Perceval ne se saisissait pas de l'épée pour le délivrer…

— Moi !

Comme une flèche acérée, l'épée fonça droit sur Perceval.

Exister ou ne pas exister.

Devait-il plonger pour éviter le coup ou devait-il se saisir de l'épée au risque de se faire transpercer ? Il fallait choisir. Soit affronter avec courage le danger, soit disparaître de peur sous l'eau.

Perceval tendit la main. Paume ouverte.

L'épée stoppa net sa course, pivota et le pommeau vint s'ajuster à ses doigts.

Aussitôt, Perceval se précipita vers Mordred et, d'un coup d'estoc, décapita une première racine, puis une seconde... Mordred sauta sur le rocher voisin que le courant n'avait pas encore submergé. Il se pencha et, saisissant Perceval par l'épaule, le hissa à ses côtés. L'eau rugissante les encerclait. En face d'eux, se tenait la dame mystérieuse.

Elle leva la main.

La rivière s'apaisa.

— Qui est chevalier ? demanda-t-elle.

— Lui ! répondit Perceval.

— Lui ! répondit Mordred.

Brusquement, l'eau commença à décroître. Le sable apparut. D'un bond, Perceval sauta, suivi de Mordred.

En un ultime coup d'épaule, ils atteignirent la rive.

Devant eux, se tenait la Dame blanche. Mordred tomba à genoux, suffoquant encore. Ils n'avaient plus de chevaux ni d'armure et une seule épée pour deux. Perceval contempla l'étrange créature qui avait failli les tuer. Un léger sourire flottait sur ses lèvres d'albâtre. Mordred se releva. Il ne put dire si ce sourire était ironie et compassion, mais il fut bouleversé par sa beauté sans égale.

— Ma dame, murmura-t-il, ayez grâce. Nous venons de vivre un prodige.

— Le miracle est dans l'œil de celui qui le vit.

Vous qui cherchez le Graal, oubliez tout espoir. Une autre épreuve vous attend.

Le fils de la veuve sentit sa respiration prendre le galop, son cœur battre à rompre. La peur faisait son entrée dans sa vie.

La Dame blanche, elle, commençait à s'estomper, ses contours devenaient flous. Seul son visage demeurait réel.

Derrière elle, la rivière reprenait son rugissement infernal. L'écume glacée mordait la rive tel un animal affamé. L'angoisse au ventre, Perceval comprit qu'il n'y avait plus de retour possible.

— Quelle épreuve ? balbutia Mordred.

La Dame blanche disparut tout à fait, mais sa voix désincarnée résonna une dernière fois :

— La pire.

V

Ce que nous savons nous élève,
ce que nous ignorons nous révèle

La nuit était tombée sur la forêt. Autour du cercle de pierre qui entourait le feu, le fils de la veuve ramassait et cassait des branches de bois mort. Il aimait ces gestes simples et précis. Saisir la branche en son milieu, en éprouver la solidité, puis la rompre d'un coup sec. Le bruit du bois brisé répondait à celui du feu qui crépitait en jetant des étincelles. Parfois, une branche trop verte lui résistait. Il lui fallait la plier sur le genou, puis la tordre lentement dans une main : l'écorce s'effilochait avant de céder et un peu de sève gouttait sur ses doigts. Perceval la portait toujours à ses lèvres, il aimait ce goût légèrement amer. Surtout, il avait l'impression de partager la puissance de la forêt, cette force obscure qui montait des racines pour éclater en une multitude de feuilles baignées de lumière.

Une force à la fois invisible et régénératrice.
Il existe et Il n'existe pas.

Cette énigme habitait Perceval tel un hôte inconnu. Un de ces mendiants qui frappent à la porte du château, mais dont on ne sait jamais s'il ne s'agit pas d'un Dieu déguisé. Ces mots, dont il n'avait d'abord perçu que l'apparente contradiction, vibraient d'une évidence nouvelle depuis qu'il avait passé l'épreuve de l'eau. Désormais, il savait qu'à tout moment on avait le choix d'être véritablement soi, et non l'otage consentant de désirs insatiables ou de peurs insensées. Il cassa une nouvelle branche et la rajouta à son fagot. Une épée nue était posée à côté du feu : celle de Mordred. La sienne était restée sur l'autre rive. Elle avait appartenu à son père. La légende familiale disait qu'elle avait traversé les mers, mais personne ne savait lesquelles... Curieusement, la perte de son épée ne le perturbait pas vraiment. Depuis qu'il était au cœur de Brocéliande, toute sa vie passée paraissait s'être évanouie, laissant une place vierge que la quête du Graal ne cessait d'aimanter.

Tout autour, la forêt bruissait de mille rumeurs nocturnes. Tenus à distance par le feu, les animaux, peu habitués à la présence humaine, erraient néanmoins autour du camp des deux chevaliers. Cette agitation lointaine n'avait pas l'air d'inquiéter Mordred. Adossé à un arbre, il épointait méthodiquement une branche pour en faire un épieu. Il semblait plongé dans une profonde réflexion. Perceval, sans mot dire, en soupçonnait la cause.

Quand ils avaient atteint l'autre rive, la Dame blanche s'était volatilisée. Aussitôt Mordred avait voulu partir sur ses traces et Perceval avait eu toutes les peines du monde à l'en dissuader. L'un était fasciné, l'autre se méfiait. Tandis qu'il s'approchait du feu pour y durcir la pointe de son épieu, Mordred rompit le silence :

— Que vous semble-t-il ? Cette femme, était-elle de chair et de sang ? Ou bien...

— Brocéliande regorge de mystères et ses habitants sont réputés avoir des pouvoirs étranges, mais je ne sais si elle est de notre monde ou de l'autre.

— Sa beauté m'a happé..., avoua Mordred. Jamais je n'en avais vu de pareille.

— Pourtant, s'étonna le Gallois, à la cour du roi Arthur, les femmes des chevaliers sont réputées pour leur grande beauté. Ainsi la reine Guenièvre...

À ce nom, Mordred s'assombrit. Il sortit son épieu de la braise.

— Mieux vaut ne pas parler de la femme du roi. C'est une tentatrice, elle a corrompu le chevalier Lancelot, le meilleur d'entre nous.

— Certes, mais elle n'a pas tenté de le noyer.

— Durant la quête du Graal, toute main qui nous assigne une épreuve est la main même de Dieu.

— En êtes-vous certain ?

Mordred parut surpris.

— Vous savez pourtant que tout chevalier cherchant le Graal doit franchir des épreuves.

— Je ne le sais que trop ! répliqua Perceval. Mais ce que je sais aussi c'est que le diable existe et qu'il est un habile trompeur, prompt à revêtir toute apparence.

Son compagnon examina la pointe de son épieu et en vérifia sa résistance. Perceval glissa un nouveau fagot sur la braise. Les premières étoiles se levaient au-dessus des arbres. Certaines, trop pâles, se diluaient presque dans le ciel, alors que d'autres semblaient brûler d'un feu continu. En Cornouailles, les bergers qui passaient de longues nuits d'hiver sur la lande disaient que le destin des hommes était inscrit au firmament, qu'à chaque naissance, dans le ciel, s'allumait une nouvelle étoile dont la course était l'image même de notre avenir. Perceval en doutait. La Voie lactée venait d'apparaître. Comment, dans cet amas d'astres, distinguer le sien propre ? Le destin de chacun n'était-il pas entremêlé à celui des autres ? Et, outre sa propre étoile, ne fallait-il pas prêter attention aux constellations formées avec d'autres ? Perceval contempla Mordred. Sa rencontre avec la femme mystérieuse d'aujourd'hui était-elle inscrite dans la voûte étoilée ? Devait-il vraiment la rencontrer ? En tout cas, il en était troublé. À nouveau, Perceval leva les yeux vers le ciel. Une étoile brillait, plus lumineuse que les autres, indiquant le nord. Laquelle allait leur indiquer le Graal ?

Mordred avait posé son épieu de fortune au sol. Depuis la traversée de la rivière, ils n'avaient ni cheval ni armure et ne possédaient qu'une seule épée pour deux. De sa ceinture, il détacha une bourse de cuir dont il fit couler une matière scintillante dans sa paume.

— Du sable de montagne, il n'y a pas mieux pour lustrer une épée.

Avec délicatesse, il appliqua les grains sur la lame avant de les faire lentement rouler sous son pouce.

— Quand j'étais écuyer du chevalier Keu, c'est la première chose qu'il m'a enseignée : savoir fourbir une épée.

— L'ami du roi était un noble chevalier. Sa disparition a dû être une grande perte pour Arthur.

Mordred ne quittait pas des yeux son épée qu'il polissait patiemment.

— Ce sont des chevaliers sans retour. Nul ne sait ce qu'ils sont devenus. Sont-ils morts au combat, disparus dans une épreuve, prisonniers d'un démon ? Leur sort est un mystère. Mais ce qui importe, c'est pourquoi ils ne sont pas rentrés.

Intrigué, Perceval se rapprocha.

— Je ne vous comprends pas.

— Un chevalier dont l'âme est sans tache et le cœur pur ne peut échouer. J'y ai souvent songé à propos du chevalier Keu, il était vif et querelleur. Voilà ce qui a dû le perdre.

Perceval ne répondit pas. Il se demandait quelle était sa faille intérieure, celle qui pouvait tout faire échouer.

— Je vous ai sans doute donné l'impression d'être perdu dans mes pensées, reprit Mordred, c'était bien le cas. Mais ne croyez pas que j'étais égaré dans quelque muette fascination. Simplement, je viens de comprendre une vérité essentielle. Ce qui nous met en danger, dans les épreuves, c'est nous-même.

— Vous n'avez point démérité, sire Mordred, vous avez été le premier à vous élancer pour franchir la rivière. Vous avez fait preuve de grand courage.

— Ce courage ne suffit pas, Perceval. Ce que demande la Quête, c'est de se dépasser, pas de se répéter.

— Pourtant, l'expérience...

— Si ce que nous savons nous élève, c'est ce que nous ignorons qui nous révèle.

Le bruit des flammes succéda à leur conversation. Chacun méditait de son côté. Mordred approcha la lame du feu pour en examiner le tranchant. Le fil, droit et acéré, était prêt au combat. Perceval, quant à lui, se demandait quelles épreuves les attendaient. Malgré la proximité du brasier, le souvenir de l'eau glacée qui enserrait ses jambes le fit frissonner. Au moment où le froid l'avait saisi, dans le tumulte du courant, il avait cru qu'une main invisible l'avait happé vers les profondeurs.

Ce n'était pas le danger qui le faisait trembler, mais la crainte qu'il avait eue. Tout en tendant ses mains vers le feu, il songea à la réflexion de Mordred à propos de l'adversaire intérieur. C'était bien l'homme qui le nourrissait par ses frayeurs irrépressibles, qui lui donnait corps par ses peurs incontrôlées.

Il existe et Il n'existe pas.

Décidément, il tombait sur cette énigme à tous les carrefours de sa pensée. Elle ne cessait de le hanter. Le fils de la veuve releva une des pierres du foyer qui venait de s'affaisser sur les braises et se tourna vers son compagnon. Il avait tant de questions.

— Seigneur Mordred, avez-vous parlé avec les chevaliers qui revenaient de la quête du Graal ? Les avez-vous interrogés sur leurs exploits et leurs défaites ?

— Chaque fois qu'un chevalier s'en revenait à Camelot, il devait raconter sa quête aventureuse autour de la Table ronde. Le roi Arthur était impatient de ces récits, même si, le plus souvent, ils ne lui procuraient que déception et tristesse.

— Tous les chevaliers ont-ils traversé les mêmes épreuves ?

— Non. En revanche, le nombre reste le même : il y en a toujours trois. Mais bien rares sont ceux qui réussissent à les franchir.

Perceval se retint de demander ce qui advenait après la troisième épreuve. Il préféra poser une autre question.

— Et tous les chevaliers ont commencé leur Quête dans la forêt de Brocéliande ?

— Non, il y a deux chemins pour atteindre le château du Graal : la route de Minuit, vers les Hautes Terres, et celle de Midi qui débute à Brocéliande.

— Mais comment deux chemins qui vont en sens contraire peuvent-ils converger vers le même but ?

— C'est là tout le mystère... Toutefois, le chemin de Minuit est désormais clos, tous les chevaliers qui ont pris la route du Nord ont parlé de terres désolées, sans âme ni vie. Pauvre royaume d'Arthur, rongé peu à peu par le malheur.

Perceval hocha discrètement la tête. Lui aussi avait entendu parler des calamités qui frappaient les Hautes Terres – champs devenus stériles, villages décimés par les épidémies, population accablée par la famine... Un terrible hiver semblait étendre sa main glacée sur tout le royaume. On murmurait que le pays était victime d'une malédiction, depuis que le féal Lancelot avait enlevé la reine Guenièvre. Le roi lui-même semblait frappé d'impuissance.

— Trois épreuves, m'avez-vous dit ? Je me demande laquelle nous attend.

Un brusque souffle courba la frondaison des arbres comme une haleine puissante. Aussitôt, une odeur sèche et chaude envahit la clairière en même temps qu'une sensation d'étouffement s'emparait de leurs poitrines. Le front en sueur, Mordred se leva pour scruter le ciel.

— On dirait que l'orage vient, mais je ne vois aucun nuage.

Perceval scrutait la lisière des arbres. La chaleur arrivait par vagues tandis que le vent commençait à mugir. Un éclat de lumière déchira les ténèbres.

— Un éclair, annonça le fils de la veuve. La pluie ne va pas tarder.

— Ce n'est pas un éclair. Prenez l'épieu que je viens de tailler et plongez-le dans la braise.

Mordred s'empara de son épée. Des lueurs de plus en plus nombreuses brillaient au fond de la forêt. La chaleur devenait insupportable.

— Faites tourner l'épieu, dans le feu, jusqu'à ce que la pointe soit incandescente. Vous allez en avoir besoin.

Une senteur âcre montait des taillis. Perceval attrapa l'épieu. Un choc puissant fit trembler le sol. Puis un autre. La forêt semblait sur le point de s'effondrer. On ne voyait plus les étoiles, disparues derrière un rideau de fumée. Brusquement, un arbre s'enflamma comme une torche.

Mordred prit le pommeau de son épée à deux mains.

— Vous vous demandiez quelle épreuve ? dit-il à son compagnon.

La forêt tout entière s'embrasa.

— Celle du feu.

VI

*Il est plus facile de tuer un démon
que vaincre sa peur du démon*

Les deux chevaliers s'étaient réfugiés au centre de la clairière. Autour d'eux, les arbres s'écrasaient dans un fracas de fin du monde. La fumée devenait suffocante. S'ils ne finissaient pas brûlés à leur tour, ils périraient certainement étouffés. Perceval avait déchiré une manche de sa chemise pour s'en faire un bâillon. Armé de son seul épieu, les yeux à moitié fermés, il s'efforçait de découvrir l'origine de l'incendie. Malgré le crépitement, il percevait un bruit mat, semblable à un rebond régulier sur le sol, aussitôt suivi d'un éclat de lumière et de l'embrasement d'un bouquet d'arbres. Mordred, l'épée à la main, s'était adossé contre lui, et chacun surveillait son côté. La chaleur était insoutenable et la soif leur brûlait la gorge.

— Il faut tenir, comme le mât d'un navire dans la tempête. Si nous paniquons c'est la fin, lança Mordred.

Le fils de la veuve avait trouvé d'où venait le

vacarme. Venant d'un coin de la clairière, il rugissait comme le tonnerre et frappait comme la foudre.

— Et si c'était des démons ?

Mordred ne répondit pas. Il devait lui aussi y penser. Perceval sentait son dos arqué contre le sien. Chacun d'eux était prêt à frapper, mais l'ennemi était invisible. Un à un, les arbres calcinés s'effondraient. Leurs branches en feu projetaient des myriades de braises qui retombaient en aiguillons brûlants sur les deux chevaliers. Touché à la jambe droite, Perceval déchira à la hâte ses chausses qui menaçaient de s'enflammer. En se penchant, il aperçut un reflet qui brillait au niveau du sol, entre quelques arbres encore intacts. Ce n'était ni une étincelle de feu ni un coup de tonnerre. Non, ce reflet, Perceval le connaissait bien.

— Mon sire, il y a un cheval à la lisière. Il vient de lever un sabot : j'ai vu l'éclat de son fer.

— Un cheval qui ne hennit pas, ne se cabre pas, un cheval qui n'a pas peur des flammes, ça n'existe pas ! répliqua Mordred.

— Sauf si on l'aveugle. C'est ce que l'on fait pour les bœufs de trait quand on défriche des bois par le feu, sinon ils n'avanceraient pas.

Son compagnon se retourna, étonné. Il n'avait jamais vu de défrichement ni de bœufs au travail. Les paysans n'étaient que de frêles ombres courbées sur les champs. Lui était un chevalier.

— S'il y a un cheval ferré…

— … il y a un cavalier. Peut-être même plusieurs.

Mordred fit tournoyer son épée.

— Je ne veux pas finir ici, à griller comme du gibier. Je préfère combattre de face.

À grands pas, il traversa la clairière sous une pluie

de brandons. Juste à l'orée de la forêt, une ombre atterrit sur le sol, suivie d'une autre. Perceval se précipita. Une troisième ombre se rangea auprès des précédentes. Mordred s'arrêta net.

Entre les arbres carbonisés, trois cavaliers en armure noire venaient de surgir, chacun tenant une boule de feu dans leur gant de métal rougi.

— Des chevaliers de l'enfer ! s'exclama Mordred, pétrifié.

À son côté, son épieu à la main, le fils de la veuve se sentait insignifiant. Comment terrasser le diable avec une simple lance en bois ? Le combat allait tourner au massacre. Un détail, pourtant, lui redonna espoir. Comme il l'avait prévu, les chevaux portaient des œillères de cuir, qui les aveuglaient. Les démons, eux, n'avaient nul besoin de pareilles précautions.

Un des cavaliers avança. Dans son gantelet, la braise brillait tel un œil dans la nuit. Il leva le bras. Aussitôt, Mordred se mit en position de défense, l'épée prête à parer. Le chevalier remonta son bouclier au niveau de la poitrine. Son écu était barré d'une faux peinte en rouge. Il recula son bras pour lancer. C'était le moment que Perceval attendait. Il brandit son épieu et visa l'aisselle, au point de jonction de l'armure, entre l'épaule et la poitrine, là où le métal laissait place aux attaches de cuir. La pointe, durcie par le feu, entra violemment dans les chairs. Le sang ruissela aussitôt. Le chevalier blessé lâcha la boule de feu qui tomba sur sa monture. Terrifié par la brûlure, le cheval se cabra et désarçonna son cavalier. Dans sa chute, l'épieu se brisa tandis que sa pointe pénétrait plus profondément. Un bouillonnement rouge jaillit du casque.

Si le chevalier ne mourait pas de ses blessures, il périrait étouffé par son propre sang.

Les deux autres cavaliers demeuraient immobiles. Mordred s'approcha, tenant son épée des deux mains. C'était une arme redoutable, à double tranchant, qui pouvait aussi bien empaler un combattant à pied que couper en deux un cavalier. Un des cavaliers s'avança. Il ferma son poing de fer sur la boule de feu qui se mit à grésiller, puis fumer, de l'autre, il saisit sa lance. Une lance de combat, longue et lourde, qui se terminait par une pointe de métal acérée. Le cavalier l'abaissa lentement afin de bien l'équilibrer au-dessus de l'encolure de son cheval, puis la cala sous son épaule. De son autre main encore fumante, il saisit les rênes, prêt à donner l'assaut. Mordred avait relevé son épée qu'il tenait de profil pour offrir le moins de prise à la charge. Ses chances tenaient du miracle. La force de frappe de son adversaire était stupéfiante. Lancé au galop, il avait la force d'impact d'une déferlante. Rien ne pouvait l'arrêter.

À son tour, Perceval s'avança. D'un œil, il surveillait le dernier cavalier qui demeurait immobile. Son écu était également frappé d'une faux. Sentant sa présence, le cheval se mit à frapper du sabot. Perceval avisa le fer, lisse comme un miroir. Une idée germa confusément dans son esprit.

Soudain, le cavalier qui faisait face à Mordred chargea. Le choc des sabots retentit dans la clairière, couvrant peu à peu le crépitement des flammes. La lance du cavalier noir se rapprochait à toute vitesse du chevalier du roi Arthur.

— L'épée ! Jetez-la sous les sabots, pour l'amour de Dieu ! hurla Perceval.

Mordred hésita, puis, lança l'arme au ras du sol. La lame virevolta, et vint se ficher sur la trajectoire du cheval. Lancée au galop, la monture aveugle ne put éviter l'obstacle, le fer de ses sabots glissa sur le métal. Déséquilibré, le cavalier roula à terre, brisant sa lance dans sa chute. Mordred se précipita pour récupérer son épée sous le cheval et se rua sur son adversaire. Le chevalier noir se remettait à peine quand il reçut le premier coup d'estoc en pleine face. Sous le choc, son armure plia, enfonçant le métal dans sa poitrine. Il retomba à terre, les côtes brisées, le souffle coupé, puis tenta de se relever. Mais le second coup de Mordred fut le plus terrible. Il frappa à toute volée le chevalier noir à l'épaule, défonça l'armure, déchiquetant le bras, avant de taillader net le reste du corps.

Fasciné, Perceval regardait l'adversaire de Mordred s'écrouler dans un flot de sang. Malgré sa répugnance, le fils de la veuve récupéra l'épée que le cavalier noir avait abandonnée. Il en essuya le pommeau gluant dans l'herbe. Le neveu du roi nettoyait lui aussi sa lame souillée. Maintenant, tous deux avaient une arme. D'un même mouvement, ils se tournèrent vers la lisière de la forêt. Des arbres rougeoyaient encore, mais l'incendie perdait de sa vigueur. La chaleur diminuait. Brocéliande ne finirait pas en cendres.

Le dernier cavalier était resté immobile. Il avait lâché sa lance et jeté sa boule de feu qui achevait de se consumer dans l'herbe. Lentement, il dégaina son épée.

— S'il charge, ordonna Mordred, frappez à la jambe ! Je m'occupe du reste.

Perceval leva sa lame. Il comprit que son épée n'était pas assez lourde pour frapper et trancher la cuirasse. Il lui faudrait viser un point faible. Pas facile d'atteindre une zone vulnérable sur un cavalier lancé au galop. À moins que… Il se précipita. Dans son dos, Perceval entendit les appels de Mordred, mais il ne ralentit pas. Au contraire, il fonça, la pointe de son épée dressée contre son adversaire. À son tour, le chevalier noir s'élança mais il n'avait plus assez de distance pour prendre son élan et atteindre le galop. Mordred se mit à courir, lui aussi, sans rien comprendre à la tactique de son compagnon. Les sabots du cheval frappaient le sol au même rythme que le sang battait aux oreilles de Perceval. L'impact était proche. Il plongea la pointe de sa lame à la jonction de l'armure, juste à l'angle du genou. La jambe s'ouvrit en deux dans un bruit sec. Malgré la course du cheval, Perceval eut le temps d'apercevoir les os à nu et les muscles mutilés. Le cavalier noir bascula sur le côté.

Il ne roula pas au sol.

Il n'eut pas le temps.

L'épée de Mordred l'atteignit violemment au cou, dévastant tout sur son passage. La tête du cavalier vola dans les airs. Sous le choc, le corps reprit sa place sur la monture. Et ce fut un cadavre décapité qui continua sa course, les mains toujours agrippées aux rênes.

— Il est reparti en Enfer ! s'écria Mordred.

— Que le diable rôtisse ses restes ! renchérit Perceval.

Alors qu'il revenait au centre de la clairière, un coup de vent balaya les derniers vestiges de l'incendie comme si l'on soufflait sur une bougie vacillante.

— C'est étrange, j'ai déjà fait des cauchemars avec

un chevalier noir. Il m'attaquait sans que je puisse me défendre. J'étais terrorisé. Et là... Nous les avons occis.

— Alors, plus jamais vous ne ferez ce mauvais songe. Il est plus facile de tuer un démon que vaincre sa peur du démon.

Perceval contempla les troncs noircis, l'herbe couverte de cendres, les dernières braises mourantes... Qu'était donc le Graal pour que sa Quête soit si ardue ? Qui en défendait l'accès ? Maintenant qu'ils avaient triomphé de l'épreuve du feu, dans la violence et le sang, quels périls les attendaient encore ? *Trois épreuves*, avait dit Mordred. Quelle était la dernière ?

Si c'était la dernière...

— Perceval !

Le fils de la veuve se retourna. La Dame blanche leur faisait de nouveau face, elle tenait un miroir à la main.

Un miroir comme jamais ils n'en avaient vu. Il avait la couleur de la lune les nuits d'été et la forme galbée d'un sein de femme.

— Je suis ce qui précède et ce qui vient.

Mordred laissa choir son épée ruisselante de sang. Fasciné, il s'émerveillait de cette beauté.

— Je suis ce qui sauve et ce qui perd.

— Belle dame, s'écria le neveu du roi en tombant à genoux, donnez-moi le salut !

Le miroir changea de teinte et prit la couleur de la brume.

— Je suis le Midi et le Minuit.

Dans la brume, apparut un paysage de désolation. Champs dévastés, rivières souillées, forêts décimées.

— Le royaume d'Arthur est gangrené. Les Hautes Terres ne sont plus que malheurs et pestilence.

Le fils de la veuve dressa la tête, le regard brillant.

— Jamais nous ne laisserons le royaume devenir une *terre gaste*, répliqua-t-il.

— Alors si vous ne voulez pas que le Mal se répande...

Mordred et Perceval écoutaient, frémissants.

— ... triomphez de la dernière épreuve.

VII

*On ne combat pas le mal
avec ses propres armes*

Ce fut Perceval qui, tiré du sommeil par la rosée, se réveilla le premier. Il s'était endormi au pied d'un chêne, entre les racines noueuses qui serpentaient au sol avant de s'enfoncer dans les profondeurs. Comme il étirait ses membres fourbus par la bataille de la veille, un détail attira son attention. Dans l'air, il n'y avait plus cette odeur de cendre, si obsédante, dont ses vêtements étaient encore imprégnés. Il examina les alentours. La brume venait de se lever. Il n'en restait plus qu'un léger tapis flottant au-dessus du sol telle une cape oubliée. Une cape trouée çà et là par des couleurs éclatantes et inattendues. Perceval se pencha. Là où, la veille, l'herbe carbonisée fumait encore, s'étendait à présent un frais gazon parsemé de fleurs. Violettes aux couleurs d'orage, muguet aux reflets d'ivoire... la clairière ressemblait à un vert paradis. Il tourna le regard. Les arbres avaient retrouvé leur feuillage qui bruissait doucement sous la brise.

— Par tous les noms de Dieu ! s'exclama le fils de la veuve. Il y a là prodige et mystère. Je ne sais si c'est œuvre de Dieu ou du Malin, mais...

Au-dessus de lui, un rossignol entamait sa complainte. La mélodie, douce et triste, résonna dans la forêt comme un appel vers le passé. Instinctivement, Perceval pensa à sa mère. Depuis combien d'années n'était-il pas retourné en Cornouailles ? Le rossignol continuait sa mélopée sans réponse. Perceval se remémora le manoir sombre et moussu, où sa mère se tenait près de la cheminée, filant de ses mains fines la laine épaisse. Combien de fois, au pied de l'âtre, ne l'avait-il entendue chanter d'antiques romances. Le chevalier sentit son cœur se dilater comme un vase trop plein, prêt à déborder. La voix de Mordred le ramena à la réalité.

— Parbleu, la Dame blanche nous a enlevés pendant la nuit pour nous mettre en Paradis !

— Non, beau sire, répondit Perceval, nous sommes au même endroit, mais la clairière est enchantée, elle s'est transformée en jardin.

Incrédule, Mordred inspectait l'écorce des arbres, cherchant des traces de l'incendie. Il se dirigea vers l'endroit où étaient tombés les chevaliers noirs, mais toute trace des combats avait disparu. Au contraire, des oiseaux gazouillaient joyeusement dans la ramure comme si le printemps venait de naître ce matin.

— C'est miracle ou sortilège ! s'écria Mordred.

— Ou rêve ou cauchemar, renchérit Perceval. Je me demande si les épreuves que nous traversons sont bien réelles, qui sait si nous ne sommes pas le jouet de visions ?

— Semblables à celles que les démons infligent aux saints ?

— Tout juste. Regardez-nous, nous n'avons aucune blessure visible, ni sensible, alors qu'hier nous avons puissamment guerroyé...

— Si la Dame blanche est capable de transformer un lieu de désolation en un lieu de délices, elle peut aussi restaurer les corps..., allégua Mordred. D'ailleurs ne l'avez-vous pas trouvée plus belle encore, hier soir ?

Perceval ouvrit grand les yeux. Mordred était surprenant. Il avait risqué sa vie dans des combats furieux, la veille, et...

— Surtout ses yeux, ce vert si limpide...

— Beau compagnon, ne put s'empêcher de l'interrompre Perceval, l'incendie s'était éteint et il faisait profonde nuit quand elle est apparue, comment avez-vous pu voir ses yeux ?

À son tour, Mordred s'étonna.

— Allons donc, vous ne les avez pas vus ? Ils brillaient telle une pierre précieuse !

Le fils de la veuve interrogea sa mémoire. Non. Ce dont il se souvenait bien, en revanche, c'est le ton avec lequel elle leur avait ordonné de traverser la forêt pour atteindre le *château périlleux*. Un ton qui ne souffrait aucune contradiction.

— Pardonnez-moi si je suis moins sensible à ses yeux qu'à ses impérieuses paroles.

— Je n'y ai entendu que son souhait ardent de nous voir arriver au plus vite en son château.

— Je ne sais si je suis pressé d'atteindre un castel que l'on nomme *périlleux*. Surtout en empruntant un *chemin aventureux*, selon elle. Je crains que d'autres malheurs nous y attendent.

— Vous voilà bien chagrin, ce matin. N'avons-nous pas franchi victorieusement les premières épreuves ? Profitons plutôt de ce ciel d'azur et de ce soleil d'or pour nous mettre en route. Je suis pressé d'arriver.

Incrédule, Perceval secoua la tête. Devant eux, la lisière de la forêt paraissait impénétrable, défendue par une haute enceinte de taillis touffus.

— Je ne vois pas comment...

À peine eut-il prononcé ces mots qu'une allée s'ouvrit à l'un des angles de la clairière, semblant se perdre à l'infini.

— La Dame blanche vous a entendu, s'émerveilla Mordred. Voici le chemin !

— Pas si vite ! Regardez derrière vous.

À l'angle opposé, une autre allée venait de s'ouvrir, semblable à la première.

— Nous voilà face à deux chemins, maintenant, commenta le fils de la veuve.

Mordred semblait décontenancé. Il n'eut pas le temps de réagir qu'une troisième allée apparut, suivie d'une quatrième. Toutes identiques. Désormais, à chaque angle de la clairière s'ouvrait une voie.

— Le *chemin aventureux* mérite bien son nom, fit remarquer Perceval. Nous voici devant quatre routes possibles. Quelle est celle qui nous conduira au *château périlleux* ?

— Le diable s'en est mêlé, qui veut nous perdre, j'en suis certain !

Perceval ramassa une lance, récupérée du combat de la veille. Il l'examina avec soin. Le bois d'une lance ne devait être ni trop rigide, au risque de se briser, ni trop souple, pour ne pas perdre en précision. Un délicat équilibre. À l'instar du caractère des hommes.

— On ne combat pas le mal avec ses propres armes. Laissons-lui l'obscurité de la colère, les ténèbres de l'injustice, la nuit sans espoir ; la lumière est ailleurs. En nous.

Mordred regarda son compagnon avec étonnement. Il ne parvenait pas à faire coïncider les étranges paroles que Perceval prononçait parfois avec son visage encore adolescent comme si le fils de la veuve trouvait l'eau vive de sa pensée dans un puits de sagesse plus ancien et plus profond que lui.

— Parfois, quand vous parlez..., commença Mordred.

Perceval l'interrompit d'un geste. Une nuée de papillons avait fait son apparition et tournoyait au centre de la clairière. Jamais les deux chevaliers n'en avaient vu de pareils. Les couleurs de leurs ailes paraissaient sur le point de s'embraser tant elles étaient intenses, comme si elles sortaient de la forge de la création.

— Par le Très-Haut, avez-vous vu déjà telle merveille ? On dirait un arc-en-ciel prêt à se poser sur terre ! s'extasia le fils de la veuve.

Mordred hocha la tête.

— On dit que quand une noble âme meurt, Dieu crée un papillon pour la mener au paradis.

Admirant un papillon aux ailes bleu nuit, Perceval songea à son père tôt disparu. Peut-être était-ce l'un de ces papillons qui l'avait accompagné auprès de Dieu ?

— On raconte aussi que, quand ils reviennent sur terre, leur couleur symbolise le défunt dont ils ont convoyé l'âme, ajouta le neveu du roi.

Maintenant, la nuée voletait autour de leurs têtes, les nimbant d'une auréole multicolore.

— Et si un papillon trouve porte close au paradis, il abandonne l'âme au Très-Bas... Mais, alors, ses ailes sont marquées de taches sombres.

Perceval leva les yeux. Chaque papillon avait sa propre couleur unie et éclatante. Et si c'était là des ancêtres venus les guider sur le chemin du destin ?

Brusquement, les papillons cessèrent de tourbillonner pour se ranger les uns derrière les autres avant de quitter la clairière.

— Suivons-les.

Mordred s'élança. Lui aussi ressentait le magnétisme de cette nuée arc-en-ciel. Celle-ci se dirigea d'abord vers l'allée qui s'ouvrait au Septentrion. Les papillons voltigèrent un instant à l'entrée du chemin, tentant peut-être d'en percevoir les effluves secrets, puis bifurquèrent vers l'Occident. Le fils de la veuve les rejoignit. L'essaim se tenait en ligne mais, par instants, virait vers la gauche comme poussé par un souffle invisible.

— Si ces papillons sont capables de trouver la porte du paradis, ils sauront trouver le *chemin aventureux*, s'exclama Mordred.

Perceval sourit. Pour l'enfant de Cornouailles, où chaque arbre a une âme et chaque pierre sa légende, le merveilleux était aussi quotidien que la rosée du matin. Toutefois, il avait appris à se méfier de ses propres impulsions. L'intelligence du cœur n'est pas innée. À chaque intuition, il fallait une pierre d'angle.

— Mon beau compagnon, je suis le premier à croire aux signes, mais il y a ceux qui nous guident et ceux qui nous égarent. Demeurons l'esprit vigilant.

La nuée de papillons s'envola et rebroussa aussitôt chemin. Les papillons semblaient désorientés. Certains rasaient le sol, d'autres volaient à l'envers. Avaient-ils senti, à l'orée du précédent chemin, un influx mauvais ?

— Si nous les croyons, il ne reste plus que deux voies, celle du Midi et...

Mais déjà le nuage s'était reformé et volait en arabesque vers l'angle du Levant. Les deux chevaliers les suivirent. Essoufflé, Mordred marchait d'un pas plus lent. Il avait sorti son épée et en vérifiait le tranchant. Sous la lumière bleue du matin, la lame brillait comme la foudre.

— Une belle arme que vous avez là, commenta Perceval. Elle vous vient de votre famille ?

— On le dit, répondit sobrement son compagnon, en la remettant aussitôt dans son fourreau.

Perceval n'insista pas. Malgré son étonnement, il respectait le silence de Mordred. C'était en effet une tradition entre chevaliers de parler de sa famille, d'évoquer sa lignée, de révéler l'ancienneté, d'en célébrer les hauts faits. Surtout pour celui qui portait le titre éclatant de neveu du roi ! Que Perceval, qui était issu de petit lignage où la pauvreté le disputait à l'obscurité, restât discret pouvait fort bien se comprendre. Mais Mordred était de sang royal, alors pourquoi tant de mystère ?

— Voyez les papillons ! s'écria ce dernier.

Cette fois, ils n'étaient plus en ligne, ni en nuée. Ils s'étaient posés sur un tronc qu'ils enserraient d'une chaîne de couleur.

— Vous croyez qu'ils nous indiquent la bonne direction ? s'enquit Perceval.

Intrigué, Mordred se dirigea vers eux. Aucun des papillons ne battait des ailes. Ils paraissaient endormis sous la protection de l'arbre. Les deux chevaliers les contemplèrent avec tendresse. Comment tant de beauté pouvait être concentrée dans des êtres si minuscules, si faibles ?

À moins que la beauté ne soit partout, mais que notre regard, lui, ne sache pas la voir ?

Perceval sentit fugitivement son cœur s'ouvrir à une sensation inconnue et indescriptible. La voix de Mordred le ramena sur terre :

— Ils recommencent à bouger.

En effet, certains papillons battaient à nouveau des ailes tentant de se regrouper et de chercher une nouvelle place pour former un motif flottant comme celui que dessine une ombre mouvante sur le sol.

— On dirait qu'ils cherchent à composer une figure.

— Une lettre, précisa Perceval. Regardez bien.

Le neveu du roi se déplaça sur le côté pour mieux voir.

— On dirait un E.

Mais déjà certains papillons migraient vers le bas et une nouvelle lettre se formait.

— Maintenant, ça ressemble à un C.

Le mouvement sur le tronc continuait. Cette fois, plus lentement. Le haut de la lettre, légèrement courbée vers l'intérieur, semblait fixé. Plus bas, les derniers papillons se déplaçaient pour prendre position. Perceval n'osait bouger craignant de perturber la mise en place.

— C'est la lettre G ! annonça Mordred.

Soudain, les papillons s'envolèrent dans un froissement de couleur et s'éparpillèrent dans le chemin.

— L'initiale du Graal !

Un large sourire éclaira le visage de Mordred. Ils étaient sur la bonne voie. Il saisit son épée et enlaça l'épaule de son compagnon.

— À nous, le *chemin aventureux* !

VIII

*Le passé est parfois un voile
entre nous et notre destin*

Le soleil était au zénith et une douce chaleur se répandait entre les feuillages. Les deux chevaliers marchaient côte à côte sur le chemin couvert d'herbe rase. Par endroits, surgissait l'angle érodé d'une dalle ancienne – sans doute le vestige d'une ancienne route. Ce détail intrigua Perceval.

— Avez-vous remarqué ces dalles qui surgissent par endroits ?

— Si fait, car j'en ai déjà vu ailleurs dans le royaume. On prétend qu'elles ont été taillées par des géants.

— Des géants ? s'étonna le fils de la veuve. Croyez-vous qu'ils existent encore, comme les fées ou les démons ?

— Que nenni, ils ont tous été vaincus par les ancêtres du roi Arthur qui en ont débarrassé la surface de la terre. Grâces leur soient rendues, c'étaient là forts et braves chevaliers !

Perceval ralentit le pas. Ils avaient encore de longues heures de marche avant la tombée de la nuit.

— En Cornouailles, on dit que le roi Arthur est né à Tintagel, la puissante forteresse qui défie les vagues de l'océan, est-ce vrai ?

— Sans doute, car la mère du roi Arthur avait sa cour en ce château. C'est d'ailleurs là que l'a rencontrée le noble roi Uter, le père de notre souverain.

Un sanglier traversa d'un bond le chemin, ne laissant dans son sillage qu'une odeur de cuir mouillé. C'était le premier animal qu'ils croisaient.

— Saviez-vous que le roi Uter était féru de l'art des signes ? Je suis certain que ce sanglier qui vient de s'enfuir est un présage.

— Ma mère m'a souvent parlé du roi Uter, mais elle ne m'a jamais précisé qu'il était magicien.

À ces mots, Mordred se rembrunit.

— Ne prononcez pas de telles paroles ! Vous allez réveiller les démons enfouis sous terre. La magie est chose impie et maudite !

— Mais alors, le roi Uter ?

— L'art des signes n'a rien à voir avec la magie. C'est une haute science : là où les hommes aveuglés par eux-mêmes ne voient que passer le hasard, celui qui connaît l'alphabet du destin peut lire dans le grand livre de la vie.

Décidément, Mordred était surprenant. Son caractère était pareil à un paysage qui se dévoilait progressivement : peu à peu surgissaient des parcelles inattendues. Pour autant, Perceval ne comprenait guère le sens exact des dernières paroles de son compagnon.

— Est-ce à dire que l'on peut connaître l'avenir ?

— On peut en deviner le sens comme pour le vent.

Et une fois la direction connue, on peut gonfler les voiles de son destin. Croyez-moi, Perceval, l'important n'est pas de connaître son avenir, l'important c'est d'y participer en pleine confiance. N'est-ce pas ce que vous avez fait quand vous avez rencontré ce vieil ermite ? Ne l'avez-vous pas écouté ? N'êtes-vous pas allé à Camelot ?

Perceval acquiesça.

— Vous avez sans doute raison, je me demande juste si, aujourd'hui, je réagirais ainsi. Les épreuves que nous venons de traverser m'ont visiblement durci le cœur.

— Le passé est parfois un voile entre nous et notre destin.

— Vous avez sans doute raison. Mais, dites-moi, la science des signes, le roi Uter la possédait-il par héritage de sang, ou était-ce un don de Dieu ?

— Ni l'un ni l'autre. C'est Merlin, le grand enchanteur, qui la lui a enseignée.

Le fils de la veuve ouvrit grand ses yeux clairs.

— Merlin ? Qui est-ce ?

Mordred s'arrêta, prit Perceval par le bras et le conduisit dans l'ombre d'un arbre.

— Surtout, ne prononcez pas ce nom plus de deux fois, je vous en conjure.

— Mais pourquoi ?

— Parce que je risque, moi aussi, de le prononcer. Je vais vous confier un secret : ceux qui sont de sang royal ont un pouvoir inconnu du commun des mortels.

— Mais que vient y faire Merlin...

— Justement, nous avons le pouvoir de l'invoquer si nous répétons trois fois son nom.

Perceval se tut. Décidément, le mystère les environnait. Mais ce n'était pas le même selon que l'on était fils de nobliau ou de lignée royale.

— Sire Mordred, pardonnez ma curiosité, mais j'ai ouï dire que le roi Uter avait terminé tragiquement son règne.

— Malheureusement, cela est vrai. Il est mort traîtreusement, mis à mort par des rebelles en forêt. Que leurs âmes viles soient maudites à jamais !

— Toutefois, ne trouvez-vous pas cette fin étrange pour un homme capable d'interpréter les signes du destin ?

Mordred eut un sourire imprévu. Indubitablement, ce jeune Gallois avait de la ressource, se dit-il. Il était bien plus malin que ses questions, parfois naïves, le laissaient pressentir.

— Parfois, les hommes perdent la mesure de leur don. Ils ne veulent plus voir que les signes favorables et ignorent les autres.

— Comme si la puissance les rendait borgnes ?

— Tout juste : ils ne voient plus que d'un côté. C'est ainsi qu'Uter a couru à sa perte. Mais ne remuons pas les ombres du passé. Les morts, eux aussi, ont droit au silence. Avez-vous remarqué dans quel sens le sanglier a traversé notre route ?

— Je n'ai pas fait attention.

— De gauche à droite. Ce qui est bon signe. Savez-vous qu'en latin gauche se dit *sinister* ?

— Comme sinistre ?

— Exactement, dans la science des signes visibles, tout ce qui va vers la gauche est mauvais présage.

Perceval se retint de hausser les épaules. Croire aux lutins, aux revenants, voilà qui était dans l'ordre des choses, mais prévoir l'avenir selon la direction d'un animal, franchement...

— Sans compter que le sanglier est un animal subtil et valeureux. Il est celui qui défie le mieux le chasseur. Cela est aussi un bon signe.

Le fils de la veuve baissa les yeux pour que son compagnon ne le voie pas sourire. Le sanglier, ce cochon des bois, qui se vautre dans la boue et se bâfre de glands, un animal courageux et habile ? Perceval les avait trop chassés en forêt de Cornouailles pour leur prêter pareilles qualités. C'était là rêverie de chevalier de cour. Un instant, il se demanda si ces beaux chevaliers, aux armures rutilantes et à l'imagination exaltée, ne passaient pas plus de temps en beaux discours qu'à chercher le Graal.

Le son d'une trompe retentit au bout du chemin. L'air joyeux, Mordred accéléra le pas.

— Nous voilà arrivés au bout du chemin. On sonne la trompe pour annoncer notre arrivée.

— Mais je ne vois ni hautes murailles, ni tours crénelées, ni...

— Regardez, le chemin monte. Le château doit se trouver juste derrière. Voilà pourquoi nous ne l'apercevons pas.

De nouveau la trompe résonna, son timbre était aussi long et puissant que le brame d'un cerf.

— Que vous semble-t-il de cet accueil ? Je suis certain que la Dame blanche a préparé noble festin et lits profonds.

— Je vous rappelle que nous allons au *château périlleux*.

Mordred se prit à rire.

— S'il est aussi *périlleux* que le chemin est *aventureux*, nous n'avons pas grand-chose à craindre !

La trompe retentit encore, tout près cette fois. Ils arrivaient en haut de la côte. Mordred s'impatientait, sa hâte était grande de revoir la Dame blanche. Il s'élança quand un sanglier coupa brusquement sa route, manquant de le renverser. Perceval se précipita, sa lance à la main. La bête noire avait déjà disparu sur la gauche du chemin. « Mauvais signe », faillit dire le fils de la veuve, mais il n'en eut pas le temps. Devant eux, le chemin venait de disparaître.

Plus d'arbre, ni d'herbe. À la place, un nuage noir, bas et étouffant, qui montait du sol dans une odeur d'entrailles.

— Par le nom de Dieu, Perceval, vous sentez cette pestilence ?

Le fils de la veuve ne répondit pas. Il observait le nuage ramper au sol tel un serpent sorti des enfers. Il sortait, en volutes serrées, d'un trou qui s'élargissait à la taille d'un gouffre. Devant eux s'ouvrait un abîme vertigineux.

— Jamais nous ne passerons ! s'écria Mordred, désemparé.

Cependant, le flot de brouillard acide baissait en intensité. Désormais, les deux chevaliers pouvaient distinguer les parois d'un précipice, lisses et profondes, sans aucune prise. Un puits sans fond.

— Le *château périlleux* est de l'autre côté, il nous faut à tout prix trouver un passage, annonça Perceval. Vous qui croyez aux signes, de quel côté devons-nous aller ? Sur la gauche ou la droite ?

— De quel côté venait le son de la trompe ? dit Mordred.

— De notre droite.

— Alors c'est par là que nous devons nous diriger.

Ils se mirent aussitôt en chemin. Du gouffre montaient des ondes de chaleur très vite remplacées par des bouffées glacées. La sueur gelait sur leur front, comme s'ils longeaient l'un de ces fleuves sans retour qui bordent l'Enfer. À nouveau encore, la trompe retentit. Elle était toute proche ; derrière un bosquet de chênes étrangement verts.

Un homme d'armes en surgit. Il tenait une lance où flottait une oriflamme. Il leva la main droite en signe d'arrêt.

— Nobles seigneurs, d'où venez-vous ?

— De la forêt de Brocéliande.

— Nobles seigneurs, où allez-vous ?

— Au *château périlleux*.

— Nobles seigneurs, que demandez-vous ?

Les deux chevaliers hésitèrent. Mordred se souvint d'un livre où une âme en peine se retrouvait dans une même situation face à Charon, le portier des Enfers.

— Le passage, répondit-il.

L'homme d'armes se retourna vers la lisière de chênes et cria :

— Ce sont deux chevaliers qui demandent le passage.

— Ont-ils franchi l'épreuve de l'eau ? dit une voix inconnue.

— Ils l'ont franchie.

— Ont-ils vaincu l'épreuve du feu ?

— Ils l'ont vaincue.

— Qu'ils se préparent alors pour l'épreuve de l'air.

Le soldat retira son casque. Perceval ne put réprimer un cri d'horreur tandis que Mordred, effrayé, reculait. À la place du visage, ils virent la mâchoire pendante et l'orbite creuse d'un crâne décharné. Sans un mot, le squelette désigna les chênes et, plus loin, une tente. Les deux chevaliers s'approchèrent. Sur une table, s'étalaient des pièces d'armure : heaumes, gantelets, épaulières, solerets à poulaine... Sur l'autre, attendaient des armes : épées à deux mains, fléau d'armes, masse à ailettes... Mordred se saisit d'une hache à double tranchant tandis que Perceval nouait une cuirasse autour de son torse.

— Avez-vous vu son oriflamme ? demanda le fils de la veuve. On y distingue une épée rouge plantée sur un pont à trois arches.

— Sans doute les armes du chevalier qui défend le passage.

Perceval secoua négativement la tête tout en laçant ses jambières.

— L'épée signifie qu'il nous faudra combattre pour traverser, quant au rouge... Choisissez bien vos armes.

— Êtes-vous prêts ? demanda l'homme d'armes en remettant son casque.

Mordred se contenta d'opiner. Il avait du mal à converser avec une créature d'outre-tombe.

— Passez le bosquet de chênes. Le Maître vous attend.

— Le Maître ? interrogea Perceval.

Le valet eut un ricanement macabre.

— *Celui qui existe et qui n'existe pas.*

— Un peu de thé ?

Antoine leva brusquement la tête. Un serveur, la théière à la main, proposait de lui servir une nouvelle tasse. Marcas esquissa un geste de dénégation en même temps qu'il posait la main sur le manuscrit. Face à lui, le professeur regardait alentour d'un air détaché. Antoine savait qu'il n'en était rien. Turpin devait épier la moindre de ses réactions depuis qu'il avait commencé à lire. Le serveur s'éloigna. Le salon de thé bourdonnait comme un rucher ; Antoine n'y avait pas prêté attention tellement il était absorbé par sa lecture. Pour éviter le regard discrètement inquisiteur de Turpin, il fixa la théière. Un papillon peint, les ailes déployées, voletait sur la porcelaine. Les papillons ! Cette scène, dans la clairière enchantée, l'avait vraiment touché. Tout comme la lettre G composée sur le tronc de l'arbre. Certes, il s'agissait de l'initiale du Graal, mais pour Antoine il s'agissait d'abord de la lettre symbolique que tout franc-maçon découvrait dans son chemin initiatique. Cependant, autre chose le troublait : la symétrie entre le duo composé de Perceval et de Mordred et celui, fatal, qu'il avait formé avec Stanton. Au fur et à mesure de sa lecture, ce rapprochement devenait plus frappant, avec une question en prime : qui correspondait à Mordred et qui incarnait Perceval ? Cette idée le taraudait d'autant qu'entre les deux se glissait la figure de la Dame blanche qu'Antoine ne pouvait s'empêcher d'associer à Anna. Il repensa à la dernière phrase du chapitre : *Il existe et Il n'existe pas*. Ces mots, qui ponctuaient tout le récit de Chrétien de Troyes, tournoyaient dans son esprit. Comme les papillons. Par moments, il lui semblait qu'ils faisaient sens, qu'ils étaient la clé de son aventure. Oui ou non, avait-il vécu cette quête avec Stanton ? Oui ou non, avait-il trouvé le Graal ? Oui ou non, son fils était-il mort, un jour, sur une île perdue de Bretagne ?

Il leva les yeux et croisa le regard ambigu de Turpin. Antoine le savait : s'il voulait trouver une preuve, avoir une certitude, il lui fallait continuer sa lecture.

IX

*Si notre désir est pur,
le Graal en révèle la forme*

La troisième épreuve était proche. Après l'eau, le feu, ils devaient subir celle de l'air. Ils laissèrent derrière eux ce soldat lugubre aux orbites creuses et à la voix de malheur. Perceval entendait encore son ricanement de squelette quand il avait prononcé l'énigme qui hantait cette quête :

Celui qui existe et qui n'existe pas.

Pourquoi cette phrase le frappait autant ? Était-elle vérité ou illusion ? Étoile à suivre ou chemin à éviter ? Le fils de la veuve serra dans sa main l'arme qu'il s'était choisie : un fléau lesté d'une boule de fer hérissée de pointes qui brillaient au soleil couchant. Il n'avait jamais manié pareille arme, mais il en connaissait les effets ravageurs. À sa ceinture, il portait également une dague longue et effilée – il saurait où la planter.

Le bosquet qu'ils devaient traverser ne comportait que quelques chênes verts surplombant le vide. Une fois celui-ci franchi, les chevaliers purent apprécier la largeur du précipice. L'autre bord, dissimulé dans une brume stagnante, demeurait invisible et n'était accessible que par une passerelle en bois qui enjambait les profondeurs – un bien grand mot pour quelques lignes de corde usée où s'accrochait un plancher de bois disjoint et branlant. Quand un coup de vent balayait l'abîme, la passerelle se mettait à grincer et à se balancer comme un bateau démâté dans l'orage.

— Qui va là ?

L'interrogation fusa au-dessus du bois vermoulu et des cordages.

Mordred et Perceval s'approchèrent. Au milieu de la passerelle, se tenait un chevalier revêtu d'une armure rouge. Son casque, surmonté de deux ailes droites, luisait comme la rosée.

— Deux chevaliers qui demandent le passage.

Un long éclat de rire se répercuta en écho.

— Misérables vermisseaux, le fond de ce précipice est couvert d'ossements moisis de chevaliers ! Fuyez ! Et plus vite que des chiens errants, si vous tenez à votre pitoyable existence.

— Et toi, qui es-tu pour nous menacer ? rétorqua le fils de la veuve.

— Je suis ta mort.

Mordred se pencha vers son compagnon d'armes.

— La passerelle est trop étroite pour que nous le combattions ensemble. Je vais le défier en premier.

— Si nous tirions plutôt au sort, suggéra Perceval.

— Il n'en est pas question. Je suis le neveu du roi. C'est à moi de prendre le plus grand risque.

Il saisit son épée, glissa sa hache dans sa bandoulière et s'engagea sur la passerelle. Ses premiers pas furent hésitants. Les cordes de bordage oscillaient, les lattes de bois gémissaient sous son poids. Du fond du précipice, les brusques coups de vent le déséquilibraient. Il finit par s'arrimer à une corde moins élimée que d'autres. La passerelle tanguait toujours, Mordred s'efforçait de trouver son point d'équilibre. Il en avait un besoin vital, sinon son combat était perdu d'avance. Pour se battre, il devait faire corps avec la passerelle, bouger à son rythme, s'approprier son mouvement aléatoire afin de se rendre lui aussi imprévisible.

Au milieu de ce pont instable, le chevalier rouge demeurait impavide. Il tenait son épée, pointe au sol, ses deux mains gantées de métal posées sur le pommeau. Demeuré sur le bord, Perceval l'observait avec attention et se demandait ce qui se cachait sous cette armure. Était-ce un vivant ou un revenant comme le soldat aux orbites creuses ? Étrangement, sans pouvoir se l'expliquer, le fils de la veuve éprouvait moins de crainte à affronter un fantôme qu'un chevalier aguerri. Voilà pourquoi il scrutait chacun des mouvements de l'adversaire en quête d'un indice de vie... ou de mort.

Déjà Mordred se déplaçait plus rapidement. Son épée tenue à l'horizontale devant sa poitrine pour parer à toute éventualité, il n'était plus loin du centre de la passerelle. Lui aussi observait le chevalier rouge qui n'avait toujours pas bougé.

Sans doute attend-il que je sois à portée de lame, songea Mordred en faisant glisser le manche de sa hache à proximité de sa main.

Plus que quelques pas le séparaient de son adversaire. Soudain, le bois, sous ses pieds, commença à vibrer. Le chevalier rouge venait de se mettre en branle. Il avançait à pas raides et courts.

Le poids de l'armure le ralentit, estima le neveu du roi, *si je me montre plus vif...* D'un geste rapide, Mordred saisit les deux cordes latérales et, se penchant d'un côté puis de l'autre, tenta de faire tanguer davantage la passerelle. Sa tactique eut l'effet escompté, son adversaire s'immobilisa, cherchant à son tour à retrouver son équilibre. En même temps qu'il faisait se balancer le pont de bois, Mordred progressait plus rapidement. Il fit glisser sa bandoulière et prit fermement sa hache dans sa main droite. De l'autre main, il tenait son épée. Désormais, il pouvait frapper : son adversaire ne saurait d'où viendrait le coup. D'ailleurs ce dernier demeurait immobile. Mordred bondit comme un lion en chasse. À trois pas, il fit tournoyer sa hache, à deux, il leva son épée...

Le choc fut si violent que, sur l'autre bord, Perceval ferma instinctivement les yeux. Quand il les rouvrit, Mordred était à terre, le manche de sa hache brisé, son épée avait disparu. *Elle a dû chuter dans le précipice,* pensa le fils de la veuve en se précipitant vers son compagnon. Entre-temps, le chevalier rouge avait attrapé Mordred et l'avait basculé derrière son épaule. Tandis que Perceval avançait sur la passerelle, il remarqua que, malgré la violence des coups, l'armure du chevalier était intacte. Pas même une éraflure. Le fils de la veuve ralentit. Ce n'était ni avec son fléau d'armes ni avec sa dague qu'il terrasserait son ennemi.

La force de l'un est d'abord la faiblesse de l'autre, songea-t-il, *à moi de changer la donne.* Mordred avait roulé derrière le chevalier rouge. Il semblait inconscient. Perceval glissa son fléau à la ceinture, puis saisit sa dague pour en vérifier le tranchant. Le fil de la lame était aussi affûté que son esprit. Il s'assit, ôta son casque et le posa devant sa main droite. Cette manœuvre imprévue décontenança son adversaire qui fit un pas, puis recula comme s'il flairait un piège. Perceval comptait sur cette hésitation pour avoir le temps de couper les cordes de la passerelle.

— Alors, chevalier à la triste figure, on ne se rue pas à l'attaque, on craint de se battre contre un *misérable vermisseau* ?

Malgré la provocation, le chevalier rouge ne répliqua pas – il n'était pourtant qu'à quelques pas. Il avait repris sa position immobile, les deux mains posées sur son épée.

Sa main dissimulée derrière le casque, Perceval tailladait discrètement les cordages qui soutenaient le plancher au-dessus du vide. Tout en travaillant, il gardait le chevalier rouge à l'œil, à l'affût d'une attaque qui pouvait survenir à n'importe quel moment.

Une corde céda enfin sur la droite. Le Gallois en attaqua une autre. Mordred était toujours inerte. Était-il mort ou seulement évanoui ? La seconde corde se rompit. Il en restait deux. Perceval avait décidé de les entailler en profondeur, sans toutefois les trancher définitivement. En face, le chevalier ne faisait pas un geste. Environné de brume, il ressemblait à une statue à la dérive.

Alors qu'il attaquait la dernière corde, le fils de la veuve fut frappé par l'absurde de la situation. Depuis son départ de Camelot, il se battait sans comprendre, emporté dans une quête qui le dépassait. Somme toute, il n'était guère différent de son adversaire ; tous deux étaient les jouets d'un destin invisible. Un instant, il se demanda pourquoi il continuait. Il serait si simple de revenir sur ses pas et d'oublier cette aventure. Mais un corps gisait sur la passerelle, une vie existait peut-être encore...

Perceval remonta sa dague et la glissa dans la manche de son pourpoint. Lentement, il se releva et vérifia du pied les lattes dont il venait d'entailler les cordes. Si Dieu le voulait, son plan pouvait réussir. Il recula. Deux, trois, quatre pas... son adversaire ne réagissait pas... Cinq, six pas... il sortit son fléau d'armes dont il fit tourner la boule... Sept... il s'élança.

Face à l'imminence de l'assaut, le chevalier rouge se mit en mouvement, en brandissant son épée. Ils n'étaient qu'à quelques pas l'un de l'autre quand Perceval lança la boule de son fléau dans les cordages où elle s'enroula. Agrippé au manche, il sauta par-dessus bord juste au moment où l'épée du chevalier allait s'abattre sur lui. Suspendu dans le vide, il entendit les lattes céder dans un craquement sinistre. D'un coup d'épaule, il franchit à nouveau le cordage et se précipita vers Mordred. Son visage était en sang, ses habits en lambeaux, mais il respirait encore.

Adossé à un arbre, Mordred reprenait ses esprits. D'un regard inquiet, il interrogea Perceval.

— Des bosses, des plaies, mais pour le reste vous semblez intact, le rassura le Gallois.

— Et le chevalier rouge ?

Le fils de la veuve désigna l'abîme.

— Il est retourné d'où il venait.

— Trois épreuves... Nous avons franchi les trois épreuves !

Malgré ses blessures, Mordred paraissait brusquement exalté. Ses yeux brillaient d'excitation.

— C'est miracle ! Jamais aucun chevalier de la Table ronde n'y est parvenu, reprit-il d'un ton impérieux.

La nature humaine est vraiment étrange, songea Perceval. Une idée seule suffit à faire oublier à un homme tous ses tourments passés et à venir.

— Jamais aucun chevalier de la Table ronde n'en est revenu, vous voulez dire ?

— Que vous voilà chagrin, Perceval, alors que vous vous êtes couvert de gloire ! N'avez-vous pas vaincu le chevalier rouge ? Bientôt, la Table ronde sonnera de vos hauts faits, je vous le promets !

— Pardonnez mon esprit agité, noble sire, mais je ne puis m'empêcher de m'inquiéter de ce qui nous attend.

— Ce qui nous attend, c'est le *château périlleux*. Et j'ai hâte de me mettre en route.

Perceval se releva. À quelques lieues à peine, il apercevait un vaste promontoire rocheux sur lequel se dressait la silhouette élancée de la forteresse. S'ils partaient maintenant, ils pourraient y arriver avant la nuit.

— Vous vous sentez de marcher ?

— Je ne suis que bosselure et meurtrissure, mais Dieu me donnera le courage. Et puis, j'ai grand désir de revoir la Dame blanche.

Non sans difficultés, Mordred parvint à se remettre debout. Un cri de douleur lui échappa alors qu'il tentait de prendre son épée.

— Prions le Tout-Puissant que nous n'ayons pas encore à combattre, car mon épaule me lance horriblement.

De sa main valide, Mordred coupa une branche pour

s'en faire un bâton de marche. Il eut un sourire amer en voyant les habits en lambeaux de son compagnon.

— Quels beaux chevaliers nous faisons ! Vous semblez un gueux et moi un infirme. Les gens vont nous jeter l'obole sur le chemin, c'est certain.

Perceval glissa sa dague à sa ceinture et la dissimula sous les haillons de son pourpoint. C'était la seule arme qui leur restait.

— Rappelez-vous la parole de Dieu, Mordred : *C'est aux petits que le paradis est promis.*

Le chemin serpentait au milieu d'un paysage verdoyant bien différent du royaume d'Arthur. Des champs couleur d'or où le vent courbait les épis lourds de grains. Des clairières où bruissaient des sources fraîches tandis que des rivières à l'eau claire reflétaient le vol bleuté des libellules...

— Par la grâce de Dieu, nous sommes entrés en terre d'abondance, s'émerveilla le fils de la veuve.

Mordred, qui gardait les yeux fixés sur le *château périlleux* dont on distinguait la pointe cuivrée des tours, approuva :

— Nous sommes dans le royaume du Graal, là où tout n'est que vérité. J'en suis certain. Regardez autour de nous, on dirait la vallée du paradis.

Perceval contempla le vol d'un épervier qui s'ébattait dans le ciel comme dans une onde désaltérante. Au sol, des musaraignes au pelage gris et au nez rose se roulaient dans une herbe de printemps. Perceval osa évoquer le sujet qui lui brûlait la bouche depuis le départ.

— Sire Mordred, pardonnez ma question, preuve d'ignorance, mais qu'est-ce que le Graal ?

Malgré son désir d'arriver promptement, le neveu du roi ralentit son pas.

— Nul ne l'a vu, à part Merlin. Il n'en a parlé que par images. Selon lui, le Graal est source de toute-puissance et de toute vie. Il est la rivière invisible qui coule en ce monde et lui donne salut. Il est la sève, il est le vent, il est le sang, il est le souffle. Il est tout ce qu'on ne voit pas comme tout ce qui se voit.

— *Il est celui qui existe et qui n'existe pas.*

— Mais alors comment le trouver ?

— À la Table ronde, l'on dit que si notre désir est pur, le Graal en révèle la forme.

— Par tous les saints du Paradis, voilà bien des mystères !

Devant eux, se dressait la barre rocheuse d'où s'élevaient les tours du *château périlleux*. Un sentier taillé dans la pierre montait jusqu'aux murailles rougies par le couchant.

— Je n'en sais pas plus, répondit Mordred, si ce n'est cette énigme qui est inscrite au centre de la Table ronde : « *Tu ne me chercherais pas si tu ne m'avais pas déjà trouvé.* »

À chaque tournant, ils découvraient un nouvel aspect du château. Jamais Perceval n'avait vu si imposante et si parfaite forteresse, même Mordred paraissait impressionné.

— Camelot n'est qu'un tas de pierres comparé au *château périlleux*.

Maintenant que le soleil se perdait dans le couchant, les hauts remparts se nimbaient d'une brume diaphane, presque bleutée. Les tours élevées accrochaient les nuages indécis à leurs faîtes dorés. Les toitures parsemées de clochetons ouvragés avaient l'aspect d'une ville oubliée entre ciel et terre, comme celles dont parlent les prophètes. Le paradis, peut-être, n'était pas un jardin comme on le croyait, mais une cité parfaite où tout n'était que beauté et harmonie.

— Par Dieu, nous approchons du saint Graal, j'en suis sûr ! s'exclama le neveu du roi. Hâtons le pas.

Perceval ne se fit pas prier. Les souffrances endurées s'étaient envolées. Il se sentait les épaules légères et le pas ailé. Les blessures de Mordred ne saignaient plus. Les épreuves les avaient purifiés.

Le sentier, désormais pavé, menait droit au porche d'entrée surmonté de deux colombes en pierre étincelante. La première était parée d'une auréole, l'autre déployait ses ailes protectrices. Chacune portait en son bec un rameau verdoyant.

— On croirait qu'elles sont sur le point de s'envoler, s'étonna Perceval.

À ces mots, l'un des rameaux tomba sur le sol. Mordred le saisit. Les feuilles étaient petites, ovales et d'un vert tendre.

— Que vous semble-t-il de ce signe ?

Lorsque le fils de la veuve prit à son tour le rameau dans ses mains, des fleurs blanches s'épanouirent à la place des feuilles. Une odeur de cire embauma l'air comme dans une église.

— Quel est ce prodige ?

Pour toute réponse, la lourde porte qui commandait l'entrée du château s'ouvrit. La Dame blanche apparut.

— Avez-vous franchi l'épreuve de l'eau ? articulèrent les lèvres de nacre.

— Oui, répondirent à l'unisson les deux chevaliers.

— Alors vous ne craignez plus la mort des hommes. Avez-vous subi l'épreuve du feu ?
— Oui.
— Alors, les ténèbres ne peuvent plus rien contre vous. Avez-vous triomphé de l'épreuve de l'air ?
— Oui.
— Alors, vous êtes prêts à pénétrer dans le *château périlleux*.

Elle s'écarta pour leur laisser le passage. Alors qu'il la frôlait, Mordred sentit un parfum comme il n'en avait jamais humé. Un instant, sa tête lui tourna. La senteur verte de l'herbe coupée au printemps, la fragrance enivrante des feuilles d'automne, le parfum de la paille les soirs d'été... Il rouvrit les yeux alors que Perceval le retenait par le bras.

— Que vous arrive-t-il, Mordred, vous chancelez !
— Cette femme... je la veux !
— Vous êtes fou ! Nous ne savons si elle est fée ou humaine, ange ou démon, peut-être n'est-elle qu'un succube comme dans les cauchemars ?

Mordred s'arrêta, stupéfait.

— Il me la faut ! Vous ne voyez pas ? Vous ne comprenez pas ?
— Que je sois maudit si...
— Le Graal, c'est *elle !*

Le fils de la veuve n'eut pas le temps de réagir, la Dame blanche était revenue auprès d'eux.

— Le *château périlleux* est votre dernière épreuve, annonça-t-elle.
— Mais nous venons de les passer...
— ... et la plus dangereuse.
— Pourquoi ?

Pour la première fois, la Dame blanche leur adressa un sourire.
— Parce qu'il n'en restera qu'un !

X

*Les hommes ne sont jamais égaux
devant les tentations*

La nuit était tombée. Dans l'enceinte du château, des torches s'allumaient le long des murs de la cour, révélant les étages, illuminant les fenêtres une à une comme un long serpent de feu montant à l'assaut du ciel. Les toits pointus des tours dansaient dans la nuit, telles des flammes innombrables. Tout le château ressemblait à un brasier. Tant de lumière contrastait avec le silence obscur des lieux, rompu par le seul crépitement des flambeaux. Perceval se demanda si ce n'était pas ça l'enfer : une solitude terrible au milieu d'une lumière impitoyable. Ils avaient fait quelques pas sur le pavé luisant de la cour. Aux quatre coins, s'élevait un escalier au perron majestueux et aux larges marches, qui distribuait les étages. Ils n'avaient rien à voir avec les escaliers à vis, raides et étroits, des manoirs de Cornouailles. À la différence du fils de la veuve, Mordred ne s'abîmait pas dans la contemplation des linteaux sculptés ou des colonnettes délicatement ciselées, il cherchait la Dame blanche. *Sa* Dame blanche. Dont les dernières paroles l'avaient troublé.

Il n'en restera qu'un.

Ces mots se répétaient au plus profond de son âme entraînant le balancier de sa conscience. S'il n'y avait qu'un *élu*, ce ne pouvait être que lui. Même si Perceval avait révélé son courage et prouvé sa dignité, Mordred était de sang royal. Sa lignée était prédestinée à la quête du Graal. Dieu en avait décidé ainsi. Pourtant, un autre sentiment, tout aussi aigu, le taraudait. Il ne pouvait envisager être séparé de Perceval. Le jeune Gallois lui avait manifesté une amitié et une fidélité sans faille. Dans l'épreuve de l'eau comme de l'air, il n'avait pas hésité à courir au sacrifice pour le sauver. Son esprit ne cessait de pencher tantôt d'un côté, tantôt de l'autre. Un appel le tira de ses réflexions.

— Beaux chevaliers, il est temps de vous remettre de vos aventures. Venez nous rejoindre afin que nous prenions soin de vous.

Trois jeunes filles venaient de s'accouder au rebord d'une fenêtre. La plus jeune, avenante et fraîche, tortillait du doigt les boucles rebelles de ses cheveux bruns. Sa voisine, à la chevelure d'un blond éclatant, les contemplait d'un air amusé, presque moqueur. Elle caressait un collier de perles autour de son cou de cygne. Perceval sentit son regard se planter en lui telle une écharde. Pour la première fois, il se sentit comme nu. Adam sous le regard d'Ève. La dernière jeune fille, en revanche, ne souriait pas ni n'occupait ses doigts. Son visage d'une pâleur d'aube était encadré d'un lourd diadème de cheveux roux qui étincelaient à la lumière crépitante des torches.

— Beaux sires, nous vous attendons, reprit la plus

jeune, pour vous nous avons dressé la table, parfumé le bain, préparé le lit.

Mordred se tourna vers son compagnon. Tous deux s'examinèrent. Ils ressemblaient à de véritables gueux. Tachés de sueur, souillés de sang, les vêtements en lambeaux, la chair lacérée. D'un coup, une immense fatigue s'empara d'eux. Ils avaient défié les éléments et leur corps réclamait le repos. Pourtant, chacun sentait poindre en lui une sorte de résistance. Même s'il savourait le tendre plaisir de contempler ces visages jeunes et charmants, Mordred n'en oubliait pas pour autant la dame de ses pensées dont le mystère continuait de le hanter. Quant à Perceval, il sentait un courant froid tapi au fond de tant de chaleur humaine. Une méfiance, sans forme ni raison véritable, l'alertait. Néanmoins, tous deux se dirigèrent vers l'escalier, irrésistiblement attirés par les doux minois penchés à la fenêtre.

— Dieu nous a fait grande grâce, Perceval, de nous offrir ce château des merveilles pour asile. J'ai l'impression qu'il y a une éternité que je n'ai vu sourire de jouvencelle.

Le fils de la veuve montait les premières marches.

— Si j'aspire au repos, Mordred, je n'oublie pourtant pas la Quête. Ce lieu me semble un labyrinthe enchanté.

Juste au-dessus d'eux, le rire clair des jeunes filles rebondissait le long des murs. Bientôt elles apparurent sur le premier palier.

— Bienvenue, hauts et beaux seigneurs, les accueillit la blonde au cou de cygne. Voulez-vous vous restaurer en ma compagnie ?

Les chevaliers n'eurent pas le temps de répondre que la brune aux boucles rebelles reprenait :

— Nobles seigneurs, pourquoi ne pas délasser votre corps dans un bain chaud et odorant ?

— Belles dames, répondit Mordred en s'inclinant, vous êtes toutes promesses de bonheur, on ne sait laquelle choisir en vérité.

Le fils de la veuve, lui, observait la jeune fille à la chevelure rousse et au visage d'albâtre. À son tour, elle s'avança.

— Grands et puissants seigneurs, pour vous j'ai préparé une couche profonde, garnie de draps blancs et d'édredons moelleux.

— Ma foi, dit Mordred, je suis incapable de me décider. Si nous laissions Dieu guider la main du hasard ?

— Mais comment ?

— Donnez-moi votre dague.

Perceval la lui tendit. Mordred la posa sur le sol en équilibre sur le pommeau.

— Désirez-vous commencer, mon ami ?

— Cet honneur vous revient.

Le neveu du roi posa son index sur la pointe, et d'un coup fit tournoyer la lame.

— Celle que la dague désignera, je la suivrai.

La lame tourna puis s'arrêta face à la damoiselle brune qui battit des mains.

— Ce bain vous sera un paradis, je vous le promets !

Mordred saisit la dague et la tendit à son compagnon.

— À vous, Perceval.

— Grand merci, mais je préfère choisir.

Le fils de la veuve s'inclina devant la blonde au cou de cygne.

— Belle dame, j'ai grande hâte de me restaurer.

Deux portes s'ouvrirent à chaque extrémité du palier. La première, en ébène, donnait sur une salle d'où s'échappaient chaudes vapeurs et subtils parfums. Mordred tendit la main à sa nouvelle compagne et s'y dirigea.

La seconde porte, en ivoire, ouvrait sur une salle où était dressée une longue table nappée de blanc. Perceval s'inclina et suivit la blonde jouvencelle.

Pour la première fois depuis le début de la Quête, les deux chevaliers se trouvaient séparés.

MORDRED

— Mon nom est Kundy, annonça la jeune fille brune en s'inclinant. Avec mes deux sœurs nous prenons soin des visiteurs du soir.

Mordred s'inclina à son tour avant de rétorquer :
— Dites-moi, belle demoiselle, avez-vous justement beaucoup de visiteurs ?

Kundy soupira.
— Très peu, et nous le regrettons fort.
— Vous souvenez-vous du dernier ?
— Un chevalier, noble sire, il était couvert de blessures, nous en avons pris grand soin.
— Alors, il a dû repartir, plein de force et de courage, pour de nouvelles aventures...

Kundy prit un air étonné.
— Nous ne savons, car nous ne les revoyons jamais.

Mordred choisit de ne rien montrer de sa surprise.

D'un air volontairement admiratif, il contemplait le marbre des murs humides de la vapeur qui montait des bains. La chaleur était intense.

— Pourquoi ne pas vous déshabiller ?

D'une main fraîche, elle commença de dévêtir Mordred de ses haillons. Subitement, il poussa un cri de douleur. Une blessure venait de se rouvrir. Des gouttes de sang s'épanouirent en fleurs sombres sur le sol en mosaïque.

— Pour l'amour de Dieu, il faut vous soigner. Prenez place auprès du bain.

Le neveu du roi se laissa conduire. Était-ce la chaleur, la vapeur ou les deux ? Il souffrait à nouveau des blessures reçues lors des épreuves. Il n'était plus qu'un corps martyrisé.

— Ne bougez plus, murmura la jeune fille, je vais vous passer un onguent. Vous ne ressentirez plus la douleur.

Kundy lui prit le poignet et le massa avec un baume frais et suave.

— À cet endroit, vous avez deux veines à fleur de peau, ainsi la substance pénètre mieux et son effet est plus rapide.

— Quel effet ? balbutia Mordred.

— Vous allez vous oublier. Bientôt vous ne serez plus que vos rêves...

Le neveu du roi voulut se redresser, mais son corps ne lui appartenait déjà plus. Se levant, Kundy ajouta :

— ... ou vos cauchemars.

XI

La lumière du Graal éclipse celle des étoiles

Face à la table où abondaient victuailles et carafes aux reflets sombres, se dressait une haute cheminée illuminée d'un feu de bois. Perceval passa sous le linteau et vint s'asseoir à l'angle de l'âtre. Il tendit les mains vers la chaleur réconfortante. La jouvencelle qui l'avait guidé s'installa à son tour. La cheminée était si haute et profonde que l'on pouvait y prendre place à plusieurs. Le fils de la veuve remarqua qu'il restait encore deux sièges vides, mais il n'osa pas demander pour quoi ou pour qui. À la vérité, il contemplait l'arrière du linteau : on y voyait une rose sculptée qui, selon l'ardeur des flammes, apparaissait fermée ou ouverte.

Il existe et n'existe pas, songea Perceval. De la table montait un fumet de gibier qui lui rappelait qu'il n'avait rien mangé depuis bien longtemps. Pour autant, il resta coi. Son hôtesse, que la chaleur du feu avait visiblement plongée dans une puissante méditation, fixait, hypnotisée, la danse des flammes. Le fils de la veuve dont l'estomac implorait misère tourna les yeux vers la table. Ce n'était que luxe et profusion. Sur la nappe immaculée, trônaient des coupes d'argent débordant de fruits mûrs tandis que sur un plat d'or se dressait un cygne confit.

Seigneur Dieu, ayez pitié de moi, pensa le fils de la veuve, si je continue à ne me nourrir que du regard, je vais tomber en pâmoison. Pourtant, quelque chose l'empêchait de se lever. Sans doute la certitude diffuse, mais grandissante, que tant de magnificence n'était que l'envers d'un décor. Et que, s'il faisait preuve de suffisamment de maîtrise et de patience, le moment viendrait où la vérité du *château périlleux* lui serait dévoilée.

Mordred

Ce fut d'abord le froid. Un froid qui lui saisit les jambes comme un étau. Un froid hideux qui lui gelait le sang, paralysait les muscles, tétanisait la peau. S'il sentait encore son cœur battre au loin, son corps, lui, n'était déjà plus qu'un souvenir. Il n'était plus qu'une âme, une âme sans reflet. Il ne sentait plus rien, ne devinait encore rien, se souvenait à peine. Sa vie, les années passées à la cour du roi Arthur, tout semblait avoir sombré dans un puits de ténèbres. Il était une lande désertée par le vent, il était… Brusquement, il sentit une présence, non pas au-dehors, mais au-dedans de lui. Non une sensation, mais une image, un cortège d'images qui paraissaient monter des profondeurs infernales de la terre. Il voulut fuir, mais il était trop tard. Il était seul face à ses démons.

Perceval

Tandis que Perceval prenait sa faim en patience, un jeune écuyer se profila sur le seuil de la porte. Il tenait une lance blanche par son milieu. Il fit trois pas et pivota vers le fils de la veuve. Jamais le chevalier n'avait vu pareille lance, ni pour la chasse ni pour le combat – le bois était aussi lisse et clair que le verre, quant au fer, il avait l'éclat d'une étoile.

À nouveau l'écuyer avança de deux pas. Un étrange détail attira l'attention de Perceval : une goutte de sang jaillissait de la pointe de l'arme. Le fils de la veuve crut à une vision, mais la goutte vermeille glissait lentement le long du bois vers le poing de l'écuyer. Ce dernier demeurait immobile, les pieds joints, le corps raide comme s'il montait la garde. Fasciné, Perceval contemplait ce phénomène incroyable. Jamais il n'avait vu pareille chose. Pourtant, il continuait de se taire, convaincu que s'il parlait, le charme serait rompu. Quand la goutte de sang atteignit la main de l'écuyer, elle se volatilisa.

Au même moment, la jouvencelle sortit de sa torpeur, se leva et frappa deux coups secs dans les mains. Aussitôt, l'écuyer tourna les talons et quitta la pièce. S'il n'avait pas entendu son pas s'éloigner lentement, Perceval aurait juré avoir rêvé.

Sitôt l'écuyer reparti, la jouvencelle offrit son bras à Perceval et le conduisit auprès de la table. Une fois ce dernier assis, elle regarda en direction de l'entrée. Trois valets venaient de faire leur apparition. Le premier, qui portait un candélabre éclairé d'une unique chandelle, vint le poser à l'angle gauche de la table.

Stupéfait, Perceval admira la richesse du chandelier ciselé d'argent et veiné d'ébène. Le deuxième valet vint déposer un nouveau candélabre face au précédent. Cette fois-ci, la chandelle allumée semblait plus haute et le candélabre resplendissait de vermeil, rehaussé de jaspe. Si Perceval n'entendait rien à ce cérémonial, il n'en observait pas moins avec attention chaque objet, chaque geste. Enfin, le dernier valet s'avança, tenant un candélabre en or pur. C'était le plus finement orné, tout de pierres serti. Il le posa de l'autre côté de la table, formant un triangle de lumière avec les précédents.

Depuis que je suis entré dans le *château périlleux*, se dit le fils de la veuve, je ne vois que secrets et énigmes. Et aucun signe pour me guider... Il n'osait toujours pas parler ni faire un geste. Le mystère l'encerclait.

Le silence régnait dans la salle, à peine troublé par le crépitement du feu dans la cheminée. Par moments, la cire qui coulait le long des chandeliers grésillait en refroidissant sur la nappe. Le temps semblait suspendu. La blonde jouvencelle était à nouveau plongée dans son rêve intérieur. Perceval se sentait aussi tendu qu'une corde prête à vibrer au moindre choc. Rien. Il ne comprenait rien. Ni la lance à la larme de sang, ni les trois chandeliers posés en triangle. Il restait silencieux, sans repère, au milieu de ces symboles dont le sens lui échappait. Il aurait pu parler, mais il craignait qu'une seule parole ne brise l'étrange magie du moment.

Des pas lui firent néanmoins lever la tête. Une jeune fille venait d'entrer, portant dans ses mains un vase d'une si grande clarté que les trois chandelles en perdirent leur éclat, telles les étoiles au lever du jour. La salle s'illumina, Perceval en fut ébloui. La jeune fille marchait à pas lents sur le dallage, les yeux embués de larmes, élevant le calice rayonnant au-dessus de ses cheveux dorés. Elle fit sept pas. Le vase était constellé de pierres précieuses, dont le reflet formait comme un arc-en-ciel autour du calice étincelant. Perceval était subjugué.

MORDRED

Quand le neveu du roi se réveilla, il était toujours étendu sur le sol carrelé. Kundy avait disparu. Mordred plongea ses mains dans l'eau du bain et s'épongea le front. Ses muscles étaient aussi tendus que la corde d'un arc.

La Dame du Lac se rapprocha. Malgré son allure froide et diaphane, elle dégageait une chaleur vibrante qui fit frissonner Mordred des pieds à la tête.

— Croyez-vous que la Quête ne fasse appel qu'à des vertus chevaleresques, tels l'honneur, la force, le courage... ?

— Pour triompher des épreuves, ces qualités sont irremplaçables.

— Et les signes ? Les avez-vous tous bien appréhendés ?

— Ceux qui m'ouvraient le chemin, oui.

— *Votre* chemin, Mordred... Vous rappelez-vous quand d'une de vos larmes, une rose s'est épanouie ? Avez-vous retenu ce signe ?

— C'était sortilège !

— Comme le désir que je vous inspire ?

Mordred fut sur le point de se liquéfier. La Dame du Lac reprit :

— Vous avez si grande idée de votre propre désir que vous avez même pensé que j'étais le Graal.

— Belle dame, pardonnez-moi. Votre beauté m'a ébloui !

— La lumière cache souvent le soleil. L'orgueil de caste, la vanité de la lignée, eux, cachent la vérité.

Piqué au vif, Mordred répliqua :

— Si Dieu nous a faits de sang royal, c'est pour que nous nous en montrions dignes.

— Et qui s'en est montré le plus digne, dans les épreuves ? Le chevalier ou l'apprenti ? Vous ou Perceval ?

Le visage de Mordred s'empourpra, mais il avoua :

— Perceval.

PERCEVAL

Désormais, la salle du repas était vide. Même la jouvencelle, qui avait conduit Perceval, s'était retirée. Dans la cheminée, les tisons devenaient cendres – la pénombre gagnait sur la lumière. Sur la table, les fruits avaient perdu de leur éclat, certains s'étaient ridés, d'autres s'étaient rabougris. Le fils de la veuve grelottait. La nappe lui parut moins blanche, les plats moins brillants. Le monde semblait décoloré. À croire que son regard avait changé. Il secoua la tête. Il avait de plus en plus froid. Quelque chose manquait, qui n'avait pas de nom. Il se dirigea vers la porte. Et s'il avait rêvé ? La violence des épreuves additionnée à la fatigue du périple, la chaleur du feu couplée au fumet des victuailles sur la table... Et si tout cela s'était conjugué dans un incroyable délire : la lance à la pointe de sang, les candélabres étincelants, le vase de lumière... Transi, Perceval remonta un long corridor qui paraissait sans fin. Il s'arrêta devant une fenêtre pour observer la cour intérieure. Tous les flambeaux étaient à présent éteints, l'obscurité l'enveloppait comme un linceul. Il finit par arriver devant une porte entrouverte derrière laquelle tremblotait une faible lumière. Il la poussa. Sur le sol dallé, une bougie solitaire qui se tordait sous le vent indiquait un passage voûté donnant sur l'extérieur. Sur le sol, un simple pourpoint de laine et une épée sans fourreau. Perceval les ramassa à la hâte. Derrière lui, des portes claquaient et se fermaient les unes après les autres. Le froid devenait insupportable. Soit il courait, soit il mourrait. Il tourna la tête une dernière fois. Le château ressemblait à un sépulcre.

Il s'enfuit comme un damné.

MORDRED

Une sourde colère s'emparait de l'esprit de Mordred. Lui revenaient, tels des coups de fouet, ses années d'apprentissage et d'espérance, toutes d'exaltation et d'angoisse mêlées. Il se rappelait les heures amères, quand ses aînés partaient chacun à leur tour, sa secrète jalousie et sa crainte que l'un d'eux ne trouve le Graal avant lui. La colère faisait saillir les veines de son front. Il avait tout sacrifié à la Quête, et maintenant, on lui disait qu'il n'en était pas digne ?

— Ma dame, se reprit Mordred, j'ai profond respect pour vous, mais je ne puis me résoudre à votre verdict.

— Il ne s'agit pas de verdict, mais de destin.

— Le destin est comme un édifice, on le construit de ses propres mains.

— Beaucoup en sont le mortier, bien peu la pierre d'angle.

— Pour être d'angle, la pierre doit être correctement taillée. Perceval n'est même pas chevalier.

— *Qui est chevalier ?* Ne vous ai-je pas posé cette question, lors de l'épreuve de l'eau ? Que m'avez-vous répondu ?

Mordred cilla.

— *Lui*.

— C'est vous qui avez fait de Perceval un chevalier. Vous avez été sa pierre d'angle. Votre destin s'arrête là.

Le neveu du roi se redressa brusquement.

— Jamais.

XII

Le mal est le bâtard de la peur

Une à une, les voix des gardes, se transmettant le mot de passe, retentissaient le long de l'enceinte du château de Camelot. Au-delà des murs, la nuit était lourde et épaisse. Rien ne s'échappait de la campagne environnante. Ni le glapissement des renards en maraude, ni la fumée capricieuse des cheminées. Rien. Rien hormis ce froid humide qui montait à l'assaut des remparts.

Dans la cour intérieure, une poignée d'archers tendaient leurs mains avides vers un maigre feu de broussailles. Dieu fasse que des ennemis n'attaquent pas le château ! Comment bander un arc ou décocher une flèche avec des doigts gourds ? Le donjon, battu par les vents, avait revêtu sa cuirasse de gel. Les stalactites emprisonnaient le nez des gargouilles, les pierres des créneaux se fendaient sous l'haleine glacée de la bise. L'hiver, qui était tombé sur le royaume, semblait ne plus finir.

Dans son lit, le roi Arthur ne dormait pas. À la

vérité, il ne dormait plus depuis longtemps. Les traits de son visage en témoignaient. En quelques mois, les rides s'étaient accentuées au coin de ses yeux, sa barbe s'était tissée de blanc, son regard avait pâli comme le soleil d'hiver. Redoutant les mauvais rêves, il ne cherchait plus le sommeil et ses chevaliers avaient pris l'habitude d'être convoqués au milieu de la nuit au gré de ses insomnies. D'un geste las, il fit tinter la clochette de vermeil posée près du lit. Un valet frappa doucement avant d'ouvrir la porte.

— Dans combien de temps se lève le jour ?

Le valet hésita. La nuit l'emportait sur la lumière depuis des semaines. Dans les campagnes, on murmurait qu'un matin le soleil ne se lèverait plus.

— Au moins cinq heures, sire, avant l'aube.

— Dites à Gauvain et à Galaad de venir.

Le domestique s'inclina et sortit. Une fois seul, Arthur sortit du lit et se rendit dans une petite salle sans fenêtre, contiguë à la chambre. Nul n'y entrait jamais. C'était l'espace privé d'Arthur, là où il cessait d'être roi.

Contre un des murs, s'élevait un miroir devant lequel le monarque se déshabilla. Une fois nu, il fut pris d'un haut-le-cœur. Le mal ne cessait de croître. Sa peau était désormais striée de longues croûtes grisâtres qui le dévoraient quand elles ne se muaient pas en cratères purulents. Le corps du souverain était à l'image de son royaume – ses routes convoyaient la misère et la peur, quant à ses villes, elles étaient devenues des foyers d'infection. Arthur se rhabilla avec soin et revint dans sa chambre. Si ses proches vassaux se doutaient de sa maladie, ils en ignoraient en revanche l'étendue et la gravité. À aucun prix, ce secret ne devait être révélé. Dès qu'il avoue une faiblesse, un roi n'est plus.

— Sire, les chevaliers sont là.

Gauvain entra le premier. Il était en armure, l'épée au flanc. Chargé de la défense du château, il parcourait sans fin escaliers, courtines et chemins de rondes. Depuis que le mal s'était abattu sur le royaume, il fallait sans cesse être aux aguets.

— Comment s'est passée la relève de la garde, Gauvain ?

— J'ai dû doubler les patrouilles. Les hommes ont peur, sire. De la nuit, du froid... et surtout des rumeurs.

Le roi leva la tête. La vérité de sa maladie s'était-elle répandue ?

— Des rumeurs, dites-vous ?

— Après les Hautes Terres, en proie à la famine, aux épidémies, et aux violences, il se dit que les Terres du Milieu vont bientôt être touchées.

Galaad entra à son tour. Plus jeune que Gauvain, son visage précocement grave reflétait l'amertume de sa destinée – il était le seul, dans la Quête, à avoir entrevu le Graal, mais n'avait pu le rapporter à Camelot. Cet échec définitif était le tourment de sa vie.

— Galaad, on me dit que des rumeurs se propagent.

Le jeune chevalier s'inclina. Depuis son retour, le roi l'avait chargé de la surveillance discrète du pays.

— Oui, sire, les marchés comme les foires du royaume bruissent de faux miracles et de vrais sortilèges. On raconte qu'une averse de crapauds a eu lieu à Glastonbury, qu'un chien s'est mis à parler à Winchester...

— Des sornettes pour marmousets !

— Certes, sire, mais le peuple est crédule. Et là où vous ne voyez que contes à dormir debout, lui y voit des signes avant-coureurs : le Mal qui annonce sa venue.

— Le Mal, répéta le roi en réprimant la tentation de gratter un de ses ulcères qui s'enflammaient subitement.

Dans la cour, un chien s'était mis à hurler. Son cri d'effroi fit tressaillir le roi et ses chevaliers.

— Le Mal est le bâtard de la peur, sire. Interrogez les soldats sur le hurlement de ce chien. Aucun ne vous dira qu'il a fait un cauchemar, mais tous penseront qu'il a vu un spectre.

Le silence retomba dans la chambre royale. Au mot de *spectre*, le roi avait frissonné à nouveau. Il vivait au milieu de fantômes – les absents, comme Guenièvre ou Lancelot, les morts comme son père Uter. De quoi hanter bien des cauchemars.

— A-t-on des nouvelles de mon neveu ?

Galaad se rapprocha.

— On l'a vu entrer, avec le jeune Gallois, dans la forêt de Brocéliande, il y a maintenant trois jours pleins. Depuis, nous ne savons rien.

Le roi Arthur regarda en direction de la fenêtre. L'obscurité embuait les vitraux d'une encre sombre et visqueuse. La nuit allait être longue...

Dans la terre gaste

Le *château périlleux* n'était plus qu'un souvenir. Perceval ne s'était même pas retourné. Il avait marché dans le noir, trébuchant sur les cailloux du chemin, heurtant les branches arrachées par le vent. Au bout de quelques heures, ses chausses étaient souillées de boue, son pourpoint en lambeaux. Il avançait à tâtons vers le nord – du moins l'espérait-il. Cette longue traversée de la nuit lui semblait à l'image de sa Quête. Il avait traversé les épreuves sans comprendre, il avait séjourné au *château périlleux* sans parler. Tout le temps, il avait été le jouet des événements, méfiant par moments, trop confiant à d'autres. Nulle part, il n'avait senti l'appel du destin, cette voix intérieure, cette certitude intime, qui nous relève de nos habitudes, nous délivre de nous-même et nous rend à l'avenir. Et puis, il avait perdu Mordred.

Il n'en restera qu'un.

Cet avertissement cinglait ses oreilles comme le vent du nord son visage. *Un.* Oui, mais lequel ? Lui qui errait dans l'obscurité de la lande, ou Mordred qui avait disparu dans le château ? Pour lequel des deux la Quête allait continuer ?

Une aube grise commençait de poindre à travers les arbres sans feuilles. À droite, un vague chemin encaissé entre deux talus révélait des ornières prises par le gel. Une charrette est passée par là, pensa le fils de la veuve. Si je suis ses traces, peut-être tomberai-je sur un village ? Il quitta les bois et s'engagea dans la sente humide.

Tandis qu'il marchait, une idée lui vint. Depuis le début de la Quête, il n'avait eu aucune vision. Lui, que ce don mystérieux frappait parfois comme la foudre, voguait désormais au hasard, sans image pour le guider.

— Seigneur Dieu, s'entendit-il murmurer, Vous m'avez abandonné !

Une odeur âcre de feu le ramena à la réalité. À quelques dizaines de pas, une fumée s'élevait d'un bosquet d'arbres gris. Entre les troncs décharnés, Perceval aperçut deux ombres accroupies. Il se pencha, la main sur le pommeau de son épée, puis se glissa silencieusement entre les taillis. Entre les silhouettes, il remarqua un long panier d'osier recouvert d'une couverture de laine. Leurs provisions, se dit le fils de la veuve. Il s'arrêta en bordure du bosquet. Un âne, attaché à une branche, grattait le sol gelé. Soudain l'une des ombres tendit la main vers le panier d'osier, laissant voir son visage. C'était une femme ; elle regardait autour d'elle, éperdue. La peur se lisait dans ses yeux. Si je bouge, elle risque de tout ameuter, songea Perceval. Cependant, il se leva. Hirsute, en haillons, une épée nue au côté, il avait tout du brigand de grand chemin. La jeune femme ne hurla pas. Comme hypnotisée, elle regarda cet inconnu s'approcher.

— Qui êtes-vous ? demanda Perceval en découvrant, posé au sol, un long bâton recourbé comme ceux des bergers.

À ces mots, la seconde ombre se redressa. Une barbe grise. Il devait être le mari.

— Prenez nos vivres, si vous voulez, mais ne touchez pas...

D'un regard, sa femme le fit taire. Perceval dégagea lentement son épée de la ceinture tout en s'approchant du panier recouvert d'une couverture. Depuis que le Mal frappait le royaume, enchanteurs et sorciers étaient légion. On trouvait des cendres profanées jetées à la croisée des chemins, des ossements suspendus à des arbres morts, des sorts enterrés sous les pas de porte. Cette recrudescence de la magie inquiétait le peuple.

— Ne vous approchez pas du panier...

— Je vous en supplie..., murmura la femme, en dénouant ses cheveux roux.

La lame de Perceval brilla dans la lumière du matin.

— Ne bougez plus.

Le fils de la veuve posa la pointe de son épée sur le cou de la jeune femme. Si elle bougeait, elle mourrait. Il se pencha à nouveau et tira lentement la couverture. Un gémissement se fit entendre. D'un geste sec, Perceval ôta tout le tissu et découvrit un nourrisson qui se mit à pleurer. Le Gallois laissa tomber son épée. La mère se précipita.

— Il est malade, expliqua le père. Nous allons à Glastonbury en pèlerinage.

— De quoi souffre-t-il ?

Comme si cette réponse justifiait tout, le père articula lentement :

— Nous venons des Hautes Terres. Le Mal y est partout.

Perceval avait décidé de les accompagner. Au moins, ils ne feraient pas de mauvaises rencontres. Et puis le mari, qui avait longtemps été un colporteur, connaissait bien les chemins. Avec un peu de chance, Perceval pourrait bientôt rallier Camelot. La pensée de revoir le roi ne cessait de le tourmenter. Il comprenait désormais que le Graal était bien plus que ce qu'en disait sa légende, il était le symbole vivant de l'unité du peuple autour de son roi. Sans le Graal, le Mal, qui avait étendu sa main d'ombre sur les Hautes Terres, plongerait tout le royaume dans les ténèbres. Un pays n'existait pas seulement par ses habitants, mais par les liens vitaux qui les unissaient. Un royaume était comme un corps dont les échanges intimes créent l'esprit qui l'anime. Voilà ce qu'était le Graal – ce qui fonde et vivifie. Et la mission sacrée des chevaliers était de le trouver pour enfin rassembler ce qui était dispersé.

— Que s'est-il vraiment passé dans les Hautes Terres ? demanda Perceval au mari.

L'homme lui fit signe de hâter le pas. Il n'avait pas envie que sa femme entende.

— Le Mal, monseigneur, il dévore les corps et ronge les âmes. Il s'est d'abord niché dans le cœur des hommes. Ils sont devenus durs et injustes les uns envers les autres. Le seigneur n'a plus pensé qu'à son pouvoir, le marchand à son gain, le paysan à ses terres. Chacun est devenu la victime du plus fort et le bourreau du plus faible.

Le fils de la veuve s'assombrit.

— Chacun a connu le goût amer de l'injustice, poursuivait l'homme. Un poison qui détruit toute humanité. Les corps sont devenus des sarments secs et les âmes des charbons ardents.

— Et un vent mauvais a soufflé ?

L'ancien colporteur hocha la tête tristement.

— Les jours de colère, un souffle suffit pour déchaîner l'incendie. Dans mon village, ce fut l'arrivée d'un mendiant. Les laboureurs n'avaient plus de pain depuis des jours quand ce malheureux leur a tendu la main. Ils lui ont fait l'aumône du sang.

Perceval frémit.

— Depuis des jours, ils étaient passés de la faim

à la colère et de la colère à la haine. Alors quand un plus faible leur a demandé du pain, à eux qui n'avaient plus rien...

Le fils de la veuve secoua la tête. Il avait son content de sang.

— À partir de là, chacun a été pris dans les chaînes de l'irrémédiable. Le seigneur a voulu faire prompte justice et a pendu trois laboureurs. Le lendemain, son fils aîné n'est pas revenu d'une partie de chasse. On a retrouvé son corps criblé de flèches dans la forêt. La suite...

— Je ne la devine que trop.

— J'ai fui le village en flammes avec ma femme et mon petit, mais partout où nous allions, c'était le même spectacle de désolation. On tuait à perte de vue. Le voisin que l'on jalousait, le frère que l'on enviait... même les animaux étaient devenus fous. Les chiens se retournaient contre leurs maîtres, les chevaux piétinaient leur cavalier et puis mon fils est tombé malade...

Perceval se retourna pour voir si la femme suivait. Elle tenait son enfant serré contre son sein et marchait comme une somnambule.

— Mais de quoi souffre-t-il ?

— Nul ne le sait. Il ne mange plus, ne dort plus.

— À Glastonbury, vous trouverez un médecin et...

Le père secoua la tête, désespéré.

— Non. Il a vu le Mal et il ne veut plus vivre.

Désormais, le chemin était empierré. Ils avançaient plus vite. De petits groupes de pèlerins se dirigeaient eux aussi vers Glastonbury. La rudesse des temps et des cœurs se lisait sur leurs visages fuyants. Perceval, qui avait pris soin de dissimuler son épée dans un fourreau de bruyère qu'il portait à son épaule, sentait néanmoins la méfiance rôder autour de lui. Sa musculature perceptible sous les haillons, ses mains fines... tout dénonçait le privilégié pour ces paysans faméliques.

— Marchez à côté de ma femme, ils vous prendront pour son frère, lui conseilla son compagnon de route. Sinon ils risquent de vous faire un mauvais sort.

— Mais pourquoi ?

— Les chevaliers ne sont plus en odeur de sainteté dans le royaume. Pendant qu'ils boivent bons vins et dévorent riches victuailles autour de la Table ronde, le peuple, lui, connaît la faim et la peur.

Tout en baissant la voix, Perceval tenta de protester :

— Mais vous savez bien que tous les chevaliers d'Arthur risquent leur vie pour trouver le Graal ?

— Et qu'ont-ils trouvé avec leurs armures d'or et leurs casques d'argent ?

Le fils de la veuve n'osa répondre.

— Mettez ça sur le dos, dit le colporteur en lui jetant une vieille cape mitée.

Une fois celle-ci sur ses épaules, Perceval la macula de la boue du chemin. Avec un peu de chance, on ne le remarquerait plus.

Le petit groupe ralentit le pas. Sur le bord de la route, des soldats contrôlaient les pèlerins. Perceval laissa passer ses compagnons et s'approcha d'un archer.

— Beau sire, suis-je loin de Camelot ?

Le soldat le toisa avec mépris.

— Et que veux-tu donc faire au palais du roi, manant ?

Perceval ne se laissa pas décontenancer.

— Voir ma sœur qui travaille aux cuisines du château. Notre mère est morte et...

L'archer cracha à terre.

— Tous les mêmes, ces miséreux. Toujours à demander. Les bouches inutiles, il y en a déjà bien assez. Retourne chez toi !

Le fils de la veuve n'insista pas et rebroussa chemin. Sur la route, une femme, prise de pitié, l'arrêta.

— Si tu veux aller à Camelot, coupe à droite par les champs. Quand tu verras une chapelle, descends vers la rivière et suis la berge le long du courant. Le château du roi est à une journée de marche.

— Merci, ma bonne dame, répondit Perceval, ému.

Les champs étaient gorgés d'eau. À chaque pas, Perceval s'enfonçait davantage dans la glaise. En peu de temps, il fut couvert de boue. Haletant, il finit par atteindre une parcelle de terre sèche à l'herbe rase. Il s'y arrêta. Apercevant la chapelle sur une maigre colline pelée par le vent, il mit le cap dessus. Ce n'était plus qu'une vieille bâtisse grise dont le toit s'effilochait à chaque tempête. La porte était brisée et le sol recouvert de fumier sec. Une odeur sèche et lourde flottait entre les murs. Seul l'autel tenait encore debout. Une âme pieuse y avait déposé une couronne de jonc et de buis. Si Dieu existait, Il avait abandonné les lieux depuis longtemps. Le fils de la veuve sortit sur le pas de la porte Il avait besoin d'air. Depuis qu'il avait quitté le *château périlleux*, tout n'était que ruines et désolation. Il entendit la rivière gronder en contrebas. Au moins, il pourrait se laver. Sa marche était devenue plus lente comme si un fardeau pesait sur ses épaules. La détresse du royaume faisait ressurgir l'amertume de sa Quête manquée. Car il n'en doutait plus, il avait échoué.

La rivière était plus large qu'il ne l'avait imaginé et de son côté, la berge tombait à pic dans l'eau tourbillonnante. Impossible de descendre vers l'aval. D'un coup, il se sentit désespérément seul, cerné par l'adversité. Il est de ces instants dans la vie d'un homme où le découragement peut briser les cuirasses les mieux forgées. De désespoir, Perceval se laissa tomber à terre. Son cœur débordait d'impuissance. Ses yeux s'embuaient. Une larme coula sur sa joue comme le sang sur la lance qui l'avait laissé sans voix. Là où les mots avaient manqué, les pleurs les remplaçaient. La larme roula doucement jusqu'à son pourpoint souillé. Étrangement, elle restait claire et pure. Fasciné, Perceval la regardait tomber. Quand elle atteignit le sol, ce n'était plus une larme.

C'était une rose.

À cet instant, une voix s'éleva du milieu de la rivière :

— Je suis le passeur.

Perceval se redressa d'un bond. À la proue d'une barque se tenait un homme à barbe blanche. Le fils de la veuve le reconnut aussitôt.

— L'ermite !

La voix lui répondit comme en écho

— Mon nom est Merlin

Merlin ! Ce nom plongea Marcas dans un vortex de souvenirs. Il est des mots qui ont le pouvoir de réveiller en nous des images, des situations oubliées, qui tracent dans notre existence un chemin buissonnier. C'était la voix de sa mère qu'Antoine entendait à nouveau quand, le soir venu, elle lui lisait les aventures fabuleuses du mentor d'Arthur, c'était un amour de jeunesse qui portait le nom de Viviane, c'était les cours de Turpin, sur les bancs de la fac...

— Ta lecture t'éclaire-t-elle, Antoine ?

Marcas esquissa un sourire que trahirent à peine les commissures de ses lèvres.

— Comment avez-vous fait ?

Le professeur lissa sa barbe avant de répondre :

— Fait quoi ?

— Pendant des années, vous avez enseigné une version de Chrétien de Troyes dont vous saviez qu'elle n'était pas la véritable, comment un universitaire peut-il agir ainsi ? Comment un homme de culture peut-il propager un tel mensonge ? Pourquoi ne pas avoir dit la vérité ?

— Qui m'aurait cru ? Mes collègues, mes étudiants ? *Les hommes ont des oreilles pour entendre et ils n'entendent pas.*

Antoine cligna des yeux.

— Vous, citant les Évangiles, c'est une surprise !

— Peut-être ne me connais-tu pas vraiment.

Étonné, Marcas fixa le professeur. Avec son regard aigu, sa barbe presque blanche, son front pâle, Antoine eut l'étrange impression qu'une autre personne affleurait sous le Turpin qu'il connaissait. Il sourit à cette idée plutôt baroque. Décidément, Merlin lui tournait la tête. Mieux valait reprendre la quête de Perceval.

XIII

Le chemin de l'épine conduit à la rose

Malgré la difficulté de la descente, Perceval réussit à atteindre la rive. Il gagna une petite plage de galets où venait d'accoster la barque qui transportait Merlin. Le fils de la veuve ne savait comment l'appeler – *l'ermite* comme la première fois où il l'avait rencontré ? Ou *l'enchanteur* comme le nommait Arthur ? Quand Merlin sauta sur la rive avec l'agilité d'un jeune homme, Perceval s'inclina avec respect. Quand il releva la tête, Merlin le contemplait avec un sourire facétieux. Si tout, dans son apparence, inspirait la confiance, de sa longue barbe immaculée à ses yeux azuréens, quelque chose d'hybride dans son attitude suscitait pourtant le mystère. Perceval n'aurait pas été étonné si un pied fourchu ou une queue tournoyante surgissait subitement du personnage.

— Tu en as fait du chemin, depuis notre première rencontre, fils de la veuve.

— Un chemin parsemé d'épines, noble seigneur.

— Le chemin de l'épine conduit à la rose.

Cette sentence imprévue troubla Perceval. Il baissa la tête et rougit en pensant à ses larmes pendant son périple dans la *terre gaste*.

— J'ai vu beaucoup de malheurs, messire, depuis que vous m'avez jeté dans l'aventure.

— Le malheur n'est qu'une des faces de la vie, la part d'ombre qui prépare à la lumière, et les deux sont toujours indissociables.

— J'ai l'impression de n'avoir vu que l'obscurité.

— Dans l'ordre du monde, il faut traverser une longue nuit pour atteindre l'aube. Pourquoi en serait-il différent pour la vie humaine ?

— Dieu, sans doute, inspire vos paroles, mais moi qui ne suis qu'un chevalier errant sur les routes, quelle est ma part de lumière ?

Merlin se rapprocha. Il tenait à la main un bâton de buis noir autour duquel s'enroulaient deux serpents sculptés, l'un rouge, l'autre blanc.

— Il n'existe que deux groupes d'humains. Ceux qui portent la lumière sans le savoir et ceux qui la manifestent.

— Voilà une bien grande injustice, noble seigneur, pour ceux qui portent tout le fardeau sans en récolter les bienfaits.

— Ne t'ai-je pas dit qu'après l'obscurité viendrait la lumière ? Ceux qui ne sont que les passeurs sans gloire sont justement ceux que Dieu a choisis pour peupler son paradis.

— Et les autres ?

— Pour eux, la responsabilité est immense, car ils ne seront pas jugés sur ce qu'ils sont, mais sur leurs actes.

Le fils de la veuve baissa la tête.

— Alors, messire, l'enfer brûle sous mes pas, car j'ai échoué dans la Quête. Quant à Mordred, je l'ai perdu en chemin.

— Mordred et toi n'êtes qu'une même et seule pièce. Quand elle a fini de rouler, une face est dans la lumière, l'autre dans l'ombre.

— Vous parlez par énigme, je me sens sans esprit comparé à vous.

Le sourire de Merlin se fit plus fin

— À ton avis qui est dans l'ombre ? Toi ou le seigneur Mordred ?

Accablé, Perceval soupira :

— Depuis que j'ai quitté le *château périlleux*, je n'ai connu que tribulations et misères. Mordred, lui, est demeuré, entre les murs sacrés.

— Selon toi, c'est donc lui qui touche au but ?

— C'est lui, si Dieu le veut, qui en est le plus proche. Et puis, il voue une passion véritable à la Dame blanche, elle l'aidera.

— Elle s'appelle Morgane, lui confia Merlin.

Le fils de la veuve fronça les sourcils.

— Peu m'importe son nom, elle n'a été que trouble et danger durant toutes les épreuves.

— À chacun de nous est donnée une mission, en ce monde visible. Nul ne la choisit. Morgane pas plus que moi.

Perceval s'avança vers la barque.

— Désormais, ma mission est de rentrer à Camelot en vaincu et de confesser ma honte au roi. Je n'ai pas trouvé le Graal et le Mal va gagner tout le royaume.

— Le Mal…, répéta Merlin. Sais-tu que certains racontent que je suis le fils d'un démon ?

— Je l'ignorais, noble sire, est-ce vrai ?

— Aussi vrai que tes visions.
Le fils de la veuve recula.
— Comment savez-vous ?
— Je connais ta vie mieux que toi-même.
— Alors, vous n'ignorez pas, répliqua Perceval, que depuis que j'ai quitté la Table ronde, je n'en ai plus.
Le visage de Merlin était redevenu grave. Il leva son bâton aux serpents entrelacés.
— Si tu avais droit à une vision, une seule. Laquelle choisirais-tu ?
En un instant, l'esprit de Perceval fut en ébullition. Il songea à sa mère. Il y avait si longtemps qu'il était parti. Qu'était-elle devenue, seule et sans nouvelle de son fils ? Puis, il pensa au roi Arthur qui, dans son château de Camelot, attendait, l'angoisse au cœur, leur retour de la Quête. Et le Graal ? Où se cachait-il ?
— Ta réponse, Perceval ?
Le fils de la veuve fixa le bâton avant de répondre. Il avait l'impression que les deux serpents prenaient vie.
— Je veux savoir ce qu'il est advenu de Mordred.
Merlin leva son bâton et frappa le sol par trois fois.
— Ô Parques, ô déesses, ô maîtresses du destin, vous qui tissez l'avenir avec les fils du passé, dénouez votre écheveau et montrez-nous la trame échue au seigneur Mordred.
Aussitôt la terre trembla. Perceval vit les serpents jaillir du bâton, enlacer ses chevilles, puis plonger leurs crochets écumant dans le sol.
— Fils de la veuve...
La voix de Merlin retentit comme le tonnerre.
— ... Vois !

Mordred et Morgane étaient face à face. Le neveu du roi fulminait de rage. Il refusait de croire à ce que lui avait affirmé la Dame blanche. Lui, l'ultime chevalier de la Table ronde, exclu de la quête du Graal ? Il ne pouvait le supporter. Et le sang dans ses veines qui remontait au roi Uter ? Et ses années d'attente et de préparation comme chevalier ? Et les épreuves dont il avait triomphé ?

— Où est Perceval ? aboya-t-il.

— Il n'est plus dans le château.

— Vous l'avez envoyé quérir le Graal, c'est ça ?

Tout son désir pour la Dame blanche s'était éteint, consumé par le dépit et l'orgueil blessé.

— Une autre mission l'attend.

À ces mots, la colère de Mordred l'emporta. Tout ce qu'il avait vécu avec Perceval s'envola au vent mauvais de la jalousie.

— Par la mort de Dieu, vous êtes complices, femelle de malheur. Avoue-le !

Le visage diaphane de Morgane prit une teinte d'orage.

— La colère est un feu qui peut se transformer en bûcher.

Le neveu du roi se précipita, la main en avant.

— Tu me menaces, catin du diable ?

— J'espérais que tu serais différent des chevaliers qui t'ont précédé, mais tu es pareil. Impulsif, arrogant...

— Ne parle pas ainsi des élus ! C'est toi, vile séductrice, qui les as égarés, j'en suis certain.

— Leurs vices, seuls, ont suffi à les perdre.

— Tais-toi, engeance de l'enfer ! C'est la femme qui est la perte de l'homme.

En un instant, Morgane disparut définitivement. La colère de Mordred explosa :

— Seul le diable a ce pouvoir d'apparaître et de disparaître à son gré. Tu viens de signer ta mort !

Aussitôt, Mordred se dirigea vers l'escalier, se rua dans la cour d'honneur comme un taureau. Les portes du château étaient ouvertes. Dehors, la nuit commençait à s'éclairer. Un cheval attendait. Le neveu du roi sauta en selle et dégaina son épée.

— Morgane, Perceval, qui m'avez trahi, je le jure devant Dieu, je n'aurai ni trêve ni repos, que je ne me sois vengé !

Perceval rouvrit les yeux, en pleine confusion, comme s'il sortait d'un cauchemar. Il chercha Merlin d'un regard égaré. L'enchanteur était accoudé à la proue de la barque. Autour de son bâton de buis, les serpents avaient retrouvé leur immobilité de statue. Perceval, lui, tentait de recouvrer sa raison. Jamais il n'avait eu pareille vision, si forte, si précise. Il entendait encore frémir la colère de Mordred, la voix profonde de Morgane...

— Le diable s'est emparé de mon esprit, ce n'est pas possible...

— Qu'as-tu vu ? l'interrogea Merlin.

— Rien que je ne puisse croire. J'ai été ensorcelé.

— Qu'as-tu vu ? répéta l'ami du roi.

— Mordred... il est devenu fou...

Merlin fit tourner son bâton pour que le fils de la veuve le voie de face.

— Contemple ces serpents. Ils sont les mêmes et pourtant ils sont différents.

Encore troublé, Perceval acquiesça machinalement.

— L'un est rouge, l'autre est blanc. L'un a son dard sorti, l'autre l'a enfoui et tous deux s'enlacent sans jamais se toucher.

Le fils de la veuve ne réagit pas. Dans sa tête, une phrase résonnait telle une malédiction :... *Je n'aurai ni trêve ni repos, que je ne me sois vengé.* Merlin lui secoua le bras :

— Fixe ces deux serpents. Ils sont à l'image de l'homme : ils ne sont qu'un, mais ils s'ignorent.

Perceval finit par répondre :

— Merlin, je ne comprends rien à vos paroles. Morgane a disparu et Mordred a l'épée de la vengeance à la main.

— Alors, il te faudra l'affronter.

— Mais pourquoi ?

— Ta vision n'est pas terminée. Contemple et connais !

Aussitôt les deux serpents plongèrent dans la terre en frétillant. Perceval vit le monde s'ouvrir en deux comme un arbre fendu par la foudre. En un instant, il plongea dans l'esprit de son ancien ami.

Mordred chevauchait toujours dans la forêt. Les fers de son cheval étincelaient sur les pierres du chemin. Son train d'enfer se répercutait dans la forêt profonde. Il avait pris le premier chemin, à la sortie du château, mais il savait que n'importe lequel le mènerait à Perceval. L'amertume de son cœur ne le trompait pas. Il avait attendu longtemps avant de se lancer dans la Quête, mais désormais il savait pourquoi : le Graal ne pouvait tomber dans des mains qui n'en étaient pas dignes. Il éperonna son cheval qui bondit. Sous sa main fiévreuse, le pommeau de son épée ne cessait de chauffer. Il n'avait plus qu'une idée, qu'une ambition : dégainer sa lame et châtier ce féal, ce traître, ce Perceval qui s'était immiscé dans la bonté du roi. Un imposteur, un aventurier, un vil Gallois. De nouveau, Mordred talonna sa monture. Vite, la vengeance n'attendait pas. Dès lors, il comprenait pourquoi aucun des chevaliers de la Table ronde n'avait trouvé le Graal. Quels aveugles, ils avaient été ! La Quête, les épreuves, Brocéliande, la Dame blanche... Lui seul en saisissait le sens profond. Le Graal se cherchait un gardien. Un chevalier véritable capable de le protéger. Lui ! L'élu !

Mordred se pencha sur l'encolure de son cheval. Plus vite ! Son désir d'accomplir son destin le dévorait. Il sentait dans son cœur cristalliser haine et passion, orgueil et volonté comme une pierre à plusieurs facettes. Il la sentait germer, durcir, grossir. Elle lui donnait force et courage. Et surtout certitude. Il savait ! Bientôt, elle brillerait en lui de tout son éclat. Elle serait le diadème qui couronnerait sa vengeance.

Perceval sortit de sa vision comme si on l'avait frappé au visage. Il recula, vacilla, avant de reconnaître Merlin près de la barque. Elle tanguait légèrement. Le courant s'était intensifié.

— Je vais te révéler un secret. Il n'existe pas un, mais plusieurs Graal.

La nouvelle stupéfia Perceval. Malgré son désarroi, il faillit éclater de rire. *Plusieurs Graal !* Et aucun chevalier n'avait été capable d'en trouver un !

— Et pourquoi serait-ce un chevalier qui le trouverait ?

Le fils de la veuve était tellement abasourdi qu'il

ne releva même pas que Merlin lisait dans ses pensées. Cette Quête l'emmenait de détresse en surprise.

— Je ne sais plus que dire, ni que penser.

— Connais-tu l'origine du Mal ?

Désorienté, Perceval secoua la tête. Le Mal était partout désormais.

— Au commencement, ton Dieu créa le monde par amour, pour que les hommes et les femmes puissent avoir connaissance de Sa plénitude. Comme ils étaient de chair et que leurs yeux ne pouvaient directement voir Sa *Sainte* Face, Il créa aussi des êtres intermédiaires pour les guider vers la Lumière.

— Des demi-dieux ?

— Ils ont porté tant de noms au fil des siècles, dit Merlin, mais sache qu'ils n'en ont qu'un. On les appelle les anges.

— Comme ceux que l'on voit dans les églises, vêtus de blanc portant des ailes d'or ?

Merlin acquiesça.

— Derrière les images, il faut voir les symboles. Les anges devaient purifier les hommes et les élever jusqu'à la vision de ton Dieu. Mais, les anges, eux aussi, ont leur part d'ombre sous leurs ailes. L'un d'eux n'a pas supporté de voir les hommes monter si haut. Sa jalousie l'a précipité des cimes du ciel jusqu'aux ténèbres de l'enfer, mais son âme rôde parmi les hommes. Et, depuis, il est devenu leur colère, leur vanité, leur envie...

— Vous voulez dire que les hommes ne sont pas responsables de leurs méfaits ?

— Ce que je veux dire, jeune Gallois, c'est que l'homme est incomplet, qu'en lui, toujours, se creuse l'appel d'un manque que ni la gloire, ni la fortune, ni la jeunesse, ni le pouvoir ne peuvent combler – ce que peu d'hommes savent –, alors l'ange déchu en profite pour les posséder.

— Pour l'amour de Dieu, est-ce pour cela que Mordred veut me tuer ?

L'enchanteur prit une voix plus grave :

— Le neveu du roi, lui, s'est consacré à la Quête. Mais dorénavant, le désir aveugle son jugement et la jalousie ravage son cœur. Les ténèbres ont envahi la demeure de son esprit.

XIV

*L'amour fait chanter le sang
jusqu'aux étoiles*

Le chemin qui menait à Glastonbury longeait de profonds marais dont le regard ne parvenait pas à mesurer la sombre étendue. Si l'œil était désorienté par ce manque d'horizon, l'oreille, elle, était troublée par le bruissement incessant des joncs qui semblait se perdre à l'infini. Chaque sens était frappé par la démesure de la nature environnante. L'homme se sentait alors diminué, amoindri, ramené à une sensation qui lui était inconnue. Il n'était plus le centre de son univers, mais un errant que menaçaient des forces plus intenses et anciennes que lui.

Chaque pèlerin qui suivait la route des marais faisait cette expérience. Elle faisait partie du voyage initiatique qui menait jusqu'à la colline sacrée. Perceval, lui-même, n'échappait pas à la règle. Depuis qu'il longeait les marécages, il avait l'impression d'être retourné de l'intérieur. Comme si une pioche invisible creusait le terreau de ses pensées. Tout ce qu'il avait pris pour de la terre ferme s'effritait, tout devenait indécis, fuyant, liquide. Quand il jetait un coup d'œil furtif aux marais, il avait l'impression de regarder dans le miroir de son esprit. Tout se mêlait dans la confusion et le doute.

Devant lui marchait un tailleur de pierre dont les outils dépassaient de sa besace. Sans doute allait-il travailler à la tour de Glastonbury qui venait de s'effondrer. Tous les pèlerins en parlaient. La terre, disait-on, avait tremblé, jetant à bas murs et toitures. C'était un signe de la Colère. Un signe de plus, après la famine et les épidémies qui, désormais, gagnaient le sud du royaume. Les pèlerins plus âgés avaient, quant à eux, une autre interprétation. Ils disaient à voix basse qu'un dragon dormait, depuis des siècles, sous le royaume d'Arthur et que, depuis peu, il rêvait de son retour. Et quand son corps d'écailles frissonnait, la terre tremblait de peur. À chacun de ces récits, le tailleur de pierre hochait la tête avec ardeur. Cette exaltation surprit Perceval, il interrogea l'homme de métier :

— Tu crois vraiment qu'un dragon se cache sous terre ?

— Que oui, mon beau seigneur, la terre entière est parcourue de forces invisibles. Elles sont comme les sources. Durant des années, elles courent sous le sol, et puis un jour elles jaillissent à la lumière.

Devant l'air incrédule du fils de la veuve, il précisa :

— À Glastonbury, ce n'est pas pour rien qu'une tour a été construite sur la colline. C'est pour empêcher le souffle du dragon de remonter sur terre.

— Le souffle du dragon…, répéta Perceval, encore troublé par sa rencontre avec Merlin.

— C'est pour cela que les moines de l'abbaye m'ont mandé. Je vais maçonner le haut de la tour d'un chaînage de pierre et le dragon pourra toujours rêver..

Perceval ralentit le pas. Il avait toujours été fasciné par ces hommes qui, à partir de la roche brute, bâtissaient temples et châteaux. D'une pierre d'angle, ils élevaient un donjon, d'une pierre taillée, ils grimpaient jusqu'au ciel. Tout leur travail, si précis, si réfléchi, lui paraissait tout le contraire de la Quête dans laquelle il était engagé. Le maçon, au matin, retrouvait ses pierres alignées, son mur monté, son œuvre prête à affronter l'avenir. Le chevalier, lui, n'avait pour pierre à tailler que des signes mouvants et pour mortier le seul vent du destin

Une à une, il s'efforçait de remettre en ordre les révélations de Merlin. Comme un ouvrier sur un chantier, il tentait de les classer et de les appareiller. En vain, tout lui roulait entre les mains. Mordred, hanté par l'esprit de vengeance, Morgane, dont l'ambiguïté le troublait, et le Graal… Les Graal… Parfois, il lui semblait sentir la pierre maudite pousser, telle une mauvaise graine, dans le cœur de son ami. Une pierre bosselée, irrégulière, tranchante.

Tout le contraire de la pierre juste et parfaite du maçon.

Peu à peu, des champs d'herbe sèche et jaune remplaçaient les marais. Des masures sombres, aux toitures de joncs séchés, se tassaient sous un maigre bosquet. Parfois, en sortait un enfant, en guenilles, qui fixait les pèlerins d'un œil éteint. Tout autour de la colline de Glastonbury, les moines avaient fait drainer les marais et installé des paysans qui s'échinaient la houe à la main. Pourtant, la richesse de l'abbaye ne provenait pas de ses terres arides. Si, de tout le royaume, l'on venait en pèlerinage à Glastonbury, c'était pour vénérer la dernière demeure du roi Uter, le père d'Arthur. Car, depuis sa mort, sa tombe était prodigue en miracles. Femmes en mal d'enfant, adolescents atteints du haut mal[1], fous et incurables, tous se précipitaient à Glastonbury où fleurissaient prodiges et merveilles.

Alors que les pèlerins entonnaient des cantiques, un groupe de flagellants fit son apparition. Précédés d'un moine émacié qui portait une croix, ils offraient leur poitrine découverte à la morsure du vent tandis que leurs épaules rougissaient des coups de fouet qu'ils s'infligeaient. Certains n'étaient plus qu'une plaie vive et titubaient, ivres de leur propre sang. Perceval détourna les yeux. Tant de souffrance volontaire déshonorait le Dieu même qu'ils prétendaient servir.

Le fils de la veuve leva la tête. La colline de Glastonbury s'élevait devant lui. Bientôt, les pèlerins se précipiteraient vers le tombeau d'Uter et, des heures durant, ils attendraient, dans le froid et la nuit, l'instant crucial où, d'une main tremblante, ils toucheraient la dalle sacrée, dans l'espoir d'un miracle.

Perceval, lui, espérait un signe.

Les ruelles de la ville d'en bas étaient encombrées de badauds qui contemplaient, émerveillés, les étals des marchands. Les échoppes bariolées regorgeaient de biens lointains qu'aucun pèlerin ne pourrait jamais

---

1. L'épilepsie.

s'offrir. Ils pouvaient cependant sentir l'encens du royaume de Kash ou respirer le parfum mystérieux des épices d'Orient. Ces marchandises précieuses, acheminées à grand prix, étaient réservées à la caste des hauts seigneurs qui avançaient, dans la rue, précédés d'une nuée de valets. Ces grands féodaux ne venaient pas pour un miracle, ils n'en avaient nul besoin, ils l'avaient reçu de naissance. Dans cette parade insolente, Perceval reconnut les épouses de certains des chevaliers de la Table ronde. Si leurs maris avaient échoué à sauver le royaume, elles riaient aux éclats en maniant cuir d'Ibérie et soieries flamboyantes. Tout autour, le peuple contemplait ce spectacle d'un œil hagard, trop écrasé de misère pour prendre conscience du scandale de cette injustice.

Soudain, un cri jaillit de la troupe des nantis :

— Ma bourse, on a volé ma bourse !

Aussitôt, Perceval vit un marmouset au visage couvert de suie s'élancer, pieds nus, dans les ruelles. Sans réfléchir, le fils de la veuve s'élança à sa poursuite. À quelques pas en avant, il voyait la tignasse rousse de l'enfant d'où dégringolaient fétus de paille et bribes de toile d'araignée. Il avait dû dormir dans une grange. En quelques enjambées, Perceval aurait pu le rattraper, mais, comme pour le gibier de la forêt, il préférait le suivre à distance pour savoir où se trouvait son terrier. Brusquement, l'enfant vira à droite, sauta une palissade affaissée et disparut entre les arbres d'un verger.

À son tour, Perceval pénétra dans le domaine. Tout était silencieux. Entre les troncs, se devinait une façade. Comme il se rapprochait, le fils de la veuve comprit que ce qu'il avait pris pour des fenêtres closes n'était en fait que des trous béants dans le mur. L'édifice menaçait de ruine même si les lourdes ardoises de sa toiture, effondrées par endroits, semblaient encore résister aux assauts du temps. Une entrée, à la porte tombée au sol, ouvrait sur un escalier aux marches usées. Tandis qu'il montait le premier degré, un vol de corneilles s'envola par une meurtrière éventrée. L'enfant avait disparu. Perceval tendit l'oreille mais n'entendit que le vent qui gémissait une mauvaise plainte sous les combles. Encore quelques pas et il arriva sur un palier aux dalles branlantes. Sur sa droite, un passage donnait sur une grande salle qui se perdait dans l'obscurité. Tous les murs étaient peints en rouge dont la couleur s'éclairait à mesure qu'il se rapprochait d'une cheminée monumentale, tapie au fond de la pièce comme un animal endormi.

Le linteau était sculpté d'une muraille ponctuée de tours. Le fils de la veuve reconnut aussitôt le *château périlleux*. Il y avait sept tours, chacune percée de trois fenêtres postées en triangle. Toutes les fenêtres étaient vides. Sauf une.

Le bras nu posé sur la bordure, une jeune femme regardait au loin comme si elle attendait quelqu'un.

Perceval s'approcha.

Et aussitôt, il *la* reconnut.

La Dame blanche.

Morgane.

Il allait se retourner, mais le linteau de la cheminée était en train de se métamorphoser. À la place du château, désormais se dressait un large blason. Perceval fit un pas pour en examiner les détails. Dans l'âtre, un feu venait de s'allumer. Deux bûches, une blanche et une rouge, brûlaient ensemble. Étrangement, plus rien ne le surprenait. Il était entré dans l'univers des signes.

Le côté droit du blason se dévoila en premier. On y voyait un chevalier portant une épée de la main gauche. Sa main droite, elle, reposait sous sa poitrine. De l'autre côté, une femme nue venait de faire son apparition, ses longs cheveux ondulaient sur sa poitrine. Ce qui étonna le plus le fils de la veuve était la position de ses bras, noués au-dessus de son visage.

Seule la partie haute du blason demeurait encore invisible.

Un rire éclata derrière lui. Perceval se retourna brusquement. Le marmouset qu'il avait pris en chasse dans le marché se tenait devant lui. Son visage avait changé. Le fils de la veuve n'aurait su dire s'il était garçon ou fille. Tantôt ses sourcils s'effilaient, tantôt ses lèvres s'affirmaient. Subitement, du creux de ses paumes surgirent une rose éclose et une branche d'acacia.

En un instant, à la manière des deux serpents de Merlin, la rose et l'acacia s'enlacèrent et une lueur vive vint frapper directement le haut du blason.

Devant le regard stupéfait de Perceval, un vase en relief apparut, débordant de lumière.

Le Graal !

La brillance était telle que le fils de la veuve dut fermer les yeux. Le calice irradiait comme un soleil en fusion. Quand il les rouvrit, la vision s'était évanouie. La grande salle était retombée dans la pénombre. Plus de blason ni de sculpture sur le linteau. Juste des cendres dans l'âtre de la cheminée.

Seul l'enfant était là.

— Fils de la veuve, as-tu compris ton destin ?

Perceval ne répondit pas. Il sentait son cœur battre à tout rompre, ses jambes se dérobaient sous lui. Il avait vu la véritable lumière.

— Dieu a donné le monde à l'homme pour qu'il achève la création, mais seul, il ne le peut.

— Le Graal le peut ?

— Oui, mais le voir ne suffit pas, il faut le faire advenir. Rien ne se fait sans l'homme...

Malgré son émoi, Perceval retint son souffle.

— ... et la femme.

D'un coup, le chevalier revit le blason. *Ses* mains fines nouées au-dessus de son visage, *sa* chevelure ruisselant sur sa poitrine...

— Morgane !

Un sourire, pareil à une aube d'été, illumina la face de l'enfant.

— Il est temps pour vous de célébrer les noces du ciel et de la terre.

Mais déjà Perceval ne l'écoutait plus. En son cœur, il sentait monter une vague profonde, venue du premier matin du monde, douce et chaude, qui le submergeait tout entier.

Il savait.

Il savait le chemin et la parole. Le chemin perdu et la parole oubliée. Le sentier enfoui sous les ronces, la parole que l'amour avait désertée.

Il savait où aller.

Quand il fit le premier pas, il se sentit étrangement léger, comme si l'on avait ôté un fardeau invisible de ses épaules. En quelques enjambées, il fut sur le palier. À une fenêtre, un rossignol se mit à chanter. À chaque nouvelle marche, son chant devenait plus fort, ses notes plus aiguës. Quand Perceval atteignit le dernier étage, l'oiseau se tut. Une porte était à demi ouverte. Une lumière suave, dorée comme le miel s'en échappait.

Il entra.

Un lit trônait au milieu de la salle. Sous le drap écru, se tenait une forme allongée. Perceval tendit la main. Le drap se replia de lui-même, dévoilant un corps nu. Un souffle léger faisait se soulever la douce colline des seins tandis que dans le vallon ombreux se dessinait la source de tout avenir.

Il n'y eut pas de parole.

En un instant, les deux corps ne firent plus qu'une âme. Celle du début du monde, celle qui planait sur les eaux primordiales, faisant surgir la terre ferme, la sève des arbres, la vie sans fin.

Ce n'était plus ni Morgane ni Perceval, mais l'esprit de la Création. La coupe, ni vide ni pleine, d'où ruisselait tout amour. L'amour, qui enivrait le cœur battant, faisait chanter le sang jusqu'aux étoiles.

XV

*Nous mourrons parce que nous croyons
que nous allons mourir*

Un à un, les hommes venaient se réchauffer près du feu que le vent tourmentait entre les pierres levées. Il brûlait toute la nuit sans que l'on doive y ajouter du bois. Ce prodige fascinait les soldats de fortune qui constituaient la troupe de Mordred. Certains parlaient d'une grâce de Dieu, d'autres évoquaient à voix basse un sortilège du diable, mais tous s'abstenaient de trancher la question. D'ailleurs, il y avait bien longtemps qu'ils préféraient le silence au bruit des paroles. Dans les tavernes, parmi les chants et les cris, ils demeuraient toujours silencieux, l'œil aux aguets et la mine impassible. C'est là que Mordred les avait débusqués. Il ne leur avait rien dit, simplement posé une bourse pansue sur la table. Depuis, ces hommes de corde et de paille le suivaient telle une meute son chasseur. Si l'or en avait décidé beaucoup, c'est le feu terrible brillant dans le regard de Mordred qui avait convaincu les plus endurcis. En manque d'aventures, ils retrouvaient une excitation prête à tout emporter sur son passage maudit. Pour eux, le neveu du roi était habité par une amertume si brûlante qu'aucune violence, aucun excès ne semblait pouvoir l'éteindre. Pour chacun de ces mercenaires promis à l'enfer, Mordred avait déjà basculé dans le royaume d'en Bas et il en était revenu, le cœur consumé par la vengeance.

Depuis trois nuits, ils campaient à proximité du *château périlleux*. Les hommes fixaient avec avidité l'or des toitures et le marbre des façades. C'est ce que voulait Mordred – que la convoitise les taraude, que la soif de la cupidité les dévore... Alors, quand ils monteraient à l'assaut, ils détruiraient tout, aveuglés par leur propre désir.

Du *château périlleux*, il ne resterait pas une pierre debout.

À son tour, Mordred s'approcha du feu. Vêtu d'une cuirasse noire sur laquelle tombaient ses cheveux blonds collés de sueur, il ressemblait à un chef de horde prêt à tous les crimes.

— Des mouvements, cette nuit ?
— Non, mon seigneur, répondit l'un des guetteurs, les portes du château sont restées closes et nous n'avons vu aucune lumière aux fenêtres.

Le neveu du roi se demanda si Morgane était toujours à l'intérieur.

— Un vrai château fantôme, commenta l'un des hommes.
— On dit que...

Mordred leva la main. Malgré ses années d'entraînement à manier l'épée, elle était étonnamment fine et blanche.

— Ce que l'on dit m'importe peu ! Que ce château soit à Dieu ou au diable, je le brûlerai de la même façon !

— Ah, noble seigneur, laissez-nous le piller avant que de le réduire en cendres !

— Tout ce qui est derrière ces portes sera à vous, je vous l'ai promis.

— L'or... ! s'écria l'un des mercenaires.

— l'argent... ! renchérit le suivant.

— les femmes !

Le visage de Mordred se ferma instantanément.

— Toutes sauf une.

Un soldat partit d'un rire gras.

— Sûr que notre chef veut festoyer avec la plus belle !

Le neveu du roi serra les mâchoires.

— Elle ne connaîtra même pas ce plaisir !

Le ton était si menaçant que les soudards, subitement dégrisés, jugèrent bon de ne pas insister. Mordred en profita pour donner ses derniers ordres :

— Établissez des postes de guet tout autour du château et, surtout, surveillez la campagne.

— Vous craignez une contre-attaque ?

Un sourire en lame de faux fendit le visage de Mordred.

— Non, j'attends un *ami*.

Une fois ses hommes en position, Mordred se retira dans la forêt. Perceval n'arriverait pas tout de suite. Il lui faudrait du temps pour comprendre. C'était toute la différence.

Le neveu du roi avançait dans un chemin que le temps avait transformé en ornière. Au bout de quelques dizaines de pas, il obliqua à gauche et s'enfonça sous les couverts. Désormais, la mousse, qui ne poussait plus qu'au pied des arbres, était remplacée par du lierre vorace qui tapissait le sol. Le silence en devenait plus dense. Seul le bruit des ronces froissées troublait cette pesanteur. Mordred dégaina sa dague, la posa à plat sur le sol et s'assit contre le tronc d'un rouvre. Depuis trois jours, il venait là, calait sa nuque contre l'écorce et attendait.

À la vérité, il n'attendait pas, car la sensation du temps le quittait rapidement. Il ne devenait pas immobile comme un chasseur qui guette sa proie, mais éternel comme un arbre qui ignore sa propre fin. En fait, il expulsait de lui jusqu'à l'idée du trépas. Nul ne se rendait compte combien la mort occupe insidieusement notre espace intérieur, combien elle est mêlée secrètement à la moindre de nos décisions, combien elle nous happe, nous colonise, nous dévore inexorablement.

Nous mourrons, parce que nous croyons que nous allons mourir, songea le neveu du roi, mais si nous ne le croyons plus...

C'était là, la deuxième étape de la station de Mordred auprès de son arbre. Une fois l'idée de la mort chassée au loin, un grand vide se creusait qui semblait devoir toujours s'élargir. Un vide que, par peur du vertige, il fallait combler aussitôt. Pas pour Mordred, car après l'idée de la mort, c'est l'expérience de la peur dont il lui fallait se défaire. Les yeux fermés, le chevalier contemplait son vide intérieur, il se rappelait quand il avait combattu le chevalier rouge au-dessus du précipice, sauf que là c'est lui qui allait vaincre... et sans l'aide de Perceval. Un à un, il contemplait les illusions dont il avait maquillé sa vie. Son titre, son sang, sa gloire, sa mission... Tout n'était que mensonge et vanité. Il les voyait tomber et sombrer sans regret, ni crainte. Jamais, il ne s'était autant appartenu.

Un bruit lui fit ouvrir les yeux.

Un renard s'approchait. Le reflet du ciel sur le métal de la dague avait dû l'intriguer. La queue entre les pattes, il décrivait des cercles inquiets qui, imperceptiblement, le rapprochaient de Mordred. Un craquement de branches, une feuille qui tombait, il reculait aussitôt, mais finissait par revenir. Le neveu du roi le regardait progresser, irrésistiblement attiré. Ses pattes étaient tendues, prêtes à bondir au moindre danger... Et, pourtant, il n'avait pas réagi quand Mordred avait ouvert les yeux. Captivé par un reflet de lumière, il ne *le* voyait pas.

Encore un cercle et le renard ne fut plus qu'à quelques pas.

Il s'assit sur ses pattes arrière.

Devant lui, Mordred se tenait immobile, descendu au plus profond de lui-même.

Le renard fixait ce visage impassible, ce regard fixe, ces lèvres muettes. Il pressentait le danger, mais ne parvenait plus à y échapper. Un nuage s'effaça dans le ciel et la lumière brilla à nouveau sur la dague.

Happé par le reflet, le renard s'élança.

La lame le pénétra en pleine gorge.

Roulée au sol, la bête achevait sa vie en d'inutiles soubresauts. Mordred contempla la mise à mort, impassible. Ni les jets de sang convulsifs, ni le trépignement rageur des pattes qui grattaient le sol ne le faisaient réagir. Il observait la montée inexorable de l'agonie sans la moindre sensation intérieure.

Un dernier raidissement, et le regard éperdu du renard se voila définitivement. Mordred se leva et nettoya sa dague dans le pelage encore chaud.

Il était prêt.

Perceval pouvait arriver.

XVI

*Le Graal est partout et nulle part.
Il est l'âme du monde*

Un soleil doux et printanier inondait la prairie tendre et verdoyante qui s'étendait aux environs de Glastonbury. Sur le chemin bordé de houx, deux chevaux, l'un à la croupe noire, l'autre à la robe blanche, piaffaient d'impatience. Leurs cavaliers avaient le plus grand mal à les retenir. Leurs sabots raclaient le sol et claquaient du fer sur les pierres éparses.

Perceval estima la distance jusqu'à la forêt qui les séparait du *château périlleux*, puis se tourna vers Morgane.

— Le premier arrivé au menhir de la pierre Dombre sera le seigneur et maître de l'autre pendant un jour et une nuit.

Trois corbeaux noirs perchés sur la plus haute branche d'un chêne s'envolèrent dans un croassement strident. Ils filèrent droit en direction des bois.

— Je n'aime pas ce présage..., dit la jeune femme d'une voix douce. Est-ce bien prudent, mon aimé ?

Sortir sans escorte alors que Mordred court la campagne avec sa horde de reîtres.

Perceval rapprocha son cheval et lui prit sa main pour la baiser.

— Ma mie, Mordred est désormais un félon. Arthur est alerté et a mis son armée en marche. Avoue-le, tu as moins peur de cet enragé que de perdre la course. Ou alors, tu es comme ces vieilles femmes qui voient des signes partout et tremblent comme des feuilles au premier chat noir.

Morgane lui adressa un sourire de défi et empoigna ses rênes.

— Impudent chevalier. Tu mérites une bonne leçon d'humilité. Prépare-toi à satisfaire tous mes caprices !

Sans attendre sa réponse, elle éperonna sa monture d'un coup vif. La jument s'enfuit sous les yeux médusés de Perceval qui pesta comme un enfant.

— Trahison !

— À la pierre Dombre, tu me baiseras les pieds, mon bel amant ! cria Morgane déjà loin.

À son tour, il lança sa monture, bien décidé à regagner l'avantage.

Les chevaux galopaient à travers la prairie, les hautes herbes, ondulant sous le vent, se déployaient comme des gerbes d'écume émeraude sur leur passage. L'orée de la forêt apparut enfin, Morgane tourna la tête et découvrit avec ravissement que Perceval n'avait pas gagné une encolure. Elle piqua à nouveau le flanc de sa jument, possédée par le désir de vaincre le chevalier.

La jument sauta d'un bond puissant au-dessus d'une tourbière encombrée de troncs et de ronces alors que l'étalon de Perceval, pour éviter l'obstacle, empruntait un autre chemin pour entrer dans la forêt.

Désormais, elle le distançait d'une longueur suffisante pour qu'il ne puisse plus la rattraper, quand bien même il lui serait venu la tentation folle de pousser sa monture jusqu'au sang – qui sait, les hommes perdaient souvent toute raison quand leur vanité était en jeu. Perceval n'échappait pas à la règle : il était fougueux comme le jeune lion et orgueilleux comme l'aigle des cimes.

Morgane pénétra la première dans les bois sombres gorgés d'odeurs lourdes et humides. Le silence s'intensifiait alors que le galop s'accélérait. Encore quelques foulées et elle serait arrivée. Quant à Perceval, il avait disparu.

En apercevant la silhouette trapue du menhir au détour d'un talus, une onde de joie la parcourut.

Elle allait atteindre la première la pierre Dombre et remporter son défi.

Pourtant, l'endroit était sinistre. Juste à côté de la pierre levée, il y avait un puits, gris et rongé de lichen, dont on disait qu'il menait au royaume des enfers. Rares étaient les paysans qui s'en approchaient, même en temps de sécheresse. Au-dessus du mégalithe, les arbres formaient une sorte de voûte de branches enchevêtrées, que la lumière perçait difficilement.

La jument s'arrêta net. Quelque chose n'allait pas. Elle le sentait. L'odeur.

Une odeur de bois brûlé et de viande de gibier rôtie flottait dans l'air.

Des étrangers.

Morgane devait revenir en arrière et donner l'alerte. Elle jeta un coup d'œil vers le chemin par lequel

Perceval allait arriver. Désert. Son cœur s'emballa. Un sombre pressentiment s'emparait d'elle. Quand un cri jaillit derrière un chêne.

Une embuscade.

Elle se retourna.

Un homme venait d'apparaître.

Elle le reconnut tout de suite.

Mordred.

Ses longs cheveux dégoulinaient sur ses épaules son regard brûlait de haine et d'excitation. Fascinée, Morgane tarda à éperonner sa monture, et son hésitation fut fatale. Une flèche siffla à travers les airs, transperçant le poitrail de la jument.

Avec un hennissement désespéré, le cheval s'écroula. Morgane fut projetée en avant et sa tête vint heurter le sol.

Quand elle se réveilla, elle était recroquevillée sur un tapis de mousse. Mordred était adossé à la margelle du puits, à quelques pas du menhir. De la pointe de son épée, il grattait la terre.

— Tu as eu peur, Morgane ?

Elle se redressa vivement.

— Où est Perceval ?

La fureur brillait dans le regard du neveu du roi.

— Perceval... Ne prononce jamais ce nom maudit en ma présence ! Il m'a volé mon honneur, ma Quête et la femme de mon destin !

— Tu l'as tué ?

— Par Dieu, non ! ricana-t-il. Mes hommes sont à sa poursuite.

Mordred leva sa lame vers le cou de la jeune femme. Le regard clair de Morgane ne cilla pas.

— Ce jouvenceau t'a-t-il ouvert les portes du paradis ?

— Ta question n'est pas digne du neveu d'Arthur.

— Réponds, femelle du diable ! dit-il en appuyant la pointe de son épée sur sa gorge.

— Tu es bien naïf…, le défia-t-elle. Si Perceval possède la clé du paradis, c'est moi qui en garde la porte.

Son éclat de rire mortifia le chevalier félon. Ses yeux étincelaient de colère et son cœur se gorgeait d'un fiel aussi noir que ses pensées.

— Je pourrais te faire connaître les plaisirs de l'enfer.

— Perceval s'en est déjà chargé. Il est doué pour l'amour.

Mordred sentit son âme se déchirer.

La pointe de l'épée quitta la naissance du cou de Morgane pour glisser le long de sa robe.

Perceval courait dans la forêt, l'épée à la main, sa tunique blanche ensanglantée et en lambeaux. Il s'était débarrassé de deux reîtres de Mordred, mais, dans le combat, un coup de dague lui avait ouvert la cuisse. Jamais il n'aurait dû entraîner Morgane dans cette course solitaire dans la forêt.

Tout impatient qu'il était d'arriver le premier à la pierre Dombre, il s'était fait prendre dans l'embuscade comme un enfant. Une corde tendue entre deux chênes avait cassé net les pattes de son destrier et lui-même n'avait dû son salut qu'à sa souplesse.

Un cri rompit le silence de la forêt.

La voix de Morgane.

Son cœur bondit aussi vite que ses jambes.

La silhouette noire de la pierre levée se dressait sous la voûte de branchages. Au pied du puits, le corps de Morgane gisait, telle une fleur coupée. Perceval fut si horrifié qu'il se transforma en bloc de sel. À peine eut-il le temps de voir Mordred tourner son épée dans sa direction.

— Tu es venu sauver ton amour ?

Le fils de la veuve demeurait immobile, le visage figé par une douleur devenue muette d'être trop vive. Il ne sentait plus ni son corps ni sa vie. La souffrance ne brise pas la volonté, non, elle la broie, l'émiette au vent et il n'en reste que cendres.

— Tu te demandes si elle est morte ?

De sa botte, Mordred fit rouler le corps sur la mousse. Sur son corsage, une tache rouge s'épanouissait en une rose de sang.

— Elle est bien morte.

Le neveu du roi s'avança. De la pointe de son épée, perlaient quelques gouttes sombres.

— Le sang appelle le sang, Perceval. Bats-toi !

Mordred fit encore un pas.

— Le Graal ne te sauvera pas.

Le regard du fils de la veuve regardait la rose de sang fleurir. Jamais Morgane n'avait été si belle. Cette beauté céleste le frappa comme le battant d'une cloche. Tout son être retentit d'un seul élan.

Son épée jaillit.

En face de lui, Mordred s'était mis en position de combat. Comme lorsqu'il avait égorgé le renard dans la forêt, il laissait ses pensées glisser sur lui à la façon de l'eau sur une armure impénétrable. Ni son échec dans la Quête ni ses humiliations ne lui feraient commettre la moindre erreur. Il en était sûr. Il tenait son épée à deux mains, prêt à porter le coup décisif.

Perceval avança. Toute sa peine s'était concentrée dans sa main. La main qui tenait l'épée.

Le duel pouvait commencer

Ce fut le fils de la veuve qui frappa le premier. La pointe rasante de la lame taillada l'acier du pectoral de Mordred sans le blesser. Pour amoindrir l'impact, le neveu du roi pivota et frappa de taille, expédiant Perceval au sol dans un fracas de métal. Mais l'amant de Morgane se releva aussitôt, l'épée à la garde. Sous les armures, les corps étaient surchauffés, les poumons en feu. La forêt retentissait de la fureur de leur assaut. À chaque frappe, les deux hommes sentaient leurs jambes s'enfoncer dans la terre, leurs muscles se tétaniser de douleur.

Devant le menhir, les adversaires se faisaient face, le fer de leurs épées émoussé par la violence des coups. Désormais, ils savaient la même chose. Celui qui gagnerait serait le plus fort moralement. Mordred s'était durci le cœur, Perceval avait le sien exalté par l'amour de Morgane.

C'est lui qui choisit de s'avancer le premier.

Le neveu du roi se mit en position de défense. S'il résistait à cet assaut, sa contre-attaque serait définitive.

— Mourir n'est pas le pire, Mordred.

Perceval se précipita, la pointe en avant.

— Le pire...

Le coup porté à l'épaule droite s'enfonça comme l'éclair dans la chair.

— ... c'est de s'entendre mourir.

Mordred hurla, vacilla et se sépara de lui-même.

— La chair quitte les os, dit une voix grave.

Le fils de la veuve se retourna.

Merlin venait d'apparaître à côté du menhir. Il s'appuyait sur son bâton à tête de serpents.

— Tu ne peux avoir ni le Graal ni l'amour.

— Je ne désire rien d'autre en ce monde que Morgane. Faites-la revenir d'entre les morts.

Le magicien s'approcha de lui, le regarda avec compassion.

— J'exécute bien des prodiges, mais pas celui-là.

— Faites apparaître le Graal ! implora Perceval, qui pleurait comme un enfant. Il fera revenir Morgane d'entre les morts.

Pendant ce temps, Mordred s'était traîné contre la margelle du puits. Son sang fuyait de son flanc transpercé. Son fiel coulait de ses lèvres décolorées par la douleur.

— Perceval, tu babilles comme une femelle. Tu es indigne du Graal.

Merlin frappa le sol de son bâton.

— Taisez-vous, tous deux ! Le Graal apparaît quand il le veut, il n'obéit ni aux hommes ni aux dieux. Et il faut que tu saches que...

— Par Dieu et diable, l'interrompit Perceval, je suis prêt à donner mon âme, à sacrifier mon salut pour qu'elle revienne.

Un bourdonnement subit, pareil à un essaim d'abeilles, envahit soudain la clairière. Merlin se raidit, les yeux aux aguets. Puis, le bourdonnement se mua en vibration. Perceval clignait des yeux, il lui semblait que l'air tiède ondulait comme un tissu translucide. Et des replis de ce tissu, jaillissait une clarté incandescente. Merlin ferma ses paupières et écarta les bras.

— Le Graal. Je le sens... Il se manifeste. Perceval, ta douleur l'a repêché du plus profond des puits. Crois-tu en lui ?

L'esprit du chevalier vacillait comme une toupie en fin de course.

— Je ne sais...

— Le miracle ne se réalisera que si tu y crois ! Il faut croire aux merveilles !

La texture même de l'univers se désagrégeait pour enfanter d'autres dimensions. La voix de Merlin se tissait dans la trame même de cette nouvelle réalité, et ses phrases faisaient comme des liens noués le long de ce filet invisible.

— Le Graal est partout et nulle part, il prend toutes les formes, comme l'eau dans des récipients différents. Il est l'âme du monde. Il est le vent, la pierre, le feu, le soleil, l'étoile. Il est l'univers au-dehors et au-dedans. Crois-tu au Graal, Perceval ?

Le fils de la veuve hurla :

— Oui ! C'est mon seul espoir en ce monde !

Soudain, une coupe apparut sur la margelle du puits.

Un vase d'or, éclaboussé de lumière, illuminait le menhir et les bois alentour. Perceval se protégea de la main, comme s'il contemplait le soleil de midi.

— Voici *ton* Graal, Perceval. Ta quête est achevée. Rapporte-le au roi Arthur.

— Quel Graal ?

Le fils de la veuve contemplait l'apparition les yeux pleins de larmes. L'enchanteur prit la coupe et la brandit.

— Tel est le secret du Graal pour toi. Il n'est pas le Graal, il est ton Graal...

— Je ne comprends pas...

— Le Graal est la guérison du roi à la blessure incurable, le puits sans fond pour l'assoiffé, répondit Merlin en posant la coupe devant le chevalier. Il est le pain de l'affamé, la moisson du paysan après des années de famine, le sein pour l'enfant naissant, le butin fabuleux du conquérant, l'amour de l'âme esseulée, la couronne d'or et de diamants du dernier empereur, la chaumière pour l'errant, la révélation pour le sage, la paix retrouvée pour le vindicatif, la joie pour le malheureux... Il est corne d'abondance et toison d'or. Il est le but ultime de chacun, riche ou pauvre, en ce monde.

Il s'interrompit un instant pour fondre son regard dans l'or flamboyant de la coupe miraculeuse, puis reprit :

— Il est le désir de ce pour quoi nous sommes sur cette terre. Il est le désir de vie.

— Alors qu'il me rende Morgane ! supplia à nouveau l'amoureux blessé.

Mordred essayait de se redresser, un bouillonnement de sang s'échappa de sa bouche, juste avant de parler.

— Tu as perdu, Perceval ! Merlin n'est que le fils bâtard du diable et d'une mortelle. Il n'y a aucun Graal, ici. Ce n'est que l'un de ses tours pitoyables. Dieu te jugera !

Merlin secoua lentement la tête, son regard se fit plus doux, presque tendre, en se posant sur la dépouille de la damoiselle.

— N'écoute pas cette âme souillée par le vice. Le Graal peut combler tes rêves les plus fous, richesse, pouvoir, santé, connaissance ! Toutes les merveilles sont possibles... Sauf une : celle de vaincre la mort.

Perceval leva les yeux vers l'enchanteur, le visage livide de douleur.

— Alors que m'importe cette coupe. Je ne désire ni argent ni titre ni couronne, je ne veux que Morgane.

— As-tu oublié ta mission, jeune damoiseau ? gronda Merlin. Tu dois rapporter le Graal à ton roi pour qu'il guérisse la terre de son royaume. Ton honneur de chevalier est en jeu.

Le rire désespéré de Mordred éclata.

— Je le savais. Perceval n'a jamais été digne d'Arthur. C'était moi l'élu !

La lumière qui émanait du vase sacré faiblissait.

— Dépêche-toi, Perceval, déclara Merlin, le Graal ne se manifeste que peu de temps au regard des mortels. Il va disparaître une deuxième fois à ta vue.

Le jeune homme ne l'entendait pas, il caressait les cheveux de sa bien-aimée. Elle semblait plongée dans un profond sommeil. Si seulement il l'avait écoutée aux portes de Glastonbury, si seulement il ne lui avait pas lancé ce défi stupide, si seulement… elle serait en vie.

— Si votre Graal avait le pouvoir de faire remonter l'eau du fleuve à la rivière, la rivière au torrent et le torrent aux glaciers ! Si votre Graal avait le pouvoir de changer le cours du temps ! Alors il me redonnerait une seconde chance.

L'enchanteur parut décontenancé. Pour la première fois, depuis des siècles, lui qui avait conseillé des rois, secouru de puissants seigneurs, pénétré l'âme du monde et le cœur des hommes, il ne savait que répondre.

— Retourner le sablier du temps… Cela ne se peut.

La folie s'est emparée de ton esprit, Perceval, on ne se baigne pas deux fois dans le même fleuve.

Le jeune chevalier lui offrit son regard pur comme l'or qui avait forgé la coupe qui brillait encore sur la margelle.

— Ne m'avez-vous pas dit de croire au merveilleux, Merlin ?

Mordred agonisait en ricanant. Son cri se mêla à son dernier souffle :

— Je vous l'avais dit. Vous avez confié la Quête à un… fou.

Soudain, une lumière éblouissante irradia du Graal. Une lumière si majestueuse qu'elle éclipsait celle du ciel. Partout, cette lumière annihila hommes, végétaux et minéraux. Une voix de femme, surgie de nulle part, résonna dans la tête de Perceval.

— Tu n'es pas fou…

Un soleil doux et printanier inondait la prairie tendre et verdoyante qui s'étendait aux environs de Glastonbury. Sur le chemin bordé de houx, deux chevaux, l'un à la croupe noire, l'autre à la robe blanche, piaffaient d'impatience. Leurs cavaliers avaient le plus grand mal à les retenir. Leurs sabots raclaient le sol et claquaient du fer sur les pierres éparses.

Trois corbeaux noirs perchés sur la plus haute branche d'un chêne s'envolèrent dans un croassement strident. Ils filèrent droit en direction des bois.

— Je n'aime pas ce présage…, dit Morgane d'une voix douce. Est-ce bien prudent ? Sortir sans escorte alors que Mordred ravage le royaume avec sa horde de reîtres.

Perceval cligna des yeux. Ce n'était pas possible.

— Tu m'entends, mon bien-aimé ?

La voix de Morgane fit bondir le cœur du jeune Gallois. Il était à nouveau sur son destrier noir, dans le chemin.

— Par Dieu, murmura-t-il. Le Graal a aussi ce pouvoir...

— Tu parles seul, es-tu devenu fou ? se moqua Morgane.

— Oui sûrement, une folie emplie de merveilles, répondit Perceval en faisant faire demi-tour à sa monture. Viens, il y a tant d'autres chevauchées qui nous attendent...

Ici s'achève Perceval ou le véritable conte du Graal, tel que l'a dicté mon maître Chrétien de Troyes. Mon mentor a été assassiné par les envoyés du pape en l'an de grâce 1197 alors qu'il s'enfuyait avec un groupe de ses disciples en Angleterre. Il nous a confié le soin de faire copies du conte authentique et de cacher le Graal en lieu sûr, loin de la convoitise de l'Église et des seigneurs avides.

Vous qui achevez la lecture de ce roman, vous connaissez maintenant le véritable secret du Graal. Pour ma part, ma vie s'achève et je n'ai nul désir de remonter le cours du temps. J'ai eu une vie sage et paisible à Vintan Ceastre, sous la protection des seigneurs du comté. Mes derniers compagnons ont caché le Graal en un lieu sûr. J'ai laissé des instructions en fin de cet ouvrage pour le retrouver.

Si vous en êtes dignes.
En l'an de grâce 1253.
Pierrick de Saint-Omer

Paris
Galerie Vivienne
De nos jours

La dernière page tournée, Marcas referma le livre et le fit glisser vers Turpin.
Perceval avait remonté le temps grâce au Graal. Lui aussi...
Le vieux professeur termina son thé et s'essuya les lèvres. Il fit un signe au serveur, puis revint vers Antoine.

— Je n'ai jamais d'argent sur moi, tu peux régler ? J'espère que tu as passé un bon moment avec ce cher Perceval...

Marcas contemplait l'universitaire avec effarement.

— Stanton, l'île d'Aval, la mort de mon fils... Tout cela s'est donc déroulé comme pour Perceval ? Insensé !

— Pas pour ceux qui croient au merveilleux. Le Graal t'a offert une seconde chance. N'as-tu pas retrouvé ton fils ? N'était-ce pas ce que tu désirais le plus au monde ?

Turpin plissa les lèvres et posa sa main sur celle d'Antoine.

— Nous t'avons pourtant donné des indices pendant ta quête.

Il hésita quelques secondes avant de poursuivre :

— La croix a été tournée pour toi. La voix que tu as entendue dans l'île d'Aval…

Le visage de Marcas s'assombrit. *La voix dans le tumulus ! Elle avait parlé d'une croix.*

— Tourner la croix… Je ne comprends pas.

Turpin sortit un morceau de papier et un stylo de la poche de sa veste, et traça une croix.

— Une croix banale, les chrétiens n'ont rien inventé en la récupérant pour leur religion. Elle a plusieurs significations, mais la plus importante est celle-ci : la croix représente l'homme sur le plan matériel, crucifié dans les deux dimensions. La barre verticale représente l'espace et l'horizontale… le temps. À sa naissance, l'homme est enchâssé dans la croix de la matière. Il n'en sortira qu'à sa mort. Il sera alors libéré de sa crucifixion, libéré de la tyrannie de l'Espace et du Temps.

Marcas écoutait le vieil homme, ses paroles le troublaient, mais il ne voulait rien en laisser paraître. Turpin continua d'une voix calme et posée.

— Et pourtant, il suffit de tourner légèrement la croix. Et tout d'un coup, l'Espace et le Temps sont bousculés. Les règles du grand jeu cosmique changent. Ce symbole ne te rappelle rien ?

Turpin dessina une nouvelle croix. Une croix en X, une croix de Saint-André. Marcas blêmit.

— La coupe ! Le symbole du Graal !

— Tu vois, le Graal est comme un sablier... Un sablier que l'on peut tourner dans certaines conditions.

— Mais...

— Mais quoi ? Le temps n'est qu'une illusion, mon ami. Vos scientifiques commencent seulement à s'en apercevoir. Le Graal existe depuis la nuit des temps, il permet de s'affranchir de cette illusion. C'est là son pouvoir. Le Graal accorde une seconde chance à ceux qui en sont dignes. Il a le pouvoir de faire remonter le temps à un instant crucial où la vie prend une orientation... fatidique.

Marcas secoua la tête. Tout se bousculait dans son esprit.

— Impossible...

Le vieil homme le regarda avec une intensité accrue. Antoine sentait sa conscience osciller en tous sens comme l'aiguille d'une boussole privée de champ magnétique.

— Les lignes du temps sont les fils d'un métier à tisser. Il suffit de passer d'un fil à l'autre et le cours de l'histoire change. Tu es revenu en arrière, ce qui t'a permis de faire le bon choix. Et de retrouver ton fils. Dans cet univers présent, Derek Stanton n'achète pas la sépulture, Pierre ne se fait pas kidnapper, il ne meurt pas sur l'île d'Aval et tu ne trouves pas le Graal.

Marcas prit une profonde inspiration pour ne pas défaillir. Ses repères visuels tournoyaient. Le salon de thé, les clients autour de lui, le serveur, la tasse à moitié remplie, Turpin assis en face de lui... Le décor entier paraissait totalement irréel. Les paroles du vieil homme s'étaient incrustées dans son cerveau comme des éclats de verre et sa raison luttait pour les arracher, morceau par morceau.

Il plaqua ses mains sur la table et sentit avec soulagement le contact froid et râpeux du bois.

— Le Graal m'aurait fait remonter le temps pour sauver mon fils ?

— Ce fol de Perceval a donné un nouveau sens à la Quête. Depuis toujours, le monde n'a avancé qu'avec les fous et les rêveurs.

Turpin se leva, il avait rangé le livre relié dans sa sacoche.

— Je n'ai pas fini, dit Antoine.

Le professeur sourit.

— Je n'ai nullement l'intention de m'enfuir, mon ami. Faisons quelques pas, ça te fera du bien. Tu es bien pâle..

Marcas régla les consommations et les deux hommes sortirent du salon de thé.

— Pourquoi avez-vous acheté le sarcophage ?

— Pour le mettre à l'abri d'un autre acquéreur.

— Le Vatican ?

Un groupe de touristes était massé devant une petite galerie d'art. Tous se contorsionnaient sous un olivier planté au plafond et dont les branches tombaient vers le sol. Antoine eut la désagréable sensation d'être à la place de l'arbre.

Turpin intercepta son regard et sourit.

— Le Graal est un objet trop important pour être confié à l'Église. Je te l'ai expliqué à Glastonbury. Il doit retourner en lieu sûr, loin de la convoitise du pape.

— Et vous voulez me faire gober cette fable ?

— Si par hasard le Graal est vraiment la coupe du

Christ, celle qui a recueilli son précieux sang, disons alors que l'actuel successeur de saint Pierre n'est pas digne de le récupérer. De toute façon, quelles que soient mes explications, aucune ne semble te satisfaire.

— C'est incohérent...

Alors qu'ils passaient près de la devanture d'un bijoutier, Turpin éclata de rire.

— Antoine, si tu ne crois pas au merveilleux, comment expliques-tu ce qui t'est arrivé ? Un enfant, lui, ne serait pas étonné. Alors toi qui navigues dans le monde de l'étrange depuis des années ? L'ésotérisme n'est-il pas une fenêtre grande ouverte sur un ciel étoilé de constellations merveilleuses ?

— Mais, bon sang, qui êtes-vous ?

Le professeur s'arrêta devant un miroir accroché sur un présentoir de colliers scintillants.

— Turpin, Merlin, le Roi pêcheur, Joseph d'Arimathie... Va savoir. Il y a toujours un vieil homme qui guide les chevaliers dans les légendes. Dans les films aussi, j'ai bien aimé maître Yoda...

Il était reparti, le pas toujours aussi alerte, fendant la foule pour s'enfoncer vers l'intérieur de la galerie.

— Ça n'a pas de sens. Pourquoi moi ?

Turpin éclata de rire. Un rire sans malice.

— Quelle vanité, Antoine ! Révélatrice de ton aveuglement. Qui te dit que tu es le seul à avoir trouvé le Graal ? Le seul à avoir retourné le sablier.

Il désigna du doigt les hommes et les femmes qui se promenaient.

— Regarde-les, peut-être qu'eux aussi ont été mis en contact avec le Graal. Et qu'ils l'ont oublié...

— Quoi ?

Ils longèrent l'étal d'un bouquiniste spécialisé dans

les beaux livres d'occasion. La voix mélodieuse de Turpin demeurait insaisissable. Le vieil homme pointa sa canne sur un livre consacré aux légendes arthuriennes, dont la couverture représentait des chevaliers autour d'une table.

— Tu n'as pas compris le message du Graal ! Qui te dit qu'il ne se manifeste qu'à des aventuriers ou à des chevaliers ? Pourquoi serait-il réservé à une élite ?

D'un geste ample, il balaya la foule avec sa canne.

— Regarde ces gens autour de toi, jamais ils n'auront l'occasion de vivre ta vie. Des anonymes, des vies apparemment ordinaires. C'est sûr qu'ils ne peuvent pas abandonner leur travail et leur famille pour prendre un hélicoptère et traquer le Graal. Et pourtant, la quête de leur vie comporte nombre d'épreuves, de choix douloureux, de combats, de tragédies et de souffrances. À leur façon, ce sont tous des chevaliers, mais ça, la société se garde bien de le leur dire.

Marcas se taisait. Les paroles de Turpin s'insinuaient dans son cerveau, comme un enchantement. Ils croisèrent deux hommes en costume-cravate, à l'allure austère, le cheveu rare, le visage aussi gris que leur costume.

— Regarde-les, murmura le vieux professeur, ce sont des gens sérieux. Je suis sûr qu'ils ont un métier bien comme il faut, les poches remplies d'argent et l'esprit encombré de soucis. Depuis l'âge adulte, on leur a appris à rejeter le merveilleux. Hélas, plus les hommes deviennent responsables, plus ils marchent droit vers leur tombe.

Turpin accéléra le pas, Marcas avait du mal à le suivre.

— À ton avis, pourquoi le *Conte du Graal* a-t-il autant de succès ? continua le professeur. Pourquoi, depuis plus d'un millénaire, les hommes et les femmes aiment qu'on leur raconte cette incroyable histoire de relique sacrée ? Ils savent que ce n'est qu'un conte, et pourtant l'enfant enfoui au plus profond de leur âme veut y croire... Je te le redemande : pourquoi n'auraient-ils pas droit, eux aussi, au Graal ? Au sablier retourné ? Du moins pour ceux qui croient à la force du merveilleux.

— Je ne saisis pas.

— Le Graal se manifeste par tant d'incarnations différentes.

Ils débouchèrent sur la rue Vivienne. Turpin tendit sa canne vers une Fiat 500 rouge qui quittait sa place de stationnement. La conductrice tenait son portable calé contre l'oreille.

— Regarde cette femme. Cela fait plus d'un an qu'elle cherche un travail. Elle s'est réveillée ce matin d'un mauvais cauchemar. Dans ce cauchemar, dont elle ne se souvient pas, elle ratait son entretien d'embauche à cause d'un accident dans cette rue. Elle percutait un cycliste qui roulait à contresens.

À peine avait-il prononcé les derniers mots que Marcas aperçut un cycliste remonter la rue en sens inverse, casque sur les oreilles. Il voulut intervenir, mais Turpin l'arrêta. La conductrice, qui avait reposé son téléphone, freina juste à temps pour éviter le vélo. Quelques secondes plus tard, elle disparaissait dans la circulation, tandis que le cycliste continuait sa course, insouciant. Turpin affichait une mine satisfaite.

— Peut-être qu'elle a aperçu un vase ou une coupe dans la devanture d'une vitrine. Peut-être qu'elle s'est arrêtée devant et, sans savoir pourquoi, a fait un vœu... Un vœu qui, en s'exauçant, lui a permis de remonter le temps comme toi et d'avoir une seconde chance. De changer de ligne de temps. Chacun de nous a le droit, une fois dans sa vie, de tourner la croix.

— C'est une coïncidence ! Il doit y avoir forcément une explication logique.

— Méfie-toi, Antoine. La logique est une folle boussole dans les champs magnétiques du merveilleux.

Ils arrivaient au coin de la rue des Petits-Champs. Turpin ralentit le pas et s'étira comme un vieux chat.

— Maintenant, il est temps de se séparer, mon ami. Je te souhaite une vie heureuse et mouvementée. Un conseil : n'écoute jamais ceux qui te disent de ne pas croire au merveilleux. Ceux-là sont déjà morts.

— Pas question de me planter là, professeur ! Je n'ai pas toutes les réponses.

Soudain, un flot de touristes fonça sur eux, les enveloppa et les sépara. Antoine vit Turpin s'éloigner et disparaître par intermittence. Son visage s'estompait...

— Puisses-tu goûter à la liqueur de l'oubli. D'ici quelques minutes, mon souvenir s'effacera de ta mémoire.

— Attendez !

L'un des touristes, plus massif, bouscula Marcas qui perdit l'équilibre. Il entendit la voix du professeur qui résonnait, lointaine :

— Le Graal est le plus beau rêve offert aux hommes. Le rêve d'une seconde chance...

Le temps de se redresser, Turpin avait disparu. Antoine se fraya un passage entre les promeneurs, les écartant d'une main impatiente.

— Vous n'allez pas filer comme ça ! J'ai votre numéro.

Sans se soucier de la foule, Antoine s'arrêta devant la vitrine d'un antiquaire remplie de vases de toutes tailles et saisit son téléphone. Le numéro sonna plusieurs fois, puis on décrocha.

— Geneviève Turpin.

Surpris, il ne répondit pas tout de suite.

— Euh... Bonjour, j'aimerais parler à votre mari, s'il vous plaît. J'étais à l'instant avec lui.

Silence.

— Madame Turpin ?

— Ça m'étonnerait que vous soyez avec mon mari, répliqua sèchement la femme. Il a eu une attaque cardiaque, à Glastonbury, en Angleterre. Il est mort hier.

La communication s'interrompit. Antoine vacilla et essaya de se raccrocher à la devanture du magasin d'antiquités. Un voile noir tomba devant ses yeux. La dernière image qu'il vit avant de perdre connaissance fut celle d'une coupe d'argent ciselée qui miroitait derrière la vitrine.

Épilogue

Sussex

Les yeux de Derek Stanton étaient grands ouverts comme des puits sombres. Des rideaux à moitié tirés filtrait un mince rayon de soleil. Il voyait et entendait tout ce qui se passait dans sa chambre plongée dans une demi-pénombre. Il percevait le souffle cadencé du respirateur artificiel et pouvait apercevoir les tracés réguliers qui défilaient sur l'écran de contrôle du moniteur juste en face de lui.

À côté, quelqu'un avait disposé ses livres à la verticale, dans une bibliothèque, afin qu'il soit accompagné par l'ensemble de ses œuvres et de leurs traductions dans le monde. Sur une étagère, trônait la photographie d'un couple enlacé. La tête posée sur l'épaule de son mari, les pupilles d'Anna Stanton renvoyaient une lumière noire et opaque. Un regard de reproche. Ou presque.

Derek essaya de bouger, mais son corps ne répondait pas. Ses muscles avaient été plongés dans un bain de plomb. Une image ne cessait de tourmenter son cerveau statufié... Le visage d'un jeune homme qu'il avait tué sur une île et dont il ne se rappelait plus le nom.

Brusquement, les rideaux se mirent à onduler comme sous l'effet d'un vent léger.

Il crut voir un autre visage s'inscrire dans le rayon de lumière.

Un visage qui revenait le hanter.

Celui d'un vieil homme, à fine barbe blanche.

Et une voix sortit de cette bouche qui ne s'ouvrait pas.

Le Graal... Un rêve pour certains.
Un cauchemar pour d'autres.

Stanton sut qu'il allait hurler.

Cela faisait tant d'années qu'il hurlait... seul dans son sarcophage de chair.

À toi, lecteur, de trouver ton Graal :
il t'appartient.

Remerciements

Merci à toute l'équipe des éditions Lattès, en particulier à Laurent Laffont, à Anne Pidoux qui a passé un temps précieux sur ce nouvel opus de Marcas et qui a enfin vu la lumière au bout du tunnel. À Philippe Dorey et à toute l'équipe des représentants, à Antoinette Rouverand.

C'est le début d'une longue aventure.

POCKET N° 14132

Et si les francs-maçons détenaient le secret de la fin des Temps ?

Eric GIACOMETTI et Jacques RAVENNE
APOCALYPSE

Le Signe tant attendu est arrivé sous la forme d'une dangereuse image. Le commissaire franc-maçon Antoine Marcas a retrouvé cette ébauche du tableau des *Bergers d'Arcadie* dont le décryptage par un initié pourrait conduire à la fin des Temps. Manipulé par ses propres frères, poursuivi par des fondamentalistes, Marcas devra s'engager dans une lutte manichéenne et ancestrale. De Jérusalem, dans le Temple de Salomon où tout a commencé, jusqu'à Rennes-le-Château où tout doit s'arrêter...

Retrouvez toute l'actualité de Pocket :
www.pocket.fr

Faites de nouvelles rencontres sur pocket.fr

- Toute l'actualité des auteurs : rencontres, dédicaces, conférences...
- Les dernières parutions
- Des 1ers chapitres à télécharger
- Des jeux-concours sur les différentes collections du catalogue pour gagner des livres et des places de cinéma

POCKET
Un livre, une rencontre.

Composition et mise en pages
Nord Compo à Villeneuve-d'Ascq

Achevé d'imprimer en mai 2017
par Black Print CPI Iberica
à Barcelone

POCKET – 12, avenue d'Italie – 75627 Paris Cedex 13

Dépôt légal : juin 2017
S27301/01